L'un contre l'autre

Série Toi + Moi

Première partie

De la même auteure aux éditions

addictives

Toi + Moi. Envers et contre tout (aussi en poche)
Toi + Moi. Seuls contre tous (aussi en poche)
Call Me Baby – volumes 1 et 2
Love Me if You Can
Call Me Bitch
Kiss Me if You Can
Bliss. Le faux journal d'une vraie romantique – volumes 1 et 2
Jeux interdits
Jeux insolents
Fallait pas me chercher ! – volumes 1 et 2
Corps impatients (aussi en poche)
Cœurs insoumis (aussi en poche)
Bliss. Le faux journal d'une vraie romantique – l'intégrale
Âmes indociles (aussi en poche)
Cent facettes de Mr Diamonds – l'intégrale
Jeux imprudents
(Im)parfait
Une toute dernière fois
Love Me if You Can – l'intégrale
It's Raining Love!
Kiss Me if You Can – l'intégrale
The Boy Next Room
Call Me Baby – l'intégrale
Call Me Bitch – l'intégrale
PS: Oublie-moi!
Fallait pas me chercher ! – l'intégrale
Recherche coloc : emmerdeurs, râleurs, lovers… s'abstenir!
10 bonnes raisons de te détester !
Just 17
Love & Lies on Campus
Bien plus forte que toi !
If You Wanna Be My Lover…
The Boy on Fire

EMMA GREEN

L'un contre l'autre

Série Toi + Moi

Première partie

addictives
POCHE

TABLE

La saga *Toi + Moi* est composée de trois volumes. *Seuls contre tous* raconte les années campus d'Alma et Vadim, *L'un contre l'autre* et *Envers et contre tout* les années adultes. *Seuls contre tous* peut se lire indépendamment des deux autres volumes.

« Vous m’avez ensorcelé, corps et âme. »
Fitzwilliam Darcy à Elizabeth Bennet,
Orgueil et Préjugés, Jane Austen (1813)

I

Les fantômes du passé

1

Dans la cour des grands

Je me suis toujours demandé comment je réagirais en pareille situation. Lui et moi, face à face, des années après. Certes, il y avait peu de chances que cela se produise, lui séjournant aux États-Unis, moi en France. Mais l'idée d'une rencontre fortuite m'est passée par la tête une bonne centaine de fois. Bon, OK, un million de fois. Maladroite comme je suis, je me suis vue trébucher lamentablement en le croisant dans des escaliers, renverser mon café *latte* sur sa chemise immaculée ou encore lâcher mes dossiers et cogner ma tête contre la sienne en tentant de les ramasser. Vadim Arcadi a été mon premier amour. De ceux qu'on n'oublie pas, même si la terre entière s'échine à vous répéter *« Grandis, passe à autre chose... »*.

Ses yeux limpides survolent la pièce, se posent sur moi, s'écarquillent. Puis plus rien, ils sont déjà loin. Un simple regard et tout me revient. Ma respiration joue aux montagnes russes, mes membres s'engourdissent, je suffoque dans cette salle de réunion ultra-climatisée, tire sur ma robe de tailleur comme une adolescente complexée. La pièce embaume désormais d'un parfum musqué aux effluves de cuir et de romarin, je reconnaîtrais cette fragrance envoûtante parmi des milliers : Paco Rabanne pour homme. Le parfum qu'il portait à l'époque, le premier cadeau que je lui ai offert.

À cet instant, j'ai à nouveau 18 ans. Lui semble différent. Je reprends mes esprits – du moins en partie – et fais en sorte de l'avoir à nouveau dans ma ligne de mire. Je l'étudie, l'observe, le détaille. Sa masse de cheveux bruns ondulés, dans lesquels j'aimais tant passer mes doigts est devenue une coupe mi-longue savamment coiffée-décoiffée. Le rebelle a laissé place au businessman, soucieux de maîtriser son image. Ses yeux gris délavé, si purs, semblent s'être encore un peu éclaircis avec les années. Ses mâchoires viriles recouvertes d'une barbe de trois jours ont remplacé ses joues imberbes. Le souvenir de sa peau divinement douce me revient, un frisson me parcourt les reins. Ses traits sont plus marqués, son corps semble s'être déployé, il a l'air plus grand, plus affirmé. Le Vadim de mon passé ne se séparait jamais de son Perfecto en cuir usé, le Vadim d'aujourd'hui, lui, étale son pouvoir et son argent dans un costume flambant neuf de grand créateur. Il est si beau. Plus beau qu'avant, si cela est seulement possible. Il doit avoir toutes les femmes à ses pieds. C'est idiot, je ne lui ai pas adressé un mot, nos regards se sont croisés à peine deux secondes, mais je sens déjà poindre une once de jalousie. Je n'ai jamais été possessive, ce n'est pas dans ma nature. Sauf avec lui.

Il y a prescription, Alma...

Je ne suis pas la seule à avoir remarqué son arrivée, autour de moi les murmures et chuchotements fusent de toutes parts. Seule dans mon coin, je ne parviens pas à détacher mes yeux de sa silhouette impressionnante. Finalement, une voix grave et enjouée fait éclater la bulle dans laquelle je me suis retranchée. Joseph Wilson, notre supérieur franco-américain, nous invite à prendre place autour de la grande table en Plexiglas. En parfait gentleman, Clarence Miller, le responsable de la distribution, tire ma chaise et me décoche un sourire « Colgate ». Raide comme un piquet, je m'assois sans broncher.

– Chers collègues et collaborateurs, j'ai l'honneur de vous présenter le fondateur et PDG de King Productions : M. Vadim King. Il sera à nos côtés durant les prochains mois pour lancer la filiale France, ici à Paris. Merci de lui offrir l'accueil qu'il mérite… clame Wilson en invitant Vadim à prendre la parole.

King ?! Vadim Arcadi, c'était son nom à l'époque…

Le speech de présentation de Wilson a fait son petit effet. Les femmes battent des cils en direction de *mister* King, les hommes resserrent le nœud de leur cravate et les applaudissements retentissent sans attendre. Tous les yeux sont rivés sur le jeune trentenaire. Parti de rien, il est désormais à la tête d'un empire dans l'industrie cinématographique. Comment en est-il arrivé là ? Je l'ignore, mais j'aurais dû m'en douter. Vadim n'a pas seulement été doté d'un physique renversant, il est aussi brillant, engagé et possède un charisme à faire pâlir d'envie les plus grands de ce monde.

Mais pourquoi a-t-il changé de nom ?!

Cette question, je me la suis posée un nombre incalculable de fois pendant cette réunion au sommet. King Prod, société de production et de distribution en pleine expansion a récemment décidé de lancer une filiale sur le territoire français. Tour à tour, le PDG et son bras droit ont évoqué les stratégies, objectifs et plans d'action à court, moyen et long termes. Pendant plus d'une heure, je me suis évertuée à rester professionnelle, prendre des notes, intervenir lorsque cela me paraissait légitime. Correction : lorsque Vadim me tournait le dos. Je ne me suis jamais adressée directement à lui, trop impressionnée par son nouveau visage et peu encouragée par son indifférence affichée. Lui ne s'est pas laissé déconcentrer et s'est présenté à tous ses employés dans un français parfait agrémenté d'un très léger accent, là encore, charmant. Pas un regard, pas un sourire, pas un signe prouvant que nous ne sommes pas des étrangers. Douche froide. Ou gifle cinglante. Loin, très loin de mon conte de fées pour midinettes ! Apparemment, Vadim King – puisque c'est son nom – n'a que faire de moi, Alma Lancaster, grand amour de jeunesse et nouvelle employée invisible. De mon côté, il n'aura fallu qu'un instant pour que mon cœur s'emballe. Pour lui.

La séance de torture prend fin, je me lève péniblement de ma chaise et manque de percuter Sophie Adam de plein fouet. La pimpante responsable de production, qui se trouve être une amie, rit en découvrant ma mine dépitée.

– Ça va, Alma, tu ne m'as rien cassé ! Dis donc, tu savais qu'il ressemblait à ça, monsieur Roi ?

– Monsieur qui ? demandé-je en cherchant Vadim du regard.

Il faut que je le rattrape avant qu'il ne s'échappe !

– King, le big boss ! Tu gardes ça pour toi, mais franchement, s'il cherche une Pompadour, je suis preneuse !

– Sophie, tu es mariée depuis trois mois à peine…

– Tiens, c'est vrai, j'avais presque oublié ! Je file, je dois voir Clarence ! ajoute la jolie blonde en s'éloignant sur ses dix centimètres de talons.

Je m'élance, moi aussi, en direction de la sortie, mais cette fois je suis stoppée net par un jeune inconnu. Le brun filiforme me tend la main en m'adressant un sourire franc et chaleureux.

– Maximilian Finn. Alma Lancaster, la directrice adjointe, c'est bien ça ? me demande-t-il en tentant de masquer son fort accent américain.

– Oui, enchantée. Et vous êtes ?

– L'assistant personnel de Mr King. Je tenais à rencontrer tout le monde. La réunion a été un succès, vous ne trouvez pas ? Tous les collaborateurs semblent déjà très investis. King France a de beaux jours devant elle !

– Oui, ça ne fait aucun doute. Savez-vous où est Mr King ? J'aurais aimé le saluer… dis-je en sentant le rouge me monter aux joues.

– Oh, Mr King ne tient jamais en place, il doit déjà être loin, maintenant. Souhaitez-vous que je lui fasse passer un message ?

– Non, je vous remercie, j'attendrai notre prochaine rencontre.

Je tente de cacher ma déception et quitte l'assistant en prétextant un appel urgent. Une fois dans le couloir, je me rue jusqu'aux ascenseurs, prie pour que la cage en ferraille accélère, atterris au rez-de-chaussée, passe en trombe devant la réception, emprunte l'un des tourniquets à l'entrée de l'immeuble et débarque à bout de souffle sur les Champs-Élysées. À dix mètres de moi, je repère Joseph Wilson en train de serrer la main de Vadim. Ce dernier monte à l'arrière d'une berline noire de marque allemande, la voiture démarre, emportant avec elle Mr Fuyard. Il m'a vue, m'a reconnue mais n'a pas souhaité me parler. Je le connaissais par cœur : Vadim Arcadi ne m'aurait jamais laissée en plan. Vadim King, lui, est un étranger.

Je suis encore toute tremblante quand Joseph Wilson se plante devant moi, les mains sur les hanches, un sourire suffisant aux lèvres.

– Alma, il est temps de déboucher le champagne ! King est très satisfait de cette réunion et de toute l'équipe, il a de grands projets pour nous. Suivez-moi, retournons dans mon bureau.

Incapable de bouger, je continue de fixer l'emplacement de parking où se trouvait la berline. Je ne peux m'empêcher de me demander si Vadim est aussi chamboulé que moi à cet instant.

– Mademoiselle Lancaster, je vous attends ! s'écrie mon supérieur de sa voix énergique.

Quand Joseph Wilson vous demande de faire quelque chose, vous avez intérêt à obéir sur-le-champ. J'ai pu le vérifier à de nombreuses reprises depuis mon arrivée à King Prod. Il y a un peu plus d'un mois, j'ai franchi pour la première fois la grande porte de l'immeuble des Champs-Élysées. Un chasseur de têtes m'avait contactée et mise en relation avec la DRH de King Productions. À l'issue de cet entretien, j'avais été envoyée dans le bureau de Wilson, le directeur de la toute nouvelle filiale française. Lors de cette rencontre, il s'était montré très enthousiaste, mais pas forcément pour les bonnes raisons. Mon CV bien garni ne semblait pas vraiment lui importer, du moins, pas autant que mon physique. Mon chemisier blanc à col lavallière ne dévoilait rien en particulier, j'avais joué la carte du sérieux et du professionnalisme, mais le quadragénaire aux allures de dandy avait eu du mal à détourner les yeux de mon décolleté inexistant. Il m'avait sorti une bonne dizaine de phrases bateau et superficielles pour complimenter mon apparence, pensant probablement me faire plaisir. Raté, ce genre de comportements a tendance à me faire enrager, mais étant donné l'enjeu, je m'étais contentée de sourire poliment. Ce job était une opportunité rêvée pour moi, si bien que j'avais rangé au placard mon côté grande gueule et, je dois l'avouer, certains de mes principes. À seulement 30 ans, devenir directrice adjointe était quasi inespéré. En empochant ce job, ma carrière prenait un sacré tournant !

L'ambition est une affaire de famille chez les Lancaster. Mon père est un businessman hors pair, tout comme mon frère. Pour eux, craindre l'échec est déjà un échec en soi. Depuis toute petite, mes parents m'ont inculqué la détermination, la volonté, l'envie d'apprendre et d'accomplir. Laisser passer un tel poste, c'était tout simplement impensable. Une semaine après ces entretiens, j'apprenais que j'étais embauchée. Depuis un mois, j'étais focalisée sur mon travail et voulais à tout prix faire mes preuves. Mon job impliquait de nombreuses responsabilités, j'allais devoir apprendre beaucoup de choses sur le tas, mais ça ne me faisait pas peur. J'étais entourée d'une équipe compétente, dynamique, et je pouvais déjà compter sur Sophie et Clarence, respectivement responsables de la production et de la distribution. Une amitié sincère s'était rapidement nouée entre nous, ils me respectaient en tant que supérieure, mais me traitaient comme l'une des leurs. Seule ombre au tableau : les coups de gueule fréquents de Wilson, qui ne m'étaient jamais adressés mais qui avaient le don de ternir l'ambiance générale.

– Tu es sûre que c'était bien lui ?

– Clem, tu crois vraiment que je serais dans cet état si j'avais le moindre doute ? réponds-je à ma meilleure amie.

– Oui et en plus, des Vadim, il ne doit pas y en avoir tant que ça… ajoute Niels, mon *gay boyfriend.*

– Mais pourquoi avoir changé de nom ? enchaîne Clémentine. Et comment en est-il arrivé là ? C'est pas pour être méchante, mais j'ai du mal à croire que ton ex est devenu milliardaire !

– Tu crois que c'était prémédité ? Qu'il a fait en sorte de te retrouver ? continue Niels.

– Je n'en sais rien, je n'ai aucune réponse. Tout ce que je sais, c'est qu'il avait l'air aussi choqué que moi, je suis persuadée qu'il ne s'attendait pas à me trouver là. Et en se barrant comme il l'a fait, croyez-moi, il m'a fait comprendre qu'il n'avait pas du tout envie de me revoir !

– Pas faux… murmure Clémentine.

– C'est vrai… reconnaît Niels.

À peine sortie du boulot, je leur avais donné rendez-vous sur la terrasse de notre brasserie fétiche à Saint-Lazare. Niels était libre, Clémentine a annulé ses projets à la dernière minute pour se libérer. Quand ils ont entendu le prénom « Vadim » à l'autre bout du fil, je n'ai pas eu besoin d'insister, mes deux acolytes ont débarqué illico. À peine installés, ils m'ont assaillie de questions, de remarques plus ou moins pertinentes et j'ai dû me battre pour les faire taire et enfin pouvoir en placer une !

Clémentine D'Aragon, jolie rousse de 30 ans, mariée, deux enfants, est ma plus ancienne amie. Plus jeune, c'était une pile électrique, une force de la nature, à tel point que j'avais parfois du mal à la suivre. Aujourd'hui, les rôles se sont un peu inversés. Elle a choisi de consacrer tout son temps à ses « adorables » jumelles de trois ans, Madeleine et Séraphine, au détriment de sa carrière. Une décision qu'elle remet fréquemment en question, surtout lorsque sa progéniture s'amuse à la rendre folle. Elle aime : son sublime duplex à Opéra hérité de sa famille pleine aux as, sa Mini Cooper Chili Red, les légumes bio, le pinot noir, Jane Austen, les Bee Gees et les talons compensés. Elle déteste : les super-mamans « super-heureuses, super-douées, super-lookées », les gens naturellement minces, la bière, sa belle-mère, les films d'horreur, le camping et la peau des tomates cuites.

Niels Duval, beau blond à la taille de guêpe et au look irréprochable est entré plus tard dans ma vie. Il a travaillé avec moi pendant trois ans dans une petite boîte produisant des films indépendants. Entre nous, le courant est tout de suite passé. Il est toujours de bon conseil, bien que sa vie sentimentale soit, selon ses dires, désastreuse. Même chose côté professionnel : depuis dix ans, il tente de se faire un nom en tant qu'acteur, mais le manque d'opportunités l'oblige à enchaîner les petits boulots plus ou moins en rapport avec le septième art. À 28 ans, cet éternel optimiste n'a toujours pas réussi à percer et ses deux publicités et son apparition dans une série télé sont ses plus grandes fiertés. Le rôle de sa vie : « Victime numéro trois », un macchabée dans *En quête d'enquêtes*. Il aime : son futur Oscar, *Dr House*, la musique classique, Rihanna, les mecs barbus, les cocktails parapluie, Skin, son chat sans poils qui lui a coûté une bonne partie de ses économies, Sothy, le petit Cambodgien qu'il parraine depuis deux ans. Il déteste : *Grey's Anatomy*, les mecs qui veulent emménager chez lui après deux rendez-vous, l'intolérance, les discours de Miss France, les fast-foods, la cruauté envers les animaux, le jaune moutarde.

Leurs points communs : ce sont des amis en or, mais aussi des pipelettes hors catégorie. Avec eux, ce n'est pas à celui qui aura le dernier mot, mais à celui qui en dira le plus…

– Je mange comme quatre et vous, vous me laissez faire ! râle Clémentine une fois ses tagliatelles au saumon avalées. Au fait, il a changé ? Il a pris du poids ? Il a une calvitie précoce ? Il s'habille comme un pied ?

– Si seulement… Il est encore plus beau qu'à l'époque. Tu verrais l'effet qu'il fait aux femmes. Mes collègues étaient dans tous leurs états…

– Beau gosse ET milliardaire ? Alma, tu sais ce qu'il te reste à faire ! ajoute Niels en repoussant son assiette. Prends mes frites, tu peux te le permettre, toi.

– Et moi non ? s'insurge Clémentine.

– Ma biche, tu as largement dépassé ton quota de féculents pour la journée. Alma, elle, n'a rien avalé. Un peu de graisses saturées ne te fera pas de mal, chérie. Si tu veux reconquérir ton Mr King, il va falloir arrondir un peu ce fessier…

– Mon fessier se porte à merveille, il te remercie. Et qui te dit que je compte reconquérir qui que ce soit ? Le célibat me convient parfaitement, dis-je en toute mauvaise foi.

– Bonne réponse, Alma ! Vadim Arcadi n'était déjà pas un cadeau, mais alors ce Vadim King… Je ne le sens pas ! conclut Clémentine, clairement vexée par la remarque de Niels.

– Elle est toujours amoureuse de lui, ça crève les yeux ! Arrête avec tes discours à deux balles, Clem, si Alma t'écoutait, elle serait nonne ! Ou mariée avec un expert-comptable fan de généalogie… L'éclate totale ! lui balance-t-il pour la faire enrager.

– Va te faire voir Niels, tu peux te moquer mais en attendant, j'ai un homme qui m'attend à la maison, moi !

– Tout doux ! Vous devriez faire une thérapie de couple tous les deux… Bon, et si on en revenait au sujet du jour : Vadim Arcadi, King ou je ne sais qui !

Je scrute mon reflet dans la minuscule glace de ma salle de bains. Note pour plus tard : me procurer un miroir digne de ce nom. Et arrêter de me coucher à 2 heures du matin. Je ne vois que mon teint trop pâle, mon carré mi-long un peu plat, ma bouche gonflée par la fatigue et les cernes qui gagnent du terrain sous mes yeux verts. Me contempler de la sorte ne fait pas partie de mes rituels matinaux, loin de là. Je n'aime pas spécialement me détailler sous toutes les coutures, mais l'idée de croiser Vadim au cours de ma journée m'angoisse un peu. Beaucoup. Sans avoir d'arrière-pensées ou d'attentes en particulier, j'aimerais, si possible, lui apparaître sous mon meilleur jour. Il me trouvait belle à l'époque. Il n'était pas du genre à abuser des compliments, mais il ne trichait jamais : chaque mot qui sortait de sa bouche était sincère. Cela ne les rendait que plus précieux. J'aimais me voir à travers lui, je chérissais l'image de moi que son regard me renvoyait. Les autres avaient beau me dire à quel point j'étais jolie, mince, pétillante, séduisante, seul son avis comptait. Douze ans ont passé, mais aujourd'hui encore je veux retrouver cette sensation. Vadim King doit me trouver belle, c'est vital. Superficiel, puéril, orgueilleux, mais vital.

User et abuser du maquillage, ce n'est pas dans ma religion. Une fois n'est pas coutume, ce matin, je me vois contrainte et forcée de faire une exception. Mon visage ravalé, je décide d'enfiler une robe anthracite sobre mais près du corps, histoire de mettre en valeur mes quelques atouts. Au passage, j'ai une petite pensée pour Joseph Wilson, qui va sans doute profiter du spectacle plus que Vadim, mais peu importe, ce ne sera pas le premier quadra lourdingue à tenter de m'attirer dans son lit pour une seule nuit. C'est peine perdue. Aucun d'entre eux n'est parvenu à ses fins et ça ne risque pas de changer. Nouvelle résolution du jour : cesser de sourire bêtement aux remarques déplacées, réagir plutôt que laisser les choses s'envenimer.

Mon planning de la journée est chargé. Après avoir contacté un réalisateur, programmé un casting et confirmé des dates d'avant-premières, je me rends en salle de réunion pour faire un point avec Sophie et Clarence. Je suis un peu en avance, eux un peu en retard. La routine. Cela me laisse juste le temps de rêvasser à la suite du feuilleton qui n'existe que dans ma tête : quand vais-je recroiser Vadim, daignera-t-il m'adresser quelques mots, vais-je me liquéfier à nouveau ?

– Un café pour me faire pardonner mon retard… me lance

Sophie, un adorable sourire contrit aux lèvres.

Impossible de lui en vouloir. Cette fille est trop maligne...

Clarence débarque à son tour, essoufflé, débraillé, ses dossiers en vrac. Ce quasi-sosie de Will Smith nous explique que son « petit monstre » de neuf mois fait ses dents et que c'est décidé : il sera fils unique. Après une courte dissertation sur les joies relatives de la parentalité, il passe aux choses sérieuses.

– Alma, comme tu me l'as demandé, je t'ai imprimé le séquençage de la bande-annonce de *Je t'aime un peu, beaucoup, passionnément*. C'est le bon cette fois. Plus aucune modif n'y sera apportée.

– Parfait. Tous les plans clé ont été choisis ? On peut partir là-dessus ?

– Affirmatif.

– Sûr ?

– Oui, chef !

– Super, merci Clarence. Sophie, du nouveau du côté d'*Invasions* ?

– Oui, l'enveloppe budgétaire semble suffisante.

– Semble ?

– Les devis ont été validés, ça va le faire. Et d'après le planning, les délais sont larges. Tout roule !

– Bonne nouvelle ! Wilson sera content. Enfin, satisfait.

– Et ça, c'est un miracle... grommelle Clarence. Quel emmerdeur, celui-là. Heureusement, maintenant que King est dans les parages, Clooney va nous foutre un peu la paix.

« Clooney », c'est le surnom que s'est attribué notre cher boss, Joseph Wilson. Aucune ressemblance entre la mégastar et le mégalomane, si ce n'est les cheveux poivre et sel. Personne n'a osé lui faire remarquer cette incohérence, perdre nos jobs n'est pas une option. Et puis après tout, il peut bien se faire des films, c'est son métier.

– En parlant de King, j'étais tout excitée à l'idée de le revoir ! Vous savez quand est-ce qu'il va nous faire une nouvelle visite ? demande Sophie en s'éventant de la main.

Non mais... si on pouvait éviter de parler de lui... J'ai déjà suffisamment de mal à me le sortir de la tête...

– Il te fait tant d'effet que ça ? lâche Clarence, mort de rire.

– Oh ! que oui... Jamais vu un mec aussi sexy ! Alma, tu valides ?

– Heu, oui... Il est... plutôt pas mal... réponds-je bêtement, prise au dépourvu.

– On est entre nous, tu peux te lâcher Alma ! Tout ce qui se dit dans cette salle restera dans cette salle ! Je me suis renseignée, il n'est pas marié ! Ça tombe bien, toi non plus... ajoute-t-elle en m'adressant un clin d'œil plein de sous-entendus.

– Alma Lancaster est amoureuse, Alma Lancaster veut épouser le Roi Vadim, Alma Lancaster veut faire des bé... se met à chantonner mon collègue hilare.

– Clarence, ça va aller, dis-je un peu trop brutalement.

– Toujours aussi subtil... le gronde gentiment Sophie en lui faisant les gros yeux. Allez go ! on va être en retard pour la projection !

Pourquoi avoir choisi d'étrenner ces nouveaux escarpins un jour de marathon ? Il est à peine 16 heures et j'ai déjà les pieds en compote. À force de courir dans tous les sens pour m'assurer que les projets en cours sont en bonne voie, je ne vais pas tarder à m'écrouler. J'ignorais que le poste de directrice adjointe incluait tant d'exercices physiques. Joseph Wilson ne semble pas exténué, lui. Normal, il n'est pas du genre à se déplacer, mais plutôt à convoquer la terre entière dans son bureau. Et vu les saloperies qu'il mange tous les midis, c'est un miracle qu'il conserve la ligne ! Je le suspecte d'avoir recours à la chirurgie esthétique. Pourquoi se fatiguer quand on peut se payer un coup de baguette – bistouri – magique ? Je ne sais pas s'il pratique la télépathie, mais je reçois un appel de Clooney au moment précis où je me mets à penser à lui.

– Mademoiselle Lancaster, soyez mignonne, venez me voir dans mon bureau.

Soyez quoi ?!

Je me retiens de lui envoyer une repartie cinglante et me contente de raccrocher. Direction la pièce somptueuse que s'est allouée monsieur le directeur de la filiale France. Un bureau de 50 mètres carrés tout équipé et décoré par un designer en vogue, avec un coin bar et sur la terrasse, un tapis d'entraînement de golf ! Tout ça avec vue panoramique sur les Champs-Élysées.

Ben voyons… Manque plus qu'une table de massage ou un solarium…

Je ne suis absolument pas préparée à ce qui m'attend. Après avoir frappé, j'ouvre un peu trop violemment la double porte et manque de m'affaler… aux pieds de Vadim ! Je retrouve péniblement mon équilibre, m'épargnant cette humiliation magistrale, mais en contrepartie je deviens écarlate. Un milliard d'émotions s'entrechoquent à nouveau dans mon cerveau. Il est encore là où je ne l'attendais pas. Et une fois encore mon cœur fait des bonds dans ma poitrine. Alors que je m'apprête à le saluer – en me retenant de lui sauter au cou –, Vadim s'éloigne de moi sans m'adresser un mot, s'approche de la fenêtre et étudie le panorama. Apparemment, la circulation parisienne l'intéresse plus que ma petite personne. Je tombe de haut, à la fois déçue et vexée. En fond sonore, Wilson se met à piailler dans tous les sens.

– Bon, les présentations sont déjà faites j'imagine ? Mr King, sachez que Mlle Lancaster est pour l'instant tout à fait à la hauteur de mes attentes, et par la même occasion, des vôtres. Elle a fait preuve ces dernières semaines d'une efficacité redoutable et d'un sens de l'initiative peu commun. C'est grâce à des gens comme elle que la filiale France va fructifier et faire du chiffre ! Et quand je dis « chiffre », je ne plaisante pas. J'envisage de…

– J'ai déjà entendu tout ça, Joseph. Je n'ai pas de temps à

perdre, pouvons-nous enchaîner ? coupe le PDG, qui nous tourne toujours le dos.

– Oui, veuillez m'excuser, Mr King. Cette société me tient tellement à cœur que parfois, je…

– Wilson ! Enchaînez.

– Très bien. Alma, je vous ai fait venir pour discuter des performances des différents services. Nous n'avons que très peu de visibilité pour l'instant, mais… se lance Clooney avant d'être interrompu par la sonnerie de son téléphone. Excusez-moi un instant, j'attends un coup de fil important.

Complètement fébrile, le quadra décroche en braillant son nom, puis me fait signe qu'il doit s'absenter quelques minutes. Son portable collé à l'oreille, il se tourne vers King, comme pour lui demander sa permission, mais ce dernier l'ignore superbement. Finalement, Wilson prend son courage à deux mains et quitte silencieusement la pièce, dans de grandes et maladroites enjambées. Une seconde plus tard, sa voix résonne dans le couloir et je devine qu'il s'éloigne lorsqu'elle devient peu à peu inaudible.

Vadim et moi... Seuls dans ce bureau... Au secours !

Pas un bruit. Nous sommes tous deux immobiles. Il ne me regarde toujours pas, je reste plantée là. Exactement comme dans cette salle de cours, la première fois que nous nous sommes rencontrés. Finalement, oppressée par ce silence assourdissant, je tente quelque chose. Quoi exactement ? Je ne sais pas. Quelque chose.

– Nous voilà, douze ans après, lancé-je sans parvenir à cacher mon émotion.

– …

– Je pensais ne jamais te revoir.

– …

– J'ignorais que tu étais le PDG… et que j'allais travailler pour toi.

– …

Retourne-toi bon Dieu ! Parle !

– Tu as changé de nom ?

– …

– Vadim !

À cet instant, quelque chose se produit. J'ignore ce qui provoque sa réaction, peut-être le fait que je hausse le ton. Oui, ça doit être ça. Même à distance, sa carrure impressionnante me donne envie de m'enfoncer dans le sol pour disparaître. Il est beau à faire peur, ses yeux gris me fusillent littéralement, ses sourcils se froncent, sa bouche se tord.

– Quelle ironie ! Tu m'as jeté il y a douze ans, aujourd'hui, c'est moi qui ai ce pouvoir.

Ses mots assassins se répandent dans mon sang comme du venin, paralysée, je le regarde se diriger vers moi, me frôler… et prendre la sortie. Il n'attend pas le retour de Wilson, je devine que c'est le dernier de ses soucis. J'entends la porte claquer dans mon dos et tout ce qu'il me reste est la certitude qu'il ne va pas m'épargner. Et que son visage, son charisme, son parfum m'enivrent comme au premier jour.

2

Comme avant

Je l'ai dans la peau. Je n'ai jamais cessé de l'aimer. Me persuader du contraire serait une perte de temps. Impossible de revenir en arrière. Vadim King, double maléfique – ou du moins imprévisible – de Vadim Arcadi, a fait intrusion dans ma vie et je dois en subir les conséquences. Toutes les conséquences ! Y compris le sermon et les mises en garde que je m'apprête à recevoir en me rendant chez mes parents. Le déjeuner dominical est une tradition dans la famille, inutile d'espérer y échapper. Officiellement, la présence des enfants Lancaster est « souhaitée », mais en réalité elle est obligatoire. Par chance, j'adore me rendre dans ce quartier. Sur le chemin qui me mène à l'appartement de la rue Jouffroy d'Abbans, j'emprunte la rue de Lévis, charmante avenue piétonne animée par le marché du dimanche. Rien de tel qu'une petite balade dans le XVIIe huppé mais vivant pour me mettre en condition. Au milieu de ce joyeux brouhaha, j'oublie un instant que j'ai rendez-vous avec M. et Mme C'est-comme-ça-un-point-c'est-tout.

Une fois par semaine, c'est largement suffisant…

Edward, mon père, n'a pas hérité du flegme britannique, mais plutôt du côté rigide des *Britishs*. C'est un homme courageux, brillant, déterminé, mais pas toujours très ouvert. Il se battrait jusqu'à son dernier souffle pour protéger les siens, mais ne voit aucun mal à les engueuler pour un rien. Marie, ma mère, est la douceur incarnée. Très amoureuse de son mari, elle lui a consacré sa vie, au point d'en oublier un peu la sienne. C'est la même chose avec nous : elle est incapable de refuser quoi que ce soit à la prunelle de ses yeux. Cela dit, ce manque d'autorité est largement compensé par son inégalable intuition. Ma mère est tout sauf naïve. Son intelligence fine et sa patience lui ont toujours permis de nous cadrer sans nous bousculer. Comme ça, l'air de rien. Quand une autre mère aurait hurlé en découvrant que sa fille avait découché, la mienne se contentait de poser des questions. Des dizaines. Si pointilleuses et personnelles que, d'une certaine manière, ce simple interrogatoire me dissuadait de récidiver. Tous ceux qui l'ont côtoyée le savent : Marie Lancaster est douce… mais pas stupide.

Basile, 32 ans, est l'aîné de la fratrie Lancaster. Un rôle qu'il ne prend pas à la légère… Compétitif dans l'âme, mon frère aime affirmer qu'il n'a peur de rien. Un brin donneur de leçons, il met un point d'honneur à réussir tout ce qu'il entreprend, en particulier dans les affaires. Après avoir superbement réussi ses études supérieures, il s'est mis à travailler aux côtés de mon père et s'apprête à prendre les rênes du business familial. PDG d'une société immobilière constituée de près de cent agences à travers le monde : il s'y voit déjà ! Le seul point faible de Basile ? Sa vie sentimentale. Mon frère est un vrai mec, tout ce qu'il y a de plus cliché et macho, à une chose près : la gent féminine ne l'intéresse guère. Il aime les hommes et rien que les hommes. Après un coming out musclé à 22 ans – qui nous a tous laissés bouche bée – et une longue période peuplée d'amours dissolues, il cherche maintenant la perle rare.

Lily, ma petite sœur de 24 ans, est unique en son genre. Selon mes parents, c'est l'artiste de la famille. Traduction : le vilain petit canard. Elle n'est jamais vraiment rentrée dans le rang. Pas très scolaire, pas toujours présentable selon les standards de mes parents, un peu trop originale et fofolle à leur goût, elle fait toute mon admiration. Lily se fout de l'avis des gens, elle fait ce qu'il lui plaît quand ça lui plaît. Jolie ronde aux cheveux d'ange et au sourire diabolique, elle a un succès fou auprès des garçons. Elle s'intéresse d'ailleurs plus à eux qu'à son avenir professionnel. Très débrouillarde, elle ne compte sur personne d'autre qu'elle-même pour s'en sortir et elle parvient toujours à joindre les deux bouts. Comment ? Mystère. Ma sœur est une personne décalée, entière, excessive. Des qualités qui n'en sont pas forcément aux yeux de tous, mais que je me surprends souvent à lui envier.

– Quoi de neuf à « Queen » Prod, madame la directrice adjointe ? me demande ironiquement mon frère en plaçant dans mon assiette une belle cuisse de poulet rôti.

– On est obligés de parler boulot avant le dessert ? rétorque Lily en faisant la moue.

– De quoi voudrais-tu discuter, ma douce ? l'interroge maman.

– Je ne sais pas, du sort réservé aux poulets d'élevages, peut-être ? Ou de pourquoi je n'ai pas eu le droit de ramener Omar à cette table…

– Parce que pour ça, il faudrait que tu le connaisses depuis plus de deux semaines, soupire Basile.

– Lily, laisse ta sœur parler. Alma, tu disais ? l'interrompt mon père en lui adressant tout de même un rapide clin d'œil.

Cassant mais affectueux : tout mon père.

– Rien de nouveau à King Prod. Enfin, à une chose près. J'ai… rencontré mon PDG.

– L'Américain ? enchaîne papa, avide de détails.

– Oui.

– Et alors, il est comment ? Totalement mégalo ? Tyrannique ? Au moins, il porterait bien son nom ! ajoute Basile, très fier de sa blague.

– Je le connais, vous aussi…

– Chérie ? laisse échapper maman, comme si elle se doutait de ce qui allait suivre.

– C'est Vadim. Vadim Arcadi.

– QUOI ? balancent-ils tous à des intensités différentes.
– Mais il s'appelle King ! fait remarquer ma sœur.
– J'ai été aussi surprise que vous…
– Ce mec est devenu PDG ? D'une multinationale ? Il est… millionnaire ?! s'écrie mon frère, une pointe de jalousie dans la voix.
– Milliardaire, le corrige mon père en reposant ses couverts, soudain rassasié, ou écœuré.
– Il n'avait pas franchement le profil. Comme quoi, tout est… tente ma mère.
– Comme quoi rien du tout ! s'énerve le patriarche. Alma, méfie-toi de cet homme. Il a sûrement des motivations cachées. S'il t'a embauchée après ce qui s'est passé entre vous, ce n'est pas pour rien si tu veux mon avis.
Je ne suis pas sûre de le vouloir, justement…
– Il ignorait que je faisais partie de la filiale France ! Tout ça est dû au hasard. Inutile de devenir paranos !
– Je n'en crois pas un mot ! s'emporte mon père.
– Calme-toi Edward, ta fille est capable de gérer la situation. Qu'est-ce que tu comptes faire ? me demande maman.
– Retomber dans ses bras ! balance Lily en ignorant mon regard assassin.
– S'il essaie quoi que ce soit, tu m'appelles et je lui règle son compte ! s'enflamme Basile.
– Oui c'est ça, parce que tu fais le poids face à ses gardes du corps, peut-être, ironise ma sœur.
– Stop ! Le sujet est clos, j'aurais dû garder ça pour moi, marmonné-je en plantant férocement ma fourchette dans la pauvre volaille.
Quelle idiote, je m'attendais à quoi ?!
Rien n'a changé. Du moins, rien concernant Vadim. Ma famille, excepté Lily, ne lui a jamais laissé sa chance. Comme avant, les Lancaster font preuve d'une méfiance et d'une intolérance crasses. Comme avant, ils me mettent en garde contre une menace fantôme. Ils ne voient que le mal en lui.

Parce que Vadim ne vient pas du même milieu, parce qu'il n'a pas toujours fait les bons choix, parce qu'il risque de me tirer vers le bas et parce qu'il représente tout ce que nous ne sommes pas. C'est en tout cas ce qu'ils pensent. À l'époque, leurs préjugés et leur besoin de tout contrôler m'avaient influencée. Face à cette pression, j'avais fini par céder, j'avais choisi le camp de la raison, trahissant au passage le garçon que j'aimais. Renonçant au grand amour de ma vie. Je les tiens toujours responsables, au moins en partie. J'aurais dû n'écouter que mon cœur, avoir plus de force de caractère, au lieu de cela, je les ai laissés nous séparer. Qui sait, si j'avais résisté, Vadim serait peut-être toujours dans ma vie. Pas en tant que patron rancunier qui s'accroche à son ressentiment comme à un os à ronger. Mais en tant que…

Joker !

***

Ironie. Ce mot semble me suivre partout depuis que Vadim l'a utilisé pour me remettre à ma place. Ce matin encore, l'ironie de la situation tourne à mon désavantage. L'e-mail envoyé par Wilson précisait bien que Mr King serait absent jusqu'à mercredi. Nous sommes lundi matin, j'ai une mine horrible, mes traits sont tirés et j'ai choisi de porter un tailleur noir trop strict et sans formes – à l'image de mon humeur – en pensant ne pas le croiser. Il est pourtant bien là, un sourire narquois aux lèvres, au moment où je m'engouffre dans l'ascenseur. Mon teint pâle vire au rouge tomate. Il est tiré à quatre épingles. Je suis vêtue d'un sac à patates. En prenant soin d'éviter son regard moqueur et en essayant d'ignorer les battements assourdissants de mon cœur, je fais le bilan.

Cheveux : ternes et indisciplinés. Maquillage : zéro pointé. Tenue : siècle dernier. Total des points : recalée au casting. Avis du jury : besoin d'un relooking extrême !

L'ascension jusqu'au huitième étage prend une éternité.

Mal à l'aise, je serre mes dossiers de financement contre ma poitrine en pointant le nez en l'air. À l'autre bout de l'habitacle, je sens son regard fixé sur moi. Quand il finit par lâcher un petit rire, je craque…

– Tu as quelque chose à me dire ? demandé-je en le torpillant de mes yeux olive.

– Très jolie tenue. Tu comptes rentrer dans les ordres ou bien aller te confesser en fin de journée ? répond-il avec son irrésistible accent en me détaillant de bas en haut et en me gratifiant de son stupide sourire en coin.

– Me confesser ? Pour quoi faire ? Je n'ai rien à me reprocher.

– Si tu le dis, lâche-t-il au moment où les portes s'ouvrent.

Sixième étage. Maximilian Finn, son assistant, entre dans l'ascenseur en nous saluant chaleureusement. Je serre les dents, maudissant mon tailleur et mon enfoiré de PDG. Huitième étage, la voie est libre, je m'enfuis sans me retourner.

J'ai deux mains gauches, ce n'est pas un scoop. Top déchiré, café renversé, pantalon trempé : un accident par semaine, c'est ma moyenne. Paradoxalement, ce petit défaut se révèle extrêmement utile au moment où je m'apprête à rejoindre une réunion improvisée par Mr King. J'ouvre le tiroir inférieur de mon bureau et y trouve ma petite robe noire « de rechange » griffée Vera Wang.

Bien vu !

Quoi que. Je devrais peut-être m'en tenir à ma tenue d'enterrement...

Je n'ai pas le temps de débattre. J'enfile la fameuse robe – sûrement un peu trop courte et sexy pour la circonstance – et rassemble mes cheveux rebelles en un chignon haut perché. Un passage de rouge sur les lèvres et je suis fin prête. Quelque chose me dit qu'il va moins rire, cette fois. Enfin, je l'espère…

Joseph Wilson me dévore des yeux dès l'instant où je pénètre dans la grande salle aux baies vitrées. Je l'avais oublié, celui-là. Sophie s'y met aussi et m'accueille avec un « Alma » plein de sous-entendus. Puis, avec toute la subtilité qui le caractérise, Clarence lâche un petit sifflement dans ma direction. Note pour plus tard : l'inscrire à un stage de bonnes manières. Et ajouter Wilson sur la liste. Je m'assois le plus dignement possible, tentant d'ignorer l'attention que je suscite. Vadim débarque à son tour et prend place dans son siège de PDG. Il passe rapidement la salle en revue, puis marque un temps d'arrêt en me découvrant là. Son visage se tend, son regard s'assombrit, un léger rictus se dessine sur ses lèvres. Puis la réunion démarre et notre petit jeu lui aussi ne tarde pas à commencer.

Alors que Clooney se lance dans un speech interminable, nous interroge sur les dossiers en cours et fait des courbettes au big boss, ce dernier ne semble pas très concentré. Pas sur les négociations budgétaires, calendriers de tournages ou campagnes de communication, en tout cas. Nos yeux se cherchent sans cesse, se croisent, se fuient, se retrouvent. Il passe la main dans ses cheveux. Je me mords la lèvre. Il s'agite nerveusement, agrippe sa bouteille d'Evian, ses doigts fins jouent avec son stylo Mont-Blanc. Je minaude d'abord, puis fais la belle indifférente. Je bous intérieurement. Personne ne semble remarquer la tension qui s'est installée entre nous, et très honnêtement, je ne m'en préoccupe guère. À cet instant, Vadim et moi sommes seuls au monde, échoués sur une île déserte, un iceberg ou un…

– Mademoiselle Lancaster, c'est ici que ça se passe ! aboie Wilson. Vous avez les dates de tournage du prochain *Larry Water* ou pas ?!

Totalement prise au dépourvu, j'ouvre frénétiquement mon dossier pour pouvoir partager cette information. Par chance, je la trouve facilement et Clooney redescend en pression. J'ai échappé au pire… Vadim, lui, savoure précieusement cet instant. Ses yeux pétillent, il m'adresse un sourire moqueur, sensuel, irrésistible et je ne peux m'empêcher de l'imiter. Déclic. J'ai en face de moi le Vadim d'avant, le vrai ! Des frissons parcourent ma colonne vertébrale.

Je n'aurais jamais dû te quitter...

Une fois de plus, King se volatilise à peine la réunion terminée. Pas étonnant. Arcadi était toujours le premier à décamper lorsque retentissait la sonnerie annonçant la fin des cours. Ces deux-là ont peut-être plus en commun que ce que je pensais... C'est le constat que je me fais au moment où Sophie Adam, toujours aussi lookée dans sa combinaison Color Block, me court après pour m'accompagner jusqu'à mon bureau.

– Alma Lancaster, je veux tout savoir !

– De quoi tu parles ?

– Cette robe ! Tu crois que Wilson le pervers a été le seul à la remarquer ? Détrompe-toi, tu vas être le sujet de conversation de la journée...

– C'est ma tenue de rechange, mon tailleur était... abîmé.

– Mais bien sûr... Tu essayais d'impressionner qui ? Mr King, peut-être ? ajoute-t-elle en riant avant de me tourner le dos et d'en rajouter une couche. En tout cas, c'est réussi, tu es canon !

Besoin urgent de caféine.

Quelques minutes après cette conversation express – et un peu gênante –, me voilà de retour dans la boîte à sardines qui me sert de bureau, un *latte* allongé à la main. Boîte à sardines, je suis un peu dure. Disons placard à balais. Mon bureau, le vrai cette fois, celui qui m'a été attribué, est en rénovation. Nouvelles peintures, nouveau mobilier, équipement dernier cri, vue panoramique : les privilèges d'être directrice adjointe sont légion. Ne reste plus qu'à en bénéficier...

Je m'installe du mieux que je peux dans cet espace étriqué, retire mes chaussures à talons pour libérer mes pieds endoloris, avale une gorgée brûlante et active le mot de passe de mon ordinateur. Mon objectif pour les trente prochaines minutes : me sortir de la tête cette réunion surréaliste. Ses yeux perçants. Son sourire gourmand. Son corps puissant.

STOP !

En attendant, j'ai cinquante-deux mails à trier, lire, jeter. La fin de matinée va être longue. Après une réponse rapide mais prioritaire à l'un de nos publicitaires, je remarque un carton rose pâle déposé sur le coin de ma table en bois foncé. La couleur tranche très nettement, comment ai-je pu ne pas le remarquer ? Intriguée, je me saisis du papier et le déplie. Je suis stupéfaite de reconnaître l'écriture illisible de Vadim. Mon cœur bat dans mes tempes.

[Arrête de me chercher
ou tu vas me trouver…]

Il me provoque… Ou bien il est sérieux et mon job est en danger ? Il me provoque !

– Ça fait quinze minutes que je t'attends en bas ! Je récupère les filles dans une heure, je suis pressée, Alma ! s'énerve Clémentine en débarquant dans mon bureau, un sac de victuailles à la main.

Je l'avais complètement oubliée ! Enfin pas elle, plutôt notre déjeuner. Cette réunion a lobotomisé mon cerveau fatigué, sans parler du petit mot qui m'obsède depuis que je l'ai découvert. Je m'excuse platement, lui propose de rester ici, ce qu'elle accepte sans broncher. Tartare de daurade, sashimis au saumon et makis printemps : ma meilleure amie sait me prendre par les sentiments ! La bouche pleine, nous parlons de tout et de rien… avant d'aborder le sujet qui fâche.

– Il t'a vraiment écrit ça ?! demande-t-elle, la preuve sous les yeux.

– Non, Clem, je me suis écrit ce message à moi-même… Évidemment que c'est lui ! Qui d'autre ?

– Je ne sais pas, Wilson ?

– Non, c'est l'écriture de Vadim, aucun doute.

– Tu comptes faire quoi ? Tu ne crois pas que tu ferais mieux de calmer ses ardeurs une bonne fois pour toutes ? C'est ton boss. Et vu votre passif…

– Justement, à cause de notre passé, ce n'est pas évident pour moi de… lui résister.

– Il y a trois jours et encore ce matin, il était insupportable, il te traitait comme une moins que rien ! Depuis quand tu te laisses faire ?

– Je ne me laisse pas faire, je reste sur mes gardes, nuance. Je ne peux pas l'envoyer se faire voir, aller trop loin, je ne veux pas perdre mon job !

Et je le veux, lui ! Vadim King... ou Arcadi, peu importe !

– Et… Raphaël ? ajoute Clémentine, d'une petite voix.

– Pas maintenant, Clem. Je ne veux pas y penser.

– Il ne va pas passer sa vie à t'attendre, tu sais…

– Justement, je ne veux pas qu'il m'attende ! Ça ne devrait pas être aussi compliqué, ça devrait être… une évidence. Et avec lui, ça ne l'est pas.

– Et avec Vadim, ça l'est ?

– Oui. Ça l'a toujours été. Évident, enflammé, passionné ! Je veux ressentir tout ça, comme avant…

***

Enfin libre ! Après cette journée harassante, aussi bien physiquement qu'émotionnellement, je n'aspire qu'à une chose : avoir la paix. Je viens de conclure un deal avec moi-même : ce soir, je ne pense à rien. Même pas à lui. Une bonne douche, un dîner léger, un film à la demande – un thriller, surtout pas une comédie romantique – et une nuit de sommeil m'attendent. Le genre de soirée qui ne fait pas forcément rêver, mais qui fait un bien fou. Mais pour ça, encore faudrait-il que rien ne vienne perturber mon esprit enfin apaisé. Tomber sur Vadim, par exemple, juste au pied de l'immeuble. En compagnie d'une jeune femme incroyablement agaçante. Anormalement belle, sexy, souriante, engageante. C'est ce dernier point qui m'irrite le plus. Si au moins elle était détestable…

Grace Montgomery n'a rien de détestable. Si ce n'est la perfection qu'elle incarne et les complexes qu'elle fait naître chez toutes les femmes qu'elle croise sur son chemin. Top model et actrice montante, elle a réussi à se faire un nom à Hollywood. Blonde comme les blés, visage de poupée, grande et élancée, poitrine généreuse et fesses rebondies. Le fantasme masculin personnifié. L'homme qui se trouve à ses côtés à cet instant : Vadim King, sublime milliardaire au tempérament de feu et au passé mystérieux. Le couple parfait.

Il est à moi !

Trop occupé à caresser la joue de sa protégée, mon PDG de malheur met un temps fou à remarquer ma présence. Quand, finalement, mes jambes retrouvent leurs sensations – de coton, elles passent au béton –, je tente une échappée discrète. Trop tard. Vadim s'est déjà retourné et s'avance vers moi, la bimbo sur ses talons.

– Grace, je te présente Alma Lancaster. Directrice adjointe de King France et… vieille connaissance, articule-t-il en anglais d'une voix joyeuse.

Vieille connaissance ?! L'amour de ta vie, imbécile !

– Enchantée ! J'espère que Vadim ne vous mène pas trop la vie dure ! piaille la blonde, toujours en anglais.

– Vous n'avez pas idée… lancé-je amèrement en étudiant la réaction de mon ex.

Elle ne se fait pas attendre ! Ma réponse provoque son hilarité, ce qui ne fait que décupler mon énervement. Pendant de longues secondes, nous restons muets, laissant nos yeux s'étriper. Vadim craque le premier. Il m'adresse un signe de la tête, me décoche un sourire diabolique et s'éloigne avec Grace. Main dans la main.

La mienne me démange…

J'ai du mal à me concentrer sur la route. Alcool et conduite ne font pas bon ménage ? Vadim King et conduite sont un danger mortel ! En arrivant chez moi vingt minutes plus tard, ma crise aiguë de jalousie n'est toujours pas passée. Nous ne sommes pas ensemble, c'est un fait. Il ne me doit rien. Et inversement. Le voir avec une autre a clairement altéré mon jugement. Quelque chose s'est emparé de moi et m'empêche de réagir comme une personne sensée. Je tente de m'occuper en visionnant *Usual Suspects*, mais au moment d'aller me coucher, je craque.

Pleinement consciente que je suis sur le point de faire une grosse erreur, je m'installe à mon ordinateur et ouvre ma boîte mails. Je rentre l'adresse électronique de King et me mets à taper sans réfléchir.

De : Alma Lancaster
À : Vadim King
Objet : ?
Je croyais que tu n'aimais pas les blondes.

Réponse immédiate. Ouf, ils ne sont pas en train de…

De : Vadim King
À : Alma Lancaster
Objet : RE : ?
Vadim Arcadi n'aimait pas les blondes, il n'aimait que toi.
Vadim King les aime toutes.

Enflure !

De : Alma Lancaster
À : Vadim King
Objet : RE : RE : ?
Je parie que c'est une fausse blonde.

Alma Lancaster, ex-directrice adjointe de King Prod, renvoyée pour cause de familiarité abusive envers son PDG… M'en fous, il l'a bien cherché ! Aaah ! « Nouveau message non lu » !

De : Vadim King
À : Alma Lancaster
Objet : STOP
Mêlez-vous de ce qui vous regarde, mademoiselle Lancaster.
Bonne nuit, fais de beaux rêves…
Cordialement,
Vadim King
Chief Executive Officer of King Productions
Président Directeur Général de King Productions

Réponse on ne peut plus froide. Quoi que... « Fais de beaux rêves » ?!

3

Guerre d'ego

– Le vert émeraude est décidément votre couleur, chère Alma… me glisse Joseph Wilson au creux de l'oreille, alors qu'il me succède à la machine à café.

Je ne suis pas dupe. Clooney a une machine Nespresso flambant neuve dans son bureau de ministre, s'il est là, collé à mes basques, c'est dans un but précis. Me traquer. En commentant ma tenue, en me glissant des mots doux à l'abri des regards, en me testant pour savoir s'il a ses chances avec moi. La réponse est non, c'est très clair de mon côté, reste à le faire comprendre à ce baratineur de première. Qui se trouve être mon supérieur.

Ça se complique… Stratégie numéro un : ignorer son commentaire déplacé.

– Bonjour Joseph. Vous avez reçu le planning de septembre pour la distribution ? J'ai vérifié avec Clarence Miller, a priori, tout sera bouclé dans les temps.

– Très bien, j'y jetterai un coup d'œil plus tard. En attendant, laissez-moi admirer cette ravissante robe assortie à vos yeux…

Stratégie numéro deux : s'inventer une vie.

– Un cadeau de mon homme. Merci du compliment, je lui ferai passer le message.

– Vous êtes mariée ?

– Pas encore, mais ça ne saurait tarder… affirmé-je en me disant que certains mensonges sont nécessaires.

– Vous me rassurez, je suis encore dans la course, alors ! Et comme vous le savez, j'ai l'habitude de gagner, balance-t-il en m'adressant un regard bovin qui me donne envie de rendre mon petit-déjeuner.

Stratégie numéro trois : battre en retraite avant de commettre l'irréparable.

– Sophie Adam m'attend dans mon bureau. Bonne journée, Joseph.

Depuis trois jours, je me fais toute petite en traversant de bout en bout les locaux de King Productions. Esquiver les tentatives désespérées de Wilson, ce n'est pas ce qui me demande le plus d'énergie. Ni ce qui me garde éveillée la nuit. Clooney n'est qu'un élément perturbateur mineur. Le problème est ailleurs et il est d'un tout autre calibre. Il s'appelle Vadim King et me tourmente bien plus que ce que je n'ose m'avouer. Notre dernière conversation – électronique – remonte à 72 heures et me reste en travers de la gorge. Sans parler des images obsédantes qui s'obstinent à tourner en boucle dans ma boîte crânienne. Nos regards échangés pendant cette réunion mi-chaude mi-froide, sa main caressant la joue de Grace Montgomery, son sourire victorieux lorsqu'il m'a prise en flagrant délit de jalousie. Y repenser me donne envie de le gifler. Ou de le plaquer contre un mur pour le toucher, le sentir, l'embrasser. Conclusion : je suis dans la m****. Et ça ne fait que commencer.

Seule lueur de joie et d'excitation (platonique) du moment : mon bureau de directrice adjointe vient de m'être livré ! J'ai enfin pu poser mes cartons dans ce havre de paix baigné de soleil et d'ondes positives. Je m'y sens en harmonie, en sécurité. Peut-être parce que Vadim King et Joseph Wilson n'y ont pas encore mis les pieds. Les immenses murs blancs aux plinthes gris souris sont parvenus à me redonner le sourire. Le mobilier sobre mais contemporain, aux influences zen, a fait descendre ma tension artérielle et m'aide à envisager de nouvelles perspectives. Les choses vont rentrer dans l'ordre. Travailler aux côtés de Vadim se révélera moins difficile que prévu. Je me fais du souci pour rien, c'est certain.

La frontière est mince entre positiver et se voiler la face...

Oui, bon, la route sera longue, mais rien n'est impossible. La voix condescendante de mon père choisit ce moment opportun pour s'inviter dans mon monologue intérieur...

« Ma fille, pas de fausses excuses, pas de jérémiades. Quand on veut, on peut ! »

Edward Lancaster, champion du monde des donneurs de leçons.

Je n'ai pas adressé la parole à mon PDG lunatique depuis trois jours. Je ne sais plus sur quel pied danser avec lui, il m'obsède, me perturbe, je ne me reconnais plus. Nous nous sommes croisés à quelques occasions, mais aucun regard ni mot n'ont été échangés. Il était dans l'ascenseur ? J'optais pour les escaliers. Au bout du couloir ? Une urgence de dernière minute m'obligeait à revenir sur mes pas. À la cantine, au snack ou au restaurant du coin ? Je n'avais pas vraiment faim. En réunion ? Je décidais que ma présence était facultative. Mais fuir ne me mènera nulle part. Je dois me rendre à l'évidence, ce petit jeu du chat et de la souris ne durera pas beaucoup plus longtemps. Pas si je veux conserver mon job.

Pas si je veux reconquérir le seul homme qui m'ait jamais donné envie de tout plaquer pour lui...

Ton job Alma, pense à ton job !

Il m'était tombé dessus un peu par hasard, mais en seulement quelques semaines, j'avais appris à occuper ce poste avec fierté. Et passion. C'est justement ce sentiment qui vous prend aux tripes qui m'avait incitée à explorer les métiers du cinéma. Être devant la caméra, ça ne m'avait jamais tentée. Ou plutôt je n'avais pas le talent requis pour devenir actrice. Passer ma vie derrière la caméra, c'était ça ma vocation. Alma Lancaster, réalisatrice. Je m'y voyais déjà. Mais après un an d'études aux États-Unis, mon retour brutal en France m'avait éloignée de cette voie toute tracée. Une bonne école de commerce, une spécialisation photo-ciné-son et un diplôme plus tard, je me retrouvais sur le marché du travail, motivée à l'idée de rejoindre une grande société de production. À 30 ans et après différentes expériences – plus ou moins mémorables – j'y étais. Directrice adjointe à King France. Tout en haut de l'affiche. Ou presque…

– Très belles esquives, Alma. Mais un peu trop prévisibles à mon goût, me balance Vadim après avoir ouvert la porte de mon bureau sans frapper.

– Entre, je t'en prie ! réponds-je d'une voix aiguë, agacée par cette incruste. De quoi tu parles ?

– Du fait que tu m'évites de manière flagrante depuis plusieurs jours. Quelque chose ne va pas ? demande-t-il tout sourire.

Ce maudit sourire… Ce divin sourire…

– Je suis très occupée, c'est tout.

– Trop occupée pour participer aux réunions de direction ?

– J'avais des détails de dernière minute à régler.

– Concernant ?

– Les budgets prévisionnels.

– De ?

– Vadim, qu'est-ce que tu veux au juste ?

– La vérité.

Tu fais exprès de ne pas comprendre ?! Je t'évite parce que tu me rends folle ! Parce que je n'aurais jamais dû te quitter ! Parce que t'imaginer avec une autre m'est insupportable !

– À quel sujet ?

– Pourquoi est-ce que tu me fuis ?

Je ne m'attendais pas à ce qu'il soit si direct. Je tremble de la tête aux pieds. J'essaie de formuler une phrase, de sortir quelques mots, mais rien ne vient. J'ai peur d'en dire trop, de ne pas en dire assez. Lui parler de mes sentiments profonds et sincères, lui jurer que je n'ai rien oublié, lui demander une seconde chance, j'en suis incapable. Je suis terrifiée par ce qu'il pourrait me répondre. Terrifiée à l'idée qu'il me repousse, me rejette. King me scrute, son visage est tendu mais n'exprime aucune animosité. Je retrouve chez lui cette même compassion, cette bonté qui m'avaient tant bouleversée à l'époque. Malgré cela, je reste muette, priant pour que quelque chose se produise et que ce face-à-face prenne fin au plus vite. Je ne demande pas la lune. Une sonnerie de téléphone ferait l'affaire. Les hurlements de l'alarme incendie. L'intrusion de Joseph Wilson.

C'est bien la première fois que je rêve de le voir apparaître, celui-là !

Mes vœux ne sont pas exaucés. Les secondes s'écoulent péniblement, Vadim reste planté là, je reste incapable de m'exprimer. Finalement, il reprend la parole, ses yeux gris parcourant la pièce.

– Très beau bureau, mademoiselle la directrice adjointe., dit-il doucement, comme s'il cherchait à me sauver de cette situation inconfortable.

– Oh, on a déjà vu mieux mais je vais essayer de m'en contenter… réponds-je en souriant à moitié.

– Jamais satisfaite. Ça n'a pas changé, à ce que je vois, commente-t-il en passant la main dans ses cheveux.

– Toujours dans la confrontation. Ça n'a pas changé non plus, apparemment.

– Et si on arrêtait ce petit jeu deux minutes, Alma ? Si on se disait vraiment les choses, pour une fois ?

Sa voix a changé de tonalité. Plus rauque, plus incisive. Son regard s'est assombri, ses traits sont plus durs. Sa dernière phrase était pleine de reproches. De douleur. Face à cette demande – que je considère comme une attaque –, mon stupide ego reprend le dessus.

– Je t'écoute, lâché-je en feignant l'indifférence.

– Tu n'avais pas l'air ravi de rencontrer Grace.

– Je n'étais pas préparée.
– À rencontrer la femme qui partage ma vie ?
– À rencontrer une actrice de renommée internationale.
– C'est ton boulot, Alma. Ne me fais pas croire que c'était la première fois que tu rencontrais une star.
– Je suis comme ça, je n'aime pas les surprises, je préfère rester en retrait quand je suis… mal à l'aise.
– Tu n'es pas restée en retrait quand tu m'as rencontré… Et pourtant, il me semble que je t'effrayais.
– Il y a douze ans, c'était différent. Et toi et moi, c'était spécial.
– Tellement spécial que tu as tout foutu en l'air pour faire plaisir à papa maman ? souffle-t-il en ricanant.
– Bon, quoi d'autre ? continué-je, plus froide que jamais.
– Pardon ?
– Tu voulais mettre cartes sur table donc continue. Quoi d'autre ?
– Maximilian Finn m'a dit que tu m'avais couru après.
Maintenant !
C'est le moment ou jamais de ravaler ma fierté, de lui avouer que nos retrouvailles m'ont bouleversée, qu'il me manque, que je rêve de l'embrasser, de le serrer contre moi, mais là encore, les mots ne viennent pas. Face à mon absence de réaction, il persévère et précise…
– À la fin de notre première réunion. Il paraît que tu me cherchais…
– Ne te fais pas de films, Arcadi, rétorqué-je sèchement comme la pire des pestes.
– C'est King, maintenant.
– Crois-moi, je n'ai pas oublié.
– Qu'est-ce que tu insinues, Alma ? Aie le courage d'aller jusqu'au bout, bon sang ! s'écrie-t-il en s'avançant vers moi.
Si seulement il se jetait sur moi et m'embrassait passionnément, férocement. Pour me faire taire, pour m'empêcher de dire des horreurs. Mais il me fixe sans bouger et je

m'entends vociférer une énième phrase blessante.

– L'homme qui est en face de moi n'a rien à voir avec celui que j'ai aimé. Tu es content ? C'est assez franc et direct pour toi ?

– Bravo, tu t'es rendu compte de ça toute seule ! Pas besoin de ton entourage pour te faire un avis, cette fois, lâche-t-il d'une voix méprisante.

Nos visages grimaçants se touchent presque, son souffle me brûle la peau, ses yeux me fusillent, son odeur m'agresse. J'ai envie de me ruer sur lui, de mordre ses lèvres charnues, de passer mes mains dans ses cheveux et de les tirer tout d'un coup pour le faire hurler. J'ai envie de lui prouver que je ne suis pas celle qu'il croit. J'ai envie de lui, comme rarement auparavant. Mais ça, je ne suis pas près de lui avouer. Après ce que je viens d'entendre, je ne lui ferai pas ce cadeau.

– La sortie est par là. La prochaine fois que tu auras quelque chose à me dire, envoie-moi ton assistant, ça nous évitera de perdre notre temps, dis-je en me rapprochant de la porte.

– Tu m'as déjà fait perdre mon temps il y a douze ans. Ça ne se reproduira pas, conclut-il en s'apprêtant à quitter les lieux.

Cette phrase a eu l'effet escompté. Il voulait me faire mal, me blesser, il y est arrivé. Au moment où il franchit le pas de la porte, je sens les larmes monter. Ce salaud a visé juste, il a réussi à me mettre K.-O. en quelques mots.

Obnubilée par ce que je viens d'entendre, j'ai du mal à redescendre sur terre lorsque la voix de Wilson m'explose au visage.

– Mr King, vous voilà ! J'ai confirmé notre réservation au Fouquet's pour midi. Alma, vous vous joignez à nous ?

– Heu… Non merci, Joseph, j'ai autre chose de prévu, réponds-je le plus naturellement possible, en évitant de croiser le regard de Vadim.

– Comme c'est dommage… minaude Wilson. Rien ne vous fera changer d'avis ?

– Mlle Lancaster a une vie bien remplie. Et elle n'est pas du genre à se laisser influencer, ajoute Vadim, plein de sarcasme.

– Trop remplie, si vous voulez mon avis. J'espère que vous finirez par accepter l'une de mes invitations, enchaîne Clooney en me décochant un clin d'œil pathétique.

– Vous êtes déterminé, Joseph, on ne peut pas dire le contraire, dis-je d'un ton calme en observant la réaction de Vadim.

Un homme me drague sous ses yeux, un homme influent – bien que détestable –, un rival potentiel et… rien. Enfin, pas tout à fait. Les mâchoires du milliardaire semblent crispées. Il regarde son subordonné d'un sale œil, mais j'ignore si la jalousie y est pour quelque chose ou s'il est juste en colère contre moi. Après notre conversation, il y aurait de quoi.

– Vous verrez, Alma, je l'aurai ce dîner aux chandelles ! continue Wilson en blaguant à moitié.

– En attendant, c'est Mr King qui est à votre menu d'aujourd'hui. Bon appétit, messieurs, dis-je en leur faisant comprendre que cette conversation est close.

Vadim s'en va sans se retourner, suivi de très près par son caniche grisonnant.

Niels nous a plantées au dernier moment. Pour un beau mec, sûrement. Je retrouve Clémentine en fin de journée dans un bar à tapas vers Opéra. Cette fois-ci c'est elle qui a déclaré l'état d'urgence. Tout ce que j'ai compris en écoutant son message, c'est que ma meilleure amie était au bord de la crise de nerfs…

– Des monstres, je te dis que j'ai engendré des monstres ! clame-t-elle, un verre de sangria blanche à la main.

– Elles ont de qui tenir… ironisé-je pour tenter de détendre l'atmosphère.

– Je ne leur arrivais pas à la cheville, crois-moi ! Elles visent haut, mes filles, elles sont ambitieuses, déterminées ! Et pleines d'imagination ! Il en faut pour avoir l'idée de vider une bombe de paillettes dorées sur le béton ciré flambant neuf de la cuisine. Ou de tenter de se teindre les cheveux avec de la purée de carottes. Mieux : balancer ma crème anti-âge Givenchy dans les toilettes et foutre 300 euros… à l'eau.

– Ouch ! Elles ont eu une semaine bien chargée…

– Je confirme. Moi, je n'étais pas spécialement chiante à leur âge. En tout cas, je n'étais pas de leur niveau. De toute façon, personne ne l'aurait remarqué, mes parents ne s'occupaient pas de moi.

– Clem, tu peux au moins te réjouir de ça : tu n'as pas reproduit le schéma, tu es une bonne mère.

– Oui, eh bien elles devraient se méfier, ces deux petites pestes ! Ça peut encore changer…

Je n'en crois pas un mot et elle non plus. Clémentine a beau nous faire une crise par semaine, Madeleine et Séraphine sont tout pour elle.

– Je t'envie parfois. Pour ton boulot, en tout cas.

– Merci de préciser…

– Femme au foyer, avoue que ça ne fait pas franchement rêver.

– Ce n'est pas définitif, tu te remettras à bosser un jour.

– Oui, tu as raison. Et à ce moment-là j'aurai tout : mari, enfants et carrière. Tu sais comment je suis, une journée difficile et je remets toute ma vie en question, ajoute-t-elle, un peu gênée d'avoir fait tout ce foin pour rien.

– Avec moi, tu peux tout te permettre. Je suis là pour ça… et pour les sangrias gratuites !

– Ah bon ? Elles sont offertes par la maison ? demande-t-elle naïvement.

– Oui, la maison d'Aragon ! réponds-je en levant mon verre.

Après avoir fait le plein de tortilla de patatas, de croquetas au chorizo et de serrano, le sujet Vadim revient sur la table.

Ô joie !

– Il a osé te dire ça ?! s'exclame la plantureuse rousse en face de moi.

Oui, c'est ça, remue le couteau...

– Oui, mais je n'y crois qu'à moitié. Il a dit ça sous le coup de la colère...

– Peu importent ses raisons ! me coupe-t-elle. Alma, il faut que tu tires une croix sur lui. Je dis ça pour ton bien.

– Facile à dire...

– Je sais mais il ne faut pas que tu retombes là-dedans. Vadim et toi c'est du passé, tu dois avancer.

– Qu'est-ce qui te dit que...

– Alma ! Il a changé de nom, de vie, il est passé d'étudiant rebelle et idéaliste à milliardaire collectionneur de bimbos. Arcadi n'existe plus et King n'est pas fait pour toi !

– Je l'aime toujours, Clem...

– Je sais, je ne suis pas aveugle ! Mais tu vas te casser la gueule si tu tentes quoi que ce soit !

– L'attirance est toujours là, je n'y peux rien ! C'est plus fort que moi, je perds le contrôle. Je sens qu'il veut la même chose que moi, je ne sais pas comment l'expliquer, mais je crois que lui non plus n'a pas tourné la page. On se tourne autour, on se cherche sans cesse, on se provoque, on se balance des atrocités, mais en réalité on espère revivre le passé. Je l'aime toujours. Je devrais tout lui dire, je devrais être honnête, mais il me rend dingue, il me fait péter les plombs !

– Ignore-le, il finira par se lasser. Ça doit l'amuser de voir qu'il te trouble, il veut peut-être se venger.

– Mais de quoi ? On dirait que j'ai commis un crime atroce en le quittant ! Tu étais là Clem, tu sais pourquoi je suis partie, je n'avais pas le choix ! Je l'ai fait autant pour lui que pour moi !

– Les hommes, faut pas chercher à les comprendre...

– Si, justement, je voudrais comprendre !

– Alma, dit-elle plus doucement. Oublie-le. Trouve-toi un mec qui te fera du bien.

– Je te vois venir...

– Raphaël t'aime toujours. Il serait prêt à tout pour toi. Après ce que tu as vécu…

– Ne me parle pas de ça Clem. Et arrête d'essayer de… de… de quoi d'ailleurs ? Qu'est-ce que tu veux ? Que je me remette en couple avec lui et que je reprenne ma petite vie tranquille et routinière ? Je veux tout sauf ça, je veux vivre passionnément, à cent à l'heure, tout essayer, quitte à regretter !

– La passion, c'est bien beau quand on a 20 ans. À 30 ans, il faut savoir se faire une raison.

– Vous avez choisi votre dessert, mesdames ? Ou mesdemoiselles… précise le serveur en me souriant.

Il tombe à pic. Cette conversation a pris un tournant dangereux, il est préférable qu'elle s'arrête. Nous dégustons notre crème catalane en silence, puis payons la note. Au moment de nous quitter, Clémentine me serre dans ses bras et dépose un léger baiser – que je prends comme des excuses – sur ma joue. Je lui donne une petite claque sur la fesse avant qu'elle s'éloigne, pour lui faire comprendre que c'est déjà oublié.

Je n'ai jamais été tentée par l'idée de vivre en colocation, mais ce soir, je n'aurais rien contre la présence de quelqu'un d'autre que moi dans mon appartement. Vide, silencieux, mort. Rien qui m'empêche de penser à lui, à nous, au passé. Après une douche délassante et un épisode de *Homeland*, je retourne dans ma chambre et pars à la recherche de mes pantoufles en « fourrure ». Oui, je suis d'humeur à porter de la moumoute. En buvant une tisane à la camomille.

Alma Lancaster, 75 ans.

Je farfouille dans le fond de mon dressing depuis plusieurs minutes quand je tombe sur ma « boîte à souvenirs ». Je n'ai plus 75 ans, j'oscille maintenant entre 11 et 19 ans. Soulagée d'avoir trouvé une source de distraction, je m'assois sur le parquet vitrifié et soulève le couvercle. Je redécouvre des photos d'enfance : Basile, Lily et moi à dos de poneys, au volant d'auto-tamponneuses, plantés sur des skis, en pleine construction de châteaux de sable ou de bonshommes de neige. Des clichés de mes parents aussi, à l'époque où les rides se remarquaient à peine sur leur visage. Clémentine et moi pendant nos répétitions de chorégraphie sur *Barbie Girl* ou dans nos robes de bal de promo. Timothy Wallace, mon ex, en maillot de basket. Leonard Abrams, mon prof génial et fou, qui tente de nous apprendre à danser le rock en plein cours.

Je sais que ce retour dans le passé risque de me jouer des tours. Qu'ouvrir cette grosse enveloppe, rangée tout au fond de la boîte, va me faire replonger. Pourtant je n'hésite pas. Je la saisis et arrache les agrafes d'un seul geste, comme si une force mystérieuse s'était emparée de moi. « Vadim Arcadi, l'homme de ma vie. » C'est ce qui est écrit à l'encre rouge sur le verso d'une première photo. C'est la vérité, il a été mon premier amour, mon premier amant, le seul qui ait vraiment compté. Je retourne la photo, ignorant les battements de mon cœur qui s'accélèrent. Je le retrouve, tel qu'il était avant. Dans son Perfecto de cuir noir, assis sur un muret en briques du campus de la fac. Il ne fixe pas l'objectif, ce jour-là, je l'ai capturé de profil, les yeux rivés sur quelque chose au loin. Il est si beau, c'en est presque douloureux.

La séance de torture continue. Les clichés défilent, témoignages de notre idylle passionnelle et vouée à l'échec. J'avais 18 ans, lui 20. Nous n'étions pas issus du même monde, nous n'avions pas les mêmes valeurs, mais entre nous, l'alchimie était totale, évidente.

Comment ai-je pu le quitter ?! Si c'était à refaire…

Les petits mots échangés à l'abri des regards, les défis lancés sur un coup de tête, les lettres d'amour ou de haine : j'ai tout gardé. Un simple coup d'œil sur son écriture illisible et déjà, les larmes coulent. Je m'imaginais plus forte que ça, j'avais tort. Vadim Arcadi ne fait pas partie de mon passé, il ne m'a jamais vraiment quittée. Encore une fois, c'est ironique – j'en viens à détester ce mot –, sachant que c'est moi qui ai mis un terme à la plus belle histoire d'amour que j'ai jamais vécue.

Comment a-t-il pu changer de nom ? Le sien lui allait si bien, lui collait tellement à la peau...

En proie à mes émotions, j'agis sans réfléchir. Lui seul parvient à me faire oublier la raison, à mettre de côté mes hésitations, mes doutes, à ses dépens peut-être. Je prends en photo un cliché de nous, dans les bras l'un de l'autre, sur la terrasse du Sunset Café. Nos sourires et nos yeux transis ne mentent pas : nous étions follement amoureux. Je rentre son numéro – figurant en dernière ligne de sa carte de visite – en haut de l'écran et joins la photo. Je retiens mon souffle au moment où j'appuie sur *Envoyer*.

Impossible de revenir en arrière.

Minuit : pas de réponse. 1 heure du matin : pas de réponse. 2 heures du matin : pas de réponse. Je m'endors à plusieurs reprises, pour me réveiller en sursaut quelques minutes plus tard. Mon téléphone n'affiche toujours rien, j'en viens presque à regretter mon geste spontané. Correction : désespéré.

Il va me prendre pour une folle furieuse... Une déglinguée qui va le harceler jusqu'à la fin de ses jours...

Mon monologue intérieur a atteint ses limites. Je me rendors, pour de bon cette fois et ne me réveille qu'à 4 h 48. Un bip retentit, j'ouvre les yeux, ma respiration se bloque, je panique. Je déverrouille mon iPhone et la réponse de Vadim apparaît.

[Tu cherches à me faire mal ?
Bordel, qu'est-ce que tu veux, Alma,
à part foutre mon cerveau en vrac ?]

Te faire comprendre que je t'aime, voilà ce que je veux ! Et entendre de ta bouche que c'est réciproque...

À la fois bousculée et attendrie par ce message, je ne parviens pas à trouver les mots. Les mots justes, ceux que je rêve de prononcer et ceux qu'il désire entendre. Une fois encore, la peur me prend au ventre, me paralyse. Après avoir rédigé puis effacé une vingtaine de réponses, je capitule. Je balance mon portable sur le tapis et tente tant bien que mal de me rendormir. J'ignore ce qui nous attend. J'ignore si Vadim va me donner une seconde chance. Tout ce que je sais, c'est que cette guerre d'ego doit cesser. Tout ça n'est pas un jeu. Ça ne l'a jamais été.

4

Juste à temps

J'aurais dû lui répondre. Juste quelques mots sans conséquences, une phrase simple, presque banale, qui ne prête pas à confusion. J'aurais dû lui dire que nos retrouvailles m'ont touchée, ébranlée même, mais que le choc est passé. Que je ne lui demande rien, que je ne souhaite qu'une chose : que nous parvenions à travailler ensemble en bonne intelligence sans nous laisser envahir par des sentiments périmés. Qu'une fois ma boîte à souvenirs refermée, je suis prête à avancer. Dans la bonne direction, en m'en tenant strictement aux postes que nous occupons. Il est mon PDG, je suis son employée. C'est simple, non ?

Le problème, c'est que je n'en pense pas un mot. Depuis ce texto, depuis sept interminables journées, six nuits agitées, Vadim King est dans toutes mes pensées. Dans mes songes, aussi. Impossible de fermer l'œil sans voir apparaître son visage si familier, son sourire démoniaque, son regard fiévreux, sans m'imaginer prisonnière de ses bras infernaux. Il a quitté Paris pour une durée indéterminée et déjà, le mal de lui me ronge. Résultat : mon cerveau part en lambeaux.

Depuis une semaine, je le vois partout. À une terrasse de café, à mon club de gym, dans les files de taxis, au supermarché. Ça n'a aucun sens, je le sais. Vadim King n'est pas du genre à boire un mauvais kir au bistrot du coin, à fréquenter les salles de muscu branchées, à se passer de son chauffeur et encore moins à dévaliser le rayon produits d'entretien. Mais à chaque fois que mes yeux et ma raison me trahissent, je me fais berner comme une demeurée. Le même schéma se répète encore et encore. Une chaleur étouffante me prend au corps, mon cœur s'emballe, le sol s'échappe sous mes pieds, le doute m'assaille. « Je ne suis pas prête ! Je ne ressemble à rien ! Demain, je lui parlerai demain… » L'homme se retourne, je réalise qu'il n'a rien en commun avec Vadim, pas même un air de ressemblance, mes angoisses s'envolent en emportant avec elles une petite part de mon estime de moi. Ce n'est pas beau à voir.

Et s'il était parti à cause de moi ? Ma sœur Lily se moquerait en disant que je me prends pour « le centre du monde », mais cette hypothèse est plausible. Cette photo de nous l'a sûrement troublé, déstabilisé. Il aurait pris ses distances pour réfléchir, pour éviter de s'emballer. Oui, ça se tient.

– Alma, vous avez mis ce décolleté pour que je passe ma journée à vous admirer ? se bidonne Wilson de manière atrocement inappropriée en me tombant dessus dans le grand hall.

– Je suis pressée, Joseph. Qu'est-ce que je peux faire pour vous ? demandé-je agacée.

– Ralentissez un peu le rythme, je vous offre un café ? À moins que votre petit ami vous en ait déjà apporté un au lit ?

– Il s'agit de ma vie privée, Joseph ! Arrêtez de…

– Ça va, Alma, je plaisantais, inutile de vous braquer !

– Je ne me braque pas, je n'approuve pas ce genre de remarques, c'est tout. Restons professionnels, c'est tout ce que je demande. Maintenant je vous laisse, j'ai du travail., ajouté-je en tentant de m'échapper.

Clooney me retient par le bras, le visage crispé par la contrariété.

– Parce que vous croyez qu'il se comporte de manière professionnelle, lui ?!

– Joseph, lâchez-moi !

Il me libère, un peu gêné de s'être emporté de la sorte, mais poursuit son coup de gueule.

– Quitter le navire alors que nous avons tant à faire ! Sa présence est cruciale, indispensable, il le sait parfaitement ! Tout ça pour baby-sitter sa starlette…

– Pardon ?

– Il n'a même pas la décence de me communiquer une date de retour ! Et je suis censé faire quoi en attendant ? Me taper tout son boulot ?!

– Il me semble que vous êtes là pour ça, Joseph.

– Sûrement pas ! J'ai déjà assez à faire ! Et je dis quoi à nos investisseurs, aux banquiers, à tous ceux qu'il a laissés en plan ? Il n'a aucun respect pour ce qu'on fait !

Tu es bien placé pour parler de respect, espèce de brute épaisse… « Baby-sitter sa starlette ?! »

– Qu'est-ce que vous avez voulu dire au sujet de Grace Montgomery ?

– Elle débute un nouveau tournage à L.A. la pauvre chérie ! Vous comprenez, ce serait trop difficile pour elle d'y aller sans son *roi du monde* plein aux as ! En attendant, ça nous fout tous dans la merde !

– Monsieur Wilson, votre rendez-vous de 9 heures vous attend au septième, dit d'une toute petite voix son assistante surgie de nulle part.

Le pire job du monde : assistante personnelle de monsieur Emmerdeur-de-première.

Il l'envoie balader, se racle la gorge, zieute une dernière fois mon décolleté et se décide enfin à me quitter. C'est l'heure du bilan. Un : Joseph Wilson est instable, irrespectueux et sexuellement frustré. Deux : Vadim s'est fait la malle pour accompagner sa belle et n'en a rien à foutre de moi. Cette journée commence bien…

***

Quatre jours de plus ont passé et toujours rien à signaler. Du côté de Vadim, en tout cas. Ma sœur, elle, a eu le temps de se faire larguer par Omar, Niels de tomber éperdument amoureux d'un énième infidèle, Clémentine de changer de coupe de cheveux, Clooney de me faire de nouvelles avances déplacées, ma collègue Sophie de déménager tout près de chez moi. La vie continue, avec ou – surtout – sans lui. La tête dans mes dossiers, je n'ai rien lâché. Ma vie professionnelle passe avant tout, c'est en tout cas ce dont j'essaie de me persuader. À tel point que j'en viens à faire du zèle. Mes chers collègues, à qui rien n'échappe, m'ont d'ailleurs fait remarquer que j'abusais des heures sup.

Je leur dis, moi, qu'ils abusent des pauses clope ?!

Impossible d'échapper au pot organisé pour la signature d'un partenariat avec Short Films, une boîte de production de courts-métrages. Je compte faire acte de présence, échanger quelques poignées de mains, quelques sourires, boire une coupe et me retirer discrètement. Fonction de directrice adjointe oblige, je me suis mise sur mon trente-et-un. Une robe cocktail rouge cerise, mes Louboutin noires, un brushing ultra-raide et le tour est joué. Je suis arrivée à l'Aéro-Club, à deux pas de la place de l'Étoile, avec une petite demi-heure de retard et ai constaté que le pôle événementiel avait bien fait son boulot. Note pour plus tard : féliciter Marc Dinter et ses équipes. L'endroit est immense, la décoration raffinée, les prestations haut de gamme et le service irréprochable. Je n'ai cependant pas le temps de m'émerveiller : Sophie et Clarence me foncent déjà dessus en me tendant une flûte de champagne. Que je ne refuse pas !

– Waouh ! Mme la directrice adjointe qui se lâche, on ne voit pas ça tous les jours ! se réjouit la blonde pétillante.

– Je sais m'amuser, ne te fais pas de souci pour moi, madame la responsable de production ! lui réponds-je en dégustant le millésimé aux fines bulles.

Champagne + ventre vide : danger...

– Tournée générale ! beugle Clarence avant de me tendre une seconde flûte.

Je vérifie, au cas où, que tous les yeux de l'assemblée ne sont pas rivés sur nous. La numéro deux de la filiale qui se tape une cuite en direct, c'est une mauvaise idée. Très mauvaise.

– Qu'est-ce que vous manigancez tous les deux ? Vous voulez que je me ridiculise, c'est ça ?

– Non, on veut que tu te détendes ! me corrige Sophie en levant son verre de Martini dry.

– Qu'est-ce que j'entends ? On s'amuse sans moi ?! s'écrie Wilson en s'incrustant dans notre petit cercle.

Clooney, comme à son habitude, tombe comme un cheveu sur la soupe. Un cheveu grisonnant et plein de gomina. L'ambiance est plombée. Sophie et Clarence me lancent des regards de détresse. La présence de Wilson les met mal à l'aise – quelle surprise ! – et quelque chose me dit qu'ils comptent sur moi pour m'en débarrasser.

Mission périlleuse, ce mec est une vraie sangsue !

– Joseph, il me semble que Marc vous cherchait…

– Dinter ? Il peut attendre, contrairement à ce que j'ai sous les yeux, précise-t-il en me reluquant sans scrupule.

– Je peux vous aider ?! lâché-je brutalement.

– Pardonnez-moi, mais vous êtes ravissante Alma, cette robe fait honneur à votre silhouette de rêve ! enchaîne mon supérieur, ignorant les mines atterrées de mes collègues. Et la mienne, rouge de colère et de consternation.

Je vais craquer… Et te faire bouffer le guide du savoir-vivre en entreprise !

Heureusement pour nous, Wilson doit saluer de nouveaux convives et décampe rapidement pour aller faire son show un peu plus loin.

– Ce mec est un porc ! murmure Sophie en me lançant un regard plein de compassion.

– Pire, c'est un prédateur ! enchaîne Clarence.

– Même s'il était le dernier homme sur terre, il n'y aurait pas moyen, grimace la blonde écœurée.

– Tu permets ? lui demandé-je en saisissant son verre pour

me l'enfiler d'un trait. Désolée, j'en avais trop besoin…

– Tu as une de ces descentes ! s'esclaffe Clarence.

– Alma, tu ne peux pas le laisser te harceler comme ça ! Depuis le tout premier jour, il n'arrête pas, il est obsédé par toi ! Tu devrais en parler à King, continue Sophie.

– Pour ça, il faudrait que M. le milliardaire revienne, intervient notre Will Smith national.

– Qui sait s'il reviendra, dis-je l'esprit un peu embrumé par ces trois verres vidés en moins d'une heure.

Je comptais rentrer, je suis restée. Je ne passe pas spécialement une bonne soirée, mais je n'ai pas le courage de me retrouver seule chez moi. Repenser à lui, lui en vouloir de ne pas me donner de nouvelles, envisager la suite des événements, ressasser le passé : pas envie. Sophie et Clarence sont de bonne compagnie, le reste de mes collègues et nouveaux collaborateurs aussi. Par chance, Joseph a de quoi faire, il n'est plus venu me tourner autour. Je le surprends souvent à m'observer de loin, mais l'animation qui m'entoure et l'alcool m'aident à faire abstraction de lui. Il serait d'ailleurs temps que je passe aux softs…

Il est presque minuit quand Sophie m'annonce qu'elle et Clarence vont partager un taxi et m'invite à me joindre à eux. Correction : insiste pour que je me joigne à eux. Apparemment, elle a remarqué que j'avais un « petit » coup dans le nez… J'accepte volontiers mais lui demande de patienter un quart d'heure, je n'ai toujours pas parlé à Marc et je dois à tout prix le féliciter. Je fais un détour par les toilettes, envie pressante oblige et ma tête commence à tourner, j'ai besoin de m'isoler quelques instants. La grande pièce en marbre sombre est à la fois design et coquette et je suis ravie de découvrir que personne d'autre ne s'y trouve. Faire la conversation au coin-pipi, ce n'est pas ce que je préfère… Surtout quand j'ai trop bu et que mes mots risquent de me trahir.

Je suis en train de me laver les mains en me jurant que je ne boirai plus jamais à une soirée pro, quand Wilson ouvre la porte et la referme derrière lui. Il s'adosse contre le mur et me fixe, une lueur étrangement perverse dans les yeux. Cette fois, je n'y vais pas par quatre chemins, il a dépassé les bornes et il est temps que je le remette brutalement à sa place !

– Sortez, vous n'avez rien à faire ici ! Ça fait un mois que vous me harcelez, que vous me manquez de respect, j'en ai ma claque ! Dégagez, Joseph ! Je ne plaisante pas, sortez ou je hurle !

– Tu sais qui je suis, petite allumeuse ? Je suis ton supérieur ! Tu crois que tu peux me parler comme ça ? Si tu ne veux pas que je te vire sur-le-champ, tu vas être plus gentille avec moi, gronde-t-il d'une voix rauque et menaçante en s'approchant de moi.

Putain, mais il joue à quoi là ?!

– Joseph, vous faites un pas de plus, vous tentez quoi que ce soit et je ferai de votre vie un enfer. Vous ne me faites pas peur, lâché-je sans en croire un mot.

Je tremble comme une feuille. L'alcool m'a rendue plus vulnérable et m'empêche d'avoir les idées claires. Ce mec me terrifie, je le pense capable de tout.

– Si je ne te fais pas peur, c'est que je te fais de l'effet alors… Viens par là, j'ai très envie de t'embrasser.

Sophie ! Clarence ! Vous êtes où ?!

J'ai la nausée. Rien que l'idée de ses lèvres sur les miennes me retourne l'estomac. Paniquée, je tente le tout pour le tout : je me rue en direction de la porte en espérant lui échapper, mais je manque mon coup. Ses bras se referment sur moi, il me plaque vigoureusement contre le mur froid en posant sa grosse main brûlante sur ma bouche.

– Laisse-toi faire, Alma, ne me résiste pas.

Je m'agite, me tords, je tente de le repousser de toutes mes forces, mais il est trop lourd. Il m'embrasse dans le cou, pose ses mains sur moi, mes larmes coulent, je suis en train de vivre un cauchemar. Mes dernières forces me quittent, je suis sur le point de m'évanouir.

Soudain au loin, je perçois vaguement une voix familière, puissante, réconfortante, des bruits sourds, des cris confus, puis plus rien. Je sombre totalement.

Je me réveille aux aurores, seule dans ma chambre aux stores baissés, en sous-vêtements. Je n'ai aucune idée de comment je suis arrivée là, j'ai la tête dans un étau, le cœur au bord des lèvres. Un profond sentiment de malaise me tiraille, j'ignore pourquoi. Puis tout me revient, les images défilent, plus écrasantes et douloureuses les unes que les autres. Wilson a tenté de me violer et je ne sais pas s'il y est arrivé. Sous le choc, dévastée, je m'enroule et m'emmitoufle dans la couette pour disparaître. C'est à ce moment-là que je remarque le petit mot déposé sur mon deuxième oreiller…

Bois avec modération.
C'est un ordre !
V

Vadim. C'est lui qui a débarqué dans les toilettes au moment où je tournais de l'œil, lui qui m'a arrachée des bras de Wilson. Il m'a secourue juste à temps, une fois encore. Je lui dois tant… J'éclate en sanglots, assaillie par un milliard d'émotions. Je voudrais qu'il soit là. Me lover dans ses bras, sentir sa peau, son odeur, ne plus avoir peur.

Il est rentré… Et s'il est venu dans les toilettes des femmes, c'était pour me chercher…

En sept ans de vie active, me préparer pour une nouvelle journée de boulot n'a jamais été un tel calvaire. Je refuse de m'écouter, je veux me relever comme un bon petit soldat. Et essayer de mettre de côté mes angoisses et ce sentiment de honte qui me tenaille. Je n'aurais pas dû boire autant, me retrouver à la merci de Wilson, j'aurais dû rester digne, raisonnable, professionnelle. Au lieu de cela, je me suis donnée en spectacle. Je viens de sortir de la douche quand la sonnerie de mon portable retentit. Le nom de Sophie Adam s'affiche sur mon écran. J'ai à peine décroché qu'elle se met à débiter dix mots à la seconde.

– Alma, je suis soulagée que tu répondes ! J'ai hésité à débarquer chez toi, mais je ne savais pas si tu apprécierais. Comment tu vas ? Tu n'es pas trop traumatisée ? King a été incroyable ! Quand il t'a trouvée évanouie et qu'il a réalisé que Wilson profitait de la situation, il est devenu fou ! C'est lui qui t'a ramenée chez toi pendant que les hommes de la sécurité dégageaient le pervers. Tu l'aurais vu se faire jeter à la rue comme un malpropre, c'était jouissif !

– …

– Pardon, ce n'est pas le bon mot… Je… Tu vas bien ? se reprend-elle, gênée par ses paroles maladroites.

– Je m'apprêtais à partir au boulot…

– Quoi ? Tu es folle ?! Prends un jour de repos, reste chez toi ! Tu veux que je pose ma journée pour te tenir compagnie ?

– Non, je veux aller bosser. Il faut que je bouge, que je pense à autre chose.

– Alma ?

– Oui ?

– Il s'est passé quoi exactement ? Je veux dire… Il n'a pas… Enfin, tu vois ?

– Non. Mais je crois que c'était son intention…

– J'en étais sûre ! King avait des doutes mais Wilson a soutenu que tu étais… consentante.

– Moi, consentante ? Pour coucher avec ce malade ?!

– Il faut que tu portes plainte, Alma ! Il ne peut pas s'en tirer comme ça…

– Ça ne mènera nulle part. J'avais trop bu et je n'ai aucune preuve, ce sera sa parole contre la mienne. Et je ne veux pas que ça se sache, je me sens suffisamment… humiliée.

– Clarence et moi pourrons témoigner ! On sait que Wilson te harcelait, on ne te laissera pas tomber ! Alma, c'est indispensable que tu portes plainte, pour toi, mais aussi pour éviter qu'il recommence. Ce mec est un malade, tu peux être sûre qu'il s'en prendra à une autre femme si personne ne fait rien !

– J'ai besoin d'un peu de temps...

– OK, mais je t'accompagnerai au commissariat. Quand tu veux, je serai là. Et en attendant, tu peux être sûre qu'il ne remettra plus jamais les pieds à King Prod ! Après lui avoir décoché une droite monumentale, King l'a viré sur-le-champ. J'ai cru qu'il allait le tuer !

Il l'a frappé ?! Et viré ?!

– Tout le monde est au courant ? demandé-je au bord des larmes.

– Je ne pense pas. Les gens savent que Wilson s'est fait jeter, mais ils ne savent pas pourquoi. Tu peux compter sur moi, je ne dirai rien !

– Merci Sophie...

– Je n'aurais pas dû te laisser seule, j'aurais dû te forcer à monter dans ce taxi... Je savais qu'il en avait après toi, dit-elle d'une voix triste.

– Tu n'y es pour rien !

– Bon, je vais prévenir tout le monde que tu es en déplacement aujourd'hui.

– Sophie, je peux aller travailler...

– Non, hors de question ! Je passerai chez toi ce soir en sortant du boulot.

Sophie Adam est une fille bien. Et bornée...

Je réalise qu'il est là avant même de le voir. Les effluves subtils de Paco Rabanne m'atteignent au moment où je sors de la salle de bains et me mènent jusqu'à lui. Mes sens ne m'ont pas menti : Vadim King est bel et bien dans mon appartement, confortablement assis sur mon canapé, une tasse de café à la main. Je rentre dans le salon en évitant soigneusement son regard d'acier et en retenant mes larmes, puis m'assois dans l'un des fauteuils beiges adossés à la fenêtre. À part mes sous-vêtements, je ne suis vêtue que d'un peignoir blanc. Je suis mortifiée.

Même en jean brut et pull blanc col en V, il est à couper le souffle. Il a des cernes sous les yeux, les cheveux en bataille, l'air préoccupé, mais n'importe quelle femme tomberait sous son charme en un battement de cils. Il me dévisage, je baisse la tête, resserre la ceinture de mon peignoir, range mes mèches rebelles derrière les oreilles, attends la sanction qui ne va pas tarder à tomber. Finalement, les mots qu'il prononce me désarment et me forcent à le regarder droit dans les yeux.

– La remplaçante de Wilson s'appelle Kate Monroe. Elle vient de la Fox et débutera dans quelques jours.

Sa voix se veut calme et assurée, mais je ne suis pas dupe. Vadim est inquiet.

– Tu as passé la nuit ici ?

– Oui, je ne voulais pas te laisser seule. Je comptais partir très tôt ce matin, mais… j'ai préféré rester.

– Merci de m'avoir raccompagnée. Et de m'avoir secourue, parviens-je difficilement à dire.

– J'ai eu envie de le massacrer quand je l'ai vu sur toi… répond-il d'une voix teintée d'émotion. S'il n'y avait pas eu tout ce monde…

– Désolée pour… tout, murmuré-je bêtement.

– Tu aurais dû me dire que ce cinglé te tournait dangereusement autour. Je pensais qu'il s'amusait à te draguer, mais que ça s'arrêtait là. Sophie Adam m'a tout raconté, il aurait mérité de se faire virer bien plus tôt ! Et tu n'aurais pas dû boire autant.

– Je sais. J'ai tenté de le repousser. Hier soir… et avant. Il n'entendait rien, il revenait toujours à la charge…

– Il fallait le dénoncer ! Ce taré t'a harcelée pendant des semaines et tu n'as rien fait !

– Je pensais pouvoir gérer la situation.

– Si je n'étais pas arrivé à temps, il t'aurait… il l'aurait fait ! Tu en as conscience au moins ?! rugit-il en se levant d'un bond. Je n'arrive même pas à exprimer la rage que je ressens ! Bordel, Alma, ce n'est plus à moi de veiller sur toi, ce n'est plus à moi de te protéger !

– Alors pourquoi est-ce que tu l'as fait ?

– Tu sais très bien pourquoi !

– Dis-le. Pourquoi est-ce que tu continues à me protéger, à prendre soin de moi ?

– Pour la même raison qui fait que tu persistes à m'envoyer des messages et des photos du passé ! Pour la même raison qui fait que tu es jalouse quand tu me vois avec une autre ! Et que je deviens dingue quand un connard te drague sous mes yeux !

– Je suis désolée pour la photo, j'étais… nostalgique.

– Nostalgique ? Tu veux me faire croire que tu étais seulement nostalgique ? Tu me mens et pire : tu te mens à toi-même si tu crois un seul mot de ce que tu dis, Alma !

– Je suis désolée.

– Arrête d'être désolée. Polie. Diplomate. Raisonnable. La petite fille parfaite, ça ne m'intéresse plus. On n'est plus des gosses. Assume pour une fois, prends tes responsabilités, va jusqu'au bout ! C'est toi qui t'es barrée il y a douze ans, toi qui m'as détruit ! Et tu me balances tous ces souvenirs à la gueule en prétendant que tu ne ressens plus rien pour moi ?

– Je ne sais pas ce que tu attends de moi, Vadim, j'ai dit tout ce que j'avais à dire, dis-je lâchement, sans parvenir à lui avouer la vérité.

La vérité, c'est qu'il a raison. C'est que je suis amoureuse de lui comme au premier jour, que je ne veux pas le perdre, ni le partager avec une autre. La vérité, c'est aussi que la peur me ronge. Que je suis terrifiée à l'idée qu'il se serve de moi pour se venger et qu'il me jette. Terrifiée de le perdre une seconde fois.

– Tu es sûre de toi ?

– Oui.

Non !

– Parfait.

Il me lance un dernier regard de défi, attend quelques

secondes que je réagisse, puis s'en va en constatant que je n'irai pas plus loin. Je me lève à mon tour, espérant secrètement qu'il change d'avis. Arrivé à la porte du salon, il s'arrête, s'immobilise, puis fait volte-face.

– Oh et puis merde !

Il traverse la pièce à grandes enjambées, comme propulsé par une force surhumaine. Tout à coup, son corps massif se plaque contre le mien, ses mains s'emparent de mon visage interloqué, ses lèvres se posent sur ma bouche affamée. Il m'embrasse violemment en laissant échapper des grognements, je soupire, je halète en tentant de reprendre mon souffle. Ce baiser, j'en ai rêvé des millions de fois, je l'ai attendu, désiré. Ce corps à corps m'embrase, j'en veux plus, je le veux lui, maintenant. Je fais glisser mes doigts dans ses cheveux, comme avant, je passe ma langue sur la petite cicatrice qui fendille sa lèvre inférieure. Puis sa bouche se fait plus timide, ses bras me serrent moins distinctement, je sens qu'il m'échappe à nouveau. Je tente de le retenir en l'embrassant encore, mais cette fois plus tendrement. C'est trop tard, il se recule, le visage fermé, l'esprit tourmenté.

– Qu'est-ce que je fous ?! Tu n'as pas changé, Alma, tu vas encore réussir à faire ce que tu veux de moi…

J'ai envie de hurler qu'il y a douze ans, j'ai fait l'erreur de ma vie en le quittant, qu'il n'est pas passé un jour sans que je pense à lui, que nous deux, c'était écrit. Et que c'est à nous, rien qu'à nous, d'écrire les premières lignes de cette nouvelle histoire. Remettre les compteurs à zéro, je suis prête à le faire ! Mais lui ? Le souhaite-t-il seulement ?

– Laisse-moi le bénéfice du doute, Vadim. Que tu le croies ou non, j'ai changé et je pourrais te le prouver, dis-je d'une voix bouleversée. Tu m'as atrocement manqué…

Déclic. Vadim voulait que je me dévoile, c'est chose faite. Son regard malicieux en dit long : nous avons plus de dix ans à rattraper et pas une seule seconde à perdre. Ses mains se posent délicatement sur ma taille, me font pivoter de façon que je me retrouve dos à lui. Ses lèvres brûlantes s'aventurent au creux de ma nuque et je gémis alors que ses doigts habiles se posent sur ma ceinture et la défont lentement, très lentement…

Mon peignoir tombe sur le sol en émettant un doux bruissement. Je réussis à le percevoir malgré mes gémissements, malgré ses grognements. Mes sens sont aiguisés, affûtés comme des lames de couteau. Il est toujours derrière moi, comme un diable sur mon épaule, ses lèvres se promènent dans ma nuque, descendent sur ma peau, ses mains s'activent sans rien précipiter, suivent les courbes de mon soutien-gorge, font mine de le détacher, puis s'éloignent insolemment pour mieux revenir me torturer. Il sait, il me connaît…

– Je pensais t'avoir appris la patience, Alma, murmure-t-il en me provoquant des frissons.

– Tu penses surtout m'avoir tout appris, Arcadi, dis-je d'une voix fébrile.

– Et ce n'est pas le cas ? répond-il amusé.

Si. Vadim a été mon premier. Il y a douze ans, je lui ai offert ce que j'avais de plus précieux. Ma virginité. Jamais je n'aurais pensé la perdre sur un coup de tête, un coup de cœur, si facilement. Mais avec lui, tout était si évident. J'étais tombée amoureuse en un rien de temps, aussi bien saisie par sa beauté extérieure qu'intérieure. Tout chez lui m'attirait, de son caractère obstiné, engagé, passionné, à son corps tant désiré. Par moi, mais aussi par les autres. Ces filles de la fac qui lui tournaient autour sans aucune autre attente qu'un instant éphémère de plaisir pur et intense. Vadim avait une réputation : avec lui, le résultat était garanti. Mais je me méfiais des ragots et très franchement, je ne pensais pas être prête, je pensais attendre, mon éducation l'imposait. Mais quand l'amour vous tombe dessus, plus rien n'a d'importance. Si ce n'est l'envie d'être auprès de lui, avec lui, contre lui, de sentir son désir et, enfin, de s'abandonner. Vadim m'a appris à lâcher prise, à être à l'écoute de mes sens, à devenir femme. Tout en douceur, en tendresse, puis avec fougue, avec passion.

De délicieux flash-back me reviennent et m'embrasent, me consument à petit feu. Je tente de me retourner pour lui faire face, mais il me maintient dos à lui, comme pour me prouver qu'il mène le jeu, qu'il me domine. À chaque expiration, son souffle brûlant balaie ma nuque, caresse ma peau ultrasensible, me donne envie de lui comme jamais auparavant. Je ne me suis pas abandonnée dans les bras d'un homme depuis des mois – Raphaël a été mon dernier amant –, mais ce n'est pas la seule raison pour laquelle je suis presque en transe après seulement deux baisers et quelques furtives caresses. C'est grâce – ou à cause – de lui. Vadim King est mon fantasme personnifié. Un amant attentionné mais acharné, tendre mais imprévisible, joueur mais dominateur. À force de mettre à ses pieds toutes les femmes qu'il a croisées, il est devenu maître dans l'art de les satisfaire. Comme aucun autre homme n'a jamais réussi avant lui.

– Je peux savoir à quoi tu penses ? me demande-t-il doucement en emprisonnant mon cou pour me plaquer plus fort contre lui.

– À nous… Avant.

– Tu n'as pas oublié, alors…

– Impossible. Personne n'a jamais réussi à m'aimer comme tu le faisais, dis-je d'une voix tremblante.

– Toi et moi, c'était écrit, répond-il en soupirant. Et ce n'est pas fini… Tu me rends fou, Alma.

Ses derniers mots m'ont jeté un sort. Incapable de me retenir plus longtemps, je me retourne brutalement – il me laisse faire, cette fois – et me jette sur lui comme si ma vie en dépendait. Nos lèvres se percutent, nos dents s'entrechoquent, nos langues se battent en duel. Je sens ses mains se placer sous mes fesses et me soulever, sans jamais interrompre ce baiser. J'enroule mes jambes autour de sa taille et le laisse nous guider jusqu'à la table la plus proche. D'un geste brutal, il envoie valser une pile de dossiers et de bibelots qui s'y trouvait, avant de me déposer – sans aucune délicatesse – sur le bois massif. Je lâche un grognement sourd au contact de la surface froide, il me surplombe de toute sa hauteur, me décoche un sourire machiavélique, puis m'embrasse à nouveau avidement, férocement.

Je suis à sa merci, totalement accaparée par ce baiser, par la chaleur exquise qui se répand dans mon bas-ventre, totalement déconnectée de la réalité... quand quelqu'un brise notre bulle et sonne à la porte de mon appartement. Vadim se détache de moi, me lance un regard intense, plein de défi. Mon cœur s'emballe, mais je reste immobile, priant pour que l'intrus passe son chemin et que plus personne ne vienne nous déranger. Raté. Il ou elle sonne à nouveau. Une fois, deux fois, cinq fois. Apparemment, ce doit être urgent. Je pose un léger baiser sur les lèvres de mon amant retrouvé, saute sur mes pieds, ramasse mon peignoir qui gît au sol, l'enfile à toute vitesse et m'avance en direction de la porte. La main sur la poignée, je marque une pause, j'inspire, expire pour retrouver une contenance. J'ouvre la porte et me retrouve face à un livreur. L'homme pressé me tend un bouquet de roses rouges, me souhaite une agréable journée et s'en va sans demander son reste.

Des roses ?! C'est bien le moment... Pas de carte, pas de signature... Mystère...

– Qui te les a envoyées ? demande brutalement Vadim alors que je me retourne vers lui, les fleurs à la main.

– Je ne sais pas, réponds-je en toute sincérité en m'approchant de lui. Ne nous laissons pas déconcentrer...

Ma dernière phrase était censée le faire sourire, c'est raté. Il me fixe de son regard d'acier, clairement mécontent.

– Je ne trouve pas ça drôle, Alma. Je ne partage pas. Enfin, pas toi.

– Ça tombe bien, je ne me donne pas à plusieurs hommes,

pas quand un seul m'intéresse. Je ne veux que toi.

– Si tu me mens, je finirai par le savoir…

– Fais-moi confiance, Vadim !

– Je te faisais confiance il y a douze ans. Et je l'ai payé très cher…

– Tu comptes me le rappeler combien de fois ? Je me fous de ces fleurs, je me contrefous de la personne qui me les a envoyées ! crié-je en les jetant sur le sol. C'est toi que je veux, uniquement toi !

Je suis comme possédée, aimantée, tout me ramène à lui, son regard, son parfum, son aura écrasante. Je suis terrifiée par ce que je ressens, j'ignore si je vais droit dans le mur, mais cet homme est une machine conçue pour faire tomber mes barrières, pour m'éloigner du droit chemin. J'avance sur un sentier plein d'obstacles, mais il m'est impossible de freiner, alors je continue malgré moi d'avancer. D'un geste rapide, je fais glisser mon peignoir à terre, je m'en délivre et me rapproche de lui. Sans lui demander son avis, je soulève son pull et le fais passer par-dessus sa tête. Il semble étonné que je prenne une telle initiative, mais il obtempère, probablement curieux de ce qui va suivre. Je me lance, sans y réfléchir à deux fois…

– Toi et moi, ici. On ne pense qu'au présent, on oublie tout le reste, le passé, le futur, proposé-je en me noyant dans ses yeux gris.

J'ai à peine le temps de finir ma phrase que Vadim m'attrape, me soulève et me pose à nouveau sur la grande table. Son regard a viré au noir, sa respiration se fait plus bruyante, ses mouvements plus saccadés. En me penchant en avant, je lui réclame un énième baiser, mais il semble avoir décidé de me faire languir. Sans me quitter des yeux, il se met pieds nus, déboutonne son jean, le retire, puis se place à nouveau en face de moi, entre mes cuisses. Cette position suggestive me rappelle tellement de souvenirs, cette image de nous me bouleverse et allume un brasier dans mes profondeurs.

Je tente de prendre les devants et commence à caresser son visage, son torse, son ventre, pour arriver bientôt jusqu'à son membre en érection – déjà impressionnante ! Sa main gauche me stoppe doucement lorsque j'approche de l'élastique de son boxer. Plutôt que de me laisser progresser, il me saisit sous les cuisses et me fait glisser de manière à m'allonger sur la table. Tout se passe tellement vite que j'ai du mal à suivre, il se penche sur moi, emprisonne ma tête entre ses bras, me dévisage quelques secondes, un sourire émouvant sur les lèvres, puis m'embrasse passionnément. Ce baiser torride me donne le tournis, me fait gémir de plaisir, je prie pour qu'il ne s'arrête jamais. Finalement, Vadim rompt notre étreinte et se redresse, me retenant contre lui. Je replonge ma tête dans son cou pour l'embrasser sensuellement au moment où je l'entends dire d'une voix presque timide…

– Tu as un préservatif quelque part ?

– Hmm… Ah oui ! Clem m'en a offert une boîte !

J'ignore s'il me croit, mais c'est la vérité. Clémentine me tanne fréquemment pour que je profite de mon célibat et explore ma vie sexuelle – contrairement à elle. Pour une fois, je dois avouer que ça m'arrange ! Un aller-retour express dans la salle de bains et je suis de retour auprès de mon amant, prête à passer aux choses sérieuses…

Ses traits sont doux et n'expriment aucun jugement. Je suis soulagée de ne pas avoir à batailler. Il me contemple sans rien dire, attendant que je fasse le premier pas. Je passe une main dans ses cheveux légèrement bouclés, savourant ce parfait moment d'intimité. Je pose mes lèvres chaudes sur les siennes, amoureusement, sans forcer. De suite il répond à mon baiser. Puis le sang se remet à bouillir dans nos veines, nos langues affamées s'enroulent l'une contre l'autre, nos mains se parcourent, se cherchent, se titillent, nos souffles s'entremêlent, nos esprits s'ouvrent, se libèrent. Alors que je le sens détacher mon soutien-gorge, soupeser tendrement mes seins, pincer mes tétons puis les mordiller, je m'attaque à sa virilité. Je baisse son boxer, prends délicatement son sexe magistral dans ma main et commence un subtil va-et-vient, qui lui arrache des grognements de satisfaction. Sa main gauche s'aventure à son tour au cœur de mon intimité, son pouce caresse mon clitoris, son index s'enfonce en moi, provoquant mes gémissements.

– Tu es tellement belle, Alma… Si seulement tu en avais conscience, murmure-t-il au creux de mon oreille.

– Vadim… Ne t'arrête pas…

– Tu es trempée… Je ne vais pas résister longtemps, grogne-t-il entre ses dents.

Cette phrase me fait totalement perdre la raison, ma libido – que je pensais au summum – monte encore d'un cran. Mes dernières inhibitions disparaissent. Désormais une seule chose m'obsède : l'accueillir au fond de moi. Sentir sa force, sa rudesse, son animalité s'emparer de moi et me bouleverser. Comme avant. Je l'embrasse à nouveau, lui mords la lèvre, lui passe la main dans les cheveux, les tire et sans m'arrêter, je le guide jusqu'au canapé. Inutile de lui expliquer, il comprend. À nouveau, il me fait quitter le sol, m'allonge lentement et se positionne au-dessus de moi. Pendant qu'il fait glisser mon string, j'enfile le préservatif autour de son sexe érigé. Nos regards sont imbriqués, le sien est sombre, presque menaçant, le mien est implorant.

Je sens son sexe frôler le mien alors qu'il se penche vers moi pour me chuchoter à l'oreille.

– Voyons si tu as progressé…

Son sourire de sale gosse me donne envie de glousser – ou de le gifler – et son érection entre mes cuisses me donne envie de lui appartenir, de le sentir jusqu'à ne plus penser. Mais c'est lui qui tient les rênes, c'est lui qui décide de quand me pénétrer, de quand, enfin, me faire succomber. Heureusement pour moi, Vadim est trop excité pour se faire désirer. Il se plante en moi avec ardeur, je frémis sous cet assaut, me cambrant au maximum pour l'accueillir au plus profond. Il se retient d'abord, glissant en moi lentement, puis se met à me posséder à un rythme plus soutenu, au gré de mes soupirs et halètements.

Ce sentiment de plénitude, je ne l'ai pas ressenti depuis si longtemps. J'ai enfin l'impression d'être moi. La torture est exquise, mes cris de plaisir retentissent dans mon salon généralement si paisible, si calme. Nous sommes seuls au monde, lui me faisant gémir sans relâche, enfoui au creux de mon cou, moi vibrant de tout mon être, retenant mon souffle de peur que tout ne s'arrête. Finalement, après ce délicieux va-et-vient, mon amant se redresse, cherche mon regard, le trouve et ne s'en sépare plus. Ses traits sublimes respirent le désir, son torse sculptural se bombe davantage, ses mains s'accrochent à mon bassin pour me comprimer un peu plus contre son sexe. Je sens mon esprit quitter mon corps pour ne laisser place qu'au plaisir. Ses coups de boutoir me transportent. Je ne contrôle plus rien, je suis sur le point d'imploser. Soudain, une jouissance divine et démesurée m'emporte, suivie quelques secondes plus tard par la sienne. J'avais oublié la force, la violence d'un tel orgasme. J'avais oublié à quel point il était capable de réveiller mes sens, de secouer mes entrailles, de provoquer un raz-de-marée d'émotions crues, brutales, animales. À cet instant, ça me revient, je me rappelle : à nouveau tout a un sens. Lui et moi, ça n'aurait jamais dû s'arrêter. À bout de souffle, nous nous embrassons encore, mais cette fois avec une tendresse infinie. Vadim King a changé de nom, mais il est resté le même, il n'est pas l'homme froid et méprisant que je croyais, il est tout le contraire. Passionné, sensible, honnête, vivant, bouleversant.

Ce corps-à-corps somptueux restera gravé dans ma mémoire, l'intensité de ces retrouvailles m'a apporté les réponses que j'attendais. Nous ne sommes pas des étrangers, Vadim et moi sommes destinés. Après avoir repris des forces, lovée dans ses bras, ma peau brûlante collée à la sienne, la séparation s'annonce atrocement douloureuse. Après un ultime baiser, mon brun ténébreux finit par se lever et commence à s'habiller.

– Après ça, comment veux-tu que j'arrive à me passer de toi ? demande-t-il en enfilant son jean.

Les larmes – mélange de diverses émotions – me montent aux yeux, mais il fait mine de ne pas les remarquer, trop occupé à chercher son pull pour cacher son trouble.

– Aux pieds du fauteuil beige, près de la fenêtre, réponds-je un peu peinée.

Il perçoit la tristesse dans ma voix et se retourne pour me faire face, attentif.

– Alors Alma, de qui provient ce bouquet ?

– Je ne sais pas, je te jure que je ne sais pas !

Il marque une pause, m'observe un instant, puis achève de se rhabiller avant de revenir vers moi.

– Qui que ce soit, j'espère qu'il prend soin de toi, lance-t-il simplement avant de se pencher pour m'embrasser sur le front et de quitter mon appartement sans se retourner.

Sur le front ?! LE FRONT ?!

5

Réveil brutal

Dur retour à la réalité. Voilà plusieurs jours que je le croise dans l'ascenseur, que je le vois déambuler dans les couloirs, suivi de très près par Maximilian Finn, son assistant – qui, si vous voulez mon avis, prend son job un peu trop à cœur. Plusieurs jours que je le dévisage pendant nos réunions, que je me demande pourquoi il est aussi poli, distant, indifférent. Ce corps-à-corps endiablé, touchant, émouvant, je ne l'ai pourtant pas rêvé ! Vadim King m'a embrassée avec passion, comme avant, il m'a fait l'amour – tendrement puis avec fougue. Il m'a fait vibrer en me révélant son vrai visage – celui de l'homme que je n'ai jamais cessé d'aimer – puis il a repris son chemin. Nous sommes à nouveau des étrangers, comme si rien ne s'était passé. Je suis totalement perdue, ne sachant plus quoi penser.

Retour à la case départ…

Je viens de faire un point avec Sophie et Clarence pour discuter des nouvelles recrues et passer en revue les questions qui seront abordées pendant la réunion de demain. Je n'ai pas arrêté de la matinée, c'était voulu : moins j'ai de temps libre, moins je pense à lui. Pourtant, une fois revenue dans mon bureau, je ne parviens plus à bloquer les flash-back plus vrais que nature qui tournent en boucle dans mon esprit. Sa peau si douce, son souffle brûlant, son odeur divine, sa petite cicatrice sur la lèvre inférieure…

Stop !

Sans prendre la peine de peser le pour et le contre – à quoi bon ? –, je me connecte à ma boîte mails et lui envoie la première chose qui me passe par la tête. Correction : une version très édulcorée de mes pensées.

De : Alma Lancaster
À : Vadim King
Objet : Un petit coup et puis s'en va…
Je ne regrette pas ce qui s'est passé, mais si c'est ton cas, nous pouvons tout oublier.
Arrête de me le faire payer.
Cordialement,
A. L

Quelques minutes plus tard, sa réponse s'affiche.

De : Vadim King
À : Alma Lancaster
Objet : « Petit » n'est pas le mot que j'aurais employé…
Mademoiselle la directrice adjointe,
Je reconnais mes torts et prendrai vos remarques en considération.
Tendrement,
PDG

Grrr… M. Condescendant a encore frappé !

De : Alma Lancaster
À : Vadim King
Objet : GROS coup de gueule !
Je te connais mieux que tu ne le penses, Arcadi, ne joue pas à ça avec moi.
Tu crois vraiment que je vais me contenter d'une telle réponse ?
Tu as dû me confondre avec l'une de tes bimbos écervelées.

Absolument pas cordialement,
A. L
P.-S. : C'était si terrible que ça, de coucher avec moi ?

Encore une fois, Vadim me répond au quart de tour.

De : Vadim King
À : Alma Lancaster
Objet : CHUT
Je n'ai aucun regret. Le sexe était divin, cette conversation l'est beaucoup moins.
N'oublie pas qui je suis. Vadim KING, ton PDG.
Bonne journée,
Tu sais qui.

Chut ? CHUT ?!

Il se protège, j'en suis persuadée. Notre corps-à-corps était brûlant, explosif, mais pas seulement. Ses sentiments, je les ai vus, reconnus, je n'ai pas rêvé. Il ne me fait pas confiance, je vais devoir faire mes preuves, me racheter pour lui faire oublier mes erreurs passées, mais entre nous, ce n'est pas terminé. Ça ne peut pas l'être, je ne le supporterais pas…

Je suis d'une humeur de chien depuis cet échange de mails et la surprise que me réserve ma sœur ne fait qu'empirer la situation. Lily dort dans mon salon depuis deux jours, la cohabitation avec son ex étant impossible. Note pour plus tard : penser à lui dire de louer un studio plutôt que squatter chez ses mecs. Pourquoi est-ce que j'ai accepté de l'accueillir, déjà ? Un moment de faiblesse… Je comprends, maintenant, pourquoi Omar l'a larguée en lui disant qu'elle était « un cas d'école » et qu'il était grand temps qu'elle se fasse examiner. En quarante-huit heures, elle m'a déjà donné envie de déménager. Loin, très loin d'elle et de ses insupportables manies. Mes meubles ont tous été déplacés pour une ambiance plus « stimulante », mon frigo vidé, mon eau chaude avalée pendant ses séances « d'aqua-relaxation », mes enregistrements télé effacés, mon dressing envahi par ses fringues customisées. Je l'avoue, je regrette d'avoir accepté de l'héberger. C'est mal… c'est ma sœur.

La surprise du jour ? Après une journée cauchemardesque, tomber nez à nez avec un barbu torse nu faisant le poirier dans mon entrée. La nouvelle conquête de Lily s'appelle Vittorio, il est italien et fier de l'être, simule un accent à couper au couteau, aime s'habiller léger et enseigne le yoga. Après avoir salué poliment l'indésirable, j'attrape ma sœur par le bras – et non par les cheveux – et la traîne jusqu'à ma chambre. Une discussion s'impose. Avant que je ne passe à l'acte…

– Lily, tu te fous de moi ?!

– Désolée, je n'ai pas réussi à m'en débarrasser…

– Fais-le vite avant que je m'en occupe… et que je te vire en même temps que lui ! Tout ce que je demande, c'est d'être tranquille quand je rentre du boulot ! Tu fais ce que tu veux la journée, tu invites tout le quartier si ça t'amuse, mais le soir, je veux la paix !

– Vadim a encore fait des siennes ? dit-elle en souriant de toutes ses dents.

– Lily, ne me cherche pas. Je suis à deux doigts de balancer tes affaires par la fenêtre !

– C'est bon, c'est bon, je vais dégager Vittorio… Ce que tu peux être susceptible !

– Trouve-toi un boulot et un appart ! crié-je alors qu'elle me tourne déjà le dos.

– J'en ai déjà un de boulot : être ton souffre-douleur ! Ah, et ta cuisinière ! Et ta décoratrice d'intérieur ! me balance-t-elle en riant.

Foutre le bordel, elle appelle ça décorer ?

Enfermée dans ma chambre – le seul bout de territoire que j'ai réussi à préserver – je me suis lancée dans un marathon ciné. Seule face à mon écran géant, j'ai tenté d'oublier les éléments perturbateurs qui gravitaient autour de moi.

Bienvenue à Gattaca, *Les Dents de la mer* et *Ensemble, c'est tout* se sont révélés efficaces. Rien de tel que le mélange des genres pour se remettre les idées en place ! En fin de soirée, Vittorio a fini par déguerpir. Lily et moi avons dû unir nos forces. Mais le répit a été de courte durée. Trop courte : Dès le lendemain, ma sœur a eu la bonne idée de tomber raide dingue d'un « Itamae », un chef cuisinier japonais. Depuis deux jours, ils ne se quittent plus et ont élu domicile… chez moi.

Bienvenue chez Bibi, faites comme chez vous, tout est gratuit !

Je suis presque soulagée de me rendre au travail, ce matin. Je n'ai rien contre Hiro, je le suspecte même d'être un mec bien, mais il est du genre lève-tôt et bavard. Deux mots qui ne devraient pas être employés dans la même phrase. Refaire le monde alors que le soleil vient de se lever ? Je passe mon tour. J'ai à peine rangé mon badge après avoir franchi le tourniquet de l'immeuble des Champs-Élysées, que Cléo, la réceptionniste, et Clarence me tombent dessus.

Ils se sont tous passé le mot ou quoi ?!

– Elle est là ! *God save the Queen !* plaisante mon collègue surexcité en surfaisant l'accent british.

– Kate Monroe ? deviné-je sans trop savoir si c'est une bonne ou une mauvaise nouvelle.

– Oui, elle est arrivée avec King il y a quelques minutes. Elle a l'air hyper sérieuse… Ça ne va pas rigoler ! Mais elle est canon pour son âge ! enchaîne Cléo, qui est elle-même l'une des plus belles métisses que j'ai jamais croisées.

– C'est bon à savoir, dis-je en souriant. Une réunion est prévue ? Je n'ai pas eu le mémo.

– Pas que je sache, mais tu vas avoir droit aux présentations officielles, toi au moins, ronchonne Clarence.

– Ce qui signifie ?

– King m'a demandé de t'intercepter. Ils t'attendent dans son bureau, explique la jolie réceptionniste en m'adressant un clin d'œil.

– Qu'est-ce que vous avez tous les deux ? Vous me cachez quelque chose ?

– Non, mais on préfère te prévenir… Elle fait peur ! blague Clarence… à moitié.

– Oust, vous deux, hors de ma vue, vous avez mieux à faire ! ordonné-je en m'éloignant, avant de me retourner pour leur décocher un sourire complice.

Zéro autorité…

Je suis une boule de nerfs. Rencontrer Kate Monroe pour la première fois n'a rien d'anodin. Faire bonne impression est vital. Je n'ai pas le droit à l'erreur si je ne veux pas me retrouver sur un siège éjectable. Joseph Wilson me considérait comme une proie facile, je dois à tout prix prouver à Kate Monroe que je mérite ma place, que je suis une dure à cuire, une directrice adjointe compétente. Sa réputation la précède, j'ai pu le vérifier en faisant quelques recherches sur elle. Responsable de production, de distribution, directrice financière, de la communication, elle a porté toutes les casquettes afin d'en arriver là. À seulement 39 ans, elle est déjà une référence dans le milieu. Elle a fait ses armes dans les plus grands groupes et a mené sa carrière d'une main de maître. Amie d'Anna Wintour, de Meryl Streep, de Johnny Depp et George Clooney – le vrai, cette fois. Elle a côtoyé un nombre indécent d'acteurs et réalisateurs à renommée internationale, a été interviewée une bonne centaine de fois par la presse spécialisée, a participé à l'élaboration de dizaines de films cultes. Et de navets. C'est le seul reproche que je peux lui faire – avant même de l'avoir rencontrée –, Kate Monroe s'intéresse plus aux chiffres qu'aux images, plus à la quantité qu'à la qualité. Comme quoi, personne n'est parfait…

Je frappe deux fois à la porte du bureau du King en répétant mon speech. Me présenter simplement, sans en faire trop, mais sans me dévaluer non plus. Trouver le juste milieu, avoir l'air assurée, déterminée, volontaire, motivée, inspirée, culti…

– Entrez !

Je reconnais la voix chaude et profonde de Vadim et subitement, je perds le fil, mes pensées se brouillent, mon plan d'action tombe à l'eau. Je réalise à ce moment précis que mon challenge est double : d'une part, plaire à Kate Monroe, de l'autre, ne pas me laisser déconcentrer par mon PDG au regard d'acier et au sourire enjôleur. J'ouvre la porte et me retrouve face aux deux titans. Elle, assise dans le canapé Chesterfield brun foncé, me fixe sans détour. Son regard sombre est franc, direct, sans malice. Lui m'offre un sourire encourageant, assis sur le coin de son bureau. Il a fait l'effort de se coiffer, de se raser de près. Son costume bleu marine épouse sa silhouette à la perfection. Il est à tomber.

– Je ne veux pas vous déranger, je tenais juste à me présenter, dis-je un peu platement en ne sachant plus trop qui regarder.

– On t'attendait, me coupe Vadim.

Apparemment, Kate Monroe ne s'offusque pas en entendant le PDG me tutoyer. Je réalise très vite pourquoi…

– Je t'avais dit qu'elle ne tarderait pas à arriver ! Kate, voici Alma Lancaster, directrice adjointe de la filiale France.

Ils se connaissent ?

Ma supérieure se lève, fait quelques pas dans ma direction en me tendant la main. Une main aussi fine et délicate que le reste. Kate Monroe n'est pas seulement brillante, elle est ravissante. Une beauté d'un autre temps, qui ne s'embarrasse pas d'accessoires ni de fioritures, une beauté simple, froide, distinguée. Qui impose le respect.

– Enchantée, Alma. On m'a dit beaucoup de bien de vous. J'attends de me faire mon idée, mais sachez que je me réjouis de travailler à vos côtés. Une directrice adjointe de 30 ans, on ne voit pas ça souvent. Vous devez être… spéciale, lance-t-elle le visage dénué d'expressions.

– Je confirme ! intervient Vadim en me souriant de manière polissonne.

Ignore-le, ignore-le, ignore-le…

La langue française n'a aucun secret pour Kate, si ce n'est du côté de l'accent. Le sien est à couper au couteau, ce qui ne fait que renforcer son côté rigide et rentre-dedans. Avec un physique aussi gracile que le sien, ce n'est pas étonnant qu'elle ait un caractère si… affirmé.

Cléo n'avait pas tort…

– La sagesse ne vient pas seulement avec les années, elle vient avec l'expérience… Rien n'est jamais acquis, je suis là pour mettre mes talents au service de King Productions, mais aussi pour expérimenter, évoluer, apprendre, réponds-je en lui adressant un sourire un peu forcé.

– Jeune, jolie ET ambitieuse ! Cette filiale devrait donner du fil à retordre à mes anciens employeurs ! s'écrie-t-elle en gloussant doucement.

– Je sais les choisir ! lance King en blaguant. Mettez deux femmes fatales aux commandes : succès garanti !

Et que revoilà le Vadim misogyne !

– Fatales ? Tu veux dire bosseuses, acharnées, compétentes et motivées ? le reprend Kate Monroe.

– Oui, aussi… plaisante-t-il.

– Kate, si vous êtes disponible, je souhaiterais vous présenter Sophie Adam, responsable de la production et Clarence Miller, responsable de la distribution, proposé-je en espérant mettre fin à cette discussion dangereuse.

Depuis le début de cette entrevue, Vadim n'arrête pas de me jeter des regards en coin, il tente de me déstabiliser, s'amuse à multiplier les sous-entendus. Je n'ai pas relevé jusque-là, j'ai feint l'indifférence, mais je ne sais pas combien de temps je vais tenir. Le remettre à sa place en le plaquant contre un mur et en écrasant mes lèvres contre les siennes, j'en rêve ! Danger. Dois fuir la scène immédiatement.

– Excellente idée. Vadim, tu permets ? s'enquiert ma supérieure.

– Je t'en prie, nous reprendrons plus tard. Alma, conclut-il en m'adressant un petit signe de la tête accompagné d'un sourire ravageur.

Kate Monroe n'est pas commode. Elle s'est peut-être montrée agréable, presque chaleureuse avec moi, mais il en a été autrement avec mes « subordonnés », comme elle les appelle. Sophie a eu droit à une réflexion sur sa robe archi-courte, Clarence sur son écriture indéchiffrable. Et Mme la directrice ne s'est pas arrêtée là. Elle leur a déjà donné une date de convocation afin de faire un bilan de productivité du dernier mois écoulé. Je n'ai pour ma part pas été convoquée, mes compétences n'étant, je la cite, « pas à prouver ». Face à leur nouvelle boss, Sophie et Clarence n'en menaient pas large. Je les suspecte de lui avoir déjà trouvé un surnom. Sans doute « Cruella », ou quelque chose comme ça.

De : Maximilian Finn
À : Alma Lancaster
Objet : Invitation
Mr King a le plaisir de vous inviter au dîner de bienvenue organisé en l'honneur de la Directrice France, Mme Kate Monroe.
Cet événement aura lieu le 16 septembre à 20 h 30 au *Lasserre*, dans le VIIIe arrondissement.
Prière d'indiquer si vous comptez venir seule ou accompagnée.
Bien cordialement,
Maximilian Finn
Assistant personnel de Vadim King,
PDG de King Productions

Nous sommes cinq autour de cette table dressée avec le plus grand raffinement. L'e-mail reçu quelques jours plus tôt n'indiquait pas le nombre d'invités et je n'ai pas pris le temps de me renseigner. Erreur. Comprimée dans ma nouvelle robe maxi – en longueur, mini en largeur – je tente de rester digne. Ne pas m'effondrer. Sourire en refrénant mes pulsions meurtrières. Nous sommes cinq autour de cette table : Kate Monroe est venue accompagnée de son mari, Peter Lenz, Vadim King avec sa poupée Barbie, Grace Montgomery et enfin moi, Alma Lancaster, venue seule et sans bouclier. Je suis officiellement vieille fille. Il est temps que j'adopte un chat… Ou douze.

Grace ne parlant pas un mot de français, les conversations se font en anglais. Parfaitement bilingue – les avantages d'être née dans une famille franco-anglaise – cela ne me perturbe pas plus que ça. Pendant que Kate et Peter nous parlent de leurs dernières vacances au Sri Lanka, mon regard divague et se heurte plusieurs fois aux proportions parfaites de Miss America. Ce n'est un secret pour personne, Grace ne doit pas son succès à ses talents d'actrice, son visage de top model et son corps de naïade se chargent du boulot. Je ne suis pas jalouse, je n'envie rien à cette fille. Presque rien. Si ce n'est la manière dont Vadim la regarde. Je lui crèverais bien les yeux, à celui-là…

Je vais trop loin ?

Il a bien préparé son coup. Il s'est délecté du spectacle lorsque je suis arrivée – en dernier – et que j'ai réalisé que nous étions en petit – micro – comité. Il a pris le temps d'observer mon air consterné et de lever son verre dans ma direction, en me fixant droit dans les yeux, comme pour me faire comprendre que la séance de torture ne faisait que commencer. Il n'a pas non plus manqué de se laisser embrasser par sa bimbo sous mes yeux effarés. Il s'est fait un malin plaisir d'officialiser sa relation avec Grace pour me faire enrager. Alors que je bous intérieurement, les autres convives n'y ont vu que du feu. Nous en sommes aux entrées, je cherche déjà une excuse pour m'échapper. Trop tard : une petite voix irritante s'adresse à moi…

– Et vous, Alma, la Californie ne vous manque pas ? m'interroge Grace. Je ne sais pas comment vous faites, Paris est d'un tel ennui !

En sursautant, je viens de balancer mon couteau à l'autre bout de la table. Écarlate, je tente de le récupérer pendant que Vadim se charge de faire rire la galerie.

– Grace, fais attention à ce que tu dis devant Mlle Lancaster, elle est du genre susceptible. La Californie était sans doute trop exotique, trop dangereuse pour elle. Son cœur est toujours resté en France…

– Exact ! réponds-je un peu plus fort que prévu. Paris est authentique, c'est une ville à la fois moderne et chargée d'histoire, un bouillon de culture excitant, exaltant. Je m'y sens chez moi. Et je vous rappelle que la France a vu naître le cinéma ! Qu'est-ce que vous voulez, les États-Unis n'ont pas su me retenir, je ne m'y sentais pas à ma place…

Prends ça, King !

– Je reconnais que Paris a un charme fou, mais personnellement, New York me manque, intervient Kate alors que Vadim me foudroie du regard.

– Mesdames, messieurs, puis-je vous conseiller la recommandation du chef ? clame le serveur en tenue de pingouin, plus snob encore que l'établissement où il travaille.

– Le « chef » recommande la prudence, marmonne Vadim en me jetant un énième coup d'œil assassin.

– Je prendrai le coq au vin revisité, réponds-je sans attendre.

– Typiquement français, sans surprise, sans risque, commente mon PDG.

– Garde ton avis pour toi, je vais prendre la même chose ! le gronde Grace.

Jubilation…

La conversation reprend et, heureusement pour moi, Peter et Vadim se lancent dans un débat qui ne me concerne pas. Sûrement impressionnée par Kate, Grace en profite pour me tenir la jambe, enchaînant questions futiles et commentaires superficiels, dignes d'une adolescente de 16 ans. Remarque, elle ne doit pas en avoir beaucoup plus… Je constate avec soulagement que je ne m'étais pas trompée : la starlette est jolie comme un cœur, elle ne ferait pas de mal à une mouche, mais elle n'a pas inventé la poudre. Vraiment pas. Penser que les chutes du Niagara se trouvent au Brésil, passe encore. Croire que le Président Obama est Républicain, c'est impardonnable.

Je m'attaque à mon « sabayon aux agrumes et son sorbet au champagne » quand une sonnerie pop retentit. Absolument pas gênée de perturber le court du dîner, Grace saisit son portable, décroche et répond à haute voix. Vadim, qui ne semble pas apprécier cette interruption, lui glisse quelques mots à l'oreille. La jeune femme soupire bruyamment, se lève et s'éloigne d'une démarche chaloupée. Tous les yeux sont braqués sur elle, Kate et Peter ne disent rien, mais n'en pensent pas moins. Décidément, je pense que ma supérieure et moi allons bien nous entendre… Pendant que le couple se lance dans une discussion argumentée sur les dangers des nouvelles technologies, mon PDG me fixe attentivement. Je soutiens son regard, décidée à ne pas lâcher. Il est beau, ça n'a pas changé. Sa peau hâlée, ses yeux vifs et pénétrants, son sourire mutin, ses dents parfaitement alignées… J'en ferais bien mon quatre heures. Il est 22 heures. Et je n'ai plus faim.

Ouvre les yeux Alma... Tu n'attends que ça !

Quelques minutes après s'être absentée, Grace revient en trombe, perchée sur ses compensées. Contrariée par ce mystérieux coup de fil, elle nous explique qu'elle doit filer au plus vite, embrasse chastement son milliardaire, nous fait des courbettes, puis disparaît. Vadim n'insiste ni pour qu'elle reste ni pour la raccompagner.

Une de perdue...

Une demi-heure plus tard, c'est au tour des Monroe-Lenz de déserter les lieux, après avoir trinqué au succès de King France et remercié le PDG pour ce « merveilleux dîner ». Merveilleux, ce n'est pas le mot que j'aurais employé, mais peu importe, je profite de leur départ pour rassembler mes affaires.

– Tu comptes aller où comme ça ? me demande Vadim alors que je m'apprête à me lever.

– Chez moi. Pourquoi, je suis censée attendre ton feu vert ? réponds-je, ironique.

– Reste là, je n'en ai pas fini avec toi, m'ordonne-t-il en me souriant paresseusement.

Bien que tentée de désobéir – juste pour la forme – je ne rechigne pas. Me retrouver seule avec lui, je n'attends que ça depuis plusieurs jours ! Il a beau s'être joué de moi toute la soirée, impossible de lui résister.

L'effet Vadim King...

– Je suis toute à toi, dis-je en tentant de paraître affirmée.

– Qu'est-ce que tu as pensé de ce dîner ? lance-t-il en me dévorant des yeux.

– À ton avis ? Tu aurais pu m'épargner ça. Toi et Grace, sous mon nez...

– Tu aurais pu m'épargner cette robe. Je n'étais pas censé te bouffer du regard pendant toute la soirée... Pas censé avoir envie de te sauter dessus toute la semaine !

– Vadim, tu peux me dire ce que je fais là ? À quoi tu joues ? demandé-je, la voix brisée.

– Tu m'obsèdes, Alma. Quoi que je fasse, je n'arrive pas à te sortir de mes pensées.

– Alors pourquoi est-ce que tu souffles le chaud et le froid en permanence ? Ça ne m'amuse pas, ça m'épuise. Prends une décision. Maintenant.

– Voyons voir... Avoir une liaison avec la femme qui m'a brisé le cœur ou la virer pour ne plus être tenté de l'embrasser et de la déshabiller à chaque fois que je l'aperçois ?

– Ta première proposition dépend de moi, encore faut-il que je sois partante. Quant à ta deuxième proposition, elle te vaudra un aller simple aux prud'hommes.

– Qui est le mec qui a répondu au téléphone quand j'ai appelé chez toi, hier ?

– Tu as appelé chez moi ?

Pour me dire quoi ?

– Oui, et apparemment tu n'y étais pas… Par contre, le mec en question était bien là, lui. Qui est-ce ?

Hiro…

– Et ça te regarde parce que… ?

– Réponds-moi !

– Tu te tapes Grace Montgomery, je ne me trompe pas ?! Pourquoi est-ce que je n'aurais pas les mêmes droits ? Tu profites de ta liberté, laisse-moi profiter de la mienne ! lancé-je, excédée. Si tu veux être avec moi, si tu veux qu'on soit exclusifs, il suffit de demander…

Vadim n'a pas l'air d'apprécier que je le remette à sa place. Il pensait vraiment que j'allais me laisser manipuler sans me rebeller ? C'était l'Alma d'avant, ça. C'est mal connaître l'Alma que je suis devenue. Je soutiens son regard courroucé pendant de longues secondes, sans vaciller. Ce duel silencieux risque de durer des heures, peu importe, il ne remportera pas la bataille. Finalement ses traits se détendent, ses yeux s'adoucissent, un léger sourire s'esquisse sur son visage. King se mord la lèvre, passe la main dans ses cheveux brillants puis se lève. Le lien est rompu, je m'en veux cruellement. Je l'obsède, ce sont bien les mots qu'il a prononcés. Je rêvais de les entendre, mais mon ego a tout gâché. La soirée arrive à sa fin, nous allons nous quitter… et nous perdre en chemin. Demain, il aura tout oublié et nous recommencerons à nous côtoyer sans rien partager. Comme des étrangers.

– Mademoiselle Lancaster, murmure-t-il d'une voix chaude en tirant doucement ma chaise.

Il se tient derrière moi, légèrement penché en avant, ses bras musclés caressant mes épaules dénudées. Je me lève machinalement, troublée par cette délicate attention. Une fois debout, je me tourne vers lui. Notre soudaine proximité me monte à la tête, me donne le courage de tout envoyer valser. L'embrasser, m'enfouir dans son cou, me serrer contre lui, je le désire plus que tout. Je n'ai plus envie de défendre mon honneur, peu importe qui a tort, qui a raison, je veux profiter de l'instant présent, tant qu'il est encore temps. Vadim semble avoir la même idée. Son regard toujours planté dans le mien, il caresse tendrement ma joue, s'empare de ma main, puis se penche pour me susurrer quelques mots contre lesquels je ne peux pas lutter…

– On va chez moi ?

Environ quatre heures plus tard, je suis réveillée par des cris provenant de la pièce d'à côté. Probablement le salon. Ou le petit salon attenant au grand. Impossible de savoir, je n'ai pas eu l'occasion de visiter la suite de Mr King. Après avoir sauté du taxi, nous nous sommes envolés jusqu'au dernier étage du palace parisien, nos bouches aimantées, nos corps fébriles enlacés. Puis Vadim m'a soulevée du sol pour me faire traverser les cent cinquante mètres carrés et me déposer sur son lit royal. Nous avons fait l'amour avidement, passionnément, sans penser à rien et surtout pas au lendemain. Mon dernier souvenir remonte à un peu plus d'une heure, lorsque je me suis blottie amoureusement contre lui pour sombrer dans les bras de Morphée.

Je ne parviens pas à déterminer s'il s'agit de gémissements ou de hurlements, mais je crois reconnaître la voix haut perchée de Grace Montgomery. Vadim n'étant pas à mes côtés, j'en déduis qu'il est avec elle. Et qu'il passe un sale quart d'heure. Ce que je réalise à cet instant me fait froid dans le dos : je suis « l'autre femme », la maîtresse, la pétasse sans scrupule qui vient de coucher avec son mec. Je devrais avoir honte, mais je ne ressens pas une once de culpabilité. Mon amant a été clair : Grace et lui ne se sont pas juré fidélité, ils se "fréquentent" sans s'appartenir. Je l'ai enfin retrouvé après toutes ces années, je ne compte pas le laisser s'échapper. À mes yeux, Vadim King n'est pas un coup d'un soir, pas une aventure tiède et éphémère. Il ne l'a jamais été et ne le sera jamais.

Je m'extrais hors du lit, les jambes encore tremblantes

après ce corps-à-corps débridé. J'enfile sa chemise blanche qui gît au sol, puis m'approche de la porte sur la pointe des pieds. Elle est entrouverte, mais pas suffisamment pour que je puisse voir les deux protagonistes se déchirer. Pas d'image, donc, seulement les sons…

– Tu as osé me faire ça ? Ce soir ?! gémit la blonde entre deux sanglots.

– Grace, tu vas enfin me dire ce qu'il s'est passé ?

– Tu viens de te taper une femme dans notre lit, voilà ce qu'il s'est passé !

– Tu as accepté mon deal, mes conditions, tu savais que ça pouvait arriver. Qu'est-ce que ça change que ce soit ce soir ?

– Tout ! Ça change tout !

Pourquoi ?!

– Pourquoi ?

– Parce que je viens d'apprendre que… dit-elle sans parvenir à continuer.

Que quoi ?!

– Que quoi ? l'encourage-t-il plus doucement.

– Que je suis enceinte ! De toi Vadim ! Enceinte de toi ! hurle-t-elle.

…

Tout s'écroule. Le temps semble s'être arrêté. Je sens un vertige s'emparer de moi, ma tête tourne dangereusement, j'ai à la fois envie de hurler et d'éclater en sanglots. Vadim va m'échapper, je le sens. Grace attend son enfant, il ne peut pas rester indifférent. Être père, fonder la famille qu'il n'a jamais eue, je sais que c'est le rêve de sa vie. Mais ce n'est pas moi qui vais le lui offrir. Je vais le perdre. Pour de bon.

– Tu es… sûre ? demande-t-il d'une voix brisée. Grace, tout ira bien, quoi qu'il arrive je serai là.

Il est sous le choc, je ne m'étais pas trompée. Vadim a beau porter un masque d'homme autoritaire et insensible, il a beau s'être blindé après avoir vécu une enfance tragique, il a un cœur immense. Si Grace dit la vérité, il ne la laissera pas tomber, il assumera ses responsabilités.

– Tu veux une preuve, tu veux voir le papier ?! Pas la peine d'avoir pitié de moi, de me mentir, j'ai compris, tu m'as déjà remplacée !

– Grace, attends !

– Non ! Tant qu'elle sera là, tant que tu seras avec elle, tu ne m'approcheras pas ! Et qu'est-ce que tu lui trouves à cette fille ? Qu'est-ce qu'elle a de plus que moi ?

– Grace, calme-toi ! Alma et moi, c'est… compliqué.

– C'est elle ou moi, Vadim !

– Grace…

– Elle ou moi !

– …

Mon cœur bat à mille à l'heure. De stupeur, de déception, de douleur. Sans prendre le temps d'écouter sa réponse, je me rue sur mes vêtements et m'habille à toute vitesse. Je ne parviens plus à respirer, je manque d'air, j'ai besoin de partir d'ici, de m'enfuir. Pour me préserver, pour ne pas entendre le prénom qu'il s'apprête à prononcer, pour sauver ma peau. Du moins, ce qu'il en reste.

II

Espoir et déception

6

Elle ou moi

– Tu veux que je lui casse la gueule ?

La voix de Niels m'arrive brouillée, comme déformée, à contretemps du mouvement de ses lèvres.

À quand les hallucinations ?

Les mots de mon meilleur ami se veulent rassurants, réconfortants, amusants, même, mais je ne les entends pas. Pour tout dire, je ne m'entends même pas respirer. J'ai l'impression de couler à pic, que mon cœur s'est arrêté de battre, que mes organes ont cessé de fonctionner. Si j'ai accepté de rejoindre mon *gay boyfriend* pour un petit-déjeuner aux pieds de la Tour Eiffel, c'est uniquement parce que je n'ai pas eu la force de refuser.

Il faut dire que je suis ailleurs depuis que j'ai quitté le palace où séjourne Vadim King, mon PDG, mon premier amour, mon nouvel amant. Ailleurs depuis que j'ai appris que Grace attendait un enfant de lui. Ailleurs depuis qu'il n'a pas su choisir entre elle et moi. J'ai fui avant de l'entendre prononcer l'un de nos deux prénoms. Grace ou Alma. Lequel est sorti de sa bouche ? Peu importe. Elle est enceinte, elle a la priorité. C'est aussi simple que ça. Ce raisonnement idiot et réducteur, c'est tout ce que j'ai trouvé pour me persuader de rester loin de lui. Pour ne pas l'appeler. Ne pas lui envoyer de textos, d'e-mails, de signaux de fumée. Ne pas débarquer au milieu de la nuit. Ne pas chercher à le faire parler, ne pas risquer d'entendre que c'est terminé.

Cette fois, c'est lui qui va me quitter... Cette fois encore, je l'aime à en crever...

Vadim n'est pas venu au bureau depuis plusieurs jours et je sais pertinemment pourquoi. Pas besoin d'être un génie pour le deviner. Il est avec elle. Il fait sûrement tout son possible pour la rassurer, la faire rire, se faire pardonner cette nuit avec moi. Ils n'étaient pas en couple avant, mais c'est désormais une quasi-certitude : Vadim et Grace sont sur le point de construire leur avenir à deux. À trois. Ils s'apprêtent à avoir un enfant. Impossible de rivaliser. Par la force des choses, je suis disqualifiée. Ça fait très mal, mais je ne peux pas aller à l'encontre de sa volonté. J'ai beau l'aimer envers et contre tout, il faut croire que ce n'est pas suffisant...

– Alma, sors de ta bulle, mange ton foutu « english breakfast » et parle-moi ! Tu as une mine affreuse, ma biche, il est temps de réagir ! Il faut que tu prennes une décision. Deux possibilités. Un : tu tournes réellement la page et dans ce cas-là, j'ai un mec canon à te présenter. Deux : tu t'accroches, tu te bats, tu ne laisses rien ni personne te décourager. Si c'est vraiment Vadim que tu veux, alors bouge-toi, fais tous les sacrifices qu'il faut, mets ton orgueil et tes manières de côté, tu te doutes bien qu'il ne va pas te tomber tout cru dans le bec...

– Mais me battre contre quoi ? Si Grace est vraiment enceinte, je n'ai aucune chance ! réponds-je à mon meilleur ami en boudant mes œufs brouillés.

– Arrête de penser aux autres et pense à toi pour une fois ! En amour, il n'y a pas de règle, pas de « oui mais » qui tiennent ! Va au front ! Demande-lui des explications, démène-toi au lieu de te laisser aller et de jouer les victimes !

Niels, par pitié, garde tes sermons pour plus tard... Ou pour Clémentine...

– Qui parle de victime ?! Vadim ne m'a rien promis, je ne peux rien lui reprocher. Nos sentiments ont pris le dessus, je savais que c'était casse-gueule tout ça, que je risquais de souffrir, mais je ne regrette rien. J'avais besoin d'être avec lui, contre lui, ne serait-ce qu'une dernière fois… ou deux, dis-je, des trémolos dans la voix.

– Donc tu capitules ? demande mon meilleur ami, apparemment déçu.

– Je ne pense pas avoir le choix… Tu crois que c'est facile pour moi de l'imaginer avec elle ? Je viens à peine de le retrouver et il m'échappe déjà ! Mais je ne peux pas m'interposer si c'est ce qu'il a décidé. Il y a un futur enfant dans la balance et ça change tout. Être père, c'est ce dont il a toujours rêvé…

– Ça ressemble à une tragédie grecque tout ça ! Il y a douze ans, tu l'as quitté contre ta volonté. Puis tu as mis ta vie amoureuse en stand-by pendant tout ce temps. Tu n'as jamais cessé de l'aimer malgré tout ce qui vous séparait. Alma, votre histoire mérite une fin mémorable. Si vous êtes vraiment en train d'écrire le dénouement, faites-le bien. Cessez de vous fuir, de vous éviter et quittez-vous dignement. Parlez-vous, bon sang !

– Il va me dire que c'est terminé, qu'il a choisi Grace… murmuré-je en sentant mes larmes couler. Je vais me décomposer sous ses yeux. Je ne suis pas prête à encaisser, c'est trop tôt, trop frais. Il y a quelques jours, j'étais dans ses bras, je sentais sa peau contre la mienne, j'étais à nouveau moi. Entendre de sa bouche que ça n'arrivera plus, je crois que je pourrais en crever…

– La voilà, la vérité, Alma ! Tu ne veux pas tout arrêter, tu ne veux pas le perdre, en réalité, tu as peur de tomber si bas que tu n'arriverais plus à te relever. Mais je serai là, Clémentine, ta famille, tes collègues, même Raphaël… On sera tous là pour ramasser les morceaux.

Raphaël ? Tout mais pas lui !

Mon ex est partout. Quand ce ne sont pas mes proches qui en parlent pour me convaincre de lui donner une seconde chance – ce qui n'arrivera pas à moins de me faire subir une lobotomie – c'est l'intéressé qui resurgit de nulle part. Pas en personne, heureusement, mais sous la forme d'un cadeau empoisonné. Il y a une dizaine de jours, un bouquet de roses a été livré à mon domicile. J'ignorais qu'elles provenaient de Raphaël, jusqu'à ce qu'il m'en informe – l'air de rien – dans un texto faussement amical. Lui et moi ne sommes ni en bon ni en mauvais terme. Je lui ai demandé de sortir de ma vie pour une raison précise et j'aimerais qu'il respecte notre accord. Mais ça, apparemment, c'est trop demander…

Lily a quitté Hiro mais elle squatte toujours mon canapé convertible. Finalement, l'avoir à la maison a du bon, surtout lorsque je suis à deux doigts de craquer et d'appeler Vadim pour le traiter de tous les noms ou le supplier de me choisir. Elle est au courant de tout, je l'ai mise dans la confidence pour avoir son soutien, j'en avais besoin… C'est bien la première fois que ma sœur m'aide à reprendre ma vie en main, les rôles sont inversés !

Concrètement, j'ai l'impression d'avoir 12 ans. Ne pas me lâcher d'une semelle, confisquer mon téléphone, filtrer mes mails, surveiller mes allées et venues et mes fréquentations : le contrôle parental revisité par Miss Immaturité, j'en rigolerais si je n'étais pas aussi déprimée… Mais je dois reconnaître que jusque-là sa stratégie fonctionne. Je suis impressionnée par sa pugnacité. Lily a tout prévu pour m'éviter une rechute. Lorsqu'elle doit s'absenter, elle s'arrange toujours pour trouver un remplaçant. C'est donc Clémentine qui a été chargée de me surveiller hier soir pendant que ma petite sœur allait se défouler en boîte.

Une petite part de l'ancienne Lily est toujours là…

Juchée sur ses compensées, ma sœur est en train de s'activer aux fourneaux dans sa robe de pin-up, lorsque je rentre après une énième journée de travail. Un rapide coup d'œil dans ma direction et elle obtient sa réponse : non, Vadim King n'a pas refait apparition aujourd'hui. Cela fait maintenant cinq jours que je suis sans nouvelles et que mon esprit et mon corps refusent de fonctionner. Sans me laisser le temps de trouver une excuse pour y échapper, ma sœur m'ordonne de m'installer à table. J'obéis, faute de mieux.

– Spaghettis carbonara maison ! s'écrie-t-elle joyeusement en posant l'énorme saladier rempli de pâtes.

– Lily, je n'ai pas faim… Je vais prendre un soda, dis-je en m'apprêtant à me lever.

– ASSISE ! lâche ma sœur d'une voix redoutable.

– …

– Je viens de passer une heure en cuisine pour te préparer quelque chose de bon, de nourrissant, de réconfortant et c'est comme ça que tu me remercies ? Et puis tu maigris à vue d'œil, Alma, bientôt tu vas devenir transparente !

– Je sais que tu veux m'aider, mais…

– Mais rien du tout, arrête avec tes « mais » ! Si tu refuses de prendre soin de toi, je vais le faire à ta place !

– Tu comptes me gaver avec un entonnoir ?

– Non, je compte t'appâter avec un scoop. Et tu ne le regretteras pas, crois-moi ! Finis ton assiette et je te dirai ce que j'ai vu hier soir…

À en croire son air fier et obstiné, ma sœur dit vrai et je ferais mieux de m'attaquer rapidement à mes spaghettis… Dix minutes plus tard, mon assiette est vide et mon estomac plein à craquer. Lily m'adresse un sourire triomphant et se lance enfin.

– J'étais au VIP Room hier soir et je n'étais pas la seule. Grace y était, elle aussi… commence-t-elle doucement, soucieuse de ne pas me brusquer.

– Grace Montgomery ?

– Oui.

– Tu es sûre que c'était elle ?

– Aucun doute, elle a été mitraillée par les paparazzis à sa sortie et fait la Une de tous les sites people.

– Et ?

– Et elle s'est sifflé une bouteille de champagne à elle

toute seule. C'était pas beau à voir, elle ne dansait pas, elle titubait…

QUOI ?!

– Tu penses qu'elle n'est pas… tenté-je en sentant mon cœur s'accélérer.

– C'est évident Alma, Grace n'est pas enceinte ! Ou alors elle est complètement irresponsable, mais je n'y crois pas… Non, si tu veux mon avis, elle a paniqué quand Vadim s'est rapproché de toi et elle a inventé cette histoire de bébé pour ne pas le perdre !

– …

– Alma, ça va ? s'inquiète ma sœur en me voyant respirer difficilement.

Non, ça ne va pas. Je prends sur moi – correction : je meurs à petit feu – depuis près d'une semaine pour les laisser vivre, pour ne pas m'interposer, pour leur permettre d'être ensemble. J'étais prête à m'effacer, à accepter ce déchirement pour le bien-être de leur futur enfant. Un futur enfant qui, de toute évidence, n'existe pas. Mais ce sacrifice, je le faisais aussi pour elle, parce que je ne voulais pas être en compétition avec une femme enceinte. Parce que ça ne se fait pas et parce que je me serais détestée de tomber aussi bas. Mais la donne vient de changer et la solidarité féminine a assez duré. Grace et Vadim n'étaient pas exclusifs, je ne le lui ai pas volé, je n'ai rien à me reprocher. Elle, par contre, nous a menti, nous a manipulés.

Pas de bébé, pas de pitié.

Mon monologue intérieur m'accapare depuis de longues minutes quand, finalement, la voix de ma sœur m'arrache à mes pensées…

– Appelle-le. À ta place, je n'attendrais pas une seconde.

– Et si ça ne changeait rien ?

– Qu'est-ce que tu veux dire ?

– S'il la choisissait quand même ? Si c'est vraiment Grace qu'il veut, bébé ou pas ?

– Alors tu seras fixée. Alma, tu ne peux pas continuer comme ça, tu ne vis plus depuis cette nuit-là, tu survis. Il te faut des réponses pour avancer…

– Demain, je lui parlerai… demain, parviens-je à prononcer avant de fondre en larmes.

La nuit a été courte et tumultueuse, mélange d'insomnies et de songes agités. Puis l'heure du réveil a sonné et j'ai replongé dans la réalité. Prendre ma voiture, me rendre sur l'avenue des Champs-Élysées, me garer dans le parking souterrain de King Prod – sans rayer ma portière ou celle de la voiture d'à côté – monter dans l'ascenseur, saluer mes collègues comme si de rien n'était, aller me chercher un café. J'ai réussi à faire tout ça sans me démonter. J'espérais secrètement – comme les jours précédents – que Vadim serait de retour, mais toujours aucun signe de lui.

Mon mug de café à la main, je m'installe à mon bureau comme un robot. Mais mon naturel revient au galop, alias ma maladresse légendaire : un faux mouvement plus tard et mon clavier est trempé. Je retiens le cri de frustration qui meurt d'envie de s'échapper de ma gorge et pars à la recherche de papier absorbant pour réparer ma bêtise. C'est à ce moment que je croise Kate Monroe, ma supérieure, qui n'a pas l'air d'être de meilleure humeur que moi…

– Oh Alma, j'espère que votre matinée est moins catastrophique que la mienne ! dit-elle sans chercher à masquer son accent américain.

– Bonjour Kate, qu'est-ce qu'il vous arrive ?

– La routine, vous savez… Je bataille avec les investisseurs d'un côté, les médias de l'autre. La concurrence n'a jamais été aussi rude !

– Si je peux vous être utile en quoi que ce soit…

– Continuez de faire du bon travail, c'est tout ce que je vous demande ! lâche-t-elle en riant doucement avant de s'éloigner.

– Kate ? demandé-je soudainement alors qu'elle s'en va.

– Oui ? répond-elle en se retournant.

– Je me demandais… Savez-vous quand Mr King sera de retour ? parviens-je difficilement à articuler.

– Je l'ignore. Rapidement, j'espère, nous avons besoin de lui ! Bonne journée, Alma.

Mon clavier a survécu mais ma mission de recueil d'informations a été un échec cuisant. Kate n'en sait pas plus que moi. C'est rassurant, dans un sens : Vadim a disparu de la surface de la terre, personne n'a de nouvelles de lui, son silence radio ne m'est pas réservé. J'ai pris la décision de l'appeler ce soir. À 20 heures précises. Je prendrai mon courage à deux mains et affronterai la situation une bonne fois pour toutes. En attendant, je tente de me concentrer sur autre chose. Mon boulot, par exemple. Valider des budgets, faire un point avec le pôle communication, approuver – ou non – la bande-annonce du prochain blockbuster *Pretty Little Murders* : ô joie. En passant en revue les dizaines d'e-mails auxquels je dois répondre, j'en découvre un en provenance de… Vadim ! Reçu le matin même à 6 h 12.

Il est plus de 9 heures. Comment ai-je pu passer à côté ?!

De : Vadim King
À : Alma Lancaster
Objet : Pensées
Désolé de ne pas être plus présent, j'ai des choses à régler.
Tendrement,
V.

Il ne m'a pas totalement oubliée... Mais c'est tout ? Six jours de silence pour des « choses à régler » ?

Mon cœur et mon cerveau jouent les montagnes russes, entre soulagement, colère, angoisse, curiosité, vengeance…

De : Alma Lancaster
À : Vadim King
Objet : RE :

Par « choses », tu fais référence à Grace et sa prétendue grossesse, j'imagine ?
Pour info, à en croire ses activités nocturnes, je ne suis pas persuadée que ta top model soit enceinte…
A.

De : Vadim King
À : Alma Lancaster
Objet : RE : RE :
Je confirme : elle ne l'est pas. La jalousie fait perdre leur tête aux femmes…
Tendrement, encore.
V.

De : Alma Lancaster
À : Vadim King
Objet : RE : RE : RE :
Tant mieux pour toi. Plus de jalousie, plus de choix à faire. Libre comme l'air.
Tendrement, mais encore ?
A.

Midi : pas de réponse. Impatience. 18 heures : pas de réponse. Frustration. Minuit : pas de réponse. Envies de meurtre.

J'ai eu du mal à garder les yeux ouverts pendant la projection test de *Pretty Little Murders* – dont j'ai raté la première moitié, accaparée par un problème urgent à régler. Un de plus… Une nuit blanche, passe encore. Deux nuits blanches, sabotage de carrière ! Heureusement, Clarence était assis à côté de moi et a joué – sans le savoir – son rôle à la perfection. Son rire tonitruant et ses cris de stupeur m'ont tenue éveillée pendant la fin du film. Un thriller psychologique : parfaitement adapté à mon état d'esprit.

Après un passage express à la pharmacie – besoin urgent

de paracétamol – je suis de retour devant l'immeuble de King Productions aux environs de midi, m'attendant à tout sauf à tomber sur lui. Vadim est pourtant bien là, en train de discuter avec l'une des standardistes alors que je passe le tourniquet et avance jusqu'à la réception. En m'approchant, je perçois des bribes de leur conversation…

– Elle était à la projection, j'ai bien compris, mais elle est terminée depuis plus de trente minutes ! Est-ce que vous savez si elle avait un déjeuner pro ? Regardez à nouveau dans le planning ! Vous l'avez vue sortir, oui ou non ? s'énerve Vadim.

– Je suis navrée Mr King, j'ignore où se trouve Mlle Lancaster. Vous avez essayé de l'appeler sur son portable ? demande timidement la jeune femme.

– Évidemment que j'ai essayé ! J'ai…

– Je suis là, dis-je le plus calmement possible.

Il se retourne, me fait face et soupire de soulagement. Immédiatement, ses yeux gris se mettent à me détailler et je ne peux m'empêcher de faire de même. Vadim est à tomber. Il porte un costume beige parfaitement taillé, mettant en valeur sa carrure virile. Son absence de cravate donne à son look un petit côté *casual* qui semble le rendre plus accessible. Pendant un dixième de seconde, je n'ai qu'une envie : me jeter à son cou et m'y enfouir pour tout oublier. Mais déjà, sa voix mi-sérieuse mi-amusée me rappelle à l'ordre.

– Alma, on ne t'a jamais appris la règle d'or ? Quand le boss appelle, on répond. Quoi qu'il arrive !

– Désolée, j'ai mis mon téléphone en silencieux pendant la projection.

Mes excuses étaient sincères, mais je réalise en refermant la bouche que de nous deux, c'est lui qui va devoir se faire pardonner. Après sept jours de silence, sept jours de torture, il me doit des explications.

– Tu me cherchais pour… ? demandé-je froidement.

– Allons dans ton bureau, les murs ont des oreilles ici, lance-t-il en adressant un sourire goguenard à la standardiste qui n'a pas raté une miette du spectacle.

Épreuve de l'ascenseur : direction le septième étage. Déjà, son parfum me fait décoller. Il ouvre ensuite la porte de mon bureau et en parfait gentleman, me fait signe d'entrer, puis la referme derrière nous. Mon ego me retient de le plaquer contre le mur pour l'embrasser férocement, lui arracher sa chemise et...

Stop !

Le même scénario se répète : lui et moi dans cette pièce chargée d'ondes changeantes. Mon envie de lui, de ses mains de fer, de ses lèvres de velours, laisse place à mon envie de lui faire payer son silence. Puis la tendance s'inverse à nouveau et à part le serrer contre moi, me blottir dans ses bras, plus rien n'a d'importance. Il m'a tant manqué. Que va-t-il m'annoncer ? Vais-je ressortir indemne de cette conversation ? Mes idées se troublent alors qu'il me fixe sans sourciller, sans prononcer un seul mot. Son regard est plein de curiosité, d'inquiétude, aussi. Comme s'il savait ce qui l'attendait...

– Que me vaut cette visite de courtoisie ? demandé-je en tentant de rester digne.

– Tu es partie comme une voleuse, l'autre soir... répond-il en passant la main dans ses cheveux rebelles.

– Tu avais des choses à régler avec Grace. D'ailleurs, comment va-t-elle ? continué-je en souriant hypocritement.

– J'ignorais que tu avais entendu notre conversation, c'est en lisant ton mail que j'ai compris. Alma, je suis désolé, je n'ai jamais voulu t'infliger ça...

Je sens mes larmes monter et fais tout mon possible pour les retenir. Je ne veux pas lui dévoiler ma faiblesse, je refuse de lui faire ce plaisir.

– Alma, je ne savais pas, je te le jure, dit-il doucement.

– Penser qu'elle attendait un enfant de toi, ça m'a rendue

malade ! Ça fait une semaine que je tourne en rond en vous imaginant ensemble, que je deviens folle ! crié-je presque, soudain hors de moi.

– Grace n'est pas enceinte, elle ne l'a jamais été. Tu aurais dû m'en parler, m'appeler : je t'aurais immédiatement rassurée. Dès le lendemain, elle m'a avoué que c'était faux…

– Tu avais choisi qui ?

– Pardon ?

– Tu as très bien compris. Elle ou moi, c'était sa question, ce soir-là.

– Grace et moi, c'est terminé.

– Ne te fous pas de moi, Vadim. Avant que tu saches que tout ça n'était qu'un mensonge, tu avais choisi qui ?

– Personne ! Je lui ai dit de se calmer et je suis venu te chercher dans la chambre, mais tu n'étais plus là. J'ai cru que tu étais partie de ton plein gré, que tu avais besoin… de respirer.

– Tu ne t'es pas dit que c'était Grace qui m'avait fait fuir ?

– Non, je pensais que c'était moi. Tu m'as déjà filé entre les doigts une fois, rappelle-toi… ajoute-t-il tout bas.

Je ne veux pas fuir ! Je te veux TOI !

– Vadim, ça ne me ressemble pas, tout ça. Je ne sais pas si j'en serai capable…

– Capable de quoi ?

– De te partager avec d'autres femmes.

– Qui te dit qu'il y a d'autres femmes que toi ? s'écrie-t-il en se jetant sur moi.

J'ai cru que ce moment n'arriverait jamais… Ses mains m'agrippent la taille et m'attirent violemment contre lui. Ses lèvres se posent sur les miennes et je ne résiste plus. Sa langue me caresse, son souffle me réchauffe et mes craintes s'envolent. Tout ce dont j'ai besoin, tout ce que je désire, il est en train de me l'offrir. Une étreinte à la fois tendre et passionnée, qui me donne envie de plus, de tout. De lutter de toutes mes forces pour que cet homme torturé, obstiné, insaisissable m'appartienne enfin. À en juger par ses dires et par ce baiser, Vadim King est lui aussi prêt à se battre pour moi. Pour nous.

7
Ici, maintenant

Cela faisait si longtemps que je n'avais pas passé la nuit avec lui… Plus de dix ans ont passé et la sensation me paraît irréelle. Indescriptible… ou presque. Après un corps-à-corps langoureux, m'abandonner dans ses bras protecteurs, sentir sa peau de soie caresser mon dos, son souffle régulier me balayer la nuque, son odeur divine se répandre en moi alors que je sombre dans le sommeil. Un bonheur simple, pur, apaisant, qui me fait oublier tous les combats, toutes les batailles que j'ai menées pour en arriver là.

Je m'extirpe de mes songes et entrouvre les yeux. Il est 7 h 38. L'immense chambre décorée avec raffinement m'apparaît pour la première fois à la lumière du jour. Tout en prenant soin de ne pas réveiller mon bel endormi, j'observe. Autour de moi, les couleurs sont moins franches, moins criardes, un peu comme si le photographe avait donné un effet sépia à ses clichés. Les meubles design prennent tout à coup un air rétro, presque vintage. Les œuvres d'art contemporaines se remarquent à peine, comme si elles n'étaient plus à leur place. Le doré devient cuivré, l'argent brillant devient métal patiné, le décor passé à la loupe a quelque chose de nostalgique, de mélancolique. Comme cette impression que l'on a lorsqu'on retourne dans sa maison d'enfance, vingt ou trente ans après. Ou lorsqu'à l'abord d'une pâtisserie, on retrouve l'odeur de la tarte Tatin que cuisinait notre grand-mère. Cette douce torpeur me replonge irrémédiablement dans mon passé. Dans ces souvenirs qui ne m'ont jamais vraiment quittée et qui, ce matin, me reviennent comme si c'était hier.

Il y a douze ans, Vadim m'a donné le goût de la liberté. Nos rendez-vous clandestins, nos escapades imprévues, nos étreintes folles m'ont ouvert les portes d'un nouveau monde. Un monde où transgresser certaines règles n'était pas interdit. Mes parents, mes professeurs m'avaient maintenue dans une bulle de moralité, de préjugés. Mon premier amour m'a libérée de ma prison dorée, m'a enseigné le goût du risque. Auprès de lui, j'ai appris le frisson du danger, la force de m'exprimer. Il m'a donné une voix. En quelques mois, Alma la jeune fille modèle-discrète-docile est devenue Alma la jeune femme ambitieuse-curieuse-entreprenante. À l'époque, Vadim Arcadi m'a apporté plus que ce que je n'aurais jamais pu lui demander. Aujourd'hui, je voudrais lui rendre la pareille...

– Mademoiselle la directrice adjointe, que faites-vous dans mon lit ? demande mon PDG d'une voix embrumée, un sourire paresseux sur les lèvres.

Je le pensais profondément endormi ! Je sursaute puis, dans un élan de pudeur, remonte violemment le drap pour couvrir ma poitrine. Ma réaction le fait rire aux éclats, en retour, je ne trouve rien de mieux que de lui adresser une grimace. Vadim se redresse, m'entoure de ses bras et me murmure à l'oreille...

– Tu n'étais pas si timide hier soir... Et cette nuit... Et il y a une heure...

Je ne peux réprimer un sourire gourmand. Mon amant moqueur en profite pour m'embrasser tendrement, ses mains baladeuses parcourant ma nuque, mes seins, mes flancs... Je réponds à son baiser mais emprisonne ses mains dans les miennes, sachant pertinemment où tout cela va nous mener. Nous avons fait l'amour une bonne partie de la nuit, j'ai maintenant une autre idée en tête. Le faire parler.

– Vadim ? tenté-je en le repoussant doucement.

– Hmm ? répond-il en se mordant la lèvre et en essayant de me ramener contre lui.

– Patience, mister King. Réponds à mes questions et je serai toute à toi…

– Je ne promets rien mais je t'écoute. La récompense est attrayante…

Son accent irrésistible, sa peau hâlée, ses yeux limpides, ses cheveux en bataille, son sourire enjôleur : Mr Canon ne me facilite pas la tâche ! Je dois lutter pour ne pas flancher, pour ne pas me laisser hypnotiser par sa beauté sauvage. Lui sauter dessus, là, maintenant, ce serait céder à la facilité. Au lieu de cela, je m'aventure sur un terrain glissant. Parler du passé n'est pas sans danger, j'en ai conscience. Mais je veux comprendre, j'ai besoin d'en savoir plus sur lui, sur nous.

Inspire, expire…

– Pourquoi avoir changé de nom ? commencé-je en lui caressant la paume de la main.

– Pour recommencer à zéro. Ne pas être jugé sur mes erreurs passées.

– Je vois… Comment en es-tu arrivé là ? À la tête d'un empire comme King Productions ?

– En bossant comme un forcené.

– Mais encore ?

– J'ai d'abord crée une petite société de films indépendants à L.A. Ça a bien marché, j'ai pu la revendre à un prix intéressant et c'est à ce moment-là que King Prod a vu le jour. J'ai fait en sorte de rester discret les premières années, de ne pas attirer les regards et de m'entourer de gens éclairés. Pas les *people* qui flambent devant les objectifs, les gens de l'ombre, les vrais pros, les cinéphiles, les artistes, les ingénieurs et les entrepreneurs purs et durs. Et ça a payé : Il y a sept ans, la saga Larry Water a tout précipité. Du jour au lendemain, notre chiffre d'affaires et notre réputation ont explosé. Comme je ne sais pas m'arrêter, j'ai ensuite crée d'autres filiales dont la dernière en date : King France. Satisfaite par ma réponse, mademoiselle Lancaster ?

– Oui. Mais ce n'est pas fini…

– Je vais réussir à te faire changer d'avis, susurre-t-il au creux de mon oreille en caressant mon ventre du bout de ses doigts.

– Vadim, respecte notre deal ! ris-je en le repoussant plus fermement cette fois.

– OK. Plus tu me fais attendre, plus j'ai le temps d'imaginer ce que je vais te faire…

Hmm… Tout ce que tu veux… Alma ! On se concentre !

– Quand j'ai quitté L.A. il y a douze ans, tu n'as pas cherché à me retenir. Pourquoi ?

La température vient de chuter. Le regard de Vadim a viré au noir, sa tension est palpable. J'avance sur un champ de mines. En abordant ce sujet, j'ai mis le doigt « là où ça fait mal ».

– Parce que je ne supportais plus de te voir tiraillée de tous les côtés. À cause de moi, tu devais défier ta famille en permanence. Je ne voulais plus que tu souffres. Et je ne voulais plus m'excuser d'être qui j'étais.

– Je ne t'ai jamais demandé de le faire ! Je t'aimais comme une folle, pour ton courage, ta liberté, tes idées. Je n'aurais rien fait pour changer Vadim Arcadi !

– Mais tu es partie.

– Oui. Parce que l'amour que j'éprouvais pour toi me bouffait un peu plus chaque jour. Parce que les êtres que j'aimais le plus au monde se déchiraient. Et parce que tu allais perdre, Vadim. Mon père allait finir par avoir ta peau…

– Donc tu es en train de me dire que tu t'es barrée pour me protéger ?

– Oui.

– Tu le penses vraiment ?

– Je n'avais pas le choix !

Cette explication ne semble pas lui convenir. S'il était tendu jusque-là, cette fois, j'ai réussi à le mettre en colère. Il me fixe longuement de son regard d'acier, comme pour pénétrer au plus profond de mes pensées, puis il reprend la parole.

– Tu penses m'avoir protégé mais la vérité, c'est que tu m'as brisé. Avant toi je ne m'étais jamais autorisé à aimer qui que ce soit ! balance-t-il, plein de rancœur.

– Tu n'imagines pas à quel point ça m'a fait mal, à moi aussi…

– N'inverse pas les rôles, Alma. TU es partie. Je ne t'aurais jamais abandonnée… Pour rien au monde.

– …

– Enfin, ton départ m'aura au moins permis de reprendre ma vie en main et de réaliser mes rêves les plus fous. Regarde où j'en suis aujourd'hui, c'est en partie grâce à toi… Au final, je devrais sûrement te remercier de m'avoir largué comme un moins que rien, ajoute-t-il cruellement.

– T'avoir quitté est la pire décision que j'ai prise, mon plus grand regret, soufflé-je en sentant les larmes monter.

Son expression change, ses traits ne sont plus marqués par la colère mais par la compassion. Il soupire, me caresse tendrement la joue, je me retiens de pleurer.

– Assez parlé du passé ! Vivons au présent, concentrons-nous sur ici, maintenant, dit-il en approchant ses lèvres des miennes.

– Vadim ? murmuré-je en le stoppant.

– Tu vas arrêter de me résister ?!

– Et tes parents ?

– Mes parents sont toujours morts, ça n'a pas changé. Si tu veux bien, je vais t'embrasser, puis récolter ma récompense hautement méritée ! conclut-il dans un sourire, en se plaquant contre moi.

Hmm…

Nous avons passé une bonne partie du samedi au lit, lovés dans les bras l'un de l'autre. Ne plus évoquer le passé, se focaliser sur le présent. Nous avons joué à « cap ou pas cap ? » en sirotant du champagne, chahuté sous la douche comme des gamins, commandé un chariot entier de room service, joué scandaleusement avec la nourriture, regardé *Blade Runner* puis *Mulholland Drive* en savourant ces précieux instants. Nous étions seuls au monde dans cette suite de luxe, en apesanteur entre la terre et le paradis, la réalité et le rêve éveillé. Cette journée pleine de rires et de tendresse a fait renaître notre complicité. L'espoir aussi. Que cette seconde chance soit la bonne, que plus rien ni personne ne nous sépare, ne nous arrache l'un à l'autre.

Lundi matin. J'ai été privée de Vadim pendant exactement trente-sept heures – M. le PDG est très occupé, même le dimanche – et j'ai déjà atteint mes limites. Une nouvelle semaine commence. Mon planning est ultra-chargé, mais je suis incapable de l'écarter de mes pensées. Sentir ses lèvres se presser contre les miennes. Ses mains me parcourir. Son souffle me caresser. Vadim est une drogue dont je n'ai jamais réussi à décrocher. Dont je ne veux pas décrocher. Pourquoi le voudrais-je ? Il est la meilleure chose qui me soit arrivée. J'avance sans trop savoir où je vais, j'ignore si nous sommes officiellement ensemble, ou même si notre relation est exclusive. Ne pas le brusquer en lui parlant d'amour éternel ou de fidélité – c'est le conseil de Clémentine, autoproclamée coach sentimental – : Plus facile à dire qu'à faire !

Qui de mieux que Lily pour me changer les idées ? Ma sœur, qui est toujours chez moi, débute son stage à King Productions ce matin. J'ai dû l'extirper de son lit il y a un peu plus d'une heure et la traîner jusqu'à la douche. La reine de l'oisiveté et des grasses matinées n'a pas apprécié, mais je l'ai fait pour son bien. C'était ça ou elle retournait vivre – de force – chez Edward et Marie Lancaster, nos très chers parents. Mon dernier coup de fil avec mon *pater familias* remonte à quelques jours et comme à son habitude, l'homme a su se montrer… persuasif.

– Il est grand temps que tu motives ta sœur à faire quelque chose de sa vie ! Fais-la entrer dans ta société, montre-lui la valeur du travail ! s'est enflammé mon père.

– C'est à Lily de prendre cette initiative, pas à moi. Elle sait qu'elle peut me demander…

– Alma, je ne débattrai pas sur le sujet. Tu es ambitieuse, tu as réussi, comme ton frère. Votre sœur est… différente. Elle a besoin qu'on lui file un coup de pied aux fesses pour s'intéresser à autre chose qu'à son nombril !

– Elle veut devenir styliste, pas assistante de production !

– Ça m'est égal, je veux qu'elle fasse quelque chose de ses dix doigts ! Elle n'a qu'à devenir costumière dans le cinéma !

– Papa, il faut faire des études pour ça…

– Évidemment qu'il faut faire des études ! Ça fait des années qu'on se bat pour qu'elle s'inscrive dans une école de stylisme, mais Lily l'utopiste préfère « vivre au jour le jour sans se soucier du lendemain ». Tu parles d'une philosophie de vie ! Elle ne va nulle part en papillonnant à droite à gauche, c'est à toi de la recadrer Alma ! Tu es la seule qu'elle écoute…

– Je vais faire ce que je peux…

– Dis-lui que c'est ça ou le pensionnat ! Et par pensionnat, je veux dire sa chambre de petite fille sous mon toit ! Si elle veut se comporter comme une gamine, elle sera traitée comme telle !

Charmant…

Mon père n'est pas un homme facilement attendrissable, il peut se montrer rigide au plus haut point, mais il faut reconnaître que Lily est un cas. Vive, amusante, intelligente… butée, étourdie, idéaliste. Elle est capable du pire comme du meilleur. Il y a deux ans, elle s'est fiancée sur un coup de tête et sans nous prévenir avec un barbu écolo. Elle a déménagé au Pérou pour élever des lamas. Une semaine plus tard, elle nous appelait au secours pour qu'on vienne la chercher. Mon père a sauté dans le premier avion pour la ramener à Paris et, ce jour-là, il l'a prévenue : une fois, pas deux. La prochaine fois qu'elle lui faisait un coup de ce genre, elle était bonne pour la prison à vie… chez papa-maman.

J'ai mis plusieurs jours à la convaincre d'accepter ce stage, ce qu'elle a fini par faire. Surtout pour avoir la paix. Et à une condition : ne pas la transformer, je cite, en « bonne sœur ». Les tailleurs stricts et autres tenues classiques, ce n'est pas son genre. Lily a un look aussi flamboyant que sa personnalité. Pour preuve, nous nous sommes rendues au travail ensemble ce matin, moi en slim noir-chemise blanche, elle en robe rockabilly vintage. Normal.

Au moins, elle ne passera pas inaperçue…

À cette heure, elle n'a causé aucune catastrophe. Nous sommes en fin de matinée et Clarence – qui l'a récupérée au pôle distribution – ne m'a pas encore appelée à l'aide. Bonne nouvelle. Pour l'instant.

Restons prudente…

Je n'ai croisé Vadim qu'une fois depuis mon arrivée, au détour d'un couloir. En grande discussion avec Maximilian Finn, il n'a pas pu m'embrasser amoureusement – ni arracher mes vêtements pour me plaquer contre le mur – et s'est contenté de m'adresser un regard coquin, bien trop furtif à mon goût. J'ai décidé de m'en contenter. Pour l'instant.

– Alma, réunion urgente dans trois minutes ! balance Kate Monroe à l'entrée de mon bureau, avant de disparaître en claquant des talons.

Lily ? Elle ne va quand même pas se faire virer le premier jour ?!

Tous les responsables de pôles sont déjà là lorsque je me présente dans la grande salle aux baies vitrées. Contrairement aux autres, Vadim et Kate sont restés debout et parlent à voix basse, en anglais. Mauvais signe. J'ai à peine le temps de croiser le regard courroucé de mon PDG que ma supérieure m'invite – m'ordonne – de m'asseoir.

Quelqu'un est mort ?! Ou ça ne saurait tarder ? Petits meurtres entre collègues… Un futur blockbuster ?

– Un extrait de *Pretty Little Murders* vient d'être mis en ligne sur YouTube, annonce gravement la directrice de la filiale France, de son accent à couper au couteau.

La stupéfaction se lit sur tous les visages, y compris le mien. Cette nouvelle est tout bonnement… catastrophique.

– J'aimerais savoir qui est responsable de ce flop magistral ! enchaîne Vadim, hors de lui.

Toutes les têtes se tournent vers Clarence, le responsable de la distribution. Celui-ci tente de se défendre du mieux qu'il peut… Mais sa maladresse l'enfonce encore plus.

– La présomption d'innocence, vous connaissez ? blague-t-il à la cantonade.

Grosse erreur, monsieur Miller…

– Vous trouvez ça drôle, Clarence ? Personnellement, j'ai plus envie de vous licencier que de plaisanter ! s'écrie le PDG. Je n'ai jamais vu ça ! Un extrait qui fuite sur le Net deux semaines avant la sortie du film !

– Comment savons-nous que cette fuite provient de la filiale France ? demande timidement Sophie Adam.

– À votre avis ? L'extrait en question est en VF, répond froidement Kate.

– Alma, tu as une idée de ce qui a bien pu se passer ? m'interroge soudain Vadim.

– Non. C'est une erreur soit de la distribution, soit de la communication. À moins qu'il s'agisse d'un acte de sabotage, lancé-je prudemment, en tentant d'analyser la situation.

– La distrib' n'y est pour rien, j'en ai la certitude ! précise Clarence.

– La com' non plus, intervient Bertrand Leroy pour défendre son équipe.

– Kate, Alma, trouvez-moi le responsable de cette connerie ! Et que quelqu'un me fasse disparaître cette vidéo du Web dans les deux prochaines heures. Je suis sérieux, tous vos jobs sont en jeu ! enrage le big boss.

– Deux heures ? C'est mission impossible, mister King. Depuis qu'il a été mis en ligne, l'extrait a déjà été partagé sur des dizaines, voire des centaines de sites différents. Il va nous falloir plusieurs jours pour régler le problème, explique Simon, le responsable du pôle technique.

– Faites-en votre priorité, monsieur Rozen, et mettez toute votre équipe sur le coup. Votre pôle va s'y consacrer jour et nuit jusqu'à ce que ce soit fait ! ordonne Vadim avant de s'éclipser sans se retourner.

Pas un regard dans ma direction... L'heure est grave !

Quelques secondes plus tard, alors que mes collègues quittent la salle de réunion en file indienne, mon téléphone se met à vibrer frénétiquement au fond de ma poche. Un texto de Vadim !

[Tu y tiens à ce chemisier blanc ?
Parce que je n'ai qu'une envie…
Faire sauter ses boutons un à un…]

Hmm... Je ne dirais pas non...

[J'ai une situation de crise à gérer !
Mon PDG vient de me tomber dessus,
pas le temps de fricoter.]

« Fricoter » ?! J'ai vraiment appuyé sur envoyer ?

[Ton PDG est probablement un enfoiré,
fais tout le contraire de ce qu'il te dit.
Je dois faire un aller-retour express
à Londres, mais à mon retour,
je serai enchanté de « fricoter ». Deal ?]

Express ? C'est-à-dire ?

[Deal. Ne pars pas trop longtemps,
je crois que mon PDG
a des vues sur moi…]

Ou comment obtenir une information capitale de manière détournée…

[Trois jours max. Préviens ton PDG
que s'il tente quoi que ce soit,
je le fais descendre.]

Bingo !

J'ai passé le reste de la journée à m'entretenir avec les différents chefs de pôles pour tenter d'éclaircir la situation et minimiser les conséquences de ce piratage. Kate et moi avons fini par conclure qu'il ne s'agissait pas d'une simple erreur humaine, mais que cette fuite était l'œuvre d'une personne malintentionnée. Sûrement l'un des nôtres, un employé de King Productions. Mais qui ?

Vers 19 heures, Maximilian Finn – alias l'assistant zélé – m'a proposé de faire plus ample connaissance. Il n'a pas tenté une seconde de me draguer, je le soupçonne d'ailleurs d'être gay, mais je dois avouer qu'il m'a un peu fait pitié. Vadim est parti sans lui à Londres et le jeune homme s'est retrouvé totalement démuni sans son mentor. J'ai donc accepté de l'accompagner au Buddha Bar pour boire un cocktail. Un seul. Largement suffisant. J'ai découvert au passage que Maximilian était bien plus mature et perspicace que ce que je pensais. Nous avons discuté – en anglais, ce qu'il a grandement apprécié – pendant une bonne heure, dans ce décor chic-ethnique à l'ambiance feutrée. De tout et de rien… mais aussi de Vadim.

Tous les moyens sont bons pour en savoir plus sur l'homme que j'aime…

Le brun filiforme et coquettement habillé s'est également montré très curieux à mon égard. Parfois trop. Il a tenté – de manière faussement innocente – de me faire parler, en particulier de ma vie personnelle et de mon passé. J'ai répondu à certaines de ses questions, esquivé la plupart. Puis l'heure de nous quitter est arrivée. Au moment où le jeune homme s'apprêtait à réclamer la note, ma sonnerie « chant d'oiseaux » – un choix de Niels - a retenti. Le joli visage de Clémentine s'est affiché sur mon téléphone, j'ai décroché.

– Clem ? Je peux te rappeler dans quelques minutes ? Je suis au Buddha Bar avec un col…

– Raphaël est à l'hôpital ! C'est sérieux Alma, rejoins-moi à la Pitié-Salpêtrière !

8

Le cœur a ses raisons…

Il fait un froid polaire dans les couloirs lugubres de l'hôpital du XIIIe arrondissement. Après avoir bravé – à coups de klaxons et d'insultes – le trafic parisien de la fin de journée, j'ai enfin atteint ma destination. À la suite d'un rapide interrogatoire, l'infirmière grincheuse de l'accueil daigne me donner quelques maigres renseignements. Raphaël Coste, mon ex-fiancé, est toujours au service des soins intensifs. Chambre 113.

Raphaël et moi, ça a duré environ deux ans. J'avais 26 ans, lui 27, je consacrais une bonne partie de ma vie à mon boulot. Lui aussi. Ingénieur informaticien, il venait de créer sa propre boîte et ne comptait pas ses heures. J'admirais son ambition, il était bourré de charme, généreux, attentionné : je venais de mettre le grappin sur l'homme idéal. C'est en tout cas ce dont j'essayais de me convaincre. Mais plus les mois passaient et plus je m'éloignais. Lui, au contraire, s'accrochait. J'ai été tentée de le quitter à plusieurs reprises, notre vie de couple manquait de passion, de spontanéité, la routine avait insidieusement pris le dessus. Raphaël n'était pas Vadim, c'était aussi simple que ça. Mon grand amour me manquait terriblement et je ne parvenais pas à me résigner, à l'effacer de ma mémoire pour aller de l'avant.

Tout a changé lorsque je suis tombée enceinte à 28 ans, sans qu'on l'ait décidé. J'ai cru que la vie m'envoyait un signe, que Raphaël était finalement l'homme qu'il me fallait, que mon futur avec lui était tout tracé. Cela nous a rapprochés et je me suis préparée avec joie à devenir maman. Mais notre soi-disant bonheur s'est fait la malle lorsque j'ai été transportée aux urgences au milieu de la nuit. Fausse couche. J'ai perdu notre bébé à presque six mois de grossesse. La douleur était si forte, si insupportable que je n'ai pas eu d'autre choix que de le quitter. La seule chose qui nous retenait l'un à l'autre, c'était cet enfant. Sa disparition venait de signer l'arrêt de mort de notre couple. Raphaël et moi n'avions plus lieu d'être.

Je tente de bloquer tous ces souvenirs en me rendant à la chambre 113, quand Clémentine se jette sur moi, complètement paniquée.

– Alma, te voilà, j'ai cru que tu n'arriverais jamais ! Il a eu un accident, il était sur le périph', les médecins du SAMU m'ont raconté… Un automobiliste lui a fait une queue de poisson, sa voiture a percuté un tunnel, apparemment le choc était d'une violence extrême ! parvient-elle à articuler en bredouillant à moitié.

Je la prends immédiatement dans mes bras, catastrophée par ce que j'entends. Elle hoquette contre mon épaule, je retiens mes larmes. Je dois rester forte, pour Raphaël, mais aussi pour elle. Ces deux-là sont très proches, ils se connaissent depuis des années. C'est justement elle qui me l'a présenté il y a quatre ans, au moment où je cherchais à tout prix à me caser pour qu'on arrête une fois pour toutes de me demander « à quand ton tour ? ». Clémentine se calme peu à peu, puis reprend la parole.

– Ils m'ont trouvée dans son portable, j'étais le dernier numéro qu'il avait appelé… C'était terrible, j'ai cru qu'il était mort !

– Clem, comment il va ? demandé-je en lui tendant un mouchoir.

– Tout ce que j'ai compris du médecin, c'est « gros traumatisme crânien » et « coma artificiel »… Il est branché à des tubes, il a des ecchymoses partout, c'est un cauchemar !

– Il va s'en sortir Clem, ça va aller, dis-je pour la rassurer, en priant de toutes mes forces pour que ce soit vrai.

– J'ai appelé ses parents, ils ne devraient pas tarder, sanglote-t-elle de plus belle.

– Je peux le voir ?

– Non, pas pour l'instant, les médecins s'occupent de lui, ils viendront nous prévenir quand on pourra lui rendre visite. Enfin, s'il survit… conclut-elle en me jetant un regard apeuré.

Ma meilleure amie et moi sommes restées à l'hôpital jusqu'à l'arrivée de la famille Coste : les parents et les deux frères de Raphaël. Les revoir – surtout dans ces conditions – n'a pas été chose facile, mais ils m'ont tous saluée avec une infinie gentillesse. À l'époque, je m'en étais voulu de les décevoir alors qu'ils m'avaient accueillie à bras ouverts. Je m'en étais voulu de faire tant de mal à leur fils, à leur frère. Je ne pouvais plus les regarder en face. J'avais disparu de leur vie sans plus donner de nouvelles. Je ne voyais que ma douleur, mon chagrin, celle des autres m'importait peu. Avant de raccompagner Clémentine chez elle, je leur ai promis de revenir le lendemain. Raphaël irait peut-être mieux d'ici-là, il serait conscient, hors de danger. C'est en tout cas ce que j'espérais…

– Il faut que tu préviennes Basile, lâche Clémentine, le visage tourné vers sa fenêtre. Ils sont restés amis malgré tout, je sais qu'ils se sont vus récemment.

Ce sont les premiers mots qu'elle prononce depuis que nous sommes montées en voiture, il y a quinze minutes. Après avoir séché ses larmes, ma meilleure amie s'est retranchée dans un inquiétant mutisme. Quelque chose me dit qu'elle m'en veut et que je ne vais pas tarder à le vérifier…

– Je l'appellerai demain matin.

– Pourquoi pas ce soir ?

– Clem, il est presque minuit…

– Et si Raphaël ne passe pas la nuit ?

– Les médecins ont dit qu'il allait s'en sortir !

– Ils ont dit « très probable », pas « sûr et certain » ! répond-elle un peu sèchement.

– Il faut qu'on reste positives, il va se réveiller, ce n'est pas possible autrement… soufflé-je.

– Pourquoi ? Parce que tu as peur de souffrir s'il meurt ? Pauvre Alma, elle risque de perdre l'homme qu'elle a jeté comme un mouchoir usagé… C'est une habitude chez toi, en fait ! Vadim, Raphaël, qui sera le suivant ?

– Tu es injuste Clem ! Tu sais très bien pourquoi j'ai quitté Raphaël ! m'écrié-je, blessée par sa remarque.

– Pardon… Je n'aurais jamais dû dire ça, je sais que tu as vécu l'enfer il y a deux ans, s'excuse-t-elle, soudain pleine de compassion. Je ne te juge pas Alma, j'ai juste… peur pour lui.

– Moi aussi. Il faisait partie de ma vie, de ma famille. Je n'ai pas oublié… dis-je tristement.

– Tu ne crois pas que c'est un signe du destin ?

– Comment ça ?

– Raphaël qui resurgit pile au moment où tu retrouves Vadim…

– Pure coïncidence. Je ne crois pas au destin, enfin, je n'y crois plus.

– J'ai la conviction que l'un des deux est l'homme de ta vie, mais j'ignore lequel, réfléchit Clémentine à haute voix.

– Moi je le sais.

– Tu es persuadée que le retour de Vadim est un signe, que tu dois à tout prix être à nouveau avec lui, mais tu fais peut-être fausse route… Et si c'était Raphaël qu'il te fallait ?

– Ne recommence pas, Clem ! Tu l'as toujours su, toi aussi ! Même quand je vivais avec Raphaël, c'est à Vadim que je pensais.

– Tout ce que je sais, c'est que tu écoutes ton instinct au lieu d'écouter ta raison. Tu confonds amour et passion. Avec Vadim, c'est plus fort, mais ce sera peut-être éphémère. Et si ça ne durait pas ? Tu risques de t'en mordre les doigts.

– Je refuse de choisir la sécurité, la facilité. Peu importe si je prends la mauvaise décision, je ne veux pas me retourner sur ma vie dans vingt ans et regretter d'être passée à côté de l'homme qui me bouleverse, me fascine comme aucun autre…

– C'est ton choix…

– Et tu comptes le respecter ? demandé-je en riant doucement.

– Oui, parce que c'est toi, ajoute-t-elle en me rendant mon sourire.

***

Raphaël s'est réveillé au petit matin, les médecins avaient vu juste. Il va séjourner un bon moment à l'hôpital, mais ses jours ne sont plus en danger. Migraines sévères, fracture de la clavicule, côtes cassées, plaies plus ou moins profondes : sa guérison va prendre du temps, mais Raphaël est un miraculé. Après avoir appris la bonne nouvelle – de la bouche de son père, ému aux larmes – j'ai immédiatement prévenu mes collègues que je ne serai pas là de la journée.

8 h 15. L'endroit est quasiment désert quand je m'apprête à entrer pour la première fois dans la chambre 113. Quelques minutes plus tôt, j'ai croisé les parents Coste qui se rendaient à la cafétéria. Ils m'ont prévenue : Raphaël est épuisé, je ne dois pas trop le fatiguer. C'est donc sur la pointe des pieds que je m'approche de lui, impressionnée par toutes ces machines reliées à son corps abîmé. Une forte odeur de Bétadine et de désinfectant flotte dans la pièce. Mon ex est allongé dans son lit, les yeux fermés, des pansements sur le front et les joues, une minerve autour du cou, mais je le reconnaîtrais parmi des milliers. Ces cheveux clairs, parfaitement raides, ce nez droit et fin, ce menton légèrement allongé. Raphaël n'est pas un canon de beauté, mais cela n'a jamais empêché les femmes de se retourner sur son passage. La douceur, la bonté, l'honnêteté se lisent sur son visage et lui confèrent un charme fou. J'ignore si j'ai réellement été amoureuse de

cet homme, mais je suis certaine de l'avoir aimé. Peut-être d'ailleurs plus comme un ami confident que comme un amant. J'éprouve une immense tendresse pour lui et le voir dans cet état me crève le cœur.

Je m'assieds discrètement sur le fauteuil beige recouvert de simili cuir installé près du lit et pose ma main sur la sienne. Sa peau est rugueuse et a été probablement nettoyée pour enlever les taches de sang. Mais certaines restent visibles, je remarque des petites traces brunes entre ses doigts. Je retiens mes larmes. S'il se réveille, je ne veux pas qu'il y voie de la pitié ou du remords. Je reste plantée là, immobile, pendant une petite éternité, jusqu'à ce qu'une infirmière nous rejoigne. Je m'éclipse pour la laisser faire son travail et c'est à ce moment que mon téléphone sonne. Vadim.

Vent de panique ! Je lui dis ou pas ?!

– Allô ? dis-je le plus normalement possible.

– Alma, *thank God* ! Kate m'a dit que l'un de tes proches était à l'hôpital ! Tout est *okay* ? me demande-t-il à toute vitesse, en *frenglish*.

– Vadim ! Tu es bien arrivé à Londres ? réponds-je pour gagner un peu de temps.

– Oui, mais peu importe ! Qui a été hospitalisé ? Si je peux faire quelque chose…

– C'est Raphaël… Il a eu un accident de voiture, c'est sérieux mais il va s'en sortir, lancé-je le plus innocemment du monde.

– Qui est Raphaël ?

– Mon ex.

– Ton ex ?

– Oui.

– Ravi de l'apprendre. Mais encore ? lâche-t-il un peu froidement.

Je le savais…

– Rien de spécial, nous ne sommes plus en contact, mais c'est un très bon ami de Clémentine, je suis là aussi pour elle, m'entends-je dire en rougissant.

– Bien. N'oublie pas que tu dois régler cette histoire de sabotage. Ta vie perso n'est pas censée empiéter sur ton boulot.

– Vadim, mon ami vient d'échapper de justesse à la mort…

– C'est ton ex ou ton ami ? Il faudrait savoir !

– Je dois raccrocher, le médecin m'appelle, inventé-je pour éviter la dispute qui menace d'éclater.

Pendant le reste de la matinée, j'ai pris le soin d'éviter les appels de mon PDG – probablement enragé. J'ai rendu visite à Raphaël plusieurs fois, toujours endormi, discuté avec ses parents, accompagné Clem à la boulangerie d'à côté pour nous goinfrer de pâtisseries « bien méritées », envoyé quelques mails à Lily pour m'assurer qu'elle n'avait pas séché sa deuxième journée à King Prod. J'ai attendu, heure après heure, que le miraculé se réveille pour pouvoir lui parler. Parler de quoi ? Aucune idée. Ce serait totalement hypocrite de ma part de lui dire que je suis là pour lui. Après tout, c'est moi qui lui ai demandé de sortir de ma vie.

Vers 16 heures, sa mère est venue me chercher dans la salle d'attente pour m'annoncer que Raphaël me réclamait. J'ai laissé Clémentine et Niels continuer leur débat sur les microbes – une obsession de mon meilleur ami – et me suis rendue jusqu'à la 113 en tremblant comme une feuille. Il y a un sujet en particulier que je ne veux pas aborder et, connaissant mon ex, ça ne va pas louper… Je m'engouffre dans la chambre, tendue, presque mal à l'aise et croise son regard. Un regard bienveillant, reconnaissant.

– Alma… Merci d'être là, dit-il d'une voix fatiguée en me souriant.

– Comment tu te sens ?

– Un peu secoué. Et vaseux, blague-t-il en pointant du doigt sa pompe de morphine.

– Tu m'as fait peur, Raph…

– « Raph » ? Tu sais depuis combien de temps tu ne m'as pas appelé comme ça ?

– Non et ça n'a pas beaucoup d'importance, si ?

– Ça en a pour moi.

C'est parti…

– Je ne suis pas là pour parler de nous. Je suis là pour toi, pour être sûre que tu sois en un seul morceau.

– Tu as reçu mes fleurs ?

– Oui… Raphaël, parlons d'autre chose.

– Non, cet accident m'a ouvert les yeux. Il faut que je profite de ma vie, tout de suite.

– Oui mais…

– Laisse-moi finir, on ne coupe la parole à un homme qui sort tout juste du coma ! ironise-t-il. Je t'aime toujours Alma, je n'ai jamais cessé d'y croire.

– Raphaël, arrête.

– On attendait un enfant ensemble, on était heureux, non ?

– Je ne veux pas parler de ça, pas maintenant, pas comme ça…

– Donne-moi une seconde chance ! Je veux t'offrir la vie dont tu rêvais, fonder une famille ! s'écrie-t-il en grimaçant de douleur.

– Calme-toi, il faut que tu te reposes. Je vais te laisser, dis-je en prenant le chemin de la sortie.

– Je n'abandonnerai pas, Alma, murmure-t-il en se brisant la voix.

– J'ai tourné la page, Raphaël. Prends soin de toi…

La journée – qui n'est pourtant pas terminée – a été longue et éprouvante et je m'apprête à quitter l'hôpital, lorsque je perçois, dans mon dos, une voix familière. Basile, que j'ai prévenu ce matin, est bien là au moment où je me retourne, à l'entrée de la salle d'attente.

– Il paraît qu'il va bien ? demande-t-il en s'avançant vers moi.

– Oui, aussi bien que possible vu les circonstances… Ça va lui faire plaisir que tu sois là, réponds-je en l'embrassant sur la joue.

– Tu as une sale tête, sœurette ! Tu as eu peur pour Raph, j'imagine…

– Évidemment que j'ai eu peur, hier soir les médecins n'étaient pas sûrs qu'il s'en sorte !

– Oui, il y a ça et le fait que tu éprouves toujours des sentiments pour lui…

– Basile, tu ne vas pas t'y mettre aussi ! Vous vous êtes tous passé le mot ou quoi ?!

– Non, on sait ce qui est bon pour toi, c'est tout. Bon, je vais aller le voir vite fait… Tu m'attends là ? Ou bien tu préfères peut-être m'accompagner ? ajoute-t-il juste pour m'agacer.

Et ça marche !

– Très drôle… Je passe mon tour. Je suis crevée, je vais rentrer.

Je ramasse mes affaires et jette un dernier coup d'œil à ma tête à claques de frère. Ses yeux fixent quelque chose derrière moi, ses traits sont tendus.

Quoi encore ?!

Je comprends sans même me retourner, lorsque j'entends la voix grave de Vadim s'adresser à nous.

– Alma, Basile, comment va votre… ami ? lâche-t-il en venant se placer à côté de moi, beau à crever dans son costume griffé.

Je rêve ou il est rentré de Londres pour moi ?!

– Alma, qu'est-ce qu'il fout là ? me demande mon frère, rouge de colère.

– Toujours aussi charmant, Lancaster… commente mon PDG.

Les deux hommes se jaugent, leurs regards ne se croisent pas, ils se percutent. La tension devient intenable dans cette pièce qui empeste l'alcool à 90° et le mauvais café.

– Toujours là où on ne t'invite pas, Arcadi. Ou devrais-je dire King ? Tu as enfin accepté ta bipolarité ?

– Non, mais nous pouvons aller en discuter ailleurs, si tu le souhaites…

– Arrêtez, tous les deux ! Les embrouilles d'adolescents,

c'est terminé ! m'emporté-je.

– Alma, ne me dis pas que tu es à nouveau avec ce type ?!

Basile attend une réponse. Vadim également. Le problème, c'est que je suis trop fatiguée pour la formuler. Toutes ces émotions ne m'ont pas laissée indemne, je suis à bout de nerfs et mon cerveau semble fonctionner au ralenti. Je reste muette, évitant leurs regards assassins. J'attends que l'un d'entre eux cède, espérant secrètement que mon frère s'éloigne en premier. Raté. Lorsque je relève enfin la tête pour le contempler, Vadim est déjà parti. Laissant Basile victorieux et particulièrement fier de lui.

Il rentre à Paris juste pour toi et tu ne le défends même pas ?! Idiote !

Rentrer chez moi, je ne demande que ça. Apparemment, les proches de Raphaël en ont décidé autrement. Ils m'ont tenu la jambe une bonne heure – gentiment mais avec un peu trop d'insistance – avant de me laisser m'échapper. La nuit est déjà tombée quand, enfin, je parviens à me garer en bas de mon immeuble. Enlever ces fringues qui sentent l'hôpital, prendre une douche pour me délasser, grignoter en m'affalant devant la télé : le fabuleux programme de ma soirée.

En parcourant les quelques mètres qui me séparent de la porte d'entrée, je remarque une berline noire garée en double file. Jusque-là, rien d'exceptionnel. Mais une petite voix me dit que je ne suis pas au bout de mes surprises. Exact : je perçois un bruit de portière, tourne la tête et réalise que Vadim s'avance dans ma direction. J'observe mieux la voiture et remarque une jeune femme assise sur le siège passager. Une ravissante Asiatique, dans les 25 ans, qui arbore un décolleté particulièrement… siliconé.

Envie de le gifler... Retiens-toi, laisse-lui une chance de s'expliquer... Encore plus envie de le gifler...

– Décidément, tu es partout ! dis-je ironiquement en le fusillant du regard.

– Tu veux que je m'en aille ? répond-il, menaçant.

– Non, je veux que tu m'expliques ce que fait cette fille dans ta voiture.

– Je n'ai pas le droit d'avoir des « amis », moi aussi ?

– Ne te fous pas de moi, Vadim ! Qui c'est ?

– Je ne sais rien de Raphaël, tu n'as pas besoin d'en savoir plus sur May. Tu couches encore avec lui ?

– Donc tu l'as amenée juste pour me rendre jalouse ? réponds-je en ignorant volontairement sa question.

– J'ai mieux à faire que perdre mon temps à te rendre jalouse, Alma. Tout comme j'ai autre chose à faire que d'écouter les conneries de ton frère, gronde-t-il d'une voix dangereusement grave.

– Je n'y suis pour rien, Basile et toi êtes incapables de…

– Je croyais que ta famille allait me foutre la paix, cette fois… Que tu avais changé, que tu ne te laisserais plus influencer.

– Je ne vois pas le rapport…

– Quand est-ce que tu vas enfin leur tenir tête ? Vivre ta vie sans te justifier ? Réagir quand quelqu'un nous attaque, nous manque de respect ?

– J'aurais dû te défendre, je suis désolée… murmuré-je en réalisant qu'il dit vrai.

– Tu crois vraiment que je veux que tu me défendes ?! Crois-moi, Alma, je n'ai besoin de personne pour ça… Ce que je veux, c'est qu'ils restent à distance et que tu t'imposes, bon sang !

– Écoute-toi Vadim ! Tu es en train de faire exactement ce que tu leur reproches ! Tu essayes de me contrôler !

– Non, j'essaie de te rendre plus libre. Mais il faut croire que tu n'es toujours pas prête pour ça. Pas prête pour moi, lâche-t-il dans un soupir.

Vadim me fixe pendant quelques secondes, son regard d'acier scrutant un semblant de réponse sur mon visage blessé. Finalement, face à mon absence de réaction, il fait volte-face et s'éloigne sans ajouter un mot. Je suis totalement démunie, désarmée, j'ai envie de le retenir mais toutes mes forces m'ont quittée.

Est-ce qu'il vient de me larguer ?

Dans les deux heures qui ont suivi, je l'ai appelé une dizaine de fois, sans résultat. Je lui ai envoyé une batterie de textos, une flopée d'e-mails, mais Vadim s'est fait un plaisir de m'ignorer. C'est en tout cas ce que j'imagine. Trop content de lui et trop occupé avec sa geisha pour me répondre. Que faisait cette fille dans sa voiture ? Seule face à mon bol de nouilles chinoises – ironie du sort – je tente de distinguer le vrai du faux, le pourquoi du comment, mais je suis complètement sonnée. Par cette journée interminable, par ma conversation avec Raphaël, avec Basile, mais surtout par les derniers mots que Vadim m'a balancés au visage : « Pas prête pour moi… » S'il savait… Je n'ai jamais été aussi prête. Il faut seulement que j'arrive à le lui dire et à mettre ma fierté de côté.

Je suis à moitié endormie sur mon canapé quand la sonnette retentit.

Lily ? Non, elle ne dort pas ici ce soir. Vadim ? Non, redescends sur terre, Alma !

C'est pourtant bien lui qui se trouve derrière ma porte d'entrée. Je suis en nuisette, démaquillée, les cheveux humides rassemblés dans un chignon approximatif. Traduction : je n'en mène pas large. Lui est toujours vêtu de son costume de dandy et me regarde à peine en pénétrant à grands pas dans mon appartement. Je referme la porte derrière lui et le suis jusqu'au salon. Ce même salon où nous nous sommes aimés, respirés, dévorés pour la première fois. Enfin, la première fois depuis douze ans.

– Plus d'autre partenaire ! annonce-t-il sans préambule.

– Pardon ?

– Plus d'aventure, plus de liaison, de flirt… Notre relation restera secrète, mais je veux qu'on soit exclusifs. Toi + moi, rien d'autre.

– Vadim, c'est déjà le cas pour moi. Pourquoi secrète ?

– Parce que ça ne regarde que nous. Ni la presse ni le clan Lancaster. Et ce Raphaël, alors ? ajoute-t-il très sérieux, en plissant les yeux.

– C'est mon ex, il est sorti de ma vie depuis longtemps !

– Il est du même avis ? lâche-t-il, presque menaçant.

– Qu'est-ce que ça change ? réponds-je sans me laisser déstabiliser.

– Alma, ne complique pas les choses, j'en ai plus qu'assez de cogiter, de ressasser, de passer ma vie à me demander si tu vas encore m'échapper ! Il t'aime toujours ou pas ? insiste-t-il en s'avançant dangereusement vers moi.

– Oui.

– Je dois m'en inquiéter ? continue-t-il plus doucement, satisfait par ma franchise.

– Non.

– Sûre ?

– 100 %.

– Tu me jures fidélité ? surjoue-t-il pour me faire sourire.

– Oui, si tu fais de même, réponds-je, mutine.

– Tu as ma parole.

– Et May ? Et toutes les starlettes, les bimbos que tu fréquentes ici ou à L.A. ?

– Elles sont transparentes. Je ne vois que toi. Je ne veux que toi.

– Sûr ?

– 200 %.

Je ne peux pas résister une seconde de plus. À l'envie de le toucher. À ses bras musculeux qui se referment sur moi et m'attirent contre lui. Vadim King entoure mon visage de ses mains, puis m'embrasse lentement… attendant mon signal pour approfondir ce baiser et enfin me posséder. Je gémis entre ses lèvres, savourant déjà les doux châtiments et les cruelles caresses que je m'apprête à subir. Toute la nuit. « Plus d'autre partenaire. » Cette fois, je n'ai pas gagné une simple bataille, j'ai gagné la guerre.

Nos lèvres aimantées se frôlent sans cesse, se rencontrent timidement puis se lancent dans une valse folle qui manque de me faire défaillir. Vadim m'embrasse encore et encore, comme s'il en allait de sa vie, avec une tendresse infinie et une fougue trahissant son désir. Une douce chaleur se répand déjà en moi, mon bas-ventre sort de son sommeil, ma peau s'électrise, le contact du torse viril de Vadim fait ériger mes tétons sous la fine couche de soie qui les recouvre.

– Cette nuisette est diabolique… soupire mon PDG en rompant notre baiser. Je ne suis pas venu pour ça, je voulais juste qu'on parle. De nous.

– Je peux aller m'habiller, si tu as peur de ne pas pouvoir te contrôler, minaudé-je pour le provoquer.

– Si tu crois que je vais te laisser t'échapper… dit-il férocement en m'attrapant par le bras.

Je glousse en observant son air faussement contrarié et en un éclair, son rire vient s'entremêler au mien. Nos deux voix se font écho pendant quelques secondes, puis plus rien. Le silence règne à nouveau dans mon salon et seuls nos yeux communiquent. Les siens me disent qu'il a envie de moi mais qu'il n'ose pas. Les miens l'encouragent à faire le premier pas, à oublier ses doutes, ses hésitations. Vadim King n'ignore rien des dangers qu'implique notre relation passionnée, il ne m'a pas encore accordé sa confiance. Il se méfie, mais il ignore aussi que je ne rêve que de lui, que mon instinct ne me laisse aucun autre choix : je dois lui appartenir, lui prouver que je suis prête à m'offrir à lui… corps et âme.

Son regard troublé plongé dans le mien, je recule d'un pas en me libérant de son emprise. Il ne sait pas à quoi s'attendre, hausse les sourcils, son visage se crispe légèrement, m'interroge. Je ne suis pas d'humeur à parler, je préfère agir. Maintenant, tout de suite. Ne pas laisser cette chance s'évanouir, ne pas nous laisser déconcentrer par des questions existentielles qui seront toujours là demain.

Céder au désir lorsqu'il se présente. Sans jamais quitter mon apollon des yeux, j'attrape les bretelles de ma nuisette, les fais glisser sur mes épaules. Une lueur intense éclaire son regard au moment où la soie commence sa lente descente, jusqu'à atterrir sur mes pieds. Je suis totalement nue face à lui, à sa merci. Un sourire en coin s'esquisse sur ses lèvres, il me dévore littéralement des yeux en passant et repassant la main dans ses cheveux délicatement bouclés.

Qu'est-ce qu'il attend ?!

– Je pourrais t'admirer pendant des heures… souffle-t-il en se mordant la lèvre et en s'approchant de moi.

– Tu pourrais faire tant d'autres choses que m'admirer… réponds-je, assaillie par les effluves entêtants de son parfum.

– Quoi par exemple ? susurre-t-il à mon oreille.

– Me toucher.

Ses mains se posent sur mes reins et pétrissent savamment ma peau brûlante. Ma respiration en est presque coupée.

– Et puis ?

– M'embrasser…

Sa bouche s'enfouit au creux de mon cou, ses lèvres déposent de délicats baisers de haut en bas. De délicieux frissons parcourent ma colonne vertébrale. Je commence à chavirer.

– Quoi d'autre ? demande-t-il d'une voix étouffée.

– Me mordre…

Son visage remonte de quelques centimètres, je sens ses dents s'attaquer au lobe de mon oreille. Doucement, d'abord, puis plus férocement. Ce supplice m'arrache des petits cris de douleur mêlée de plaisir.

– Ensuite ? continue-t-il alors que je sens une bosse se presser contre mon bas-ventre.

– Me… pincer… articulé-je difficilement.

Ses mains de fer remontent jusqu'à mes seins, ses doigts tournent insolemment autour de mes tétons, les frôlent, les évitent, les titillent, puis enfin, s'en emparent sans délicatesse.

Je perds la tête, un feu violent se propage en moi, embrasant tous mes sens.

– *Next* ? murmure-t-il en anglais.

– Me… caresser…

Un grognement guttural s'échappe de sa gorge, je devine que mon dernier souhait l'excite autant que moi. Et puis ses doigts atteignent mon intimité, effleurent mon clitoris, impriment des cercles lents pour le faire gonfler et je ne réponds plus de rien. Mon cœur bat à tout rompre, mes jambes tremblent, je halète de plus en plus bruyamment au fil de ses châtiments.

– Ce sera tout ? demande-t-il en m'adressant un sourire moqueur.

– Non… le supplié-je.

– Qu'est-ce que tu veux, Alma ?

– Toi ! m'écrié-je en écrasant mes lèvres affamées contre les siennes.

Il répond sans hésiter à ce baiser ardent, me soulève du sol sans aucune difficulté et, dans un élan passionnel, me porte jusqu'au mur. Violemment plaquée contre la surface froide, je gémis de surprise, de douleur, d'excitation. J'enroule mes jambes autour de sa taille élancée pour trouver un meilleur équilibre, sans me détacher de ses lèvres qui me consument. Je grogne lorsqu'il les arrache.

– Maintenant, c'est moi qui mène le jeu.

Tout ce que tu veux, mais tais-toi et embrasse-moi !

Mes pieds touchent à nouveau le sol, Mr King ne me maintient plus dans les airs, mais ce n'est pas pour me déplaire. Sous mes yeux avides, il se déshabille sensuellement, sans précipitation, se débarrassant d'abord de sa veste élégante, puis de sa chemise immaculée. Je me retiens de lui foncer dessus. Son torse imberbe et parfaitement dessiné m'attire cruellement, mes mains rêvent de s'y aventurer, de s'y perdre, mais je n'en fais rien. Je continue de l'observer alors qu'il fait glisser son pantalon, puis son boxer. Lorsqu'il relève la tête et me fixe de ses yeux gris clair, il en profite pour me demander à voix basse, un sourire gourmand sur les lèvres…

– Tu as un préservatif ?

– Pas la peine.

– Alma… me sermonne-t-il, pensant que j'ai perdu la tête.

– Je ne suis pas totalement irresponsable Vadim, je prends de nouveau la pilule.

– Aucun risque ? insiste-t-il.

– De tomber enceinte ? Non… Et pour le reste, nos tests ont prouvé qu'on pouvait se faire confian…

Je voulais lui rappeler que nos tests – faits récemment – nous donnaient le feu vert, mais il ne me laisse pas le temps de finir ma phrase. En un rien de temps, ses immenses mains emprisonnent ma taille et me ramènent contre lui. Sa bouche s'empare de la mienne, sa langue agile se déchaîne, je soupire sous ses assauts impétueux. Sa virilité impressionnante est bandée comme un arc et caresse mon bas-ventre. Vadim se montre de plus en plus entreprenant, et son désir de plus en plus pressant. Nous nous jetons et rejetons fougueusement l'un contre l'autre, nos jambes finissent par s'emmêler et, enivrés par ce baiser fiévreux, nous trébuchons maladroitement. Nous tombons au ralenti et atterrissons sur le grand tapis vichy aux carrés colorés.

Je m'allonge sur le dos et invite mon amant à profiter en toute liberté de mon corps offert. Il s'exécute sans hésiter. Il s'allonge sur moi et fait promener sa langue sur ma peau ultra-sensible. Elle s'aventure au creux de mon cou, à la naissance de mes seins, sur mon nombril, le haut de mes cuisses et finalement, vient visiter ma féminité bouillonnante. En quelques minutes, mon clitoris est prêt à imploser et mon intimité prête à l'accueillir. Je m'agite, gémis, supplie. Il cède enfin, s'installe entre mes cuisses et s'apprête à me pénétrer.

Mais avant ça, il veut que je le regarde. Nos yeux brillants se croisent, se jaugent, à la fois pleins de tendresse et de défi. Puis mon regard descend vers son sexe, comme pour lui dire qu'il est temps. Son membre est si grand que j'en ai presque peur, et pourtant je ruisselle et je ne céderais ma place pour rien au monde. Lorsqu'il coulisse enfin en moi, il le fait patiemment, comme au ralenti, centimètre par centimètre. Juste pour laisser le temps à mes profondeurs de s'ouvrir, à mes reins de se cambrer, à mon souffle de s'apaiser. Toujours avec la même délicatesse, me surplombant de toute sa hauteur, ses yeux à nouveau imbriqués dans les miens, il commence ses allées et venues. Lentement, puis il accélère imperceptiblement. Ses coups de boutoir se font plus intenses, plus rapides. Je halète, il grogne. Je gémis, il sourit. Mon plaisir monte *crescendo*, sans jamais faillir, jusqu'à l'extase finale. Mon orgasme précède le sien de quelques secondes, puissant, vibrant, assommant. Logé au plus profond de moi, son sexe m'embrase une dernière fois dans un ultime et jouissif va-et-vient. Puis son corps épuisé se relâche, Vadim se laisse aller en se blottissant contre moi, me murmurant les mots doux que j'attendais et qui m'ont tant manqué…

– D'où vient cette cicatrice ? Je ne l'avais jamais vue avant… demandé-je en caressant la petite boursouflure à l'intérieur de son bras.

– Oh, ça… Un accident de moto il y a quelques années, rien de grave, répond-il d'une voix un peu enrouée, sans cesser de me caresser les cheveux.

Nous sommes toujours allongés sur le tapis de mon salon. Depuis presque une heure, nous ne sommes pas parvenus à nous détacher l'un de l'autre. Lovée dans les bras de mon PDG, j'inspecte son corps dans les moindres détails. Espérant l'apprivoiser, le connaître toujours un peu mieux…

– Je voudrais tout savoir. Tout ce qui t'est arrivé ces douze dernières années, soufflé-je en promenant ma main sur son torse.

– Rien de passionnant… Il faut croire que le temps s'est arrêté quand nous nous sommes séparés. Et qu'il est reparti quand nous nous sommes retrouvés.

– Cette idée me plaît, mais ce n'est pas la réalité. Tant de choses ont changé… La jeunesse, l'insouciance, c'est terminé.

– Tu as 30 ans Alma, pas 60 ! Et puis tu as toujours ton corps d'adolescente, plaisante-t-il pour me taquiner. Les années t'ont épargnée.

– Ouf ! Ça me permet de rivaliser avec tes poupées Barbie d'à peine 20 ans ! ironisé-je en le pinçant doucement.

– Ouch ! Tu vas regretter cette attaque déloyale, Lancaster ! s'écrie-t-il en riant. Où est ta chambre ? Il est temps de passer au second « round »…

Inutile de préciser que la nuit fut courte… et palpitante. Je savais Vadim insatiable, je me savais gourmande, mais je ne pensais pas qu'il était humainement possible de faire l'amour tant de fois en seulement neuf heures. J'ai des circonstances atténuantes : je mets quiconque au défi de résister au charme ravageur de Mr King. D'ailleurs, ce serait une erreur…

7 h 15. Je suis seule dans mon lit quand mon réveil retentit, j'ai la tête dans le coaltar et le corps endolori par toutes ces folies. Pas de mot sur l'oreiller, pas de message sur mon téléphone, rien. Vadim s'est volatilisé, a lâchement pris la fuite après avoir pris son pied. C'est moche. Et vexant.

Il va m'entendre…

8 h 35. Je débarque à King Productions un peu plus tôt que d'ordinaire, prête à en découdre avec celui que j'ai dans le collimateur. PDG ou non, peu m'importe, je ne compte pas l'épargner. Satisfaire le moindre de ses désirs, oui. Me laisser marcher dessus, traiter comme une vulgaire aventure d'un soir, non. Il est là, rasé de près et insolemment séduisant, en pleine conversation téléphonique au milieu du couloir, lorsque je l'aperçois. Il me voit venir de loin, articule quelques mots et raccroche avant que je lui tombe dessus…

– Bonjour mademoiselle Lancaster. Ma nuit fut excellente, et la vôtre ? roucoule-t-il en me faisant les yeux doux.

– Aucun souvenir, j'ai cru être en bonne compagnie mais je me suis réveillée seule. Il faut croire que je rêvais…

– Il faudra que je te laisse un souvenir plus marquant ce soir… ajoute-t-il toujours aussi sûr de lui.

– Ce soir je suis prise. Avec quelqu'un qui ne se barre pas en douce au petit matin ! dis-je un peu trop fort pour le provoquer.

– Nous ne sommes pas seuls, Alma… dit-il en serrant les dents, apparemment agacé par ma réaction.

Il me fait signe de le suivre et s'éloigne de quelques pas. Je ne bouge pas. Il se retourne, soupire, revient vers moi pour m'attraper par le bras et me traîne jusqu'à la porte la plus proche. Les escaliers de service. Nous descendons d'un demi-étage et reprenons là où nous nous étions arrêtés.

– Tu ne crois pas que tu en fais un peu trop ? reprend-il. J'avais une « *conf-call* » à 7 heures et demie. Je ne voulais pas te réveiller…

– Et laisser un mot, ça ne t'est pas venu à l'idée ?

– Non. Mais je le ferai la prochaine fois. Si tu le demandes gentiment… ajoute-t-il pour me faire enrager.

– Qui te dit qu'il y aura une prochaine fois ? ronchonné-je.

– C'est une menace ?

– Oui. Ou du chantage, appelle ça comme tu veux.

Il rit, s'approche dangereusement de moi en me fixant de son regard implacable. Il appuie son bras droit contre le mur. Sans sourciller, il fait de même avec le gauche. Je suis piégée, encerclée, impossible de m'évader.

– J'ai quinze minutes avant ma prochaine réunion. Je propose de me faire pardonner… Là, maintenant.

– …

– Je prends ça pour un oui !

Ses lèvres, ses mains, son corps ne font qu'une bouchée de moi. Collée au mur, je réponds immédiatement à son baiser. Je n'ai ni la force, ni l'envie de résister. Tout va très vite. Vadim m'embrasse fougueusement, ses mains s'activent, son désir se presse contre moi. Il remonte ma jupe en quelques mouvements et parvient à déchirer mes collants au niveau de mon entrejambe. Je crie sous l'effet de la surprise et tente de râler, mais à quoi bon, je sais pertinemment que je finirai par céder…

Il faut vraiment que j'apprenne à lui dire non… Il me doit une paire de collants…

Le danger de la situation ne fait qu'amplifier mon excitation. Savoir que nous pouvons être découverts d'une minute à l'autre me rend plus entreprenante, plus réceptive aussi. Alors que sa bouche sévit dans mon cou et que ses mains se perdent dans mes cheveux, je prends l'initiative de baisser sa braguette et de partir à la rencontre de son sexe tendu. Inutile de chercher longtemps, il est déjà fièrement dressé et prêt à me faire décoller. Vadim apprécie mon impulsivité et me le prouve en grognant contre mes lèvres alors qu'il les embrasse.

Sans autre préambule et sans me demander mon avis, il me retourne face au mur et se plaque contre mon dos. Je sens son souffle chaud dans ma nuque, sa respiration ne cesse de s'accélérer. Sa main droite s'infiltre sous mon tanga et, comme pour me préparer avant le grand saut, il enfonce deux doigts en moi. Je gémis – le moins bruyamment possible – et ondule au rythme de ses percées. Ce petit jeu a assez duré. Incapable de me retenir plus longtemps, je lui réclame de me prendre, dans des mots crus que je n'avais encore jamais prononcés. Mon amant fou obéit sans broncher, il positionne son sexe à l'entrée de ma féminité et vient s'y loger brutalement, sauvagement. Il ne bouge plus pendant quelques secondes, puis commence un va-et-vient intense, puissant, qui me fait tout oublier. Je halète, ressentant une vague de chaleur se répandre dans tout mon corps. Il râle alors que j'ondule de plus belle et cambre ma croupe afin de mieux l'accueillir, mieux le sentir.

Ma jouissance est proche, elle monte à une vitesse folle. Au moment où l'orgasme me submerge, je ne sais plus comment je m'appelle, où je me trouve, quel jour nous sommes. Tout ce que je sais, c'est que l'homme qui m'inonde de plaisir est capable du pire, mais surtout du meilleur…

9

Faux-semblants

J'ai l'impression d'avoir plongé la tête la première dans une fontaine de jouvence et d'être restée assez longtemps en apnée pour retrouver mes 18 ans. Ce rajeunissement miraculeux, je le dois à Vadim, à son audace, à sa tendresse, à sa fougue. Il m'a permis de me réveiller. De vivre l'instant présent. De redécouvrir mon corps et tous les plaisirs qu'il recèle. Depuis nos retrouvailles, lui et moi avons le plus grand mal à ne pas nous sauter dessus à la moindre occasion. D'ailleurs, la liste de nos endroits privilégiés ou insolites ne fait que s'allonger. Dernièrement, nous nous sommes envoyés en l'air au dernier étage de son palace parisien, sur les toits, dans ma cuisine, mon salon, ma chambre à coucher et – histoire de finir en beauté – au sein même des locaux de King Productions. Précision : dans les escaliers de service, entre le sixième et le septième, le lieu de tous les dangers.

Un corps-à-corps bestial, spontané, non prémédité, que je ne risque pas d'oublier. Qui me hante depuis que nous nous sommes quittés pour rejoindre nos bureaux respectifs. Ma liaison avec Mr King doit rester secrète, je dois prétendre qu'il ne s'est rien passé. Mis à part mon collant déchiré, aucun témoin n'est en mesure de nous dénoncer. Tout va bien. Si ce n'est que je souffre déjà de son absence. Que l'odeur qu'il a laissée sur mes vêtements me rend folle. Que mon corps endolori et courbaturé en redemande. Je suis accro, je ne peux plus le nier.

Quand Kate Monroe frappe à la porte et débarque dans mon bureau, j'ai toutes les peines du monde à me concentrer sur les mots qui s'échappent de sa bouche pincée. Ma supérieure ne décolère pas, le sabotage de notre nouveau blockbuster l'a transformée en tyran. Elle est généralement rigide et autoritaire, là, elle est bien plus que ça.

– Alma, il est 9 heures passées, c'est une heure pour arriver ?! m'agresse-t-elle sans prendre la peine de me saluer.

Il est 9 h 06...

– Désolée Kate, dis-je prudemment. J'ai eu un imprévu.

Vous n'avez qu'à demander à notre PDG...

– Votre ami se porte mieux ? demande-t-elle en faisant allusion à Raphaël.

Elle a donc un cœur...

– Oui, merci. Il se remet tout doucem...

– Votre vie personnelle m'importe peu, merci de la garder pour vous. Je voulais juste m'assurer que vous ne comptiez pas poser une autre journée ! Les bureaux étaient sens dessus dessous, hier, et malgré mes efforts, le problème de la fuite n'a pas encore été réglé.

Un cœur ? Non, un bloc de ciment !

– Et si vous m'aidiez à mettre la main sur le crétin qui s'est amusé à saboter notre prochain film ? reprend-elle en ignorant mon regard consterné.

– Croyez-moi, Kate, l'identité du coupable, je ne cherche que ça !

– Alors ne cherchez plus, trouvez ! Je vous pensais plus efficace...

Et je vous pensais moins acariâtre...

Clarence Miller s'apprête à passer une mauvaise journée... dans mon bureau. La direction – moi y compris – est quasiment persuadée que le pôle distribution est responsable de cette bourde magistrale. Au moins en partie. S'il s'agit bel et bien d'un acte volontaire, tout laisse à penser que l'auteur fait partie de l'équipe de Clarence. Il me revient de passer en revue avec lui tout ce qui a été entrepris pour assurer la promotion de *Pretty Little Murders*. Depuis les premiers teasers jusqu'à cet extrait qui a fuité, en passant par la bande-annonce et les interviews des différents acteurs. Une fois que tout a été contrôlé et qu'aucune erreur n'est apparue, nous passons à l'étape suivante. Concevoir une nouvelle stratégie, tourner la situation à notre avantage pour redonner une bonne image au blockbuster et éviter qu'il ne fasse un flop. Des millions de dollars et d'euros sont en jeu.

Nos carrières aussi, accessoirement...

Nous avons très peu de temps devant nous. L'avant-première aura lieu dans dix jours à peine, la sortie en salle dans deux semaines. Ne pas paniquer. Par chance, notre brainstorming finit par porter ses fruits : nous élaborons un plan qui devrait susciter l'attention des médias et des spectateurs. Tourner une série de spots mettant en scène les têtes d'affiche et les diffuser dans les prochaines quarante-huit heures. L'extrait qui a fuité sera ainsi noyé dans la masse et viendra s'ajouter à une « campagne promotionnelle » de dernière minute. Comme si nous l'avions toujours programmée.

Vadim et Kate ont immédiatement accepté notre proposition. Le branle-bas de combat a commencé. Réalisation, production, distribution, communication, technique : ces spots sont devenus la priorité de chacun et c'est à moi que revient la responsabilité de tout orchestrer. Je ne dois pas me louper.

Sophie, Clarence, Bertrand, Simon et moi nous sommes barricadés dans la salle de réunion du premier étage. Café, thé et boissons énergisantes à volonté. Le projet doit voir le jour en seulement deux jours et surtout il doit rester top secret. Il faut à tout prix éviter un nouveau raté. J'ai attribué une mission précise à chacun des responsables présents et leur ai demandé de ne pas me décevoir. J'ai beau ne pas me comporter comme un tyran – comme une certaine Kate M. – j'attends d'eux le meilleur. Pour sauver leur peau, mais aussi la mienne.

Sophie Adam, la responsable de production, me remet la liste du casting de *Pretty Little Murders*. Je dois contacter les acteurs – ou leurs agents – afin que certains d'entre eux se rendent aujourd'hui même dans nos studios de L.A. Il est 18 h 30 ici, 9 h 30 là-bas. Il est temps d'agir. Leur expliquer la situation, la scène qu'ils vont devoir jouer, vérifier leurs disponibilités, ne pas céder à leurs caprices, leur faire comprendre que le succès du film dépend de leur réactivité. Je suis en train d'étudier la liste de bout en bout quand je manque de m'étouffer. Dans la section des guest stars et autres rôles secondaires, je tombe sur le nom de… Grace Montgomery. Stupeur… Tremblements !

Comment est-ce que j'ai pu rater ça ?! Je suis arrivée en retard à la projection… J'étais trop crevée pour regarder défiler les noms crédités dans le générique… Erreurs de débutante !

J'interroge immédiatement mes collègues. Ils me répondent en chœur et confirment mes craintes. La starlette fait bel et bien une apparition dans la première demi-heure du film. Quelques minutes à peine, son personnage se faisant aussitôt massacrer en beauté.

Si seulement c'était vrai… Tu t'égares, Alma !

Elle est la douzième personne que je dois appeler. Jusque-là, tout s'est bien déroulé, tout semble en ordre pour que le tournage débute au plus vite. Mais bizarrement, quelque chose me dit que Mlle Barbie va me donner du fil à retordre… Je compose son numéro – espérant entendre la voix automatique d'un répondeur – et gribouille des cercles grossiers sur mon carnet. En écrasant assidûment la pointe de mon stylo contre le papier.

Rester professionnelle, rester professionnelle, rester professionnelle…

– C'est moi ! piaille-t-elle en anglais, quand d'autres se contenteraient d'un simple « Allô ? ».

– Bonjour Grace, ici Alma Lancaster de King Productions, expliqué-je brièvement.

– Oh… Qu'est-ce que vous voulez ? soupire-t-elle, mécontente de cette surprise.

– Je vous appelle pour discuter d'un projet concernant *Pretty Little Murders*.

– Ah, ça ? Je sais, April m'a prévenue, me coupe-t-elle sèchement.

April, l'actrice principale du film…

– Vous êtes à L.A. actuellement ?

– Oui. Vous voulez que je tourne dans votre « spot » ? demande-t-elle avec un dédain non dissimulé.

– Ce n'est pas une obligation sachant que vous n'avez qu'un rôle secondaire, mais si vous êtes disponible… précisé-je pour la piquer au vif.

– C'est rémunéré ?

– Pardon ?

– Tout travail mérite salaire, non ?

– Il s'agit d'abord de redorer l'image du film, d'assurer son succès. Dans l'intérêt de tous… Mais oui, une compensation vous sera versée.

– Très bien, j'accepte. Où et quand ?

– Vous êtes attendue à 14 heures dans les studios. Le réalisateur vous guidera pas à pas, l'équipe de production vous remettra un script. Quelques lignes seulement, cela ne devrait pas prendre beaucoup de temps.

– Entendu. Et au fait…

– Oui Grace ? demandé-je en m'attendant au pire.

– Si vous pensez lui suffire, vous vous trompez !

Elle me raccroche au nez, me laissant un goût amer dans la bouche. Cette peste me déteste et je la comprends. Elle a perdu Vadim à cause de moi. Enfin, pas tout à fait, mais il y a de ça…

– Moi je parie que c'est Grace Montgomery ! lâche Clarence, la bouche pleine.

Il est 22 heures passées, nos ventres jadis affamés sont sur le point d'imploser. Nous avons momentanément mis le travail de côté et commandé des pizzas. « Spicy tuna » pour moi. Depuis un quart d'heure, un débat sans queue ni tête fait rage dans la grande salle de réunion. Le but : trouver le coupable idéal. Chacun y va de son petit commentaire – plus ou moins grotesque.

– Qu'est-ce que tu racontes ? Elle joue dans le film, elle n'a aucun intérêt à le saboter ! réfute Bertrand.

– Mais si justement ! répond Clarence en s'exclamant un peu trop fort. King l'a larguée et a déjà trouvé sa remplaçante ! Il a été pris en flag' par les paparazzis avec May Sim, l'actrice de *Hell is Heaven* ! Vous voyez où je veux en venir ? C'est tout bête : pour se venger, Grace a décidé de s'en prendre à King Prod !

– Et comment est-ce qu'elle a réussi à mettre la main sur la vidéo, gros malin ? se moque Sophie.

– Bonne question, commente le sosie de Will Smith, déçu que sa théorie ne tienne pas la route.

Et s'il avait raison ? Elle a peut-être un complice au sein de la boîte... Je rêve ou je deviens parano ?!

– Et si on s'y remettait au lieu de faire des plans sur la comète ? ris-je en voyant les mines dépitées de mes collègues. Plutôt que d'inventer des scénarios rocambolesques, appelons le réalisateur.

Nous quittons l'immeuble des Champs-Élysées aux alentours d'une heure du matin. Épuisés, migraineux, mais fiers du travail accompli. Dans trente-six heures environ, les spots seront tournés, montés et prêts à être mis en ligne. Ce cauchemar sera de l'histoire ancienne et le public plus impatient que jamais de découvrir l'intégralité de *Pretty Little Murders*. Je rentre chez moi avec le sentiment d'avoir géré comme une pro cette situation de crise, mais pas seulement. Des flash-back de la nuit dernière me reviennent. Je rêve de retrouver Vadim dans mon lit mais c'est impossible : il est reparti pour L.A. dans le courant de l'après-midi.

Lily est aussi soulagée que moi – si ce n'est plus – de voir arriver le week-end. La semaine a été rude, je n'ai pas compté mes heures à King Productions, elle, par contre, a compté les minutes. Samedi matin, elle débarque dans ma chambre vêtue de mon peignoir, une perruque rousse sur la tête et un plateau de petit-déjeuner à la main. Je suspecte une entourloupe…

– C'est l'heure de se lever, jolie feignasse, me dit-elle en se faufilant sous la couette et en posant le plateau entre nous.

– Café, jus d'orange et croissants ?! Toi, tu as quelque chose à te faire pardonner, réponds-je d'une voix encore ensommeillée.

– On ne peut vraiment rien te cacher ! rigole-t-elle en m'embrassant sur la joue.

Je me redresse, m'attache les cheveux et porte la tasse de café fumant à mes lèvres. L'odeur d'arabica se répand dans toute la pièce et me chatouille les narines. Divin. Je reste muette, attendant que ma sœur se décide à cracher le morceau.

– Alma, je ne crois pas que je vais finir mon stage à King Prod. Tout le monde a été très sympa, je comprends que tu aimes bosser là-bas, mais ce n'est pas pour moi.

– Je ne t'oblige pas à rester, tu es libre de t'en aller, mais tu sais que les parents ne vont pas te lâcher…

– Ils n'ont pas besoin de savoir…

– Sous-entendu : tu veux que je leur cache la vérité…

– Tu ferais ça pour moi ? demande-t-elle timidement.

– Lily, je veux juste que tu trouves quelque chose qui te donne envie de te lever le matin ! Qui te passionne, te transporte. Et qui te permette d'être indépendante…

– Tu en as marre de moi ? Tu veux que j'aille vivre ailleurs ? commente-t-elle d'une voix triste.

– Non, ce n'est pas ça. Tu peux rester ici aussi longtemps que tu le voudras. Tout compte fait, j'aime bien t'avoir à la maison, réponds-je en lui souriant. Tu es mon petit rayon de soleil.

– Tu vois, ça pourrait être ça mon boulot : te tenir compagnie ! s'exclame-t-elle en croquant dans son croissant.

– Et le stylisme ? Tu es douée, il faut que tu arrives à en faire ton métier !

– Pour ça, il faudrait que je reprenne des études, non merci !

– Lily…

– Je sais, je sais. Je vais me renseigner pour trouver une école ou une formation, bougonne-t-elle en enlevant sa perruque.

– Ça t'allait bien.

– Quoi, être rousse ?

– Oui. Clem aurait adoré te voir avec ça sur la tête, elle se serait sentie moins seule, blagué-je pour redonner le sourire à ma petite sœur.

– Je ne vois pas ce que les gens reprochent aux roux, surtout en ce moment, c'est la couleur de la saison ! dit-elle le plus adorablement du monde, en faisant référence à l'automne.

– Et je ne vois pas ce que les parents te reprochent, tu es parfaite comme tu es, conclus-je en lui caressant tendrement sur la joue.

Vadim est à L.A. depuis cinq jours et son absence m'est insupportable. Malgré les quelques appels et e-mails échangés, le manque de lui me ronge. C'est idiot, mais depuis que je sais que nous sommes exclusifs, depuis qu'il en a lui-même fait la demande, je suis plus inquiète que jamais de le perdre à nouveau. Pour me changer les idées, Niels a décidé de m'emmener dans un resto branché. Nous avons rendez-vous dans une heure en plein cœur du Marais et je n'arrive toujours pas à me décider. Robe courte ou combinaison rétro ? Cheveux lâchés ou chignon tressé ? Talons hauts ou bottines plates ? Coco Mademoiselle ou fleur d'oranger ? J'ai conscience que mon dilemme est tout relatif, que des choses bien plus graves ont lieu aux quatre coins du monde en ce moment même, mais pour une fois je m'accorde le droit d'être indécise et superficielle. Finalement, je me tourne vers mon alliée de choc pour régler ce problème – et éviter de mettre le feu à mon dressing – Lily, toujours fidèle au poste lorsqu'il s'agit de gérer une crise vestimentaire. Je suis à la lettre ses recommandations et trente minutes plus tard, me voilà prête à rejoindre mon *gay boyfriend* !

– Robe noire cintrée, bottines cloutées et chignon tiré ? *So grunge chic,* j'adore ! s'exclame Niels en détaillant mon look. Tu cherches à me faire changer de bord ?

– Non, Lily est passée par là…

– Ta sœur a un don, tu fais dix ans de moins ! Tu lui diras que je compte faire appel à ses services pour mon prochain *date* !

– C'est noté, ça la convaincra peut-être d'en faire son métier…

– En parlant de métier, je suis allé au *photo shoot* dont tu m'avais parlé. Je crois que j'ai fait bonne impression ! Et le directeur de casting était canon, ce qui ne gâche rien…

– Super ! J'en ai d'autres à te proposer, je t'ai fait une liste.

– Alma, qu'est-ce que je ferais sans toi ? Pour la peine, le dîner est pour moi !

– Très bien, le menu à 180 euros me faisait justement de l'œil, inventé-je en observant sa réaction.

– Serveur ! Un coca, un burger maison, une mousse au chocolat et hop, à la maison ! s'écrie-t-il, hilare.

Nous pouffons comme des gamins quand, à l'autre extrémité de la pièce cossue et design, je croise un regard qui me tord les entrailles. Je crois rêver, baisse les yeux pour reprendre mes esprits, puis les redirige vers ma cible. Encore ce regard, parfaitement gris et expressif, trônant sur ce visage beau à se damner. Vadim est assis à quelques mètres de moi, en face de sa starlette numéro deux. May Sim, jeune, séduisante, ennemie jurée. Je suis troublée, choquée, vexée. Je le pensais à L.A. Hier encore il me disait qu'il ne rentrerait pas avant plusieurs jours. J'hésite entre feindre l'indifférence ou me lever pour lui balancer sa coupe de champagne à la figure.

Hmm... Tentant...

Finalement, mon meilleur ami reprend la parole et je parviens à détourner les yeux quelques instants.

– Alma… C'est ce que je crois ? C'est bien lui ? s'étonne-t-il en s'empêchant de fixer mon PDG.

– Oui, c'est lui, dis-je en tentant de retrouver une once de dignité.

– Qu'est-ce qu'il fout là ? Et cette fille… Mais, c'est l'actrice ! June, April ou je ne sais qui !

– May, elle s'appelle May.

– May Sim ! C'est ça ! Si je ne la haïssais pas par solidarité avec toi, j'irais lui dire tout le bien que je pense d'elle !

– Niels, si tu quittes cette table, je récupère ma liste de castings !

– Ça va, ça va, je viens de te dire que j'allais me sacrifier pour toi !

Un bip familier s'échappe de mon portable. Un texto de Vadim.

[J'aime quand ta nuque
est dégagée. Je rêve
d'y promener mes lèvres…]

Pardon ? PARDON ?!

[J'aime te voir en compagnie
d'une autre femme.
Je rêve de te gifler…]

À l'autre bout de la pièce, je le vois sourire légèrement en étudiant son téléphone.

[Cap ou pas cap ?
Viens me gifler,
ensuite je pourrai t'embrasser.]

Tu ne m'auras pas aussi facilement, enfoiré !

[Cap ou pas cap ?
Mens-moi encore une fois
et tu me perdras.]

Cette fois, aucun sourire ne s'esquisse sur son visage. Il relève la tête de son smartphone et me fixe de ses yeux d'acier, songeur. Sa starlette lui parle, tente d'attirer son attention mais il ne la voit plus, ne l'entend plus. Finalement, je romps le contact en premier pour me tourner vers Niels. Plongé dans la carte des vins, il semble avoir déjà oublié ce qui se trame.

– Je vais aux toilettes, je reviens… lui dis-je en me levant.

– Hmm… répond-il en m'ignorant à moitié, trop occupé à faire son choix.

Sans un regard dans l'autre direction, je me rends jusqu'à la porte des W.-C. pour femmes. Je pénètre dans la pièce brillante de propreté, élégamment décorée et me rends jusqu'aux vasques que surplombe un immense miroir. Je vérifie que mon maquillage est intact et pars à la recherche de mon rouge à lèvres perdu dans le fouillis de mon sac à main. J'entends la porte s'ouvrir, se refermer et un cliquetis s'enclencher. Je relève la tête et, grâce au miroir, réalise que Vadim se tient derrière moi.

– Tu n'as pas vu la pancarte ? Toilettes pour femmes… lancé-je en insistant sur le dernier mot.

– J'ai fermé à clé, personne ne viendra nous déranger, annonce mon PDG, atrocement alléchant dans son pull près du corps siglé Yves Saint Laurent.

Je me retourne pour lui faire face. Je bouillonne à l'intérieur. La colère y est sûrement pour quelque chose, mais ce n'est pas tout. Je suis incapable de rester de marbre face à sa beauté animale. Incapable de ne pas trembler de la tête aux pieds tellement j'ai envie de l'embrasser.

– Tu n'es pas à L.A. Tu es encore avec elle. Tu comptes me mener en bateau jusqu'à quand, Vadim ? Tu ne peux pas me mentir quand ça te chante et t'attendre à ce que je…

– C'est pour toi que je suis rentré, intervient-il en me coupant la parole.

– Tu me prends pour une conne ? Qu'est-ce qu'elle fait là alors ?

– Elle était avec moi à L.A., nous venons d'arriver. Je comptais me rendre chez toi juste après ce dîner, pour te surprendre…

Je pose mes mains sur mes tempes, interdite par ce que j'entends. Je suis à peu près sûre qu'il me ment, comment pourrait-il en être autrement ? Je viens de contrecarrer tous ses plans secrets et il tente de s'en sortir en me baratinant. À moins qu'il soit sincère…

Décide-toi Alma ! Tu le crois ou pas ?!

– Vadim, je ne sais plus quoi faire, je voudrais te croire mais…

– On est exclusifs, tu te souviens ?! May n'est là que pour mon image, elle le sait, elle y trouve son compte elle aussi. Nous ne sommes pas ensemble, je ne ferai rien avec elle, il faut que le public croie à notre histoire bidon, c'est tout.

– Et moi ? J'ai quel rôle moi ? hurlé-je tout à coup.

– Celui qui compte ! Celui qui a un sens ! C'est toi que je veux, mais j'ai beau te le répéter, tu finis toujours par en douter ! Qu'est-ce que je dois faire pour que tu arrêtes de tout remettre en question à la moindre difficulté ?

Nous nous sommes rapprochés lentement, insidieusement, au fur et à mesure de la conversation. Nos corps tendus et frémissants se touchent presque. Je sens son souffle chaud caresser mon visage alors qu'il me jette ses mots. Ils sont sincères, j'en ai maintenant la certitude.

– C'est un jeu pour toi ? demandé-je d'une toute petite voix.

– Alma, si tu savais… Je joue ma vie, avec toi !

J'en ai assez entendu. Sans hésiter, me retenir, tergiverser davantage, je fais le dernier pas en avant et m'effondre contre son torse puissant. Je blottis ma tête dans son cou, l'étreignant de toutes mes forces de mes bras frêles. Une vague de bien-être m’envahit et je réalise que tout ce dont j’ai besoin se trouve ici : en lui. Ses mains se posent sous mon visage et le remontent avec une délicatesse infinie. J’ouvre les yeux et me noie dans les siens. Ses lèvres salées entament leur descente et déposent sur les miennes un baiser plein de tendresse et de dévotion. Je soupire puis entrouvre la bouche pour accueillir sa langue chaude et avide. Nous nous embrassons pendant une éternité, en paix, serrés l’un contre l’autre, retranchés dans une bienfaisante bulle de silence.

10

Clap de fin

– Comment va Raphaël ?

– Oh, tu sais, tout doucement. Il a des jours avec et des jours sans, mais il est enfin sorti de l'hôpital, me répond Clémentine de l'autre côté de la cabine d'essayage. Tu comptes aller le voir chez lui ?

– Je ne pense pas que ce soit une bonne idée. Je nous rends service à tous les deux en gardant mes distances…

– Ouais, je crois que ça vaut mieux… Bon, et sinon, tu fais exprès de m'emmener dans un magasin sponsorisé par Kate Moss ? Jamais vu des fringues qui taillaient aussi petit ! s'exclame-t-elle en sortant de la cabine, boudinée dans des leggings imitation cuir.

– OK, au suivant ! lancé-je en lui donnant une petite claque sur la fesse.

– Il y a des magasins grandes tailles dans le coin ?

– Clem, tu fais du 42…

– C'est du 44 ! souffle-t-elle en me montrant l'étiquette des leggings. Alma, c'est le début de la fin !

Je fixe la mine dépitée de ma meilleure amie pendant quelques secondes, optant pour la prudence. Finalement la tension redescend lorsqu'elle éclate de rire et retourne s'enfermer en roulant de l'arrière-train. Exagérément. Tourner la situation à la dérision, c'est sa spécialité. D'ailleurs, la plupart du temps Clémentine s'en fout royalement de ses petits kilos en trop et elle a bien raison. Sa beauté naturelle a quelque chose de sauvage et s'accommode parfaitement de ses rondeurs. Il suffit de se rendre dans un bar rempli d'hommes célibataires – ou mariés – pour le vérifier : Clémentine D'Aragon est un plaisir pour les yeux !

Magasin suivant. Cette fois, la jolie rousse lâche des cris de ravissement en se détaillant dans le grand miroir en pieds. Le jean *bootcut* qu'elle vient d'enfiler lui va comme un gant. La séance shopping risque d'être longue, j'ai les bras chargés de tous les articles qu'elle compte essayer.

– Il faut que j'en profite tant qu'il est encore temps !

– De quoi tu parles ?

– Hmm… De rien, laisse tomber. Tu me passes le pull en cachemire ?

Qu'est-ce qu'elle me cache ?

Je n'ai pas le temps de m'interroger plus longtemps, les vibrations émises par mon téléphone m'éloignent instantanément de ma meilleure amie et de ses cachotteries. Et m'arrachent un sourire… coquin.

[Chez toi ou chez moi ?]

Trop de romantisme tue le romantisme. Simple, concis, droit au but : du Vadim tout craché.

[C'est une proposition
indécente, Mr King ?]

Clémentine a à peine le temps de me faire admirer son pull échancré que la réponse de Vadim me parvient déjà.

[Mon amante m'a lâchement
abandonné ce matin.
Pour sa meilleure amie.
J'ai besoin de réconfort…]

Je ris bêtement, attendrie par ses mots, quand il m'envoie un dernier texto et met fin à cette conversation. De la meilleure manière qui soit.

[Rejoins-moi dès que tu as terminé.
Et cette fois, je ne te laisserai
pas t'échapper.
Ni ce soir ni demain !]

Ce week-end s'annonce de plus en plus prometteur...

Cela fait environ une semaine que je vis un rêve éveillé. Tout est rentré dans l'ordre à King Productions. Notre plan d'urgence a fonctionné. Lily s'est enfin inscrite à des cours du soir en design de mode – sans avoir à renoncer aux grasses matinées ! Pour la féliciter, nos parents lui ont proposé de (me) payer son loyer. J'ai refusé. Mon frère Basile m'a invitée à dîner pour se faire pardonner d'avoir dérapé. Clémentine et Niels ont tenu toute une soirée sans se disputer – l'alcool aidant. Et surtout, surtout, Vadim et moi avons filé le parfait amour depuis son retour de L.A. Sans parvenir à se passer l'un de l'autre pendant plus de quelques heures. Sans réussir à tenir toute une journée de travail sans s'embrasser, se toucher à l'abri des regards. Sans jamais cesser de se chercher, se provoquer, se titiller, de s'aimer sans trop se l'avouer, en sucré-salé.

Vivre notre idylle en secret, je ne l'ai pas totalement accepté, mais je fais avec. Vadim a beau me couvrir d'attentions, de tendresse, me surprendre un peu plus chaque jour, je n'ai pas oublié sa prétendue relation avec May. Les sites people sont là pour me la rappeler. « Vadim King, l'ex-*bachelor* le plus en vue ne l'est plus ! », « May Sim en compagnie de son millionnaire conquis » : Tu parles ! Une flopée de mensonges, ni plus ni moins.

Clémentine est aux anges. Ses deux énormes sacs de fringues à la main, elle me précède joyeusement en entrant dans l'un de nos cafés préférés. Le temps s'est enfin découvert, la place du théâtre du Châtelet est baignée de soleil. Ma meilleure amie commande deux Coca – light pour moi, zéro pour elle – et me raconte en détail les dernières bêtises de ses jumelles. Je ris de bon cœur, impressionnée par la débrouillardise et l'inventivité de Madeleine et Séraphine. Leur mère, elle, rit jaune.

– Elles n'ont que trois ans, le pire est encore à venir… soupire-t-elle en portant son verre pétillant à ses lèvres.

– L'adolescence, par exemple ? dis-je en rigolant doucement.

– Ah, je ne veux même pas y penser ! me gronde-t-elle. Yann leur laisse déjà tout passer, je n'ose pas imaginer dans dix ans…

– Il est super zen, tu es super speed. Le mariage parfait !

– Oui, il paraît qu'on s'équilibre, dit-elle sans me regarder dans les yeux.

– Clémentine ?

– Oui ?

– Qu'est-ce que tu ne me dis pas ?

– Je ne peux rien te cacher, hein ? murmure-t-elle en souriant légèrement.

– Dis-moi…

– Je suis enceinte, m'avoue-t-elle en posant la main sur son ventre.

– Mais c'est génial ! Pourquoi avoir gardé ça pour toi ?!

– Je sais que revoir Raphaël t'a fait repenser à tout ça… Au bébé…

– Et alors ? Ça ne m'empêche pas d'être heureuse pour toi, idiote ! m'écrié-je en me jetant sur elle pour la serrer dans mes bras.

Le petit pincement au cœur est bien là, cette nouvelle ravive la plaie qui ne se refermera sûrement jamais, mais je choisis de l'ignorer. Féliciter ma meilleure amie, me focaliser sur le futur plutôt que le passé, choisir la lumière plutôt que l'obscurité. Cet instant d'allégresse, je veux le partager avec

Clémentine. Parce qu'elle compte énormément pour moi et que son troisième enfant, je l'aime déjà. Nous venons de parler prénoms, poussettes et biberons pendant deux bonnes heures quand, finalement, nous nous quittons en échangeant un dernier regard complice.

– Alma ? lance-t-elle alors que je me suis déjà éloignée de quelques mètres.

– Oui ?

– Ton tour viendra ! Et je serai là pour toi, crie-t-elle, soudain émue.

– Je sais, Clem…

– Mr et Mrs King vous annoncent avec fierté l'arrivée de leurs triplés… Ça sonne bien, non ? glousse-t-elle de loin.

– D'ici-là, vous en serez au sixième ! réponds-je, hilare.

– Si je continue à les faire par deux, il y a des chances, conclut-elle avant de m'envoyer un dernier baiser imaginaire.

J'arrive au Grand Rex vers 19 heures et retrouve mes collègues – tous pimpants, tous sur les nerfs. Dans ma robe Dior préférée et perchée sur mes talons signés Jimmy Choo, j'observe ce qui m'entoure. Dedans, les têtes pensantes et employés fidèles de King Prod échangent leurs impressions. Dehors, l'ambiance est bruyante, agitée, l'excitation se lit sur les visages anonymes. Environ un millier de personnes fait déjà la queue le long de la rue Poissonnière. L'avant-première de *Pretty Little Murders* a trouvé son public. Le pire a été évité.

Dans une heure, les grandes portes de l'édifice parisien s'ouvriront et un peu plus de deux mille personnes s'y engouffreront. Mais avant de se ruer sur les sièges les mieux placés, ils vont en avoir pour leur argent. Sur le tapis rouge, les stars du thriller futuriste se succèdent, sous les applaudissements, les crépitements des flashs, les demandes d'autographes et les demandes en mariage. Journalistes et cameramen sont évidemment de la partie. Certains, triés sur le volet, obtiennent une interview dans ce chaos effervescent.

Jusque-là, tout va bien...

Grace Montgomery profite de son quart d'heure de gloire sur le *red carpet*, puis quitte la foule pour rejoindre les autres acteurs dans les loges qui leur ont été réservées. Plus discrets, le réalisateur et son équipe passent rapidement devant les objectifs et pénètrent dans le Grand Rex. Kate Monroe arrive à son tour, peu avant 20 heures, dans une robe Gucci à tomber. Au bras de son mari, elle rayonne. En m'apercevant, ma supérieure m'adresse un clin d'œil complice, comme pour me dire « Bon boulot, on y est arrivé ! ».

Puis, quelques minutes avant l'ouverture du spectacle, Mr King fait une entrée remarquée... et remarquable. Il sort de sa limousine en costume griffé, un sourire froid sur les lèvres, le regard perçant affrontant les flashs comme un taureau fier affronte son matador. Mon PDG beau à crever fait le tour du véhicule, puis ouvre la portière côté passager. May Sim apparaît, dans sa robe fluide et envoûtante de grand créateur. Les murmures fusent de toute part, le couple phare vient de voler la vedette aux stars hollywoodiennes. Rien que ça.

Rien ne va plus...

Les deux VIP atteignent le tapis rouge et prennent la pause pour les photographes. La belle Asiatique se blottit dans les bras de mon amant, sourit langoureusement – correction : comme une potiche – et lui susurre quelques mots à l'oreille. Pour susciter la curiosité, faire croire à leur soi-disant complicité. J'en ai la nausée. Puis ce petit manège prend fin et le faux couple pénètre à son tour dans le plus grand cinéma d'Europe. La porte s'est à peine refermée derrière eux que le regard de Vadim plonge dans le mien. Je suis à l'agonie et ça ne lui échappe pas. À seulement quelques mètres de moi, il me scrute et m'adresse un sourire sincère, presque compatissant. Il sait... que le voir avec elle est un supplice pour moi. Que je devrais être à son bras. Que vivre notre amour en cachette me bouffe un peu plus chaque jour.

Je n'ai pas le temps de m'apitoyer davantage sur mon

sort. Tout à coup, les hostilités sont lancées. Le public est autorisé à entrer dans les lieux et je suis invitée à rejoindre mon siège au second rang de l'immense salle à la décoration époustouflante. Le temps passe à une vitesse folle. Installée entre Sophie et Clarence, j'assiste à l'entrée sur scène des rôles principaux, à leurs trente minutes d'interview, puis à la projection du film. C'est un succès. À l'issue des deux heures, les spectateurs en redemandent et finissent par quitter les lieux, le sourire aux lèvres.

Besoin de lui parler...

Je pars à la recherche de Vadim et tente – poliment – d'éviter les coupes de champagne et félicitations qu'on me tend au passage. Je l'aperçois enfin dans le grand hall de réception, en pleine discussion avec le réalisateur, sa bimbo toujours collée à ses basques.

Grrr...

Une main se pose sur mon épaule. Je me retourne et manque de percuter Martha Boyle, envoyée spéciale de la chaîne *E ! Entertainment*. Une interview, c'est exactement ce qu'il me fallait ! La journaliste un brin hystérique fait signe à son cameraman de filmer et commence par complimenter ma tenue. Puis, la conversation dévie dangereusement. Je réalise que la jeune femme n'est pas là pour parler du film...

– Je peux vous appeler Alma ? Ce sera plus propice aux confidences, plaisante-t-elle en anglais. En tant que directrice de la filiale France, vous côtoyez Mr King chaque jour. Ce qu'on meurt d'envie de savoir : comment est-il dans la vraie vie ?

– Directrice adjointe. Et je ne fais que travailler à ses côtés, je ne prétends pas le connaître dans « la vraie vie », affirmé-je en tentant de rester amicale.

– Je sens que je vais devoir travailler dur pour lui soutirer des informations ! rit-elle en fixant la caméra.

– Posez-moi des questions sur le film et je vous promets de coopérer ! réponds-je sans me démonter.

– OK, faisons ça. Grace Montgomery fait une petite apparition dans *Pretty Little Murders*. Que pensez-vous de sa prestation ?

– Excellente, mais c'est plutôt à vous que je devrais poser la question. Je crains de ne pas être très objective…

– Vous voulez mon avis ? demande la journaliste. Je pense qu'elle a rejoint le casting en raison de ses relations avec votre PDG.

– Ça, je l'ignore. Il faudra le lui demander, dis-je en me forçant à sourire pour cacher mon agacement.

– Pouvons-nous en conclure que May Sim jouera dans le prochain blockbuster produit par King Productions ? continue insolemment la jeune femme.

– Prochaine question ? articulé-je le plus calmement possible.

– Décidément, vous ne pliez pas facilement ! râle-t-elle en riant. Allez, dites-nous au moins une chose ! Vadim King et May Sim… c'est du sérieux ? Le mariage et les bébés, c'est pour quand ?

– Martha, comment allez-vous ? lance Vadim, sorti de nulle part. Toujours en train de vous mêler de ce qui ne vous regarde pas, à ce que je vois. Je vous dérobe Alma, si ça ne vous dérange pas…

Il glisse sa main autour de ma taille et me presse contre lui alors qu'il nous entraîne à l'écart, m'éloignant de la langue de vipère. Il vient de me sauver la mise, je ne suis pas sûre que j'aurais été capable de me maîtriser plus longtemps… Envie de meurtre. Oui, encore.

Get Lucky de Daft Punk est diffusé à plein volume dans le grand hall de réception, qui a pris des allures de club privé. Cette fois, les anonymes n'ont pas été invités, seuls les VIP sont de la partie. Il est presque une heure du matin, le champagne et les cocktails colorés coulent à flots, les amuse-bouches sucrés et salés font le régal de l'assemblée, la fête bat son plein. King Productions a remporté son pari. Vu l'engouement suscité par cette avant-première, *Pretty Little Murders* devrait battre des records d'entrées. Même Kate Monroe s'amuse, c'est dire ! Elle rit sincèrement aux blagues de Clarence, qui semble lui-même s'en étonner. Sophie est en grande conversation avec April Dust, l'héroïne du film, qui a étonnamment les pieds sur terre. Comme quoi, toutes les actrices montantes ne sont pas aussi creuses que Grace… D'ailleurs, cette dernière a mis le grappin sur sa prochaine proie, un cascadeur d'une quarantaine d'années, sûrement marié et père de famille.

Venant d'elle, plus rien ne m'étonne…

Certains invités – la plupart éméchés – se sont lancés dans une danse endiablée, parfois au péril de leur réputation. J'observe tout ce petit monde en prenant soin d'éviter l'alcool : une fois, pas deux ! Vadim continue de faire le tour de ses convives sans jamais me perdre de vue, nos regards se croisent et se recroisent, un peu plus ardents à chaque fois. May ne le suit plus partout, probablement ennuyée par les conversations « trop sérieuses » de mon PDG.

Elle ne sait pas la chance qu'elle a… Quoique… Elle profite de lui en public, moi je l'ai en privé… Hmm…

Alors que la nuit touche à sa fin et que la fatigue semble gagner les fêtards les plus assidus, je reçois un message de mon amant.

[Loge A.]

Un frisson me parcourt. D'excitation à l'idée de le retrouver, mais aussi d'agacement. Il siffle, j'accours. Notre relation est-elle vraiment aussi clichée ?

Qu'est-ce que tu attends ?!

Je choisis d'ignorer mon amour-propre et dévale les escaliers qui mènent à l'étage inférieur. La porte de la loge est entrouverte, j'avance sans réfléchir et lui tombe dans les bras. Enfin ! Son odeur, la douceur de sa peau, la chaleur de son souffle, la ferveur de son baiser : je décolle. Nous nous embrassons passionnément, avec acharnement même, pour récupérer tout ce temps perdu. Mes mains s'immiscent sous sa chemise, les siennes descendent sur mes reins. Je gémis entre ses lèvres, il me dévore de plus belle. Sa langue me rend folle, je suis sur le point de perdre le contrôle… La porte grince, Vadim se tend, me repousse soudainement. Je me retourne, encore essoufflée et pantelante. Kate Monroe est à quelques pas de nous. Clairement, ce qu'elle vient de voir ne lui a pas plu… Un regard glacial, une moue désapprobatrice et la voilà qui disparaît.

Et une carrière foutue, une !

J'interroge Vadim du regard, il se contente de me sourire légèrement. Je suis morte d'inquiétude, lui ne semble pas plus perturbé que ça. Évidemment, Mr PDG est tout-puissant, mais moi…

– Tout va bien, Alma… Elle ne dira rien, murmure-t-il en déposant un tendre baiser sur mes lèvres.

– Elle ne fera rien pour ternir ton image, ça je le sais ! Mais tu crois vraiment qu'elle me respectera après ça ? La directrice adjointe qui se tape le boss en secret… Je passe pour quoi ? bredouillé-je.

– Je vais veiller à ce que rien ne change. Tu peux me faire confiance, insiste-t-il en me fixant intensément.

– …

– Viens, on rentre ! lâche-t-il en me prenant par la main.

– Où ?

– Chez toi, chez moi, je m'en fous. Du moment qu'on est ensemble…

Comment résister à ça ?!

***

Vadim a quitté mon lit aux aurores, comme à son habitude. Mais cette fois, il a eu la délicatesse de me laisser un petit mot. « Tout ira bien. Je suis là… »

Tu es là ? Pourtant, ton oreiller est froid…

Je n'arrive au bureau qu'à 10 heures. J'ai très peu dormi, trop angoissée à l'idée d'affronter ma supérieure, à l'idée d'avoir perdu toute crédibilité. Ce que je craignais ne tarde pas à se confirmer… Mon téléphone sonne, Kate m'annonce que je suis attendue dans son bureau.

Respire, Alma…

Kate ouvre la porte et me fait signe d'entrer. Je remarque immédiatement la présence de Vadim, adossé au bureau de la directrice. Son visage est fermé, son regard fuyant, ses bras croisés sur son torse, son attitude presque… hostile. Je prends sur moi pour ne pas paniquer, mais il est clair que quelque chose ne va pas. Tout ça pour un baiser ? Non, je n'y crois pas…

– Je ne vais pas y aller par quatre chemins, Alma. Le traître a été démasqué, nous savons maintenant qui est responsable de la fuite. Vous avez une idée de qui je veux parler ? m'interroge froidement ma supérieure.

– Aucune idée, soufflé-je, sentant venir la catastrophe.

– Lily Lancaster… lâche Vadim, le regard dans le vague.

Il plaisante ?!

– Votre sœur, précise inutilement Kate. Nous en avons la preuve. Elle a correspondu par e-mails avec un employé de Skylight Pictures, notre concurrent direct.

– Impossible ! Lily ne ferait jamais ça ! m'écrié-je, outrée.

– Même contre une grosse somme d'argent ? enchaîne Kate avec un mépris non dissimulé.

– Qu'est-ce que vous insinuez ? Ma sœur n'est pas…

– Si, justement ! Votre sœur est une gamine pistonnée qui n'avait rien à faire là ! Et ça ne vous paraît pas étrange qu'elle ait démissionné juste après le sabotage ? siffle-t-elle entre ses dents.

– Vadim, dis quelque chose ! supplié-je.

J'ignore où sont passés ses grands principes, ces belles

phrases qu'il m'adressait il y a quelques heures seulement. « Tout ira bien. Je suis là… » Tout ça, c'était du vent ! Il ne dit rien, ne cherche pas une seconde à me défendre, à faire taire le tyran qui accuse ma sœur d'un crime qu'elle n'a pas commis.

– Et qu'est-ce qui nous dit que vous n'avez pas tout manigancé, que vous n'étiez pas de mèche avec elle ? Elle n'était peut-être que votre complice, finalement… aboie Kate.

Une émotion traverse le visage de mon PDG. Je devine qu'il est sur le point de s'exprimer – peut-être pour remettre cette folle furieuse à sa place, qui sait ? – mais elle le devance…

– Elle met en danger l'intégrité de notre travail, elle menace la pérennité de King Productions ! Je ne peux pas continuer dans ces conditions. Si elle ne part pas, c'est moi qui partirai !

Il reste muet, les sourcils froncés, l'air soucieux, mais rien ne sort. Il semble tiraillé par mille sentiments contradictoires. Je le connais par cœur : Vadim se referme dès lors qu'il ne maîtrise plus la situation, que le contrôle lui échappe. J'ai envie de le secouer, de le faire parler, mais Kate Monroe profite de ce silence pour en remettre une couche.

– Et avec tout le respect que je vous dois, Vadim, j'espère que vous n'allez pas vous laisser aveugler par vos relations privées, ajoute-t-elle en me lançant un regard mesquin.

Je suis sur le point d'être licenciée. Humiliée. Mon amant, mon amoureux, mon PDG refuse de voir la réalité. L'ultimatum de Kate ne me laisse aucune chance, je vais y passer. La scène se déroule sous mes yeux, mais j'ai l'impression de n'être qu'une spectatrice impuissante. Vadim semble ailleurs, sous le choc, il ne prononce pas un mot, me fixe sans me voir de son regard éteint. Sa passivité est pire encore que ses colères. Il vient de m'abandonner lâchement, incapable de se ranger à mes côtés.

Je sors de ce bureau complètement hébétée, la mort dans l'âme. Mon nom vient d'être sali, ma carrière vient d'exploser en mille morceaux. Mais ça, ça ne compte pas. Tout ce que je retiens, c'est que le seul homme pour qui j'aurais donné ma vie n'a rien fait, pas même frémi. En faisant appel au peu de dignité qu'il me reste, je récupère mes affaires à toute vitesse, parcours le long couloir – qui paraît faire des kilomètres – puis monte dans l'ascenseur. Par chance, il est vide. Je prie pour qu'il le reste. Les portes en acier commencent à se rapprocher quand je perçois sa voix essoufflée…

– Alma, attends !

Trop tard, elles se sont refermées. La cage métallique m'emporte loin de lui, nous sommes à nouveau séparés.

III

Amour secret

11

Nouveau départ

Je n'arrive toujours pas à réaliser. J'ai beau retourner, analyser, disséquer la scène qui passe et repasse dans ma tête, elle n'a aucun sens. Comment ai-je pu en arriver là ? Pourquoi Kate a-t-elle décidé de s'en prendre à moi ? Comment Vadim a-t-il pu me laisser tomber à pic, puis me regarder m'écraser au sol ? Faire abstraction de lui et me focaliser sur le reste, c'est tout ce que j'ai trouvé pour cesser de me lamenter. Réfléchir, planifier, entreprendre, voilà ce qui m'aide à respirer.

Cela fait maintenant trois jours que j'ai quitté – plus ou moins de force – King Productions et je ne sais absolument pas ce que je vais faire de ma vie. Quelle sera l'étape suivante, dans quelle direction me lancer, les yeux fermés ou avec gilet de sécurité ? Mon père me dirait de foncer tête baissée, de faire un aller simple jusqu'à l'entreprise concurrente pour narguer celles et ceux qui m'ont lâchement licenciée. Mauvaise idée.

D'abord, parce que cela confirmerait – à tort – leurs doutes sur ma loyauté. Taper à la porte de Skylight Pictures reviendrait tout simplement à avouer ma culpabilité. Impensable. Ensuite, parce que j'espère secrètement que l'innocence de ma sœur va être démontrée et que je vais réintégrer les rangs de King Prod. Là encore, mon père me dirait que je m'y prends comme un pied. Que la meilleure chose à faire est de leur tourner le dos définitivement, que le lien est rompu, la confiance bafouée. Peu importe, je coupe le son et mets les leçons de morale d'Edward Lancaster en sourdine. J'ai trop à perdre dans cette histoire. Faire une croix sur le job de ma vie reviendrait surtout à faire une croix sur mon PDG. Vadim King, mon premier amour tout juste retrouvé. Douze ans d'attente, d'espoir, de désirs inavoués qui s'échappent en fumée ? Inimaginable.

Lily m'a juré – une bonne centaine de fois – en me regardant droit dans les yeux qu'elle ignorait tout du sabotage. Elle n'a jamais communiqué avec un employé d'une boîte rivale, n'a touché aucune somme d'argent en échange d'un extrait de *Pretty Little Murders*. Alléluia. Je n'en avais jamais douté, mais pour être très honnête, l'entendre de sa bouche m'a définitivement rassurée. Ma sœur a parfois des idées ou des réactions surprenantes, mais de là à s'essayer à l'espionnage d'entreprise, il ne faut pas pousser ! Depuis trois jours, elle prend soin de moi, me bichonne, me materne. Elle se sent responsable et voudrait tout arranger. Clémentine et Niels ont également tout lâché pour voler à mon secours. Tous les quatre, nous avons fait et refait le monde à coups de chardonnay – de lait-fraise pour la future maman – de fondant au chocolat et de Häagen-Dazs. Cliché, mais efficace.

Vadim me manque. Son visage, ses mains, ses caresses, ses baisers… Même son foutu sourire en coin qui avait le don de m'agacer. Il ne m'a pas défendue, je devrais le détester, le mépriser, mais c'est trop me demander. On ne cesse pas d'aimer en trois jours, surtout lorsqu'on aime depuis toujours. J'ai le sentiment de l'avoir perdu en l'espace de quelques minutes, de quelques secondes, même. Et ça me bouffe intérieurement.

– Quinze appels manqués ?! Alma, qu'est-ce que tu fous, pourquoi tu ne lui réponds pas ? me gronde Clémentine en voyant le nom de Vadim s'afficher sur mon téléphone.

– Parce qu'elle est trop fière, soupire ma sœur en m'adressant un regard compatissant. Ou parce qu'elle a trop peur d'entendre ce qu'il a à lui dire.

– Si tu ne décroches pas, je vais le faire pour toi ! s'écrie mon meilleur ami en m'arrachant mon portable.

– Niels ! Non ! lâché-je en sautant du canapé pour me ruer sur lui.

– Pourquoi ? répondent-ils en chœur.

– Vous savez très bien pourquoi ! Il va me dire que c'est fini, que je l'ai trahi, qu'il ne veut plus de moi, grommelé-je en retenant mes larmes.

– Peut-être. Ou alors il va te dire que malgré tout ce qu'il s'est passé, il ne veut pas te perdre. Mais ça, tu ne le sauras pas tant que tu refuseras de lui parler !

– Ouais, Niels a raison, tu fais durer le supplice, Alma. Tu te fais du mal pour rien, appelle-le une bonne fois pour toutes, tu seras fixée, dit doucement Clémentine.

– Je valide ! Tiens, pour te donner du courage, ajoute Lily en me tendant un énième verre de vin blanc.

La descente aux enfers d'Alma Lancaster : paranoïaque, célibataire, au chômage et bientôt alcoolique.

Je n'ai pas cédé. J'ai été horriblement tentée, mais j'ai tenu bon. Je n'ai pas écouté ses messages, je ne l'ai pas rappelé. Si seulement tout pouvait s'arranger, si on pouvait recommencer là où on s'est arrêté, sans avoir besoin de discuter, d'argumenter, de batailler. Je n'ai plus la force de lui tenir tête, plus la force de me justifier.

***

Samedi soir : personne dans les parages. Lily est de sortie, Clémentine reçoit sa belle-famille, Niels prétend avoir la crève mais s'envoie probablement en l'air avec un nouvel apollon. J'ignore lequel d'entre eux m'a fait livrer des nems, raviolis vapeur et nouilles sautées pour six personnes, ou qui a déposé l'intégrale de *Twin Peaks* sur mon meuble télé, mais ces gestes anonymes me confirment que même à distance, ils sont là pour moi.

Note pour plus tard : leur rendre la pareille.

La sonnette retentit au moment où je m'apprête à sortir de mon bain brûlant – la peau de mes doigts se fripant dangereusement. Curieuse de savoir ce que mes trois mousquetaires ont encore manigancé, je me précipite hors de la baignoire en manquant de glisser. Une fois mon équilibre retrouvé, j'enfile mon peignoir, secoue mes cheveux trempés, puis me rends en trottinant jusqu'à la porte d'entrée, laissant derrière moi des traces de pas sur le parquet ciré. Je me force à sourire, m'apprête presque à rire. Les trois trublions ne manquent pas d'imagination, je m'attends à une surprise haute en couleurs. À tout, sauf à lui…

– Putain, tu es vivante ! grogne Vadim en déboulant dans mon appartement, sans attendre d'y être invité.

– Oui. Ça te déçoit ? demandé-je d'une voix aigre en resserrant la ceinture de mon peignoir.

Il l'a fait exprès. Porter ce pull gris qui fait ressortir l'intensité de ses yeux, ce jean brut parfaitement coupé qui enveloppe ses longues jambes musclées, ce parfum entêtant qui me fait replonger.

– Tu tiens vraiment à me pourrir la vie, Lancaster ! balance-t-il en se rapprochant de moi.

« Lancaster »… Comme avant…

Il avance en me fixant durement, je recule en soutenant son regard. Je tiens à entendre sa sentence avant de tenter quoi que ce soit, avant de le foutre dehors ou de me jeter dans ses bras.

– Qu'est-ce que tu veux, Vadim ? soufflé-je avec une pointe d'animosité.

– Que tu arrêtes de disparaître ! Après tout ce qui s'est passé, comment est-ce que tu peux m'ignorer ? Je t'ai appelée vingt fois en trois jours, je t'ai laissé au moins dix messages ! Tu m'as fait peur, bordel, j'ai cru qu'il t'était arrivé quelque chose, dit-il en serrant les dents.

Je suis dos au mur. Littéralement. Impossible de m'échapper, le corps de mon adversaire est maintenant plaqué contre le mien, je n'ai d'autre choix que baisser les armes. Il pose doucement ses mains dans mes cheveux mouillés et se penche pour m'embrasser, je me laisse aller. Nos lèvres se touchent, se frôlent, s'attisent, s'unissent enfin, un frisson me parcourt. Il lâche un soupir et la colère monte en moi. Je le repousse et parviens à m'éloigner de lui. Son regard m'interroge et semble soudain moins assuré.

– Ne fais pas ça, murmure-t-il. S'il te plaît…

– Quoi, Vadim ? Qu'est-ce que tu attends de moi ? Que je te tombe dans les bras après ce que tu m'as fait ? Kate m'a virée sous tes yeux et tu n'as pas bougé ! Tu es censé être de mon côté ! m'écrié-je.

– Je sais. J'ai merdé, je ne savais plus quoi penser, avoue-t-il en toute honnêteté.

– Tu as été lâche, c'est ça la vérité ! Je n'aurais jamais douté de toi comme ça ! Même à l'époque, même quand le monde entier t'accusait…

– Je sais, pas besoin de ressortir les vieux dossiers ! Mais si tu avais accepté de me parler, on aurait pu résoudre le problème bien plus tôt ! J'aurais pu te dire dès le lendemain que ta sœur n'avait rien fait, que le vrai coupable avait été démasqué.

Tiens donc…

– Qui ?

– Un nouvel employé de la distrib'. Envoyé par ces enfoirés de Skylight Pictures.

– Pourquoi s'en être pris à Lily ?

– Parce que c'était une proie facile, la dernière venue dans le service. Il s'est servi de son ordinateur pour qu'on lui mette tout sur le dos.

– Et ça a marché…

– Non ! Quand Kate a pété un plomb, quand tu es partie, j'ai été pris de court. Mais je savais que pour te faire revenir, je devais mettre la main sur l'espion. C'était ma priorité.

Mes hommes qui bossaient dans l'ombre depuis le début ont fini par trouver.

– Me faire revenir ?

– Ton bureau t'attend. Tes collègues, aussi. Ils pensent que tu as pris quelques jours pour… Comment vous dites en français ? Obligation familiale ?

– Tu es sérieux ? demandé-je, méfiante.

– J'ai l'air de plaisanter ? me nargue-t-il en souriant légèrement.

– Et Kate ?

– Si elle n'est pas contente, elle dégage, dit-il en s'approchant à nouveau.

– Et nous ?

– Rien n'a changé.

– Depuis le début ou depuis que tu sais que je ne t'ai pas trahi ?

– À ton avis, souffle-t-il en me serrant contre lui.

– Je suis sérieuse. Tu m'aurais quittée si Lily avait été coupable ?

– Non.

– Si j'avais été sa complice ?

– Oui. Je n'aurais pas supporté que tu me trahisses. Et puis il faut que tu comprennes, Alma. Ma boîte, c'est toute ma vie. Je n'ai pas de famille, peu d'amis en qui j'ai vraiment confiance. King Prod, c'est ma plus grande fierté, tout ce que j'ai accompli, je ne laisserai jamais personne me prendre ça.

– J'ai cru que c'était… fini, murmuré-je la gorge serrée.

– Non, ça ne fait que commencer, conclut-il en m'emprisonnant dans ses bras divins.

– Vadim… C'est trop facile… Tu vas devoir te faire pardonner ! gloussé-je en esquivant ses baisers.

– Quand tu veux, baby, me susurre-t-il d'une voix lascive.

Ce maudit sourire !

– Je ne parlais pas de ça ! ris-je de plus belle.

Hmm… Quoi que…

Comment dire non à celui qui me connaît mieux que personne ? Comment résister à sa beauté insolente, à son charme indécent ? J'ai conscience d'être faible, de flancher bien trop vite, mais il sait si bien s'y prendre… À cet instant, rien ne compte si ce n'est lui et moi. Aucun autre homme n'aurait pu me faire ce coup-là et s'en sortir aussi facilement, me décevoir à ce point sans me perdre. Avec Vadim, c'est différent. Ça l'a toujours été. Je l'ai dans la peau, à quoi bon lutter ?

Cela dit, je vais quand même me faire un peu désirer…

***

Lundi matin. Nouveau départ. C'est un peu – complètement – fébrile que je m'avance en direction du bureau de Kate Monroe. Après avoir été aux petits soins avec moi tout le reste du week-end – et avoir présenté d'adorables et sincères excuses à Lily – Vadim m'a conseillé de briser la glace avec ma supérieure. Tirer un trait sur tout ça, pourquoi pas, mais j'ai surtout hâte de la voir reconnaître ses torts.

La connaissant, ça ne doit pas arriver souvent…

– Entrez ! clame-t-elle d'une voix sèche alors que j'ai à peine eu le temps de frapper.

Je pénètre dans son antre et la découvre assise à sa table en verre, une tasse de thé à la main. Elle me jette un coup d'œil un peu hésitant, retire ses lunettes puis se lève lentement.

– Alma, vous voilà de retour parmi nous ! lance-t-elle comme si elle n'avait rien à voir avec mon départ.

Ça commence bien…

– Bonjour Kate, dis-je simplement.

– Vous souhaitez vous asseoir ? demande-t-elle en français avec son accent à couper au couteau.

– Non, je voudrais que l'on règle ce qu'il y a à régler.

– Alma, vous semblez fâchée, commence-t-elle, un brin condescendante.

– J’ai mes raisons, vous ne croyez pas ?

– Je suis navrée d’avoir accusé votre sœur, finit-elle par avouer sur un ton embarrassé.

– Et de m’avoir mise à la porte ? ajouté-je en me retenant de sourire.

C’est mal de jubiler…

– Également. Même si techniquement, il ne s’agissait pas d’un réel licenciement.

– Je n’ai rien signé, je n’ai pas reçu mon solde de tout compte, mais c’était tout comme…

– Alma, je me suis emportée, mais c’est mon job de prendre des décisions difficiles. Je n’ai rien contre vous, mais King Productions passe avant tout.

– Rien contre moi ? Vous êtes sûre ?

– Ça ne me plaît pas forcément que vous ayez une relation avec notre PDG, mais ça vous regarde. Je ne dirai rien à personne, je suis tenue au secret, mais je ne suis ni votre amie ni votre mère. Tant que nous nous en tiendrons strictement au travail, tout ira bien.

– Entendu, articulé-je sans conviction.

– Skylight Pictures ne va pas nous lâcher aussi facilement, vous savez. Nous allons devoir faire front, dit-elle à nouveau en me prenant de haut.

– Bonne idée. Et pour ça, on pourrait commencer par être solidaires au lieu de se tirer dans les pattes, ironisé-je avant de m’en aller.

Sur ce, excellente journée, madame la directrice !

***

Départ imminent pour L.A. ! Vadim a décidé de ne plus se séparer de moi… et je ne m’en plains pas ! Nous avons passé toutes nos nuits ensemble depuis notre réconciliation – pour le plus grand bonheur de mes meilleurs amis, enfin libres – et je me suis habituée à cette douce promiscuité. Le savoir là-bas sans moi aurait été une torture. Le hasard a bien fait les choses : Kate, qui devait faire le déplacement, est retenue à Paris. Je vais donc la remplacer pour superviser le casting de *French Kiss*, un projet qui me tient particulièrement à cœur et qui sera tourné en France.

À seulement quelques heures de m'envoler pour les États-Unis, j'ai du mal à contenir mon excitation. Ce voyage professionnel s'annonce comme un retour aux sources. J'ai rencontré Vadim là-bas, à la fac de UCLA. C'est dans une salle de cours que tout a commencé. Quand Abrams, notre professeur allumé s'en est pris au rebelle de la classe et l'a obligé à me parler, j'ai senti mon cœur s'emballer. Ma vie a basculé. Arcadi – comme on l'appelait – était magnétique, intelligent, solitaire, presque dangereux. Et tellement plus que ça…

Évidemment, il a fallu que mes parents choisissent cette journée tellement riche en symboles pour débarquer chez moi à l'improviste ! Officiellement, ils sont venus voir Lily, leur grand bébé qui a toujours besoin qu'on la tienne par la main. En réalité, ils sont là pour moi. Pour vérifier que leur petite fille modèle ne se fait pas bouffer par le grand méchant millionnaire. Pour la mettre en garde contre tous les dangers que représente L.A.

Je viens de leur annoncer que Vadim et moi étions ensemble et qu'ils allaient devoir s'y faire. Mon père, qui a toujours une longueur d'avance, avait préparé son coup. Il m'a mis sous le nez un magazine people avec, en couverture, « May Sim et son King ». Une bonne engueulade a éclaté, suivie d'une accalmie. Une fois le sujet évincé et mes parents à peu près rassurés, je peux me concentrer à nouveau sur mes préparatifs. Pendant que ma mère, penchée au-dessus de ma valise, essaye de me refourguer une ribambelle de jeans et de gilets, j'entasse robes d'été, tenues de soirée, sandales, escarpins, maillots de bain…

Délicieuse impression de partir en vacances.

Mon PDG me prévient qu'il m'attend en bas au moment où mes parents sont sur le point de s'en aller. Un chassé-croisé des plus périlleux. Moi qui voulais à tout prix éviter qu'ils se rencontrent, c'est raté… À l'époque, Edward Lancaster n'était pas le plus grand fan de Vadim Arcadi.

Et réciproquement…

Vont-ils trouver un terrain d'entente douze ans après ? Peu probable. Quoi qu'il en soit, la rencontre est sur le point de se produire et je m'attends au pire. Surtout de la part de mon père, connu pour ses remarques désobligeantes. Et de la part de Vadim, connu pour ses reparties tranchantes. Nous sortons de l'immeuble – je ferme lâchement la marche – et sommes accueillis par Mr King et son chauffeur. Ce dernier nous salue rapidement et s'empare de mes bagages pour les charger dans la berline. Je lance un regard de détresse à mon amant, histoire de lui faire comprendre que ces retrouvailles n'étaient pas prévues de mon côté. Et que je suis atrocement désolée pour ce qui va suivre…

– Mr et Mrs Lancaster, comment allez-vous ? demande poliment Vadim alors que j'inspire et expire difficilement.

– Bonsoir Vadim, je compte sur vous pour prendre soin de notre Alma, lance ma mère sans aucune méchanceté.

– Mr Arcadi. Enfin, c'est Mr King, si j'ai bien compris… Ce n'est pas un peu prétentieux ? l'interroge malicieusement mon père.

– Il s'agit du nom de jeune fille de ma mère… Jane Howard King, répond mon bel Américain, le plus calmement du monde.

Comment fait-il pour rester de marbre ?!

Ma mère semble attendrie par cette révélation. Mon père, lui, ne sait quoi répondre. Je profite de cet instant de flottement pour faire diversion.

– Allons-y, Vadim, à cette heure-ci le périphérique est sûrement bouché, fais-je en embrassant rapidement mes parents.

– Alma, attends. On pourra te joindre à quel hôtel ? réagit mon père.

– Pas d'hôtel, elle séjournera chez moi, précise innocemment Vadim, l'air de rien. Je peux vous donner mes coordonnées, si vous le souhaitez…

Il jubile ! Je le savais ! Ces deux-là sont incapables de se maîtriser !

Ma mère complimente Vadim sur son bel accent français, alors que je lis un mélange de stupeur et de vexation sur le visage de mon père. Il se retient, mais je devine que notre prochain coup de fil sera… tendu. Peu importe, j'attrape mon boss par le bras et l'invite à me suivre jusqu'à la voiture. Je fais un dernier signe de la main à mes parents et m'engouffre dans la berline. Une fois les portières fermées et le moteur lancé, nous rions comme des gamins. Enfin libres !

12

Retour aux sources

Un 4x4 de marque allemande nous réceptionne à la descente du jet. Nous sommes mi-octobre, il fait plus de vingt degrés en pleine nuit : pas de doute, nous venons d'atterrir à L.A. Durant le court trajet qui nous mène jusqu'à la banlieue chic et protégée de Calabasas, je m'endors à moitié, lovée dans les bras protecteurs de Vadim. Les onze heures de vol n'ont pas été de tout repos. Après avoir discuté de mes parents et du programme infernal qui nous attend, nous avons mis les choses sérieuses de côté. Avalé un cheeseburger XXL en visionnant le dernier Woody Allen, trinqué à tout et surtout à nous, somnolé de courts instants, puis fait bon usage du temps restant… Une fois, deux fois, trois fois. Mon PDG et moi nous sommes envoyés en l'air. Littéralement. Alors que son avion privé nous transportait au-dessus de l'Atlantique, mon amant me faisait décoller. Encore et encore.

Un fantasme de plus réalisé…

– Bienvenue dans mon humble demeure, lâche ironiquement Vadim, alors que ma bouche, stupéfaite, reste entrouverte.

– Humble ? C'est exactement le mot qui me venait…

– Cosy, si tu préfères, corrige-t-il en m'adressant un sourire franc et irrésistible.

Cosy ? Non plus !

Je suis ébahie, soufflée, incapable de bouger. Mon amant hilare me prend par la main et m'invite à le suivre – sans trébucher. Le chef-d'œuvre architectural que je suis en train d'admirer fait près de mille cinq cents mètres carrés et semble tout droit sorti d'un film futuriste. Il est presque une heure du matin et malgré la pénombre, aucun détail ne m'échappe. De l'extérieur, la villa ultramoderne est constituée de plusieurs blocs aux façades immaculées et aux baies vitrées vertigineuses. Elle est entourée d'un immense terrain arboré et parfaitement éclairé, auquel on accède par un portail massif en fer forgé. À l'une des extrémités de la maison s'étend une longue terrasse d'où l'on peut admirer une piscine naturelle aux airs de lagon exotique, entourée d'une végétation luxuriante.

– Tout ça… juste pour toi, murmuré-je, bluffée.

– Oui, mais ça pourrait changer…

– Tu peux traduire ? demandé-je en riant.

– Alma, ce qui est à moi est à toi, précise-t-il en m'embrassant dans le cou. Viens, allons à l'intérieur !

Un peu sonnée par ce que je viens d'entendre, je m'exécute sans broncher et trottine derrière lui en tentant de maîtriser mes pieds. La lourde porte d'entrée s'ouvre sous nos yeux, puis un visage souriant apparaît. Une jolie jeune femme, dans les 25 ans, vêtue d'une robe bleu marine très sobre nous accueille poliment.

Qu'est-ce qu'elle fait là, elle ?… Jalouse, moi ?…

– Alma, je te présente Abigail, la gardienne des lieux, m'explique-t-il en anglais, alors qu'il lui sourit chaleureusement.

– En d'autres mots, la gouvernante ! Bienvenue à Los Angeles, lance-t-elle joyeusement en me serrant la main.

Elle semble… sympathique.

– Désolée de vous déranger au beau milieu de la nuit, dis-je un peu gênée.

– Pas de problème. Être disponible 24 heures sur 24, c'est mon boulot ! Et puis Mr King se fait trop rare, ces derniers temps, je suis ravie de le retrouver !

Oui, ça se voit… Un peu trop d'ailleurs !

– Vous n'êtes pas venu avec votre assistant ? demande-t-elle à Vadim.

– Maximilian nous rejoindra dans quelques jours. Il vous préviendra de son arrivée, répond-il simplement.

« Abby », comme Vadim l'appelle, est une vraie pile électrique. Elle nous débarrasse de nos affaires en un rien de temps, nous amène une collation, raconte à toute vitesse les dernières nouvelles au maître des lieux, puis file vérifier que tout est prêt dans « nos appartements ». Vadim en profite pour m'attraper par la taille, me plaquer contre lui et m'embrasser langoureusement. Le sol s'échappe sous mes pieds, je sens une chaleur se propager en moi, mais j'esquive juste à temps. Mes esprits recouvrés, je lui réclame de visiter le palace de « monsieur tout-puissant ». Il se mord la lèvre, rigole doucement, puis me fait signe de le suivre.

Arrête de le bouffer des yeux, Alma. Concentre-toi sur ce qui t'entoure !

Quarante minutes plus tard, j'ai toujours du mal à y croire. Sept chambres, toutes plus grandioses et spacieuses les unes que les autres, huit salles de bains aux fresques somptueuses ou au bois clair, un salon contemporain et raffiné de plus de cent cinquante mètres carrés, un petit salon élégant et douillet, une bibliothèque pleine à craquer, un bureau design bourré d'œuvres d'art, une cuisine aux îlots modernes et fonctionnels, une salle de projection équipée de cent fauteuils de cinéma à l'allure rétro, un bar démesuré, une salle de jeux multicolore…

On est bien loin de son petit studio d'étudiant…

Cet endroit luxueux n'a pourtant rien d'ostentatoire. Tout y est à sa place, chaque pièce, chaque objet a l'air d'avoir une âme. Même les éclairages dernier cri, les équipements high-tech, les escaliers transparents, les cheminées gravées, les aquariums encastrés, les tableaux de maîtres, les sculptures abstraites. Un décor tout droit sorti d'un magazine de déco haut de gamme, réservé à l'élite la plus fortunée. Le cachet et le bon goût en plus. La griffe de Vadim King, la revanche de Vadim Arcadi.

Quel que soit son nom, il a tout bon.

***

J'ai dîné avec Quentin Tarantino, blagué avec Ryan Gosling, trinqué avec Julianne Moore, appris quelques mots de français à Matt Damon, auditionné Kerry Washington et Alexis Bledel.

Depuis une semaine, je vis à mille à l'heure, passionnée par celles et ceux qui m'entourent, émerveillée par la machine à rêves d'Hollywood, par la richesse culturelle de L.A., impressionnée par le charisme, l'aisance de mon boss. Je ne l'ai jamais autant vu sourire.

Il est comme un poisson dans l'eau...

À son bras, j'ai plongé dans son monde, les yeux écarquillés. Une sorte de pèlerinage dans La Mecque du cinéma américain. J'ai pénétré dans les studios de tournage mythiques, les buildings vertigineux où se prennent des décisions à neuf chiffres, les salles de montage les mieux gardées. Découvert les idées folles et goûts précurseurs des accessoiristes et maquilleurs, les techniques révolutionnaires d'animation et de 3D. J'ai assisté aux dîners mondains, aux meetings bruyants et agités, aux castings déjantés. Le cinéma dans toute sa complexité, toute sa splendeur, cet art qui m'a toujours transportée. Un nouveau souffle, un million d'envies, d'inspirations, voilà ce que ce périple outre-Atlantique m'a apporté.

May Sim, la prétendue moitié de Mr King, n'était pas du voyage, mais son nom a été évoqué à de nombreuses reprises. Évidemment. En tant que directrice adjointe et bras droit du millionnaire qui se tenait à mes côtés, j'ai pris l'habitude d'esquiver – un sourire forcé sur les lèvres – les questions insistantes des uns et des autres. Vadim et moi avons joué la discrétion, notre relation devant rester secrète.

Pour quelle raison, déjà ? Ah oui... Piqûre de rappel !

Les paparazzis. Ces sangsues sans foi ni loi qui vous mitraillent à longueur de journée, sans même savoir qui vous êtes ou ce que vous allez leur rapporter. Ils se jettent sur vous, comme des carnassiers affamés, pour obtenir le parfait cliché. Ça aussi, j'ai dû faire avec, même si l'idée d'envoyer valser quelques appareils photo et caméras m'a traversé l'esprit… Vadim King est une star aux États-Unis, il a beau ignorer superbement l'agitation qu'il suscite, il n'en est pas moins une cible privilégiée de la presse people.

Il paraît que toute pub est bonne à prendre…

Loin, très loin de ce vacarme fabuleux et de ce mouvement perpétuel, mon amant et moi nous sommes retranchés dans sa forteresse. Notre emploi du temps overbooké ne nous a pas empêchés de nous retrouver, de nous aimer, de nous cajoler jour et nuit à l'abri des regards et des crépitements des flashs.

Depuis notre arrivée en terre américaine, Vadim et moi filons le parfait amour. Notre osmose est parfaite, notre relation étonnamment simple et équilibrée. Nous éloigner de Paris et des bureaux de King France nous a fait le plus grand bien. Pas d'accrochages, de prises de bec, de regards noirs, de disputes futiles, de chantage affectif… à une exception près.

Comme à son habitude, Raphaël a choisi le pire moment pour refaire surface. Et m'appeler une vingtaine de fois en l'espace d'une semaine. Son insistance a fini par m'inquiéter. Après l'avoir vu à moitié mort dans un lit d'hôpital, j'ai le plus grand mal à ne pas céder. Au bout du sixième jour, je décroche. Comme je le pressentais, il n'a rien de particulier à m'annoncer… À part qu'il n'arrive pas à m'oublier, à tourner la page, à me rendre ma liberté. À part qu'il ne se passe pas un jour sans qu'il repense à notre enfant qui aurait dû naître. Je ne supporte plus qu'il me balance ce souvenir douloureux au visage, qu'il refuse d'accepter qu'entre nous ce soit terminé. Après l'avoir envoyé valser, je raccroche, prends quelques secondes pour faire le point et décide de garder cette conversation pour moi. Raté. Vadim – qui se tenait dans la pièce d'à côté – n'est pas seulement méfiant, il est obstiné. Et déterminé à apprendre la vérité.

– Comment va M. Coste ? me demande-t-il froidement.

– Tu connais son nom ?

– Oui. Et son numéro, son adresse personnelle, celle de son bureau…

– Comment est-ce que tu sais tout ça ?

– Je me suis renseigné. J'aime savoir exactement à qui j'ai à faire.

– Tu appelles ça te « renseigner », j'appelle ça « fouiner ». Tu deviens parano, Vadim…

– Ça t'amuse de me rendre jaloux ? Tu prends ton pied ?

– Tu dis n'importe quoi !

– N'essaie pas de me faire passer pour un taré ! Je sens que tu me caches un truc, si tu as quelque chose à avouer, c'est le moment.

– Rien à déclarer.

– Tu trouves ça drôle ?

– Non, c'est la vérité.

– Alma, qu'est-ce qu'il te veut ? grogne-t-il, le regard noir.

– Rien. Enfin si, toujours la même chose. Je lui ai dit de ne plus m'appeler, dis-je rapidement afin d'esquiver le sujet.

– Pourquoi est-ce qu'il s'accroche s'il n'y a plus rien entre vous ? Qu'est-ce qui fait qu'il n'arrive pas à renoncer ? Qu'est-ce qui vous lie ?

Un bébé qui n'a jamais vu le jour…

– Je ne sais pas, je ne suis pas psy !

– Je ne te crois pas. Je finirai par le savoir…

Pas par moi ! Pas maintenant en tout cas.

– Tu comptes faire quoi ? Demander à un de tes « hommes » de fouiller dans mon passé ? Il ne trouvera rien. Tu perds ton temps, Vadim…

– Tu ne te braquerais pas autant si tu ne protégeais pas un secret.

– Tu ne trouves pas ça hypocrite de me faire une scène pareille alors que tout le monde te croit en couple avec May ? Je te laisse jouer les amoureux transis, je te fais confiance, je mets ma fierté de côté ! Tout ce que je te demande, c'est de faire la même chose ! Laisse-moi régler mes affaires avec

Raphaël. C'est donnant-donnant Vadim, rappelle-toi.

– OK. Mais dis à ton ex que s'il tente encore quoi que ce soit, je m'occupe de lui personnellement, me balance-t-il avant de s'en aller à grandes enjambées.

Mon PDG m'a plantée là, comme une idiote. Deux heures que je tourne en rond dans toute la maison, que je tente de le contacter. Sans succès. Son portable m'envoie directement sur messagerie, mes textos restent sans réponse. Vadim ne fait jamais rien à moitié, j'ai conscience qu'il va continuer à creuser et qu'il finira par tout savoir. Il vaut mieux que je me confie, plutôt qu'il l'apprenne par la bouche d'un étranger qu'il aura engagé pour m'espionner. Mais je ne suis pas prête, ce n'est pas encore le moment. Lui montrer ma faiblesse, lui avouer que j'aurais pu avoir l'enfant d'un autre, lui raconter cette expérience traumatisante, cruellement intime, je ne m'en sens pas capable. Lui qui déteste tant se dévoiler, il me cache des milliards de choses, j'en suis persuadée. Je ne fais que l'imiter.

Excuse bidon...

Je troque ma robe longue aux motifs liberty pour un maillot deux pièces rouge écarlate. Symbole parfait de mon humeur. Passer mes nerfs dans l'eau tiède me permettra de rationaliser. Ou pas. Je quitte notre suite et traverse la villa, enroulée dans une serviette moelleuse. Je suis à mi-chemin de la terrasse quand je tombe sur Maximilian – arrivé deux jours plus tôt – confortablement affalé sur le canapé d'angle du petit salon. En réalisant ma présence, l'assistant retire prestement ses pieds de la table basse – comme un enfant pris la main dans le sac – et lâche le manuscrit qu'il était en train de lire.

C'est moi qui suis à moitié nue et c'est lui qui rougit ?!

– Tout va bien, Max, ce n'est que moi, ris-je en tentant de cacher ma gêne.

Je resserre un peu la serviette qui m'entoure, lui ne semble même pas remarquer ma semi-nudité.

– Désolé, j'étais concentré dans ma lecture… Le décalage horaire m'a fait prendre du retard. Et la villa est tellement grande, j'ai l'impression de ne jamais y croiser personne, bafouille-t-il.

C'est fait pour… C'est grâce à ça que tu ignores que je partage la chambre de Vadim…

– *French Kiss* ! dis-je en lisant le titre du dossier qui gît à ses pieds. Alors, votre verdict ?

– Je n'ai pas tout lu, mais j'ai adoré la première moitié. Une romance à Paris, ça change des thrillers et autres films d'horreur tournés ici !

– Maximilian Finn, je savais que vous étiez un grand romantique ! soupiré-je dramatiquement en m'appuyant sur l'accoudoir d'un fauteuil en cuir.

– Oui, je fais partie de ces hommes qui ont un cœur…

– C'est bon à savoir.

– Ah bon ? Vous êtes intéressée, Alma ? plaisante-t-il.

Je ne suis pas sûre d'avoir ce qu'il te faut… Par contre, mon meilleur ami Niels…

– Mr King est dans les parages ? relance-t-il après un court silence.

– Non, il est à un rendez-vous, inventé-je.

– Bizarre, ce n'était pas dans le planning… Tout va bien ? Entre vous, je veux dire…

– Pardon ?

Danger !

Kate a fait tourner l'info ? Impossible ! Elle risquerait un procès !

– Votre collaboration se passe bien ? Je sais que Mr King a un fort tempérament, il peut se montrer dur. Mais il semble différent avec vous.

– Je n'ai pas à me plaindre…

– J'ai remarqué que vous étiez… complices. Je l'ai rarement vu aussi proche d'un employé.

Il prêche le faux pour savoir le vrai ou je rêve ?

– Je vais faire quelques longueurs, je me dépêche, la nuit va bientôt tomber, éludé-je faute de mieux, en espérant qu'il ne prenne pas ça pour une invitation.

Esquive médiocre, Lancaster !

– J'aimerais vous accompagner, mais je dois aller au bout de ce manuscrit, répond-il, un sourire arrogant sur les lèvres.

Note pour plus tard : se méfier de Mr Finn...

La tempête est passée. Vadim est réapparu peu de temps après et m'a vite fait oublier cette engueulade. S'il est le roi de la provocation, il est surtout le champion des réconciliations. Je n'ai pas eu droit à des excuses en bonne et due forme – cela aurait été trop demander – mais la soirée qu'il m'a concoctée me fait passer l'envie de me rebeller. Ensemble, nous faisons un bond de douze ans en arrière. Je pensais que la vieille malle de voyage qui trônait dans la chambre n'était qu'un élément de déco. Faux. Il l'ouvre sous mes yeux et je découvre tous les trésors qu'elle renferme. Des portraits et photos de nous, des dessins gribouillés, mes lettres manuscrites, nos scénarios amateurs écrits à quatre mains, des impressions de nos conversations en messagerie instantanée. Vadim a tout gardé. Il ne s'est jamais débarrassé de tous les vestiges de notre passé. Ça me bouleverse bien plus que je n'aurais pu l'imaginer...

– Je sais que je me comporte comme un abruti, parfois. Ça ne m'empêche pas de t'aimer, murmure-t-il au creux de mon oreille.

– C'est la première fois que tu le dis. Enfin, la première fois depuis douze ans, soufflé-je, les yeux embués de larmes.

– Quoi ? Que je t'aime ?

– Oui...

– C'est tellement évident. J'ai l'impression de te l'avoir dit toute ma vie, avoue-t-il en embrassant mes joues salées.

– Je ressens la même chose. Comme si on ne s'était jamais quittés...

– Donc tu m'aimes ?

– Oui.

– Dis-le…

– Vadim Arcadi-King, je t'aime et je n'ai jamais cessé de t'aimer.

Ses épaules s'abaissent, comme délestées d'un poids paralysant, son visage s'illumine, ses yeux gris me transpercent. Il est beau comme un dieu, mais ce n'est pas ce qui me frappe à cet instant. J'aime cet homme de tout mon être, j'aime son âme, ses fragilités, ses failles, ses talents, ses convictions. J'aime qui il est vraiment, au plus profond.

– Vadim ?

– Hmm ?

– Tu crois qu'on peut y arriver cette fois ? À être toi plus moi pour de bon ?

– Je suis fait pour ça. Pour être avec toi…

***

Je suis rentrée par hasard dans le bureau. Raphaël est en train de me pousser à bout. Quatre nouveaux appels en absence depuis notre dernière discussion, ça commence à ressembler à du harcèlement. Lorsque mon téléphone s'est mis à vibrer pour la cinquième fois et que son nom s'est affiché, je me suis isolée et suis rentrée dans la première pièce à proximité. Vadim n'a pas besoin de savoir. Je compte mettre un terme définitif à ces appels intempestifs.

Que la force soit avec moi !

– Raphaël, tu as trente secondes et je te préviens, c'est la dernière fois que je te réponds.

– Charmant…

– Non, ça ne l'est pas, ni pour toi ni pour moi ! Tu sais ce qui serait charmant ? Me laisser vivre ma vie sans m'appeler tous les quarts d'heure ! Arrête d'utiliser le passé pour m'attendrir ou me faire culpabiliser ! Règle seul tes problèmes et laisse-moi respirer !

– C'est vraiment ce que tu veux ?
– Oui.
– Je vais essayer…
– S'il le faut, je changerai de numéro, Raphaël. Et si tu continues, je prendrai des mesures plus radicales. J'ai décidé de faire un trait sur tout ça, j'allais devenir folle, ça me faisait trop mal… Tu dois respecter mon choix.

Je viens de raccrocher sans lui laisser le temps de passer à l'offensive. L'entendre évoquer pour la millième fois la vie d'avant, la famille qu'on allait créer, les espoirs qu'il avait fondés, le futur qu'il imaginait… Non. J'ai appris à bloquer ce genre de pensées. Je dois me focaliser sur le présent, sur mon bonheur retrouvé. Sur la possibilité qu'un jour, Vadim m'offre tout ce dont j'ai toujours rêvé.

J'efface cette communication de ma liste d'appels – sait-on jamais… – et m'apprête à quitter le bureau. Ce serait trop simple… Ma maladresse légendaire se met en travers de ma route, je trébuche sur un pan de tapis et me rattrape comme je peux, en atterrissant contre une armoire ancienne. Sous la pression, la porte s'ouvre et je découvre une série de dossiers beiges, sur lesquels est inscrit « Jane et Volodia », suivi d'une année. De 1998 à 2013. Je ne devrais pas. Ce ne sont pas mes affaires. Il m'en voudrait trop.

Juste un coup d'œil…

Ce que je découvre me tord les boyaux. Dans le premier dossier, celui qui remonte à quinze ans, je découvre des articles de presse, des documents officiels, des notes diverses. Tous ces papiers racontent la même histoire. Volodia Arcadi et Jane Howard King ont été sauvagement assassinés en pleine rue, en 1984. Assassinés sous les yeux de leur fils, Vadim Arcadi, 3 ans. Cet orphelin qui depuis vingt-neuf ans recherche sans relâche le coupable de ce crime sanglant.

13

Exécution sommaire

Crise de tachycardie. Je remets le dossier à sa place et me laisse glisser au sol en tentant d'ignorer les battements de mon cœur. Cette découverte macabre m'a profondément choquée, je lutte pour ne pas pleurer. C'est égoïste. Inutile. Je devrais penser à lui, à sa peine, à sa colère, plutôt que de me laisser dépasser par mes propres émotions. Penser à respirer. Souffler. Bouger. Sortir de ce bureau.

À trois, Alma ! Un, deux…

Je l'aime à un tel point que l'imaginer porter ce fardeau me brise l'intérieur. Vadim avait trois ans, il n'était qu'un enfant ! Il a vu ses parents s'écrouler sous ses yeux. Il a vu l'horreur, la violence. Toutes ces années, il a gardé ça pour lui, il ne m'a jamais rien dit. J'ai l'impression de ne pas le connaître, de ne cerner qu'une infime partie du personnage. Il y a tant de choses que j'ignore sur lui… À en croire l'épaisseur de ces dossiers, mon PDG traque désespérément le coupable depuis quinze ans. Tant que la tâche ne sera pas accomplie, il continuera d'y consacrer sa vie…

Jusqu'où est-il prêt à aller ? Question suivante…

– Tu t'es égarée ? me demande-t-il en surgissant de nulle part, un sourire narquois sur les lèvres.

Ses yeux quittent mon visage et se posent immédiatement sur l'armoire entrouverte. Il se crispe, son regard vire au noir, son sourire se transforme en rictus. Je me relève d'un bond, prête à lui expliquer que tout ça n'était pas prémédité.

– Vadim, je n'ai pas fouillé, je… l'armoire s'est ouverte… Je suis désolée…

– Tu as regardé ? m'interroge-t-il en fixant les dossiers.

– Un seul…

– Lequel ?

– Quelle importance, Vadim ?

– Lequel ?!

– Le premier.

S'il était un personnage de cartoon, un nuage de fumée s'échapperait de ses oreilles. Hier encore, mon amant me prouvait à quel point il m'aimait. Là, tout de suite, il meurt d'envie de me haïr…

– Ton éducation laisse à désirer, Lancaster. Après tout, tu es bien la fille de ton père…

Ouch !

– Ce qui veut dire ?

– Que lui non plus n'a eu aucun scrupule à faire de moi un sujet d'étude. À se mêler de ce qui ne le regardait pas…

– C'était il y a douze ans, Vadim, les choses ont changé.

– Non, la preuve, je tourne à peine le dos et je te retrouve en train de fouiner. Je t'accueille chez moi, je t'offre tout ce que je possède et c'est comme ça que tu me remercies ?

– Je ne voulais pas…

– Peu importe, tu l'as fait ! me coupe-t-il en passant nerveusement les mains dans ses cheveux.

– Pourquoi est-ce que tu ne me l'as jamais dit ? tenté-je timidement.

– Ça ne te concerne pas, Alma.

– Si tu dis que tu m'aimes, si, ça me concerne ! Tu doutes de moi à ce point ? Je pourrais t'aider… On pourrait simplement en parler.

– Je n'ai pas besoin d'aide. Oublie ce que tu as vu.

– Vadim, tes parents…

– Sont morts et enterrés. Tu n'as rien à voir avec tout ça, n'essaie pas de t'en mêler.

– Mais…

– Stop ! J'ai des choses à régler ici, je crois qu'il est temps que tu rentres à Paris.

– Je ne suis pas une gamine, tu ne peux pas m'envoyer au coin ou me taper sur les doigts quand tu n'es pas content de moi !

– Non mais je suis ton boss. Le casting est terminé, tu n'as plus d'obligation à L.A. Je vais demander à Max de te prendre un billet dans le prochain direct. Tu décolleras probablement dans la soirée.

– Un pas en avant, trois pas en arrière… soufflé-je, blessée par sa froideur.

Une lueur triste traverse ses yeux. Quand il avance sa main pour la poser délicatement sur ma joue, je l'évite et m'éclipse furtivement. Il veut se débarrasser de moi ? Très bien, bye bye Alma.

***

– Tu es rentrée plus tôt que prévu, non ? me demande Clémentine en sucrant son thé.

J'ai quitté la cité des anges et le *Walk of Fame* pour retrouver la grisaille parisienne, les rues mornes, les visages sans sourire, la foule des heures de pointe. Les charmes de ma capitale me sont devenus étrangers et je suis sans nouvelles de Vadim depuis mon retour. Ce qui n'arrange rien…

– Alma ? Il y a quelqu'un ? relance ma meilleure amie en agitant sa main sous mes yeux. Je suis venue pour toi, ça serait sympa de ne pas m'ignorer…

– Pardon, je suis un peu dans les vapes.

– Le *jetlag* ?

– Si seulement… Non, il y a eu… Comment dire ? De nouveaux rebondissements.

La curiosité – l'excitation, presque – se lit sur sa frimousse ponctuée de taches de rousseur. Je passe les vingt minutes suivantes à lui raconter mon périple outre-Atlantique. Dans son intégralité, à la demande de l'intéressée. Je récolte un sourire ému en racontant la déclaration d'amour de Vadim, une moue jalouse en évoquant Ryan Gosling, des yeux écarquillés en décrivant la résidence de Mr King, des éclats de rire par-ci, par-là. Clem ne rigole plus du tout quand je passe au dernier chapitre. Celui de l'assassinat de Jane et Volodia.

– Le pauvre… lâche-t-elle, sincèrement touchée. Ça explique sûrement des choses. Si j'avais su, je l'aurais jugé moins durement.

– Je crois que c'est justement ça qu'il veut éviter. Qu'on ait pitié de lui, qu'on le réduise à son passé.

– Non, mais t'imagines ? Perdre ses parents dans ces conditions ? C'est ignoble… murmure-t-elle en posant la main sur son ventre arrondi.

– Je savais qu'ils étaient morts, mais il ne voulait jamais en parler. Je croyais que c'était par pudeur. Ou que ça lui faisait trop mal d'y repenser. Quelle idiote, moi qui m'imaginais qu'ils avaient disparu dans un accident…

– Alma, tu ne pouvais pas deviner…

– Non, mais je n'arrive toujours pas à croire qu'il ait pu garder ce secret pendant toutes ces années ! Sûrement pour son enquête… Et pour éviter que la presse ne fouille dans son passé…

– Oui, c'est compréhensible après tout. Et puis il veut probablement gérer seul sa douleur, trouver sa vérité sans l'aide de personne.

– Clémentine D'Aragon, qu'est-ce qui te prend ? Depuis quand est-ce que tu le défends ?

– Je ne sais pas, les hormones, peut-être, rit-elle doucement. Non, mais sérieusement, laisse-lui du temps. Il finira par s'ouvrir.

– Je ne vois pas d'autre solution. Et puis, ce n'est pas comme s'il me laissait le choix… Aucun signe de vie depuis deux jours.

– Alma… Tu devrais faire pareil. T'ouvrir. Tu sais, pour… le bébé.

Clem ne veut que mon bien, mais ses mots viennent de me faire mal. Un malaise s'empare de moi, comme à chaque fois que quelqu'un aborde ce sujet douloureux. Je me mets à bredouiller de manière incohérente, fuyant son regard.

– Je n'y arrive pas… Je sais que je devrais, que je suis hypocrite de lui reprocher son silence.

– Tu fais ce que tu peux ma bichette. Je ne disais pas ça pour t'accabler… dit-elle tendrement.

– Non, tu as raison. Mon histoire est banale, ridicule comparée à la sienne.

– Ça ne sert à rien de comparer.

– Si ! La nature a décidé que je n'étais pas prête à avoir un enfant, mon corps l'a rejeté. Pour Vadim, c'est différent. Quelqu'un lui a volé son enfance, son innocence, ses chances de grandir normalement, entouré par des gens aimants… Il n'y est pour rien, il ne méritait pas ça !

– Alma, quand est-ce que tu vas arrêter de te sentir coupable ? Cette fausse couche, tu ne l'as pas provoquée, tu l'as subie ! Je t'ai ramassée en morceaux il y a deux ans, maintenant ça suffit. Tu dois faire ton deuil, accepter d'en parler sans tabou. En particulier avec l'homme que tu aimes !

– On s'est bien trouvés, lui et moi… souris-je tristement.

– Solitaires, fiers, torturés… Malgré ce que tout le monde pense, vous ne pourriez pas plus vous ressembler !

Comme si je n'étais jamais partie, j'ai retrouvé Clem au café, Lily sur mon canapé, Kate assise dans mon fauteuil matelassé. Ma supérieure m'attend dans mon bureau – elle s'y sent apparemment comme chez elle – lorsque j'y pénètre en ce début de journée. Pas de « bonjour », de « comment allez-vous ? », de « il fait froid, vous ne trouvez pas ? ». Non, Mrs Monroe est une femme pressée, elle ne s'embarrasse pas de politesses.

Garçon, un café !

– Skylight Pictures a encore frappé, m'apprend-elle d'une voix consternée.

Mille euros pour un expresso !

– Qu'est-ce qu'ils ont manigancé, cette fois ? demandé-je en retirant mon trench.

– Josh Harvey, prononce-t-elle en soupirant.

– Le sosie de Pattinson ?

– Oui. Vous l'aviez retenu pour *French Kiss*, c'est bien ça ?

– Il est parfait pour incarner Nate. On a casté plus de cinquante acteurs, c'est le seul à être sorti du lot ! Kate, ne me dites pas qu'ils viennent de nous le piquer sous le nez ?! m'insurgé-je.

– Pire. Quand ils ont appris qu'on l'avait sélectionné, ils ont tout de suite contre-attaqué. Ils viennent de lui proposer le premier rôle de la trilogie *Dark Lights*. De quoi le monopoliser pendant les trois prochaines années. Ils voulaient à tout prix lui mettre le grappin dessus, ils ont réussi. Son agent vient de me l'annoncer : il a signé.

– Comment est-ce qu'ils ont su pour son rôle dans *French Kiss* ?

– L'info a fuité sur le Net.

– Maudits paparazzis… grommelé-je.

– Si vous voulez mon avis, quelqu'un les a mis sur la piste.

– Quelqu'un de chez nous ?

– Probablement.

– Vous avez une idée de qui ?

– Pas pour le moment…

C'est reparti pour la chasse aux sorcières !

C'est officiel : la guerre est déclarée. Skylight Pictures s'en est pris une fois de trop à King Productions. Désormais, nous allons renforcer notre dispositif de sécurité, parer aux éventuelles fuites, limiter les embauches, prévenir les médias des méthodes douteuses de notre concurrent direct. Notre horde de juristes et d'avocats est prête à en découdre. S'en prendre à l'image de notre rivale, c'est notre meilleure arme. Kate était d'avis d'agir plus radicalement et d'envoyer un espion dans leurs rangs, Vadim a refusé. Son argument : King Prod doit vaincre avec panache.

Il a raison... Il me manque...

***

Dimanche en famille. Je m'apprête à recevoir mon sermon hebdomadaire. Ô joie. Cinq jours sans nouvelles de mon PDG, si ce n'est quelques mails pro signés « Tendrement, V. », autant dire que je ne suis pas d'humeur et que ça risque de chauffer. Mettre de l'eau dans mon vin, je ne suis pas persuadée d'y arriver. Note pour plus tard : me mettre au yoga.

Calme... Sereine... Ouverte d'esprit...

Le CD rayé de développement personnel passe en boucle dans ma tête quand je me décide enfin à sonner à la porte. Ma mère m'accueille chaleureusement, suivie de près par mon père – étonnement guilleret – et mon frère – typiquement agaçant.

– Lily n'est pas avec toi ? Je croyais que tu étais son chauffeur... En plus d'être sa gouvernante, sa femme de ménage, sa cuisinière, sa baby-sitter, sa...

– Ça va Basile, on a compris ! rétorque mon père en me tendant un verre de pinot noir.

– Elle ne va pas tarder, elle bossait ce matin. Une nouvelle mission d'intérim. Tu fais moins ton malin, hein, monsieur Parfait ? dis-je en fusillant mon frère du regard.

– Basile... le gronde ma mère. Tu es trop dur avec ta sœur, sois un peu plus tolérant.

– Tolérant ou permissif? se rebiffe mon frère. Il y a une différence. On lui passe tout ! Tout ça parce que c'est la petite dernière.

– Et si on arrêtait de s'engueuler pour rien dans cette famille ? lance mon père. Je suis content que tu sois là, ma fille...

Edward m'embrasse tendrement sur la joue, puis m'adresse un sourire franc et chaleureux.

Quelle mouche l'a piqué ?

Lily débarque épuisée, débraillée et essoufflée pile au moment où la sonnerie du four retentit. Le saumon et les haricots verts sont cuits, ma sœur aussi ! Marie Lancaster est un vrai cordon-bleu. Les fumets divins qui s'échappent de la cuisine me font retrouver ma bonne humeur. Le début du déjeuner se passe bien, nous sommes tous curieux de savoir ce que la petite dernière a fait de sa matinée.

– J'ai distribué des tracts pendant six heures, tout ça pour quelques dizaines d'euros. Satisfaits ? demande-t-elle ironiquement à l'assemblée.

– Chérie, personne ne t'y a obligée ! Tu as repris tes études, c'est tout ce qu'on te demandait, répond ma mère en lui tendant la sauce au beurre citronné.

– Je sais, je voulais juste tester. Je vais m'en tenir au *dog-sitting*, je crois.

– Oh, quelle bonne idée ! Tu devrais monter une garderie pour clébards ! Transformer l'appart' d'Alma en chenil, plaisante mon frère.

Ce n'est pas toujours le grand amour entre lui et moi, mais là je dois dire qu'il bat des records ! Je me retiens – difficilement – de lui balancer une repartie fumante et tente de me concentrer sur la question que me pose mon père.

– Comment s'est passé ton voyage à L.A. ?

– Très bien. J'ai fréquenté du beau monde…

– Ouais et elle ne m'a même pas ramené le T-shirt de Ryan Gosling ! Ni la chemise de Matt Damon ! se plaint Lily.

– J'étais censée les obtenir comment ? « Ma petite sœur qui a des tendances psychotiques voudrait sniffer vos vêtements, vous pourriez me les donner ? »

– Je ne sais pas… se bidonne-t-elle. C'est toi le cerveau, pas moi !

– Il paraît que ton PDG habite à Calabasas. Il traîne souvent avec Justin Bieber et Kim Kardashian ? balance mon frère, très fier de sa pique.

– Toujours abonné à *Débiles Magazine*, à ce que je vois… Et tu sais ce que tu peux en faire de ton sarcasme ?

– C'est bizarre, le sarcasme te dérange moins quand il sort de la bouche de ton mec !

– Basile, c'est quoi ton problème ?

– Quatre lettres : K – I – N – G.

– Laisse-la tranquille, Basile ! intervient ma mère.

– Quoi ? Tout d'un coup, ça ne choque plus personne qu'elle sorte avec ce type ? Si je me souviens bien, je n'étais pas le seul à m'inquiéter !

– Occupe-toi de ta vie et trouve-toi un mec…

– Alma… commence mon père en fronçant les sourcils.

– Non, je vous arrête tout de suite ! Votre avis, je le connais et il ne m'intéresse pas. Foutez-moi la paix avec ça, c'est ma vie privée, je suis heureuse avec lui. Vous ne connaissez pas Vadim, vous ne lui avez jamais laissé une chance. Vos préjugés, gardez-les pour vous ! m'écrié-je en me préparant à quitter la table.

– Ne pars pas chérie, on n'en parle plus, me retient ma mère.

– Non, désolée maman, je suis claquée, je vais rentrer. Merci pour cet « agréable » déjeuner, je vous appellerai plus tard.

– C'est bon, pas la peine de faire ta *drama queen* ! s'énerve mon frère.

Le mot de trop. Je me lève, fais le tour de la table, embrasse rapidement mes parents, puis récupère mes affaires. Je ne sais pas comment elle a fait pour me doubler, mais Lily est en train d'appeler l'ascenseur quand je quitte l'appartement familial.

– Lily, tu ne restes pas ?

– Non, solidarité féminine ! Tu sautes, je saute !

Quelques minutes plus tard, nous roulons gaiement en direction du onzième arrondissement, quand ma sœur se décide à aborder un sujet… sensible.

– Alma ?

– Oui ?

– La prochaine fois, tu pourras attendre le dessert ?

J'éclate de rire en observant sa mine sérieuse. Elle ne plaisante pas…

– Maman avait préparé une tarte aux pralines. On ne rigole pas avec les pralines, Alma. Jamais.

– J'ai une tarte aux framboises au congélateur…

– Ça fera l'affaire. Mais tu m'en dois une !

– Lily ?

– Oui ?

– C'est un bonheur de t'avoir dans ma vie.

Elle me saute au cou – en manquant de me faire griller un stop – et nous rentrons « chez nous » pour terminer la journée en beauté. Niels nous a rejointes les bras chargés de coffrets DVD. Au programme : *Mad Men*, *Dexter*, *Les Simpson*, tarte aux framboises, glace vanille et séance confidences.

***

Retour à la réalité. Trouver le remplaçant de Josh Harvey, c'est la priorité du moment. Kate s'est envolée ce matin pour L.A., bien déterminée à dénicher l'acteur qui saura donner vie au héros de *French Kiss*.

Voleuse de job ! Passe le bonjour à Vadim pour moi…

De mon côté, j'ai enchaîné les réunions, déjeuné avec Sophie et Clarence, assisté à une projection. La journée a été longue, un peu ennuyeuse. Rien à côté de ma soirée, qui s'annonce… mortelle. Pas dans le bon sens du terme.

Miracle. Vadim est rentré. Je le sais parce qu'il se tient dans mon hall d'immeuble, adossé contre le mur, concentré sur l'écran tactile qu'il tient à la main. Il ressemble à une gravure de mode dans son pantalon noir pincé et son long gilet gris aux manches retroussées. Ce profil parfait, cette chevelure coiffée-décoiffée… Je pourrais l'admirer pendant des heures.

– Ça te convient, j'ai réussi l'examen de passage ? me demande-t-il, souriant, ses yeux gris plantés dans les miens.

– Hmm… Je vais m'en contenter, minaudé-je en m'approchant.

Je fais mine de passer mon bras autour de lui, mais en profite juste pour appuyer sur le bouton de l'ascenseur. Mon geste le fait rire, puis il s'avance soudainement vers moi et me vole un furtif baiser.

– Ta sœur n'est pas là ?

– Non, elle est à ses cours du soir. Tu veux monter ?

– C'est si gentiment proposé…

Nous sourions comme deux imbéciles heureux. Nous nous embrassons passionnément dans l'ascenseur. Nous nous blottissons dans le canapé avec deux mugs de thé et commençons à parler.

– Tu viens de rentrer ?

– Oui. Je voulais quitter L.A. hier mais je suis resté pour accompagner May à une avant-première.

Je soupire, frustrée par cette réponse. Il y a une semaine, nous nous sommes quittés après une engueulade musclée, la dernière chose dont j'ai envie de discuter, c'est de son alibi siliconé.

– Tu m'as manqué, souffle-t-il en m'embrassant tendrement.

– Alors ne prononce plus son nom.

– Arrête de te braquer… Si je te parle d'elle, c'est que je n'ai rien à cacher.

– Rien à cacher ? insisté-je.

– Il faut vraiment qu'on remette ça sur le tapis ? soupire-t-il.

– Vadim, j'ai besoin de savoir. Pas tout, juste… l'essentiel.

Le visage grave, il reste muet pendant quelques courtes secondes, puis, après une profonde inspiration, il se lance enfin.

– Mon père est né en Russie, dans une famille d'ouvriers. Il a émigré aux États-Unis pour fuir la misère et vivre le rêve américain. Il a débuté en tant que mannequin avant de devenir acteur. C'est sur un tournage qu'il a rencontré ma mère, une jeune comédienne idéaliste qui voulait percer dans le cinéma. Ils ont eu le coup de foudre, se sont mariés sur un coup de tête, m'ont eu et trois ans plus tard, ils sont morts. Une exécution sommaire en pleine rue. J'étais dans les bras de mon père quand c'est arrivé. Tu connais la suite. Les foyers, l'adolescence rebelle, les conneries, jusqu'à ma rencontre avec toi.

– Une… exécution sommaire ?

– Oui. L'affaire n'a jamais été résolue, la police a été lamentable. Dans les premiers temps elle a suspecté plusieurs membres de la mafia russe, mais elle a très vite abandonné le dossier. J'étais trop jeune, tout s'est passé trop vite, je ne me souviens de rien… Ça me rend dingue. J'y étais ! Je devrais être capable de retrouver cet enfoiré, grogne-t-il en serrant les dents.

– Et ton enquête ?

– J'ai collecté des tonnes d'informations au fil des années. J'ai fait appel à des détectives privés, des anciens flics, des fédéraux. Je me rapproche de la vérité, petit à petit. Je ne lâcherai pas, Alma. J'ai besoin de savoir. Et je le dois à mes parents, murmure-t-il, la voix brisée.

Je ravale mes larmes, profondément émue mais déterminée à ne pas craquer. Je caresse tendrement les cheveux soyeux de mon amant tandis qu'il se dévoile peu à peu. L'entendre me raconter tout ça me donne des frissons. Je crois que je ne l'ai jamais autant aimé qu'à cet instant.

– C'est con, je le sais, mais pour ne pas me laisser bouffer, j'essaie de prendre ça comme un défi. Il paraît que le bonheur a un prix…

– Alors soyons heureux. À deux… Et maintenant… soufflé-je en déboutonnant son gilet.

Mi-curieux mi-amusé, Vadim m'observe, alors que je m'attaque aux boutons de son pull, un par un, sans précipitation. Je l'entends rire doucement lorsque je bute sur le dernier rond de métal, ne parvenant pas à le sortir de sa fente.

– Vous êtes adorablement maladroite, mademoiselle Lancaster…

– Désolée, murmuré-je en tentant de garder mon sérieux.

– Ne t'excuse pas, je trouve ça charmant. Attendrissant, même.

– Un bébé, un chiot, un vieux couple qui se tient la main en admirant un coucher de soleil… ça c'est attendrissant ! Je ne suis pas sûre que ce soit le terme approprié pour décrire la femme avec qui tu t'apprêtes à… t'envoyer en l'air.

– Qu'est-ce qui te dit que c'est ce que je compte faire ? me demande-t-il pour me provoquer.

Moi aussi je peux jouer, Mr King…

– Tant mieux, le sexe avec toi, c'est tellement ennuyeux ! ironisé-je. Parmi les activités au choix, nous avons donc : repeindre les murs, faire la vaisselle ou…

– Tais-toi et embrasse-moi !

Ses lèvres se ruent sur les miennes et étouffent mes éclats de rire. Cette fois, mon amant prend les devants et se débarrasse de son gilet en un rien de temps. Notre baiser s'approfondit, nos langues se retrouvent, s'enroulent, se percutent. Son haleine mentholée me rend plus gourmande, presque avide. Je perds rapidement pied, envoûtée par cette étreinte, hypnotisée par sa fougue. Mais déjà il se recule. Je grogne de déception, j'en voulais plus, je voulais aller plus loin, mais ce mélange de saveurs et de sensations a pris fin. Il sourit, fier de l'effet qu'il me fait. Puis, de ses mains de fer, il m'extrait habilement de mon chemisier à col rond, d'un seul geste, en le passant par-dessus ma tête. Les jeux sont lancés.

Assise sur mon canapé, je me laisse faire, impatiente de sentir la chaleur de sa peau contre la mienne. Mon soutien-gorge en dentelle dégrafé, Vadim enfouit sa tête entre mes seins, embrasse mes tétons érigés, les titille du bout de la langue. Je gémis, emportée par une vague de frissons. Soudain, ses bras musculeux se referment sur moi et me soulèvent avec une facilité déconcertante. Nous sommes désormais debout, l'un contre l'autre, liés par nos regards ardents et nos souffles bruyants. Ses mains s'affairent au niveau de ma ceinture, la défont, puis s'attaquent au bouton de mon jean, à ma fermeture éclair. L'odeur musquée, épicée, qui s'échappe de son cou m'enivre, me transporte. Je parviens tout de même à faire sauter les boutons-pression de sa chemise et libère enfin son torse d'apollon. Son buste, ses courbes, ses proportions, je veux les faire graver dans la pierre pour ne plus jamais avoir à m'en séparer.

Et cette peau douce, brûlante, sucrée...

Je caresse ses pectoraux, trace du bout des doigts la ligne qui descend jusqu'à son nombril. Il tremble légèrement, sans pour autant s'interrompre de me déshabiller. Quand Vadim King se lance dans une mission, rien ne pourrait l'arrêter. Mon jean gît à présent au sol, mon string est sur le point de le rejoindre. Confirmation. Je suis totalement nue, à sa merci. Mes seins frôlent son torse et pointent de plus en plus haut. Les paumes de mon PDG se promènent maintenant dans mon dos, atteignent mes reins, mes fesses. Je me cambre sous cette caresse, comme pour l'encourager, tout en déboutonnant son pantalon. D'un geste brutal, il le fait glisser à ses pieds, ainsi que son boxer et s'en extirpe d'un rapide mouvement de pieds. Son érection magistrale attire mon regard, sa virilité manque de me faire chavirer.

– Putain, Alma, ton corps me rend fou, lâche-t-il, comme s'il avait lu dans mes pensées.

– Prouve-le moi, le défié-je en glissant son immense main entre mes cuisses.

Le bout de ses doigts entre en contact avec ma féminité aux abois. La partie ne fait que commencer, mais j'ai déjà douloureusement envie de lui. Je me noie dans ses yeux assombris par le désir. Son pouce imprime des cercles autour de mon clitoris, son index frôle les parois de mon intimité. Je halète, je suffoque, il se mord la lèvre, déterminé à me rendre… folle. Tout va trop vite, une onde de chaleur se propage en moi, insidieusement, dangereusement. Je le stoppe net en échappant à son emprise et recule de quelques pas. J'ai une petite idée derrière la tête…

– Tu vas où, comme ça ? grogne-t-il alors que je trottine déjà en direction de la salle de bains.

– Suis-moi, tu verras…

J'ai à peine le temps d'ouvrir les robinets qu'il est déjà là, pressé contre moi. Ce contact dans mon dos m'électrise, je me dandine pour faire monter la pression, frôlant insolemment son sexe contre ma peau nue. Ça fonctionne…

– Si tu crois que je vais te laisser m'allumer sans rien faire… dit-il d'une voix rauque en me soulevant du sol.

Je glousse en atterrissant dans ses bras. Il me mord le bout du nez et me dépose dans la grande baignoire d'angle.

– Ha !!! Chaud ! Brûlant ! Bouillant ! m'écrié-je en ajoutant de l'eau froide.

– Ça t'apprendra à faire l'insolente, blague-t-il en souriant de toutes ses dents.

– Rejoins-moi, si tu es un homme…

– J'ai vraiment besoin de te le prouver ?

Mon regard descend jusqu'à son érection. C'est définitif, la réponse est non.

– Tu essaies de gagner du temps, Vadim, grondé-je en le défiant.

Il m'adresse le sourire le plus impertinent que j'aie jamais vu, puis saute littéralement dans la baignoire et s'assied derrière moi. Je me niche entre ses jambes. Ses mains mouillées et glissantes se faufilent sous mes bras, puis il me plaque contre son buste. Le niveau de l'eau monte lentement, la mousse se répand et se coince entre nos doigts de pieds.

Allongée contre son torse, je me laisse bercer par ses caresses et par le clapotis de l'eau. L'une de ses mains emprisonne mon cou, l'autre repart à la conquête de mon intimité. J'écarte les cuisses pour lui donner un meilleur accès. Du bout des doigts, il contourne mon clitoris, le frôle, l'attise. Je gémis. Il exerce de légères pressions dessus, puis le pince avec délicatesse. Je grogne, le supplie, m'agite. Sa virilité est toujours au garde-à-vous. Je la sens aller et venir contre mon dos. J'ignore combien de minutes s'écoulent, s'il me caresse pendant une seconde ou pendant une éternité, mais ces doux supplices me donnent l'impression de voler au-dessus d'une mer agitée.

– Coupe les robinets et retourne-toi, m'ordonne-t-il soudain.

Je m'exécute, soumise par l'intonation rugueuse de sa voix. Nous sommes désormais face à face et je peux enfin admirer le désir urgent qui transforme ses traits. Il m'attrape sous les fesses et me place à califourchon sur lui. Ce mouvement brutal provoque un raz-de-marée, qui va s'écraser sur le carrelage clair de ma salle de bains. Ce rebondissement inattendu nous fait sourire un instant, puis l'excitation revient. Je place mes mains derrière sa nuque et l'embrasse voracement alors qu'il introduit son sexe en moi. Lentement, cruellement. Je soupire entre ses lèvres, sentant mes profondeurs s'écarter pour l'accueillir. L'eau me rend plus légère, plus avide. Ainsi commence un va-et-vient divin, infernal. Vadim s'insinue en moi, encore et encore, chaque pénétration plus profonde que la précédente.

L'orgasme nous guette, il monte crescendo, se rapproche irrésistiblement. Je devine que Vadim n'est pas loin lorsqu'il se redresse et, ses mains posées sur mes hanches, m'invite à imprimer un rythme plus rapide. Je ne parviens plus à soutenir son regard incandescent, je lève la tête, ferme les yeux et me concentre sur les torrents de plaisir qui me traversent. Ses derniers coups de boutoir m'arrachent des cris de luxure. Je suis à deux doigts de partir, assaillie par sa virilité insatiable, par le vacarme des vagues qui percutent les parois de la baignoire. Un… Deux… Un feu somptueux s'allume dans mes tréfonds, une chaleur divine se répand dans mon sang, je jouis violemment. Mon amant me rejoint, étouffant ses grognements contre ma peau, enfonçant ses doigts dans ma chair. Je m'écroule contre lui, épuisée et repue. Nous restons là, fusionnés, imbriqués, jusqu'à ce que le liquide qui nous entoure devienne glacé.

***

Son pantalon noir bâille effrontément au-dessus de ses reins, alors qu'il s'accroupit pour inspecter le contenu de mon frigo. Torse nu dans ma cuisine – *oh, my god !* –, Mr King s'affaire. Ce spectacle me donne faim de lui. Mais contrairement à moi, c'est bel et bien après la nourriture qu'il en a.

– Qu'est-ce que je suis censé préparer avec ça ? grommelle-t-il en pointant en direction de mes placards vides.

– Lily était responsable des courses cette semaine…

– Ça confirme ce que je pensais.

– Quoi donc ?

– Qu'on n'est jamais mieux servi que par soi-même !

Tu te fous de moi, monsieur le millionnaire ?!

– Désolée, ici, pas de room service… ni de gouvernante !

Il ricane doucement, puis décide de faire avec les moyens du bord. Deux cuisses de poulet, un oignon, un demi-citron, une pincée de cumin et une poignée de riz : mon chef à domicile se met aux fourneaux. Il épluche, tranche, presse, assaisonne sous mes yeux admiratifs. Correction : ébahis. Assise sur mon tabouret de bar, j'observe chacun de ses gestes. Chaque muscle qui se tend au niveau de ses bras musculeux, de son torse à découvert. Sous la hotte, sa peau légèrement éclairée a des reflets de nacre, son visage concentré me donne envie de l'étouffer sous mes baisers. Je me retiens, mon verre de blanc à la main.

– J'ai rarement le temps ou l'occasion de cuisiner, commente-t-il, alors que je ne me lasse pas de l'étudier.

– C'est dommage, tu as l'air doué. Ça sent terriblement bon !

– On ne donne pas son avis avant d'avoir dégusté,

mademoiselle Lancaster, sourit-il en levant les yeux pour me regarder.

– Je n'ai pas eu à me plaindre jusque-là. Tout ce que tu m'as fait goûter m'a… comblée, soufflé-je en me mordant l'intérieur de la joue.

– Alma… Ne me déconcentre pas, rit-il en manipulant les cuisses… de poulet.

Les miennes ne demandent que ça…

– Et voilà ! Poulet façon tajine au citron et oignons grillés ! clame-t-il fièrement en déposant le plat devant moi.

– Et le riz ? dis-je en testant la sauce du bout de l'index.

– Ah oui, merde ! je l'ai oublié. C'est ta faute, tu n'as pas arrêté de m'aguicher dans ta nuisette qui ne cache rien…

Je l'ai rarement vu aussi détendu. Nous rigolons bêtement, je l'attrape par le pantalon et le plaque contre moi pour l'embrasser. Ses lèvres s'entrouvrent, ma langue au goût citronné se faufile et se déchaîne, faisant monter la température. Quelques secondes plus tard, ma tête commence à tourner…

– Alma, il faut que tu manges, dit-il en s'arrachant à mon baiser.

– Ça peut attendre, tenté-je en le retenant.

Trop tard. Mon cuistot m'adresse un sourire polisson et s'échappe. Un aller-retour express aux fourneaux et mon assiette est de retour. J'avale ma première bouchée, sans cesser de le fixer. Chaudement. Insolemment. Mon but : le déstabiliser. Le forcer à poser sa foutue fourchette et à oublier son fichu poulet. Qui, au passage, est un délice. Mais non, il se trouve que mon adversaire est plus entêté que moi. Et qu'il ne lâchera pas tant que mon estomac ne sera pas rassasié.

– Alors, satisfait ? demandé-je en repoussant mon assiette vide.

Son sourire en coin me donne envie de le gifler. Et de grimper sur ses genoux pour, enfin, obtenir ma récompense et calmer le feu qui bouillonne entre mes jambes. Vadim sait pertinemment dans quel état il me met et il s'amuse à se faire désirer. Plus il me résiste, plus je me consume intérieurement. Et apparemment, son petit manège ne fait que commencer…

Il y a quelque chose de sexuel dans sa manière de siroter le fond de son verre. Quelque chose d'érotique lorsqu'il fait craquer ses poignets avant de s'attaquer à la vaisselle. Quelque chose de vicieux lorsqu'il sèche la pointe de son couteau à l'aide d'un torchon. Mon bourreau prend un plaisir fou à me torturer, sans chercher une seule seconde à le dissimuler.

Tu vas me le payer…

Son petit jeu a assez duré. Je me plante face à lui et fais glisser ma nuisette à mes pieds. Il m'observe, étonné et daigne enfin poser les assiettes qu'il était sur le point de ranger. Son regard me jauge de haut en bas, plusieurs fois, puis s'arrête sur ma bouche. Il fait un pas en avant, décidé à m'embrasser, je recule en posant ma main sur son buste.

– Tout doux, Mr King. Vous avez usé et abusé de vos charmes pendant tout le dîner, maintenant c'est à mon tour…

Il fronce les sourcils, sourit légèrement et s'immobilise. Je me dirige vers le frigo de ma démarche la plus chaloupée, il ne me quitte pas des yeux. J'ouvre la porte et me penche en avant, offrant à son regard mon fessier dénudé.

– Un jus de fruits ? demandé-je en gardant la position.

– Non, ça ira, répond-il en se raclant la gorge.

– Un verre de lait ? ajouté-je d'une voix salace.

– Alma, c'est bon, j'ai compris ! Viens par là ! lance-t-il en s'approchant lentement.

– Ne bouge pas !

Il s'arrête à nouveau, le visage crispé par le désir. Clairement, j'ai réussi à réveiller l'animal qui sommeillait en lui… Le plus lascivement possible, je m'approche du plan de travail, puis grimpe dessus d'un bond gracile. À cet instant, ma maladresse m'a quittée, je me sens totalement maîtresse de la situation. Vadim m'observe de plus en plus intensément, curieux de savoir ce que je lui réserve, excité par ma soudaine témérité. Je prends la pose : dos arqué, reins cambrés, jambes croisées. Puis, tout doucement, je les décroise et les écarte, centimètre par centimètre… Jusqu'à ce que mon amant dominant n'en puisse plus.

– Bordel, Alma…

J'ai à peine le temps de l'entendre jurer qu'il est déjà contre moi. Sa bouche s'écrase contre la mienne et force le passage. Sa langue chaude et affamée m'électrise, ses mains m'empoignent, me contrôlent. Je déboutonne son pantalon, baisse sa braguette, libère son sexe dressé. Il soupire, grogne, halète. Je prends sa lance affûtée entre mes doigts et entame un lent va-et-vient. Sa respiration s'accélère, son souffle chaud balaie mon visage, mon cou. Sensation exquise.

Cela fait plus d'une heure que je rêve de l'accueillir en moi, impossible d'attendre une seconde de plus. Je croise fermement mes jambes sous ses fesses pour resserrer notre étreinte, nos sexes se frôlent, se cherchent. Et se retrouvent. Cette fois, nous n'avons aucune raison de faire durer les choses. La cadence est infernale, divine, ses coups de boutoir me secouent, manquent de me faire perdre l'équilibre. Tout en me possédant de toute sa ferveur, mon PDG me toise, observant la moindre de mes réactions, ralentissant ou accélérant au rythme de mes gémissements. Mes fesses frottent contre le bois, me prodiguant une douloureuse mais délicieuse sensation de brûlure, comme si mon irrésistible tortionnaire était en train de me marquer au fer rouge. Vadim se retient, il est au bord de l'implosion, son corps est prêt à s'abandonner dans le mien. Quand, enfin, l'ultime frisson s'empare de moi et nous nous envolons au plus haut, étourdis par cette éblouissante avalanche de sensations.

– Alors, satisfaite ? demande-t-il à son tour, un sourire victorieux sur les lèvres.

14

Le poids du secret

Les regards en coin, les sourires mutins, une main qui me frôle la hanche, l'air de rien. Aux yeux de tous, Vadim King est mon PDG, je suis son employée. En réalité, il est tout ce dont j'ai toujours rêvé. Un amoureux attentionné, un amant prodigieux, un ami loyal, un homme ambitieux qui me tire vers le haut. Notre relation doit rester secrète, pour de multiples raisons. Cette situation aurait pu nous peser, nous faire douter, nous éloigner, mais Vadim et moi avons décidé d'en faire un jeu plutôt qu'un fardeau. Une tendre supercherie, une excitante mascarade qui nous rend plus complices que jamais.

Oui, mais il y a un mais... Enfin, une May...

Mise à part la prétendue relation que Vadim entretient avec sa bimbo, rien ne vient perturber notre idylle. Entre nous, les sentiments évoluent peu à peu, les barrières tombent, nous avançons passionnément dans la même direction. L'histoire tragique de ses parents nous a rapprochés. S'il n'aborde jamais le sujet de lui-même, il accepte désormais de répondre à mes questions – de la manière la plus vague qui soit, certes, mais c'est déjà ça.

J'ai été tentée une bonne dizaine de fois de lui raconter mon passé. Sans y parvenir. Cet épisode douloureux de ma vie qui, parfois, resurgit sans crier gare. Croiser une femme enceinte qui resplendit, recevoir un faire-part de naissance qui ressemble de près ou de loin à celui que j'avais imaginé à l'époque, reparler à une vieille connaissance et l'entendre me demander : « À quand les enfants ? Tu verras, c'est formidable d'être maman ! » D'une certaine manière, Clémentine m'aide à faire mon deuil. Je vois son ventre s'arrondir, semaine après semaine, je l'entends me parler de ce futur bébé avec émotion et tendresse et je ne ressens rien, si ce n'est de l'amour et de l'admiration. Aucune tristesse, aucune jalousie mesquine, rien que du bonheur.

– Alma, je peux te voir deux minutes dans mon bureau ? me demande Vadim en interrompant poliment ma conversation avec ma collègue. Désolé Sophie, c'est assez urgent…

– Pas de problème Mr King, elle est toute à vous ! piaille-t-elle joyeusement en m'adressant un clin d'œil.

– N'oublie pas : réunion avec Kate Monroe à onze heures, rappelé-je à la jolie blonde en m'éloignant aux côtés de mon PDG.

– Je serai là… ronchonne-t-elle en me faisant un dernier signe de la main.

Enfin seuls. Quelques dizaines de mètres plus loin, mon amant pressé me plaque sans ménagement contre la porte qui vient de se refermer.

– Cette robe, c'était vraiment obligé ? grogne-t-il en dévorant ma tenue des yeux.

– Qu'est-ce que tu lui reproches ? fais-je en jouant l'innocente.

– Petit un, elle laisse entrapercevoir la naissance de tes seins… murmure-t-il en caressant ma peau exposée du revers de la main.

– Et ? soufflé-je en sentant ma respiration s'accélérer.

– Petit deux, elle est insolemment courte… Ça me déconcentre, tu comprends ? chuchote-t-il en frôlant mes cuisses.

– Il va falloir faire quelque chose, alors. Je ne peux pas décemment continuer à la porter…

Il me sourit d'une manière démoniaque et se rue sur mes lèvres. Je fourrage mes mains dans ses cheveux, les tirant doucement, pour approfondir ce baiser. Sa langue affamée se délecte de la mienne, nos souffles débridés se croisent pour ne faire plus qu'un. Un silence oppressant règne dans son bureau, entrecoupé de gémissements étouffés et de grognements sourds.

Vadim m'attire à lui et nous entraîne jusqu'à la baie vitrée. Il me retourne d'un geste sec et s'écrase contre mon dos. Je soupire de plaisir, me délectant par avance de ce qui va suivre. Ses doigts habiles et conquérants viennent se poser juste en dessous de ma nuque, je sens ma fermeture éclair descendre lentement, irrésistiblement.

« Toc, toc. » Notre bulle radieuse et prometteuse explose soudainement. Quelqu'un vient de frapper à la porte. Vent de panique. En moi, en tout cas. Vadim ne s'inquiète pas une seconde. Il m'attrape par les hanches, me fait pivoter et me colle un léger baiser sur les lèvres.

– Mademoiselle Lancaster… C'est ce que j'appelle un *briefing* express mais efficace ! blague-t-il à voix basse avant de tirer sur les pans de sa veste, de retendre sa cravate et d'aller ouvrir.

C'est quoi son secret ?! Pas celui-là, l'autre... Celui qui lui permet de garder cette maudite assurance en toutes circonstances !

Toujours plantée près de la fenêtre, je tente de retrouver mon souffle et ma dignité. En passant et repassant mes mains sur ma robe, je vérifie que tout est en place et m'avance à mon tour vers la porte, derrière laquelle se trouve Kate, en compagnie de Sophie et Clarence.

Quel comité !

Mr King invite mes trois collègues à nous rejoindre et laisse la parole à Mrs Monroe.

– Vadim, Alma, navrée de vous déranger… dit-elle de sa voix pincée. Nous devions faire un point en fin de matinée, mais je vais devoir m'absenter. M. Eckart a beaucoup insisté pour avancer notre rendez-vous…

Eckart ? L'un de nos principaux investisseurs !

– Vous pensez qu'il s'apprête à retirer ses billes ? l'interroge notre PDG.

– Aucune idée, mais je pense préférable que tu le rencontres avec moi.

– Alma, ta robe n'est pas zippée jusqu'en haut ! chuchote Clarence sans aucune discrétion.

*Quel c** !*

Le regard que me lance Kate en dit long. Quelque chose comme : « Je sais ce que vous étiez en train de faire et je compte vous faire vivre un enfer. » Ah, et aussi : « Ce n'est pas en couchant que vous prouverez vos talents. » Mes joues sont écarlates, je bredouille comme une idiote avant d'être secourue par Sophie.

– Ça m'arrive tout le temps ! lance-t-elle en remontant ma fermeture éclair. Voilà, comme neuve !

– Vadim, nous ne devrions pas trop tarder, lâche froidement Kate en me regardant de travers.

Pourquoi moi et pas lui ?!

– OK, allons-y ! La réunion est reportée à la fin de journée, conclut-il sur un ton amusé.

Je rêve ou il jubile ?!

Maximilian et moi arrivons aux pieds des immenses studios de la Plaine Saint-Denis vers 14 heures. Vadim était censé m'accompagner, mais les négociations avec M. Eckart l'en ont empêché. C'est donc aux côtés de son assistant personnel que je visite le bâtiment flambant neuf, suivant à la trace le directeur des lieux et le chef opérateur engagé pour superviser les prises de vues de *French Kiss*. L'essentiel du film sera tourné dans les rues de Paris – entre Montmartre, les Batignolles et les Champs-Élysées – mais certaines scènes verront le jour ici, sur ces plateaux de près de neuf mille mètres carrés. Les Français aussi peuvent avoir la folie des grandeurs !

Mad Max – que je surnomme comme ça depuis notre périple

à L.A. – se tient à distance. Étrange. Il est généralement du genre à se mettre en avant et à participer à toutes les conversations, même lorsqu'il n'y est pas invité. Penché sur son iPad, il semble distrait, presque absent. Comme si quelque chose le gênait. Quarante minutes plus tard, le tour des studios est terminé, ma mission est bouclée. J'échange une poignée de main amicale avec le directeur, le laissant régler les questions techniques avec l'opérateur, et je rejoins l'assistant sur le parking. En me voyant arriver, le brun filiforme s'installe au volant et patiente, sans dire un mot. Une discussion s'impose…

– Max, tout va bien ? l'interrogé-je en montant sur le siège passager.

– Oui, merci. Très beaux studios, on se croirait à Hollywood ! dit-il en se forçant à sourire.

– C'est personnel ? insisté-je en espérant le faire parler.

– Oui. Mais pas pour moi. Pour vous…

– Pardon ?

– Je ne voulais rien vous dire, mais tant que je garde le silence, je n'arriverai pas à vous regarder en face…

– Maximilian ! Vous me faites peur !

– Non, non, il n'y a rien de grave. J'ai juste… Je suis… tombé sur des mails. De Mr King… articule-t-il péniblement.

– Hmm… dis-je, méfiante.

– Des mails personnels… que vous vous êtes envoyés.

– Je vois… soufflé-je, furieuse. Et qu'est-ce que vous avez appris ?

– Je sais que vous êtes ensemble. Que vous vous connaissez depuis des années.

– Maximilian, vous avez conscience que vous risquez de perdre votre job ?

– Pourquoi ? s'inquiète-t-il enfin.

– Vous savez très bien pourquoi ! m'emporté-je. Vous êtes son assistant, ça ne vous donne pas le droit de fouiller dans sa vie privée ! Il pourrait vous virer sur-le-champ…

– Je suis tombé sur ces mails par accident !

– Ne me prenez pas pour une idiote Max ! grondé-je. Vos yeux auraient pu se détacher de l'écran, vous êtes peut-être tombé dessus, mais personne ne vous a forcé à lire ces messages !

– …

– Bon, je vais me charger d'en parler à Vadim. Mais quoi qu'il arrive, personne ne doit savoir. Oubliez tout ce que vous avez lu.

– Je sais me taire quand c'est nécessaire. Vous pouvez me faire confiance Alma, j'espère que vous me croyez… Et pour vous dire toute la vérité, j'ai signé une clause de confidentialité le jour de mon embauche, je n'ai rien le droit de révéler sur la vie de Mr King.

Quelques minutes passent, pendant lesquelles la tension redescend doucement. Maximilian s'excuse encore et encore, il semble sincère. Il me jure qu'il admire et respecte trop notre PDG pour vouloir lui nuire. C'est sûrement vrai…

– Douze ans, apparemment ? reprend-il d'une voix mal maîtrisée.

– Qu'est-ce que ça peut vous faire, Max ?

– Je ne sais pas… Je voudrais mieux le comprendre.

– Oui, douze ans, quelque chose comme ça…

– Je n'aurais jamais deviné. Enfin… Maintenant que je le sais, je réalise pourquoi il est comme ça quand vous êtes dans les parages.

– C'est-à-dire ?

– Différent. Parfois tendu, enfin ça, c'était surtout au début. Maintenant il est plus souriant, moins… renfermé. Je me demande comment il était à l'époque. Quand vous l'avez rencontré.

– À peu près comme maintenant. Vous savez, fluctuant… ris-je doucement.

– Il a eu une enfance difficile, non ?

– Max, vous ne savez jamais quand vous arrêter ! Vous croyez que je vais vous parler de son enfance ? Vous plaisantez ?! Si ce sont des scoops ou des ragots que vous cherchez, je ne suis pas la bonne personne !

– Je suis désolé. Je suis maladivement curieux, mais ce n'est jamais malveillant, je m'intéresse simplement aux gens. Et je me soigne, ajoute-t-il pour me faire sourire.

Le GPS indique encore quatorze minutes. Mon conducteur connaît les aléas de la conduite parisienne, je peux en profiter pour me détendre un peu. Ou pour inverser les rôles et, à mon tour, me renseigner de manière détournée sur le jeune homme énigmatique qui se tient à mes côtés…

– Vous ne m'en voulez pas ? demandé-je soudain…

– Pourquoi est-ce que je vous en voudrais ?

– Je me trompe peut-être… J'avais l'impression que vous n'étiez pas indifférent aux charmes de Vadim…

– Quoi ? s'exclame-t-il, hilare. Alma, je suis hétéro !

Oups… Mouais…

– Désolée, j'espère que je ne vous ai pas blessé.

– Bien sûr que non ! Mon meilleur ami est homo, je n'ai aucun problème avec ça !

– Le mien aussi… Et je comptais vous le présenter… avoué-je, soulagée.

Décidément, c'est ma journée !

Nous rions et discutons de tout et de rien pendant tout le reste du trajet. Je ne suis pas sûre de le croire sur parole, je doute un peu de son honnêteté et de ses motivations, mais je dois reconnaître que Maximilian Finn est de bonne compagnie. Drôle, futé, cultivé. Ce genre de types brillants et charmants, dont il faut toutefois se méfier…

17 heures. Réunion. Les chiffres, estimations diverses et dates de tournage fusent dans tous les sens. Bonne nouvelle : *Pretty Little Murders* et le dernier *Larry Water* font de très bonnes entrées. Vadim semble satisfait et ne cesse de me fixer, un sourire ravageur sur les lèvres. Sophie et Clarence enchaînent les blagues, profitant de la bonne humeur du PDG

pour se lâcher. Kate, elle, m'adresse un savant mélange de compliments et de piques assassines. Il faut croire qu'elle n'a toujours pas digéré l'épisode humiliant de ce matin…

La double porte en verre s'ouvre avec fracas, la mine excédée de May Sim apparaît dans mon champ de vision, suivie de son corps de rêve moulé dans un top en soie et un slim en cuir. Perchée sur ses stilettos en peau de croco – ou plutôt de vipère – elle ne prend pas le temps de nous saluer.

– Vadim, tu te fous de moi ? D'abord, tu me plantes pour notre interview à *Canal+* et ensuite tu ne réponds pas à mes appels ?! geint-elle en anglais.

– May, voici Kate Monroe, Alma Lancaster, Sophie Adam et Clarence Miller. Tout le monde, voici May Sim, ma douce et charmante moitié, ironise-t-il, clairement agacé.

La bimbo me lance un regard dédaigneux, puis enchaîne en toute indifférence.

– Surtout, ne t'excuse pas ! continue-t-elle en direction de Vadim.

– Calme-toi May, j'avais des obligations, lance-t-il d'une voix autoritaire.

Oui… Passer la soirée et la nuit avec moi ! Ta VRAIE moitié !

Sur ce, Kate se lève et tend amicalement la main à l'intruse. Plus pro que ma supérieure, tu meurs ! Je devine qu'elle préférerait la foutre dehors pour avoir osé interrompre notre meeting, mais une actrice – correction : starlette – de cette « ampleur » s'accueille dignement.

– Bon, puisque nous sommes tous là, je peux en profiter pour vous annoncer la nouvelle. Vous avez en face de vous le premier rôle féminin de *French Kiss*, annonce Vadim, sans même me jeter un coup d'œil.

C'est une blague ?!

– Alice Young est au courant ? demande immédiatement Kate en faisant référence à l'actrice que nous avions retenue.

– Oui, j'ai parlé à son agent. Elle a accepté le rôle secondaire, explique-t-il brièvement.

Quatre jours de castings pour... ça ?!

Apparemment, c'est une surprise pour tout le monde, y compris pour la principale intéressée. La sublime Asiatique saute littéralement de joie sous nos yeux, alors que je me liquéfie et manque de m'étouffer. Ma violente toux triomphe là où j'avais lamentablement échoué : elle parvient enfin à capter l'attention de mon PDG. Il me regarde, un peu inquiet, puis détourne à nouveau les yeux lorsque May se jette à son cou. Sophie et Clarence ne réagissent pas, ils restent muets. C'est dire si la situation est… ubuesque. Absurde. Cauchemardesque !

Les deux tourtereaux de malheur s'éclipsent dans les secondes qui suivent, me laissant face à ma colère, ma désillusion et… mes collègues. Ma supérieure semble beaucoup apprécier la tournure des événements. Son petit sourire sadique m'est évidemment adressé, comme si je l'avais bien cherché…

Cruella, c'est comme ça que je vais t'appeler !

– Le rôle principal ? Il compte l'épouser ou quoi ? plaisante Clarence.

– En tout cas, il a vite oublié Grace Montgomery, ajoute Sophie.

– Que voulez-vous, Mr King semble adepte des coups de foudre, commente vicieusement Kate.

Je vais t'en donner des coups, moi…

Je suis trop naïve. Je pensais que May ne se mettrait pas entre nous, qu'elle se contenterait d'apparaître sur les couvertures de magazines au bras de mon apollon, qu'elle resterait en dehors de nos vies et ne ferait que quelques incursions. J'avais tout faux. Pendant les six mois que durera le tournage, on ne parlera que d'elle… et de lui. Que d'eux. Ensemble, resplendissants, complices, amoureux. Et voilà que s'envolent mon avenir radieux, ma relation idyllique, ma confiance aveugle…

Comment serait-il possible qu'il ne ressente pas une

once d'attirance pour elle ? Il me ment, ça ne peut pas être autrement. Cette fille est belle comme le jour, elle a le vent en poupe, des millions de fans et un parcours tout tracé. Elle va me le piquer…

Crise de paranoïa en cours…

Lily n'est même pas là pour me changer les idées quand je rentre chez moi, l'âme en peine, en traînant des pieds. Vadim m'a déçue. Il m'a balancé cette nouvelle à la figure, comme si ça n'allait rien changer. Comme si ça n'allait pas me blesser, m'humilier. Il aurait dû me prévenir, pour que le choc soit moins dur à encaisser. Les heures passent, la tristesse, le doute me quittent et laissent place à la colère. Ce yo-yo émotionnel m'épuise. Entre l'amour et la haine, il faut choisir. Et s'y tenir.

Je n'ai pas cherché à le contacter. Enfin, j'ai résisté. Difficilement. J'ai appelé la terre entière – Clémentine, Niels, Clémentine à nouveau – puis me suis plantée derrière l'écran. Le grand. Les images émouvantes de *The Blind Side* défilaient sous mes yeux, j'étais absente, ailleurs.

23 h 59. Je suis presque à court de volonté, sur le point de craquer et de l'appeler quand mon téléphone se met à vibrer. Victoire, je n'ai pas lancé les hostilités ! Ni rampé à ses pieds…

[J'ai déconné, je comptais
te prévenir avant de l'annoncer… V]

Insuffisant, Mr King !

[Je dois prendre ça
pour des excuses ? A]

[Oui. Elle ne nous changera
pas. C'est toujours
toi et moi. V]

[J'oubliais. Demain,
nous reprendrons les choses
là où nous les avons laissées
ce matin… Deal ? V]

Hmm…

[Ça dépend. Tu rezipperas
ma robe avant de réajuster
ta cravate, cette fois ? A]

[Non. Cette robe était insolente,
elle méritait une punition.
Pas de chance, il se trouve
que c'est toi qui étais dedans… V]

Il y a quelques heures, j'étais naïve, maintenant je suis faible. Je souris niaisement en relisant ses textos, impatiente d'être à demain pour retomber entre ses mains et ne plus penser à un événement en particulier. Mon portable vibre à nouveau, cette fois le message provient d'un autre numéro.

[Il soufflerait ses deux bougies aujourd'hui…
Raphaël]

15

Les yeux fermés

Mon fils aurait dû naître début novembre. Comme moi. Raphaël n'a pas manqué de me le rappeler quelques jours auparavant, son message cruel ne faisant qu'accentuer ma tristesse. Ce sentiment oppressant que je tente de repousser, de contourner, de semer au hasard de mon chemin.

Mon échappatoire se prénomme Vadim. Une sorte de remède miracle. Lui seul parvient à me faire sourire sans arrière-pensées, à me faire oublier le pire. De dîners tardifs en footings matinaux, de promenades main dans la main en folles escapades imprévues, de journées de travail intenses et surchargées en nuits torrides et spontanées : Mr King me prouve un peu plus chaque jour que la vie peut être un bonheur continu. Que mon avenir, c'est à moi de le choisir. À ses côtés, je réapprends à aimer, à faire le deuil de mon passé, à profiter de chaque minute. Lui et Moi : une seconde chance, précieuse et inespérée.

J'ai eu une peur bleue que la découverte de Maximilian vienne tout gâcher. J'avais tort. Lorsque j'ai évoqué les fameux mails à mon amant, il n'a pas été vraiment étonné et a géré la situation en un rien de temps. Il s'est énervé, évidemment, mais pas sur moi, sur l'intéressé. Il a été très clair : une fois, c'est un avertissement, deux fois, c'est le renvoi. Si l'assistant décidait à nouveau de jouer aux espions, il perdrait définitivement l'estime de Mr King, mais aussi son job. Max s'est contenté de faire ses yeux de chien battu, de s'excuser à profusion, de dire oui à tout. Grâce à ces menaces, mais surtout à la fameuse clause de confidentialité, notre secret ne risque pas de fuiter. Quant aux autres qui sont dans la confidence – le clan Lancaster, Clémentine et Niels – c'est à moi de faire en sorte qu'ils gardent le silence.

Ils ne me trahiront pas... Ils ne voudraient pas risquer de me perdre...

Je m'apprête justement à envoyer un texto enflammé à mon PDG, lorsque Kate me fait sonner. Pour une fois, ma supérieure et ses humeurs ne débarquent pas dans mon bureau, mais me demandent de les rejoindre dans le sien. Enfin... m'ordonnent.

Dossiers en cours : check. *Sourire forcé mais courtois :* check. *Gilet pare-balles :* check.

– Qu'est-ce que vous attendez Alma ? Entrez, ne perdons pas de temps ! l'entends-je soupirer de l'autre côté de la porte entrouverte.

Frapper avant d'entrer : une simple démonstration de politesse... Vous savez ? Ce concept que vous avez tant de mal à appréhender.

– Bon, je ne vais pas tourner autour du pot, reprend-elle. Comme je le suspectais, Skylight Pictures continue de faire des siennes. J'ai été contactée directement par l'un de ses dirigeants.

– Dans quel but ?

– Me débaucher. Évidemment, j'ai refusé mais ils vont sûrement tenter de faire sauter toutes les têtes de King Productions. Et vous êtes la prochaine sur la liste.

– Vous doutez de ma loyauté ? lancé-je en riant nerveusement.

– Première règle du business : pas de confiance aveugle, Alma. Vos collègues les plus fidèles finiront toujours par vous planter un couteau dans le dos. Notre concurrent va vous proposer de doubler votre salaire, de vous offrir des avantages en nature, bref, vous faire mille et une promesses...

– Kate, je ne suis peut-être qu'une jeune écervelée à vos yeux, mais je ne compte pas trahir les miens. Surtout pour signer un pacte avec le diable…

– Très bien, excellente nouvelle, murmure-t-elle en allant chercher une pile de documents.

Elle me la tend, je l'interroge du regard.

– Voici les « cas à risques ». Ceux d'entre nous qui pourraient quitter le navire. Prévenez-les. Et surveillez-les de très près.

– Clarence Miller ? m'écrié-je en passant rapidement les pages en revue.

– Oui. Je me méfie particulièrement de lui. Il est compétent mais… imprévisible.

– Kate, vous n'allez pas un peu loin ? Clarence gère le pôle distribution avec brio, il adore son boulot, il ne retournerait jamais sa veste !

– Vous entretenez une relation amicale avec lui, vous n'êtes pas objective. Souvenez-vous : ouvrez grand les yeux, sur lui, mais aussi sur les autres. Et encouragez les employés à se confier, nous devons garder le contrôle, chaque information compte !

Kate Monroe réécrit l'histoire… Vive le maccarthysme…

– Je suis persuadée que Bertrand Leroy sera également la cible de Skylight, continue-t-elle en ignorant mes sourcils froncés. Nous voler le directeur de la communication, ce serait un coup de génie de leur part…

– Quand est-ce que ces attaques vont cesser ? m'énervé-je soudain. Jusqu'où sont-ils prêts à aller pour nous faire couler ?

– King France leur fait de l'ombre. Bien plus que ce qu'ils ne l'imaginaient. Ils iront jusqu'au bout… Et ensuite, ils s'en prendront sûrement aux autres filiales et à la maison mère. King Productions a définitivement du souci à se faire.

– Kate, je peux vous demander de me répondre franchement ?

– Oui… affirme-t-elle doucement.

– Pourquoi rester ? Avec la carrière que vous avez…

– Parce que j'aime le challenge, je veux triompher, prouver qu'on peut y arriver ! Parce que c'est trop facile de s'en prendre à plus petit que soi. Parce que comme David, je veux terrasser Goliath…

– Je ne vous savais pas aussi… engagée.

– Je sais ce que vous pensez de moi, Alma. Vous ne voyez que mon côté autoritaire, expéditif, insensible. Vous fermez les yeux sur toutes mes autres facettes. Je ne peux pas vraiment vous le reprocher, j'ai tendance à faire pareil. Mais je suis attachée à King Productions et j'ai pour habitude de protéger ce qui m'est cher. Quitte à sortir les griffes…

– Je ne suis pas très équipée de ce côté-là, ironisé-je en contemplant mes ongles courts. Mais j'ai de très bonnes dents !

– À chaque fois que je pense vous avoir cernée, vous arrivez à m'étonner, avoue-t-elle soudain.

– Je suis ravie de l'entendre, dis-je gaiement.

– Nous ne sommes pas amies pour autant. J'ai à faire maintenant. Et vous également, conclut-elle en se refermant et en me désignant le chemin de la sortie.

She's back !

***

– Joyeux anniversaire !!! me hurlent en chœur tant de visages familiers.

Nous sommes le 9 novembre, il est presque 21 heures. Clémentine m'a forcée à la rejoindre – à coups de menaces et de chantage affectif – dans son duplex à Opéra, « juste pour fêter ça dans l'intimité, toi et moi ». Tu parles… Ils sont tous là, un chapeau pointu sur la tête, un sourire joyeux – ou moqueur – sur les lèvres. Basile est le premier à venir m'embrasser, en me tapotant le dos d'une manière condescendante.

– 31 ans, le début de la fin, sœurette…

– Oh ça va, le rabat-joie ! rétorque Lily en me serrant dans ses bras.

– Une coupette ? chantonne Clémentine, absolument pas désolée de m'avoir attirée dans ce guet-apens.

– Désolé pour le coup bas, me chuchote Yann en confisquant la flûte de champagne de sa femme. Tiens, bois-la avant que Clem ne le fasse…

– OK, je vais me dévouer ! ris-je en portant le breuvage mousseux à mes lèvres.

– Ah, laissez-moi passer ! Je n'ai même pas salué la reine de la soirée, entends-je Niels râler.

Il se faufile entre les invités et finit par se retrouver face à moi. Un brin éméché – déjà ?! – il s'agenouille à mes pieds et se met à déclamer…

– Ô toi, douce Alma, amour de mes jours, amie de mes nuits, voudras-tu toujours, faire partie de ma vie ?

Les gens se marrent autour de nous, Lily se pâme d'admiration, je suis cramoisie. Mon meilleur ami est le pire poète que j'aie jamais entendu, mais aussi le plus formidable et attendrissant *gay boyfriend* que j'aie jamais eu.

Le seul, d'ailleurs…

– Viens par là, Rimbaud ! m'écrié-je en me jetant sur lui.

Clémentine a fait les choses en grand. Elle m'avoue que pour pouvoir tout préparer, elle a confié ses jumelles à leurs grands-parents depuis deux jours et qu'elle ne s'est jamais aussi bien portée !

Qu'est-ce que ça sera quand elle en aura trois ?…

Mme D'Aragon a invité tout mon petit monde, transformé son duplex en *dancefloor* géant, avec boules à facettes et banderoles fluorescentes. Elle a également préparé une *playlist* variée – Rihanna, Stromae et… Bee Gees inclus – fait appel à un traiteur et un mixologue. Petits fours, canapés, verrines, cookies colorés, cocktails bariolés : elle m'a ordonné de tout goûter et de boire à sa santé. Ce que je fais sans hésiter. Sophie, Clarence et Maximilian débarquent vers 22 heures, un bouquet de fleurs et des bouteilles à la main. Je ne m'y attendais pas, à celle-là ! Sentiment de joie… et légère panique.

C'est quoi le dicton déjà ? « On ne mélange pas vie professionnelle et vie privée » ?…

– *Happy birthday to you, Miss Director* ! fredonne Clarence en imitant la voix sensuelle de Marilyn Monroe.

– Si tu savais comme il nous a gonflés dans le taxi ! Il répète sa chanson depuis vingt minutes ! pouffe Sophie en m'embrassant chaleureusement.

– Et encore, on t'a évité le pire ! Il voulait arriver déguisé… en perruque peroxydée et robe volante ! rigole Max en me saluant à son tour.

– Comme tous les génies, je suis incompris… bougonne l'artiste.

Mes collègues font rapidement connaissance avec Lily, Basile, Yann et Niels. J'en profite pour prendre l'organisatrice de la soirée à part et la questionner.

– Merci pour… tout ça… soufflé-je en balayant l'immense pièce du regard.

– Pas de merci entre nous, tu le mérites, un point c'est tout.

– L'arrivée de mes collègues, c'était la dernière surprise ? ris-je nerveusement.

– Oui ! Tu me les avais présentés à la soirée salsa, tu te souviens ? J'avais déjà tout prévu… et récupéré le numéro de Sophie.

– Clem, rassure-moi, tu n'as pas invité tu sais qui ? demandé-je en faisant référence à Vadim.

– Bien sûr que non, je suis enceinte, pas débile !

Je soupire de soulagement et l'observe se dandiner, en souriant.

– J'ai pris sur moi, continue-t-elle. Je voulais inviter tous tes amis, mais je me suis contentée de ton cercle très proche. Si ça ne tenait qu'à moi, on serait cinquante à se trémousser dans mon salon ! Mais ça ne t'aurait pas plu, je crois, et en plus, mon cher mari a dit non…

– Tu as bien fait, tous mes chouchous sont là. Enfin… je ne sais pas si je mettrais Basile dans cette catégorie, mais c'est mon frère, donc je te pardonne. Ce qui m'étonne le plus, c'est que Maximilian soit venu.

– Ah bon ? Désolée, j'ai cru que vous étiez devenus amis pendant ton voyage à L.A.

– Je ne sais pas, j'ai du mal à le cerner. Je le trouve un peu trop curieux…

– Clem, mon *boy toy* du moment m'a appelé, il va passer. Ça ne t'embête pas ? nous interrompt Niels tout en mimant la chorégraphie de *YMCA*.

– Pas du tout ! J'espère juste qu'il est moins ringard que toi ! rigole-t-elle en se faisant entraîner sur la piste de danse.

Je pensais que je trouverais le temps long et que je n'aurais qu'une hâte : retrouver les bras accueillants de mon amant, qui m'attend perché au dernier étage de son palace. Mais non. Sans pour autant l'oublier, je m'amuse comme une gamine, chante à tue-tête, danse comme une folle, ris aux éclats, me goinfre de gourmandises et bois plus que de raison. Tous mes proches forment désormais une joyeuse bande bruyante et effervescente. Il ne manque que lui. Les yeux fermés, galvanisée par le rythme entêtant de *We are Young* de Fun, je l'imagine parmi nous, son monde et le mien ne faisant plus qu'un.

Si seulement tout le monde savait pour nous…

La sonnerie retentit juste après minuit. Je ne l'entends pas distinctement, mais je vois ma meilleure amie se rendre jusqu'à la porte d'entrée. L'ouvrir. Et s'effacer afin de le laisser entrer.

Raphaël ?

Clémentine se rue immédiatement sur moi, en agitant les bras, le visage déconfit.

– Je te jure que je ne l'ai pas invité ! Je ne sais pas pourquoi il est là, mais il a refusé de partir… Alma, je suis tellement désolée… Tu me crois ?

– Oui, ne t'inquiète pas, dis-je sans trop savoir comment réagir.

Mon ex s'avance vers moi, l'air contrarié et je choisis lâchement la fuite plutôt que la confrontation. Direction le balcon. Besoin d'air. De silence.

– Joyeux anniversaire, lâche-t-il dans mon dos.

– Qu'est-ce que tu fous là ? Apparemment, tu n'étais pas invité, réponds-je froidement, sans me retourner.

– Non, mais Yann a lâché le morceau, sans le vouloir. On devait se voir ce soir, il a annulé en me parlant d'une soirée que Clem voulait organiser. J'ai deviné…

– À quoi ça sert ? Je ne comprends pas…

– Quoi ?

– Pourquoi tu es venu ?! Je te l'ai répété dix fois, cent fois, je ne veux plus qu'on se voie !

– On pourrait essayer d'être amis, non ? dit-il en attrapant mon bras et en me forçant à lui faire face.

– Lâche-moi. On ne l'a jamais été. Et on ne le sera pas tant que tu refuseras de me laisser respirer.

– Qu'est-ce que j'ai fait pour te dégoûter à ce point ? s'énerve-t-il soudain.

– Ne dis pas n'importe quoi, Raph. Tu ne me dégoûtes pas, tu fais juste partie de mon passé. Te voir, ça me rappelle ce qu'on a enduré, ça me fait du mal. J'ai besoin qu'on coupe les ponts. Au moins pendant quelque temps… Et je crois que tu en as encore plus besoin que moi.

– C'est à cause de ton nouveau mec, c'est ça ? lâche-t-il durement.

– Rien à voir.

– Tu vas lui faire un gosse, à lui aussi ? Et le quitter si tu le perds ?

– Arrête avec ça ! Tu deviens méprisant. Ce n'est pas en me blessant que tu arriveras à tes fins…

– Pourquoi est-ce que tu refuses d'en parler ? Tu l'as déjà oublié ? Tu es contente de t'en être débarrassé ?

– Je le voulais autant que toi, cet enfant ! Mais tu t'attendais à quoi ? Je n'étais pas heureuse avec toi, même s'il avait vécu, j'aurais fini par te quitter !

– Tu vas trop loin, Alma, gronde-t-il, menaçant.

– Non, je dis la vérité ! C'est Vadim que j'aimais ! Et comment est-ce que j'aurais pu élever un enfant avec toi ? Tu es un gamin, Raphaël, tu refuses de grandir, tu t'accroches à moi parce que tout te fait peur. Tu es incapable de t'en sortir seul !

– C'est vraiment ce que tu penses de moi ?

– Oui !

Il me fixe longuement, le visage tordu par la peine, puis décide de battre en retraite. Je suis à nouveau seule sur le balcon, toujours à l'abri des regards. Rongée par le remords. J'ai été brutalement honnête, chaque mot prononcé était le parfait reflet de la réalité, mais j'aurais peut-être dû l'épargner. Un peu, juste un peu. Sans y réfléchir à deux fois, je sors de ma cachette. Je traverse le salon aux allures de discothèque, adresse un signe de main rassurant à Niels et Clémentine, constate que mes collègues ne s'ennuient pas – loin de là – et me lance sur les traces de mon ex. Il a peu d'avance sur moi, je vais sûrement le rattraper dans la cage d'escaliers.

Exact. Je tombe sur lui sur le palier du premier. Adossé au mur, il tente apparemment de reprendre ses esprits. Ou de combattre l'envie de remonter pour m'étrangler. Des larmes coulent sur ses joues. De tristesse ? De colère ! En réalisant ma présence, il se redresse et se met sur la défensive.

– C'est bon Alma, pas besoin d'en rajouter. J'ai compris, je peux aller me faire foutre…

– Raph, la dernière chose que je veux, c'est te faire pleurer !

– Ne te fais pas de film ! Je chiale parce que j'ai été assez con pour croire que tu étais quelqu'un de bien. Pas parce que je t'aime, ou je ne sais quoi…

– Je ne veux pas que tu croies que nous deux ce n'était qu'un mensonge. Cet enfant, je le voulais, vraiment… Avec toi… soufflé-je.

En prononçant ces paroles, j'ai conscience de totalement me contredire, mais j'ai besoin qu'il parte en conservant un beau souvenir de nous. Que nos derniers mots ne soient pas remplis de haine et d'amertume. C'est stupide, lâche, égoïste même, mais c'est comme ça. Ce que j'ignore, c'est que le ciel s'apprête à me tomber sur la tête. Que Vadim se trouve quelques marches en dessous et qu'il a tout entendu…

Il apparaît quelques secondes plus tard, tout vêtu de noir, la mine contrariée. Plus que ça. Bouleversée.

– Je ne voudrais surtout pas déranger… grogne-t-il en me fusillant du regard.

– Vadim ! Comment tu m'as trouvée ?

– Maximilian m'a donné l'adresse. Clairement, c'était une mauvaise idée…

Les deux hommes ont les mâchoires crispées, ils se foudroient littéralement des yeux. Raphaël vient de réaliser qu'il a en face de lui l'homme que j'ai toujours aimé. Vadim, lui, rencontre pour la première fois cet ex qui ne parvient pas à m'oublier. Et vient d'entendre parler d'un mystérieux bébé…

J'aurais dû lui dire ! J'ai essayé. Encore et encore, mais ça ne voulait pas…

– C'est donc lui qui a réussi à foutre ma vie en l'air ? siffle Raphaël.

– Vous pouvez vous adresser directement à moi. C'est généralement ce que font les adultes, rétorque mon amant.

– Est-ce que vous avez seulement idée de ce que vous avez détruit ? s'écrie mon ex.

– Non, mais je suis tout ouïe…

– Elle était prête à m'épouser, vous le saviez, ça ?

– Je l'ignorais, répond Vadim en refusant de me regarder.

– Et le bébé, vous saviez pour le bébé ?

– Non plus…

– Fausse couche à six mois passés. Enfin, j'imagine que ça ne vous fait ni chaud ni froid.

– Ne prétendez pas me connaître, monsieur Coste, lâche son interlocuteur d'une voix rauque.

– Vous devriez même vous réjouir… continue le premier.

– Raphaël, tu joues à quoi ?! m'emporté-je enfin.

– Laisse-moi finir Alma, ton millionnaire a besoin de comprendre ! s'acharne-t-il en m'adressant un sourire cruel. Toi et moi, on était heureux ! Tu n'as toujours pas fait le deuil de notre enfant, c'est pour ça que tu refuses d'ouvrir les yeux ! C'est pour ça que tu me fuis en refusant de m'aimer ! Mais la vérité, c'est qu'on devrait être ensemble. Tu t'es remise avec lui pour oublier, c'est la seule raison. Il n'est qu'une distraction, un cache-misère !

– Ferme-la ! Tu as tout faux ! hurlé-je.

Raphaël est sur le pied de guerre, il débite un nombre incalculable de mots à la seconde, je ne parviens pas à le stopper. Mes larmes coulent à torrents, j'ignore depuis combien de temps, je viens de le remarquer.

– Alma m'a tout raconté, votre idylle de jeunesse gâchée par vos conneries de pauvre petit garçon abandonné, de sale gosse rebelle ! Entre vous, ça n'aurait jamais marché, vous n'étiez pas du même monde et ça n'a pas changé ! La vraie vie, c'est avec moi qu'elle allait la construire ! Je fais partie de sa famille, vous n'êtes qu'un fantôme du passé !

Le regard de Vadim vire au rouge sang, il serre les dents, contracte les poings, je ne suis pas sûre qu'il puisse se contrôler plus longtemps. Les éloigner, forcer Raphaël à décamper, je ne vois que ça pour éviter que la dispute ne vire au combat de boxe. Sans gants, ni arbitre.

– Raphaël, si tu ne t'en vas pas immédiatement, j'appelle les flics, le menacé-je de ma voix la plus sombre. Je ne veux plus te voir ni t'entendre. Tu n'existes plus pour moi et réciproquement. C'est compris ?

Ça ne marchera jamais…

Ça marche. Mon ex me contemple quelques secondes, semblant espérer un dernier retournement de situation, puis il finit par se mouvoir et prendre la direction des escaliers. Je le regarde s'en aller – uniquement pour m'assurer qu'il est définitivement hors de portée. Hors de ma vie.

– C'était donc ça que tu me cachais. Un bébé… murmure Vadim, comme s'il pensait à haute voix.

Il semble hésiter entre la compassion et la colère. Mais ce temps de flottement ne dure pas. Il repart de plus belle, sur un ton assassin.

– Tu as gardé ça pour toi alors que je t'ai tout dit de mon passé ?! Tu appelles ça de l'amour, Alma ?

– Je ne savais pas comment te l'avouer… C'est un sujet douloureux, j'ai du mal à en parler. Et j'avais peur de ta réaction, dis-je les yeux fermés, trop lâche pour le regarder en face.

– Tu n'as pas changé, tu ne changeras jamais. Tu ne me fais pas confiance. Tu estimes que tu mérites de tout savoir, mais tu refuses de baisser la garde. Tu ne m'aimeras jamais comme je t'aime, tu ne seras jamais prête à tout abandonner pour moi. Ton ego, ta fierté, ta petite vie bien ordonnée et protégée dans un coffret en or massif.

– Tu ne sais pas de quoi je suis capable pour toi ! Tu ne sais pas à quel point je t'aime, Vadim ! Tu es tout ce que j'ai, tout ce qui m'importe ! crié-je hystériquement, la voix entrecoupée de spasmes.

Il regarde ailleurs, inspire profondément, expire bruyamment, puis s'apprête à partir. Je me rue sur lui et tente désespérément de l'embrasser, il me repousse doucement.

– Alma, écoute-moi. Je suis désolé que tu aies souffert. Désolé que tu aies perdu ce bébé et la vie parfaite qui allait avec.

– Parfaite ? Non, tu ne comprends pas, Vadim. Il faut que tu comprennes… hoqueté-je. Ma vie ne sera pas parfaite tant que tu ne la partageras pas avec moi. Je ne veux que toi !

– Cet enfant, ça aurait dû être le nôtre, reprend-il en tremblant légèrement. Je n'ai pas eu de vraie famille, mais ça peut changer. Ça va changer. Pendant douze ans, je n'ai jamais cessé d'espérer. Je voulais que ce soit toi, Alma. Seulement toi. Mais apparemment, ce n'était pas réciproque. Apparemment, je ne te suffis pas.

Je ne pleure plus, je m'écroule en sanglots. Mon cœur me donne l'impression d'avoir été piétiné. J'ai beau formuler les mots, j'ai beau m'exprimer, l'homme que j'aime à en crever n'entend rien. Comme si je n'étais pas vraiment là, comme si j'étais transparente, inexistante.

– Autant s'arrêter là, dit-il tristement, avant de m'abandonner dans cette cage d'escalier.

J'ai erré toute la nuit dans les rues de Paris, incapable de me repointer à la fête qui se tenait en mon honneur. Clémentine – qui me pensait dans les bras de Vadim – a inventé je ne sais quel prétexte pour justifier ma disparition. J'ai par la suite reçu quelques réflexions, mais ça n'avait aucune importance. J'étais déjà au fond du trou, impossible de tomber plus bas.

Pas de nouvelles de Vadim depuis cinq jours. Évaporé. Il s'est retranché dans son monde et ne m'a pas donné la possibilité de lui parler. Coups de téléphone, textos, e-mails : toutes mes tentatives sont restées vaines. Je me suis mise en mode automatique, m'interdisant de ressentir quoi que ce soit et surtout de pleurer en public. Mes nuits sont agitées, pauvres en sommeil, riches en songes terrifiants.

Cette fois, il ne reviendra pas…

Vendredi matin. Dans ma boîte électronique, un message non lu.

De : Maximilian Finn
À : Alma Lancaster
J'imagine que vous avez appris la nouvelle.
Je suis là, si vous avez besoin, n'hésitez pas…
Max.

Tout en bas du mail, je remarque la présence d'un lien provenant d'un site people. Je prends une profonde inspiration et clique dessus. Mes yeux se remplissent de larmes avant même que l'information ne parvienne à mon cerveau : « Vadim King et May Sim se sont dit oui ! » Avec photo à l'appui. Il sourit tendrement, elle est émue. Tous les deux ont un point commun : sur leur main gauche brille une alliance.

IV

Le chaud et le froid

16

Le point

– Respire, Alma. Arrête de sangloter, tu vas t'étouffer.

– …

– Calme-toi, essaie de prendre du recul et d'analyser la situation, m'encourage Clémentine de sa voix la plus maternelle. Si ça se trouve, rien de tout ça n'est vrai !

– Et si ça l'est ? pleurniché-je à l'autre bout du fil. Et s'il l'a vraiment fait ?

Je me suis retranchée dans les toilettes de King Productions depuis plus de vingt minutes. Depuis que le mail de Maximilian m'a explosé à la figure et m'a fait voir des milliers d'étoiles. Pas le genre d'étoiles qui vous font sourire niaisement et vous donnent des papillons dans le ventre, non. Le genre qui vous assomme, qui vous étouffent, qui vous déchirent à l'intérieur. « Vadim King et May Sim se sont dit oui ! ». Alma Lancaster dit « Non, pitié non ! »…

– Respire, ma chérie… recommence-t-elle un peu plus fort.

– Comment est-ce que tu veux que je prenne du recul ? Je viens de découvrir qu'il s'était marié ! Avec sa bimbo siliconée…

– Va le voir ! lance ma meilleure amie, comme si je n'y avais pas déjà pensé mille fois.

– Je ne sais pas où il est, il n'a pas mis un pied au bureau depuis mon anniversaire et il ne répond à aucun de mes messages !

– Il est à Paris ?

– D'après ce que m'a dit Kate ce matin, oui…, réponds-je en reniflant.

– OK. Essaie son hôtel !

– J'ai trois réunions hyper importantes aujourd'hui, je suis coincée jusqu'à 20 heures ! Le cauchemar ne fait que commencer…

– Ça va t'obliger à te focaliser sur autre chose que sur lui… Ça va t'aider, Alma.

– Tu rigoles ? Ça va être la pire journée de ma vie, oui !

– Tu bloques ces pensées, tu te concentres sur le boulot. Et ce soir, tu le retrouves, tu le prends entre quatre yeux et tu l'obliges à te parler. Cette fois, il faut qu'il te dise tout, qu'il ne réponde pas à côté, il faut que tu sois fixée !

– Clem, tu crois qu'il l'a vraiment épousée ? demandé-je en sentant à nouveau les larmes couler.

– Je ne sais pas, ma douce. Tout ce que je sais, c'est que tu l'aimes beaucoup trop pour ton bien, ce Vadim King… soupire-t-elle tristement.

La journée est passée au compte-gouttes. J'ai tenté de repousser les élans de colère et de tristesse qui s'entrechoquaient dans mon cerveau. De me remémorer les précieux conseils de ma meilleure amie. De sourire poliment aux investisseurs, à mes collègues, à ma supérieure. De me montrer professionnelle et efficace jusqu'à la nuit tombée. D'après le comportement – normal – des uns et des autres, je pense être parvenue à maintenir cette façade. Intérieurement, je suis en totale perdition, le ventre noué, les neurones agités, le cœur blessé.

J'ai imprimé le fameux article avant de me rendre à pied jusqu'à son palace. Je ne sais pas trop pourquoi, mais j'en ai ressenti le besoin. Peut-être dans le simple but de lui balancer à la gueule dès mon arrivée. Ou pour l'empêcher de nier, pour ne pas me laisser embobiner. Il pourra me dire ce qu'il voudra, il pourra tenter de m'amadouer, de retourner la situation à son avantage, ça ne fonctionnera pas. Tant que j'aurai cet ignoble bout de papier à la main, je ne lâcherai rien.

Encore faut-il qu'il soit à son hôtel...

Le majordome m'a déjà vue pénétrer une bonne trentaine de fois sur son territoire outrancièrement luxueux, il me salue courtoisement, puis m'ouvre les portes de l'ascenseur. J'atteins le dernier étage sans difficulté. Enfin non. J'ai du mal à respirer. J'ignore ce qui m'attend, mais je suis déterminée. Je dois savoir. Je mérite de savoir.

Je passe rapidement la main dans mes cheveux avant de frapper à sa porte. C'est ridicule. Vérifier que mon carré mi-long est bien lisse et ordonné ne devrait pas faire partie de mes priorités. Tout comme je ne sais pas ce qui m'a poussée à me remaquiller avant de venir, ni à ouvrir mon tiroir de secours pour troquer mon tailleur noir contre une robe vert émeraude qui attire un peu trop le regard – même cachée en partie par mon manteau cintré.

Il me largue, se marie cinq jours après, je fais irruption dans sa suite, apprêtée, pomponnée.

Qui suis-je ? Où est passée Alma ?

J'entends des pas assurés se rapprocher de la porte. Une démarche masculine, sans aucun doute. C'est lui. Il est là. Je n'en reviens pas.

– J'ai besoin de te parler, lancé-je en le voyant apparaître et en forçant le passage.

Je le regarde à peine afin de ne pas me laisser happer par sa beauté. J'évite de croiser ses yeux métalliques pour ne pas m'y noyer. Je me contente de rentrer, avant même d'avoir été invitée. Il lâche un soupir de surprise – ou de frustration – et je devine qu'il me suit jusqu'au salon.

– Alma… articule-t-il d'une voix prudente.

– Non, cette fois, c'est moi qui parle. Tu écoutes.

Je viens de grogner ces mots dans sa direction, le cœur battant, le regard planté dans le sol. Ne pas pleurer, c'est mon objectif premier. Vadim ne bronche pas et attend que je passe à l'offensive. Je sors la feuille de mon sac à main et la déplie. Un seul coup d'œil sur la photo du couple « heureux » et je démarre. Doucement. Pour l'instant.

– Tu as quelque chose à m'annoncer ? grondé-je en lui tendant le papier.

Cette fois, je le fixe sans détour. Ses yeux quittent mon visage et tombent sur l'article. Aucune réaction.

Ce n'est pas possible ! Il n'est pas humain !

Ils remontent et se plongent dans les miens, sans que je parvienne à traduire ce qu'ils expriment.

– Explique-toi ! hurlé-je cette fois.

– Qu'est-ce que tu veux savoir ? demande-t-il calmement, en s'adossant au mur.

– À ton avis ? C'est vrai ou pas ? Tu lui as passé la bague au doigt ? fulminé-je.

– Non… murmure-t-il.

– Je ne te crois pas ! Elle est où ? Elle est là, cachée quelque part, en train d'assister au spectacle ? Je vais lui faire sa fête à ta starlette ! rugis-je en passant la pièce en revue.

Il semble se crisper, fronce les sourcils, plisse les yeux, mais reste muet. Persuadée que May Sim est dans les parages, je me lance comme une folle en direction de la première chambre. Personne. Deuxième chambre. Personne. Petit salon, dressing, bureau et salles de bains : idem. Personne. Je finis par revenir à la case départ, un peu humiliée par ma propre bêtise, mon impulsivité. Il n'a pas bougé. Toujours nonchalamment, sublimement adossé au mur taupe, les bras derrière le dos. Ses jambes sont croisées, il regarde ses pieds, le droit venant légèrement tapoter le gauche.

Si je ne te haïssais pas, là, tout de suite, je fonderais littéralement…

Ses yeux gris rencontrent à nouveau les miens, un rictus se dessine sur ses lèvres. Pas de jubilation, non. Plutôt de la gêne, voire de l'empathie.

Il a pitié de moi, maintenant. Parfait…

– Tu devrais peut-être y aller, dit-il tout bas, sans méchanceté.

– Vadim, aide-moi à comprendre… murmuré-je en retenant mes larmes.

– Cet article ne raconte que des conneries. Je n'ai épousé personne. Et sûrement pas May Sim, grogne-t-il.

– Mais… la photo ?

– Retouchée. Je reconnais que c'est bien fait, on y croit, mais c'est un *fake* Alma, rien de plus.

– Tu as fait ça pour te venger ? Pour me faire mal ? tenté-je d'une voix tremblante.

– Si tu penses ça de moi, tu ne me connais pas, lâche-t-il en soupirant bruyamment. May est sans doute derrière tout ça, elle voulait sûrement faire parler d'elle. Mes avocats se penchent sur la question, la vérité sera rétablie.

Son ton est si froid, si distant. Pas une once d'émotion, de tendresse ne ressort de son discours parfaitement léché. Comme s'il faisait une déclaration publique, entouré de journalistes, en s'adressant à une caméra.

OK, c'était un coup monté. Mais... et nous ?

– Vadim, je suis désolée… m'effondré-je en pleurant. J'ai perdu la tête, j'aurais dû te faire confiance…

– La confiance, on en revient toujours à ça avec toi, siffle-t-il cruellement.

– Plus de secrets, de mensonges, je te le jure ! J'aurais dû tout te dire pour Raphaël, le bébé, mais je voulais les oublier. Ça n'arrivera plus, je ne te cacherai plus rien ! Laisse-moi une autre chance. Une dernière, le supplié-je en m'avançant vers lui.

Mes mains tentent d'accéder à son visage, mais les siennes les interceptent. Je rêvais de m'écrouler contre lui, de me blottir dans ses bras, de sentir les effluves divins qui s'échappent de chacun de ses pores, mais l'homme que j'aime me repousse. Délicatement, sans hargne.

– Alma, j'ai besoin de faire le point. De réfléchir…

– Non, tu as besoin d'être avec moi ! On ne peut pas vivre l'un sans l'autre, j'ai essayé, c'est impossible ! sangloté-je.

– Essaie encore. Tu verras, on finit par se faire une raison… Ou en tout cas, on apprend à vivre avec.

Les émotions se lisent enfin sur son sublime visage. Il fait référence à notre rupture douze ans plus tôt, lorsque je l'ai quitté du jour au lendemain, sans avertissement ni explication. « Vivre avec. » Vivre sans, en fait.

– Je ne veux pas essayer, Vadim. C'est trop dur sans toi, je ne peux pas ! bredouillé-je, pathétique.

– Alma, laisse-moi du temps.

– Combien ? Un jour ? Une semaine ? Un mois ?

– Je ne sais pas, mais là, maintenant, j'ai vraiment besoin que tu t'en ailles…

J'ai cru percevoir une sorte de sanglot dans sa voix. Une tristesse étouffée, un désir masqué. Mon cœur se brise un peu plus au fil des secondes et je réalise qu'il a raison. M'en aller, c'est la seule solution. J'étale mes larmes sur mes joues en essayant de les sécher du revers de la main, lui adresse un dernier coup d'œil, puis quitte la suite sans dire un mot. Pourquoi s'acharner ? Tout a été dit.

***

Quasiment une semaine que nous ne nous sommes pas parlé. Pas véritablement. Quelques mots échangés en réunion, quelques chiffres, bilans, plannings partagés… ça ne compte pas. J'ai beau le croiser tous les jours, sentir son parfum musqué, entendre sa voix chaude et virile, lire tour à tour la colère, la tristesse ou le désir dans ses yeux lorsqu'il s'adresse à moi en public, il me manque atrocement. Son sourire mutin, son regard intense, ses mains baladeuses, ses lèvres voraces…

Je suis maso ou quoi ? Pourquoi repenser à tout ça ? Parce que rien d'autre n'a d'importance…

Il est presque 21 heures quand Maximilian s'invite dans mon bureau et interrompt brutalement le fil de mes pensées.

Ce fil conducteur qui commence par V et finit par M. Et qui me mine, me déprime, me désespère… Je me sens seule comme jamais.

– Alma, vous faites des heures sup ? demande l'assistant en entrouvrant la porte. Je peux vous embêter deux minutes ?

– Oui, entrez. Qu'est-ce que vous faites encore là ?

– On m'a posé un lapin… Du coup je comptais me consoler avec ça…

« Russian Standard » : c'est la marque de la bouteille de vodka qu'il me met sous le nez. Il dépose deux verres sur ma table et commence à y faire couler le puissant liquide.

– De l'alcool russe… Comme c'est ironique, lâché-je sans réfléchir.

Contrôle-toi, bon sang ! Il ne sait rien du passé de Vadim !

– Ironique ? Comment ça ? demande-t-il, soudain curieux.

– Non rien, je m'égare. Comment on dit là-bas, déjà ? *Na zdrowie* ? me rattrapé-je en levant mon verre.

– *Na zdrowie !*

Les minutes, les heures passent et nous refaisons le monde en sirotant le breuvage grisant. Maximilian m'en dit plus sur lui, sur son enfance difficile, son manque de stabilité et de repères jusqu'à l'obtention de ce job d'assistant qui l'a « remis dans le droit chemin ». Moi qui le voyais comme un garçon privilégié, gâté – voire pourri – par la vie, j'étais visiblement à côté. Je devrais me méfier de lui et de son sourire angélique, mais je ne suis plus en état de le faire. Ce flot de confidences fait tomber mes barrières, plus les verres s'enchaînent et plus ma langue se délie.

– Comme quoi, le passé des gens ne se lit pas toujours sur leurs visages. Vous en êtes le parfait exemple, Max. Vadim aussi, d'ailleurs…

– Ça confirme ce que je pensais. Je me suis toujours dit que Mr King avait une histoire compliquée…

– Oui… Un double visage… Somptueux et maléfique, pouffé-je, abrutie par l'alcool.

– Un peu comme *L'Étrange Cas du docteur Jekyll et de M. Hyde* ! plaisante-t-il en remplissant à nouveau son verre.

– L'envoûtant cas du millionnaire King et du rebelle Arcadi, plutôt ! relancé-je en regrettant immédiatement ma connerie.

Je viens vraiment de dire... Arcadi ???

– Arcadi ? Jamais entendu parler, réfléchit-il à voix haute.

Trouve quelque chose ! Vite !

– J'ai dû confondre, je pensais à un personnage de l'histoire, un guerrier insoumis… improvisé-je.

– Ah… OK. Donc Mr King était un rebelle…

– Ça vous étonne ? À 20 ans, qui ne l'est pas ?

Mes joues sont écarlates, j'essaie de retrouver une contenance, de participer à cette conversation comme si de rien n'était, comme si je ne venais pas de révéler une information capitale sur Vadim. Il faut que Max oublie le nom que j'ai prononcé, il faut qu'il continue à boire… Et que j'arrête. Immédiatement.

Une heure plus tard, je saute dans un taxi et tente de me rassurer en voyant défiler les rues éclairées de Paris. Maximilian a beaucoup trop bu pour se souvenir de quoi que ce soit. Je n'ai prononcé Arcadi qu'une seule fois en plus de trois heures de conversation, puis j'ai trouvé une excuse bidon. Il ne retiendra pas ce nom. Vadim n'aura jamais vent de cette discussion. D'ailleurs, ça ne se reproduira pas : je compte rester à distance de son assistant à partir de maintenant. Sa curiosité est bien trop grande, ma bouche bien trop imprévisible…

***

Vendredi soir. Clémentine et Yann m'ont proposé d'aller au restaurant, Niels en boîte, Sophie à une séance nocturne d'aquabiking, j'ai décliné leurs invitations en prétextant une migraine. Classique. Je m'apprête à passer la soirée affalée devant ma télé, quand Lily débarque et se plante devant moi, les mains sur les hanches comme une mégère enragée.

– Alma Lancaster, je refuse de te voir faire la loque un soir de plus !

– Je ne fais pas la loque, je passe la soirée avec Scorsese. Clarence m'a filé son DVD des *Affranchis*, réponds-je mollement.

– Ouais, encore un film de gangsters méga violent ! Tu ne veux pas te changer les idées en faisant autre chose ? Je sais pas, moi, sortir, par exemple…

– Pas envie.

– Bon, sinon, t'as vu ? C'est partout sur le Net : May Sim a déjà trouvé une nouvelle proie, un acteur de séries, lâche-t-elle, tout sourire.

– Lily, on est obligées de parler de ça ? ronchonné-je.

– Je pensais que tu serais contente de savoir qu'elle ne court plus après ton mec…

– Ce n'est pas mon mec, tu te souviens ? grimacé-je pour lui faire comprendre qu'elle doit changer de sujet.

– En parlant de mec ! Je crois que Basile est casé !

– Avec qui ?

– Ben justement, c'est la question à dix mille dollars ! Je l'ai entendu faire la sérénade à quelqu'un au téléphone, quand il m'a vue, il a raccroché super vite et il a refusé de m'en parler…

– Tu penses que c'est sérieux ?

– Oui, il a l'air amoureux !

– Basile amoureux et toi célibataire ? Comme quoi, tout est possible, ris-je doucement.

– Alma… Va voir Vadim. Il a peut-être les idées plus claires ? tente-t-elle d'une voix timide.

– J'en meurs d'envie mais je n'ose pas. J'ai trop peur qu'il me dise que je ne lui manque pas… avoué-je la gorge serrée.

– Je n'y crois pas une seconde. La torture a assez duré ! Si tu ne te bouges pas, je vais devoir y aller à ta place !

– Demain. Je lui parlerai demain.

– Non, ce soir ! Hop, direction le dressing ! crie-t-elle joyeusement en m'arrachant de force au canapé.

– Et s'il n'est pas là ? Il n'est pas du genre à rester cloîtré un vendredi soir ! me rebellé-je après l'avoir suivie.

– Tu l'attendras à la réception. Jusqu'à ce qu'il rentre ! Compris, Lancaster ? ordonne-t-elle en passant mes robes en revue.

– Pas de truc sexy, Lily. Un jean ça ira !

– Oui et puis quoi encore ? Deux couettes, une salopette et des Moon Boots ?!

Inutile de résister... Ma sœur, cet adorable tyran...

Je suis aussi étonnée que lui lorsque la porte en bois foncé s'ouvre et que nos yeux se percutent. Ce gris subtil, plein de nuances… Je m'y perdrais pendant des heures. Vadim m'adresse un sourire discret et s'efface pour m'ouvrir le passage. Il me laisse entrer. Je soupire de soulagement. D'un pas léger, il se rend jusqu'au bar et sort une bouteille de scotch. Il me propose un verre d'un hochement de tête, je refuse avec un geste de la main.

Plus jamais d'alcool...

Pas un mot n'a été prononcé. À distance, j'observe mon PDG en train de boire sa première gorgée. Il porte un pantalon clair, parfaitement coupé, une chemise blanche froissée, partiellement boutonnée, il est pieds nus, les cheveux en bataille. J'ai l'impression de l'avoir réveillé. Il est à peine 22 heures.

– Tu dormais ? finis-je par demander, en brisant notre bulle de silence.

– Oui. J'ai du mal, la nuit… Des insomnies…

Lui aussi ?

– Si je te dérange, je peux…

– Non, reste.

– Tu es sûr ?

– Alma, ne pars pas.

Le regard qu'il m'envoie me bouleverse. Plein d'émotion,

de douceur, de vulnérabilité. Puis son attention s'éloigne et je respire à nouveau. Il boit une seconde gorgée, l'avale en grimaçant légèrement et repose son verre sur la surface en marbre du bar.

– Tu es sublime. Tu sors d'un dîner ? Tu vas à une soirée ? m'interroge-t-il en détaillant ma tenue des yeux.

– Non. Lily… expliqué-je sommairement en écartant un peu les bras.

Il comprend, sourit, puis se mord la lèvre. Troisième gorgée.

– Tu as réussi à faire le point ?

Je me suis lancée sans réfléchir. Je suis venue pour obtenir des réponses, pas pour retomber amoureuse de lui encore et encore. J'ai besoin de sortir de cet état de torpeur, d'arrêter de l'admirer et de l'aimer un peu plus à chaque seconde. Sa beauté m'assaille, son odeur m'enivre, son attitude m'intrigue, me rend folle. Je ne suis pas sûre de pouvoir le supporter. Pas si sa réponse ne me convient pas. Pas s'il me dit qu'entre nous, c'est terminé.

– Qu'est-ce que tu veux que je te dise, Alma ? Comment est-ce que je suis censé ne plus t'aimer ? répond-il en remontant ses manches pour se donner une contenance. Douze ans que j'essaie et que j'échoue à tous les coups. Je t'ai dans la peau, tu m'obsèdes, tu me tourmentes jour et nuit…

Les voilà enfin, ces papillons dans le ventre. Ils s'envolent, battent des ailes et se déchaînent au plus profond de moi. C'est bon. Plus que ça. C'est tellement bon que c'en est presque douloureux. Je me rapproche doucement, à pas de loup. Il reste immobile, ses yeux perçants scrutant le moindre de mes gestes.

– Tu m'aimes… Je t'aime… À quoi bon lutter ? murmuré-je en m'empêchant d'accélérer.

– Bordel, qu'est-ce que tu me fais ? D'où vient ce foutu pouvoir que tu as sur moi ? grogne-t-il en prenant une quatrième et ultime gorgée.

– Je ne sais pas… L'alchimie, peut-être… sifflé-je alors

qu'un dernier mètre nous sépare.

– Putain d'alchimie… Elle me pourrit la vie… susurre-t-il entre ses dents.

– Putain d'alchimie… Elle me rend folle… De toi… chuchoté-je contre ses lèvres.

Tout à coup, la pièce se met à tourner furieusement autour de nous. Ses mains s'emparent de ma taille, me plaquent contre son torse en béton. Ses lèvres se referment sur les miennes, sa langue me fourrage avec douceur et brutalité. L'odeur de whisky se répand dans ma bouche, sur ma peau, réchauffe mes sens. J'essaie de ne pas perdre pied, pour savourer chacun de ses baisers, chacune de ses intrusions. Je gémis en sentant ses mains avides s'enfoncer dans mes reins. Il grogne lorsque je déboutonne le bouton de son pantalon.

Nous nous étions perdus, nous nous sommes retrouvés. L'alchimie a vaincu là où la confiance avait échoué. Dans les bras de mon amant, je suis prête à tout oublier, à ne plus douter, à faire fuir les larmes et les insomnies, à faire le plus tendre, le plus fougueux des paris.

17

La surprise

– Toi, tu as passé un bon week-end ! C'est sympa de me tenir au courant… ironise Clémentine en étudiant mes traits.

Ce maudit sourire niais qui refuse de quitter mes lèvres…

Lundi, 19 heures. Ma meilleure amie vient de faire irruption dans mon bureau et me fusille du regard, apparemment vexée d'avoir été ignorée pendant deux jours.

– Je t'ai appelée dix fois ! Je te croyais au fond du trou ! râle-t-elle.

– Désolée Clem, je comptais tout te raconter ce soir ! J'étais avec…

– Je sais ! Avec Vadim. Comme toujours. Lily répond à son téléphone, elle. Je l'ai eue ce matin, elle m'a dit que tu n'étais pas rentrée depuis vendredi soir.

– Je réponds à un mail urgent et on va boire un verre ? demandé-je d'une petite voix visant à l'amadouer.

– Tu invites ! Et grouille-toi, j'en ai marre de t'attendre !

Vingt minutes plus tard, je traîne derrière moi une Clémentine ronchon – les hormones, paraît-il – en rentrant dans l'un des nombreux bars *lounge* des Champs-Élysées. Un serveur tiré à quatre épingles nous accueille chaleureusement et nous conduit jusqu'à une table minuscule entourée d'une banquette rose pétant. Je commande un virgin mojito pour mon acolyte – qui commence à se détendre – et un irish coffee pour moi. Dans la pénombre à peine éclairée par une lumière tamisée, je sens qu'elle m'observe. La curiosité finit par la faire craquer…

– Bon, alors ? Tu me racontes le dernier épisode de la saga Vadim et Alma ?

– C'est demandé si gentiment… gloussé-je en la voyant soupirer.

– Ça ne me fait pas rire, je me suis inquiétée. Dans mon état, ce n'est pas conseillé ! grommelle-t-elle, une main posée sur son ventre à peine rebondi.

– Ça te va bien…

– Arrête de changer de sujet ! répond-elle, lâchant son tout premier sourire.

Pendant une bonne demi-heure, je vide mon sac en essayant de ne rien laisser de côté. Clémentine est capable de me faire la gueule pour un seul détail oublié. Au fil de mon récit, je revis avec émotion chaque instant, chaque souvenir.

Et toujours ce sourire niais sur mes lèvres.

Je raconte les mots bouleversants de Vadim, le réconfort d'être à nouveau prisonnière de ses bras, de ressentir son amour, sa tendresse, le bonheur d'être avec lui et de ne plus le quitter. L'entendre rire, aussi, ce rire parfois léger, parfois guttural, qui me transporte. Notre escapade à Deauville, mon premier vol en hélicoptère, nos balades sur la plage, nos ébats dans le jacuzzi, nos dîners romantiques seuls au monde, avec la mer comme décor, à perte de vue. Ma meilleure amie ne boude plus, bien au contraire. Elle lance des petits cris de surprise par-ci par-là, me pose mille questions, réclame au serveur une seconde ration de pop-corn salé, m'interroge à nouveau, les yeux embués.

J'en arrive à la fin. À ce matin. À notre dernier baiser échangé discrètement aux pieds de King Prod. Un ultime contact, tendre et fougueux comme une promesse de milliers d'autres à venir. Puis le moment de nous quitter – seulement pour la journée – de descendre de notre nuage pour fouler à nouveau le pavé, reprendre nos rôles respectifs. Lui PDG, moi employée. Je décris le regard radieux de mon amant, ses derniers mots, doux et insolents, susurrés à mon oreille, son petit sourire en coin façon « Après le plaisir, place au business, mademoiselle Lancaster ».

Comment ne pas l'aimer ? Passionnément... Éperdument... Follement !

– Eh bien, vous ne faites rien à moitié, tous les deux. C'est toujours extrême, tragique, presque shakespearien ! Vous vous aimez à en crever, vous vous déchirez, vous vous retrouvez et à chaque fois c'est encore plus fort. Je comprends que tu te battes pour lui… pour vous. C'est rare, ce que vous avez, commente ma meilleure amie, touchée par mon récit.

Vadim + Alma = la version revisitée de Roméo + Juliette *?*

– Oui, quand je pense que j'ai failli passer à côté… À cause de mon clan, les Lancaster-Capulet…

– L'important c'est que tu sois prête pour lui, maintenant, aujourd'hui ! Niels serait là, il te dirait « Chérie, le moment est venu de te faire passer la bague au doigt ! », piaille-t-elle.

– Tu l'imites comme un pied, mais oui, il dirait quelque chose comme ça, rigolé-je. D'ailleurs, je ne l'ai pas vu depuis une éternité.

– J'allais t'en parler ! Samedi ce petit salopard m'a plantée au dernier moment ! Résultat : j'ai passé la soirée en tête-à-tête avec la baby-sitter, qui refusait de s'en aller. Il va me le payer !

– Clem… Tu sais à quoi je pense ? souris-je malicieusement.

– Débarquer à l'improviste chez lui ? Ce soir ? Tout de suite ? lit-elle dans mes pensées en imitant mon regard diabolique.

– Exactement…

– Quelle merveilleuse idée !

Skin, l'horrible chat sans poils, miaule derrière la porte au moment où j'appuie sur le bouton de la sonnette. Clémentine s'agite, ricane, trépigne dans mon dos, excitée comme une puce à l'idée de surprendre – et surtout d'agacer – celui qui a osé lui poser un lapin deux jours plus tôt. La vengeance, ça vous change une femme ! Aucun son. J'avais oublié : rien ne fonctionne dans le vieil immeuble – en pierre de taille mais totalement décrépit – où habite mon meilleur ami. « Vivre en plein cœur du Vieux Paris, alias le Marais, ça mérite des sacrifices ! » : c'est l'argument que Niels nous sort à chaque fois qu'on lui rappelle que son plafond risque un jour de lui tomber sur la tête. Je frappe à la porte. Une fois. Deux fois. Rien. Clémentine prend le relais et tambourine de toutes ses forces.

Subtile, mesurée, délicate : c'est tout elle…

Bruit de verrou. Le visage affolé de Niels apparaît dans l'encadrure, il n'a pas franchement l'air d'apprécier notre surprise…

– Les filles, qu'est-ce que vous faites là ? On n'avait rien prévu ! Je suis occupé…

– Ce n'était pas non plus prévu que tu me plantes, samedi soir ! balance Clem en s'invitant dans l'appartement.

Je la suis dans le vestibule en souriant timidement à mon meilleur ami, qui n'a pas réussi à nous empêcher d'entrer et ne sait plus où se mettre… Je pensais que cette situation nous ferait tous rire, mais ce n'est pas le cas. Niels a l'air atrocement gêné. Il est torse nu, il a les cheveux en bataille, son visage vire au rouge écrevisse… C'est à ce moment-là que je comprends. Et que je regrette cette intrusion.

Aïe… Il n'était pas seul ! Sa conquête du jour l'attend probablement dans son lit…

– Clem, on devrait y aller ! crié-je alors que la tornade enceinte est déjà partie dans le salon.

Pas de réponse. Bizarre. Je jette un nouveau coup d'œil au maître des lieux, qui se masse le front en fixant ses pieds. Je ne l'ai jamais vu dans cet état. J'hésite à l'interroger, mais quelque chose – mon instinct ? – me pousse à rejoindre mon amie dans la pièce d'à côté. Je m'y rends, à la fois curieuse et… inquiète.

Coup de massue. Sous le choc, Clem est immobile, la bouche entrouverte. La raison de sa gêne se trouve à quelques mètres d'elle. Basile. Il est assis sur le canapé, à moitié nu. Je manque de m'étouffer en réalisant ce qui se tramait dans mon dos, puis parviens enfin à regarder mon frère dans les yeux.

– Niels, tu peux venir ? lâché-je d'une voix rauque.

Il s'exécute et vient s'asseoir sur un gros pouf en cuir, sans dire un mot. Après un moment de flottement, je me lance et brise le silence.

– Ça fait combien de temps ?

– Quelques semaines… répond sommairement Basile.

– Je suis désolé Alma, je ne savais pas comment te le dire, murmure Niels.

– C'est sérieux ? grogné-je, les dents serrées.

– Ça te regarde ? demande mon frère.

– C'est à Niels que je parle, précisé-je la plus calme possible.

– On ne sait pas encore, c'est trop tôt pour le di…

– Tu n'as pas à lui répondre, elle n'a pas à se mêler de ça ! le coupe Basile.

– Tu te fous de moi, Baz ? Ça fait des années que tu me fais la morale, que tu me juges, que tu essaies de me détourner de Vadim ! Et je suis censée fermer ma gueule alors que tu te tapes mon meilleur ami dans mon dos ?!

– Alma, je ne voulais pas créer de problèmes… reprend Niels.

– Il va te faire du mal, le préviens-je.

– Bon, on va y aller avant que ça tourne au règlement de comptes, conclut Clem en m'attrapant doucement par le bras.

Je défie une dernière fois mon frère du regard, hausse tristement les épaules en direction de Niels, puis me laisse entraîner par ma meilleure amie. Nous sortons de l'appartement sans ajouter un mot, je retiens mes larmes. Je suis déçue. Venant de Basile, ça ne m'étonne pas vraiment, mais je ne pensais pas que Niels me cacherait un truc pareil. Mais ce n'est pas ça qui me dérange le plus…

Il va souffrir... Basile est incapable de s'engager, incapable d'aimer...

J'ai finalement décidé de ne pas m'en mêler. Après m'être calmée, j'ai accepté de déjeuner avec mon *gay boyfriend* le lendemain midi et nous avons fait un pacte : interdiction de remettre le sujet sur la table. Moins on discutera de ça, mieux on se portera. Je n'ai aucune envie de lui faire de la peine, de lui parler de mes inquiétudes, de lui avouer ce que j'ai sur le cœur. Après tout, il a le droit de tenter sa chance, de vivre sa relation en toute liberté, que ce soit avec mon frère – énergumène allergique à l'engagement, à tendances égocentriques – ou avec un mec lambda.

Ouvre les yeux, Niels…

Si seulement il n'y avait que ça… Mais non, mon niveau de stress oscille dangereusement entre médium et maximum. La cause ? Mes soixante heures de travail hebdomadaire et l'ambiance pesante qui règne à King Productions.

D'un côté, il y a Kate Monroe, totalement obsédée par Skylight Pictures, qui est sur les nerfs et qui passe désormais ses journées retranchée dans son bureau – son bunker. De l'autre, Maximilian Finn, qui me rend parano à force de remarques, sourires et clins d'œil faussement complices. Chacune de ses familiarités lourdingues me rappelle que je lui en ai trop dit sur notre PDG. Et que je risque de le payer…

Et au milieu de ce chaos oppressant, il y a… Vadim, justement. Notre petit jeu du chat et de la souris commence à me peser. Contrairement à lui, j'ai de plus en plus de mal à ne pas mélanger vie professionnelle et vie privée. À fuir son regard lorsque nous ne sommes pas seuls, pour ne pas nous trahir. À l'entendre me parler comme à une employée. À me retenir de l'embrasser quand mon cœur s'emballe. Il a beau être attentionné, tendre et brûlant le soir venu, les journées sont longues… et trop froides.

Justement, vendredi soir, la température extérieure avoisine zéro degré, il tombe une pluie battante, je suis complètement épuisée, vidée par la semaine de boulot qui vient de se terminer. Une seule envie : m'affaler dans un lit – n'importe lequel – en compagnie de Vadim et sombrer entre ses bras musclés et réconfortants. Impossible. Premièrement, parce que mon amant a d'autres obligations et ne me rejoindra pas avant minuit. Deuxièmement, parce que j'ai promis à Clémentine de participer à son dernier « coup de folie ».

Direction Pigalle, en talons aiguilles et jupe fendue. Mrs D'Aragon a donné rendez-vous à notre bande d'amies – Lily y compris – dans un club de striptease « soft et très respectable ». En précisant tout de même : « Tenue sexy de rigueur. » À première vue, le bar ressemble à un établissement select. Serveuses en robes noires, courtes mais distinguées, décor design et intimiste, musique jazzy, clientèle apparemment fortunée. Pas de fille nue en vue, Lily m'apprend que les danseuses officient à l'étage du dessus.

Nous sommes une dizaine à avoir répondu présentes. Clémentine nous offre une coupe de champagne, puis lève son verre de cocktail fruité pour nous inviter à trinquer.

– Bienvenue à toutes et merci d'être venues ! Je ne vais pas faire planer le mystère plus longtemps… Dans un peu plus de six mois, je vais à nouveau être maman !

Des « félicitations » fusent de toutes parts, ma meilleure amie est aux anges.

– Et tu as choisi un club de striptease pour nous l'annoncer ? l'interroge Victoire, sa ravissante belle-sœur, en éclatant de rire.

– Oui, je voulais en profiter pour célébrer mes différentes facettes ! Je suis une mère, mais je suis une femme avant tout ! répond l'intéressée sans se laisser déstabiliser.

– Quel est le rapport ? demandé-je en riant, un peu perplexe.

– Suivez-moi, vous allez comprendre…

Clem se lève et nous fait signe d'en faire de même. Nous nous rendons en file indienne dans la pièce d'à côté, traversons un couloir éclairé par des néons bleutés, passons une porte, puis une autre et atterrissons finalement dans une sorte de studio de danse. Une femme d'une quarantaine d'années nous y attend, campée sur des jambes interminables et des talons de bombe atomique.

– Voilà ma surprise ! Un cours d'effeuillage érotique ! clame notre reine de la soirée.

Ça s'appelle un striptease, Clem... Appelons un chat un chat !

Cette initiation, je ne risque pas de l'oublier... Nous passons les deux heures suivantes à suivre les directives de Tatiana, notre professeur à l'accent russe très prononcé... et à la souplesse extraordinaire. Du jamais vu.

Un brin autoritaire, elle ne nous laisse pas le temps de prendre la fuite. Nous nous regardons toutes, un peu effarées, pendant qu'elle dispose des chaises devant l'immense glace murale, branche la musique et nous fait la démonstration des premiers mouvements. Les plus basiques. Certaines s'en sortent avec brio, d'autres, comme moi, sont un peu gauches et intimidées, mais tentent tout de même de se déhancher le plus naturellement possible. Lily a l'air d'avoir fait ça toute sa vie, Clem se déchaîne – totalement à contretemps du rythme – et moi, je manque de me faire un claquage en tentant un demi grand écart. Quoi qu'il en soit, la règle d'or que nous rabâche notre coach : avoir l'air assurée, entreprenante, sensuelle. Et ne pas oublier de sourire... de manière polissonne.

Les vestes et les tops sont tombés, nous passons à la jupe. D'après Tatiana, c'est simple : ça glisse tout seul le long des jambes. Pour les silhouettes pulpeuses, il suffit de tirer dessus lascivement pour l'aider à disparaître. Encore une fois, Lily s'en sort avec les honneurs... L'étape du soutien-gorge approche. Facultative. Je préfère passer mon tour, pendant que ma sœur, Clémentine et Victoire dégrafent fièrement leur lingerie à une main. Je suis impressionnée.

Ou traumatisée...

Pour la touche finale, pas de déshabillage complet – dieu

merci – mais une petite leçon d'impertinence. Remuage de fessier à la Beyoncé, croisé-décroisé de jambes à la Sharon Stone, cambrage de reins, penché langoureux en avant… Je me laisse prendre au jeu et en oublie un peu ma pudeur. Juste un peu.

Nous nous rhabillons en vitesse et nous désaltérons au champagne en admirant Tatiana, qui nous offre une dernière démonstration, juste pour le show, cette fois. Nous applaudissons, un peu éberluées par son aisance, sa sensualité animale, la manière dont elle se trémousse sans jamais tomber dans la vulgarité. Ou si peu. Clémentine, qui est très fière de son coup, me susurre à l'oreille :

– J'en connais qui vont me remercier… Vadim, par exemple…

Ou pas…

De retour au bar, notre joyeuse troupe de dévergondées rit à gorge déployée en faisant un rapide bilan. Un futur bébé pour l'organisatrice de la soirée, un cours d'effeuillage pour nous toutes, un striptease quasi intégral pour les trois moins effarouchées. Clem, Lily et Victoire se lèvent ensemble et, pliées en deux, saluent leur public un peu éméché. C'est à ce moment que ma sœur a l'idée du siècle.

Ironie…

– Je ne sais pas pour vous, mais je suis tentée d'aller voir ce qui se passe en haut… lance-t-elle d'un air faussement innocent.

– Oui, allons voir les pros ! Après tout, on se doit d'approfondir nos acquis, non ? Ce sera une sorte de séance de révisions ! enchaîne Victoire.

– Je suis trop crevée, mais Lily, emmène Alma avec toi. Je la trouve un peu coincée, ce soir… se moque Clémentine en me tirant la langue.

Sans commentaires…

Je fais ce qu'on me demande, plus par lâcheté que par envie. Lily, Victoire et moi nous rendons au fond de la salle, aux pieds des escaliers recouverts d'une moquette dorée. Là, un homme bodybuildé en costume noir nous étudie de haut en bas, puis ouvre le cordon de sécurité. Mes deux acolytes commencent leur ascension, je les suis lentement, perchée sur mes talons, priant pour ne pas dégringoler.

Six filles dénudées et sublimes se déhanchent en rythme, sous le regard médusé d'une trentaine d'hommes parfaitement apprêtés. Rien de glauque là-dedans, je m'attendais à être choquée, je suis… obnubilée. Je ne porte que très peu d'attention aux spectateurs, je reste bloquée sur ces corps dévêtus et gracieux qui bougent sous mes yeux. Lily et Victoire échangent quelques impressions, se rapprochent de la scène, je reste immobile, me contentant d'admirer le spectacle.

Clem va être déçue… Elle s'attend probablement à me voir revenir en hurlant…

Une jolie serveuse s'approche de moi et propose de m'escorter à une table. Je la regarde, lui rends son sourire, puis lâche un cri qui la fait sursauter. Quelques mètres derrière elle, je reconnais l'un des hommes qui observe une danseuse en sirotant un breuvage transparent. Vadim.

Calme… Calme… Calme…

La fureur qui monte progressivement en moi doit l'alerter – je ne sais comment – puisque quelques secondes plus tard, il tourne la tête et croise mon regard. Je lis la surprise dans ses yeux, l'embarras, aussi. Il se lève, adresse quelques mots aux gens qui l'entourent, puis vient jusqu'à moi.

– Alma… Tu es ravissante, dit-il en m'embrassant dans le cou.

Plus d'embarras… Juste de l'insolence…

Je recule, prenant sur moi pour ne pas le gifler.

– Plus qu'elles ? demandé-je aigrement en pointant les danseuses du doigt. C'est ça que tu appelles un « dîner pro » ?

– Ne t'emballe pas… Je me contente d'accompagner quelques investisseurs. C'est du business, n'y vois rien d'autre.

– C'est ça, ton excuse ? maugréé-je.

– Qu'est-ce que tu fais là ? continue-t-il doucement en replaçant une mèche derrière mon oreille.

– Rien. D'ailleurs, je m'en vais… dis-je en tournant les talons.

Son bras de fer s'enroule autour de ma taille et me retient. Il me plaque dos à lui et me chuchote tout bas, d'une voix menaçante :

– Arrête de t'énerver pour si peu ! Attends-moi deux secondes, on rentre ensemble. Chez moi.

Je vois ses épaules géantes virevolter. Vadim retourne auprès des siens, échange quelques mots et poignées de mains, dépose une liasse de billets sur la table. Deux minutes plus tard, nous sortons de l'établissement en passant par la porte de derrière et glissons sur la banquette arrière de la limousine. Le chauffeur nous salue poliment, se renseigne sur notre destination, puis remonte la vitre teintée pour nous laisser en toute intimité.

– Enfin seuls. Juste toi + moi, Alma… Tu vas enfin me dire ce que tu faisais là ?

Sa voix est chaude et séductrice. Ça ne m'atteint pas. Du moins, je ne montre rien. Je sors mon téléphone de mon sac et commence à pianoter sur l'écran tactile.

– Non. Rien à déclarer, soufflé-je sans le regarder.

Agacé par mon refus de coopérer, il s'empare de mon portable et le range dans la poche intérieure de son costard.

– Rends-moi mon téléphone, je dois envoyer un texto à Clem et Lily !

– Merci pour cette information. Je sais maintenant que tu étais en bonne compagnie… Reste à savoir ce que vous faisiez dans un club de striptease.

– Qu'est-ce que ça peut te faire ? Tu reluquais bien des filles à poil, je ne me trompe pas ?

– Reluquer, ce n'est pas le mot.

– C'est quoi le mot ? Mater ? Fantasmer ?

– Observer distraitement.

– Tu me prends pour une conne ?

– Non, mais toi tu me prends pour un connard de première, apparemment, s'énerve-t-il soudain. Alma, j'ai autre chose à foutre que de regarder des femmes se dandiner sous mes yeux ! Je n'ai jamais aimé ce genre d'endroits, mais je m'y rends de temps en temps, par obligation. Pour vendre du rêve à des investisseurs, pas pour mon plaisir personnel !

– Tu l'as fait dans mon dos ! C'est ça que je te reproche !

– Je n'ai pas fini… gronde-t-il. On est ensemble, toi et moi. On est exclusifs. Je ne désire personne d'autre, mais tu dois me laisser un minimum de liberté. Crois-moi, ces filles, je ne les vois même pas…

– Si tu le dis…

– En attendant, je t'ai expliqué ce que je faisais là, pas toi…

– Clémentine nous a inscrites à une séance de… d'effeuillage… confessé-je en rougissant bêtement.

Une lueur rieuse apparaît dans les yeux de mon interlocuteur, suivie de près par un sourire moqueur des plus irritants.

Et séduisants…

– Je ne suis pas sûr de te croire. Tu vas devoir me le prouver… ce soir, murmure-t-il chaudement.

– Dans tes rêves, Mr Pervers ! me rebiffé-je en gloussant.

Ses lèvres avides et parfumées à la vodka se posent sur les miennes, je ne fuis plus. Mr King glisse sa main sous ma jupe fendue et prend possession de ce qui lui appartient. Moi.

Comment est-ce qu'il fait pour s'en sortir aussi facilement ? À chaque fois ?!

Hmm… Oui, comme ça…

Les portes de sa suite présidentielle viennent de se refermer derrière nous. Après m'avoir laissé une minute de répit pour envoyer mes textos, Vadim me soulève du sol et me kidnappe en direction de la chambre. Je tremble légèrement.

– Tu as froid ?

– Un peu… Tu sais que je déteste l’hiver, je suis tout le temps glacée. L’automne me manque déjà… soupiré-je en blottissant mon nez dans son cou.

– En parlant d’automne, j’ai hâte de voir vos feuilles tomber, mademoiselle Lancaster… et de vous réchauffer.

Vadim me dépose délicatement sur le lit, m’offre un tendre baiser en m’arrachant un soupir, puis s’éloigne. Je serre les dents, frustrée par ce départ anticipé. Son parfum musqué a déjà traversé ma peau, affûté mes sens, éveillé mon désir. Impossible de redescendre du nuage grisant sur lequel je flotte allègrement.

Sans jamais me quitter des yeux, son sourire en coin toujours aussi provocant, il se met à l’aise. Lentement, insolemment. Il se défait de sa veste gris anthracite, dénoue sa cravate rayée, déboutonne le col de sa chemise, détache ses boutons de manchette en argent massif, retrousse ses manches. Puis, l’air conquérant, il s’assied dans son fauteuil rotatif en simili-cuir et aluminium brossé.

Mr King vient de prendre place sur son trône. Il est beau à se damner.

– Je suis prêt. Montre-moi de quoi tu es capable… dit-il d’une voix profonde.

Ses yeux gris sombre me fixent sans détour, m’encourageant à faire preuve de hardiesse. Un appel au crime passionnel, auquel je réponds sans réfléchir, sans me faire prier.

Je caresse le tissu satiné qui recouvre le lit king size d’une main, puis me lève nonchalamment et parcours les quelques mètres qui me séparent de la grande console en bois vieilli. J’enclenche mon iPhone sur la station d’accueil et sélectionne la chanson *Bang Bang* de Nancy Sinatra. Le sourire de mon amant s’élargit, ses sourcils remontent. Il est étonné par mon choix. Il approuve.

L’enceinte high-tech se met en marche, les sons envoûtants et langoureux se libèrent.

L’ambiance devient plus tendue, plus chargée dans la

chambre aux moulures dorées. Toujours ce regard métallique planté dans le mien… Qui patiente, mais en demande tant. Je ne dois pas le décevoir. Je compte lui montrer le nouveau visage d'Alma Lancaster. La nouvelle version : plus affirmée, plus féline, plus provocante !

Mon chemisier, d'abord…

Je commence à me trémousser subtilement sous ses yeux et fais glisser mes mains le long de mon corps. Mes doigts fébriles frôlent mon cou, atteignent mes seins, enveloppent ma taille, descendent sur mes cuisses. Je relève un peu ma jupe serrée, consciente de l'effet que cela produit sur mon spectateur. Je m'arrête là, voulant simplement l'appâter, le faire languir.

Je n'ai jamais fait ça pour personne avant ce soir et je me prends à mon propre jeu. Une douce chaleur se répand en moi, alors que je me dandine en déboutonnant mon chemisier. Sans précipitation. Pour faire durer le plaisir. Dernier bouton défait : je laisse tomber le tissu qui préservait ma dignité et dévoile mon décolleté. Mon push-up en dentelle noire apparaît, contrastant avec ma peau claire. Vadim se mord la lèvre.

Bang bang. Mon effeuillage continue. J'écarte délicatement les bretelles, tout en tournant sur moi-même. Ces mouvements lascifs et insolents le piquent au vif. Je dégrafe mon soutien-gorge d'une main. Mes seins sont à nu, les tétons sont durs et érigés vers l'objet de mon désir. Mr King décroise et recroise ses jambes brutalement, posant sa cheville droite sur son genou gauche. Il est… crispé.

– J'ai envie de te toucher… murmure-t-il d'une voix brûlante.

– Avec les yeux, seulement, soufflé-je en l'interrompant.

Mon regard est malicieux, le sien est menaçant. C'est moi qui décide des règles du jeu, il n'a d'autre choix que d'y obéir. Et ça le fait enrager.

Les rôles sont inversés. Je pourrais m'y habituer…

Bang bang. D'un pas chaloupé, je me dirige jusqu'au lit. Je pose un pied dessus, pointe tendue et déroule mon bas. Il suit tous mes faits et gestes, observe mon profil, passe les mains dans ses cheveux, soupire silencieusement. Mon cœur bat la chamade, je tente de maîtriser mon excitation pour ne pas flancher. Seconde jambe. Je reproduis le même scénario, cette fois en le fixant fièrement, mutine. Il plisse les yeux et m'adresse un sourire diabolique.

La musique continue à nous transporter, un peu plus fort, un peu plus vite. Mon intimité est de plus en plus sensible, de plus en plus éveillée. Je me rapproche de Vadim et ondule devant lui en croisant mes mains derrière ma nuque et en baissant les yeux par moments. Je fais ma timide, ma pudique, ma petite effarouchée, pour changer. Ça lui plaît, je le sais. Ses traits débordent de désir. Entre nous, la tension sexuelle est à son comble. Ou presque…

Bang bang. En prenant soin de pointer ma croupe dans sa direction, je dézippe ma jupe puis la laisse glisser au sol, dévoilant mon string noir… minimaliste. À quelques pas de moi, sur son trône de peau et d'acier, Mr King lâche un grognement d'approbation. Aucun doute, il apprécie ce qu'il voit… Je tourne voluptueusement sur moi-même, lui exposant chaque centimètre de moi. Seuls un mini bout de lingerie et mes talons hauts l'empêchent de m'admirer en totale nudité.

À ce stade, les yeux brillants de mon amant ne se délectent plus, ils me dévorent. Je suis assaillie de frissons brûlants, je me tortille encore quelques secondes, puis fais coulisser mon string le long de mes jambes, en me penchant en avant. Lentement. Minutieusement. Le tissu tombe au sol, je m'en dégage et me retourne vers Vadim pour lui faire face. Nue comme un ver, le souffle court, prête à lui rendre les rênes… Et à m'abandonner dans ses bras experts.

– Viens là… articule-t-il difficilement.

La musique s'est arrêtée, je viens de le réaliser. Je me débarrasse de mes talons – mes échasses – et m'exécute sans broncher. À cet instant, me rapprocher de lui, le toucher, le sentir est vital. Je parcours la courte distance qui nous sépare. Je sens ses mains s'emparer de mon fessier et m'inciter à m'asseoir à califourchon sur lui. Contact. Enfin. Son odeur divine m'irradie à nouveau, ses doigts frôlent ma peau, son souffle m'attise.

– Ça t'excite, le pouvoir que tu as sur moi ? susurre-t-il en approchant ses lèvres des miennes.

– Ça t'excite, de me voir sur toi ? murmuré-je en le titillant du bout de ma langue.

Ma repartie lui arrache un gémissement sourd, puis il décide de reprendre les commandes. Sa bouche s'écrase sur la mienne, ses dents me mordillent cruellement, sa langue s'immisce dans chaque recoin, ses mains m'empoignent les reins, me pétrissent. C'est à la fois jouissif et douloureux, imprévisible et hargneux. Je halète sous la force de ce baiser. Vadim, lui, se fait plus entreprenant. Ses doigts habiles griffent mon dos, remontent pour pincer mes tétons, redescendent pour toucher le fruit défendu. Il caresse désormais ma féminité trempée, sa bouche avide s'aventure dans mon cou, le marque de quelques coups de dent, le lèche avec sensualité. Ses grognements et mes gémissements retentissent en même temps, s'entremêlent, se font écho dans le décor de rêve qui nous entoure.

Une vague de plaisir déferle en moi. En lui aussi, apparemment. Sa bosse emprisonnée dans son pantalon vient buter avec régularité contre mes chairs dénudées. Soudain, ses mains agrippent mon fessier. Vadim se lève d'un bond en me plaquant contre lui et nous entraîne jusqu'au lit. Là, il me lâche sans délicatesse, provoquant chez moi quelques gloussements de surprise. Superbe, irradiant, mon apollon me domine de toute sa hauteur et commence à se défaire de ses vêtements. Sa chemise de grand créateur glisse jusqu'au sol, suivie d'une traite par son pantalon et son boxer griffé. Sa virilité apparaît sous mes yeux, grandiose, vibrante, impressionnante.

Hmm... Et si j'osais ?

– Tu connais le jeu « Je n'ai jamais » ? demandé-je en le regardant, gourmande.

– Vaguement… Donne-moi un exemple, dit-il en posant un genou sur le lit.

– Le premier joueur doit révéler quelque chose de personnel. Qu'il n'a jamais tenté…

– Comme ?

– Comme… soufflé-je timidement avant de passer aux aveux. Je n'ai jamais fait de « gâterie » à mon PDG…

Je rougis bêtement, il sourit de toutes ses dents. Malicieusement.

– Hmm… J'ai terriblement envie de jouer… susurre-t-il en se mordant la lèvre.

Mon cœur bat à mille à l'heure, son sourire en coin m'aguiche, son regard me met au défi, son érection me réclame. Dans une ultime provocation, Vadim croise les bras et attend, planté face à moi. Sa bouche ourlée, sa peau parfumée, son torse musclé, ses abdominaux dessinés : je fonds inexorablement et me lance sans hésiter.

Je m'assieds au bord du lit, pose mes mains sur ses fesses, les caresse, les agrippe en embrassant son nombril, ses flancs, les lignes de son bassin avec sensualité. Je prends mon temps, je veux me faire désirer. Jouer avec le feu. Mon amant tremble légèrement à chacun de ces contacts. Enfin, avant même qu'il ait besoin de me supplier, je me décide à mettre un terme à cette torture, cette attente. À lui offrir quelques précieux instants d'un plaisir nouveau, intense et qui lui est totalement dévoué.

Montée d'adrénaline. Je saisis son sexe dans ma main et commence à le faire coulisser. Lentement, prudemment d'abord, puis plus vite, plus effrontément. Pendant ce temps, ma langue continue sa tendre progression et tourne autour de sa virilité. Jusqu'à l'atteindre, l'effleurer, la titiller et après quelques secondes, la posséder. Mes lèvres impriment un inlassable va-et-vient sur sa colonne érigée, arrachant à mon amant des râles d'extase. Je varie le rythme, l'intensité, ma bouche et ma main se lançant dans une danse commune, folle, torride.

Des spasmes parcourent Vadim, il me caresse les cheveux, me dit des mots doux, des mots forts, des mots sublimes. Je ne peux plus m'arrêter, son goût sucré me rend plus affamée, sa longueur plus avide. Il se laisse aller, s'abandonne à chacune de mes poussées, ne cherchant pas à me diriger. Cette liberté me donne des ailes, me conduit à le satisfaire, à lui offrir la plus belle, la plus mémorable des jouissances. L'orgasme le guette, il me prévient, se crispe de tout son long, bloque sa respiration. Je retire son sexe de ma bouche mais continue à le faire glisser dans ma main.

Finalement, lors d'un ultime va-et-vient, il se laisse aller entre mes doigts, les mâchoires serrées, les yeux fermés. Il s'effondre sur le lit, un sourire béat sur les lèvres, m'emportant avec lui dans sa chute. Je ris en le voyant fixer le plafond. Il marmonne des « Wow ! », « C'est vraiment moi qui t'ai appris à faire ça ?! », « Tu es une tueuse, Lancaster… ».

Une chaleur exquise se répand le long de ma colonne vertébrale.

Sentiment de fierté…

Nous plongeons pendant quelques minutes dans une douce torpeur, nos corps brûlants enlacés. Puis mon amant insatiable recommence à me caresser, glissant sa main entre mes cuisses entrouvertes.

– À mon tour de te faire perdre la tête, chuchote-t-il au creux de mon oreille.

– Faites ce que vous voulez de moi, Mr King, je suis prête, haleté-je déjà.

– J'ai moi aussi un jeu à te proposer…

– Hmm ? fais-je en me pressant contre ses mains baladeuses et enchanteresses.

– Ça s'appelle « Action ou vérité »…

– Hmm…

– Alors, Alma ? demande-t-il d'une voix provocante.

– Action.

– Sûre ? insiste-t-il insolemment pour me faire languir.

– Hmm… Oui !

– Tu m'as l'air bien impatiente…

– Vadim ! m'écrié-je en remuant pour encourager sa main à me caresser plus intensément.

– Très bien. Je vais te faire jouir encore et encore. À une condition : interdiction de me toucher… précise-t-il de sa voix la plus langoureuse.

– Hmm… Vas-y ! Ne t'arrête pas !

Il sourit, triomphant, et je gémis de plus belle. Ses mains quittent mon intimité – à ma plus grande déception – saisissent mes bras et les croisent derrière ma tête.

– Ne bouge pas. Tu seras moins tentée comme ça, ricane-t-il avant de m'embrasser fougueusement.

Moins tentée ? Raté ! Envie de lui tirer les cheveux… De lui griffer le dos… D'empoigner violemment ses fesses quand il glissera en moi…

Les supplices que me prodigue Vadim font rapidement taire ma voix intérieure. Lorsque sa bouche se pose sur mon clitoris et que sa langue s'introduit dans ma fente, je perds le fil de mes pensées, quitte la terre et agrippe brutalement les oreillers. Mon amant se délecte de ma féminité, s'active, s'enfonce de plus en plus profond, me caresse de plus en plus ardemment. J'inspire et expire avec difficulté, accaparée par son manège divin. Cet homme n'est pas humain, pas normalement constitué. Il a une langue extensible et des doigts de fée. Plus bas, je vois son sexe à nouveau au garde-à-vous. J'arque mon dos, écarte mes cuisses, cambre mes reins pour lui permettre de mieux me dévorer. Quelques minutes à peine se sont écoulées, mais je suis déjà submergée par un premier orgasme. Tout droit venu des profondeurs, il m'arrache un cri fulgurant et me terrasse en un instant.

– Je n'en ai pas fini avec toi… susurre mon tortionnaire en remontant jusqu'à mes seins pour emprisonner mes tétons entre ses dents.

Toutes ces émotions me font oublier la seule règle à respecter. Je libère mes mains et les plonge dans ses boucles folles. Il se redresse immédiatement, me lance un regard moqueur et les replace de manière autoritaire derrière ma tête.

– Une fois, pas deux… Si tu recommences, je devrai te punir… souffle-t-il.

Avec plaisir…

Je me rebelle une nouvelle fois et pose mes deux mains sur son torse, en lui souriant de manière impertinente.

– Petite insolente ! Tu vas voir… grogne-t-il, à la fois amusé et excité par mon audace.

Il me retourne d'un geste brusque, je glousse sous l'effet de la surprise. Il se place à genoux derrière moi, glisse une main sous mon ventre et rehausse légèrement mes fesses. Je sais ce qui m'attend. Je trépigne d'envie, d'impatience, de désir. Sa lance affûtée frôle mes cuisses, effleure mon sexe, puis vient s'y planter dans un élan bestial et dominateur. Il râle de plaisir, je frissonne, sentant sa virilité conquérir mes chairs, coulisser plus vite, plus loin. Vadim attrape le haut de mes cuisses pour me plaquer parfaitement contre lui. Ses coups de boutoir se multiplient, son sexe engorgé progressant toujours plus au fond de moi.

Je suis trempée, son va-et-vient m'électrise, me malmène, me tiraille. Je halète, il grogne, je réclame encore plus, plus loin, plus fort, encore, il répond avec passion à chacune de mes supplications. Je gémis son nom en l'aspirant en moi, mon cœur s'affole dans ma poitrine, la jouissance m'emporte en faisant trembler chaque particule de mon corps. Puis mon amant me rejoint dans un râle viril, se cambrant contre moi, ses doigts tordant ma peau, son souffle balayant ma nuque qui repose désormais sur l'oreiller. Je vois mille étoiles. Je suis K.O. Repue.

– Tu devrais me punir plus souvent, marmonné-je à moitié consciente, alors que Vadim s'allonge à côté de moi.

– C'est prévu, crois-moi… Mais pour l'instant, je voudrais juste ça, dit-il tout bas en me serrant dans ses bras. M'endormir contre ta peau sucrée à la fleur d'oranger…

Papillons dans le ventre.

18

La révélation

Convocation urgente à 7 h 30 du matin.

L'ambiance est glaciale dans la salle de réunion illuminée artificiellement. Dehors, le ciel est noir, la nuit s'étire, le jour ne semble pas vouloir se lever. Notre PDG – en retard de quelques minutes – nous a tous réveillés aux aurores, sans nous informer de la raison de ce meeting précipité. Pas même moi. Maximilian baille à répétition, Sophie joue distraitement avec ses boucles blondes, Clarence a le nez plongé dans ses dossiers, je m'étire sur ma chaise et avale une dernière gorgée de café. Kate débarque à son tour, la mine préoccupée, nous saluant du bout des lèvres avant de prendre place sur son siège de directrice. Ne manque plus que le big boss.

Qui est tellement occupé qu'il n'a pas partagé mes nuits depuis trois jours... Une éternité...

Quelques minutes plus tard, Vadim fait claquer la porte derrière lui, me jette un regard fugace – intense, perçant – puis s'excuse à la ronde pour « le dérangement occasionné par cette réunion improvisée ». Sans prendre la peine de s'asseoir, sans même se dévêtir de son manteau noir à la coupe semi-cintrée, il passe aux explications :

– Je vous annonce que nous décollons pour L.A. en fin de journée. Je suis navré si cela interfère avec vos vies privées, mais nous devons agir rapidement. Skylight Pictures est en train de mettre la main sur l'un de nos futurs projets. Une série de longs-métrages à huit chiffres dont je ne peux, pour l'instant, rien vous dévoiler mais sur laquelle notre filiale américaine planche depuis presque une année.

Choqués, pris au dépourvu, nous buvons ses paroles. Je le dévore du regard, électrisée par son charisme. Mr King parle haut et fort, soucieux d'exprimer l'urgence de la situation. Le ton est affirmé, déterminé, ses yeux brillent d'une lueur combative. Il est résolu à stopper l'avancée de Skylight pour défendre la multinationale qu'il a créée. Pour sauver King Productions.

– Faites ce que vous avez à faire avant 18 heures, reprend-il en croisant le regard de chacun de nous. Gérez la prise en charge de vos pôles respectifs, déléguez, assignez, puis rentrez chez vous pour vous organiser. J'ignore combien de temps nous devrons rester sur place. Quatre à sept jours, probablement.

– Vadim, tu oublies May Sim, enchaîne vivement ma supérieure dans leur langue natale. Nous devons la remplacer, trouver immédiatement quelqu'un pour le premier rôle de *French Kiss* ! Ça ne peut pas attendre « quatre à sept jours » !

– Je n'oublie rien, Kate... gronde-t-il pour lui faire comprendre qu'elle ferait mieux de peser ses mots. Tu n'auras qu'à organiser un nouveau casting là-bas. À moins que tu trouves ça trop compliqué ? C'est vrai que L.A. ne regorge pas de jeunes actrices qui tueraient pour empocher ce rôle...

L'ironie de sa dernière phrase n'a échappé à personne. Le visage vexé et empourpré de Mrs Monroe non plus. Je jubile intérieurement. Et je ne suis pas la seule.

Un deuxième round, please !

***

Welcome to Hollywood ! Mes collègues et moi n'avons pas eu une minute à nous depuis notre arrivée en terre californienne. À peine descendus du jet, nous nous sommes rendus dans les locaux – époustouflants – de la maison mère, situés dans le prestigieux quartier de West Hollywood. Après trois jours de meetings éreintants avec les dirigeants de la compagnie US, c'est-à-dire environ quarante heures d'évaluations, planifications, élaboration de plans d'attaque, notre petite équipe venue tout droit de l'Hexagone prend enfin conscience de l'ampleur du problème. Et de la tâche qui nous attend. Skylight Pictures s'annonce un adversaire de taille. Quasiment imbattable. J'ai bien dit quasiment.

Lors de ce processus infernal, nous tentons de faire bloc, malgré les obligations des uns et des autres. Vadim assiste à toutes les réunions, mais n'a que très peu de temps à nous consacrer en dehors. Kate est souvent absente, accaparée par son casting. Sophie, Clarence et moi avons donc la responsabilité de représenter la filiale France lors des débats. Contrairement à mes deux collègues, j'ai l'avantage de connaître la plupart de nos interlocuteurs. Lors de mon précédent séjour à L.A., Vadim m'a présentée à toute son équipe. Cela me permet d'interagir avec plus d'aisance, de proposer des stratégies sans me laisser impressionner. Les poignées de mains franches et les sourires généreux que je reçois en retour m'indiquent que mon public se fie à mes prédictions, que je n'ai pas seulement été acceptée, mais que je suis écoutée.

French power !

À plusieurs reprises, au milieu du brouhaha et de l'agitation frénétique des réunions, je surprends mon amant en train de m'observer. Dans ses yeux, je perçois de la fierté. Du désir, aussi, vu la manière dont il me détaille de la tête aux pieds dès lors que je me lève pour m'exprimer.

Hmm... Difficile de se concentrer...

Chaque soir, je dîne en tête-à-tête avec Sophie et Clarence, ingurgite quelques sushis, *ribs* ou tacos en regardant passer les minutes. Puis nous regagnons nos « Junior suites » respectives, au *Sunset Marquis*, l'hôtel luxueux et contemporain situé à proximité des bureaux.

– Tu nous accompagnes au *Bar Centro*, Alma ? On se change vite fait et on y va ? me propose Clarence alors que nous longeons la piscine de l'établissement huppé.

– Il paraît que c'est *the place to be* et qu'ils servent des cocktails à tomber par terre ! insiste Sophie.

– Pas au sens littéral, j'espère… plaisanté-je en préparant un argument bidon. Allez-y sans moi, je ne tiens plus debout.

– C'est déjà l'excuse que tu nous as sortie hier soir, ronchonne Mr Distribution.

– On t'aura à l'usure… rigole Mrs Production.

La vérité, c'est que dès qu'ils ont le dos tourné, je file en douce rejoindre Vadim. Je saute chaque soir dans un taxi, le cœur battant, les jambes flageolantes, folle d'impatience de retrouver les bras de mon amant. Ce petit manège dangereux et excitant m'aide à supporter la distance qui nous sépare lorsque nous sommes en public. À l'abri des regards, dans l'intimité de sa demeure flamboyante mais privée, il est tout à moi. Plus besoin de nous cacher. J'ai enfin la sensation de respirer.

Mais nous ne sommes pas totalement seuls dans ce paradis fait de marbre blanc et de mobilier métallique de style industriel. Jusque-là, nous avons réussi à éviter Max sans difficulté. En tant qu'assistant personnel de Vadim, il est indispensable qu'il séjourne à la villa, pour des raisons pratiques. Mais ce privilège ne lui donne pas tous les droits. Il sait pertinemment qu'il doit se faire discret. Et plus important encore : conserver notre secret…

Une invention de génie, cette clause de confidentialité !

Abigail, quant à elle, m'ouvre la porte chaque soir. Et chaque soir, le même scénario se répète. La jeune gouvernante au regard inquisiteur me propose de me « débarrasser », je refuse poliment. Nous échangeons quelques mots sur la météo, le trafic, ma tenue, puis elle me propose un « rafraîchissement ». Là encore, je décline en souriant. Vadim nous interrompt enfin, m'entoure de ses bras en m'embrassant dans le cou ou sur les lèvres et mon interlocutrice disparaît en un clin d'œil. Je ne la revois qu'au petit matin, lorsque je quitte le palace californien pour retourner à mon hôtel, derrière la vitre, en train de m'observer. Elle est étrange.

Presque inquiétante…

Nouvelle journée harassante suivie d'une soirée… délassante. Une fois de plus, j'ai dû semer mes collègues – de plus en plus agacés – pour venir m'alanguir dans les bras de mon amant. Allongée tout contre lui, je me laisse bercer par son souffle. Dans la pénombre, je ne me lasse pas d'admirer son torse se soulever à chaque respiration.

– Vadim, tu dors ?

– Hmm…

Je ferais mieux de l'imiter, le réveil étant programmé pour sonner dans moins de cinq heures. Mais j'ai soif. Trop soif pour m'endormir.

Je m'extrais du lit le plus délicatement possible, enfile son polo rayé qui m'arrive à mi-cuisses et avance sur la pointe des pieds jusqu'à la porte de notre chambre. Je traverse le large couloir sans l'éclairer, trébuche une ou deux fois au passage, emprunte les escaliers en me tenant à la rampe, continue en direction de la cuisine. Deux voix. J'entends deux voix. Familières. Elles chuchotent, rient doucement, se taisent, puis murmurent à nouveau. Maximilian et Abigail.

Guidée par ma curiosité, je me rapproche peu à peu, sans faire de bruit. Les voix proviennent du cellier. La porte est restée entrouverte. Mon cœur bat à mille à l'heure, je me doute déjà de ce que je vais découvrir… Un coup d'œil dans l'embrasure et mes prédictions se confirment. La gouvernante et l'assistant sont collés l'un à l'autre et s'embrassent… langoureusement. Un peu interdite, je m'esquive discrètement, sans demander mon reste. En oubliant d'attraper une bouteille d'eau avant de remonter…

Un : Max n'est effectivement pas gay comme je le pensais…

Deux : direction le robinet de la salle de bains !

– Vadim ? J'ai un scoop ! susurré-je en me glissant à nouveau sous les draps.

– Hmm…

– Max et Abby…

– Je sais, je les ai surpris moi aussi, soupire-t-il doucement en se retournant vers moi.

Mon bel endormi – ou presque – pose un délicat baiser sur mes lèvres, puis plaque fermement sa main contre ma bouche.

– Silence, maintenant.

– Mais… ça ne te dérange pas qu'ils…

– Lancaster ! gronde-t-il, menaçant.

J'éclate de rire, me dégage de son emprise et m'allonge sur lui de tout mon poids.

– Ça m'a émoustillée… avoué-je contre son oreille, d'une voix suave.

Victoire. Brusquement éveillé, mon amant se redresse en s'appuyant sur ses bras, je tombe sur le côté et glousse. Il grogne légèrement, se colle à moi, puis sa bouche se met à l'œuvre, rapidement accompagnée de ses mains. Enfin… *Hmm…*

Cinquième jour dans la cité des anges. *Day off*. Pour moi, en tout cas. Vadim s'est échappé en fin de matinée, contraint d'enchaîner des interviews pour les grands médias américains. La guerre Skylight/King commence à faire couler beaucoup d'encre, il tient à jouer lui-même le rôle de porte-parole. Qui mieux que lui pour représenter sa multinationale ? Charismatique, engagé, beau comme un dieu, millionnaire : il a tout pour lui.

Je n'en reviens toujours pas. Je partage ma vie avec une célébrité, qui, certes, fait les titres juteux de la presse people, mais qui est surtout respectée et reconnue par le milieu. Et dont les déclarations sont toujours prises au sérieux.

Bonne pioche, Lancaster !

Je quitte la villa King aux alentours de 13 heures pour rejoindre mon hôtel, soulagée par le texto que je viens de recevoir.

[On ne t'a pas vue au petit dej…
Max nous a dit que tu étais occupée
aujourd'hui, dommage,
tu vas nous manquer !
J'embarque notre Will Smith
national dans une folle aventure :
un aller-retour express à Vegas !
Retour prévu vers minuit.
Bonne journée, directrice adorée !
Sophie]

Merci Mad Max, pour l'alibi !

Je meurs d'impatience d'être à ce soir. Vadim me réserve une échappée belle dont j'ignore tout du programme. Seul indice – un petit mot qu'il a glissé sous mon oreiller : Santa Monica.

Délicieuse impression de déjà-vu…

Je viens de passer plus de deux heures à me prélasser sur un transat estampillé *Sunset Marquis*, à moitié assoupie, bercée par les rayons du soleil et le doux clapotis de l'eau de la piscine. L'endroit est totalement désert, silencieux. Le calme avant la tempête…

Lorsque je me décide enfin à remonter pour éviter les coups de soleil, je trouve Grace Montgomery adossée à la porte de ma chambre, sa silhouette parfaite enveloppée dans une longue robe fluide.

Coups de soleil ? Coup de massue, oui !

Elle me regarde avancer dans sa direction, ignorant ma moue agacée et mes sourcils froncés.

Qu'est-ce qu'elle me veut ?! Depuis combien de temps est-ce qu'elle m'attend ?!

J'arrive à sa hauteur, elle me contemple de tout son mépris. Je rentre ma carte magnétique dans la fente de la serrure électronique sans lui adresser un regard. Elle se lance d'une voix condescendante.

– Vous comptez me laisser entrer ? J'ai fait l'effort de venir pour vous révéler des informations importantes…

Sans dire un mot, j'ouvre la porte et lui fais signe de me précéder. Nous pénétrons dans le vestibule, je pose mon sac sur le sol, me plante face à elle et croise les bras sur ma poitrine, méfiante. Correction : flippée.

– Vous avez quelque chose à boire ? me demande-t-elle soudain avec son accent américain.

Je me rends jusqu'au minibar encastré dans un grand placard, en sors une canette de soda et lui tends.

– Grace, qu'est-ce que vous faites là ? Et comment est-ce que vous m'avez trouvée ?

– J'ai des amis à King Productions. Ils m'ont dit que vous étiez à L.A. pour la semaine et que vous séjourniez au *Sunset Marquis*, m'explique-t-elle après avoir bu quelques gorgées.

– Et ?

– Et je me suis dit que j'allais vous faire une faveur.

– C'est-à-dire ? demandé-je, agacée par ses sous-entendus.

Crache le morceau, Barbie !

– Vous n'avez pas une petite idée ?

– Grace, allez droit au but ! Nous ne sommes pas amies, vous me l'avez bien fait comprendre lors de notre dernière conversation. Vous débarquez sans prévenir, me mettez au pied du mur, alors rendez-moi service : abrégez !

– Croyez-moi, ça ne me fait pas plaisir d'être là… Les informations que je détiens concernent la seule personne que nous ayons en commun : Vadim.

Évidemment…

– Quelle surprise ! ironisé-je.

– Si ça ne vous intéresse pas, je peux m'en aller…

– Non, restez. Je vous écoute, parviens-je à me calmer.

– Ça risque de ne pas vous plaire…
– Peu importe.
Elle inspire un grand coup, triture les perles de son sautoir, puis me lâche ses vérités d'une voix sourde et voilée. Sans animosité.
– Il est avec vous pour se venger. Uniquement pour ça. Il m'a tout raconté quand on était ensemble, il m'a parlé des dizaines de fois de votre histoire, de votre lâcheté, de votre trahison, de vos proches qui vous influençaient, qui le traitaient comme un moins que rien. Je sais tout ! Quand il commençait, je ne pouvais plus l'arrêter, il était méconnaissable. Et à chaque fois, son récit se terminait de la même façon : sa vengeance. Il n'avait que ce mot à la bouche.
Elle ment ! Elle ment ? Frissons…
– Et je dois vous croire parce que… ? demandé-je d'une voix faussement assurée.
– Parce que je n'ai aucun intérêt à inventer tout ça. Je l'ai déjà perdu, je ne le récupérerai pas.
– Vous me détestez Grace, vous cherchez juste à me faire mal… À me faire douter.
– Je ne vous déteste pas, je vous plains. Son plan a fonctionné : vous êtes retombée amoureuse de lui, il sait qu'il peut faire ce qu'il veut de vous, vous manipuler. Et un beau jour, il va vous trahir, vous abandonner, exactement comme vous l'avez fait il y a toutes ces années.
Ma gorge se serre, mon estomac se noue. J'ai l'impression qu'elle me parle sincèrement pour la première fois…
– Il ne ferait jamais ça, dis-je d'une petite voix.
– Ouvrez les yeux, Alma. Il est incapable d'aimer !
– Avec vous, peut-être. Avec moi, c'est différent, lâché-je vainement en tentant de m'autopersuader.
– Je sais que vous ne me prenez pas au sérieux, mais je vous jure que je le connais. Pourquoi est-ce qu'il refuse de s'engager, à votre avis ? D'annoncer au monde entier que vous êtes ensemble ? Pour son image ? Tu parles ! Votre relation est un

mensonge, un prétexte. Il veut vous briser. Il peut vous dire tout ce qu'il veut, vous faire miroiter l'amour éternel, c'est perdu d'avance. Vous l'avez détruit, il ne s'en est jamais remis.

– Pourquoi est-ce que vous cherchez à m'aider ? Ça n'a pas de sens…

Retiens tes larmes Alma, ne craque pas devant elle !

– Personne ne mérite de tomber de si haut. Je sais à quel point c'est dur de l'aimer… et de le perdre.

– …

– Et après ce qu'il me fait, je ne serais pas contre l'idée qu'il reçoive une petite leçon. Ne vous faites pas avoir, Alma… conclut-elle tristement avant de s'en aller.

20 heures passées. Vadim tambourine à ma porte, comme un fou, je refuse de lui ouvrir. J'ai passé les trois dernières heures à pleurer toutes les larmes de mon corps, ne sachant plus à qui me fier. Qui croire ? L'homme que j'aime le plus au monde, qui pourrait bien être en train de se jouer de moi ? Ou son ex, rejetée, mise de côté et qui fut un temps mon ennemie jurée ? Les révélations de Grace n'auraient pas dû me toucher autant. Si elles étaient totalement fausses, si elles ne contenaient pas une once de vérité, je ne serais pas dans cet état… lamentable.

Si tout est faux, comment se fait-il qu'elle en sache autant sur notre passé ? Tous ces détails… Elle n'a pas pu les inventer !

Dans le couloir, mon amant inquiet – et courroucé – n'a pas dit son dernier mot. Il disparaît quelques minutes et revient, cette fois muni d'une carte magnétique.

Foutu millionnaire… Il obtient toujours ce qu'il veut !

Vêtue seulement de mon bikini, je reste prostrée sur le lit lorsqu'il referme violemment la porte derrière lui. Il m'appelle, je ne réponds pas. Je l'entends foncer dans la salle de bains, en sortir, se diriger dans le salon, soupirer, crier mon nom, puis enfin, se précipiter dans la chambre. Il stoppe net en me dévisageant, puis avance prudemment et vient s'asseoir à côté de moi.

– Tu m'as fait une peur bleue… murmure-t-il en serrant les dents. Je peux savoir ce qui se passe ?

– Grace… soufflé-je simplement.

– Montgomery ? Qu'est-ce qu'elle a trouvé pour nous pourrir la vie, cette fois ?

Son ton est froid, mais sa main délicate et tendre lorsqu'il la tend pour sécher mes larmes.

– Alma, parle-moi… J'ai paniqué, je t'ai appelée dix fois, j'ai cru qu'il t'était arrivé quelque chose de grave !

– Tu as vu ma tête ? m'énervé-je soudain. C'est grave Vadim !

– Dis-moi… dit-il en caressant mes cheveux.

Je repousse son bras et me lève violemment. Sensation de vertige.

– La vengeance… C'est pour ça que tu es revenu ?

– Quoi ? Qu'est-ce que tu racontes ? marmonne-t-il, le regard ailleurs.

– Grace m'a tout dit. Toutes ces fois où tu lui as parlé de moi et de ton obsession. Tu veux quoi, Vadim ? Tu veux ta revanche ? Tu veux rejouer la scène d'il y a douze ans ? Mais cette fois, tu seras le bourreau et moi la victime ?

– C'est quoi ces conneries ? Comment est-ce que je vais imprimer ça dans ta petite tête ? Je t'aime, bordel ! rugit-il, le regard fiévreux.

– Tu m'as pardonnée ?

– Oui ! Mais pas par choix… Parce que je ne peux pas me passer de toi, avoue-t-il en passant nerveusement la main dans ses cheveux.

– Grace m'a menti ? Tu n'as jamais voulu te venger ?

– Alma…

– Réponds-moi ! crié-je, hors de moi.

Il soupire, puis passe aux aveux.

– Elle n'a pas menti. Du moins, pas en totalité. J'y ai pensé pendant des années : te faire souffrir, te faire vivre ce que j'ai vécu. Le vide. La douleur. Le manque. Je pensais que c'était la seule solution pour me guérir de toi. Mais j'avais tort. C'est du passé, Alma. Et c'est un futur que je veux construire avec toi !

– Dégage ! Sors de là ! hurlé-je, enragée.

Je suis atrocement déçue. Plus que ça. Blessée. Ses révélations viennent de me poignarder en plein cœur. Une vague de colère déferle en moi. L'adrénaline se répand dans mes veines, ma force est décuplée, je parviens facilement à le pousser jusqu'à la sortie. Sous le choc, il ne cherche pas à se défendre et finit par quitter ma suite sans même se retourner.

19

La confrontation

Lentement, péniblement, le monde extérieur me force à reprendre mes esprits. À me focaliser sur autre chose que sur lui, ses non-dits, ses rancœurs, ses pensées à moitié avouées, absolument pas pardonnées.

Notre conversation à cœur ouvert – ou règlement de comptes – a eu lieu il y a deux jours. Déjà. Deux nuits sans lui. Quarante-huit heures pendant lesquelles la « team France » n'a pas chômé, la guerre froide entre King et Skylight ne faisant que commencer. Notre PDG a finalement décidé de libérer Sophie et Clarence, qui s'envoleront pour Paris dès ce soir. Pas de répit pour moi, ni pour ma supérieure : notre présence outre-Atlantique est « capitale ».

Ô joie…

Entre Vadim et moi, le courant est froid. Glacial, même. Je n'ai toujours pas digéré les révélations de Grace. Vadim, lui, n'a pas apprécié mon comportement – je le cite – « puéril ». Ce mot, il me l'a soufflé à la fin d'une réunion, brisant le silence pour la première fois, prenant le risque d'être entendu. Face à cette attaque, je me suis contentée de lever les yeux au ciel et de décamper sans même le regarder. La tête haute, les mâchoires serrées.

Ça, c'est assez mûr pour vous, Mr King ?

– Alma, attends ! s'égosille Sophie Adam en trottinant derrière moi.

Je me retourne, tente de retrouver une contenance et

d'effacer le rictus de colère qui déforme mes lèvres. Note pour plus tard : songer à déplacer le poids d'une tonne qui m'écrase le cœur. Au bout du couloir, là d'où je viens, j'aperçois la silhouette de Vadim, en pleine conversation avec ses employés américains.

Il ne perd pas le nord...

– Viens, allons boire un café… propose ma collègue en glissant son bras sous le mien.

– Pas le temps, tu as vu le planning de la journée ! ronchonné-je.

– C'est ma dernière à L.A., pas question de la gâcher en me demandant toutes les trois minutes ce qui te tracasse ! Parlons peu, mais parlons bien ! insiste-t-elle en me précédant en direction de la cafétéria.

Je la suis, un brin amusée par sa détermination. La jolie blonde a le don de me faire oublier mes tourments. Ou, au contraire, de mettre le doigt dessus. Et d'appuyer…

– Bon, alors, qu'est-ce qui se passe depuis deux jours ? demande-t-elle en me tendant une tasse d'expresso. Tu fais la gueule, c'est flagrant ! Et Mr King n'a pas l'air beaucoup plus joyeux que toi, même s'il le cache mieux. Je suis plus perspicace que j'en ai l'air, tu sais…

– Oui, j'avais remarqué, souris-je. Il ne se passe rien. Juste un désaccord.

– Qui concerne… ?

– Le boulot. Rien de grave.

– Ah ! Bouillant ! s'écrie-t-elle en se brûlant les lèvres. Tu ne comptes pas me donner plus de détails, si je comprends bien…

– Tu as tout compris ! ris-je doucement.

– Tu vas me dire que je suis folle, complètement à côté de la plaque, mais parfois, j'ai l'impression qu'il se passe quelque chose entre vous. J'ai surpris des coups d'œil, des sourires, des phrases détournées. Il te regarde avec une telle intensité ! Tu ne crois pas qu'il… Comment dire ? Qu'il est un peu… amoureux de toi ?

– Sophie, arrête les comédies romantiques ! blagué-je pour masquer ma gêne. Le grand patron qui aime secrètement son employée, c'est tellement cliché !

Ça se voit tant que ça ?!

– Peut-être. Je dois me tromper… ajoute-t-elle sans conviction. En tout cas, je ne sais pas comment tu fais pour ne pas craquer. Je serais célibataire, je…

– Alors comme ça, on picole sans moi ?! s'indigne Clarence en nous sautant dessus et en manquant de recevoir deux tasses de café en pleine figure.

– Mais qu'il est pénible ! s'écrie Sophie, hilare. J'aurais dû te laisser à Vegas !

– Au boulot, la compagnie ! Tom, le responsable de la distrib', pas celui de la compta, veut te voir, annoncé-je à Clarence. Sophie, direction les studios, je conduis !

Se concentrer sur le boulot : check ! Ne pas penser à tout le reste : en cours…

***

Les deux trublions sont rentrés en terre natale, me laissant seule avec mon souverain et sa garde rapprochée. Traduction : le redouté Vadim King et la redoutable Kate Monroe.

Ils portent bien leurs noms ces deux-là : le roi et sa diva…

Notre PDG, justement, nous convoque en fin de matinée pour nous annoncer un changement de dernière minute. Pas de projection ni de point presse cet après-midi, mais un meeting explosif. Vadim, Kate et moi-même sommes attendus à 15 heures dans les locaux de Skylight Pictures. Nous nous apprêtons à rencontrer la direction de la société rivale… Nos ennemis jurés.

Ne dramatisons pas… Ils seront peut-être chaleureux et courtois… Oui bien sûr, Alma, et ils porteront des costumes de Bisounours…

– Souvenez-vous, on ne doit pas s'emballer. S'ils nous provoquent, on laisse glisser. Si on accepte de les rencontrer, c'est pour voir à qui on a affaire. Évaluer la compétition. Essayer de découvrir ce qu'ils manigancent. Pourquoi est-ce qu'ils se sont attaqués à la filiale France avant la maison mère ? se demande Vadim à haute voix, alors que nous arrivons au pied du gratte-ciel de Skylight Pictures.

– Solution de facilité ? Pour s'en prendre à plus faible qu'eux. Nous démarrons à peine, c'est pour ça qu'ils nous ont ciblés, commenté-je.

– Ils ont un espion dans nos rangs, j'en mets ma main à couper ! grogne Kate, prête à en découdre.

– Du calme, tout le monde. Observez le moindre mouvement, le moindre haussement de sourcils, soyez à l'écoute, collectez un maximum d'informations, nous ordonne le plus sérieusement du monde notre PDG en avançant vers la réception.

Ce costard noir... Hmm...

– Alma, tu attends quoi ?! m'engueule Vadim alors que je perds du temps à le contempler. Tu n'es pas là en touriste ! Monte dans l'ascenseur et concentre-toi !

Ce regard noir... Pff...

Nous pénétrons dans une immense salle aux allures d'amphithéâtre, constituée d'une scène centrale et d'une centaine de sièges disséminés de part et d'autre. Située au sous-sol du building, elle est éclairée par des lustres haut perchés et des halogènes agressifs. Les visages de nos interlocuteurs – deux hommes d'un certain âge et une femme plus jeune – semblent sereins, presque trop. Nous sommes en territoire ennemi. Ils sont chez eux.

Après avoir échangé de rapides poignées de mains et cité nos noms et fonctions respectives, nous nous asseyons autour d'une grande table en verre, plantée au beau milieu de la scène. Pas même une bouteille d'eau à notre disposition.

Quelle hospitalité...

Je lance un regard un peu désemparé à Kate, qui me fait signe de patienter. Le silence est assourdissant. Vadim prend finalement la parole en premier, rapidement stoppé par Mr Langman, l'éminent fondateur de Skylight, qui nous annonce que l'un de ses collègues n'est pas encore arrivé. Son supérieur hiérarchique, précise-t-il.

– Pardonnez-moi, Mr Langman, mais quelque chose m'échappe… insiste Vadim. Je pensais que vous étiez le PDG de Skylight Pictures.

– Ne vous excusez pas, votre remarque est tout à fait légitime. J'ai récemment changé de fonction au sein de notre société. J'en ai vendu la majorité des parts et accepté d'en confier la direction à la personne que vous vous apprêtez à rencontrer.

Vadim semble estomaqué. Contrarié. Déstabilisé. Il ne s'y attendait pas, à celle-là. L'ambiance est à couper au couteau dans ce lieu étrange où résonnent les voix rauques des deux hommes. Qui est ce mystérieux président qui nous fait poireauter – volontairement, j'imagine ?

Le voilà. Environ 55 ans, un visage marqué mais séduisant, une chevelure poivre et sel un peu clairsemée, une silhouette vaillante et assez carrée. L'inconnu prend son temps, s'installe sans nous adresser un regard, puis se tourne finalement vers nos trois visages méfiants. Je remarque que celui de mon amant bout. Littéralement. Lui qui est généralement si maîtrisé, si incernable, semble au bord du malaise.

– Vadim, quel plaisir de vous revoir après toutes ces années… lâche insolemment son rival, en dévoilant toutes ses dents à l'émail trop blanc pour être vrai.

Quoi, ils se connaissent ?!

– Plaisir partagé, répond ironiquement son interlocuteur.

– Mrs Monroe, Miss Lancaster, je ne me trompe pas ? demande l'homme grisonnant en nous observant, tour à tour.

– C'est bien ça. Et vous êtes ? relance Kate, un peu fébrile.

– Dimitri Monkov. Nouveau PDG de Skylight Pictures et

ancien ami de la famille… King.

Il s'apprêtait à dire Arcadi !

– Que nous vaut cette charmante visite de courtoisie ? reprend-il tout sourire, dans un anglais massacré par son accent russe.

Les deux PDG se lancent dans un dialogue acerbe, bourré de sous-entendus et d'attaques pernicieuses, faisant totalement abstraction de notre présence. Personne n'ose les interrompre.

– Je tenais simplement à faire les présentations, improvise Vadim. Et cela tombe à pic, puisque clairement, la direction de votre société ne cesse de changer de visage. Sans en informer qui que ce soit…

– Rassurez-vous Mr King, je ne compte aller nulle part. Et pour ce qui est de la confidentialité, elle me revient de droit, vous ne croyez pas ? Ce serait hypocrite de me reprocher une certaine… discrétion. Il me semble que vous non plus, vous ne dévoilez pas certaines informations vous concernant…

Il sait tout ?!

– Inutile de nous tirer dans les pattes, Dimitri… gronde Vadim. Revenons-en aux affaires, si vous le voulez bien. Vous avez probablement entendu parler de notre filiale France, récemment créée ?

– Bien entendu. Toute concurrence, même la plus dérisoire, mérite mon attention. Continuez…

– Dérisoire, ce n'est pas le mot que j'aurais employé. King France est déjà en pleine expansion, les chiffres du box-office en attestent.

– Un ou deux grands succès ne font pas la pérennité d'une entreprise, Mr King. Mais je ne vous apprends rien, j'imagine ? Votre parcours « atypique » parle pour vous. Vous êtes un homme déterminé, obstiné. Les échecs ne vous font pas peur. N'est-ce pas ?

– Non, mais l'attitude déloyale de la concurrence et les atteintes portées à King Productions me dérangent au plus haut point.

– Le business, c'est le business ! s'écrie Monkov en tapant du poing. Vous êtes un homme de pouvoir, comme moi, vous savez qu'en période de crise, toute opportunité est bonne à prendre.

– Pas lorsqu'elle frise l'illégalité… grogne Vadim, le regard assassin.

– Vous avez des preuves ? Je suis impatient de les découvrir…

– Kate, Alma, je pense qu'il est temps d'y aller. Ce meeting ne mènera nulle part. Impossible de faire entendre la vérité à un vieil homme borné et sans scrupule.

– Ne soyez pas défaitiste, Vadim, vous ne savez pas ce que le futur nous réserve. J'ai encore de très longues et belles années devant moi. Et de nombreuses conversations de ce genre, j'en suis persuadé… contre-attaque le Russe, un rictus malsain sur les lèvres.

– Ça ou autre chose… menace Vadim en se levant.

Leur poignée de mains est… électrique. Puis vient mon tour. Dimitri Monkov me fixe sans détour, m'examine de la tête aux pieds, de manière insistante. Presque perverse.

– Il paraît qu'admirer une femme française, c'est presque commettre une infidélité… me souffle-t-il d'une voix chaude. Vous venez de me le prouver, chère Alma.

– On y va ! siffle furieusement Vadim, proche de la sortie.

Qu'est-ce qui vient réellement de se passer ?!

***

Sunset Marquis, fin de journée. Une pause s'impose.

– Ça s'est fait par hasard… J'étais seul, Basile aussi, on a discuté, sympathisé et puis… tu sais.

À l'autre bout du fil, la voix guillerette de Niels me remonte un peu le moral. Le sujet qu'il a décidé d'aborder n'est pas forcément le plus adéquat, mais je vais faire avec. À cet instant, je donnerais n'importe quoi pour ne plus penser à… Un : Vadim et moi, toujours en froid. Deux : la voix mielleuse et dangereuse de Dimitri Monkov.

OK pour les confidences de mon meilleur ami !

– Niels, je veux bien en parler mais je te préviens : pas trop de détails et pas de descriptions de… tu sais quoi. Du soft, c'est tout ce que mes oreilles sont capables d'entendre !

– Comme si j'allais te raconter ça…

– Ça ne serait pas la première fois !

– Oui, mais on parle de ton frère, là ! Enfin, Alma, il y a des choses qui ne se font pas ! La famille, c'est sacré ! se moque-t-il en imitant ma voix de fille coincée.

– Bon, vas-y, balance ! ris-je sincèrement.

Une bouffée d'air... Enfin !

Je n'ai pris que très peu de nouvelles de mes proches depuis mon arrivée à L.A. Le décalage horaire, les journées de dur labeur, les nuits consacrées à mon amant : excuses non valables. À l'écart de l'agitation californienne, retranchée confortablement dans ma suite junior tout confort, je profite d'une soirée sans péripétie pour me rattraper. Niels était le quatrième et dernier de ma liste. Avant lui : Lily, mes parents et Clémentine.

Je viens de raccrocher et m'apprête à appeler le room service quand quelqu'un frappe à ma porte. Une seule fois, mais assez violemment pour me faire sursauter. J'hésite une seconde avant d'ouvrir, trouvant ce soudain silence inquiétant. J'appuie lentement sur la poignée, la tire vers moi, puis reconnais immédiatement la voix qui, à travers la porte, lâche de fragiles murmures…

– Alma, ouvre-moi. J'ai besoin de toi. Ne me laisse pas. Pas comme ça…

À moitié ivre, le visage livide, les yeux embués, Vadim tient à peine sur ses jambes. Il me tombe dans les bras et me serre de toutes ses forces. Il est trempé de la tête aux pieds, ses cheveux en bataille sentent le chlore, ses vêtements lui collent au corps. Je tente de le calmer, lui demande de s'exprimer plus clairement pour comprendre ce qui lui arrive. Je suis à deux doigts de paniquer, je ne l'ai jamais vu comme ça.

– Je suis désolé… De débarquer comme ça… J'ai un peu trop bu, je crois.

– Chut… Tout va bien, Vadim.

– Je ne sais pas ce qui m'a pris… J'hésitais à frapper à ta porte, je ne voulais pas te déranger. Je me suis assis sur un transat pour réfléchir. Il n'y avait personne. Pour avoir les idées plus claires, j'ai sauté dans l'eau… Sans enlever mes fringues… Putain, je suis ridicule… Pathétique…

Cet homme si fort, si fier, me paraît tout à coup si vulnérable. Il a quelque chose de juvénile, qui me bouleverse, me prend aux tripes, qui me donne envie de le protéger de tous les dangers. Tout en lui caressant tendrement la nuque, j'essaie d'en savoir plus sur ce qui le tourmente.

– Parle-moi, Vadim. Explique-moi. Pourquoi est-ce que tu t'es mis dans cet état ?

– Je voudrais dormir… Juste dormir.

– Viens, dis-je doucement en le menant jusqu'au lit.

Je lui retire ses vêtements un à un, il manque plusieurs fois de perdre l'équilibre. Il tremble – d'émotion ou de froid, je ne sais pas – je file dans la salle de bains, reviens avec une serviette et le frictionne rapidement. Puis mon amant épuisé se laisse basculer sur le lit et je le rejoins, pour me blottir contre lui. Il s'endort en quelques secondes, son visage se détend, son souffle devient constant.

Notre dispute a été effacée de ma mémoire, tout ce que je désire, c'est que l'homme torturé qui gît dans mes bras trouve enfin la paix. Qu'il se débarrasse de ses démons, de la souffrance qui le hante. Je ferai tout ce qui est en mon pouvoir pour l'aider. Quels que soient les obstacles. Nous sommes liés, lui + moi, par une force invisible, un sortilège du corps et de l'esprit qui ne cesse de nous ramener l'un vers l'autre quand le monde s'obstine à nous diviser.

20

La menace

Ses lèvres chaudes effleurent mes tempes en semant de tendres baisers sur leur passage. Je gémis mollement, partagée entre l'envie d'y répondre et celle de sombrer à nouveau. Coup d'œil au réveil dernier cri disposé sur ma table de nuit du *Sunset Marquis* : 6 h 09. Soupir. Je fais mine d'enfouir un peu plus mon visage dans l'oreiller, Vadim rit doucement et me susurre à l'oreille :

– Tu as pris soin de moi, hier soir, c'est à mon tour…

– Hmm… Sommeil…

Ses mains expertes frôlent mon cou, s'aventurent plus bas, caressent délicatement mes seins, mes flancs, le haut de mes cuisses. Puis viennent se perdre au creux de ma féminité.

Hmm… Oui… Continue…

Ma dernière journée sur le sol américain n'aurait pas pu mieux commencer… À une chose près : depuis ce matin, mon amant s'éloigne parfois de moi, tout en restant à mes côtés. Son esprit divague je ne sais où, je reconnais sa mine préoccupée. Mais le sourire qu'il m'adresse la seconde suivante me fait tout oublier.

Nous sautons du lit une fois nos corps délassés. Vadim appelle le service de chambre pour qu'on lui livre ses vêtements secs – que j'ai pris soin d'envoyer au pressing la veille – et charge quelqu'un de s'occuper de mes bagages. Nous prenons une douche en chantant à tue-tête, la voix atrocement fausse de Vadim se mêlant à mes éclats de rire.

Habillés, affamés et fin prêts, nous filons sur Melrose Avenue pour déguster un brunch et observer les passants. Rire, s'émouvoir, se moquer – gentiment – en les voyant se succéder, c'était déjà l'un de nos passe-temps préférés il y a douze ans.

Espérant du même coup profiter du soleil californien avant de retrouver la grisaille parisienne, je me dirige d'un pas décidé vers la terrasse. Mais mon amant me fait immédiatement signe de me ruer à l'intérieur du *Blu Jam Café*. Les paparazzis commencent à affluer…

– Oublie-les, chuchote Vadim en s'emparant de la carte. Deux collègues qui partagent un petit-déjeuner, ce n'est pas une première. Tu vas voir, leur « eggwich » est à tomber, ici.

De l'autre côté de la vitrine, cinq hommes munis d'énormes zooms nous interpellent pour nous faire regarder dans leur direction. Les flashs crépitent malgré notre refus d'obtempérer.

– Je crois que je vais me contenter d'un Frappuccino… Ils m'ont coupé l'appétit. Comment est-ce qu'on va sortir de là ?

– Je viens de prévenir mon service de sécurité, ils ne vont pas tarder.

– Comment fais-tu pour vivre avec ces fouines collées à tes basques ? insisté-je en désignant les photographes hystériques. Ils sont toujours aussi oppressants ?

– Aux États-Unis, c'est la jungle. Ces mecs ont quasiment tous les droits. Et depuis ma soi-disant rupture avec May, c'est pire que tout. Ils veulent savoir qui sera ma prochaine conquête… glisse-t-il en m'offrant son plus diabolique sourire en coin.

– Vadim ? demandé-je d'une voix grave, après avoir trempé mes lèvres dans mon café glacé.

– Alma… répond-il en soupirant, sachant exactement à quoi je pense.

– Qu'est-ce qui s'est passé hier soir ?

– J'ai trop bu. C'est tout.

– Je ne t'ai jamais vu abuser de l'alcool comme ça… Et te mettre dans un état pareil…

– Parce que ça n'arrive jamais.

– Donc quelque chose t'a poussé à le faire… L'entrevue avec Dimitri Monkov ?

Vadim me fixe intensément de son regard d'acier, sans dire un mot. Il s'apprête enfin à parler quand j'entends son portable vibrer à l'intérieur de sa veste. Il s'en empare et décroche.

Pff… Sauvé par le gong…

– Mes hommes sont là, on y va. Porte de derrière.

La jolie serveuse fait la moue en voyant le millionnaire m'attraper par la main et s'échapper en direction des cuisines. Elle n'a pas cessé de le dévorer des yeux depuis notre arrivée et apparemment, même le pourboire plus que généreux qu'il lui a laissé ne suffit pas à apaiser sa contrariété.

C'est la vie… Il est à moi !

Le majestueux portail s'ouvre, les roues du 4x4 aux vitres teintées crissent sur le gravier. Bienvenue sur le territoire préservé de Mr King. Ici, pas de paparazzis, de photos volées, de course-poursuite à craindre. Le confort et le luxe mêlés à la tranquillité.

Abigail nous accueille comme à son habitude avec un sourire bienveillant sur les lèvres. Enfin, un peu forcé. Vraiment forcé. Derrière elle, Maximilian est là, adossé au mur, une étrange lueur dans le regard. Malicieuse. Défiante.

– Bonjour, Mr Arcadi, lâche-t-il soudain, sans frémir.

Mes yeux s'écarquillent. Mon cœur manque un battement. À quelques pas de moi, le grand corps de Vadim vacille une demi-seconde, puis se gonfle de détermination. Il est prêt à affronter ce qui est sur le point d'arriver.

– Mr Finn. Je vois que vous connaissez mon nom de naissance. Vous avez quelque chose à me réclamer, je présume ? demande-t-il d'une voix sombre.

– Vous ne vous demandez pas comment j'ai appris la vérité ? s'amuse l'assistant.

– Si, bien sûr, vous mourez d'envie de me le raconter… répond sèchement son PDG.

– Vous pensiez embaucher une femme à tout faire et un sous-fifre, c'est raté ! ironise Abby, dont le sourire a changé.

La peste dans toute sa splendeur…

– Figurez-vous que nous sommes mariés, continue Max.

– Et que nous avons tout prévu depuis le début, enchaîne sa femme.

Tic et Tac se renvoient la balle à la perfection, apparemment très fiers de nous présenter leur show.

– Qu'est-ce que vous voulez ? grogne Vadim. De l'argent, j'imagine ? Les gens comme vous ne courent après rien d'autre…

– Je vous déconseille de nous manquer de respect, le menace Abigail. Vous pourriez le regretter…

– Oui. Vous ne devriez pas laisser traîner tous ces passionnants dossiers, reprend son mari.

– Vous maîtrisez l'art de crocheter une serrure et d'ouvrir un coffre-fort… Je suis impressionné ! s'écrie Vadim d'une voix dédaigneuse.

– Allez-y doucement sur le mépris… gronde Max. D'autant que nous avons récolté plus d'informations… Autrement.

L'assistant usurpateur me fixe soudain. Je réalise qu'il fait référence à notre précédente conversation qui s'est tenue dans mon bureau, autour d'une bouteille de vodka. Le regard interrogateur de mon amant se pose également sur moi. Je voudrais disparaître…

Quelle conne… Je savais que ça finirait par m'exploser en pleine tronche… Et que Vadim en ferait les frais…

– Alma ? me demande ce dernier, d'une voix sourde.

– Je suis désolée, soufflé-je en sentant les larmes monter. Il m'a fait boire pour me faire parler…

– Vous réglerez ça en privé, tranche la fausse gouvernante. Voilà comment nous allons procéder. Vous avez vingt-quatre heures pour nous virer cinq millions de dollars. En échange, nous garderons le silence.

– Pour clarifier, nous ne contacterons pas la presse pour leur révéler votre passé. Le destin tragique de vos parents, vos ennuis avec la justice, votre fausse identité, votre relation chaotique avec Mlle Lancaster… Et j'en passe. Cinq millions, ce n'est pas cher payé, qu'est-ce que vous en pensez ? jubile le grand brun à la tête de roquet.

– Ce sont des menaces en l'air ! hurlé-je soudain. Vous avez signé une clause de confidentialité !

– Votre naïveté est charmante, Alma, rit l'homme qui est en train de nous faire chanter. Le document légal m'empêche de dire quoi que ce soit sur Mr King, c'est vrai. Mais je suis totalement libre de révéler des informations sur M. Arcadi…

– Il a raison… gronde mon millionnaire.

– Vingt-quatre heures, pas une de plus… chantonne Abby.

– Foutez le camp de ma propriété ! rugit Vadim en s'élançant en direction du salon, sans se retourner.

– Vous devriez aller le consoler, me conseille Maximilian d'une voix doucereuse. Il vient de perdre quelques millions de dollars, ça ne doit pas être facile à accepter…

Je serre les poings, me retenant de toutes mes forces de les lui balancer en pleine figure. À travers mes yeux remplis de larmes – de colère – j'observe le couple disparaître derrière la grande porte d'entrée.

Vadim ne me pardonnera jamais…

La mort dans l'âme, je pars à sa recherche et inspecte pièce après pièce, m'attendant à chaque instant à croiser son regard furibond. Je finis par le trouver dans son bureau, le buste penché en avant, les mains plaquées contre l'immense armoire où sont enfermés ses plus lourds secrets. Il entend mes pas venir de loin, ne se redresse pas au moment où je fais mon entrée. Je contemple mes pieds, comme une gamine sur le point d'être sermonnée…

– Je peux tout t'expliquer… lâché-je timidement.

– Pas le moment. Je dois réfléchir. Trouver une solution.

Appeler mes avocats… débite-t-il froidement.

– Je ne me suis pas assez méfiée de Max, je…

– Arrête, gronde-t-il.

– Je suis désolée, Vadim. Tellement désolée. J'ai prononcé le nom Arcadi une fois, une seule, ça m'a échappé, j'ai essayé de me rattraper. J'ai vraiment cru qu'il avait tout oublié ! dis-je à mille à l'heure, avant qu'il me stoppe.

– Mais tu veux ma perte, ou quoi ? Putain, Alma ! D'abord tu me brises le cœur, ensuite tu parles trop en risquant de détruire ma réputation ! Ça sera quoi, ton prochain exploit ?!

Cette fois, ses yeux se plongent dans les miens. Ils sont agrandis par la colère, assombris par la déception, ils me fixent sans me voir. Je fais un pas dans sa direction, espérant qu'il ne me repoussera pas. Raté.

– Laisse-moi. Tu peux utiliser mon chauffeur, aller où bon te semble. On se retrouve plus tard, à l'aéroport.

Ce n'est pas la première fois qu'il me congédie de cette manière, mais c'est la première fois que je reconnais qu'il en a le droit. Attendant un miracle, un dernier mot plus tendre, le plus infime des sourires, je ne bouge pas. Je reste plantée face à lui. Les secondes passent. Rien. Je lui murmure un pathétique « à ce soir » et sors du bureau.

***

Évidemment, Kate est arrivée à LAX avec une heure d'avance, comme moi. Et évidemment, parmi tous les cafés et restaurants de l'aéroport, elle a choisi le même que le mien. L'esprit ailleurs, un verre d'ice tea à la main, je finis par remarquer sa présence quand elle tire la chaise située pile en face de moi.

– Vous aussi, vous vous êtes méfiée du trafic pour rien ? râle-t-elle en prenant place à ma table.

– Oui, je ne pensais pas arriver si rapidement, me contenté-je de répondre.

– J'ai beau être née dans ce pays, je ne suis pas fâchée de retrouver Paris. New York n'a définitivement rien à envier à la Californie. Le soleil toute l'année, c'est bien gentil, mais ça ne fait pas avancer le monde… continue-t-elle de ronchonner en hélant un serveur.

Impossible de me sortir Vadim de la tête. Son visage tour à tour effaré, enragé, blessé. Par ma faute. Du moins, en partie. Ma supérieure commande un allongé, puis semble remarquer que quelque chose ne va pas.

– Je me suis juré de ne jamais devenir votre confidente, mais je peux faire une exception. Qu'est-ce qui vous arrive, Alma ? Ce qui se dit à L.A. reste à L. A… Même si cela concerne notre PDG.

Tiens ta langue, cette fois !!

– Oh, la famille, vous savez… inventé-je. Je ne veux pas vous ennuyer avec les détails.

– Je comprends. Mais si vous avez besoin d'en parler… précise-t-elle gentiment, un sourire compatissant sur les lèvres.

Qui êtes-vous et qu'avez-vous fait de Kate Monroe ?!

– Je ne sais pas pour vous, mais cette confrontation avec la direction de Skylight m'a laissée perplexe…

Changer de sujet, l'air de rien : check !

– C'était… étrange. Et inquiétant. Apparemment, Dimitri Monkov et Vadim King ont un passé en commun. Lequel, je l'ignore. Mais ce dont je suis persuadée, c'est que cet homme ne lâchera rien.

– Vous pensez que notre société est réellement en danger ?

– King Prod, non. Elle fait partie des boîtes de distribution les plus prospères du continent américain. C'est dire si ses jours ne sont pas comptés, concurrence déloyale ou non. King France, c'est différent. Malgré nos excellents résultats jusque-là, nos fondations sont encore très fragiles…

– Il va falloir s'accrocher… dis-je tout haut en pensant tout bas.

– Oui, mais j'ai de bons espoirs. Si nous avons fait le déplacement à L.A., c'est justement pour apprendre à mieux nous défendre. Et ça a été un succès, sur tous les plans. Prévenir les attaques, les esquiver, y répondre : nous savons maintenant comment procéder.

– Je vous offre un deuxième café ? demandé-je en observant sa tasse vide.

– Non, mais je prendrais bien une bière.

Une bière ?! Non, vraiment, il doit y avoir erreur sur la marchandise !

– Ne me regardez pas comme ça, Alma, rit-elle. Oui, j'aime la bière. Et il m'arrive même de fumer une cigarette et de manger avec les doigts !

– Je ne vous crois pas… souris-je en retour.

– Nous irons dîner ensemble, un soir. Nous sortirons où vous voulez. Je vous prouverai que je ne suis pas si rigide et coincée que ça !

Soirée karaoké... Je nous y vois déjà !

Vadim ne s'est finalement pas envolé avec moi. Il m'a prévenue quelques minutes à peine avant que je monte dans l'avion, dans un mail froid et impersonnel. Il n'a pas terminé son message par un « Tendrement », comme il le fait si souvent.

Aïe.

J'ai retrouvé mon appartement coquet – toujours occupé par Lily, mais aussi par son nouveau *boyfriend* – mon bureau à King France qui menace de s'effondrer sous le poids des dossiers, les pauses-café avec Sophie et Clarence, le déjeuner dominical en famille, les cafés programmés avec Clem, les dîners improvisés avec Niels. Cinq jours sans Vadim, pendant lesquels j'ai dû me contenter de quelques mails et texto – variant du glacial au tiède.

Lundi matin, enfin une nouvelle qui devrait me sortir de mon brouillard :

[Sorti de l'avion. En route
pour les Champs-Élysées.
Saloperie de périph' bouché.
Tu m'as manqué. V]

Quarante-sept minutes plus tard, il m'envoie un signal – une sonnerie sur mon téléphone – je me rue dans les couloirs, un sourire nerveux sur les lèvres, les joues rosies par l'impatience, le cœur débordant d'excitation. Désespérément envie de le voir. Besoin de le toucher. De l'embrasser. De me blottir dans ses bras baraqués. De mélanger ma fleur d'oranger à son Paco Rabanne.

Je ne prends pas le temps de frapper, j'ouvre la porte avec fracas, la claque derrière moi et fonce jusqu'à atterrir dans ses bras. Mon amant rit doucement, son menton enfoui dans mes cheveux électrisés. Après quelques minutes de cette étreinte tant désirée, je relève la tête pour déposer un baiser sur ses lèvres. Sa bouche est chaude, moelleuse, mais manifestement, Vadim est ailleurs. Je recule légèrement, prenant cette fois la peine de l'observer.

Il a le teint anormalement pâle, ses yeux – pourtant brillants – sont cernés, ses joues creusées. Il est presque méconnaissable.

– Cinq jours sans toi, c'est une vraie torture… soufflé-je d'une petite voix.

– Je suis là, maintenant, dit-il en souriant tristement.

– C'est à cause de moi, tout ça. Tu as l'air tellement… éprouvé… murmuré-je en repensant au sale coup fomenté par Max et Abby.

– C'est réglé, Alma. Ne t'en fais pas. Je ne suis pas à court d'argent, loin de là… ironise-t-il.

– Réglé ? Comment ça ?

– J'ai payé, pour gagner du temps. Mais je ne m'inquiète pas, j'ai mis mes hommes sur le coup, je récupérerai chaque centime.

– Alors qu'est-ce qu'il y a ?

– Rien, tout va bien. Viens par là, on a du temps à rattraper ! dit-il langoureusement en m'attrapant par le bras.

Il grogne virilement, puis ses lèvres – plus avides, cette fois – s'emparent des miennes. Il m'embrasse avec plus de force, mais aussi plus de légèreté. Je suis à deux doigts de quitter terre, de me laisser happer par sa sensualité, sa fougue. Mais je n'y crois pas. Il me cache quelque chose.

– Tu ne me dis pas tout… chuchoté-je en rompant ce baiser.

– Alma, s'il te plaît, j'ai juste envie de profiter. De te retrouver sans penser à rien d'autre, sans me laisser bouffer par… commence-t-il avant de s'interrompre.

– Par quoi ?

– Pas maintenant.

– Vadim ! Tu as une mine à faire peur, tu ne m'as quasiment pas donné de nouvelles pendant une semaine, tu changes de sujet quand ça te chante, tu esquives mes questions, mais maintenant tu arrêtes ça ! Si ce n'est pas les cinq millions qui te mettent dans cet état, c'est quoi ?

– C'est ça ! Exactement ça, cherche-t-il à me faire croire. La trahison, les menaces, l'extorsion… Tu ne crois pas que ça justifie mon état ?

– Non, tu te comportais déjà bizarrement avant. Tu as besoin que je te rafraîchisse la mémoire ? continué-je sans me démonter. Plonger dans une piscine tout habillé et ivre mort, ça te dit quelque chose ?

– Alma…

– C'est Dimitri Monkov, j'en suis sûre ! Il s'est passé quelque chose entre vous, ce jour-là. Le revoir, ça t'a touché, ça t'a fait du mal…

– Non, ça m'a bousillé ! me corrige-t-il soudain, d'une voix basse et menaçante.

– Pourquoi ?

– …

– Vadim, pourquoi ?!

– Parce que je pense que cet enfoiré est l'assassin de mes parents !

Il semble lui-même hébété d'avoir craché ces mots. De les avoir prononcés tout haut. Une larme coule sur sa joue, creusant un sillon, mais ses traits sont durs, déformés par la colère, animés par une haine profonde et viscérale. Ma réponse, je l'ai enfin. Presque trente ans après le drame qui l'a privé à tout jamais de son innocence, Vadim a recroisé le cruel regard de son bourreau.

Et maintenant qu'il le tient, Dieu sait ce qu'il pourrait faire…

V

Trahison

21

En plein cœur

De nouveau le même ronron : bouchons, boulot, dodo. Vadim ne tient pas en place depuis son retour à Paris. Obsédé par sa traque du « grand méchant Monkov », il n'a que peu de temps à me consacrer. À *nous* consacrer. Le PDG de Skylight Pictures – et probable meurtrier – occupe toutes les pensées de mon amant. Je ne peux pas décemment lui reprocher de vouloir venger ses parents. Sa quête de justice est tout à son honneur. Mais un peu plus de transparence, est-ce vraiment trop demander ? Vadim n'est pas bavard, ces derniers temps, et ça ne risque pas de changer. S'il ne me révèle rien de ses allées et venues, de ses rendez-vous inquiétants avec des hommes qui le sont tout autant, de ses coups de fil reçus au beau milieu de la nuit, c'est apparemment pour me protéger. De quoi ? Là encore, je n'ai droit à aucune réponse. Un baiser volé, un sourire en coin ou un regard préoccupé : la discussion s'arrête là.

Je l'admets, je suis en train de ressasser au moment où Basile – d'humeur étrangement joyeuse – me rejoint devant le *Dragons Élysées* en manquant de glisser sur la fine couche de verglas du trottoir gelé. Nous sommes comme deux gosses, impatients de découvrir ce restaurant sino-thaïlandais, réputé comme l'un des plus insolites de la capitale. En parfait gentleman – qu'il n'est pas – mon frère ouvre la porte et me fait signe d'entrer dans cet aquarium géant. Sous nos pieds, des poissons aux écailles scintillantes orange et dorées nagent allègrement de l'autre côté du sol en verre, illuminé par une lumière bleutée. Fascinant.

L'endroit est bondé, j'ai bien fait de réserver !

– J'ai une heure pour déjeuner, pas une minute de plus ! me prévient Basile en s'installant à notre table.

– Idem. J'ai une réunion avec ma supérieure à 13 h 30, c'est moi qui gagne le concours de la plus pressée !

– Et moi qui croyais que vous faisiez tous semblant de bosser, dans votre boîte à ciné, plaisante-t-il en observant la carte.

– Tu veux vraiment que je me lance sur le sujet de l'immobilier ? le menacé-je en souriant hypocritement.

– Non, parlons d'autre chose. Tiens, Lily m'a dit que tu dormais souvent chez toi, ces derniers temps. Rien ne va plus avec ton millionnaire ? reprend-il, tout sourire.

– Ne te réjouis pas trop vite, Basile. Vadim – c'est son nom, au passage – est très occupé, c'est tout, marmonné-je.

– Et ? Tu ne me dis pas tout…

– Et ça ne te regarde absolument pas, mais il me réserve une surprise pour ce soir. Je ne sais pas ce qui m'attend, mais si ça t'intéresse, je te ferai un débriefing juste après. Tu sais, avec tous les détails croustillants… ironisé-je.

– Sans façon, merci, blague-t-il en grimaçant.

Nous dégustons des *dimsum*, crevettes épicées, currys verts et desserts sucrés, bercés par le ruissellement des fontaines et les conversations chuchotées des tables voisines. J'observe mon frère à de nombreuses reprises, étonnée par la sérénité qu'il dégage. Nos déjeuners ressemblent généralement à un match de catch… verbal.

Qu'est-ce qu'il me cache ?

– Basile… chantonné-je d'une voix légère, en haussant les sourcils.

– Quoi ? rigole-t-il soudain, à deux doigts de rougir.

– Tu as l'air différent.

– En bien ?

– Oui.

– Tant mieux, s'amuse-t-il en se servant librement dans mon assiette.

Je bloque ses baguettes à l'aide des miennes, déterminée à le faire parler.

– Dis-moi tout. C'est Niels qui te rend fréquentable ?

Mon frère est pris au dépourvu, son rire franc et guttural résonne dans toute la pièce.

Touché !

– On ne peut rien te cacher, hein ? ajoute-t-il en buvant une gorgée de Singha, sa bière thaïlandaise préférée.

– Donc ?

– Je crois que je suis amoureux… finit-il par lâcher en soupirant. Ça fait longtemps que ça ne m'était pas arrivé.

– De mon meilleur ami, dis-je tout haut, comme pour réaliser.

– De ton meilleur ami, confirme Basile. Niels Duval… Crois-moi, ce n'était pas prévu ! Et je sais ce que tu vas ajouter… Tu vas me menacer.

– Oui. Ne lui fais pas de mal ou je te le ferai payer. Cher. Très cher.

– Il est… spécial. Je ne compte pas le traiter comme tous les autres, lui mentir, le tromper. D'ailleurs, je pense l'inviter à passer Noël avec nous. Sa famille est loin, je ne veux pas qu'il reste seul.

– Bonne idée ! lancé-je en lui tendant mon assiette à moitié remplie. J'imagine déjà les conversations lunaires qu'il va avoir avec papa…

– Un peu de changement, ça ne fera de mal à personne. Et tu sais, j'ai réalisé quelque chose…

– Hmm ?

– Tu me donnes ma chance avec Niels et je sais que ça te coûte, vu mes histoires passées. Donc je… enfin je… je devrais te rendre la pareille. Avec Vadim.

– Basile Lancaster, « *Oh my God* », c'est bien toi ? L'amour t'a vraiment transformé ! dis-je, à la fois amusée et touchée.

– Ne t'emballe pas trop non plus, hein ? Ton mec va devoir faire ses preuves… Et il n'a pas encore gagné son ticket pour le réveillon de Noël des Lancaster !

– Il n'est pas libre le 24 décembre, je lui ai déjà demandé. Mais ça viendra… L'année prochaine…

– Je l'espère pour vous. Sincèrement.

OK. Où est planquée la caméra cachée ?!

J'arrive en salle de réunion – essoufflée et la bouche en feu – à 13 h 29 exactement. Note pour plus tard : éviter les plats pimentés pendant le déjeuner. La pièce est déserte, je suis la première à m'y installer. Les minutes s'écoulent lentement, rien ne se passe. Je me lève de mon siège et me rapproche de l'immense baie vitrée pour profiter du spectacle qui se joue sous mes yeux. Même éteintes, les décorations de Noël donnent un charme tout nouveau aux Champs-Élysées. L'esprit des fêtes de fin d'année ne s'est pas encore totalement emparé de moi, mais ça ne saurait tarder.

Voilà plus d'un quart d'heure que je poireaute et Kate n'a toujours pas pointé le bout de son nez. Long. Fin. Probablement « retouché », si j'en crois ses photos de jeunesse que j'ai aperçues sur son bureau. Quoi qu'il en soit, ce retard ne lui ressemble pas. Confirmation : quelques secondes plus tard, mon téléphone vibre dans ma main.

[Dans mon bureau. Urgent. KM]

J'en déduis que faire des phrases entières est une perte de temps…

[Arrive. Immédiatement. AL]

Moi aussi je peux le faire !

Je fais mon entrée sans tergiverser, sachant désormais comment Kate fonctionne. Une once d'hésitation de ma part, un infime arrêt et c'est foutu, ses remarques cinglantes commenceront à fuser. En la fréquentant, j'ai appris à mieux la cerner, à échapper à ses coups de gueule en prenant les devants. Ne jamais frapper à sa porte quand elle a prononcé le mot « urgent ». S'engouffrer dans son antre, la tête haute, le regard affirmé, prête à gérer la situation de crise.

J'essaie... Je progresse...

– Vous m'attendiez en salle de réunion, je présume ? demande-t-elle sans lever la tête de son écran 25 pouces.

– C'est ce qui était prévu, en effet, affirmé-je sans trop me démonter.

Arrête de tirer sur ta robe, Alma !

– Désolée de vous avoir fait attendre… ajoute-t-elle soudain, en me fixant de son regard perçant, derrière ses lunettes à monture transparente. Très jolie robe, j'en possède une presque identique. Azzaro ?

Elle vient de s'excuser ou je rêve ?

– Si seulement… ris-je doucement. Massimo Dutti.

– Comme quoi, pas besoin de débourser des fortunes pour faire sensation… dit-elle, cette fois les yeux dans le vague.

Elle me fait peur... Chute de tension ? Antidépresseurs ? Lobotomie ?

– Vous avez évoqué une affaire urgente ? demandé-je prudemment en m'asseyant en face d'elle.

– Oui. J'essayais juste de me changer les idées quelques secondes, pour ne pas exploser… m'explique-t-elle d'une voix sombre, son accent toujours aussi tranchant. Skylight a remis ça. Enfin, j'imagine que c'est encore eux…

– Quel est le problème, cette fois ? Il me semblait qu'on était intouchables grâce aux nouvelles mesures de sécurité ! m'inquiété-je.

– Ils trouveront toujours un moyen. Plutôt que de voler nos scénarios, nos acteurs ou saboter nos avant-premières, ils ont décidé de faire foirer nos tournages…

– *French Kiss* ?!

– Les studios m'ont appelé ce matin, acquiesce-t-elle

gravement. Une bonne partie du matériel a été détruit pendant la nuit. Les décors également. Selon le chef opérateur, cela va nous faire prendre dix jours de retard. Et nous faire perdre des centaines de milliers d'euros. Au bas mot.

Le ton de ma supérieure me laisse deviner son profond agacement, mais elle semble se contrôler. Il y a encore un mois, une telle découverte l'aurait rendue folle de rage et chacun – y compris moi – en aurait pris pour son grade.

– Les autorités sont prévenues ? l'interrogé-je.

– Bien sûr. La police est en train de passer au crible tous les studios. Mais ils ne trouveront rien, j'en mets ma main à couper ! Nos concurrents sont trop malins pour laisser des traces de leur passage…

– Vadim est au courant ?

– Oui, mais son planning était trop chargé pour qu'il se déplace aujourd'hui. A priori, il sera là demain pour constater les dégâts. Enfin, vous devez le savoir mieux que moi…

Justement… Non !

Les hommes en uniformes ont investi les studios, nous ne pouvons donc rien faire en attendant. Exceptionnellement, je prends la liberté de quitter l'immeuble de King Productions vers 17 heures. Après m'être changée rapidement dans mon bureau – j'ai troqué ma robe élégante mais un peu stricte contre un modèle plus court et plus cintré – je saute dans ma voiture, direction l'hôtel de mon PDG.

Il ne m'attend pas si tôt… Peu importe. Envie de le voir. De le sentir. De le toucher. De me perdre dans ses yeux limpides, dans ses bras de fer… Feu rouge !

Quinze minutes plus tard, me voilà à sa porte, excitée comme une puce à l'idée de retrouver l'homme qui m'a tant manqué.

Ça fait à peine deux jours que je ne l'ai pas vu. Il faut que je me soigne…

Une jolie femme d'une vingtaine d'années m'ouvre. Douche froide. Elle se présente poliment, dit être l'assistante d'une certaine Margot Vaillant – nom qui m'évoque vaguement quelque chose – et m'informe : « Mr King est occupé, si vous voulez bien patienter… »

Sûrement pas !

J'ignore ses recommandations et file en direction du salon en balançant mon manteau et mon sac à main sur la grande console de l'entrée. Je perçois déjà plusieurs voix féminines et des gloussements irritants provenant de la pièce d'à côté.

Je viens d'atterrir dans une basse-cour… Ô joie !

Je m'adosse à l'encadrement de la porte et observe ce petit manège. Vadim ne remarque pas ma présence. De profil, il ressemble à une gravure de mode. Dans son jean brut assorti d'un pull taupe à côtes anglaises, il est assis sur l'immense canapé en cuir marron, les bras écartés posés sur le dossier. Un vrai pacha. Autour de lui, trois femmes ravissantes s'affairent. L'une a un calepin à la main, l'autre un dictaphone, la dernière, un appareil photo. Elles ont littéralement l'air d'être en ébullition.

Vadim et ses drôles de dames… Respire. Calme. C'est juste une interview…

– Margot, je n'ai plus que quelques minutes à t'accorder, sourit mon amant en direction de la jolie blonde peroxydée qui doit avoir sensiblement mon âge.

C'est elle, je la reconnais. Margot Vaillant, l'une des journalistes les plus influentes – et les plus canons – de notre milieu. Sans son charme, sa volonté, son culot et sa plume incisive, le magazine *Ciné Paris* ne serait jamais devenu une référence.

Danger…

– Sarah, tu as tous les clichés qu'il te fallait ? demande-t-elle à sa photographe, postée juste à côté.

– Oui, tout est dans la boîte ! En même temps, avec un sujet pareil, impossible de se planter… répond la brune bouclée en papillonnant des yeux.

Les trois femmes se remettent à glousser, Vadim semble un peu… Embarrassé ? Gêné ? Agacé ?

Les trois à la fois, j'espère…

– Margot… gronde-t-il en regardant sa montre.

– Oui, juste une dernière question !

Vadim la fixe patiemment, attendant d'ajouter le mot de la fin, mais la blonde ne dit rien. Elle semble un peu désemparée, tout à coup, puis finit par se lancer en mordillant son stylo entre ses lèvres rosées…

– Je sais que vous refusez de dévoiler quoi que ce soit sur votre vie privée et je le respecte, mais je vais tout de même tenter ma chance avec une question personnelle. Une seule…

– Je ne promets rien, mais allez-y, l'encourage Vadim.

– Après Grace Montgomery et May Sim, quelle sera la prochaine actrice à travailler pour King Prod, mais aussi à partager votre vie ? balance-t-elle sans se dégonfler.

– Parce que l'un ne va pas sans l'autre ? s'amuse-t-il sans répondre, pour la perturber.

– Apparemment, non.

Le ton de la journaliste était léger, mais sa réponse n'a pas plu à l'interviewé. Je le sais, je le connais. Par cœur.

– Vous savez combien de jeunes ou moins jeunes actrices j'ai fait tourner ces dix dernières années ? Grace et May étaient des exceptions et elles le resteront… grogne-t-il en se passant la main dans les cheveux.

– Donc les actrices, c'est terminé ?

– C'est l'interview qui est terminée, Margot, précise-t-il en se relevant.

– Répondez juste à cette question : Êtes-vous toujours un cœur à prendre, Mr King ?

Vadim prend quelques secondes pour réfléchir, la tête baissée, le regard dans le vague. Je prie intérieurement pour qu'il dise « non ». Pour qu'il fasse taire tous ces gens qui le présentent comme un play-boy en recherche perpétuelle de nouvelles conquêtes. Pour que, sans me nommer, il m'accorde une certaine légitimité…

– Je suis célibataire, ça n'a pas changé… finit-il par affirmer, juste avant de se retourner et de croiser mon regard.

Surprise ! Tu te sens mal, hein ? Pas plus que moi, je te rassure…

– Bonne soirée, mesdames, Malik va vous escorter jusqu'à la sortie, précise-t-il en faisant un signe à son agent de sécurité.

Le regard affûté de Vadim ne me quitte pas une seconde alors que la joyeuse troupe disparaît rapidement. Enfin seuls. Il y a quelques minutes, je crevais d'envie de l'embrasser de la tête aux pieds, je crève maintenant d'envie de le griffer sur chaque centimètre carré.

– Je suis désolé que tu aies assisté à tout ça… souffle-t-il en avançant vers moi.

Je recule pour ne pas craquer, ses effluves démoniaques me procurant déjà de divins frissons. C'est fou ce qu'une simple odeur – musquée, boisée, virile – peut provoquer, jusqu'à masquer la plus profonde des colères et des désillusions.

– À chaque fois que je pense m'approcher du but, tu m'en éloignes. Toi et ton foutu besoin de sauver les apparences…

– Alma…

Sa voix est à la fois menaçante et suave. Je suis dos au mur, impossible de reculer davantage.

– Je te fais honte, c'est ça ? Dis-le ! Je ne ressemble pas à une poupée Barbie, je n'ai pas une horde de fans à mes trousses, je ne suis pas assez bien pour être vue au bras de Mr Casanova ?!

– Arrête de dire n'importe quoi… murmure-t-il doucement en me prenant dans ses bras. Tu m'as manqué, Alma. Tu me manques sans arrêt.

– Garde-la pour toi, ta sérénade ! Tu arrives toujours à tes fins avec tes mots doux et tes…

Ses lèvres se posent sur les miennes, tendrement, sans forcer. Je gémis légèrement, réponds à son baiser, puis le repousse.

– Mais pourquoi est-ce que je te laisse me faire ça ?! pensé-je à voix haute.

– Tu sais pourquoi je mens ! Je ne cherche qu'à te protéger ! Une fois que le monde saura que tu es avec moi, on ne pourra plus revenir en arrière. On sera scrutés, épiés, suivis en permanence. C'est ça que tu veux ?

– Je ne sais pas… chuchoté-je tristement. Ne pas exister ou faire les titres de la presse people ? Je ne veux ni l'un ni l'autre.

– Je ne suis pas un cadeau, hein ? soupire-t-il doucement.

Ouvre les yeux, Alma, réalise la chance que tu as !

– Toi, ta fortune et ta célébrité qui compliquent tout, je ne vous échangerais contre rien au monde, réponds-je en me lovant au creux de son cou.

Nous avons décidé de ne plus penser à ce dilemme pendant le restant de la soirée… et de la nuit. J'ai découvert le programme que mon amant m'avait réservé : une balade sur les quais de Seine pendant laquelle nous nous sommes mêlés aux badauds – à l'abri des flashs des paparazzis – suivie par un dîner romantique sur une péniche – privatisée par mon PDG. Serrés l'un contre l'autre, sereins, émerveillés, nous avons ri et refait le monde en admirant la ville illuminée qui défilait sous nos yeux. Vadim a soufflé sur un cil échoué sur ma joue. J'ai fait un vœu. Que Toi + Moi, ce soit juste ça. Toujours ça.

Il est presque minuit quand nous arrivons à l'hôtel, le cœur gonflé, un sourire complice et énamouré sur les lèvres. Main dans la main – gelée – nous traversons le hall de réception en direction de l'ascenseur. Vadim appuie sur le bouton, le voyant s'allume, indiquant que la cage en acier commence sa descente. Mon amant dépose un nouveau baiser sur mes lèvres, les siennes sont étonnamment chaudes. Derrière nous, une voix familière retentit. En anglais.

– Alors, comme ça on change de nom sans me prévenir ?

Felix. L'ex-meilleur ami de Vadim vient de resurgir du passé. Mon ex-ennemi, aussi.

22

La trêve

– Salut, *frenchie lady*, bien dormi ?

Je sursaute, puis me frotte les yeux pour vérifier que Felix Alonso est bien là, planté comme un idiot, les bras croisés sur sa poitrine, à moins d'un mètre du lit king size dans lequel je viens de me réveiller.

Et merde… Je ne rêve pas… Débardeur : check. Short : check. Circulez, y'a rien à voir !

– Vadim doit être dans le bureau… marmonné-je en me roulant à nouveau sous la couette.

– Je sais, c'est lui qui m'a ouvert. Il est au téléphone, donc j'en ai profité pour venir voir quelle tête ça a, une Lancaster au réveil ! continue-t-il, apparemment satisfait de me mettre mal à l'aise.

– Felix, tu peux sortir de la chambre, s'il te plaît ? articulé-je en me retenant de lui balancer mon oreiller à la tronche.

– Tu n'as pas changé, toujours aussi coincée… s'amuse-t-il en prenant la direction de la sortie.

– Tu n'as pas changé, toujours aussi détestable… l'imité-je, sur le même ton.

Quand je pense que Vadim lui a loué une chambre dans cet hôtel… Pour une durée indéterminée !

La veille, les retrouvailles des deux hommes ont été un grand moment d'émotion. Pour eux, en tout cas. Je me suis contentée de rester à l'écart, pour ne pas gâcher la joie de Vadim, mais surtout pour ne pas avoir à adresser la parole à Monsieur l'Embrouille. J'ai préféré aller me coucher, les laissant en tête-à-tête. Et faisant du même coup une croix sur ma nuit de folies…

Après un passage sous la douche – courte mais brûlante – je rejoins les deux amis attablés autour d'un petit-déjeuner gargantuesque. Le visage radieux, un immense sourire sur les lèvres, Vadim se lève et m'embrasse tendrement avant de me susurrer un rapide « désolé pour ce réveil » à l'oreille.

– Wow, Miss Dior, tu t'habilles comme une femme, maintenant ? On y croirait presque ! me lance Felix en croquant à pleine bouche dans un croissant.

– Parce que tu crois vraiment que ton collier de barbe et ton tatouage délavé te donnent des airs de gros dur ? rétorqué-je en me servant une tasse de café.

– Elle n'a pas tort… ricane Vadim.

– Ah, ça y est, elle a réussi à te mater… Je savais que ça finirait par arriver ! grommelle le latino vexé.

– Bon, qu'est-ce qui t'amène à Paris, Felix ? demandé-je en ignorant ses sous-entendus débiles.

– Et ça te regarde, parce que ?

– Parce que tu fais irruption dans la vie de ton meilleur ami et donc dans la mienne…

– Tiens, c'est marrant ça, je ne savais pas que Vadim et toi ne faisiez qu'une seule et même personne. Intéressant… Ou pathétique… ironise-t-il.

– Fe, répond aux questions au lieu de faire le malin… grogne mon amant.

– Je suis dans la mode, maintenant, explique-t-il en soupirant. Enfin, j'ai essayé. J'ai créé une ligne de fringues, dans le style streetwear, à mon image quoi. C'était il y a trois ans, ça a coulé en quelques mois. Je me suis retrouvé à sec, du coup j'ai dû enchaîner les petits jobs, mais rien de palpitant. J'ai repensé à Vadim, mon frère de galère, qui m'a toujours dit qu'en cas de besoin, je pouvais venir frapper à sa porte. Ce que je ne savais pas, c'est qu'elle était en or massif !

Il ouvre de grands yeux pour faire le comique, puis éclate de rire en tapant son soi-disant frère sur l'épaule. Je ne peux faire autrement que me méfier, c'est plus fort que moi…

– Comment est-ce que tu l'as retrouvé ?

– Ton mec te l'a peut-être caché, mais on est toujours restés en contact, de près ou de loin, me provoque-t-il pour m'agacer.

– Fe, arrête d'essayer de foutre la merde… le reprend Vadim.

– Bref, Miss *Totally Spy*, j'avais son numéro, dit-il en se tournant à nouveau vers moi. J'ai appelé il y a quelques semaines et je suis tombé sur un certain Max, son assistant, je crois. Il m'a dit où trouver Vadim. Contente, Madame la Juge ?

Que tu sois là ? Pas vraiment, non…

– Tu es vraiment clean ? lui demande soudain Vadim, le plus sérieusement du monde.

– Ouais, c'est fini les conneries. Pour de bon.

– Tu veux un job ?

Pardon ?!

– Ça dépend quoi…

Ah bon… il fait son difficile, en plus !

– Bosser sur des tournages, sous les ordres du chef costumier.

Quoi ?!!

– Genre des costumes d'époque ? Avec des perruques, des froufrous et tout ce bordel ? panique le *bad boy*.

– Non, ça consistera juste à habiller les acteurs. Comme toi et moi. Enfin, plutôt comme moi… blague Vadim.

– Quoi, tu n'aimes plus mon style ? s'offense Felix en tirant sur son sweat à capuche.

– Disons que si tu veux ce job, tu devras faire un petit effort… Porter des chemises de temps en temps…

– Ouais, bon, s'il le faut vraiment…

– Vadim, en parlant de tournage, tu te souviens que les studios de *French Kiss* ont été saccagés ? placé-je en tentant d'oublier la proposition qu'il vient de faire à son double maléfique.

– Oui, je dois y aller ce matin pour discuter avec le chef op, je viens de l'avoir au téléphone. Tu m'accompagnes ?

– OK, mais il ne faut pas qu'on tarde… Ça ne te perturbe pas plus que ça ? Kate m'a parlé d'une perte de plusieurs centaines de milliers d'euros !

Fe, comme on le surnomme, lâche un long sifflement. Il s'imagine probablement toutes les casquettes griffées hip-hop et les cardigans swags qu'il pourrait créer avec autant d'argent… Vadim, lui, semble prendre les choses plus à la légère. Et ça ne lui ressemble pas.

– Il y a plus grave dans la vie, non ? se contente-t-il de répondre en haussant les épaules, son diabolique sourire en coin sur les lèvres.

Décidément... Felix débarque et tout part en vrille ! À moins qu'il ne parle de Dimitri Monkov...

Clémentine n'est pas dans son assiette ces derniers temps. Ma meilleure amie est coutumière des petits coups de blues passagers – je râle, pleure un coup, fais semblant de vous écouter, relativise et vous quitte un sourire sur les lèvres – mais depuis une petite semaine, je sens que quelque chose ne va pas. Vraiment pas. Après avoir annulé trois de nos rendez-vous en utilisant des prétextes totalement incohérents, elle vient de remettre ça. Clairement, elle me fuit.

La question, c'est pourquoi ?

Je débarque chez elle en début de soirée, m'attendant presque à me faire claquer la porte au nez. Et pourtant non. Sa jolie frimousse – au teint blafard – n'est qu'à moitié étonnée lorsqu'elle me découvre sur le palier. En peignoir et pantoufles, elle m'invite à entrer, m'ordonne de m'installer sur le canapé et revient une minute plus tard avec deux verres de smoothie vitaminé.

– Tu es seule ? demandé-je après une première gorgée.

– Oui. Yann est au resto avec ses parents et pour une fois, il a accepté d'emmener les filles.

Ma meilleure amie est prostrée. Elle fixe son breuvage

orangé, sa voix est basse, un peu tremblotante. Je l'ai rarement vue comme ça.

– Clem, je m'inquiète… murmuré-je en me rapprochant d'elle.

– Pourquoi ? Tout va bien, je suis juste un peu fatiguée, ment-elle en me souriant tristement.

– C'est… le bébé ? Il y a un problème et tu n'oses pas me le dire ? tenté-je, en priant que ce ne soit pas ça.

– Non, rien à voir. J'ai envie de chocolat, pas toi ?

Elle se lève, sa tignasse rousse s'éloigne en direction de la cuisine. J'hésite à la suivre, mais décide d'attendre. Son calme, sa retenue m'angoissent. Même quand rien ne va, Clem est plutôt du genre à me saouler de paroles et à en faire des caisses.

Donc il se passe quelque chose…

– J'ai merdé. J'ai trompé Yann… avoue-t-elle les larmes aux yeux, en revenant s'asseoir, les mains vides.

– Quoi ? Tu… Quand ? Avec qui ?!

À ma connaissance, Clémentine d'Aragon n'a jamais été infidèle. Jamais jusqu'à aujourd'hui, apparemment. De grosses larmes de chagrin s'échappent de ses yeux noisette et se répandent sur ses taches de rousseur. Je me colle contre elle et enfouis sa tête dans mon cou, espérant lui apporter un peu de réconfort. Elle se met à sangloter violemment, en bredouillant des mots incompréhensibles. Face à son désarroi, je me sens atrocement impuissante. Tout ce que je veux, c'est qu'elle aille mieux. Je choisis de ne pas insister, de la cajoler sans l'enfoncer, de garder les questions difficiles pour plus tard. Un autre jour.

J'ai quitté le quartier de l'Opéra environ une heure plus tard. Avant de la laisser seule, j'ai amené ma meilleure amie jusqu'à son lit, l'ai bordée et lui ai caressé les cheveux jusqu'à ce qu'elle s'endorme. J'ai retenu mes larmes à plusieurs reprises, en serrant les dents, ne voulant pas ajouter à sa peine. Clémentine fait presque partie de ma famille, je l'aime profondément, il m'est insupportable de la voir souffrir. Avant de sombrer, elle m'a demandé si elle m'avait déçue, si je lui en voulais. Lui en vouloir ? Mais de quoi ? D'être humaine ? D'avoir fait une erreur ? Je me suis allongée contre elle et l'ai serrée de toutes mes forces. Histoire de lui faire comprendre que non, que quoi qu'elle fasse je serai toujours de son côté. Je crois qu'elle a compris…

Je n'ai qu'une hâte : retrouver les bras protecteurs et réconfortants de mon amant. Lui raconter dans quel état j'ai découvert ma meilleure amie, l'entendre me rassurer, me promettre que tout va bien se terminer. Mais ce scénario idyllique est probablement trop beau pour être vrai. Lorsque je pénètre dans la suite du palace parisien, je suis à mille lieues de me douter de ce qui vient de se produire…

Vadim m'ignore superbement au moment où je referme la porte derrière moi. Il fait les cent pas dans l'entrée, un téléphone dans chaque main, la voix enragée.

– Je dois vous laisser, mais appelez-moi à la seconde où vous avez du nouveau !

Il raccroche une première fois, puis vocifère de plus belle sur son deuxième portable.

– Adrian, tu as tout noté ? Suis-le, ne le lâche pas d'une semelle, compris ?

Fin de la conversation. Mon amant furibond balance ses deux smartphones sur la console, puis remarque enfin ma présence.

– Tu ne devineras jamais qui m'a donné rendez-vous au bar de l'hôtel il y a une heure, siffle-t-il en me précédant dans le salon.

Je n'ai pas le temps d'émettre une seule proposition : le nom qu'il prononce en grimaçant me donne déjà des frissons.

– Dimitri Monkov ! Cet enfoiré a osé foutre les pieds ici !

– Qu'est-ce qu'il voulait ? demandé-je prudemment.

– Me narguer, évidemment ! Il a jubilé quand je lui ai parlé du tournage de *French Kiss* ! Il a avoué à demi-mot que Skylight avait orchestré tout ça…

– La police va le coincer ! m'écrié-je bêtement.

– Bien sûr que non ! Cette ordure protège toujours ses arrières !

– Tu étais seul avec lui ? Personne d'autre ne l'a entendu ? Felix n'était pas là ?

– Évidemment qu'on était seuls, Alma ! Tu t'imagines quoi ? Qu'il a fait son show devant toute une audience ? lance-t-il sur un ton méprisant.

– Vadim, je n'y suis pour rien ! Si tu comptes passer la soirée à me gueuler dessus, je peux rentrer chez moi… le menacé-je.

– Non, reste, dit-il d'une voix plus douce en m'attrapant par le bras. Je suis désolé… La conversation ne s'est pas arrêtée là, c'est pour ça que je suis dans cet état.

– Raconte-moi… chuchoté-je en me lovant dans ses bras.

– Il m'a parlé de Volodia. Tu sais, mon père…

Sa voix se brise, son corps se tend, je devine que chaque mot qu'il prononce réveille ses blessures du passé. Je le serre plus fort, pour l'encourager à continuer.

– Ils étaient meilleurs amis. Ils sont partis de Russie en même temps, pour vivre leur rêve américain, changer de vie, devenir acteurs…

Vadim fait une pause, je comprends qu'il a la gorge nouée.

– Continue…

– Il m'a dit que mon père était comme moi. Qu'il voulait réussir, briller, mais qu'il refusait de contourner les règles, de tricher, de se salir les mains. Et que pour ça, il ne méritait pas son succès. Qu'il empochait rôle sur rôle, sans vraiment se battre et qu'il faisait des jaloux, qu'il aurait dû renoncer plutôt qu'essayer de survivre dans la jungle d'Hollywood. Et de défier des mecs dangereux… C'était l'époque des gangsters, de la mafia…

Une fine larme tombe sur mon épaule. Mon amant inspire, expire, puis se lance à nouveau.

– Juste avant de partir, il m'a fixé longuement, une lueur machiavélique dans les yeux, puis il a sorti cette phrase…

Nouvelle pause.

– Vadim, qu'est-ce qu'il t'a dit ?

– Qu'à force d'être trop sage, on devient faible. Médiocre. Et que les gens médiocres n'ont pas leur place sur cette terre. J'ai failli lui foutre mon poing dans la gueule, mais c'est à ce moment-là qu'il s'est levé. Il a mis la main sur mon épaule, m'a sorti son sourire le plus faux, le plus lugubre, puis il est parti en murmurant quelque chose comme : « Volodia n'aurait pas dû se mettre en travers de mon chemin, je l'avais prévenu… ».

– Il a voulu te faire comprendre que… ?

– Oui. Que c'est pour ça que mes parents sont morts. D'une manière détournée, il a tout avoué. Il les a tués…

Je tremble malgré moi. C'est idiot, je devrais être plus forte, me blinder pour réconforter l'homme que j'aime. Vadim est en train de vivre un cauchemar éveillé, il se confie à moi, il s'ouvre quasiment pour la première fois. Et je craque. Mes vannes s'ouvrent, des spasmes me parcourent, je ne parviens plus à me maîtriser. Toute cette douleur – d'abord Clémentine, puis Vadim – je n'arrive plus à la supporter. Tendrement, Vadim me relève la tête, pose un délicat baiser sur mes lèvres, puis murmure :

– Ne t'en fais pas pour moi, *babe*. Je l'aurai, je ne vais rien lâcher. Il finira par se trahir et ce jour-là, il regrettera…

– Oui et je serai là, avec toi, pour assister à sa chute… grogné-je en soutenant son sublime regard. Et le voir tomber si bas qu'il ne se relèvera pas.

… « Babe » ???

– Désolé pour le surnom ridicule, ça m'a échappé… souffle-t-il en retrouvant presque le sourire.

Tenter de reprendre le dessus après tout ça est une chose, me faire à la présence – correction : l'omniprésence – de Felix en est une autre. Vadim a été très occupé, ces derniers jours.

Par son meilleur ami, ses devoirs de PDG, mais aussi par son enquête top secrète. Voilà quatre nuits que je suis séparée de lui, quatre nuits que je me languis de sa présence et que mon lit ressemble à une prison. Froid. Monotone. Solitaire.

Lily et moi rentrons nous mettre au chaud après une séance shopping de dernière minute – un parcours du combattant, Noël approchant dangereusement. Ma sœur bien-aimée file en cuisine pour nous préparer des boissons chaudes. Je soupire de ravissement en m'affalant dans mon canapé douillet. Le calme de mon appartement contraste délicieusement avec la folie furieuse qui règne dans les grands magasins. Ajoutée à cela la satisfaction d'avoir acheté tous mes cadeaux – y compris celui de Vadim – je ne suis pas loin d'aller me coucher. Il est 21 heures.

Mamie boirait bien une petite tisane, maintenant.

On frappe à la porte.

– Lily, tu attends quelqu'un ? bougonné-je en me traînant jusqu'à l'entrée.

– Non, personne ! Je ne reçois pas quand tu es là ! se marre-t-elle de loin.

Mouais…

Bon, je l'admets, elle avait raison. Ce n'est pas l'un de ses mecs arty-bobo-crado qui se tient derrière la porte, mais… Vadim et Felix ! Mon millionnaire ricane en observant ma tête étonnée, m'embrasse rapidement, puis, les mains chargées, se précipite jusqu'à la cuisine où je l'entends saluer Lily. Felix reste planté là, attendant probablement que je l'invite à entrer.

Ça pourrait durer longtemps…

Je finis par lui sourire – de manière forcée, certes – il prend ça pour un signe et déboule jusqu'au salon de sa démarche de *bad boy*. Sans me dire un mot. Normal. Vadim et Lily s'affairent et vident le contenu des sacs du restaurant japonais sur ma grande table basse – qui paraît soudain minuscule, vu l'ampleur du festin. Au menu : champagne, soda, brochettes yakitori, soupes miso, tempuras, sushis, makis et… une pizza pepperoni pour Mr Swag, qui précise « le poisson cru, c'est pas ma came ».

– Très « gangsta », la doudoune avec col fourrure ! me moqué-je en voyant le latino tatoué se déshabiller.

– Fausse fourrure, j'espère ! intervient Lily, qui s'élance vers lui pour lui faire la bise.

Felix ne répond même pas à ma pique, trop occupé à détailler le joli petit bout de femme qu'est ma sœur. Cette dernière semble apprécier l'intérêt qu'il lui porte. Un peu trop…

N'y pensez même pas… Jamais, ça n'arrivera jamais !

– Et si vous faisiez une trêve, tous les deux ? propose Vadim en s'asseyant à même le sol, suivi par nous tous.

– Oui Alma, et si tu donnais une chance à Felix ? enchérit ma sœur, un sourire provocateur sur les lèvres.

Ben voyons…

– Tu les as entendus, Miss Coincée… Ils sont unanimes : tu vas devoir être plus gentille avec moi ! me provoque le principal intéressé en envoyant un clin d'œil à Lily.

– Fe, tu pourrais peut-être commencer par l'appeler Alma… grogne Vadim en s'attaquant à ses sushis.

– Ou lui trouver un surnom plus approprié… Miss Queen, par exemple ? continue ma traîtresse de sœur.

– Comme *drama-queen* ? demande son complice.

Ils se connaissent depuis un quart d'heure et ils se prennent déjà pour Dupond et Dupont ?! Non, mieux : la belle et la bête !

– C'est toi qui l'as dit, pas moi ! pouffe la blonde en faisant son innocente.

– Qui aurait cru que j'apprécierais autant une fille Lancaster ! clame Felix en lui tendant une part de pizza.

Felix, partager ?! Mauvais, très mauvais signe !

Le reste de la soirée se passe étonnamment bien. Contre toute attente, notre quatuor fonctionne. Vadim et Felix se remémorent le passé, font la liste de ce qui a changé – à peu près tout, sauf nous ! L'ambiance est paisible, joyeuse. Le ventre plein à craquer, je finis par me caler entre les bras de mon amant, sentant son souffle serein balayer ma nuque et ses lèvres chaudes y déposer de légers baisers. Vadim et moi rions doucement en assistant à la scène comique qui se joue sous nos yeux. Felix et Lily – qui se tournent clairement autour – se lancent dans une partie endiablée de shifumi, puis, un peu éméchés, tentent quelques pas de danse. Hip-hop pour lui, mix de tango et salsa pour elle.

Je devrais sûrement m'inquiéter plus. Felix n'est pas du genre gentleman et je connais ma sœur par cœur, il est évident qu'elle n'est pas insensible à ses charmes. Mais à cet instant, je choisis de ne pas penser. Juste profiter. M'amuser de leur amitié naissante, quelle qu'en soit la suite. Savourer la tendresse et la chaleur qui émanent du corps de mon Mr King, alors que je suis calée contre lui. Tout contre lui.

23

Joyeux quoi, déjà ?

La belle avenue des Champs-Élysées scintille de mille feux. Impossible de ne pas céder à la magie ambiante. Il suffit d'admirer les centaines d'arbres illuminés, les vitrines animées, les chalets immaculés du marché de Noël, les sourires des badauds aux regards chaleureux et visages congelés. Il suffit de fouler le même trottoir qu'eux pour plonger. Retomber en enfance pour quelques jours, en se remémorant ce qui est vraiment important… et ce qui l'est moins.

23 décembre. Le soleil vient à peine de se lever. Les bureaux de King Productions commencent à se remplir tout doucement. Même les attaques déloyales de Skylight Pictures n'auront pas réussi à ternir l'humeur générale. Le tournage de *French Kiss* reprendra début janvier. Tout est redevenu normal, maîtrisé. Les collègues que je croise au gré des couloirs sont joyeux et impatients, ils fredonnent des chants de Noël, échangent des anecdotes, blaguent sur les cadeaux ratés ou des trouvailles de dernière minute. Les locaux ont été décorés et arborent leurs nouvelles couleurs : rouge et argent. Vadim n'a pas fait les choses à moitié ! L'esprit des fêtes de fin d'année est partout – si ce n'est dans le bureau de Kate Monroe, qui refuse obstinément d'exprimer le moindre enthousiasme.

Son nouveau surnom : le Grinch !

J'assiste distraitement au débat « huîtres ou saumon avant la dinde aux marrons ? » entre Bertrand – alias Monsieur Communication – et Cléo – Miss Réceptionniste – puis je file en salle de réunion. La prochaine *battle* – « champagne ou vin chaud ? » – devra se tenir sans moi. Sophie et Clarence m'attendent.

Mes deux lutins de Noël préférés…

La jolie blonde n'a pas pu résister : un énorme bonnet rouge à pompon blanc sur la tête, elle m'accueille en m'enroulant une écharpe – tout aussi ridicule – autour du cou. S'il y en a une qui est retombée en enfance, c'est bien elle !

– Joyeux presque Noël ! piaille-t-elle en retournant s'asseoir.

– Pitié, faites-la taire… ronchonne Clarence, la tête entre les mains.

– Garde ta mauvaise humeur pour toi, Monsieur Grincheux ! De toute façon, tu as refusé de porter le pull que je t'ai offert, donc je ne te parlerai plus jusqu'à nouvel ordre ! boude Sophie en me montrant le pull en question.

Vert sapin… avec des motifs en forme de… bonhomme de neige ?!

– Clarence, sur ce coup-là, je suis de ton côté ! ris-je sans vouloir la vexer.

– Vous ne comprenez rien, c'est hyper tendance, les *hipsters* parisiens ne portent que ça en ce moment ! soupire-t-elle, d'un air désabusé.

Notre Will Smith national n'a pas l'air dans son assiette. Lui qui fait généralement le clown et rigole pour un rien est étrangement… silencieux. Renfermé, même. J'échange un regard avec Sophie, qui semble enfin réaliser que quelque chose a changé. Elle me fait un signe de tête, je me lance :

– Tout va bien, Clarence ? À la maison ?

– Non, pas vraiment. Mais on est là pour bosser. Si tu veux les rapports de la distrib, je les ai. Ils ont tous été mis à jour, comme demandé… répond-il d'une voix morne, en poussant les documents dans ma direction.

– Ça peut attendre, précisé-je. Tu veux en discuter ? Tu sais que ça restera entre nous…

– Oui et désolée pour l'histoire du pull, ajoute timidement Sophie. Je ne savais pas que…

– Je ne veux pas en parler, la coupe Clarence. Ça va passer. Ne vous inquiétez pas pour moi. Et si on se mettait au boulot ?

– Adjugé ! dis-je pour ne pas le contrarier. Merci pour les rapports, j'y jetterai un œil dans la journée. Sophie, tu as eu des nouvelles des studios ?

Ma collègue et moi avons respecté le souhait de notre boute-en-train déprimé. Pendant plus de trente minutes, nous avons passé en revue tous les sujets urgents, sans jamais divaguer ni remettre sa vie personnelle sur le tapis. Cette réunion anormalement froide et impersonnelle m'a fait redescendre de mon petit nuage. Noël a disparu de mes pensées, la magie semble s'être évaporée.

De retour dans mon bureau, je n'ai pas le temps de souffler. Vadim m'appelle sur ma ligne pro et me demande de le rejoindre illico dans ses quartiers. Son humeur a l'air à peu près similaire à celle de Clarence…

Cette journée commençait si bien…

Kate me devance de quelques pas au moment où je me rapproche du bureau de notre PDG. Elle frappe – incroyable ! – puis ouvre la porte et entre sans me laisser passer – typique. Je la suis, malgré tout, et vais directement prendre place dans l'un des fauteuils jouxtant la baie vitrée. Entre mes deux supérieurs, la tension est palpable.

– Je suis pressé, on m'attend ailleurs, mais j'ai tenu à me déplacer pour faire le point, grogne Vadim en tapotant je ne sais quoi sur son smartphone.

Pas un regard pour moi… Ah si ! Enfin ! Hmm… Il est si viril quand il est énervé…

– Merci de nous faire cet honneur… ironise Kate sans tenter de cacher son mécontentement.

J'ai dû rater un épisode…

– Tu as quelque chose à nous dire, peut-être ? l'interroge

Vadim, agacé par les sous-entendus de son employée.

– Alma a vraiment besoin d'être là ? Je pensais qu'on en discuterait en privé…

Ah, parce qu'elle a remarqué ma présence ?

– Jusqu'à preuve du contraire, c'est à moi d'en décider ! Elle reste ! s'emporte Mr King.

Je peux savoir de quoi vous parlez ?! Silence, Alma. Ça vaut mieux pour toi…

– Très bien. Donc je résume… dit-elle d'une voix pincée en se tournant enfin vers moi. Cela fait plusieurs jours que j'essaie de faire ouvrir les yeux à Vadim… Sans succès.

– Mes yeux sont grands ouverts, Kate… intervient-il d'une voix menaçante.

– Si vous arrêtiez deux minutes de vous engueuler, je pourrais comprendre de quoi il s'agit… m'énervé-je soudain.

Leurs regards se tournent simultanément vers moi. Apparemment, ils avaient oublié que j'avais une langue. Et du caractère.

– Je veux qu'on infiltre quelqu'un dans les bureaux de Skylight. Pour avoir une longueur d'avance, inverser les rôles en faisant d'eux notre cible, frapper un grand coup, lâche la directrice France en serrant les dents.

– Et j'ai dit non. Plusieurs fois… gronde Vadim. Je refuse de tomber dans ce cercle vicieux ! Si on entre dans leur jeu, ça ne s'arrêtera jamais !

– Kate, nous sommes allés à L.A. pour éviter ça ! Pour prévenir leurs attaques ou apprendre à les contourner, pas pour reproduire le même schéma… tenté-je de me faire entendre.

– Il n'est plus uniquement question de protéger nos arrières ! Il faut contre-attaquer, prendre l'avantage plutôt que nous maintenir à égalité. Ils veulent nous écraser, montrons-leur de quoi on est capable ! persiste-t-elle, de plus en plus obstinée.

Vadim soupire longuement, se passe la main dans les cheveux pour reprendre ses esprits, puis ajoute, plus doucement cette fois :

– La concurrence, ça fait partie du business, Kate, je ne t'apprends rien. Il faut faire avec. Tout ce que je demande, c'est que Skylight reste à distance, rien d'autre. Et pour ça, nous avons élaboré des stratégies, nous sommes parés. Utiliser des méthodes douteuses, immorales, pour les faire couler, ça ne m'intéresse pas. Ça ne fera que leur donner raison et ternir notre image. King Prod vaut mieux que ça.

– Les chiffres comptent plus que l'image, pour moi. Et la moralité est un beau concept, mais ce n'est pas elle qui nous mènera en haut du box-office ! s'insurge l'Américaine.

– Rassure-toi, Kate, se défend Vadim, j'ai très bien réussi jusque-là en restant intègre et droit. Respecter les règles ne m'a pas empêché de gagner des centaines de millions et de faire fructifier chacune de mes boîtes.

– Justement, je me demande si… Enfin… Si… bredouille-t-elle soudain.

– Vas-y, ne t'arrête pas en si bon chemin ! l'encourage-t-il, un sourire insolent sur les lèvres.

J'assiste à ce match de haute volée, à la fois inquiète du dénouement et prête à me jeter dans la mêlée à tout moment. Le discours de Vadim est honorable, celui de Kate frôle l'irrespect. Sous mes yeux attentifs, les deux protagonistes se fixent silencieusement. Puis, le regard défiant, la directrice se lance à nouveau :

– Pour être tout à fait honnête, j'ai l'impression que tu n'as plus la même rage, la même envie qu'avant, Vadim. Que tu te laisses déconcentrer par ta vie personnelle, que tu ne donnes pas toutes ses chances à cette société. Si j'ai quitté la Fox, c'est parce que King Productions avait assez de potentiel pour exploser. J'ai enchaîné les succès dans ma carrière et je ne compte pas m'arrêter là. Si cette boîte n'évolue pas assez rapidement, ou pire, si elle coule, ce sera sans moi.

Quoi ?! Attendez, ça va trop vite…

– Je peux t'assurer une chose : avec ou sans toi, King Prod ne coulera pas. La porte est ouverte Kate, rien ne te retient. Et surtout pas moi… siffle notre PDG, avant de quitter la pièce la tête haute, la démarche affirmée. Et de m'embrasser tendrement au passage.

Le match est terminé. Vadim vient de l'emporter…

– Kate, vous êtes sérieuse ?! Vous songez à quitter…

– Pas maintenant, Alma ! braille-t-elle sans même me regarder, en tournant les talons dans l'autre direction.

Vive le vent, vive le vent, vive le vent d'hiver… Esprit de Noël, où es-tu ?!

Ce soir-là, Vadim s'est invité chez moi – pour mon plus grand plaisir… – et m'a mise au défi. « Cap ou pas cap d'oublier Kate, Dimitri et tous les autres emmerdeurs pendant les prochaines quarante-huit heures ? » J'ai accepté sans broncher, heureuse de le voir décrocher lui aussi. Son enquête sur le meurtre de ses parents l'a tenu loin de moi ces derniers temps. Sans parler de Felix, qui semble être partout à la fois. Enfin, surtout là où on ne voudrait pas qu'il soit…

Le temps d'une soirée, j'ai eu mon amant rien que pour moi. Bouffée d'oxygène. Éveil des sens. Nous avons dévoré un risotto aux morilles réalisé par ses soins, avons regardé *L'Étrange Noël de Monsieur Jack* lovés l'un contre l'autre, avons ri devant *Le Père Noël est une ordure*, avons délicieusement plongé dans ma baignoire d'angle éclairée par des bougies parfumées, puis nous avons atterri, épuisés mais toujours pas rassasiés, dans mon lit.

Impression de flotter… Tout est si facile, si évident quand je suis dans les bras de mon amant…

24 décembre. Je m'extirpe de mes songes vers 11 heures. Son corps svelte et irradiant n'est plus à mes côtés. Déception. Le petit mot qu'il a déposé sur son oreiller encore froissé me redonne un semblant de sourire.

[Joyeux Noël Boo,
en attendant le nôtre… V]

D'abord « babe », puis « boo »... Il sait que je déteste ce genre de sobriquets... Justin Bieber, sors du corps de mon amant !

Mon réveillon de Noël a lieu, comme chaque année, chez les Lancaster, en petit comité. Plus de grands-parents, les oncles et tantes restés à Londres, pareil pour les cousins et les cousines : À part Niels qui sera exceptionnellement parmi nous, la liste des invités est restée invariablement la même depuis quasiment une décennie. Vadim, lui, a prévu depuis longtemps de se rendre à un dîner de bienfaisance – où il fera une généreuse donation – et a décidé d'y emmener Felix.

Mr Swag en costard ? Je demande à voir !

Pas le temps d'imaginer le Latino en tenue de pingouin : j'ai promis à ma mère de débarquer le plus tôt possible pour aider. Et de forcer ma sœur à m'accompagner.

La voilà, ma vengeance ! Elle n'aurait pas dû me chercher en copinant avec Felix... C'est si mal que ça, de jubiler ?

Lily est introuvable. Le canapé convertible n'a pas été défait, j'en déduis qu'elle n'a pas dormi ici. Tout ce que je sais, c'est qu'elle était censée rentrer entre 2 heures et 6 heures du matin, en fonction de l'évolution de sa soirée « entre copines, aucun mec n'a été invité ». Un coup de fil plus tard, j'apprends qu'elle est saine et sauve… et en chemin !

Elle est là, toujours dans sa robe en dentelle de la veille, quand je sors de la salle de bains totalement apprêtée. Jean slim et col roulé en cachemire pour la journée, je garde le grand jeu pour ce soir : jupe noire en tulle accompagnée d'un boléro fantaisie dans les tons dorés. Pas tout à fait remise de sa cuite, Lily file à son tour sous la douche sans se faire prier, puis me retrouve dans le salon une petite demi-heure plus tard…

– Alors comme ça, tu m'as inscrite aux travaux forcés ? râle-t-elle en engloutissant un demi-litre d'Evian.

– Maman a besoin d'aide… dis-je simplement en feignant l'innocence.

– Tu parles, elle va me coller à la décoration et m'interdire en cuisine ! Tu sais très bien qu'elle ne supporte pas que je « réinvente » ses recettes traditionnelles…

– Si tu arrêtais de vouloir tout transformer en sucré-salé, aussi ! ris-je de bon cœur.

– Les plats de grands-mères, ça va deux secondes… marmonne-t-elle de plus belle.

– Bon, tu as fini de ronchonner ? C'est Noël ! Et au fait, on peut savoir où tu as dormi ? demandé-je en lui pinçant doucement la joue.

– Aïe ! Je crois que tu préférerais ne pas savoir… murmure-t-elle, soudain gênée.

– Comment ça ?

Je crains… le pire !

– J'étais avec… commence-t-elle avant de s'interrompre pour boire une centième gorgée.

Pas Felix, pas Felix, pas Felix…

– Felix, articule-t-elle à toute vitesse, comme si ça allait changer quelque chose.

– Lily !

– Quoi ?

– Je t'avais prévenue ! Il n'est pas pour toi !

– Je n'y peux rien ! On s'est croisés au *Barrio*, il m'a proposé de me raccompagner…

– Et ?

– Et je lui ai dit que la nuit n'était pas encore finie… souffle-t-elle sans réussir à réprimer un sourire.

– Lily !!!

– Ben quoi ? Je n'y peux rien si je le trouve sexy !

Lily Lancaster : cas désespéré. A atteint le point de non-retour. Ne plus intervenir, je répète, ne plus intervenir.

Noël est bel et bien arrivé. Au menu à la table Lancaster : velouté de champignons des bois, trilogie de saumon, foie gras accompagné d'un chutney de figues, dinde farcie et opéra. Tout cela raisonnablement arrosé et entrecoupé de discussions animées, de fous rires, de débats houleux, de compliments au « chef » – sans oublier Lily, la décoratrice attitrée – et de remarques plus ou moins appropriées de Niels, qui semble comme un poisson dans l'eau. Mon meilleur ami et mon frère n'ont cessé d'échanger des regards complices et des sourires tendres, sans jamais en faire trop. Ma famille entière – y compris mon père – semble ravie pour eux et moi la première !

Il manque cependant quelqu'un à cette table... Un sublime brun aux boucles folles, au regard d'acier et au sourire enjôleur... Vadim, le tableau est incomplet sans toi...

Les douze coups de minuit ont sonné et l'heure des cadeaux est arrivée. Le bruit des papiers déchirés s'est mêlé à celui des cris de joie, de surprise. Une fois de plus, nos parents se sont surpassés pour nous offrir tout ce dont Lily, Basile et moi pouvions rêver. Même Niels a reçu de leur part un joli paquet argenté. Après avoir sautillé sur ses pieds pendant une bonne minute, il a fini par l'ouvrir. À l'intérieur, un pull en cachemire bleu roi d'un « tel goût » – selon ses dires – qu'il en a presque versé une larme.

Après une partie endiablée de *Trivial Pursuit*, le réveillon était bouclé. Lily et moi avons dormi sur place, dans nos chambres de petites filles, alors que les deux tourtereaux rentraient de leur côté. J'ai appelé Clémentine vers 2 heures du matin pour lui dire qu'elle me manquait, sa voix guillerette m'a rassurée. Le brunch familial du lendemain nous a à nouveau tous réunis. J'ai compté les secondes, les minutes, les heures qui me séparaient de mon amant, puis me suis enfin enfuie vers 16 heures pour aller le retrouver. Lorsqu'il m'a accueillie dans sa suite magnifiquement décorée – juste pour moi – la nuit était en train de tomber.

Enlacés au coin du feu, nous nous sommes échangé nos présents. Vadim a encore réussi à me bouleverser en m'offrant une sublime photo de nous – douze ans auparavant – dans un cadre en argent massif. Profondément touchée, je me suis extasiée en laissant mes yeux s'embuer. Puis il m'a tendu un large écrin siglé Cartier, que j'ai ouvert en tremblant. À l'intérieur, le plus beau collier de diamants que je n'avais jamais vu. Pas même sur les tapis rouges. J'ai tenté de protester, de dire à mon amant que ce bijou était bien trop précieux, que je ne pourrais jamais le porter, il m'a prouvé le contraire… en me l'attachant délicatement autour du cou. J'ai admiré mon reflet pendant de longues minutes, un sourire béat sur les lèvres.

Les diamants sont les meilleurs amis de la femme, paraît-il… J'ai surtout le meilleur amant, le meilleur ami, le meilleur amoureux de la terre…

Quelques minutes plus tard, Vadim a ouvert l'étui que je lui tendais. Il m'a adressé le plus merveilleux des sourires en découvrant la montre Hermès qui se trouvait à l'intérieur. Et le plus poignant des regards lorsqu'il a vu le « Toi + Moi » gravé de l'autre côté du cercle en acier.

24

On ne choisit pas sa famille…

Noël s'en est allé, emportant Vadim avec lui. Enfin presque. Mon amant a beau m'avoir couverte de diamants, il s'est fait bien trop rare ces derniers temps – occupé d'une part à poursuivre l'ombre de Dimitri et d'autre part à *baby-sitter* son imprévisible meilleur ami.

Imprévisible ? Euphémisme ! Quand je pense que Lily et lui... Stop ! Concentre-toi sur Vadim !

Je ne l'ai pas vu, pas même entraperçu depuis quatre jours – si ce n'est au volant de sa Porsche, sur la couverture des magazines people. Une éternité, surtout lorsqu'il s'acharne à occuper chacune de mes pensées. Jour et nuit, l'homme que j'aime – mais qui s'amuse à jouer avec moi au chat et à la souris – me hante. Son sourire impertinent, son regard intense, sa peau brûlante, son odeur ensorcelante : je suis privée de tout ce qui me permet de fonctionner, de toutes ces choses en apparence anodines qui me sont devenues vitales. Sans sa présence à mes côtés, je suis à moitié vide. Physiquement. Émotionnellement.

À moitié, seulement ?

Je suis justement en train de m'apitoyer sur mon triste sort quand mon téléphone se met à vibrer. Sourire. Plus que ça. Extase. Mon bel indomptable semble décidé à se faire pardonner !

[Toi + Moi, dans ta bulle,
à 20 heures. Je n'en peux plus
d'être loin de toi… V]

Ma « bulle » ou le « bocal » : les charmants surnoms qu'il a donnés à mon appartement... Tout le monde ne peut pas vivre dans 2 000 m², Mr King !

[Deal. Je m'occupe de faire
« disparaître » Lily !
P.-S. : je finissais par croire
que tu m'avais oubliée… A]

[Pas la peine : Fe vient de me dire
qu'ils allaient au resto ce soir.
P.-S. : t'oublier ? Impossible !
Je t'emmène partout avec moi…
autour de mon poignet…
et ailleurs. V]

[Ailleurs ? A]

[Tu sais, dans ce truc qui bat
et qu'on appelle un cœur. V]

Joues cramoisies ! Jambes qui flageolent... Frissons !

À peine une heure plus tard, mon millionnaire en costume YSL sonne à ma porte, se jette sur moi et m'embrasse fougueusement en me faisant virevolter dans ses bras. Je glousse entre ses lèvres, à la fois surprise et comblée par sa hardiesse et son impatience.

Hmm... Je lui ai vraiment manqué...

La chaleur de son souffle, la douceur de sa peau rasée de près, les subtils effluves musqués qui s'échappent de chacun de ses pores : je crois que je n'en aurai jamais assez… Je gémis alors que ses mains habiles entament leur descente. Vadim peut faire ce qu'il veut de moi, je suis toute à sa merci. Le cœur battant à mille à l'heure, je me laisse délicieusement emporter dans ce tourbillon des sens.

– Alors, je suis pardonné ? murmure-t-il avec insolence en caressant ma peau nue.

Il fait nuit noire dans ma chambre, seuls quelques rayons de lumière provenant de la cour viennent éclairer le lit sur lequel nous sommes allongés.

– Non. Tu viens de rattraper un jour d'absence. Il t'en reste trois à combler… dis-je en faisant la moue.

– OK, ça peut s'arranger ! rit-il avant de me plaquer contre lui en me mordillant l'oreille.

– Vadim, je ne parlais pas de ça ! pouffé-je en me débattant.

– Qu'est-ce que je peux faire pour vous, mademoiselle Lancaster ? souffle-t-il d'une voix suave.

– Je ne sais pas. Parle-moi. Je voudrais que tu me racontes… Tu sais… tenté-je timidement.

– Dimitri ? devine-t-il en se crispant légèrement.

– Oui.

– Il n'y a pas grand-chose de nouveau, à ce stade. Je dois rester patient et me fier à mes hommes. Ils le surveillent jour et nuit.

– Il est toujours à Paris ?

– Oui, mais plus pour longtemps, d'après mes sources.

– Tu comptes le suivre à L.A. ? m'inquiété-je.

– Non, je dois rester discret pour qu'il ne se doute de rien. Je ne veux pas tout faire foirer.

Sa voix grave se stoppe, ses yeux gris ont soudain des reflets ambrés. Ils me détaillent quelques secondes, percevant probablement mon soulagement.

– Alma, je ne compte pas t'abandonner pour lui courir après… Je suis là, avec toi et je vais y rester, me rassure-t-il avant de poser ses lèvres chaudes sur les miennes.

– Je ne veux pas être égoïste… Je comprends que ton

enquête soit ta priorité, avoué-je tristement entre deux baisers.

– Elle ne l'est plus, Alma… J'ai appris à faire la part des choses. Le docteur Bloom m'a aidé…

– Le docteur Bloom ?

– Ma psy. Je la vois régulièrement depuis mon arrivée à Paris.

Que... Quoi ?!

– Pourquoi est-ce que tu ne m'en as jamais parlé ? demandé-je, méfiante, en m'échappant de ses bras.

– Alma, n'en fais pas toute une histoire, s'il te plaît… soupire-t-il.

– Je cherche juste à comprendre, Vadim. Tu vois cette femme dans mon dos, depuis des mois ?! insisté-je.

– Tu n'avais pas besoin de le savoir, jusque-là.

Son ton laisse présager que je ferais mieux de ne pas insister. Et pourtant…

– Pas besoin de savoir ?! répété-je d'une voix hargneuse. Parce que je ne faisais pas réellement partie de ta vie, jusque-là ? Parce que tu voulais protéger tous tes précieux secrets ? Parce que tu préférais en parler à elle, une étrangère, plutôt qu'à moi ?

– Non, parce que je ne savais plus où j'en étais ! Toi, Dimitri, Max, Grace et j'en passe : tout m'est tombé dessus en même temps ! J'avais besoin de conseils extérieurs, de prendre du recul.

– Donc je suis comme eux ? Comme Dimitri, Max, Grace ? Une complication, un problème à régler parmi tant d'autres ?

– Ne dis pas n'importe quoi ! s'énerve-t-il soudain. Je savais que tu réagirais comme ça, je l'avais dit à Elizabeth…

– Elizabeth ?

– Bloom, ma psy, lâche-t-il en sautant du lit.

Ah parce qu'il l'appelle par son prénom, en plus ?!

– Vadim, tu vas où ? Reviens ! Il faut qu'on en discute ! protesté-je.

M'ignorant superbement, il enfile son boxer et s'éloigne

sans me répondre. Je me lève d'un bond, passe sa chemise et le poursuis jusqu'à la cuisine.

– J'ai besoin d'en savoir plus… articulé-je, hors de moi.

– Uniquement si tu es prête à en parler calmement. En adultes ! gronde-t-il en sortant une canette de soda du frigo.

Respire, souffle, prends sur toi...

– OK…

– Si tu veux tout savoir, elle veut que je rencontre à nouveau tes parents. Elle pense que c'est le moment. Que pour nous donner une chance, pour que ça dure entre nous, je dois trouver ma place dans ton monde.

Je retire tout ! Cette femme est merveilleuse !

Aussitôt dit… Parfaitement apprêtés, un sourire poli sur les lèvres, Edward et Marie Lancaster nous ouvrent leur porte le lendemain soir, prêts à accueillir mon amant en faisant table rase du passé. C'est en tout cas l'idée. Je les ai appelés la veille, proposant de les inviter au restaurant, mais ma mère a insisté pour nous recevoir. « Ce sera plus chaleureux, plus naturel. Tu ne crois pas ? »

Hum... Pas vraiment...

Consciente du caractère entier des tempéraments des uns et des autres, j'ai fait promettre aux deux partis de faire un effort. J'ai pris la décision de ne pas inviter Lily et Basile à se joindre à notre cercle – très – fermé. Gérer mes parents est déjà une tâche ardue, inutile d'en rajouter. Vadim m'a juré de se contrôler, de ne pas répondre aux provocations. Mon père, lui, a marmonné quelque chose comme « Lui parler gentiment ? Bien sûr que c'est possible ! Nous ne sommes pas des sauvages, que je sache ! ».

Sans commentaire...

Vadim joue son rôle à la perfection. Il offre un sublime bouquet de roses blanches à ma mère, qui l'accepte en lâchant des petits cris de ravissement. Dans sa lancée, mon PDG tend un magnum de Moët à mon père, qui s'en empare en glissant un rapide « Il ne fallait pas… ». Puis mon invité déroule son speech, le plus naturellement du monde, comme s'il avait fait ça toute sa vie. Sans jamais tomber dans l'hypocrisie, il ne lésine pas sur les compliments. Sur l'appartement, le quartier, les verres en cristal, les odeurs divines qui proviennent de la cuisine : tout y passe. Ma mère semble conquise et observe mon amant avec des yeux bienveillants, presque admiratifs. Mon père, lui, ne dit pas grand-chose, se contentant d'esquisser quelques sourires et de siroter son verre.

Jusque-là, tout va bien…

Nous passons à table, discutons de tout et de rien en dégustant la farandole de plats faits maison. Depuis qu'elle a décidé de se passer de l'aide d'une cuisinière, ma mère ne cesse de nous impressionner. Ce soir encore, les mets raffinés s'enchaînent sans aucune fausse note, démontrant son réel talent. Vadim ne tarde pas à le faire remarquer, s'attirant une fois de plus la sympathie de la maîtresse de maison. Puis arrive le moment que je redoutais tant : l'interrogatoire mené par le colonel Lancaster.

– Alma nous a raconté votre parcours dans les grandes lignes, dit-il en s'adressant à Vadim. J'ignorais que vous aviez de telles ambitions ! Douze ans en arrière, vous ne sembliez pas promis à un avenir de PDG. Et encore moins d'une multinationale…

L'interrogé sourit sans se vexer des sous-entendus, puis répond le plus simplement du monde, de sa voix affirmée :

– Je n'étais qu'un gamin, à l'époque. J'ai changé, évolué, comme n'importe qui l'aurait fait.

– « N'importe qui » ne devient pas millionnaire… le corrige mon père.

– Disons que j'ai eu de la chance… rit doucement Vadim.

– Non. De la volonté, de la détermination. Il a de quoi être fier… balancé-je en direction du colonel.

– Vous ne devez pas savoir où donner de la tête, Vadim ! Votre carrière vous laisse un peu de place pour votre vie personnelle ? demande soudain ma mère.

C'est parti...

– Maman… grogné-je.

– Je ne fais que me renseigner ! Ma question est légitime, non ? se défend-elle en me souriant.

Un peu pris au dépourvu, Vadim hésite quelques secondes, puis tente de reprendre le dessus :

– Je consacre beaucoup de temps à ma société, mais je ne perds pas de vue le plus important. Ce qui compte vraiment. Business et vie amoureuse sont compatibles, je ne pense pas être le premier à le prouver…

Ma mère lâche un petit rire nerveux, évitant soigneusement de croiser le regard de son mari. Clairement, ces deux-là ont des choses à régler…

– Et concrètement ? relance mon père, décidé à ajouter son grain de sel.

– Concrètement ? demande Vadim, un peu perdu.

– Qu'est-ce que vous envisagez avec Alma ? Ma fille mérite le meilleur. Un homme sérieux, investi, prêt à tout pour la rendre heureuse. Un homme qui ne se laissera pas distraire ou détourner par les sirènes du show-business.

– Papa ! m'écrié-je en espérant le faire taire.

– Je ne compte aller nulle part, lâche mon amant en serrant les dents.

Le ton de Vadim a changé. Quelque chose me dit que ça pourrait mal tourner…

– Place au dessert ! piaille ma mère en se levant, sûrement pour nous venir en aide.

Sainte Marie...

– Si vous vous dites prêt à vous engager, pourquoi tenez-vous tant à garder votre relation secrète ? s'acharne Edward, la langue trop bien pendue.

– Vous êtes un homme intelligent, M. Lancaster. Vous vous doutez bien que si j'ai fait ce choix jusque-là, c'était pour nous protéger.

– « Jusque-là » ? répétons-nous à l'unisson, mon père et moi.

– Oui. Si Alma le souhaite, je finirai par l'annoncer. Je n'attends que ça, moi aussi, mais il ne faut pas oublier tout ce que ça va engendrer… dit-il calmement en me fixant de ses yeux irradiants.

Si je le souhaite ? T'aimer librement, t'appartenir totalement : oui !

Être traquée et dénigrée, payer le prix de ta célébrité : non ! Joker !

– En voilà une bonne nouvelle ! Assez discuté, attaquez ! nous ordonne ma mère en apportant nos mi-cuits au rhum et marrons glacés.

Bizarrement, ce n'est plus le contenu de mon assiette que j'ai envie de déguster... C'est l'heure de rentrer !

***

Clémentine s'est faite très discrète depuis ses aveux. Absente pendant les fêtes de Noël, elle est finalement de retour à Paris, l'occasion pour moi de la prendre entre quatre yeux. Je n'en sais toujours pas plus sur sa mystérieuse aventure et ma curiosité commence à me torturer… Et je pèse mes mots. Par chance, la jolie rousse, enceinte de presque quatre mois, n'a plus la possibilité de m'éviter : séance shopping obligée, en vue du réveillon du nouvel an qui aura lieu demain !

– Ça va être un cauchemar, cette soirée ! râle-t-elle en s'asseyant sur un banc du boulevard Haussmann.

– Mange quelque chose, Clem, tu es toute pâle, dis-je en lui tendant une viennoiserie achetée à l'instant chez *Paul*.

– Non, j'ai l'estomac noué…

– Tu n'as pas froid ? m'inquiété-je en la voyant trembler.

– Non… Il ou elle me tient chaud… murmure-t-elle en posant la main sur son ventre.

Une larme glacée coule sur sa joue. D'émotion ? De tristesse ? Je l'ignore, mais je n'en peux plus de la voir dans cet état. Une seule solution me vient à l'esprit. Remettre le sujet sur le tapis :

– Je ne peux pas t'aider si je ne connais pas toute la vérité, Clem… C'est moi ! Tu peux tout me dire, ça te fera du bien de te confier, tu ne crois pas ?

– Je me sens… minable, souffle-t-elle sans parvenir à me regarder.

– Arrête avec ça ! Tu as fait une connerie, ça arrive à tout le monde.

– Tu vas me haïr…

– Impossible !

Mais tu commences à me faire peur…

– Il compte pour toi… J'ai tout gâché… continue-t-elle.

Vadim ? Impensable ! Raphaël ?!

– Clem, qui que ce soit, tu comptes plus pour moi… dis-je en la forçant à me fixer dans les yeux. Dis-moi qui, maintenant.

– Clarence, articule-t-elle d'une toute petite voix.

– Clarence Miller ? Mon collègue ?!

– Tu vois, tu me détestes ! s'écrie-t-elle en pleurant de plus belle.

– Tais-toi et viens là ! grondé-je en la prenant dans mes bras. Tu es sourde ou quoi ? Tu es ma Clémentine, il faut que je te le répète combien de fois ?!

– Tu ne vas pas me remplacer ? Trouver une nouvelle meilleure amie et me larguer ? renifle-t-elle dans mon cou.

– Clem ! C'était quand ?

Ses yeux divaguent à nouveau, elle fait une pause, cherche ses mots, puis se lance :

– Le soir où tu me l'as présenté. Tu sais, la soirée salsa… Début septembre.

– Début sept… commencé-je avant de m'arrêter net, complètement paniquée.

– Oui. Il y a presque quatre mois… confirme-t-elle en tremblant à nouveau.

– Le… le bébé ? dis-je, effarée.

– Je me pose la même question depuis tout ce temps et ça me bouffe. Au début j'ai réussi à me persuader que Yann était le père, mais plus les semaines passent et plus je doute. Je porte peut-être l'enfant de Clarence… gémit-elle avant d'exploser en sanglots.

– Ça va aller, Clem, calme-toi, chuchoté-je en lui caressant le dos. Tout ce stress, ce n'est bon ni pour toi ni pour le bébé. Si tu veux vraiment une réponse, tu peux faire un test de paternité prénatal, non ?

– Si. Je me suis renseignée, mais je n'ose pas. J'ai trop peur du résultat…

– Je vais t'accompagner, tu ne seras pas seule… soufflé-je pour la réconforter.

Assises côte à côte sur ce banc froid, nous remarquons à peine les centaines de passants qui défilent à deux pas de nous. Ma meilleure amie hoquette, se mouche, soupire, rentre son menton dans le col de son manteau. Je l'observe, totalement impuissante.

– Alma, ce n'est pas tout… avoue-t-elle soudain en fixant ses pieds. Clarence est amoureux de moi. Il me l'a dit plusieurs fois. J'ai beau lui répéter que c'était une erreur, lui et moi, que ça ne se reproduira jamais, il ne veut rien entendre…

Ça explique tout ! Voilà pourquoi il est méconnaissable ces derniers temps…

– Tu ne ressens vraiment rien pour lui ? demandé-je prudemment.

– Je ne sais pas… Mais ça n'a pas d'importance. Je veux protéger ma famille, je veux me battre. Pour mes filles… sanglote-t-elle à nouveau. Elles ne méritent pas ça !

En fin d'après-midi, j'ai raccompagné Clémentine chez elle, puis lui ai proposé de lui tenir compagnie. J'ai tenté de l'appâter avec une séance manucure-pédicure *home made* « offerte par la maison Lancaster », elle a refusé, voulant se reposer avant le retour des jumelles. Je n'ai pas insisté, ce n'était franchement pas le moment de la contrarier.

Totalement démoralisée et épuisée par cette tornade émotionnelle, je me suis tout de même forcée à me rendre dans le quartier Montparnasse. À m'y « traîner » serait plus exact. Envie de rien. Enfin si, envie de me fondre dans les bras de Vadim, point. Mais une promesse est une promesse : Kate et moi avons prévu de tenter quelque chose de nouveau. Histoire de tisser des liens d'amitié. Enfin, d'essayer.

Pari risqué...

J'arrive avec un peu d'avance devant la façade illuminée du pub irlandais où ma supérieure m'a donné rendez-vous. Dans un but précis, si j'en crois le texto qu'elle m'a envoyé ce matin :

[Je ne sais pas si vous aimez la bière,
Alma, mais si ce n'est pas le cas,
il est grand temps de remédier à cela.]

OK, si je comprends bien, je peux me brosser pour mon cher et tendre chardonnay... Juste un mojito ! Un bloody mary ?

Je découvre un visage différent de Kate. L'allure stricte n'a pas changé, l'accent à couper au couteau non plus, mais ce sourire… ce regard pétillant… ce rire franc. Pendant près de trois heures, ma boss tente de me familiariser au goût, à la finesse, à la force du houblon. Une séance de dégustation « pour les nuls » pendant laquelle je découvre la bière sous toutes ses formes : blanche, blonde, brune, douce, amère, liquoreuse, saugrenue. En quantités raisonnables – quoi que – et accompagnées de frites. Comme promis, Kate se sert de ses mains plutôt que de ses couverts, sans rougir. Mais tout de même en levant le petit doigt. Sa marque de fabrique. Qui la rendrait presque… attendrissante ?

Tout arrive...

Sur le chemin du retour, je me remets à penser à ma meilleure amie, le cœur serré. Kate avait presque réussi à me remonter le moral, à repousser ces pensées qui me tourmentent. Ces dernières sont revenues à l'instant où ma supérieure m'a souhaité une bonne fin de soirée. Je regagne au plus vite la suite de mon amant, dans laquelle flottent des airs apaisants de musique classique. Retrouver la présence réconfortante de Vadim me calme. Je me blottis contre lui, alors qu'il lit sur le canapé, au coin du feu. Je ne lui ai pas raconté les malheurs de Clémentine. Pas tout de suite. Pas la force…

Je suis en train de m'assoupir. Mon esprit commence à s'évader dans des songes bienfaisants, quand, d'une voix légèrement cassée, mon amant me murmure :

– Te voir entourée de ta famille me rappelle le vide autour de moi…

Ne sachant quoi répondre, je me contente de me serrer plus fort contre son corps. Pour qu'il comprenne que je suis là. Qu'il n'est plus seul. Il inspire, expire, plusieurs fois, son torse soulevant légèrement ma tête. Et reprend :

– Un jour, on aura un enfant, hein ? On formera une famille, toi et moi…

« On formera une famille, toi et moi… »

L'intensité des notes de musique monte progressivement et enveloppe les mots bouleversants que Vadim vient de murmurer. L'*Adagio pour cordes* de Samuel Barber résonne dans le grand salon éclairé par une lumière tamisée et par les flammes mouvantes dans la cheminée. Somptueux. L'un de ces morceaux que l'on a tous entendus des dizaines de fois – dans les plus beaux films – les larmes aux yeux, le cœur à découvert.

Je me redresse, profondément touchée par sa déclaration, ne voulant qu'une chose : lui prouver que je suis prête à tout. Pour lui. Pour nous. Son regard gris métallisé, empreint d'une tendre tristesse, plonge au plus profond du mien. Vadim et moi nous contemplons ainsi pendant de longues secondes, consolidant le lien invisible qui nous unit. Qui nous aimante depuis douze ans. Mais qui n'a jamais été aussi évident, aussi indestructible qu'à cet instant.

Soucieuse de ne pas le brusquer, de ne rien briser, je n'ajoute pas un mot. Pas un seul. J'approche doucement mes lèvres entrouvertes des siennes, puis l'embrasse avec une émotion et une dévotion infinies. Je connais par cœur les contours de sa bouche, sa lèvre du bas – souple et charnue – sa lèvre du haut – plus fine et délicate – sa petite cicatrice qui les fendille et sur laquelle j'adore passer la pointe de ma langue.

Mon amant grogne légèrement alors que notre baiser s'intensifie. Son livre tombe à terre, libérant ses mains au passage. Brûlantes, expertes, agiles et conquérantes : les adjectifs manquent pour les qualifier. Elles viennent se loger au creux de mon cou, inclinant légèrement ma tête afin d'approfondir encore notre étreinte. Sa langue avide se joint à la mienne, s'enroule et se déroule langoureusement. Je gémis, sentant une douce chaleur se répandre dans tout mon corps. Sa respiration s'accélère, son souffle rauque balaye ma peau devenue ultra-sensible, je ne crois pas avoir déjà connu un pareil baiser. Plus fort. Plus passionné. Plus ardent. J'en perds mes esprits, les yeux embués, suspendue à sa bouche.

Hmm... Faites que ça ne s'arrête jamais...

– Putain, Alma, si seulement tu te voyais... Tu es belle à en crever... susurre-t-il au creux de mon cou, ses lèvres s'aventurant sur ma peau.

La pièce qui m'entoure semble en mouvement, les murs tournent autour de moi, le plafond se déforme, les meubles changent de taille, de couleur. Je ferme puis entrouvre les yeux de temps en temps, m'abandonnant à cet état de semi-transe dans lequel Vadim est en train de me plonger. Il défait mon chemisier, bouton par bouton, sa bouche prenant possession de chaque centimètre de ma peau. D'une main, il dégrafe mon soutien-gorge, dévoilant mes seins ronds et mes tétons érigés. Ses lèvres affamées les aspirent, ses dents acérées les mordillent. Je halète, je suffoque. Mon intimité se transforme en brasier. Ma jupe, puis mes collants échouent sur le parquet, faisant de mon string le dernier rempart protégeant ma féminité.

La protéger ? Pour quoi faire ?!

En me tortillant, je tente de m'en défaire, mais mon tortionnaire me stoppe dans mon élan. Ses mains s'emparent des miennes, les plaquant dans mon dos. Je proteste faiblement – déconcentrée par ses lèvres enflammées qui se posent à nouveau sur ma bouche. Mr King rit doucement lorsqu'enfin, je recule en le suppliant d'abréger mes souffrances :

– Vadim… Tu me rends dingue…

– Patience… Je veux te savourer. Je veux prendre mon temps…

– Mais je…

– Chut, laisse-toi aller…

D'un geste dominant, il m'allonge sur le canapé et se plante au-dessus de moi. Il est encore habillé, son T-shirt noir et son pantalon gris en lin n'ont pas bougé, mais la vision qu'il me renvoie me laisse pantoise, le souffle coupé. Sa mâchoire carrée, ses yeux assombris et perçants, son nez fin et racé, ses dents parfaitement blanches et alignées, sa peau sur laquelle se reflètent les flammes qui crépitent dans la cheminée : sa beauté insolente, presque irréelle ne fait qu'accroître mon désir.

J'ignore s'il me dévore pendant une poignée de secondes ou une éternité, mais les châtiments qu'il m'impose me donnent la délicieuse sensation de quitter mon corps. Sa langue se promène sans relâche, depuis mon menton jusqu'à mes chevilles, titillant rapidement mon clitoris avant de s'échapper. Et de revenir. Impression de flotter. Ses mains me frôlent, me caressent, me pétrissent le cou, les seins, les hanches, les cuisses. Je m'élève un peu plus haut, écartant les jambes pour lui permettre de mieux s'y aventurer. Ses cheveux bouclés et soyeux me chatouillent sur leur passage. Je glousse d'une voix qui ne m'appartient pas. Son regard intense, flamboyant croise le mien. Je ne parviens pas à le soutenir, accaparée par le plaisir qui m'inonde.

Ça ne peut plus durer... Je vais... jouir...

– Alma, retiens-le... gronde doucement Vadim, conscient de ce qui pourrait arriver... prématurément.

– Viens... avant qu'il ne soit trop tard ! articulé-je en prenant la liberté de déboutonner son pantalon.

Le sourire de sale gosse qu'il m'adresse me donne envie de le gifler. Et de le sentir aller et venir en moi, encore et encore, jusqu'à ce que mon corps sombre.

Mes menaces – qu'il a sûrement prises pour des supplications – portent leurs fruits : mon amant, toujours à genoux au-dessus de moi, retire immédiatement son T-shirt, dévoilant sous mes yeux ses abdominaux dessinés, ses pectoraux en acier et ses épaules carrées de top model.

Je retire. De dieu vivant.

D'un geste tout aussi habile, il se défait de son pantalon de grand couturier, puis de son boxer assorti. Je peux enfin admirer les courbes de son corps – qui me sont devenues si familières, si intimes – et sa virilité bandée, que je rêve de caresser.

– Mademoiselle Lancaster, on ne vous a jamais dit que ça ne se faisait pas de fixer l'entrejambe d'un homme, comme ça ? dit-il, hilare, avant de susurrer... Tu vas le rendre timide, à force de le contempler de tes grands yeux verts...

– Je n'y peux rien si mes yeux sont mal élevés... Ils ont un petit côté voyeur, que je ne peux pas contrôler... fais-je d'une petite voix innocente.

– Voyeur, hein ? Et moi qui te pensais si sage... souffle-t-il en se mordant la lèvre.

– Mais je le suis, Mr King, je n'ai rien à me reprocher. Je vous le répète, ce sont mes yeux qui n'en font qu'à leur tête... insisté-je en minaudant.

– OK, je pense avoir ce qu'il leur faut... pour leur faire passer cette vilaine manie, précise-t-il en souriant en coin.

Complètement nu, m'ordonnant de ne pas bouger, mon

PDG saute du canapé et s'éloigne en direction du couloir qui mène directement à la chambre, puis au dressing. Il vient de me laisser en plan. Mon corps le réclame plus que jamais, mais je décide de ne pas râler. Mes yeux – pour l'instant insoumis – suivent chacun de ses mouvements et le dévorent de la tête aux pieds. Enfin, principalement son fessier arrondi et tendu, totalement irrésistible. Sa peau est très pâle à cet endroit-là, ses muscles deviennent apparents, ses fesses se contractant à chaque pas.

Envie d'en faire mon quatre-heures... De les pétrir, de les mordre, de... Stop ! Concentration ! Qu'est-ce qu'il est allé faire là-bas ?!

J'obtiens ma réponse lorsque – à peine une minute plus tard – je le vois revenir un foulard sombre à la main. Son sourire s'est encore élargi, son érection, elle, est toujours au garde-à-vous.

Ravie de voir que même de loin je vous fais de l'effet, Mr King...

– Les règles sont simples, Alma. Je vais te bander les yeux, pour leur donner une petite leçon. Interdiction de toucher au foulard ! Que ça te plaise ou non, je vais te faire jouir dans le noir… chuchote-t-il à mon oreille, d'une voix atrocement sensuelle.

Je ne me rebelle pas, m'accommodant du sort qui m'a été réservé. Je dois même avouer que ce petit jeu fait naître en moi une certaine… excitation.

Comme si je n'étais pas déjà en ébullition bien avant ça !

Vadim enroule le bout de tissu sur lui-même, le noue derrière ma tête et je me retrouve dans l'obscurité la plus totale. Plus rien dans mon champ de vision. Seuls mes souvenirs vivaces me rappellent le corps d'apollon qui se tient en face de moi. Ses mains se posent délicatement sur mes épaules et m'invitent à m'allonger à nouveau. J'obtempère, sentant son souffle chaud irradier sur ma peau.

Mes sens sont décuplés. Les plaisirs qu'il me procure avec

sa bouche et ses mains et sa peau m'emportent, je perds à nouveau la tête alors que la partie vient tout juste de recommencer… Ses gestes se font plus précis, plus ciblés. Allongé de profil, collé contre moi, mon amant plante doucement ses ongles dans mes flancs, traçant une ligne imaginaire de mon bassin jusqu'à mon aisselle. Je m'agite, grogne, réclame, mais rien n'y fait, il est aux commandes, je ne peux que me soumettre à ses désirs.

Derrière ce bandeau, j'entends tout avec plus de clarté, comme si mon ouïe avait été affinée. La musique classique – qui berce tendrement nos ébats – la respiration de Vadim qui s'accélère au gré de ses caresses, les crissements du cuir sous nos corps, les crépitements du feu. Et mes soupirs de plaisir, de plus en plus nombreux, de moins en moins espacés.

Quand les doigts de Vadim s'insinuent enfin au creux de mon intimité, je manque de crier. De surprise. D'extase. Son pouce imprime des cercles de plus en plus appuyés autour de mon clitoris, son majeur s'enfonce dans mes chairs – rapidement suivi de son index. Je me cambre davantage, écarte un peu plus les cuisses pour intensifier les effets de ces caresses torrides. Encouragé par ma hardiesse, Vadim tourne ma tête vers lui et mord ma lèvre inférieure. Il m'embrasse en même temps, étouffant du même coup mes gémissements. Un subtil mélange de plaisir et de douleur. Le meilleur qui soit.

À chacun de mes mouvements, de mes sursauts, je sens son sexe tendu frôler ma hanche. Ne pouvant résister une seconde de plus, je m'en empare de la main droite et commence un lent va-et-vient, guidée par son souffle haletant et ses grognements. Vadim n'est plus le seul à mener la danse, je devine qu'il perd le contrôle et que la situation lui échappe. Et j'adore ça. Les yeux bandés, totalement offerte à lui, je parviens à reprendre l'avantage. Entre mes doigts, sa virilité se durcit, en coulissant de plus en plus vite, de plus en plus fort. Trop, peut-être…

– Alma, bordel, tu veux m'achever ? gronde-t-il d'une voix

rauque, avant de se contredire… C'est si bon… n'arrête pas…

– Il faudrait savoir ce que tu veux… soufflé-je en sentant ses doigts augmenter leur cadence infernale.

– Tu vas voir, ce que je veux ! lâche-t-il brutalement, dans un râle viril.

En un dixième de seconde, il se retrouve sur moi, m'écrasant de tout son poids. Je hurle de surprise, puis cède à ses baisers passionnés, embrasés. Sa langue et la mienne s'entrechoquent violemment, ses mains m'agrippent avec force, remontent mes jambes pour les déposer sur ses épaules. Puis sans avertissement, Vadim vient se loger au plus profond de moi. Je suis trempée. Je crie à nouveau, prise de court par cette intrusion, puis je gémis bruyamment en sentant son sexe sortir, puis rentrer à nouveau. Une fois, deux fois, trois fois…

Hmm... Cet homme est le diable en personne ! Venu sur cette terre pour me faire commettre les pires péchés... Ou les meilleurs...

Vadim est sur tous les fronts. Il caresse mes seins sensuellement, attisant délicatement mes tétons. Ses coups de boutoir, eux, sont vifs et ardents. Mon amant bien membré palpite en moi sans relâche. Je ne le vois pas, mais je devine les expressions qui parcourent son visage. J'imagine que ses traits sont tendus, ses yeux concentrés, qu'une lueur de domination doit les traverser. Mais il ne me laisse pas le temps de les dessiner mentalement : soudain, dans un grognement sourd, Vadim s'extrait de moi et me retourne, sans effort, comme il retournerait une vulgaire feuille de papier. Je ne peux m'empêcher de glousser, sachant pertinemment ce qui m'attend…

– Prête pour le *round two*, chérie ? murmure-t-il d'une voix amusée… et électrique.

À ton avis ??!

Il plaque ses mains sous mon ventre pour surélever légèrement mes fesses, puis sa virilité me transperce à nouveau. Toujours dans le noir, je sens chacune de ses poussées avec une précision, une sensibilité incroyables. Son va-et-vient me brûle littéralement par leur intensité, je me mords l'intérieur des joues à plusieurs reprises pour ne pas crier. Le rythme s'accélère, j'agrippe le rebord du canapé, faute de mieux, alors que Vadim me broie les hanches. Mes gémissements font écho à ses grognements. Je ne peux retenir quelques « encore », « plus vite », « plus fort ». Il cède à chacun de mes caprices, obtempérant chaque fois au-delà de mes espérances. J'entends son ventre claquer contre mes fesses, ce bruit si particulier m'excite plus que ce que j'aurais imaginé.

Finalement, la jouissance nous guette, pile au moment où mes genoux menacent de céder à force de glisser sur le cuir moite. Une chaleur exquise monte en moi, crescendo, mes membres se tendent, je perds le fil, mon esprit s'évade et… l'orgasme me submerge brutalement, en enflammant chaque particule de mon corps, et en m'arrachant un râle de plaisir brut, intense, inespéré. Mon amant me rejoint après quelques ultimes percées, vibrant dans mes chairs, empoignant mes flancs pour m'immobiliser. Le souffle court, il s'effondre à mes côtés, en tentant de se frayer une place sur le majestueux canapé.

Il dépose de tendres baisers dans ma nuque, puis détache enfin le bandeau qui m'empêchait de l'admirer. Mes yeux mettent quelques secondes à s'acclimater à la lumière – pourtant faible – avant de se noyer dans les siens. Un sourire mutin sur les lèvres, le visage rougi par la chaleur, Vadim m'observe, sa main caressant mon dos douloureux.

– Rappelle-moi pourquoi tu m'as bandé les yeux, déjà ? murmuré-je en reprenant mon souffle.

– Ils étaient désobéissants, ils méritaient un châtiment… rit doucement l'homme sublime qui vient de me faire jouir.

– Ils sont assez dociles pour toi, à présent ? demandé-je en les faisant cligner exagérément.

– Oui, mais cette bouche insolente, par contre… lâche mon amant en fixant mes lèvres d'un regard… brûlant.

– Quoi ? Tu comptes me bâillonner, maintenant ?

– Attention à ce que tu dis, Alma ! tu pourrais me donner des idées… lâche-t-il en m'embrassant amoureusement.

Me passer de ses baisers ? Jamais de la vie !

25

Ami(e)s ou ennemi(e)s ?

Vadim ajuste sa cravate, Felix son nœud papillon, Lily et moi ajoutons un dernier coup de spray à nos chignons : notre quatuor de choc est fin prêt.

Afin de célébrer le passage à la nouvelle année en marquant les esprits, King Productions a organisé une soirée d'exception. Au programme : concert privé, défilé haute couture, sets inédits des DJ stars du moment. Environ trois cents invités – parmi lesquels tous mes collègues et un bon nombre de V.I.P. – sont attendus au cœur du VIIIe arrondissement, dans l'extravagante salle privatisée du *Colisée*. À en croire la rumeur, c'est l'un des événements les plus en vue de la capitale. D'une revue mondaine à l'autre, on lit : « Seuls quelques rares privilégiés ont obtenu leur pass d'entrée. »

Une fois de plus, le pôle événementiel a tapé dans le mille !

Exceptionnellement, le célèbre tapis rouge a été remplacé par un sol scintillant et doré. Nouvel an oblige. Les paparazzis sont bien là – pressés contre les barrières – beuglant le nom des convives pour espérer obtenir le cliché qui fera la différence. À peine sorties de la limousine, Lily et moi filons discrètement dans la salle de réception, pendant que Vadim le magnifique prend la pause face aux objectifs, contraint et forcé.

Dure, la vie de play-boy PDG…

Je me retourne un instant pour le contempler et constate – sans grand étonnement – que Felix s'en donne à cœur joie.

Aux côtés de mon amant, il se prend pour Kanye West et profite de son quart d'heure de célébrité, se donnant en spectacle comme jamais.

Les doigts en V, c'est vraiment obligé ?! Non... Pas la duckface, pitié ! Felix Alonso : zéro crédibilité...

À l'intérieur, le décor est à couper le souffle. L'ambiance féerique. Cascades lumineuses, mobilier blanc et argenté, bars de glace illuminés, miroirs gigantesques, musique jazzy : Lily s'extasie bruyamment et me tire dans toutes les directions, broyant mon bras au passage. Je salue Kate de loin, elle est accompagnée de son mari et d'amis venus tout droit de New York. Son sourire est franc, chaleureux et je réalise que je suis parvenue à faire d'elle une amie. Une alliée ?

À l'étage, je retrouve Sophie et Clarence installés sur des banquettes colorées. La jolie blonde me saute dessus, manquant de m'embrasser sur la bouche, emportée par l'euphorie ambiante. Clarence, lui, se contente de complimenter ma robe bustier en coton satiné. Il a l'air préoccupé. Et il y a de quoi. Je fais la connaissance de leurs moitiés respectives, tentant de cacher mon malaise.

Clarence et Liv, Clarence et Liv, Clarence et Clem... Non ! Clarence et LIV !

– Qu'est-ce que font nos mecs ? râle Lily en me traînant à l'écart. J'ai promis à Fe de l'attendre pour trinquer...

– Sociabilise, fais le tour des invités. On ne sait jamais, tu pourrais trouver l'homme de tes rêves... dis-je en parcourant l'assemblée des yeux.

– Alma, tu m'as promis d'arrêter ! grogne ma sœur. Je suis avec Felix, il faut que je te le dise en portoricain ?!

– Rien ne t'empêche de regarder ailleurs...

– Tu as la mémoire courte, apparemment, s'offusque-t-elle. Il n'y a pas si longtemps, tu me reprochais de me taper un mec différent toutes les semaines !

– Ce n'est pas contre toi, Lily. C'est contre lui. Je suis désolée, je n'arrive toujours pas à m'y faire. Je ne suis pas sûre qu'il ait vraiment changé, j'ai peur qu'il te fasse du mal…

– Je ne sais pas de qui vous parlez, mais si quelqu'un fait du mal à ma Lil', je le massacre ! nous fait sursauter Basile en posant ses bras sur nos épaules.

Mon frère nous embrasse affectueusement – vraiment ? – suivi de Niels, particulièrement élégant dans son costume trois-pièces. Les deux amoureux sont morts de rire, j'ignore pourquoi, mais leur irruption arrive à point nommé. M'engueuler avec ma sœur le soir du réveillon, ce n'est pas dans mes projets. D'ailleurs, la belle dans sa robe rose bonbon me claque un bisou sur la joue puis s'en va à la recherche de son *latin lover*.

Toujours pas de Vadim en vue…

Je suis sur le point de rejoindre une autre bande de collègues quand je repère Clémentine, accoudée au bar principal. Malgré son air grave, ma meilleure amie est sublime dans sa robe noire ultra-décolletée. Je pose ma main dans son dos, elle fait un bond sur le côté.

– Alma ! Tu veux que j'accouche à quatre mois de grossesse ?! me crie-t-elle dessus, apparemment contrariée.

Pire que ça… Regard noir, sourcils froncés, bouche pincée : Mme D'Aragon est en colère.

– Clem, tu ne veux pas essayer de t'amuser ? Juste ce soir… soufflé-je en l'embrassant.

– M'amuser ? Si seulement… Je me suis engueulée avec Yann dans la voiture, depuis il m'ignore. Et je dois supporter ça, en plus… lâche-t-elle froidement en pointant le doigt en direction de Clarence.

– Supporter ça ? répété-je, un peu perdue.

– Ouais, ça… Monsieur s'éclate avec sa femme et ses collègues pendant que je suis là, toute seule, à me torturer l'esprit.

– Je ne suis pas persuadée qu'il « s'éclate », Clem. Si tu veux mon avis, il est au fond du trou…

– Très bien ! Qu'il y reste ! On sera deux, comme ça… s'écrie-t-elle en tapant sur le bar. C'est possible d'être servie, ici ? Allô ! Femme enceinte en détresse !

Des dizaines de regards étonnés – voire choqués – se tournent vers nous. Je me retiens de ne pas pouffer. J'ai conscience que ma meilleure amie est en souffrance, mais d'un point de vue extérieur, son show – elle s'apprête maintenant à escalader le comptoir – doit avoir quelque chose de comique. De grotesque, même.

Il n'y en a pas d'autres comme elle…

Le barman finit par se rattraper en lui servant un mojito framboise – sans alcool – avec deux ombrelles colorées au lieu d'une. La rousse enragée retrouve presque le sourire… et le perd à nouveau lorsque son mari fait son entrée. Yann me salue rapidement, me charge de complimenter Vadim pour cette soirée incroyable, puis me tourne le dos pour s'adresser à sa femme.

Compris ! Je suis de trop…

Je m'éloigne illico pour les laisser discuter – s'aboyer dessus – et retrouve enfin mon amant, le visage radieux et la chemise tachée.

– Champagne rosé… m'explique-t-il dans un sourire. Fe a deux mains gauches…

Il me fait signe de le suivre et nous entraîne à l'écart, dans une petite pièce à l'étage inférieur, dont lui seul a la clé. Dans un coin, je découvre une grande armoire remplie de vêtements noir et blanc. Les uniformes des employés. Vadim enlève sa veste, sa cravate, sa chemise, puis en attrape une neuve. La qualité du tissu, la précision de la coupe ne sont pas les mêmes, mais cela fera l'affaire. Je l'observe alors qu'il se rhabille rapidement, un brin émoustillée par ce spectacle. Mon amant me prend en flagrant délit de reluquage et me fixe, un sourire mutin sur les lèvres.

– Un commentaire, mademoiselle Lancaster ? murmure-t-il d'une voix suave.

Hmm… Plusieurs, en fait…

– Je dois avouer que j'ai un petit faible pour les hommes

en costume. Mais vous, c'est nu que je vous préfère. Sans vouloir vous manquer de respect, bien entendu… réponds-je insolemment en m'adossant au mur.

Il s'approche lentement de moi, d'une démarche sensuelle, son regard métallique planté dans le mien.

Et toujours ce foutu sourire en coin qui me fait perdre pied…

– Tu sais que tu es la plus belle femme de la soirée ? susurre-t-il à mon oreille en posant ses mains sur moi. On m'a déjà glissé des tonnes de compliments sur toi. Et sur cette robe… minimaliste.

– De qui ? demandé-je, soudain curieuse.

– Je ne dévoile jamais mes sources, tu le sais bien Alma… chuchote-t-il en agrippant mes fesses pour me plaquer contre lui.

– Vadim… soupiré-je de plaisir, malgré moi. On ne peut pas… Ils nous attendent en haut…

– Juste un baiser… Ou deux…

Sa voix rauque trahit son désir. Sans que j'aie le temps de protester, ses lèvres voraces se referment sur les miennes. Prise au piège, je gémis légèrement puis passe ma main dans ses cheveux rebelles. Étourdie par les effluves de Paco Rabanne, par sa passion, par sa fougue, je me laisse aller pendant quelques minutes, oubliant le reste du monde, lovée dans les bras de cet homme qui est devenu ma drogue. De celles dont on ne décroche jamais.

Retour à la réalité. Vadim a fini par se réapproprier son rôle de PDG et m'a quittée pour aller faire des courbettes à ses invités – en particulier les V.I.P. Je me retrouve à nouveau dans la foule, cherchant du regard des visages familiers. Lily, que je croise presque immédiatement, m'annonce d'une voix irritée :

– Un : tu as raté le défilé, qui était grandiose, *by the way*. Deux : tu vas jubiler, mais Fe m'exaspère. Il fait son beau devant les journalistes et ne me calcule pas depuis le début de la soirée !

– Qu'est-ce qu'il leur raconte ? m'inquiété-je.

– Aucune idée. Tout ce que je sais, c'est qu'il joue à Mr Celeb' et que s'il continue, je vais le larguer en direct… ronchonne-t-elle en me plantant là pour se diriger vers le bar.

Felix Alonso, tu me fatigues…

Je me rends à toute vitesse jusqu'à la sortie, regarde à droite, à gauche, dans tous les sens et finis par le repérer, en grande discussion sur le tapis doré avec… Martha Boyle ! L'intrépide envoyée spéciale de la chaîne *E ! Entertainment*, curieuse comme pas deux et réputée pour vous arracher des scoops juteux, contre votre gré.

– Vadim et moi, on se connaît depuis qu'on est gamins. C'est quasiment mon frère, mais surtout mon mentor, mon modèle. J'essaie de marcher dans ses pas, vous voyez ? Mais mon truc à moi, c'est la mode, pas vraiment le ciné. Je compte réussir, comme il l'a fait… raconte Felix à la caméra.

– Avoir un ami comme lui, nul doute que ça va vous aider ! D'ailleurs, nous ne savons presque rien du passé de Mr King. Avez-vous quelques anecdotes à nous raconter ? demande la journaliste d'une voix mielleuse.

Sûrement pas ! Terrain miné…

– Felix, Vadim a besoin de toi. À l'intérieur… les interromps-je.

– Mademoiselle Lancaster, si je me souviens bien ? Nous pourrions continuer cette conversation à trois, avec le principal intéressé ! saute sur l'occasion la brindille au micro plus gros que son poignet, espérant obtenir son pass d'entrée.

– Vous connaissez les règles, Martha. La presse n'est pas autorisée à rentrer, réponds-je vaguement.

– Même pas une petite exception ? minaude-t-elle en m'adressant un sourire faux.

– Non, désolée. Il ressortira pour quelques interviews, peu après minuit, je crois. D'ici là, vous devrez patienter. Felix, tu m'accompagnes ?

Il fait d'abord mine de résister, puis, constatant que Martha a déjà jeté son dévolu sur une autre proie, me suit en traînant des pieds. Nous arrivons dans le grand hall d'entrée, je me tourne vers lui pour mettre les choses au clair :

– Tu faisais quoi, là, avec elle ? grogné-je à voix basse.

– Fous-moi la paix Alma ! Trouve-toi une vie et laisse-moi gérer la mienne ! Et arrête d'étouffer Vadim, c'est ton mec, pas ton bébé, il n'a pas besoin d'être protégé ! Pas par toi, en tout cas…

– Ne parle plus à la presse, c'est tout ce que je te demande. Tu sais que tu ne peux rien révéler de son passé ! chuchoté-je, hors de moi.

– Justement, avec tout ce que je sais sur lui, tu ferais mieux de me lâcher… affirme-t-il, un rictus malsain sur les lèvres.

– C'est une menace ?

– Non, un conseil…

– D'ami ou d'ennemi ? soufflé-je en serrant les dents.

– Ça, ça dépend de toi…

– Non mais tu t'entends ?! m'écrié-je, les yeux exorbités. C'est pathétique ce que tu fais, tu dis être son frère de cœur, mais tu l'utilises… Et tu me fais du chantage en menaçant de tout raconter. De le vendre au plus offrant !

– Seulement si tu me pousses à bout… me corrige-t-il en souriant malicieusement.

– Tu appelles ça de l'amitié ? Je ne sais pas ce que Vadim et Lily voient en toi, mais ton vrai visage, je le connais. Depuis douze ans. Et il n'est pas beau à voir !

Je retrouve mes amis – les vrais – et tente d'oublier cette conversation cauchemardesque en trinquant, dansant, riant dans la foule en mouvement. Le deuxième DJ s'est installé aux platines et fait vibrer les murs de l'immense salle de réception. Vadim fait quelques courtes apparitions, mais ne cesse de s'échapper pour accomplir ses mondanités. Kate, un peu pompette, s'excuse toutes les dix minutes pour se rendre au bar, au buffet ou aux toilettes. Niels et Basile roucoulent dans leur coin, daignant me parler de temps en temps. Clémentine et Yann se forcent à sourire, mais la tension est palpable entre eux. Quand Sophie et Clarence se joignent à notre petite bande, rien ne va plus. Clem devient cramoisie et manque de se trahir pendant que le beau black la regarde intensément. Heureusement, Liv ne semble rien remarquer et Yann est occupé, en plein débat sur l'avenir des espèces en voie de disparition. Avec Lily, bien sûr, qui a décidé de se passer de Felix.

Un beau bordel...

Plus que dix secondes avant minuit. Le compte à rebours est lancé, mon amant me rejoint enfin, m'embrassant brièvement dans la somptueuse salle plongée dans l'obscurité. Je glousse, excitée par le danger et par l'ambiance qui s'électrise. Autour de nous, les invités font le décompte... « Trois, deux, un : bonne année !!! »

Après cinq bonnes minutes d'effusions générales, Vadim me prend par la main et me demande de le suivre à l'extérieur.

Main dans la main ? Il est fou !

Je manque plusieurs fois de m'étaler, mes talons aiguilles refusant de coopérer, mais nous arrivons finalement sur le tapis doré. Une dizaine de caméras et une cinquantaine de zooms sont pointés dans notre direction. Mon PDG souhaite ses meilleurs vœux au parterre de journalistes, puis, d'une voix grave, lancée à plein volume, il annonce :

– Le mystère a assez duré... Voici Alma Lancaster, la femme merveilleuse qui partage ma vie !

Mon cœur bat à tout rompre, mes jambes sont sur le point de me lâcher.

Il vient vraiment de... de... ?

Je souris bêtement aux objectifs, tentant d'ignorer les dizaines d'inconnus qui hurlent mon prénom pour attirer mon regard. Je détourne les yeux, aveuglée par les flashs, puis croise ceux de mon amant fou. Il semble fier mais incertain, se demandant probablement s'il vient de m'offrir le plus beau des cadeaux ou le pire des fardeaux. Un peu nerveux, il passe plusieurs fois les mains dans ses cheveux, la langue sur ses lèvres. Ces lèvres pleines et ourlées que j'ai tant de fois embrassées.

Déclic.

Sans réfléchir, je bascule mon corps vers lui et, sur la pointe des pieds, j'attrape son visage entre mes mains pour le guider jusqu'à moi. Je lui donne le plus long et le plus tendre des baisers, totalement indifférente aux cliquetis des appareils photo et aux sifflements qui fusent. Le monde sait, maintenant. Il sait que Vadim King est à moi, rien qu'à moi. Que Toi + Moi, je ne l'ai pas rêvé.

***

2 janvier. De retour à King Prod après cette parenthèse enchantée, je tente d'ignorer les regards amusés ou curieux qui jalonnent mon chemin. Par chance, la plupart de mes collègues ont pris leur semaine, ce qui m'évite de devoir me justifier. Pour l'instant, en tout cas.

Sophie n'est pas là aujourd'hui, mais lundi, ce sera une autre histoire... Sérum de vérité, détecteur de mensonges : elle est capable de tout !

Après avoir semé une petite horde de paparazzis, Vadim et moi sommes arrivés sur les Champs-Élysées ensemble, sans nous cacher. Pour la première fois. Joie. Excitation. Fierté. Mais être officiellement en couple ne veut pas dire s'afficher, encore moins se donner en spectacle. Nous avons donc établi des règles sur le chemin du bureau : pas – ou peu – de démonstrations d'affection au travail. Rester professionnels, en toute occasion. Ou presque.

Quelques baisers enflammés plus tard – à l'abri des regards – je quitte Vadim pour vaquer à mes occupations. En priorité, récupérer des documents urgents que Kate a oublié de me faire parvenir.

Kate en vacances... Un concept que j'ai du mal à appréhender...

Les messages que je lui ai envoyés sont restés sans réponse, ça ne peut plus attendre. Je me rends dans son bureau en espérant trouver le dossier enregistré dans son ordinateur. L'écran m'indique qu'il est en veille. J'agite la souris, sa boîte mails apparaît en plein écran.

Ne pas se déconnecter : erreur de débutante, Kate ! C'est sa boîte perso, en plus !

Je m'apprête à fermer la fenêtre quand mon regard se pose sur le nom d'un de ses contacts...

Dimitri Monkov ?!

La main légèrement tremblante, je clique sur le message en question. Il provient bien de l'ennemi juré de Vadim, s'adresse bien à ma supérieure et est signé... « Papa ».

C'est une blague ?!?

Sous le choc, complètement prostrée face à l'écran, je clique sur « Messages envoyés ». Là encore, le nom « Dimitri Monkov » apparaît plusieurs fois. J'ouvre le mail le plus récent.

De : Kat M.
À : Dimitri Monkov
Papa,
Rien de nouveau concernant les studios.
Sommes hors de cause. Pas d'inquiétude à avoir.
Affectueusement,
Katarina

Katarina... Kate Monroe s'appelle Katarina Monkov ?! Taupe ! Traîtresse ! Ennemie !

VI

Une terrible révélation

26

Sous surveillance

Je rêve ou il ne l'a pas virée ?!

Kate Monroe – correction : Katarina Monkov – n'a pas été éjectée de son siège de directrice. J'étais persuadée que Vadim l'empêcherait de remettre les pieds ici, c'est raté ! Rentrée de vacances ce matin, elle a réintégré son bureau et repris ses bonnes veilles habitudes. Faire trembler les murs de King Productions, diriger ses troupes d'une main de fer et manipuler son petit monde.

Enfin, ça, c'est ce qu'elle croit...

– Vadim, qu'est-ce qu'elle fout encore là ? C'est une taupe, elle n'a rien à faire ici, elle nous met tous en danger ! paniqué-je à moitié en me précipitant dans l'antre de mon amant.

Il n'est pas seul... Est-ce que j'ai gaffé ?!

– Ne fais pas cette tête, Alma, tout va bien... ricane doucement Vadim en venant à ma rencontre. Désolé, je n'ai pas eu le temps de t'expliquer. Tu vas tout comprendre.

Mon PDG en costume couleur acier m'embrasse délicatement sur la joue – compagnie oblige – puis m'escorte jusqu'à l'un des fauteuils qui fait face à sa grande table de travail. L'autre est déjà occupé par un homme au physique athlétique d'une cinquantaine d'années, habillé tout en noir – col roulé, pantalon pincé, mocassins en cuir retourné. J'ai à peine le temps de croiser son regard concentré qu'il se présente en me tendant une main gigantesque.

– Adrian Forester, enchanté, dit-il dans un anglais parfait.

Mais encore ?

– Adrian est un vieil ami, m'explique Vadim en prenant place derrière son bureau. Mais pas seulement, il a longtemps travaillé pour le FBI et il me rend de précieux services, de temps en temps. Le genre de missions qu'on ne peut pas confier à n'importe qui. Je lui accorde une confiance aveugle…

– Et réciproquement, ajoute l'intéressé en échangeant un regard entendu avec Mr King.

Les deux hommes se fixent sans détour, un léger sourire aux lèvres. Je détecte une grande complicité entre eux, mais aussi un immense respect.

– Comme tu as pu le voir, Alma, j'ai décidé de ne pas licencier Kate. Elle ne doit pas savoir ce qu'on a découvert sur elle. Nous devons faire comme si rien n'avait changé… reprend Vadim.

– Plus facile à dire qu'à faire… marmonné-je en me raidissant. Mais surtout, pourquoi ?

– Parce qu'elle est la seule personne à pouvoir prouver la culpabilité de son père. C'est elle qui me permettra de venger mes parents, d'envoyer cet enfoiré au trou. Pour de bon… lâche l'orphelin en serrant les dents.

– Je vois… soufflé-je. Mais comment ?

– Adrian, je te laisse l'honneur…

– Je l'ai mise sur écoute. Son bureau, sa voiture, son appartement : où qu'elle soit, quoi qu'elle fasse, nous pourrons tout entendre. Pareil pour ses conversations électroniques, ses e-mails, ses téléchargements, ses dossiers. Je vais tout surveiller. De très près.

– C'est… légal, tout ça ? demandé-je, inquiète.

– Absolument pas, sourit paisiblement Vadim. Mais personne ne le saura, à part nous trois.

– Ça va durer combien de temps ? demandé-je à nouveau. Elle doit être sur ses gardes, ça pourrait prendre des mois, des années !

– Je ne pense pas. Les contacts entre Miss Monkov et son

père semblent fréquents, nous devrions obtenir des preuves assez rapidement, me répond l'homme de main.

– Et si elle n'est pas au courant ? Si elle ignore que son père est un assassin ou un commanditaire ? Elle ne sait peut-être pas qu'il est lié à tout ça ! continué-je en m'adressant à Vadim.

– On ne perd rien à essayer… dit-il doucement. Et si ça ne fait pas avancer mon enquête, ça nous servira au moins pour Skylight. Leurs échanges seront une vraie mine d'informations ! Nous saurons à l'avance ce qu'ils trament contre King Prod, mais ça nous informera également sur leurs activités. Ça nous permettra de nous protéger et peut-être aussi de les doubler, qui sait ?

– Alma, il est absolument crucial que vous ne laissiez rien paraître, me prévient brutalement Adrian, d'une voix rauque mais amicale. Kate doit vous faire confiance, elle ne doit pas se sentir visée ou espionnée. Ne faites rien qui risque de vous trahir.

– La gifler en public, par exemple ? Puis l'enfermer dans la soute d'un avion pour la renvoyer tout droit chez papa ? demandé-je d'une voix aigre.

Mes deux interlocuteurs me toisent pendant quelques secondes, puis éclatent de rire.

– Je t'avais dit qu'elle était délicieusement féroce… sourit Vadim en me contemplant.

– Je n'en doutais pas, ricane son acolyte. Pour te supporter, il faut au moins ça !

Adrian Forester, tu ne le sais pas, mais tu viens de gagner des points…

Elle aussi de retour parmi nous après ses congés, Sophie Adam débarque dans mon bureau quelques heures plus tard et m'arrache à mes pensées. Je souris en l'accueillant, mais ne tarde pas à déchanter. La reine des pipelettes m'annonce illico que j'ai de nombreuses choses à me faire pardonner. La première : lui avoir caché ma relation avec notre « *beautiful* PDG », comme elle l'appelle. Ensuite, ne pas l'avoir prévenue que King Prod comptait un nouvel employé. Felix Alonso. Mr Swag, de qui je me méfie plus que jamais et que j'essaie justement d'oublier.

Le premier sujet subtilement évincé – grâce à l'argument « Vadim et moi tenons à protéger notre vie privée » – la blonde attaque de plus belle sur le second :

– Apparemment, les filles ne parlent que de ce Felix sur le tournage de *French Kiss* ! Il vient d'où ? Il est à l'habillement, c'est ça ?

Le tournage vient de reprendre et il s'est déjà fait remarquer ?! Typique... Ce mec est prêt à tout pour attirer l'attention...

– Oui. Il vient de L.A., c'est une connaissance de Vadim, un créateur... dis-je en tentant de ne pas rentrer dans les détails. Et accessoirement, il sort avec ma sœur.

– Ah... lâche-t-elle, gênée.

– Sophie, balance ! Qu'est-ce qu'il a fait ? insisté-je en sentant le coup fumant.

– Je ne veux pas colporter des ragots... Surtout s'il est en couple avec Lily... bredouille-t-elle en rougissant.

– Ça restera entre nous. Je le connais, crois-moi, je m'attends toujours au pire avec lui...

– Disons qu'apparemment il est très... charmeur... et tactile. Avec les actrices. Et les maquilleuses. Et les régisseuses aussi. Tout ce qui porte un soutien-gorge, en fait... avoue-t-elle, cramoisie. Mais pas dans le genre pervers, hein ? Plutôt dans le genre beau parleur.

– En résumé, il drague tout ce qui bouge, c'est ça ?

Je vais le massacrer !

– Oui... souffle-t-elle. Mais je ne savais pas que tu le connaissais personnellement, je ne veux pas lui nuire. Je pense que ce n'est que du jeu. À part ça, il fait du bon boulot. Tu ne vas pas en parler à Lily, j'espère ?

– Non. Par contre, lui, il va m'entendre... grogné-je.

Heureusement pour lui, le *latin lover* n'est pas dans les

parages lorsque mon amant et moi regagnons la suite royale, ce soir-là. Après quelques baisers volés dans l'ascenseur, un fou rire sur les paparazzis que nous avons réussi à semer, un rapide bilan de notre journée et un sachet de Skittles vidé, je saute sous la douche. Vadim me rejoint et très vite, la buée et les soupirs envahissent l'immense salle de bains.

Cette pause exquise nous a affamés. Pendant que mon amant appelle le room service, je me démaquille, me sèche les cheveux et enfile le peignoir siglé qui m'est réservé.

Une telle douceur, ça ne devrait pas exister…

J'ai à peine fait un pas dans la salle à manger qu'il est là – torse nu, sublime, son dos musclé, ses pectoraux bandés – penché au-dessus de la table, en train de disposer les plats qui viennent de nous être apportés.

Un homme pareil, non plus… Un homme ? Il n'est pas humain ! Il est… génétiquement programmé pour me faire saliver !

– Arrête de me bouffer des yeux Alma et viens plutôt te nourrir… lance-t-il d'une voix amusée, sans même se retourner.

Je m'exécute et lâche un soupir de déception en le voyant enfiler un polo avant de se mettre à table. Au menu : velouté de potiron, sole meunière et mignardises. Mon appétit de loup me surprend. Enfin pas vraiment, étant donné que je n'ai rien avalé de la journée…

– Toi, tu n'as pas déjeuné à midi… gronde-t-il légèrement en me resservant du sancerre.

– Non, j'avais l'estomac noué, avoué-je.

– Je sais que ça ne va pas être évident de jouer le jeu avec Kate, mais…

– Ce n'est pas ça. Enfin, pas uniquement, le coupé-je en reposant mon verre.

– Dis-moi…

Ses yeux plus attentifs, plus sombres, détaillent chaque trait de mon visage.

– Felix.

C'est fou comme un simple nom peut vous hérisser le poil...

– Qu'est-ce qu'il a fait, encore ? soupire Vadim, comme soulagé.

– Lily m'a dit hier que c'était de plus en plus sérieux entre eux. Mais j'ai aussi appris qu'il se prenait pour Casanova sur le tournage de *French Kiss*.

– Pas étonnant. Felix est comme ça. Il adore plaire, c'est dans sa nature. Ça ne veut pas dire qu'il va tromper Lily, blague mon amant.

– Ça ne me fait pas rire, Vadim. Je te rappelle qu'on parle de ma sœur, là. Elle mérite mieux que ça, mieux qu'un mec qui fait les yeux doux à la terre entière.

– Alma, je ne peux rien y faire ! se défend Vadim en passant les mains dans ses cheveux.

– Si. Tu peux lui dire d'arrêter, de garder ses mains dans ses poches, d'être plus professionnel. Sinon je le ferai. Et tu sais très bien que ça passera moins bien si ça vient de moi…

– Qu'est-ce que vous avez, tous les deux ? Pourquoi est-ce que vous ne pouvez pas vous supporter ? ronchonne-t-il en repoussant son assiette.

– Il est différent quand il est avec moi. Presque… malveillant… tenté-je en m'attendant à me faire rabrouer.

Et ça ne manque pas. Mon amant n'apprécie pas ma dernière phrase et n'hésite pas à le faire savoir, d'une voix particulièrement basse.

– Alma, arrête avec ça. Ça m'énerve d'entendre ce genre de conneries ! Quoi que tu penses, Fe est un mec bien. Sans lui, je n'en serais probablement pas là aujourd'hui.

– C'est ironique, j'aurais plutôt dit le contraire.

– C'est-à-dire ? articule-t-il sur un ton agacé.

– Il se sert de toi, il t'utilise, mais tu n'y vois que du feu… Comme Lily, d'ailleurs…

– Je peux savoir ce qui te fait dire ça ? Je lui ai donné un job parce qu'il en avait besoin, je l'héberge dans cet hôtel et alors ? Je peux largement me le permettre, je ne vois pas le problème ! Dans le cas inverse, il ferait la même chose !

– Je n'en suis pas si sûre…

– Tu es tout le temps sur la défensive avec lui, en particulier depuis le réveillon. Il s'est passé quelque chose, mais quoi ?

– Je ne voulais pas t'en parler… Il avait sûrement trop bu…

Et la vérité, c'est que j'ai peur que tu ne me croies pas…

– Putain Alma, arrête tes enfantillages ! s'énerve-t-il soudain. Raconte-moi !

– Il faisait son show devant la presse, il parlait de toi, je lui ai demandé de faire preuve de plus de discrétion. En échange, il m'a menacée. Si je me souviens bien, il m'a dit : « Avec tout ce que je sais sur Vadim, tu ferais mieux de me foutre la paix… »

Le visage de mon amant se crispe un instant, puis il se radoucit.

– Il voulait te provoquer, c'est tout. Ne prends pas tout au pied de la lettre avec lui. Tu devrais le savoir, il adore tester les gens, les pousser dans leurs retranchements.

– Tu ne le penses pas capable de te trahir ? Pour se faire connaître ou… gagner de l'argent ? Les scoops se paient très cher, tu sais… dis-je d'une voix timide.

– Alma, arrête de t'inquiéter. S'il dérape, ce sera mon problème. Mais je doute fort qu'il le fasse, il est plus loyal que tu le crois. Laisse-moi le gérer, à partir de maintenant. Et si on parlait plutôt de nous, pour changer ? De ce peignoir entrouvert, parfaitement indécent… murmure-t-il d'une voix suave en me caressant la joue.

Il fait glisser les pieds de sa chaise sur le parquet, jusqu'à arriver tout contre moi. Signe que la dispute est terminée. L'ambiance est soudain légère, voluptueuse dans cette pièce où résonnent nos gloussements excités. Ses lèvres brûlantes s'acheminent dans mon cou, j'inspire profondément les effluves de Paco Rabanne qui s'échappent de sa peau. Cette peau dont j'aimerais goûter chaque centimètre carré, que je voudrais caresser jusqu'à n'en plus pouvoir…

Tout s'arrête. Quelqu'un sonne à la porte et fait éclater notre bulle. Vadim dépose un baiser sur ma bouche – ou plutôt la mordille, m'arrachant un petit cri de contestation – puis se lève pour aller ouvrir. Quelques secondes plus tard, je perçois deux voix masculines, puis le claquement de la porte qui se referme. Mon amant revient, plusieurs revues à la main…

– J'ai demandé à Henry de me faire parvenir les dernières nouveautés… soupire-t-il en balançant les magazines sur la table.

Henry, le majordome personnel de Mr King : discrétion et efficacité assurées !

– On est sur toutes les couvertures ?! m'écrié-je en les zieutant rapidement.

– Oui, depuis l'annonce, ça n'arrête pas. Et ils persistent à inventer tout et n'importe quoi… grommelle Vadim en croquant dans un mini financier.

– C'est complètement ridicule… Quel intérêt de nous photographier dans une pharmacie ? demandé-je en lui montrant le cliché en question.

– Regarde le titre…

– « Vadim King et Alma : bientôt un bébé ? » Quoi ? Quel rapport ? m'exclamé-je en tremblant.

– Regarde le sous-titre…

– « D'après nos sources, les deux amoureux se sont rendus dans cette pharmacie du VIIIe arrondissement pour acheter un test de grossesse ! Ils devraient bientôt annoncer l'heureux événement… »

Dans une colère folle, j'arrache la couverture – sous les yeux un peu effarés de Vadim – et la découpe hargneusement en petits bouts.

– Ils peuvent raconter toutes les conneries qu'ils veulent, mais pas ça ! enragé-je, au bord des larmes.

– Il faut que tu te blindes, *boo*, souffle-t-il tendrement en me prenant dans ses bras. Quoi qu'ils fassent, quoi qu'ils disent, si on les ignore, ça ne nous atteindra pas…

OK, va pour « boo »… Juste pour cette fois… Parce qu'en fin de compte, ça fait du bien…

Dire que cette semaine a été éprouvante, c'est un euphémisme. Je suis finalement parvenue à rester calme et naturelle en présence de Kate – qui n'a eu de cesse de me convoquer dans son bureau pour telle ou telle raison. J'ai géré les problèmes de budget, réalisation, pré-production, postproduction, distribution, diffusion et j'en passe. J'ai fait de mon mieux pour ignorer les remarques malicieuses de Felix et ne pas dénoncer son comportement déplorable à Lily. Je n'ai pas hurlé sur les paparazzis qui campaient en bas de chez moi jour et nuit. Je mérite une médaille.

Ou un bon shot de tequila.

Ce soir, je compte relâcher la pression, me vider la tête, sans me forcer à rester correcte ni raisonnable. Et du même coup, consacrer du temps à mes meilleurs amis, que j'ai délaissés malgré moi. Et qui sont décidés à me le faire payer…

– Alors comme ça, on est plus assez bien pour Miss VIP ? Depuis que tu te tapes une célébrité, tu nous as remplacés par Brad et Marcia ? me nargue Niels en déboulant chez moi, suivi de près par Clémentine.

– Brad, j'ai saisi. Mais Marcia ? lui demande cette dernière en me collant un bisou sur la joue.

– Marcia Cross, évidemment ! répond Niels en attaquant les chips.

– Tu l'as choisie juste parce qu'elle est rousse ! Sympa, la comparaison… ronchonne-t-elle en s'effondrant dans le canapé.

– Oh, ça va… Puisque tu fais ta mijaurée, tu seras Bree Van de Kamp !

– Bon les « *desperate idiots* », je vous sers à boire ? ris-je en me rendant dans la cuisine.

À l'issue d'un débat sans fin sur « qui ressemble à qui » et « qui ne mérite pas le physique qui lui a été donné », notre trio détonant aborde enfin les sujets sensibles. Niels, qui avoue être sur un petit nuage, nous confesse aussi qu'il a peur d'aller trop vite avec Basile. Il dit ressentir « ça » pour la première fois et craint de tout foutre en l'air. Après quelques verres de blanc, le blond survolté commence à déraper… Voulant à tout prix éviter les détails graveleux de sa vie sexuelle – qui concernent également mon frère – je passe la parole à Clémentine.

– Rien de très nouveau de mon côté, dit-elle mollement.

Niels et moi échangeons un regard façon « tu la fais parler, ou c'est moi ? » et je passe à l'offensive. Progressivement, sans se presser, elle daigne répondre à chacune de nos questions, mais semble ailleurs, comme si tout ça ne la concernait pas vraiment. Nous apprenons que, malgré leurs engueulades, elle refuse de faire une croix sur Yann. Qu'elle tente avant tout de préserver les jumelles. Que Clarence, lui, commence à avoir des doutes sur le bébé. C'est à ce moment que la future maman pose la part de quiche qu'elle était en train de s'enfiler et annonce tristement :

– Je vais faire le test de paternité. Je n'ai plus le choix… Vous serez là pour me ramasser à la petite cuillère si le résultat n'est pas celui que je veux ?

– Évidemment qu'on sera là, Christina… susurre Niels en lui souriant tendrement.

– Christina ? demande-t-elle en riant doucement.

– Christina Hendricks, la rousse flamboyante de *Mad Men* ! réponds-je en comprenant.

– C'est mieux, beaucoup mieux ! approuve Clem en se jetant à nouveau sur le contenu de son assiette. Alma, tu n'as pas prévu de dessert ? J'ai envie de sucré…

Oups…

Comme s'il avait entendu ma meilleure amie, Vadim arrive environ une heure plus tard – sans m'avoir prévenue – les bras chargés de gourmandises. Il s'est souvenu du péché mignon de chacun d'entre nous ! Des marrons glacés pour

Clem, qu'elle accepte presque en sautillant. Un coffret rempli d'orangettes pour Niels, qu'il ouvre en piaillant. Des Quality Street pour moi – qui me rappellent à chaque fois l'autre pays d'où je viens.

– Le Père Noël existe, finalement ! blague Niels la bouche pleine.

– Il est un peu en retard… sourit mon amant, soulagé d'avoir réussi son coup.

– Oui, mais on lui pardonne tout : il est beaucoup plus sexy que ce qu'on croit ! ajoute Clémentine, des miettes de sucre plein la joue.

Tous nos regards se tournent vers Vadim, qui semble un peu déstabilisé par cette dernière remarque. Puis les rires fusent de toute part et la conversation reprend de plus belle. Jusqu'au bout de la nuit. Vadim vient de s'inviter chez moi le plus normalement du monde et parle de tout et de rien, rit, s'emporte, se dévoile, montre son vrai visage à ceux qui comptent tant pour moi. Petit à petit, il entre dans mon monde. Faisant tomber les barrières, donnant vie à mon rêve le plus fou.

La semaine a mal commencé, mais elle n'aurait pas pu mieux se terminer... Vadim King... Je partage ma vie avec Vadim King...

27

Nouvelle recrue

– Candidat suivant, s'il vous plaît ! Amandine Mercier ? Pas d'Amandine par là, non ? De ce côté non plus ? résonne la voix aiguë de Cléo, juste derrière la porte entrouverte de la grande salle de réunion.

Vadim est à la recherche d'un nouveau bras droit. Mais pas n'importe qui, cette fois. Afin d'éviter les mauvaises surprises, il a chargé Sofia Kebir, la directrice des ressources humaines de King Prod, de sélectionner la crème de la crème parmi tous les postulants. Être l'assistant personnel de Mr King, ça ne s'invente pas ! Depuis près de deux heures, des jeunes gens motivés et tirés à quatre épingles – tous top models dans une autre vie, apparemment – défilent dans l'impressionnante pièce aux baies vitrées. Sur le banc des jurés : Vadim, Sofia et moi-même. Contrairement à ce que je pensais, mon brun ténébreux n'a pas bronché lorsque j'ai réclamé de faire partie du jury. Après tout, je m'apprête moi aussi à passer beaucoup de temps avec ce futur assistant…

Qui sera un homme. Je répète : un homme. J'entends encore Vadim se marrer : « Pas de discrimination, Lancaster ! » Bon, OK. Une femme d'un certain âge, pourquoi pas…

Ce casting mouvementé me permet d'oublier – pendant un temps – l'affaire Katarina et Dimitri Monkov. Mon amant aussi a l'air plus détendu, son regard joueur m'indique qu'il est de bonne humeur.

Serait-ce dû aux grandes perches qui lui font les yeux

doux ?... Alma, tu t'égares !

Notre mécanique est parfaitement huilée. Sofia pose les questions d'ordre général aux candidats, Vadim s'amuse à les déstabiliser, à les tester et je me contente de les observer. La plupart des postulants sont irréprochables, leur expérience professionnelle leur permet de passer cette épreuve avec brio, mais une poignée d'entre eux n'a pas cette chance… Les tics nerveux, les lacunes en anglais ou en français, les hésitations, les mensonges gros comme ça, les tentatives de séduction : je gribouille mes remarques tout au long des entrevues, sans jamais prendre la parole. Cette fois, je ne compte pas copiner avec la nouvelle recrue, j'ai déjà fait l'erreur avec Maximilian, on ne m'y reprendra plus !

En fin de matinée, ce petit manège arrive à sa fin. Nous avons établi un « top trois » – plus ou moins à mon goût, sachant qu'une sublime métisse du nom de Zoey Thompson y figure. Vadim prévoit de prendre une décision dans la journée. Le temps presse, il ne peut pas se permettre de faire durer le suspense.

Clémentine vient de me poser un lapin pour le déjeuner. Rien d'exceptionnel, si ce n'est qu'elle ne semblait pas elle-même à l'autre bout du fil. Sa voix était chevrotante, elle avait l'air pressé de raccrocher. J'ai tenté de la cuisiner, mais pour une fois, elle n'a pas craqué. « On en reparle plus tard, je dois y aller » : Je n'ai rien pu ajouter, la discussion était terminée.

Il est un peu plus de midi, ma prochaine réunion avec le pôle communication est programmée à 14 heures. Vadim enchaîne les meetings avec des investisseurs, Kate fait un sit-in dans son bureau, Sophie est allée rejoindre son mari et Clarence est introuvable. Je descends donc à la réception, espérant y trouver Cléo pour la convaincre de déjeuner avec moi, mais Miss Potins a elle aussi disparu.

Enfin, elle a une vie sociale, comme tout le monde dans ces bureaux. À part moi...

Deux options se présentent à moi. Faire honneur à la ligue des *workaholics* à laquelle j'appartiens et grignoter un sandwich en feuilletant mes dossiers – ce ne sera pas la première fois – ou me lancer dans une séance de shopping improvisée. J'ai une excuse en or : voir toutes ces gravures de mode se pavaner devant moi ce matin m'a inspirée. Correction : m'a rappelé que j'avais besoin de me remettre à niveau.

Direction le quartier des Ternes, à quelques minutes des Champs-Élysées. Il faut croire que Lily la *fashionista* – au look un peu barré, certes – m'a bien entraînée : en moins d'une heure, j'ai réussi à mettre la main sur un pull mohair à épaulettes, un top *boyish* à grosses rayures noires et blanches, un slim gris souris et une robe rétro dans les tons bordeaux. J'ai voulu en profiter pour changer les idées de ma meilleure amie et lui envoyer les photos prises en direct dans la cabine d'essayage, mais mes messages sont restés sans réponse. C'est étonnant, elle est pourtant la reine des commentaires perfides et vexants. Surtout depuis qu'elle est enceinte…

Ça m'aurait rassurée qu'elle s'en donne à cœur joie… Clem, qu'est-ce que tu ne me dis pas ?

L'heure tourne, mais j'ai encore trente minutes devant moi avant de rejoindre le King building. Exactement ce qu'il faut pour m'envoyer un croque-monsieur-salade et un café noir. Je passe devant différentes brasseries, la plupart bondées, puis jette mon dévolu sur celle que j'ai déjà testée avec mes collègues. Des sacs plein les bras, je trottine jusqu'à la devanture rouge de *La Lorraine*. Un serveur souriant m'ouvre la porte et m'invite à entrer. Je le suis à l'intérieur, déboutonne mon manteau en parcourant la salle des yeux afin de trouver une table solo, puis manque de m'étrangler. À une table isolée, je reconnais la chevelure flamboyante de Clémentine, qui se trouve dos à moi. En face d'elle, le visage de Clarence la fixe intensément. Il n'a pas remarqué ma présence. Comment aurait-il pu ? Il la bouffe littéralement du regard.

Ne pas m'en mêler, ne pas m'en mêler, ne pas m'en mêler…

Le second serveur qui s'avance vers moi doit remarquer mes joues cramoisies, puisqu'il me propose immédiatement de m'installer à une table près de la baie vitrée, « plus au frais ». Je le remercie, bredouille une excuse bidon et fais volte-face, m'enfuyant comme une voleuse. Depuis la rue, je jette un dernier regard en direction des deux cachottiers. Les bras tendus, ils se tiennent les mains au milieu de la table. Comme le ferait un couple… d'amoureux.

OK. Je n'ai pas tout suivi.

Je me suis retenue d'appeler ma meilleure amie, retenue de convoquer Clarence dans mon bureau, retenue d'y penser tout le reste de la journée. D'abord, parce que je ne sais pas exactement ce qui se passe entre eux – même si j'ai ma petite idée – ensuite parce que, très franchement, j'ai largement de quoi m'occuper.

20 heures. Je viens de passer presque deux heures en tête-à-tête avec Kate, pour faire le bilan du dernier trimestre 2013. Deux heures pendant lesquelles elle a prétendu être ce qu'elle n'est pas – une directrice impliquée et loyale. J'ai serré les dents, souri comme si de rien n'était alors que l'usurpatrice jouait la carte de la complicité. Non, vraiment, très peu pour moi. Une fois ce point terminé, j'ai réussi à décliner son invitation pour aller boire un verre dans la foulée. C'était moins une. J'ai prétexté un dîner familial, pure invention de mon imagination.

Elle n'y a vu que du feu… Enfin, je crois.

– Mademoiselle Lancaster, j'appelle ça du zèle. C'est l'heure de rentrer ! clame Vadim en tapotant sur sa montre alors qu'il déboule dans mon bureau.

En l'espace de quelques secondes, son corps massif se plaque contre le mien, ses mains entourent mon visage, ses lèvres se ruent sur ma bouche. Je réponds à son baiser avec avidité, sentant déjà une douce chaleur se répandre le long de ma colonne vertébrale. Manquant d'air, je repousse délicatement mon amant et observe son sourire polisson. Ses pommettes saillantes. Son regard d'acier. Ses cheveux rebelles. Sa carrure de dieu grec.

C'est inacceptable, une beauté pareille... Et cette inébranlable assurance... Il me fixe tellement intensément... Je suis sûre qu'il peut lire dans mes pensées... Idiote ! Dis quelque chose dans ce cas-là ! À haute voix !

– Kate m'a retenue en otage... lancé-je en m'agitant pour remettre un peu d'ordre sur mon bureau.

– Tout va bien de ce côté-là ? demande-t-il soudain, la mine concentrée. Tu arrives à jouer le jeu avec elle ?

– Oui. Même si je crève d'envie de lui balancer ses quatre vérités... Elle doit jubiler en pensant qu'elle nous manipule aussi facilement. Et qu'on est assez cons pour ne rien voir ! Ça m'horripile !

– Le moment viendra, Alma. Patience... ronronne Vadim en m'enfermant à nouveau dans ses grands bras.

– Comment est-ce que tu peux rester aussi calme ?!

– J'ai mes moments, crois-moi... rit-il doucement. Parfois j'ai juste envie de transpercer les murs à coups de poing, quand je pense aux Monkov. Mais ils ne me détruiront pas. Je ne leur ferai pas ce plaisir.

– Tu veux que je te prête les miens ? fais-je timidement en lui tendant mes petits poings ridicules.

– Sûrement pas ! Je veux que tu restes intacte. Trop besoin de toi... murmure-t-il en posant mes mains sur sa poitrine.

Nous restons immobiles quelques secondes, nos regards passionnés plongés l'un dans l'autre, bercés par le silence qui règne dans les locaux désertés.

– Au fait, tu as pris ta décision ? Tu sais, pour ton assistant... chuchoté-je soudain.

– Zoey Thompson. C'est la plus qualifiée et la plus consciencieuse des trois candidats retenus. Sofia est du même avis que moi.

Je savais que j'aurais dû la soudoyer !

La voix rauque et suave de mon PDG vient de m'annoncer cette nouvelle le plus simplement du monde. Un peu irritée par sa nonchalance – et par le fait qu'il vient d'engager Miss Monde – je me dégage de son étreinte et recule de quelques pas.

– Alma… gronde-t-il doucement. Ne te braque pas, j'ai juste choisi la personne la plus compétente, celle qui me sera la plus utile.

– Felix t'attend, non ? Vous n'êtes pas censés aller jouer à la baballe ? marmonné-je en enfilant mon manteau.

– Ça s'appelle du squash, me corrige-t-il en riant. Et si tu acceptais de jouer avec moi, je n'aurais pas besoin de forcer Fe à m'accompagner. Il va traiter tous les gens qu'il croise de « bourges » et faire tout son possible pour les choquer. Ça va être quelque chose… soupire-t-il en se rendant jusqu'au couloir.

– Tu n'as qu'à proposer à Zoey, proposé-je d'une voix grinçante en le suivant.

– Toi, petite insolente, tu vas voir ce que je vais te faire en rentrant ce soir… grogne-t-il en m'embrassant de force.

– Beurk, tu seras trempé de sueur ! grimacé-je en gloussant.

– Oui et tu adoreras ça…

Je crie de douleur alors que ses dents mordent ma lèvre inférieure, puis il me claque la fesse et s'en va à grands pas pour s'infiltrer entre les portes de l'ascenseur qui sont en train de se refermer. Je reste là, sur le palier, passant les doigts sur ma bouche endolorie, excitée comme jamais à l'idée de le voir débarquer chez moi dans quelques heures. Et de humer les effluves virils qui s'échapperont de son corps d'athlète.

Il est… terrible. Je suis… faible…

Le meilleur moyen de me sortir Mr King et ses perverses tentations de la tête : repenser à la drôle de scène à laquelle j'ai assisté à *La Lorraine*. Que faisaient Clem et Clarence installés à cette table, les mains soudées ? Ont-ils vraiment cessé de se voir – comme ma meilleure amie me le répète à tort et à travers – ou entretiennent-ils une relation secrète ?

Besoin d'en avoir le cœur net…

À peine arrivée chez moi, j'enfourne une soupe en brique dans le micro-ondes et compose le numéro de madame Cachotteries. Trois sonneries, puis sa voix retentit :

– Alma, j'allais t'appeler ! Deux secondes, Madeleine hurle dans son lit parce qu'elle n'a pas son doudou ! Je lui apporte et je te reprends…

Je la mets en haut-parleur, sors mon breuvage fumant et me brûle la langue en prenant une première gorgée. Je lâche deux ou trois mots grossiers, puis perçois à nouveau la voix de la jolie rousse.

– C'est bon, la petite furie est calmée. Ça va ? demande-t-elle sans suspecter la raison de mon appel.

– Clem, je vous ai vus à midi, toi et Clarence, dis-je soudain, sur un ton qui ne porte aucun jugement.

– Ah… Le monde est petit, lâche-t-elle, un peu embarrassée.

– Tu comptais m'en parler ? insisté-je doucement.

– Oui, mais pas forcément tout de suite. Je voulais digérer l'information, d'abord… explique-t-elle d'une voix fluette.

– C'est-à-dire ?

– C'est moi qui lui ai donné rendez-vous. Il fallait à tout prix que je lui dise. Tu comprends, il était la première personne à qui je devais en parler…

– Lui dire quoi ?

– À ton avis…

Aïe…

– Tu as fait le test de paternité ? deviné-je presque immédiatement. Comment ?

– Une prise de sang, quelques cheveux récoltés sur la brosse de Yann. L'institut américain que j'ai contacté s'est chargé du reste. Ça a pris cinq jours. Les cinq jours les plus longs de ma vie…

Elle n'ajoute pas un mot, ne prend pas la peine de m'annoncer le résultat. C'est inutile, j'ai déjà compris. Et je tremble pour elle…

– C'était négatif. Yann n'est pas le père du bébé. Et donc

c'est Clarence, dis-je tout haut, comme pour m'aider à réaliser.

– Oui. 99 chances sur 100… l'entends-je murmurer d'une voix d'outre-tombe.

– Clarence a bien réagi ? m'inquiété-je.

– C'est un ovni, ce mec ! Ou alors il est vraiment amoureux de moi… commente-t-elle tristement. Il a été rassurant, m'a dit qu'il était là pour moi, qu'il m'aiderait de quelque manière que ce soit. Je lui ai annoncé la nouvelle en m'attendant à ce qu'il s'en aille en courant. Au lieu de ça, il est resté là plus d'une heure, à me caresser la main pour me calmer.

– Et… Yann ? tenté-je prudemment, en essayant de ne pas la brusquer.

– Si tu savais comme je m'en veux, Alma. Je ne veux pas le quitter, mais ça ne dépend plus de moi. Je vais devoir lui avouer, avant la naissance… J'ai tellement peur de le perdre, qu'est-ce qui m'a pris de faire une connerie pareille ? Quand je pense à mes filles… et à ce bébé qui n'est même pas encore né… sanglote-t-elle à l'autre bout de la ligne.

– Clem, quoi qu'il arrive, tu ne seras jamais seule. Et cet enfant aura la meilleure maman du monde !

– Yann ne va pas tarder à rentrer, je vais te laisser. Il faut que je lui prépare à manger, se reprend-elle en reniflant.

– Tu veux que je te fasse livrer quelque chose ? Tu sors la bouffe des cartons et tu dis que c'est fait maison ! blagué-je bêtement, en espérant la faire sourire.

– Tu parles ! non seulement ça ne sera pas trop cuit, mais en plus ça n'aura pas le goût de brûlé ! rit-elle doucement avant de reprendre sa voix de zombie. Il saura que ce n'est pas de moi et j'aurai encore droit à un sermon du genre : « Tu ne bosses pas, donc évite de balancer notre argent par les fenêtres ! »

– Charmant, commenté-je en serrant les dents.

– Après ce que je lui ai fait, je ne peux rien lui reprocher. Même pas d'être radin… souffle-t-elle, rongée par la culpabilité.

– On se voit demain ? On va trouver une solution, Clem.

– Oui, ça me fera du bien…

Je m'apprête à raccrocher quand ma meilleure amie glisse ces derniers mots qui me brisent le cœur :

– Alma. Je voulais te dire que… que je ne pourrais pas rêver d'avoir une meilleure amie que toi. Ma famille est sur le point de se briser, mais toi, je t'aurai toujours. Enfin, si tu veux bien de moi…

– Lancaster et D'Aragon : c'est pour la vie ! Celle-là et toutes les prochaines ! dis-je en ravalant mes larmes.

– J'espère que je serai un arbre, dans ma seconde vie. Ou une touffe d'herbes. Les végétaux, ça ne trompe pas leur mari. Et ça ne tombe pas enceinte d'un autre…

Voilà pourquoi je l'aime tant : même au plus bas, elle me fait voir la vie différemment…

J'ai pensé à elle pendant une bonne partie de la semaine, me confiant à Niels, Vadim, Lily et même ma mère. Leurs réactions ont été tellement touchantes, mes proches ont témoigné une si grande compassion à son égard que j'ai réalisé à quel point Clémentine était appréciée, aimée. Pour ce qu'elle est. À quel point les gens lisaient clair en elle, malgré son manque de tact, son côté brut de décoffrage. Ça m'a fait un bien fou et m'a permis de recharger mes batteries et d'être positive et battante en sa présence. S'il y a un moment où je ne dois pas flancher devant elle, c'est maintenant !

Et puis le traditionnel déjeuner dominical est arrivé et ma mauvaise humeur est réapparue. Je me suis à nouveau sentie incomprise lorsque le sujet Vadim Arcadi-King a été mis sur la table. Lily s'est rangée de mon côté, comme d'habitude. Basile a pris sur lui, mais a tout de même lâché quelques remarques inutiles. Et mon père… Mon père. Dans toute sa splendeur. Dans toute sa mauvaise foi. Dans toute sa maladresse.

– Ce n'est pas parce que je l'ai invité sous mon toit qu'il n'est plus dans ma ligne de mire. Il n'est pas fait pour toi,

Alma. Il te faut un homme sérieux, respectable, irréprochable. Vous pourriez être dix à prendre sa défense autour de cette table, je ne changerais pas d'avis. Vadim King n'est pas un homme mauvais en soi, il est simplement mauvais pour toi.

Qu'est-ce que je suis censée répondre à ça ? Si ce n'est « un pas en avant, trois pas en arrière »...

28

Du grand n'importe quoi !

Lily m'a fait rire tout le chemin du retour, bidouillant sans cesse les boutons de l'autoradio et chantant les derniers tubes façon Castafiore. Ma sœur est un antidépresseur à elle toute seule. Bilan : le cauchemar de Clémentine, les frasques de Felix, la trahison de Kate, l'attitude méprisante de mon père : disparus de mon esprit. Pendant les vingt minutes de route qui nous séparent de chez moi, en tout cas…

Une fois rentrée à la maison, je soupire de bonheur en retirant mes bottines à talons. Lily, elle, a balancé ses baskets fluo au milieu du couloir et monopolise déjà le canapé. Allongée de tout son long, une jambe relevée sur le dossier, la télécommande à la main, elle m'ordonne de me grouiller.

– Fe vient me chercher dans moins de trois heures, si tu veux regarder *Hunger Games*, c'est maintenant !

– Donne-moi deux minutes, Speedy Gonzales, je vais me changer et j'arrive ! réponds-je en me rendant dans ma chambre.

– Quand je pense que tu bosses dans le cinéma et que tu ne l'as jamais vu… grommelle-t-elle en appuyant sur pause.

– Pas eu le temps… commenté-je distraitement, en saisissant mon téléphone, qui vient de vibrer.

– Si tu arrêtais de le gaspiller en faisant tout à deux à l'heure, aussi… ronchonne-t-elle au loin.

Je ne l'écoute plus, mon esprit est ailleurs. Totalement

focalisé sur le message énigmatique qui vient de s'afficher sur l'écran tactile :

[Arrête de rêver,
il est trop bien pour toi.]

Numéro inconnu. Pas de signature. J'ignore qui vient de m'envoyer cette charmante missive, mais si c'est une blague, elle est mauvaise. Très mauvaise.

– Alma, tu le fais exprès ? Que tu sois là ou pas, dans trente secondes je mets *play* ! s'énerve mon adorable sœur depuis le salon.

J'hésite pendant quelques secondes à lui parler de ce texto un peu inquiétant, mais renonce. Soit c'est une erreur, soit quelqu'un s'amuse avec mes nerfs. Dans les deux cas, ça ne vaut pas le coup d'y donner de l'importance. En trottinant jusqu'au coin télé, je sélectionne le texto en question et appuie sur supprimer. Lily fait d'abord la moue en me voyant m'asseoir à ses pieds, avant d'afficher un sourire victorieux…

– Tu vois ? J'obtiens toujours ce que je veux ! me nargue-t-elle en lançant le film.

Je me lève d'un bond et lui saute dessus, mes doigts chatouilleurs prêts à la torturer jusqu'à ce qu'elle me supplie d'arrêter. Comme avant. Comme quand, du haut de ses dix ans, elle s'amusait à me provoquer et que je n'avais trouvé que cette méthode pour la faire taire. Quinze ans après, cette technique continue de faire ses preuves : écarlate et échevelée, elle pousse des cris stridents en s'agitant dans tous les sens et finit par capituler…

– OK ! OK ! Tu gagnes ! Je retire ! Stop ! Alma, pitié ! hurle-t-elle en se tortillant.

– Je préfère ça… triomphé-je en m'asseyant à côté d'elle. Bon, tu es prête ? On le lance, ce film ? Ça fait un quart d'heure que je t'attends !

Je glousse et jubile en observant sa mine déconfite. Je sais pertinemment qu'elle meurt d'envie de m'envoyer balader, mais elle n'ose pas.

Pas de round deux, sœurette, tu es sûre ?

Au beau milieu du blockbuster – alors que Lily m'enfonce ses ongles dans la cuisse tellement elle est stressée – mon téléphone se remet à vibrer. Cette fois, le nom qui s'affiche m'est familier. Raphaël !

Il ne m'a pas donné de nouvelles depuis une éternité. Correction : depuis ce fameux soir où j'ai failli perdre Vadim par sa faute...

Ma sœur – qui, à cet instant, donnerait sa vie pour Katniss Everdeen – me fait les gros yeux et m'ordonne de me concentrer. J'ignore ses menaces et ouvre le message de mon ex.

[La vie est belle
avec ton millionnaire ?
Pas trop dur d'être
la nouvelle coqueluche
de la presse-poubelle ?]

Passablement énervée, je balance mon smartphone sur la table basse en serrant la mâchoire. Raphaël est jaloux, aigri, blessé dans son ego. Et apparemment, il a décidé de me le faire savoir en m'envoyant ce texto qui empeste l'ironie et le ressentiment.

C'est vraiment un hasard, ces deux textos que je reçois à une heure d'écart ? Et si le premier provenait aussi de lui ? D'un autre numéro, qu'il veut garder secret ? Je vais l'appeler... Non ! Il n'attend que ça !

– Bon, Alma, c'est fini le monologue intérieur ? Tu me racontes au lieu de rêvasser ?

Je n'avais pas réalisé, mais Lily a mis le film sur pause et m'observe silencieusement depuis plusieurs minutes. Je lui raconte dans les grandes lignes ce qui vient de se passer et l'entends émettre la même hypothèse que moi…

– Il cherche à se venger, à te faire peur, c'est évident ! grogne-t-elle. Ignore-le, il finira par se lasser.

Puis, sans transition, la main droite posée sur son cœur, ma folle de sœur clame « Team Peeta ! » avant d'appuyer à nouveau sur *play*.

Team Vadim, pour moi... Encore et toujours. Mais pourquoi est-ce que ça dérange autant de gens ?! Ce serait trop demander, d'avoir la paix ?

***

Lundi. Après une nuit de huit heures – un luxe que je ne m'étais pas offert depuis des lustres – il me tarde de retrouver Vadim. Le problème, c'est qu'apparemment, je ne suis pas la seule…

9 heures tapantes. Je m'invite dans le bureau du *big boss*, sans prendre la peine de frapper. Notre petit rituel est bien rodé. Les rares matins où nous n'arrivons pas ensemble à King Prod, nous nous octroyons quelques minutes rien qu'à nous, à l'abri des regards et des murmures. Inutile de lui dire qu'il m'a manqué, il le sait. Et réciproquement. Quelques baisers – qui dérapent délicieusement, parfois – quelques paroles sucrées-salées, une bonne dose d'insolence des deux côtés, des gestes de tendresse… et la journée peut reprendre son cours.

Mais aujourd'hui, une certaine Zoey Thompson s'amuse à contrecarrer mes plans. Traduction : à foutre en l'air ces retrouvailles ! Son fessier – parfaite réplique de celui de Jennifer Lopez – est la première chose que je vois. Penchée sensuellement au-dessus du bureau de mon amant – qui est aux premières loges, assis à ses côtés – l'assistante au corps de rêve et au joli minois semble miser sur son atout charme.

Elle ne perd pas de temps... c'est son premier jour !… Et le dernier, si elle ne se redresse pas immédiatement...

La mâchoire crispée, les bras croisés sur la poitrine, j'attends que les deux accusés daignent remarquer ma présence. Miss

Monde continue vaillamment son speech, suivant du doigt certaines lignes du planning qu'elle vient d'imprimer. Vadim semble tout ouïe, à mille lieues de se douter que je suis là, à seulement quelques pas, en train de lutter contre mon envie de les étrangler. Tous les deux. Pas juste elle. Lui aussi. Délit de complicité.

Je tousse légèrement, leurs visages se tournent enfin dans ma direction. Après une seconde de flottement, mon PDG me sourit de manière provocante. Ses yeux perçants ont immédiatement perçu mon mécontentement. Ma jalousie l'amuse, ça ne fait aucun doute. Puis c'est au tour de Zoey de m'adresser un sourire indéchiffrable, mélange de gentillesse et d'impertinence, sans pour autant reprendre une posture acceptable.

– Bonjour Alma. Vous voulez bien attendre quelques minutes ? Nous n'en avons pas pour longtemps, m'explique-t-elle d'une voix minaudeuse, ignorant que je suis à deux doigts de lui botter les fesses.

Qui sont comme elle : gonflées !

Estomaquée par son assurance – qui frôle l'irrespect – je suis prise d'un ricanement nerveux. Vadim, qui n'en perd pas une miette, finit par intervenir. Juste à temps…

– Zoey, le planning peut attendre. Vous voulez bien nous laisser ? Mademoiselle Lancaster et moi avons une affaire urgente à régler… lance-t-il sans me quitter des yeux.

Maudit sourire en coin... Tu vas voir ce que je vais leur faire, à tes lèvres insolentes !

Un poil vexée, la brune moulée dans ses leggings en cuir – outrageusement sexy – se redresse enfin, récupère ses papiers et disparaît en faisant claquer ses talons… et la porte du bureau.

Caractérielle, en plus ?!

– Elle va droit à l'essentiel… commenté-je en restant plantée là, l'air mauvais.

– L'essentiel étant moi, j'imagine ? rigole doucement Vadim.

– Ça ne me fait pas rire… grogné-je en le voyant se lever. Je savais que ça arriverait ! Enfin, je pensais qu'elle attendrait au moins la fin de sa période d'essai…

– Tu vois le mal partout, Alma… murmure-t-il en se rapprochant de moi.

– On va établir des règles. Maintenant. Avant que ça me rende folle, dis-je en lui faisant signe de garder ses distances.

– Je t'écoute… lâche-t-il, un peu désarçonné.

– Un : elle reste de l'autre côté de ton bureau. Elle ne franchit pas le périmètre de sécurité.

– Ensuite ? me nargue-t-il de sa voix suave.

– Arrête de me regarder comme ça, Vadim !

– Comment ?

– Tes yeux me… me… m'aguichent ! Tu essaies de me déconcentrer !

– Pardon. Continue, cette conversation est passionnante, se marre-t-il en me fixant encore plus intensément.

– Deux : pas de déjeuner, de dîner ou de je ne sais quoi en tête-à-tête.

– C'est mon assistante. Nous serons forcément seuls par moments !

– Pas ailleurs qu'au bureau. Et pas d'appels ou de messages en dehors des heures de travail.

– OK. Autre chose ?

– Je te connais, Arcadi, je sais que tu es joueur. Ne joue pas avec elle. Ne lui fais pas penser une seule seconde qu'elle a ses chances.

– Tu me prends vraiment pour le pire des enfoirés, hein ? soupire-t-il. Elle sait que nous sommes ensemble, toi et moi ! Ce n'est plus un secret…

– Et alors ? Ça n'a jamais arrêté personne ! Au contraire, ce genre de challenge plaît à certaines femmes ! C'est plus excitant quand ce n'est pas gagné d'avance…

– Elle ne m'intéresse pas. Je ne veux que toi, comment est-ce que je dois te le prouver ? gronde-t-il en parcourant la distance qui nous sépare.

– Tu aurais dû engager un homme… soufflé-je en sentant ses lèvres s'aventurer dans mon cou.

– Tais-toi et embrasse-moi ! m'ordonne-t-il en me plaquant plus fermement contre lui. Tu m'as manqué, Lancaster…

– C'est justement ce que je venais te dire. Et faire… marmonné-je en me hissant sur la pointe des pieds pour, enfin, recevoir un baiser.

Bon… Je me suis peut-être un peu emportée. N'empêche que je t'ai à l'œil, J. Lo…

Ce lundi rime avec meurtres en série. Ou du moins, l'envie d'en commettre. Mes collègues ayant la langue bien pendue, j'ai eu – par-ci, par-là – de nouveaux échos concernant Felix et son besoin incessant de courir après tout ce qui bouge sur le tournage de *French Kiss*. Cette fois, il a jeté son dévolu sur une accessoiriste à la réputation sulfureuse. Il ne serait pas en couple avec ma sœur, je me contenterais de lever les yeux au ciel. Au lieu de ça, je fais face à un dilemme qui me ronge de l'intérieur. Tout dire à Lily, au risque de briser son petit cœur, ou fulminer en silence, en espérant que le *latin lover* calme enfin ses ardeurs.

Ou choisir le juste milieu : mettre Lily sur la piste, sans tout lui dévoiler… Adjugé : dois penser à lui en parler. Ce soir. Ou demain. Ou le jour d'après. Elle va me détester…

Après un dîner express avec Clémentine et Yann – peu animé et entrecoupé de silences gênants – Vadim et moi regagnons le palace du VIIIe arrondissement, main dans la main. Nous n'avons pas reparlé de Zoey depuis ce matin, mais quelques heures plus tôt, Sophie m'a fait le résumé d'une scène à laquelle j'aurais adoré assister. Apparemment, après s'être montrées trop à leur aise en présence d'investisseurs, l'assistante et sa bouche en cœur ont été remises à leur place comme il se doit. Par mon amant.

Bim !

Je suis en train de me prélasser dans la baignoire king

size, bercée par la BO de *La Leçon de piano* et enivrée par les senteurs des bougies parfumées, quand mon beau brun me rejoint dans la salle de bains. Lentement, sans se presser, sublime dans son T-shirt col en V et son pantalon en lin, il s'assied sur le rebord en marbre blanc et glisse sa main sous ma nuque. Je laisse aller ma tête en arrière en soupirant, apaisée par cette caresse, réalisant une fois encore la chance que j'ai. Vadim King. Je ne pourrais pas rêver mieux…

Je ferme les yeux, savourant ce moment, espérant arrêter le temps. Un bruit attire mon attention. Sans prononcer un mot, Vadim vient de déposer quelque chose sur la surface immaculée de la baignoire. Un écrin. Je me redresse brutalement et me retourne, en manquant de faire déborder l'eau mousseuse qui m'entoure. Il me sourit de la plus tendre et bouleversante des manières. Pas de provocation, pas d'insolence, pas de jeu. Un sourire pur et franc, dans lequel je lis un millier d'émotions.

– Vadim, qu'est-ce que c'est ? demandé-je, m'emparant du boîtier noir en prenant soin de ne pas trop le mouiller.

– Ouvre…

Mon cœur bat à mille à l'heure. Je ne devrais pas, mais je m'emballe. J'imagine l'inimaginable. Le bijou qui scellerait notre engagement. Qui donnerait vie à mon rêve le plus fou.

Il a déjà évoqué notre mariage... Plusieurs fois... Non, il ne ferait pas ça, c'est trop tôt, il n'est pas prêt ! Moi, je suis prête... Alma ! Ce n'est pas une bague, ce n'est pas une bague, ce n'est pas une bague...

C'est une bague. Qui me coupe le souffle. Une œuvre d'art, un trésor de raffinement. Un large anneau en or blanc, serti de trois rangées de diamants. Les larmes me montent aux yeux, mes pensées s'entrechoquent dans mon cerveau qui tourne en accéléré. Je repose le boîtier et tente de comprendre la signification de ce présent.

Il va... faire sa demande ? Ou non ?

– Vadim… murmuré-je, complètement perdue.

– Regarde à l'intérieur, souffle-t-il en me tendant l'écrin.

J'inspire, expire, puis décroche la bague. À l'intérieur, je découvre l'inscription finement gravée : « Toi + Moi : 2001 – 3001 ». Complètement chamboulée, j'ai du mal à articuler :

– 3001 ?

– Mille ans, c'est le temps que je vais t'aimer…

Il n'a plus l'air brave, orgueilleux. Il a quelque chose de vulnérable et d'enfantin, tout à coup. De profondément sincère. Sa déclaration m'arrache un sanglot. Je voudrais me jeter dans ses bras, mais l'émotion me paralyse.

– Mets-la, m'encourage-t-il d'une voix douce.

Je m'exécute. Elle me va parfaitement. Vadim m'apprend qu'elle n'a été conçue et réalisée que pour moi, un modèle unique. Ce qui la rend encore plus précieuse à mes yeux. Reste à savoir si ce somptueux cadeau sera accompagné d'un vœu particulier… Auquel je suis prête à répondre un immense « OUI ! ».

– Maintenant, on est à égalité, dit-il en se penchant en avant pour m'embrasser dans le cou. J'ai ma montre, tu as ta bague. « Toi + Moi » nous suivra partout, où qu'on soit…

Ses mots, pourtant si beaux, me tordent le cœur. Je réalise à cet instant que mon rêve ne se réalisera pas. Pas aujourd'hui, en tout cas.

J'ai ma réponse : ce n'était pas une demande en mariage. Mais une merveilleuse preuve d'amour…

Quelques minutes avant minuit. Mardi s'apprête à prendre le relais, dieu merci. Lovée dans les bras de mon King, remise – ou presque – de mes émotions, je suis sur le point de sombrer dans le sommeil, quand mon téléphone s'agite sur la table de nuit. Je m'en empare en prenant soin de ne pas réveiller mon apollon et m'y reprends à plusieurs fois pour déverrouiller l'écran. Le texto s'affiche :

[Il est à moi.]

Exactement comme la veille. Numéro inconnu, pas de signature. Cette fois, je décide de ne plus ignorer ces menaces et d'interroger le principal intéressé. Vu les grognements qu'il lâche lorsque je le secoue légèrement, j'en déduis que cette conversation va être expéditive.

– Hmm… Dors… gronde-t-il en se retournant dos à moi, emportant la couette avec lui.

– Vadim, c'est sérieux…

Mon bel endormi grommelle quelques mots incompréhensibles, puis finit par se redresser.

– Lis ça. C'est le deuxième que je reçois… dis-je en lui tendant le smartphone.

Il fronce les sourcils en découvrant le message, réfléchit quelques secondes, puis balance l'engin qui atterrit sur le tapis.

– C'est tout ce que ça te fait ? m'indigné-je en le voyant se recoucher.

– C'est la presse, Alma. Un enfoiré de journaliste qui essaie de te provoquer pour te faire parler. Rendors-toi.

– Tu en es sûr ? chuchoté-je en me blottissant contre lui.

Pas de réponse. Il plaque sa grande main contre ma bouche, embrasse le bout de mon nez et ferme à nouveau les yeux, sa respiration m'indiquant qu'il dort déjà à moitié.

Bonne nuit, Grincheux... Du grand n'importe quoi, cette journée !

29

Las Vegas Parano

Ce vendredi a pourtant commencé comme tous les autres. Le réveil a sonné à l'heure habituelle, nous extirpant cruellement de nos songes. Vadim et moi nous sommes blottis l'un contre l'autre et embrassés en murmurant quelques mots ensommeillés. Une douche brûlante plus tard, nous avons avalé un petit-déjeuner en vitesse avant de quitter le palace pour sauter dans la berline noire stationnée devant l'entrée. Direction le QG de King France, sur les Champs-Élysées.

Erreur : changement de programme.

La voiture intérieur cuir qui vient de démarrer roule dans la direction opposée. Soit le chauffeur a décidé de nous enlever – il y a un millionnaire à bord, après tout ! – soit mon amant me cache quelque chose. Aucun problème, je n'ai rien contre un peu de mystère. Tant qu'on me laisse m'exprimer. Et poser des questions. Sans cesse. Cela fait à peu près cinquante fois que je demande où nous allons et d'après les longs soupirs que pousse Vadim, je ne vais pas tarder à me faire éjecter de l'habitacle. Mais non, il me supporte – en prenant sur lui – pendant les trente minutes de trajet, jusqu'à ce que je découvre notre vraie destination. L'aéroport Paris-Charles-de-Gaulle.

Malgré mes supplications, menaces et tentatives de corruption, toujours aucun indice du côté de mon cachottier, qui sourit fièrement en observant mon visage abasourdi. Pas de paparazzis en vue. Nous descendons de la BMW, Vadim me prend par la main en s'engouffrant entre les portes coulissantes qui mènent jusqu'au grand hall. Ses longues jambes avancent à une vitesse folle, j'essaie de suivre le rythme, en me concentrant pour ne pas m'emmêler les pieds. Je ne sais absolument pas à quoi m'attendre, si ce n'est que nous allons probablement nous envoler dans les airs.

Je remarque la chevelure dorée de Lily en premier, tout près du comptoir American Airlines. Puis celle orangée de Clémentine. Les sourires moqueurs de Felix et Basile. Le visage un peu fermé de Yann, celui très ouvert de Niels.

La bande au complet ! Mais qu'est-ce qu'ils foutent là ? Pitié, pas un flash mob !

– Surprise… susurre Vadim au creux de mon oreille, avant de m'attirer dans ses bras pour m'embrasser passionnément sous les yeux de ses six complices, hilares.

Leurs éclats de rire et quelques sifflements fusent, alors que je tente de comprendre ce qui s'est tramé dans mon dos…

– Ça fait plus d'un mois qu'on garde ça pour nous ! On mérite une médaille ! se vante Clémentine en avançant vers moi.

– Direction Las Vegas, *baby* ! piaille Niels, juste derrière elle.

– Et ce qui se passe à Vegas reste à Vegas, Miss Coincée ! balance Felix en me faisant un clin d'œil.

Je cherche Vadim du regard pour obtenir des explications – et lui offrir le baiser de sa vie – mais il est déjà loin, trop occupé à serrer les mains de ses acolytes masculins et à plaisanter à la ronde. C'est au tour de Lily de m'approcher, un rictus triomphant sur les lèvres.

– Tu vois que je sais garder un secret ! J'ai préparé ta valise en cachette, j'ai tout mis en double au cas où… D'ailleurs, tous les bagages sont enregistrés, on peut y aller !

– C'est Vadim qui a organisé tout ça ? demandé-je en la retenant par le bras.

– Oui, cadeau de la maison King ! Ton mec voulait te faire plaisir et tous nous réunir. Il nous a contactés un peu avant Noël et a fait en sorte de trouver une semaine qui convenait à tout le monde. Ça n'a pas été évident entre le boulot de Basile, celui de Yann, les jumelles à faire garder, mes cours et j'en passe. Mais il y est arrivé !

– Bon les pipelettes, l'avion n'attend pas ! s'égosille Basile de l'autre côté du portique de sécurité.

Vadim a lui aussi passé le barrage sans sonner. Je le contemple à quelques mètres, son regard amusé et son sourire insolent dirigés vers moi. Tout en marchant, je lui envoie un baiser à distance, pour qu'il comprenne que son cadeau – encore un – me fait chaud au cœur.

Qu'est-ce que je t'aime, toi...

– Heureusement qu'on voyage en première classe... ronchonne Clem en passant devant moi. Avec mon gros bide, je n'aurais pas tenu dans un siège normal !

J'en connais une qui va se plaindre pendant tout le trajet... Et pendant toutes les vacances... Elle est tout de même venue avec Yann. C'est bon signe, non ?

***

Bienvenue dans la cité du luxe et de tous les excès ! Là où tous les jeux sont permis, où les billets de cent dollars se dilapident à la vitesse de la lumière, où la démesure se décline à l'infini. Depuis cinq jours, notre joyeuse bande a posé ses valises dans les plus belles suites du *Caesars Palace*, colosse architectural situé sur le mythique Las Vegas Boulevard. Vadim est aux petits soins avec moi, mais aussi avec l'ensemble de ses invités. Incroyable mais vrai : j'ai observé un rapprochement entre mon amant et mon frère, pourtant ennemis jurés depuis tant d'années.

Il doit y avoir quelque chose dans l'air... Je devrais peut-être tenter le coup avec Felix... Hmm. Je passe.

Pendant que nos hommes visitaient les alentours et dépensaient des fortunes dans les différents casinos, Lily, Clem et moi avons opté pour des activités plus à notre goût. Correction : plus au goût de Clémentine, qui a décrété que son statut de femme enceinte lui conférait le droit de décider de tout. Ma sœur et moi n'avons pas bronché, conscientes de sa situation – et du fait que la rousse explosive pouvait déclencher un éboulement de terrain à la moindre contrariété.

Clémentine D'Aragon : bombe à retardement.

Notre trio détonant a arpenté les moindres recoins de la galerie commerciale aux allures de forum antique, bullé autour de la piscine représentant les thermes de Pompéi, testé les différents massages et soins proposés à l'institut de beauté. J'ai évoqué la demande en mariage de Vadim qui n'en était pas une, mes deux complices en ont profité pour s'extasier – une fois encore – sur le bijou imposant que je porte à la main droite. Lily a retenu ses larmes en nous révélant ses doutes sur les infidélités de Felix, j'ai serré les poings en le maudissant. Clem nous a raconté le cauchemar qu'elle faisait chaque nuit et dans lequel elle accouchait de triplés – un bébé blanc, un noir… et un recouvert de poils !

Ne pas rire, ne pas rire, ne pas rire !

« *Viva Las Vegas* ». Mr King nous a permis de mener la grande vie dans ce décor somptueux mais artificiel. Chaque soir, notre groupe au complet s'est retrouvé pour tester des restaurants atypiques et branchés, proposant fusions culinaires et cuisine moléculaire. Les bars cosmopolites et salles de spectacles bondées nous ont également ouvert leurs portes. Nos grandes tablées ne passaient jamais inaperçues, entre joutes verbales, éclats de rire et improvisations bruyantes des uns et des autres. Même Clem a joué le jeu, pendant que Yann, lui, restait discret, presque fermé, ne semblant pas enclin à se joindre à la liesse générale.

Il se doute peut-être de quelque chose…

Puis chaque couple regagnait sa suite à une heure avancée de la nuit, l'occasion pour moi de remercier comme il se doit mon tendre rebelle… Si nos journées étaient chaudes et animées, nos nuits étaient torrides et passionnées. J'ai pu dévorer, caresser, titiller, épuiser mon amant jusqu'au petit jour, lui sortant le grand jeu comme jamais auparavant.

Jouer : on est là pour ça, non ? Des jeux pour adultes, seulement…

Sixième jour. Rendez-vous a été donné dans la suite que je partage avec Vadim. Chacun à leur tour, nos amis – plus ou moins en forme après les abus de la veille – s'apprêtent à nous rejoindre afin de déguster un brunch gargantuesque. Clémentine est arrivée la première dans la salle à manger aux colonnes en marbre et statues romaines. Plutôt que s'attarder sur le décor, elle s'extasie déjà devant la table qui regorge de plats aux odeurs divines et aux proportions démesurées. Je suis moi aussi en train de loucher sur la pyramide de bagels et sur le café glacé quand Basile et Niels font leur entrée, les visages cernés mais radieux.

On dirait qu'ils ont profité de leur nuit, eux aussi… Piqûre de rappel : il s'agit toujours de ton frère et de ton meilleur ami. OK, sujet suivant !

Yann débarque à son tour, sans nous décocher le moindre sourire. Perdu dans ses pensées, il sirote une tasse de thé, avale une demi-assiette d'œufs brouillés puis nous quitte en nous souhaitant une bonne journée. La porte de la suite claque derrière lui. Autour de la table, le malaise est palpable, ma meilleure amie est consternée. Je me lève et lui fais signe de me suivre jusqu'à la chambre. Une fois isolées, je me lance.

– Clem, qu'est-ce qui se passe ? Yann n'est pas lui-même depuis notre arrivée. Il fait la gueule en permanence, il a l'air totalement ailleurs.

– Je sais. Il sent que je ne suis pas bien, que je lui cache quelque chose. Il essaie de me faire parler mais pour l'instant je ne lâche rien. Ça le met hors de lui. Il a dormi dans l'autre chambre, cette nuit. Tu te rends compte ? souffle-t-elle en retenant ses larmes.

En essayant de trouver les mots pour la consoler, je la prends dans mes bras et lui caresse doucement les cheveux. Je n'avais pas réalisé que leur couple était au plus mal. Alors que la vérité n'a pas encore éclaté…

– Et le pire est à venir ! confirme-t-elle en sanglotant. Mais je vais le faire, je vais lui dire Alma. Il a le droit de savoir. Et puis le jour de la naissance, il n'y aura aucun doute. Il verra bien que le bébé est métis. Je vais tout lui avouer. Bientôt. Mais pas ici…

Nous restons dans cette position pendant quelques minutes, le temps que Clémentine soit à court de larmes. Puis une petite lueur – toute petite – de gaîté apparaît à nouveau dans les yeux de ma meilleure amie.

– Bon, c'est pas tout ça, mais j'ai mes pancakes à finir, moi. Je mange pour deux, je te rappelle ! plaisante-t-elle en pointant le doigt vers son ventre.

– Après toi, maman Ours ! ris-je en lui ouvrant la porte.

Voilà presque deux heures que le brunch a commencé et Lily et Felix manquent toujours à l'appel. Je suis sur le point de m'inquiéter, quand le couple infernal débarque enfin en pouffant comme deux gamins. Après un rapide « bonjour tout le monde », ils s'installent à la table comme si de rien n'était et improvisent un show… qui va me faire froid dans le dos.

– Vous prendrez bien un peu de sucre dans votre café, Mrs Alonso ? lâche Felix d'une voix mielleuse.

– Mais avec plaisir, Mr Alonso ! minaude ma sœur.

J'avale ma salive plusieurs fois, me demandant si j'ai bien entendu. Un regard en direction de Basile et je réalise que mes oreilles ne m'ont pas trahie. Panique à bord.

– Vous plaisantez ? fais-je le plus calmement possible, en priant pour que ce soit bien le cas.

– Pas du tout, balance Felix, sans même me regarder.

Là-dessus, Lily lève sa main gauche et tend les doigts. Une alliance en toc fait le tour de son annulaire.

Calme, Alma. Calme…

– On s'est mariés ! clame joyeusement ma sœur.

– Quoi ? gronde Basile, aussi furieux que moi. Quand ?

– Hier soir. On voulait juste voir la chapelle Graceland… Et puis on s'est fait prendre au jeu. Il y avait deux Elvis : un jeune en costume doré, un vieux en combinaison pailletée. C'était follement kitsch. Et rock'n'roll. Et romantique. Je n'ai pas pu résister… avoue timidement la petite dernière des Lancaster.

Enfin, Alonso maintenant, apparemment. Pas pour longtemps !

– Fe, c'est quoi ces conneries ? lance Vadim d'une voix menaçante. Tu n'as pas fait ça, rassure-moi ?

– Qu'est-ce que ça peut vous foutre ? se défend son meilleur ami. Ça nous regarde, non ?

– Lily, tu sais que c'est un mariage légal ?! hurlé-je presque.

– Évidemment que je le sais ! Mais merci de sous-entendre que je suis débile, Alma. Oh, et puis merde ! on s'aime, on s'est mariés. Je ne vois pas où est le problème ! s'emporte-t-elle en se levant de table.

– Reste là ! ordonne Basile. Tu ne vas pas t'en sortir comme ça ! Tu imagines ce que vont dire les parents ? Tu vas t'en prendre plein la gueule et nous aussi ! Alma, tu as une idée pour arranger ça ?

– Oui. Si le mariage n'a pas encore été enregistré, on peut l'annuler il me semble.

Tous sont tournés vers moi. Niels et Clémentine sont estomaqués. Le regard de Vadim me dit de ne rien lâcher, d'aller jusqu'au bout pour protéger ma sœur – qui n'en a pas conscience, mais qui vient de faire l'erreur de sa vie en épousant un Casanova de première. Lequel a l'air amusé par cette situation cataclysmique. Très fier de lui, même, il se contente de sourire comme un idiot.

– Felix, tu peux réagir ? Ça ne te fait ni chaud ni froid ? se rebelle Lily.

– C'était une grosse blague, tout ça. On l'a fait juste pour se marrer, non ? C'est bien la première fois, mais je suis d'accord avec Miss Frustrée.

Le visage de ma petite sœur se décompose sous nos yeux. Il y a une seconde, j'avais envie de l'étrangler. À cet instant, c'est lui que je voudrais égorger. Lily est juste la victime de ce mec immature, flambeur et irresponsable. Malgré tous les signes contraires, elle a réellement cru qu'il était prêt à s'engager. Et pour ne pas le perdre, elle est allée trop loin.

– C'était un coup de folie… murmuré-je dans sa direction. Il faut tout annuler avant que ce soit trop tard, Lily.

– J'espère qu'un jour, vous arrêterez de diriger ma vie, dit-elle tristement.

– Quand tu prendras les bonnes décisions, peut-être… grogne mon frère.

– Basile ! m'écrié-je en même temps que toute l'assemblée, excepté Felix, qui ne cherche pas une seconde à défendre Lily.

Je te hais chaque minute un peu plus, Alonso…

Une visite au bureau des mariages et la catastrophe est évitée. Felix et Lily ont avoué avoir agi sur un coup de tête et tout est rentré dans l'ordre. Si ce n'est que la mariée – qui n'en est plus une – n'a cessé de pleurer depuis cette annulation. Refusant d'adresser la parole à qui que ce soit, elle est allée s'enfermer dans sa suite en nous prévenant qu'elle n'en sortirait pas avant le départ. Demain soir. Subitement, il me tarde de rentrer à Paris.

Vadim est au téléphone lorsque je le retrouve dans notre chambre. Après quelques fragments de phrases, il se presse de raccrocher et se plante devant moi.

– C'est fait ? demande-t-il en m'embrassant sur la joue.

– Oui. Lily est dévastée.

– Je suis désolé, Alma, je me sens en partie coupable. J'aurais dû me méfier, le contrôler, mais je ne savais pas qu'il lui ferait subir un truc pareil. C'était cruel de sa part…

– Cruel ? Monstrueux, oui ! J'espère juste qu'il ne reviendra pas à la charge. Qu'il va lui foutre la paix, pour de bon !

– Je vais y veiller, je te le promets…

– C'était qui ? demandé-je soudain en pointant son téléphone, pour changer de sujet.

– Adrian.

– Il y a du nouveau concernant Kate ?

– Oui et non. Elle a appelé plusieurs fois Dimitri, mais rien d'incriminant pour l'instant.

Son regard, jusque-là plein de compassion pour ma sœur, vire au noir. Le sujet Monkov a été abordé, je le sens immédiatement se crisper.

– Ce n'était peut-être pas une bonne idée, ce voyage finalement… soupire-t-il en me caressant l'épaule, avant de quitter la pièce.

***

Ayant promis à Clémentine de la rejoindre, j'enfile rapidement mon maillot de bain et m'apprête moi aussi à sortir de la chambre. Mais une vibration attire mon attention. Je m'approche du portable de Vadim et vois s'afficher le nom de Zoey Thompson.

Résiste. Ne fais pas ça. Tu vas le regretter…

Mon esprit me met en garde, mais ma main n'en fait qu'à sa tête. Je saisis le téléphone et ouvre le texto.

[Le planning de la semaine
prochaine est bouclé.
Je vous l'ai transféré par mail.]

Message pro, sans ambiguïté. Je l'ai peut-être jugée trop vite…

Le smartphone vibre à nouveau. Cette fois, le texto s'affiche sans que j'aie besoin de cliquer.

[J'oubliais. Tout le monde
vous réclame ici.
Moi y compris…]

OK. Ça va barder !!! Et encore, je suis polie…

Habillée seulement de mon bikini drapé rouge et gris, je me rue dans le salon, déterminée à obtenir des explications. Ce « Moi y compris… » n'avait rien d'innocent, j'en suis persuadée. Reste à savoir si Vadim se rangera de mon côté. Je le retrouve face à l'écran géant du coin télé, en train de regarder les dernières *news* ciné.

– Ton assistante a l'air bien malheureuse sans toi, fulminé-je en lui tendant son téléphone. Tu devrais peut-être rentrer à Paris sur-le-champ pour la consoler…

Un peu interloqué, King prend le temps de lire les textos en question, puis glisse son portable dans la poche de son jean.

– Tu devrais peut-être arrêter de lire les messages qui ne te sont pas adressés… fait-il d'une voix agacée.

– Ne change pas de sujet Vadim. Je t'avais prévenu, je savais que ça allait arriver !

– De quoi tu parles, Alma ?

– De ton assistante qui t'envoie des mots doux ! Qui sous-entend que tu lui manques ! Qui te fait du charme !

– Tu n'exagères pas un peu, là ? Tu deviens parano… grogne-t-il en éteignant la télévision.

– Non ! C'est elle qui dépasse les bornes ! Remets-la à sa place une bonne fois pour toutes, sinon je le ferai ! Tu crois que je ne l'ai pas vue venir ? À se trémousser sous tes yeux dès qu'elle le peut ? À se coucher à moitié sur ton bureau, les fesses tendues, pour t'expliquer le « planning de la semaine » ! dis-je en imitant la voix minaudeuse de l'assistante.

– La seule qui s'est couchée sur mon bureau, c'est toi… lâche-t-il insolemment en se levant pour s'approcher de moi. Plusieurs fois, d'ailleurs…

– Vadim, n'y pense même pas ! dis-je en le repoussant.

– Tu peux m'empêcher de te toucher, mais tu ne peux pas m'empêcher d'y penser… me nargue-t-il en se mordant la lèvre.

Saloperie…

– Tu comptes faire quelque chose pour Zoey ? insisté-je en sentant ma résistance faillir à vitesse grand V.

– L'ignorer. De toute façon, j'ai d'autres chats à fouetter…

Ses yeux s'illuminent sous l'effet du désir, sa mâchoire se tend, sa carrure me domine de toute sa hauteur. De toute sa splendeur. Je le contemple, subjuguée par sa beauté, par son arrogance parfaitement assumée.

– Tu comptes me fouetter ? souris-je de travers, en tentant de masquer mon excitation.

– Non. Te fesser, par contre…

Bienvenue à Sin City…

Plus il m'agace et plus j'ai envie de lui. Réaction chimique. J'ai beau me retenir de fondre trop facilement, la voix chaude et tentatrice de Vadim résonne dans le grand salon de la suite Empereur et me donne déjà le tournis. Mon amant diabolique recueille mon visage au creux de ses mains et me force à venir à sa rencontre. Lentement, sans précipitation, il approche ses lèvres affamées et prend ma bouche pour cible. Il la frôle, la caresse, la lèche du bout de la langue, la mordille. Je gémis plaintivement – de douleur et d'excitation. Il prend ça pour un signe encourageant et lance immédiatement les hostilités.

Je décolle du sol, portée par ses bras de fer et lâche un cri de surprise lorsqu'il me plaque sans ménagement contre le mur glacé par l'air climatisé. Puis ses baisers avides, voraces, me font perdre la notion du temps, de l'espace. Je halète contre sa bouche, mes mains fébriles tour à tour plongées dans ses cheveux rebelles, posées contre son torse, échouées sur ses reins. Une chaleur exquise et insidieuse réchauffe mon bas-ventre, nous n'en sommes même pas aux préliminaires ; mais je suis déjà prête à m'envoyer en l'air…

Las Vegas aura ma peau…

La respiration de mon apollon s'accélère à une vitesse folle. Ses baisers sont de plus en plus fougueux, il grogne lorsque j'aventure ma paume contre la bosse de son pantalon. D'un geste impérial, il attrape mon poignet et le remonte au-dessus de ma tête, m'empêchant de prendre les devants.

Mister Control Freak is back ! Hmm... Il m'avait manqué...

Pas besoin de mes mains pour le sentir durcir contre moi. J'ondule sensuellement du bassin, frétille contre sa virilité, l'attise, jusqu'à ce qu'il cède. Mais pas comme je le désirais. Je soupire de frustration et de désir lorsque mon dieu grec rompt notre étreinte – qui débutait pourtant si bien – et recule de quelques pas. Son regard embrasé et son sourire diabolique me font face alors que je tente de redescendre sur terre. À cet instant, il est le mâle incarné. La virilité et l'insolence personnifiées.

– Il me semble que Clémentine t'attend autour de la piscine, non ? murmure-t-il pour jouer avec mes nerfs.

Pour une fois, je n'attrape pas la perche qu'il me tend et garde le silence. Ses yeux gris plongés dans les miens, il tend le bras droit vers moi et du bout de l'index, dessine les contours de mon bikini. Son doigt impétueux part de mon aisselle, suit la courbe de mon sein, s'aventure au creux de mon décolleté, puis repart de l'autre côté. Je me retiens de trembler, à la fois excitée par son petit manège et curieuse de savoir où tout ça va nous mener.

– Tu as perdu ta langue, Lancaster ? demande-t-il à nouveau en répétant son geste délicieusement langoureux.

– Non, elle est toujours là. D'ailleurs, elle se sent atrocement délaissée... le provoqué-je en la passant sur mes lèvres.

– Hmm... Il va falloir y remédier...

Les jeux reprennent. Sur la pointe des pieds, je me lance en avant pour l'embrasser furieusement. Nos bouches s'entrouvrent, nos lèvres se consument à nouveau, nos langues s'écrasent l'une sur l'autre et partent dans une valse endiablée. Mon amant se laisse faire lorsque je lui lève les bras pour faire passer son polo par-dessus sa tête. Il se retrouve torse nu contre moi, sa peau douce et brûlante sent le musc et les effluves boisés. Notre danse entêtante continue, ses mains entament leur ascension jusqu'à mes seins, les caressant à travers le tissu. Elles s'aventurent ensuite sous ma culotte, empoignent mes fesses et m'arrachent un râle. Je parviens à reprendre mes esprits pour déboutonner son jean brut, mais une fois encore, Vadim prend un malin plaisir à me stopper dans mon élan. Il échappe soudainement à mes baisers. J'ai à peine le temps d'ouvrir les yeux qu'il me prend par la main et m'entraîne en direction de la sortie.

– Vadim, tu peux m'expliquer ? gloussé-je en le suivant tant bien que mal.

– Tu voulais te baigner, non ? lâche-t-il en attrapant une carte magnétique sur la grande console de l'entrée.

– Vadim ! crié-je à nouveau, en tentant de résister.

– Fais-moi confiance… souffle-t-il en se lançant torse nu dans le couloir.

Qu'est-ce qui lui prend ?!

Nous courons comme des fous jusqu'à la porte suivante, située à l'autre extrémité du corridor. En parfait gentleman qu'il est – à ses heures… – King me laisse entrer en premier dans cette nouvelle suite. Plus petite que la nôtre, à première vue, mais tout aussi raffinée.

– Bienvenue dans notre petit coin secret… susurre-t-il en me prenant par la taille pour me guider jusqu'à la pièce d'à côté.

Nous pénétrons dans une grande salle couverte de marbre du sol au plafond, où trône majestueusement une piscine privée, façon jacuzzi de luxe. À peu près dix fois la taille de ma baignoire. Elle est entourée d'une immense baie vitrée, donnant sur le *Las Vegas Strip*. Le décor est à couper le souffle, la vue vertigineuse donnant directement sur les splendides fontaines du *Bellagio* et la réplique de la tour Eiffel du *Paris*.

– Tu avais tout prévu ! m'exclamé-je, émerveillée.

– Je sais que tu adores l'eau… dit-il malicieusement en retirant son jean.

Trois secondes plus tard, mon amant fou bondit dans la piscine d'un mètre trente de profondeur, complètement nu. Sa tignasse trempée et son corps luisant remontent à la surface et je suis encore là, plantée sur mes pieds, à l'admirer. J'en viens à oublier le luxe fabuleux qui m'entoure. Vadim King a réussi à me surprendre pour la millième fois. Et pour la millième fois, je remercie le ciel de m'avoir donné une nouvelle chance. De m'avoir fait recroiser le chemin de cet homme imprévisible, entier, généreux, torturé.

Mi-ange, mi-démon. Putain, qu'est-ce qu'il est sexy…

– Alma, il faut vraiment que je vienne te chercher ? m'allume-t-il d'une voix suave, les bras croisés sur le rebord de la piscine.

Je saute dans l'eau tiède en poussant un cri strident, fais quelques pas jusqu'à lui et m'enroule autour de son buste. Vadim est dos à moi, totalement à ma merci. Je suis au paradis. Je flotte sur un petit nuage. De volupté. De luxure.

Envie d'être nue contre lui.

J'enlève mon bikini et colle mon bas-ventre contre ses fesses fermes et arrondies. Mon désir pointe à nouveau. Du bout du pied, je caresse sa cheville en déposant de tendres baisers sur ses omoplates. Je glisse ma main droite sur son torse, caresse ses pectoraux, ses abdominaux, puis attrape délicatement son sexe bandé. Il lâche un soupir en se contractant, fait mine de se retourner, mais je l'en empêche. Je démarre un doux va-et-vient, enveloppant sa virilité dans ma paume mouillée. J'embrasse son dos musclé, y promène mes lèvres, ma langue. Je mords son épaule en lui arrachant des grognements.

– Alma, bordel… Tu cherches à me faire jouir ? gronde-t-il sous l'effet du plaisir.

– Ferme les yeux, laisse-toi aller… susurré-je à son oreille en augmentant légèrement la cadence.

Son sexe coulisse facilement dans ma main, semblant s'allonger, se durcir, s'épanouir à chaque allée et venue. Le corps sublime de mon amant auquel je suis ancrée est tendu, faisant apparaître chaque courbe et chaque muscle au moindre mouvement. Sans jamais interrompre mes caresses, j'enfonce ma main gauche dans les boucles brunes de Vadim. J'en saisis une poignée et la tire doucement, pour lui faire pencher la tête en arrière. Il gémit, puis capitule, me donnant accès à son cou. Mes lèvres se jettent dessus, l'embrassent, le sucent, le mordillent, alors que j'augmente le rythme du va-et-vient.

Cette fois, c'est moi qui mène la danse...

Ou pas. Mon rebelle au sexe dressé se retourne d'un bond, le regard fiévreux, puis me soulève pour m'emmener à l'autre extrémité du bassin, du côté de la baie vitrée. Il me plaque sans concession contre la paroi granuleuse et me décoche un sourire conquérant. En un claquement de doigts, il fait disparaître le haut de mon bikini, qui va s'écraser sur le marbre gris et prend mes seins à pleines mains. Effet immédiat : mes tétons érigés n'attendaient que ça. Mon empereur a repris le contrôle. Derrière moi, Las Vegas Boulevard s'active, s'illumine, la nuit étant sur le point de tomber.

– À ton tour de gémir... se venge Vadim en fourrant sa langue divine dans ma bouche.

Ce baiser me fait perdre la tête, mais ce n'est rien comparé à ce que je ressens quand ses doigts agiles s'immiscent soudainement en moi. Je halète, les sentant progresser entre mes chairs, s'infiltrant un peu plus loin à chaque poussée. Puis son pouce frôle mon clitoris, l'encercle, le titille, le presse et mes ongles s'enfoncent dans le dos de mon amant, marquant sa chair de fines griffures d'un rouge vif. Ce doux supplice dure de longues minutes, Vadim semblant prêt à tout pour me dompter. Il est en train de me faire payer – de la meilleure façon qui soit – mon acte de rébellion.

– C'est comme ça que ça marche, Lancaster... souffle-t-il

d'une voix insolente. Je prends les initiatives. Je dirige et tu te tortilles. Compris ?

– Plus vite, Vadim… Plus loin… supplié-je faiblement.

– Tu vois, quand tu veux ! grogne-t-il en s'exécutant.

Je suis sur le point d'atteindre le nirvana quand mon amant autoritaire me soulève à nouveau pour me déposer sur le rebord de la piscine. Sans me demander mon avis, il m'écarte les cuisses et enfonce son sublime visage dans mon entrejambe. Je lâche un long gémissement en sentant sa langue chatouiller mon clitoris gonflé. Puis, remontant doucement, il lèche entre mes lèvres l'humidité que je ne peux plus retenir. Emportée par ces assauts somptueux, je trouve tout de même la force de me cambrer davantage pour lui permettre d'arriver à ses fins. Et aux miennes. Je frissonne de tout mon être lorsqu'enfin sa langue experte entre en moi, délicatement d'abord, puis avec une frénésie qui m'arrache des râles de plaisir brut et intense. Je suis à deux doigts de l'extase…

Correction : à une langue…

Je jouis une première fois. Mon corps se transforme en brasier mouvant, un vrai volcan en éruption. Vadim ne lâche rien, déterminé à m'offrir l'extase absolue. Je crie son nom, m'accroche à ses cheveux d'une main et m'ancre dans le sol de l'autre. Je suis à bout de souffle, à bout de forces, mais j'en veux encore. Et lui aussi.

Deuxième orgasme.

Fier comme un paon, mon amant au garde-à-vous pose ses mains sur mes hanches et me fait glisser sur le marbre pour me ramener dans l'eau. La tiédeur m'envahit à nouveau, apaisant immédiatement mon intimité en feu. Nous échangeons un baiser passionné, ses lèvres, rosies par leur labeur, s'emmêlant aux miennes, rougies par le plaisir. Sa virilité impressionnante bute contre mon ventre, faisant surgir dans mes tréfonds une nouvelle vague de désir.

– Toujours aussi… délicieuse… me provoque-t-il en se léchant les lèvres.

Je lui décoche un sourire ravageur puis, sans réfléchir, me retourne face à la baie vitrée, dos à lui. Pas besoin de lui faire un dessin. Vadim vient se coller à moi, me penche en avant et me pénètre en un seul mouvement. Frissons de plaisir. Nous sommes enfin imbriqués, nos corps ne font plus qu'une seule et même entité. Face à nous, les néons farfelus de Las Vegas Boulevard scintillent. Plus bas, la foule en délire défile, sans se douter une seconde de ce qui est en train de se passer une trentaine d'étages plus haut. À cet instant, dans ce bassin des péchés, Vadim et moi sommes les seuls maîtres de *Sin City*.

Mr King accélère la cadence et resserre son emprise en m'empoignant fermement les hanches. Il murmure quelques mots salaces mélangés à des mots d'amour, puis s'extrait de moi pour y rentrer encore plus fort. Je creuse mes reins pour mieux le recevoir, gémis bruyamment, emportée par le clapotis de l'eau qui s'intensifie au rythme de notre va-et-vient. Ces coups de boutoir me font oublier le sens des réalités. Je m'accroche aux parois de la piscine pour ne pas perdre l'équilibre, envahie par les sensations qui déferlent dans ma féminité. Je m'abandonne totalement à lui, à sa fougue, à sa surhumaine virilité, en retardant l'orgasme qui me guette. Je le sens lui aussi proche de la jouissance. Ses mains plaquées sur mes cuisses, le souffle rauque, la respiration incontrôlée, il se déverse en moi au moment précis où je ferme les yeux pour savourer les ondes de plaisir qui me transpercent.

Je me retourne après quelques secondes de transe et me laisse aller contre lui. Vadim dépose de tendres baisers dans mon cou, au milieu desquels il murmure un « je t'aime ». Puis nous remontons nos pieds à la surface et flottons délicieusement, nous laissant dériver au fil de l'eau.

Mon amant sort du bassin en premier et se sèche en m'observant. Une lueur malicieuse dans les yeux, il brise le silence qui nous entoure :

– Je t'ai laissé des traces… dit-il en me faisant signe de regarder mes hanches.

De chaque côté, des marques rouges tranchent avec la blancheur de ma peau. Exactement là où ses mains me possédaient.

– Moi aussi, figure-toi, fais-je d'une petite voix revancharde.

– Où ça ? demande-t-il en passant ses bras et son torse en revue.

– Dans ton dos…

Parfaitement nu, il s'approche d'un grand miroir et se met de profil pour contempler les dégâts. De longues griffures apparaissent sur ses omoplates. Il lâche un petit sifflement admiratif, puis me contemple d'un air faussement subjugué.

– C'était si bon que ça ? ricane-t-il.

– Pour toi, sûrement ! le provoqué-je en riant.

Je sors à mon tour du bassin et foule le marbre frais en trottinant vers lui. Il me tend une serviette sèche – qui sent divinement bon – et m'enferme dans ses bras.

– Maintenant que tu ne peux plus m'échapper, ose dire que tu n'as pas pris ton pied ! Trois fois ! grogne-t-il en pressant son front contre le mien.

– Vos intimidations ne vous mèneront nulle part, Mr King. Je ne suis pas du genre à parler sous la menace !

– OK. Il me reste la torture… chuchote-t-il en mordant le lobe de mon oreille.

– Non ! Pas ça ! Je me rends ! J'avoue tout ! m'écrié-je en gloussant, sans parvenir à m'échapper.

– C'était presque trop facile… soupire-t-il en s'attaquant à mon cou.

Il peut me torturer, me mordre, me faire jouir autant de fois qu'il le veut, je n'en aurai jamais assez…

30

King with a twist

[Tu ne te demandes pas qui je suis ?]

Il ne manquait plus que ça. Comme si je n'avais pas assez de problèmes à régler. Notre bande – totalement dissoute – est rentrée à Paris depuis trois jours à peine et le messager fantôme reprend déjà du service. Est-ce vraiment l'œuvre de la presse ? Un journaliste peu scrupuleux est-il en train d'essayer de me faire parler ? De me manipuler pour obtenir des infos qui feront les gros titres du prochain numéro ? Bizarrement, j'ai du mal à croire à cette machination. Quelque chose me dit que Vadim a monté ce scénario de toutes pièces pour masquer la vérité… Mais laquelle ?

Réponds, réponds pas ? Après deux heures d'hésitation, il serait peut-être temps de prendre une décision… Même ma petite voix intérieure se retourne contre moi !

– Alma ?

La voix rauque et amusée de mon amant m'arrache à mes pensées. Je réalise que la berline est stationnée devant l'entrée du King building et que je suis censée en descendre. Le travail n'attend pas, Sophie et Clarence doivent déjà faire les cent pas en salle de réunion.

Quoique, une minute de plus, ça ne va pas les tuer…

– J'ai reçu un troisième message anonyme, annoncé-je en me tournant brutalement vers Vadim.

Mon beau brun soupire légèrement, puis fait signe au chauffeur de remonter la vitre teintée séparant les parties conducteur et passager.

– Qu'est-ce qu'ils veulent cette fois, bordel ? grogne-t-il en se passant les mains dans ses cheveux rebelles.

– « Tu ne te demandes pas qui je suis ? » : c'est tout ce qu'il y avait écrit.

Le visage de mon interlocuteur se crispe un instant, il se met à cogiter, les yeux dans le vague, puis me tend la main.

– Donne-moi ton portable, je vais mettre Adrian sur le coup. En attendant, Zoey se chargera de te procurer un nouveau téléphone et une nouvelle ligne. Tant qu'ils ne connaîtront pas ton nouveau numéro, ces enfoirés ne pourront plus te harceler.

– Je… je l'ai oublié, je crois, inventé-je. Il n'est pas dans mon sac, j'ai cherché.

C'est mal de mentir… Mais c'est valable pour lui, aussi.

Il cherche probablement à me protéger, mais je sens qu'il ne me dit pas toute la vérité.

– Quoi que tu fasses, ne rentre pas dans leur jeu. Ça n'en vaut pas la peine, conclut Vadim en m'embrassant rapidement avant d'ouvrir sa portière.

Plus tu en parles et plus tu as l'air suspect, King.

Après une matinée riche en événements – strictement professionnels, pour une fois – et un nouveau tête-à-tête éprouvant avec Kate, je retrouve Clémentine pour le déjeuner, sa tignasse rousse cachée sous un énorme bonnet vert. À pompon.

– Je t'arrête tout de suite, si tu comptes te moquer, je peux ressortir les vieux dossiers. Tu te souviens du bonnet péruvien que tu portais la moitié de l'année au lycée ? me lance-t-elle en grimaçant.

– Oui, j'étais frileuse, avant. Ça m'est un peu passé… Comme le look hippie, d'ailleurs ! ris-je en rentrant dans le restaurant.

Nous commandons rapidement – tarte fine aux légumes pour moi, soupe à l'oignon pour elle – puis ma meilleure amie aborde le sujet qui lui brûle les lèvres :

– Comment va Lily ? demande-t-elle en regardant autour d'elle, comme si nous étions épiées.

– Je ne sais pas vraiment, vu qu'elle refuse toujours de m'adresser la parole, soupiré-je. Mal, j'imagine. D'après Basile, elle squatte chez une copine. En tout cas, ses affaires ont disparu de chez moi…

– C'est définitivement terminé avec Felix ?

– Oui. Vadim lui a remis les idées en place. Il est prévenu : s'il approche Lily, s'il tente quoi que ce soit, il est mort. Il n'a jamais été vraiment amoureux d'elle, il voulait juste s'amuser. Résultat : elle a le cœur brisé.

– Tu ne le portais déjà pas dans ton cœur… commente-t-elle.

– Très franchement ? Je veux qu'il dégage. Il est toxique, ce mec. Même Vadim veut prendre ses distances, il le suspecte de faire à nouveau des conneries…

– Quel genre de conneries ?

– À ton avis… grogné-je alors que la serveuse patibulaire nous apporte nos assiettes.

Clem passe tout le reste du repas à monopoliser la conversation, à donner son avis sur tout – la météo, le programme télé, les prochaines élections, la nouvelle collection Zara, le dernier épisode de *Tchoupi*, l'appartement que Vadim devrait acheter – en évitant soigneusement de parler de sa situation. Elle ne prononce pas une seule fois le prénom de Yann, ni celui de Clarence. C'est donc à moi de mettre les pieds dans le plat…

– Tu as les idées plus claires depuis Vegas ? Ça va mieux avec Yann ?

– Oui, il est plus détendu depuis notre retour. Ça nous a fait du bien de retrouver notre quotidien… dit-elle distraitement, comme si la conversation pouvait s'arrêter là.

– Clem… insisté-je.

– Quoi ? Qu'est-ce que tu veux que je te dise, Alma ? Je suis dans la merde. Point.

– On n'est pas obligées d'en parler. Je suis désolée, je ne voulais pas…

– Non, c'est moi qui déconne, me coupe-t-elle. Tu as raison, il faut que j'arrête de me voiler la face. Je suis enceinte de cinq mois, ça ne peut plus attendre.

– Et… Clarence ?

– Il m'a appelée plusieurs fois, mais j'ai besoin qu'il arrête. Qu'il me laisse respirer. J'espère qu'il va finir par comprendre. Il sait qu'il est le père biologique et une fois que l'enfant sera né, je ne compte pas l'empêcher de jouer ce rôle, si c'est ce qu'il souhaite. Mais pour l'instant, c'est entre mon mari et moi.

– Tu crois vraiment que Yann ne se doute de rien ?

– Comment est-ce qu'il pourrait se douter d'un truc pareil ? Que je porte le bébé d'un autre, que je suis tombée enceinte la seule fois où je l'ai trompé. Que je suis une menteuse, une égoïste, une infidèle…

– Clem, arrête !

– Une fois qu'il saura la vérité, c'est ce qu'il pensera de moi. J'essaie de m'y préparer…

Si seulement je pouvais faire quoi que ce soit pour l'aider…

– En tout cas, j'en connais une qui va lui dire « Je t'avais prévenu, mon pauvre chat ! », ronchonne-t-elle en faisant allusion à sa belle-mère. Non, mais qui parle à son fils de 32 ans comme ça ? « Mon chat, mon lapin, mon petit ange… ». Au moins, si on se sépare, je n'aurais plus à me la taper pendant les fêtes, celle-là…

Et que revoilà la vraie Clémentine D'Aragon !

De retour à King Prod, je réalise que je n'ai pas eu le temps d'évoquer les messages anonymes pendant ce déjeuner. Mais c'est mieux comme ça. N'en parler à personne, c'est le meilleur moyen de me les sortir de la tête. Non ? Adrian Forester m'attend devant la porte de mon bureau depuis un bon quart d'heure. Je le sais, parce qu'il ne manque pas de me le faire remarquer en ricanant…

– Vadim m'avait dit que la ponctualité n'était pas votre fort, mais à ce point…

– Désolée Adrian, je n'ai pas vu l'heure passer, m'excusé-je en l'invitant à s'asseoir.

– Il vient de me parler des trois textos. Je voudrais y jeter un coup d'œil, vous avez récupéré votre téléphone ?

– Il est introuvable, j'ai dû l'oublier quelque part. Peut-être au restaurant, hier soir, mens-je sans rougir.

– OK. Si jamais vous le retrouvez… dit-il de sa voix rauque en me fixant intensément.

Il sait que je mens ou quoi ?!

– Du nouveau du côté de Kate ? demandé-je pour changer de sujet.

– Elle ne se doute de rien. Grâce aux écoutes, on a pu prévenir une nouvelle attaque de Skylight. Elle a donné le code d'accès des studios à un de ses hommes, pour voler les rushs. Nous l'avons modifié juste à temps, ça l'a empêché de mettre la main dessus…

– Elle n'a pas trouvé ça bizarre, que le code change ?

– Non, désormais le code changera tous les jours.

– Toujours rien concernant son père ?

– Dimitri Monkov n'est pas un homme bavard. Ils sont souvent en contact, mais ne se disent pas grand-chose. Ça viendra. Vadim trouvera le moyen de les faire parler, à leur insu…

Sur ce, le colosse se lève de sa chaise, me fait un signe de tête en prononçant « Alma » de sa voix grave, puis prend la sortie.

Mr FBI est un homme perspicace. Je ferais mieux de ne plus lui mentir… Et si mon bureau était sur écoute, lui aussi ? Parano !

Adrian sort, Vadim s'apprête à entrer. Je les entends échanger quelques mots discrets – le complice de mon PDG étant officiellement entre ces murs pour assurer la sécurité – puis le dialogue s'arrête. Je plonge rapidement le nez dans un dossier, pour avoir l'air occupé…

– On a les oreilles qui traînent, à ce que je vois, plaisante mon amant. Ne fais pas semblant de travailler, je sais que tu nous écoutais…

– Vous chuchotiez, précisé-je. Je n'ai pas pu m'en empêcher…

– Je n'ai rien à te cacher, Alma.

En es-tu si sûr, Vadim ?

Son regard d'acier plongé dans le mien, il fait le tour de mon bureau et se plante derrière moi. J'ai à peine le temps de lever la tête que ses lèvres chaudes s'emparent de mon cou. Mon cœur s'accélère. Puis il fait pivoter mon siège et se penche à nouveau, cette fois pour m'embrasser à pleine bouche. Un baiser langoureux, intense, totalement inattendu, qui m'arrache un gémissement sourd.

– Ça fait des heures que j'en mourais d'envie, susurre-t-il, son front collé au mien. Et tes yeux verts qui me rendent fou…

Il soupire, je me rue sur sa bouche. Nos langues se touchent, se caressent, s'entremêlent, ses mains saisissent ma mâchoire, effleurent mon cou, s'aventurent sur mes épaules, frôlent ma poitrine. Ivre de lui et de cette étreinte spontanée, je ferme les yeux pour mieux le savourer. Je les ouvre à nouveau et redescends sur terre d'un coup, en faisant un bond en arrière. Vadim remarque sa présence quasiment en même temps que moi…

– Zoey, vous êtes censée frapper ! gronde-t-il en tirant sur les manches de sa veste.

– Je suis navrée Mr King, mais j'ai L.A. en ligne. C'est urgent et Adrian m'a dit que je vous trouverai là…

Elle a beau s'excuser, son ton est toujours aussi… assuré. Ce qui ne fait que m'agacer davantage. Vadim me lance un dernier regard – que je traduis par « Je n'en ai pas fini avec toi, on reprendra ça plus tard… » – et file en direction de son bureau.

– Restez là, Zoey. J'ai deux mots à vous dire, ordonné-je à l'assistante.

Elle obtempère mais ne daigne pas avancer vers moi. Campée sur ses jambes interminables, les mains posées sur les hanches, elle attend patiemment que je lui explique ce qu'elle fait là.

– Je tenais juste à m'assurer que vous saviez où est votre place, sifflé-je en me levant.

– Je travaille pour Mr King. À part lui, je n'ai d'ordres à recevoir de personne, répond-elle en prenant la mouche.

– Faites attention à ce que vous dites et au ton que vous employez, Zoey. Ce n'est pas un ordre, c'est un conseil. Il serait malavisé de vous faire des ennemis au sein de la direction… dont je fais partie, vous voyez ? ironisé-je en pointant du doigt ma plaque dorée.

– « Alma Lancaster, Directrice adjointe ». Fascinant…

– Je vais être très claire, avant que vous n'alliez trop loin et perdiez votre job, fulminé-je en avançant vers elle. Respectez vos supérieurs hiérarchiques, cessez de fourrer votre nez partout, surtout là où vous n'êtes pas la bienvenue. Et dernière chose : restez professionnelle, ça vous évitera de vous ridiculiser. Oubliez les messages ambigus et autres tentatives de séduction. Comme vous venez de le dire, Mr King est votre patron, rien d'autre. Et je pourrais faire en sorte qu'il ne le reste pas longtemps… C'est compris ?

Nous sommes désormais face à face, à moins d'un mètre l'une de l'autre. Bousculée par mon speech assassin, la jolie métisse semble avoir perdu sa langue. Elle prononce un timide « oui », puis se retourne pour s'en aller d'une démarche raide et penaude.

Ça, c'est fait !

Quelques minutes plus tard, mon téléphone – planqué dans la poche extérieure de mon sac à main – se met à vibrer.

[Pour la réponse, rendez-vous demain
22 heures à *La Maison Blanche*.]

Je serai là, compte sur moi. Qui que tu sois...

***

L'heure décisive approche. Je tourne en rond dans la suite déserte, me demandant toutes les deux minutes si je ne devrais pas changer de tenue. Non. Pull *boyish* écru et leggings en cuir : un mix de *trendy* et *casual*, parfaitement passe-partout. Vadim a quitté le palace un peu plus tôt, pensant me laisser en tête-à-tête avec l'écran géant. Il a choisi cette soirée pour mettre les choses au clair avec Felix. Pour une fois, le *latin lover* sert à quelque chose... Grâce à lui, pas besoin de m'inventer un alibi pour me rendre seule sur l'avenue Montaigne.

J'arrive sur les lieux à pieds. Le célèbre bar lounge et restaurant est perché sur les toits du théâtre des Champs-Élysées. À la sortie de l'ascenseur, l'un des réceptionnistes – à qui le messager fantôme a communiqué mon nom – me guide jusqu'au *White Bar*. Mon cœur s'affole, la tension monte, je suis tentée de faire demi-tour.

Le cadre est époustouflant, le décor une œuvre de raffinement, mais je n'ai pas le temps de m'y arrêter. Près du bar, une femme me fait signe de la rejoindre. C'est elle. Belle, atrocement belle. Quelques années de plus que moi, quelques formes en plus aussi, qui la rendent pulpeuse et féminine... dangereuse. Sa peau est naturellement mate, ce qui me laisse croire qu'elle vient d'un pays ensoleillé. Sa longue chevelure ondulée et ses yeux sombres, légèrement en amande, attirent le regard. Pas uniquement le mien. En m'approchant, je ne peux m'empêcher de jeter un coup d'œil à sa tenue irréprochable, à la fois sexy et sophistiquée. Robe cintrée noire et escarpins aux semelles rouges.

– Comment savez-vous que je suis celle que vous attendez ? demandé-je naïvement en arrivant près d'elle.

– Assieds-toi, Alma. Je lis la presse people, pas toi ?

murmure-t-elle en caressant la couverture d'un magazine.

J'espère que c'est parce qu'elle ne maîtrise pas bien la langue française qu'elle me tutoie...

– Qu'est-ce que je fais là ? Pourquoi ce rendez-vous secret ? demandé-je en m'installant, excédée, sur le tabouret recouvert de velours.

La brune mystérieuse choisit d'ignorer ma question et se contente d'apostropher le barman en agitant la main.

– Mademoiselle prendra la même chose que moi : un « King with a twist », dit-elle à ce dernier dans un français très approximatif.

– Excellent choix, approuve l'homme en chemise blanche avant de s'éloigner.

– Gin, vodka, jus de citron et rondelle d'orange. Un délice d'amertume et de puissance. Comme quelqu'un que nous avons en commun... reprend-elle en anglais, cette fois avec bien plus d'aisance.

– Et si vous commenciez par me dire qui vous êtes ? lancé-je d'une voix aigre.

– Carmen Diaz. Mais rien ne presse, nous pouvons garder les révélations désagréables pour plus tard...

Carmen... Carmen... Ça ne m'évoque rien...

– Je ne suis pas venue pour me faire une amie, rétorqué-je. Je suis venue pour savoir ce que vous me voulez. Pour comprendre pourquoi vous prenez un malin plaisir à m'envoyer ces messages...

– Du plaisir ? Tu te trompes.

Le barman interrompt notre conversation en déposant un verre cubique en face de moi, puis lance un sourire ravageur à ma voisine. Qui lui répond en mordillant sa paille.

Si je dérange, je peux m'en aller...

– Tu es en train de voler quelque chose qui m'appartient. Quelqu'un, en fait.

Le ton de sa voix a changé. Son expression, aussi. L'opération séduction est terminée, ma rivale est enfin décidée à mettre cartes sur table.

– Vadim… Il est à moi.

– Comment ça ? insisté-je, passablement agacée. Jusqu'à preuve du contraire, c'est avec moi qu'il partage sa vie. Depuis plusieurs mois ! Qu'est-ce qui peut vous faire penser une chose pareille ?

– Le serment qu'il m'a fait il y a cinq ans, le jour de notre mariage.

– Vous pouvez répéter ? articulé-je difficilement.

– Nous nous sommes mariés en secret, à Los Angeles. Et nous le sommes toujours.

Non. Non. NON !!!

– Vous pouvez le prouver ? demandé-je, méfiante et… pétrifiée.

– Je m'attendais à ce que tu me poses cette question. Tu as raison, il ne faut jamais faire confiance aveuglément. On finit toujours pas le payer…

Tout sourire, la sublime *Latina* fouille quelques secondes dans sa pochette griffée Chanel et en ressort une petite carte plastifiée. Une carte d'identité. Sur laquelle apparaît son nom au complet : Carmen Ana Maria Diaz-King.

DIAZ-KING ???

Mon calvaire ne fait que commencer. Elle déplie ensuite deux photos cornées et me les tend. La première a été prise juste après leur cérémonie de mariage. Elle est en robe blanche et légère, lui en costume clair. Le couple s'embrasse, sous le regard ému de leurs proches.

– Felix ? m'étranglé-je en le reconnaissant.

– Oui, c'était le témoin de Vadim.

La gorge nouée, complètement abrutie par ces révélations, je m'attarde sur le second cliché – de mauvaise qualité. Carmen et Vadim, assis à une terrasse, apparaissent en gros plan. Je connais l'endroit : il m'y a déjà emmenée. Pendant qu'il lit le journal, la jeune femme a la tête posée sur son épaule. Je la suspecte d'avoir pris elle-même cette photo, à bout de bras.

– Tu ne remarques rien ? me demande-t-elle soudain.

Je rapproche la photo de mon visage pour en étudier les moindres détails. Et soudain, je frémis. Le *Los Angeles Times* qu'il tient à la main est daté du 10 décembre… de cette année ! Il y a un mois et demi. La veille, il me demandait de quitter L.A. pour rentrer à Paris. Je me morfondais sans lui, pendant qu'il passait du bon temps avec elle…

Une larme coule sur ma joue, sous les yeux de cette étrangère qui, dans un sursaut de compassion, me caresse tendrement le dos. Je suis partagée entre l'amour et la haine. C'est ironique. Pendant toute cette conversation, j'ai joué nerveusement avec ma bague, la faisant tourner sur mon doigt, encore et encore. Cette bague gravée « Toi + Moi », soi-disant symbole de notre amour. La promesse qu'il m'aimerait mille ans. Tous ses beaux serments viennent de s'envoler en fumée. En réalité, il appartient à une autre. Une Mrs King que je ne saurais détrôner…

– Ses maîtresses ne me dérangeaient pas, chuchote-t-elle en fixant son verre. On est un couple très… ouvert. Je n'ai jamais cherché à l'emprisonner. Je connais Vadim et je l'accepte tel qu'il est : il a besoin de séduire. Mais avec toi, ça va trop loin. Je ne sais pas exactement ce qu'il cherche, il refuse de m'en parler, mais une chose est sûre : je ne compte pas céder ma place.

Je sais ce qu'il cherche, moi… J'en ai finalement la preuve.

Il m'a bernée. Il m'a menti sur toute la ligne par pur désir de vengeance. Vadim n'a jamais voulu fonder une famille avec moi, comme il l'a prétendu. Il n'a pas passé douze ans à m'attendre, il n'a jamais eu l'intention de me donner une seconde chance. Juste une leçon. Depuis presque six mois, il joue un rôle. À la perfection. Il me manipule à coups de promesses, de déclarations enflammées, de regards d'acier et de sourires ravageurs. Et j'y ai cru. Parce qu'il était convaincant, parce qu'il semblait sincère, parce que j'étais naïve. Dingue de lui.

J'ai voulu croire à mon conte de fées.

Je tente de réprimer un sanglot, mais le son traverse ma gorge et transperce le silence qui nous entoure. Je sens des regards curieux se tourner dans ma direction, je les ignore. Plus rien n'a de sens, plus rien n'a d'importance. Je dois juste m'échapper d'ici sans me retourner. Et passer chaque heure, chaque minute, chaque seconde du reste de ma vie à essayer d'oublier cet homme que j'aime à en crever. Et qui a réussi à me briser.

Je perçois le bruit métallique lorsque ma bague heurte le trottoir, puis je l'observe rouler dans le caniveau et disparaître dans une bouche d'égout. Il pleut des trombes sur les Champs-Élysées. Je lève le bras. Un taxi s'arrête à ma hauteur. Je m'engouffre à l'intérieur.

– Je vous emmène où, miss ?

– N'importe où, mais ailleurs !

À suivre

Retrouvez Alma et Vadim dans *Envers et contre tout* pour la suite de cette histoire, ainsi que dans *Seuls contre tous* pour les années campus.

Chapitres bonus

1

Dans les yeux de Vadim

Bordel. Qu'est-ce qu'elle fout là ?!

C'est une blague ? Une caméra cachée ?

Elle n'a pas changé. Ou si peu. Ses grands yeux verts me fixent intensément et ce simple contact parvient à me tordre le bide. Elle a les cheveux plus courts. Le teint plus pâle. Je détourne le regard, espérant qu'elle prenne ça pour de l'indifférence plutôt que de la faiblesse. Il y a douze ans, Vadim Arcadi a été assez con pour se faire avoir, Vadim King ne refera pas la même erreur.

Elle me rend taré…

Même pas une minute que je l'ai retrouvée et je souffre déjà d'un dédoublement de personnalité.

Je suis le boss, le PDG de King Productions et je suis là pour le business. Uniquement. Le fait qu'elle soit plantée à quelques mètres de moi, l'air bouleversé, ne compte pas. Garder la tête froide. Ne pas me laisser bouffer par sa présence, son magnétisme, son visage fin et délicat, son corps emprisonné dans cette robe de tailleur sophistiquée. Alma Lancaster n'est plus une gamine, j'en ai la preuve sous les yeux. Elle est plus dangereuse que jamais.

J'ai l'impression d'avoir atterri dans une cour d'école. Les employés m'ont vu entrer, aucun d'eux n'a bougé. Ils se sont tous mis à chuchoter mais pas un seul d'entre eux n'est venu me serrer la main. Ils sont restés le cul posé sur leur chaise, comme des spectateurs. Ça doit se passer comme ça en France, je ne vois pas d'autre explication. Aux États-Unis, j'aurais déjà échangé une dizaine de poignées de mains et entendu autant de « Comment allez-vous ? ».

Comment va-t-elle ? C'est la seule chose qui m'intéresse...

Putain, je suis pathétique...

Je fais tout mon possible pour ne pas la regarder, je me concentre sur les autres visages, ceux qui ne m'inspirent rien si ce n'est un peu de sympathie. Joseph Wilson, le directeur, finit par prendre une bonne initiative. Il était temps. Il se racle la gorge et s'adresse à l'assemblée.

– Chers collègues et collaborateurs, j'ai l'honneur de vous présenter le fondateur et PDG de King Productions : M. Vadim King. Il sera à nos côtés durant les prochains mois pour lancer la filiale France, ici à Paris. Merci de lui offrir l'accueil qu'il mérite…

Il y va un peu fort...

Les applaudissements fusent, j'ignore s'ils me sont adressés ou s'ils reviennent à Wilson. L'urgence de la situation et ses compétences lui ont permis d'obtenir ce poste, mais je ne le sens pas. Joseph est un faux jeton, j'en suis persuadé. Il fait partie de ces types qui ont un ego surdimensionné mais qui n'ont aucun problème à ramper à vos pieds pour monter dans votre estime. Il n'a rien compris. Je n'aime pas les sangsues, les hypocrites, les intéressés qui vendraient père et mère en échange d'une récompense, quelle qu'elle soit. Il va devoir faire l'affaire pour l'instant, mais je l'ai à l'œil…

Je prends la parole – en tentant de soigner mon français – et elle évite mon regard. J'aborde les stratégies, les objectifs et plans d'action, elle griffonne sur son calepin, lève rarement la tête. Malgré tous mes efforts pour les repousser, les souvenirs me reviennent. Je revois l'enfant modèle qui m'agaçait et m'intriguait tant, qui me rebutait et m'attirait viscéralement. La petite fille à papa qui obéissait docilement, aveuglément aux ordres d'un patriarche conservateur et sectaire. La première de la classe qui buvait les paroles des professeurs, à tel point qu'elle en oubliait de faire entendre les siennes. La gamine de la haute, bien sous tout rapport, qui sacrifiait sa liberté à la faveur de la soi-disant moralité, des bonnes manières. Elle est toujours là, sous mes yeux. Douze ans après.

C'est en tout cas ce que je crois, jusqu'à ce que Wilson reprenne la parole pour étayer mes arguments. Ma voix s'éteint, celle d'Alma se lève enfin. La voix que j'ai rêvé d'entendre pendant toutes ces années. C'est à mon tour de baisser les yeux, de me retourner pour ne pas me trahir. Ne pas révéler les émotions qui traversent mon âme. Ses questions sont sensées, futées, légitimes. Sa finesse d'esprit, son intelligence sautent aux yeux. Ça n'a pas changé. Mais son ton paraît plus affirmé, elle ne cherche plus l'approbation, elle tente de s'imposer.

Et si j'avais tout faux ? Si elle avait vraiment changé ?

Je serre les dents en envisageant cette possibilité. Le jour où elle m'a quitté, je me suis juré de ne plus dépendre de quiconque. De ne plus m'attacher pour ne plus avoir à en payer les frais. Depuis Alma, je ne me suis plus autorisé à aimer. Parce que perdre quelqu'un qu'on estime plus que soi-même, ça vous tord les entrailles, ça vous brise à l'intérieur.

J'étais seul, la vie ne m'avait pas franchement épargné. Alma avait tout son clan derrière elle et les moyens de s'offrir tout ce dont elle rêvait. Tout donc nous séparait. Son innocence, son éducation, ses fréquentations… elle représentait tout ce que je détestais. Au plus haut point. Et bien sûr aussi tout ce que je désirais, tout ce que je voulais posséder, protéger, choyer. Je lui ai appris à se battre, elle a pansé mes plaies. Mais ce fragile équilibre qui est né d'un lien si fort, si précieux, n'a pas tenu le choc. Les arguments de la partie adverse ont eu raison de nous. Elle a cessé de se battre, elle est rentrée dans le rang, j'ai été anéanti.

Tu crois vraiment que c'est le moment de ressasser ?!

Joseph a terminé son speech et me demande si j'ai quelque chose à ajouter. Je réponds par la négative en lui faisant un signe de tête, puis lance un dernier regard en direction d'Alma. Elle vient de se lever et a failli défigurer sa collègue – Sophie Quelque Chose – en lui rentrant dedans. Je ne peux réprimer un sourire. Sa maladresse, comment l'oublier ? Pas le temps d'y penser. Je dois quitter les lieux au plus vite, avant qu'il se passe quoi que ce soit entre elle et moi. Je m'apprête justement à m'esquiver quand Maximilian Finn apparaît à mes côtés…

Je l'ai engagé il y a deux ans parce qu'il était novice, pas encore formaté par l'industrie du cinéma, pas encore aveuglé par les étoiles d'Hollywood. Je recherchais quelqu'un de simple, de franc du collier, qui ne serait pas tenté d'aller fouiller dans mon passé. Maximilian sait où est sa place, il travaille dur, il est à la hauteur de mes exigences et rien que pour ça, je lui suis redevable.

– Nous avons deux heures devant nous avant le prochain rendez-vous, Mr King, m'annonce l'assistant. Vous souhaitez visiter les locaux ?

Comme si j'allais prendre le risque de la croiser…

– Non, je suis attendu. Tu peux rester, je n'en ai pas pour longtemps.

– Très bien, je préviens le chauffeur ! dit-il en dégainant son BlackBerry.

– Qu'est-ce que vous diriez d'une coupe de champagne ? Ou d'un scotch de douze ans d'âge ? m'interpelle Wilson alors que je passe la porte de la grande salle de réunion.

– Une autre fois Joseph, je dois me rendre dans le XIVe.

– Très bien, laissez-moi vous raccompagner.

C'est vraiment nécessaire ?

Le trajet jusqu'à ma berline noire, stationnée sur les Champs-Élysées, semble prendre une éternité. Le directeur m'inonde de compliments d'une banalité affligeante et – il faut le dire – me cire les pompes tout du long. Je l'écoute distraitement, obnubilé par mes retrouvailles avec Lancaster.

Ce même nom qui m'a hanté pendant tant d'années...

Et que j'aurais préféré ne plus jamais prononcer.

Faux ! La retrouver, ça m'a obsédé pendant des années !

Même si je n'ai rien fait pour... Par peur d'être rejeté...

Impossible d'oublier son premier amour. Surtout quand aucune femme rencontrée depuis ne lui arrivait ne serait-ce qu'à la cheville. J'ai beau m'échiner à la critiquer, à faire la liste de ses défauts, à lui reprocher tout et son contraire, Alma a battu la totalité de mes conquêtes à plate couture. Sans même essayer. Grace Montgomery, qui partage la plupart de mes nuits depuis quelques mois, n'a aucune chance de la détrôner. À vrai dire, ce n'est pas ce que je lui demande, c'est plus simple comme ça. Une relation saine, sans promesse ni reproche. Mais il a fallu que le destin remette Alma sur mon chemin, l'agite à nouveau sous mon nez. C'est cruel. Comme mettre le plus succulent *single malt scotch* sous le nez d'un alcoolique en voie de guérison.

– Mr King, si vous avez besoin de quoi que ce soit, n'hésitez pas ! lance Wilson en me serrant la main.

Que tu arrêtes de faire ton show, pour commencer...

– Merci Joseph. Bonne fin de journée, dis-je sobrement en m'engouffrant dans la voiture.

Je salue Henri, mon chauffeur, et le véhicule démarre en trombes, me donnant enfin l'occasion de souffler. Enfin, pas tout à fait. Je jette un coup d'œil dans le rétroviseur, par réflexe, et repère immédiatement sa silhouette. Alma. Elle a dû descendre à toute vitesse. Pour... moi ?

Dix fois que je fixe furieusement ma Breitling. Dix minutes que Wilson me gonfle prodigieusement et que je n'attends qu'une chose : qu'elle arrive ! Ça n'a pas de sens, sachant que je ne compte ni la regarder en face ni lui adresser la parole, mais c'est ainsi. Ce rendez-vous doit avoir lieu, elle est la directrice adjointe de King France et certains sujets urgents doivent être débattus. Joseph fera office d'intermédiaire.

C'est en tout cas ce que j'avais décidé avant que ce dernier ne sorte l'artillerie lourde. Ses courbettes et ses remarques mièvres vont avoir ma peau. Une minute de plus en tête-à-tête avec lui et je lui fais bouffer sa cravate *« fashion »*.

La porte du bureau s'ouvre enfin, Alma manque de s'étaler à mes pieds mais parvient à se stabiliser à la verticale. Dommage. Une chute aurait pu détendre l'atmosphère.

Mais qu'est-ce que je raconte ?

Sa petite robe anthracite. C'est la première chose que je remarque. Assez courte, près du corps… redoutable. Je détourne rapidement les yeux pour ne pas me laisser déborder par mes battements de cœur qui s'accélèrent. Ne pas la saluer, me rapprocher de la fenêtre et étudier la vue en lui tournant le dos : passer pour un enfoiré ne me pose pas de problème. Ma priorité, c'est de garder mes distances pour ne rien laisser paraître… Mon trouble. Mon amertume. Mes sentiments qui resurgissent. L'envie de la prendre dans mes bras. De voir se dessiner ce sourire qui me désarme, qui me tourmente encore dans mes rêves.

Ça va mal finir…

Entendre Joseph faire l'éloge de mon ex, comme si je ne la connaissais pas, est plus dur à supporter que ce que j'imaginais. Je rends coup pour coup et remets le directeur à sa place à plusieurs reprises, sans prendre de pincettes. Il a beau me sortir par les yeux, je ne suis pas sûr qu'il mérite d'être traité avec autant de mépris. Il encaisse docilement, sans broncher, sans tenter de se rebeller. Soit il est fou, soit il veut vraiment aller loin. L'ambition est une arme pour certains, à condition de savoir s'en servir. Son téléphone sonne, il décroche, attend je ne sais quoi, puis disparaît en s'excusant.

Rien ne se passe comme prévu !

Je sens la présence d'Alma dans mon dos. Agaçante. Déroutante. Excitante. Son odeur, aussi. Cette foutue odeur de fleur d'oranger qu'elle porte depuis toutes ces années et qui flotte dans les airs partout où elle se trouve. Qui me donne envie de humer sa peau, de la toucher, de la caresser, de m'y perdre… Dans la rue, le feu passe au vert et les voitures démarrent. Tourné vers la fenêtre, je tente de me concentrer sur ce spectacle banal, ennuyeux, plutôt que sur ce qui se trame derrière moi.

Soudain, sa voix remplie d'émotion me fait presque sursauter.

– Nous voilà, douze ans après.

Bravo, tu sais compter. Tu n'as rien trouvé de mieux ?

– Je pensais ne jamais te revoir.

Moi non plus. Et ça m'aurait arrangé.

– J'ignorais que tu étais le PDG… et que j'allais travailler pour toi.

Si c'est un problème, je peux immédiatement y remédier…

– Tu as changé de nom ?

Perspicace.

– Vadim ! lâche-t-elle cette fois, presque en criant.

Je me retourne, prêt à affronter son regard. Je m'attends à faire face à une guerrière, une combattante, mais c'est tout le contraire. Elle a l'air perdue, démunie, elle semble presque effrayée. J'ai envie de céder. Avancer jusqu'à elle et prendre son visage entre mes mains. Serrer son corps sans défense contre le mien, la rassurer, lui promettre que tout va bien se passer. Mais je parviens à me maîtriser. Comment ? En me persuadant – sans vraiment y croire – qu'elle cherche à me manipuler… à se faire passer pour la victime. Qu'elle veut se faire consoler sans l'avoir mérité. Qu'elle m'a brisé le cœur et que je suis incapable de lui pardonner.

Je veux te faire mal comme tu m'as fait mal, Alma…

Je veux que tu connaisses la trahison, la douleur, celle que rien n'apaise, que rien ne guérit !

– Quelle ironie ! Tu m'as jeté il y a douze ans, aujourd'hui, c'est moi qui ai ce pouvoir, dis-je, la mâchoire crispée par la colère.

Si seulement c'était vrai. Si seulement il me suffisait de

claquer des doigts pour que les souvenirs s'effacent, les sentiments se dissolvent, son empreinte disparaisse à jamais. Mais la virer sur-le-champ ne résoudra rien. Mon cœur ne cessera pas de battre pour elle, je ne trouverai pas la paix en l'éloignant de moi. Cela fait plus de dix ans que je tente de l'oublier, que je me focalise sur mon boulot, que je me démène comme un acharné pour ne plus penser. Quoi que je fasse, quels que soient les moyens que j'emploie, quel que soit le nombre de conquêtes que j'ai invitées dans mon lit juste pour avoir de la compagnie, elle est toujours là. Dans mes pensées, dans mes entrailles, elle s'accroche, malgré elle, malgré moi.

Déterminé comme jamais, obstiné comme toujours, je sors du bureau sans me demander si je prends la bonne décision. Impossible de revenir en arrière, de retirer les mots froids et cruels que je viens de lui adresser. Besoin d'air. J'emprunte le long couloir qui me mène jusqu'aux ascenseurs, mes talons font craquer le vieux parquet en bois, je fais signe à Maximilian de ne pas me suivre, il me comprend, j'atterris au rez-de-chaussée et quitte le building sans me retourner. En créant cette nouvelle filiale, en débarquant à Paris, je pensais aller de l'avant. Au lieu de ça, je viens de replonger dans mon passé et me retrouve pieds et poings liés. À elle. J'en viens à me demander si finalement, mon inconscient n'a pas tout prémédité…

2

Vadim, ces lettres étaient pour toi

8 octobre 2002

Pourquoi est-ce que je t'ai quitté ?

Je me pose chaque jour la question. Toutes les réponses qui me viennent, tu les détesterais : « Parce que ma famille faisait pression, parce qu'on n'était pas du même monde, parce que ta vie était trop compliquée, la mienne trop rangée. » Je les déteste aussi.

Il y a très exactement un an, nos chemins se sont croisés. Ta gueule d'ange et ton perfecto de mauvais garçon m'ont attirée. Ton envie, ta fougue, ta liberté m'ont effrayée. Ta solitude, ta souffrance, ta sensibilité m'ont bouleversée. Moi, j'ai tout gâché : j'ai dit stop alors qu'entre nous, ça ne faisait que commencer.

Il paraît qu'à 18 ans, on est trop jeune pour aimer. À cause d'un manque de maturité et d'expérience, ou un truc comme ça. C'est ce que j'ai lu dans un magazine. Je sais, si tu avais été avec moi ce jour-là, tu te serais moqué de mes lectures de midinettes. En tout cas, ensemble, on aurait pu prouver au monde entier que l'âge n'a rien à voir avec tout ça. Que les sentiments ne se commandent pas, qu'ils vous tombent dessus sans vérifier si vous avez dépassé ou non la majorité.

Je voudrais juste recevoir un signe de toi. Croiser ton regard moqueur. T'entendre rire. Passer ma main dans tes cheveux bouclés. Sentir la chaleur de tes lèvres contre les miennes. La force de tes bras qui m'enserrent. Savoir que tu vas bien, que tu penses à moi parfois, que tu as conscience d'avoir changé ma vie… en bien.

J'ignore où tu te trouves, ce que tu fais. Mon cœur se serre à chaque fois que je réalise que je ne te reverrai probablement jamais. Quand la tristesse me submerge, je t'imagine sur ce ponton, à Santa Monica. Face à la mer, libre comme l'air, tu observes l'horizon, fier, des rêves plein la tête. J'espère qu'ils deviendront réalité, Vadim, et que rien ni personne ne t'empêchera d'être toi.

Tu me manques cruellement. Le temps passe mais tu restes là : si loin et si près à la fois.

Alma

8 octobre 2003

Vadim,

je n'ai toujours aucune nouvelle de toi et pourtant j'ai l'impression de te parler chaque jour, comme si on ne s'était jamais quittés. Nos souvenirs me suivent à la trace. Mes sentiments refusent de se dissiper. Est-ce que c'est pareil de ton côté ?

Il y a deux ans, notre rencontre inattendue a tout changé. Abrams a fait de toi mon binôme. J'ai alors décidé de saisir ma chance et de voir la vie différemment, à travers tes yeux. Avant j'observais le monde en noir et blanc, tes yeux m'ont appris à reconnaître et à apprécier le gris.

J'essaie de ne pas trop y penser, de ne pas me laisser bouffer par les regrets, mais tu me manques atrocement. Tout me manque : ta tendresse, ton humour, tes petites manies qui me faisaient rire, tes défauts qui me faisaient râler, tes coups de colère, de folie. Tu n'étais assurément pas comme les autres, Arcadi.

Tu repenses à nos « cap ou pas cap » ? J'ai eu un flash-back, l'autre jour. Après les cours, Clémentine m'a forcée à l'accompagner dans un café aux pieds de la tour Eiffel (pour espionner un mec de la fac déjà casé, évidemment…). Bref, la serveuse était tellement désagréable que j'ai hésité à lui balancer mon verre d'eau en pleine tronche. Quand j'ai réalisé que ça m'était déjà arrivé, j'ai ri sans plus pouvoir m'arrêter. Le Sunset Café, je m'en souviens comme si c'était hier.

Il y a des jours avec et des jours sans. Des jours où j'arrive à sourire, d'autres où les souvenirs sont trop douloureux, ton absence trop cruelle.

Deux ans plus tard, je t'aime encore comme au premier jour. C'est grave, tu crois ?

Alma

8 octobre 2004

Vadim,

ça fait trois ans, maintenant. Je continue de t'écrire, sans savoir si cette date du 8 octobre t'évoque quelque chose ou pas. Qui sait ? Peut-être que tes pattes de mouche s'adressent à moi sur une feuille blanche, quelque part là-bas. Où que tu sois…

Non, je n'y crois pas. Tu m'as probablement oubliée, trop occupé à trier les filles qui se jettent à tes pieds. Évidemment, je ne peux rien te reprocher, mais cette idée me rend folle. Qui m'a remplacée ? Qui prend soin de toi, te fait perdre la tête, te fait rire, te fait hurler ? Je ne sais pas pourquoi, mais j'espère qu'elle ne me ressemble pas. C'est con, j'en ai conscience, mais ça me donnerait l'impression de compter. Encore un peu, malgré les années…

Où est-ce que tu en es ? Qu'est-ce que tu fais ? Tu te rapproches peut-être de ton rêve, petit à petit. J'admirerai bientôt ton nom placardé sur une affiche de ciné. « Réalisateur : Vadim Arcadi. » J'en ai la chair de poule.

Tu verrais où j'en suis, tu froncerais les sourcils et m'enverrais l'une de tes phrases assassines. *« Une école de commerce, Lancaster ?! Tu n'as rien trouvé de mieux pour satisfaire papa ? »* Oui, bon, tu n'aurais pas tort, on est loin des cours d'Abrams et de l'effervescence créatrice de UCLA. Mais crois-moi, je serais déjà partie en courant si je n'avais pas pu choisir une spécialisation photo-ciné-son. Le cinéma, ma future carrière, c'est ça qui me fait tenir… et qui nous permettra de nous retrouver, un jour, si les miracles existent.

Je ne devrais pas, mais j'y crois toujours. Toi et moi, Arcadi, ça me poursuit… Toi aussi ?

Alma

8 octobre 2005

Vadim,

je viens d'aller voir *Broken Flowers*, réalisé par Jim Jarmusch. J'imagine que toi aussi. Je crois me souvenir que tu adorais ses films et sa manière de dépeindre des « voyages immobiles ». Lily n'a pas arrêté de bâiller (les effets secondaires de sa crise d'ado façon « tout m'ennuie »), je suis restée scotchée du début à la fin.

J'aurais aimé avoir ton avis. Savoir ce que tu as pensé de Bill Murray, du chamboulement intérieur vécu par son personnage, de sa quête existentielle pour retrouver une famille qu'il n'a pas. Bref, toutes ces choses dont on parlait une fois l'écran éteint et les sièges vidés. Ces débats houleux, chaotiques, où chacun de nous se battait pour avoir le dernier mot. Tu étais si passionné, si engagé ! Après chaque engueulade, je repartais en t'admirant un peu plus. En t'aimant un peu plus fort.

Tu me connais, je n'ai pas pu retenir mes larmes. La chanson inaugurale du film dit : *There is an end.* « Il y a une fin. » Pour nous aussi ? J'ai beau me raisonner, je n'arrive pas à l'accepter. Quatre ans ont passé depuis notre coup de foudre et le temps se joue de moi. Il avance parfois en accéléré. Parfois au ralenti. Il me guérit, puis me blesse à nouveau. Tu es toujours là, quoi que je fasse.

À part à Clémentine, je ne parle de toi à personne. Ça va finir par la gonfler, mais j'ai besoin d'extérioriser, d'exprimer le manque qui, certains jours, m'empêche de respirer. Là encore, je reste partagée. Entre l'envie de me libérer de ces souvenirs qui me pèsent, de ta présence qui me hante et la peur de t'oublier.

T'oublier ? Même dans vingt ans, je ne suis pas sûre d'y arriver…

Alma

8 octobre 2006

Vadim,

toujours et encore moi. Je t'imagine en train de soupirer *« Après cinq ans, il serait vraiment temps que tu passes à autre chose, Lancaster ! Trouve-toi un hobby, fais du poney, va à la piscine, mets-toi à la batterie ! »*. Mais non, il faut croire que j'ai été programmée pour t'aimer à jamais. Et regretter ma trahison jusqu'à mon dernier souffle. Culpabiliser ne me mènera à rien, je le sais, mais je voudrais tant que tu saches… Que si c'était à refaire, je n'écouterais pas tous ceux qui voulaient nous séparer. Je refuserais d'être influençable et ferais mes choix librement.

Toi, Vadim, c'est toi que je choisirais. Le danger, mais aussi le bonheur, le challenge, le plaisir, la liberté. Sans aucune hésitation. Pas cette vie trop sérieuse, trop respectable, dans laquelle je me suis enlisée.

Je n'ai pas à me plaindre, j'ai un boulot, ma famille, plein d'amis, quelques aventures par-ci par-là, mais il me manque l'essentiel. La passion, l'excitation, la spontanéité, la surprise. On m'a toujours appris à réfléchir plutôt que ressentir, je n'ai pas osé me rebeller et notre histoire en a fait les frais.

J'ignore toujours tout de ta vie. J'ai fait des recherches sur Internet, je n'ai rien trouvé. Où as-tu disparu ? Dans quel coin du monde habites-tu ? Qui gravite autour de toi ? Je donnerais tout ce que j'ai pour être à leur place…

Je pense à toi chaque matin, en vaporisant un peu de fleur d'oranger derrière ma nuque et sur mes poignets. Cette odeur et tous les souvenirs qu'elle représente, je les emporte partout avec moi. Ils me valent des compliments, parfois, et c'est à toi que je les dois.

Tu me manques éperdument, mais est-ce la peine de le préciser ?

Alma

8 octobre 2007

Vadim,

rassure-toi, cette lettre sera la dernière. J'en ai assez dit, sûrement trop et je dois me faire une raison. Il y a encore tant de choses dont je voudrais te parler, mais ma psy m'a déconseillé de faire durer le supplice. Oui, j'ai voulu tenter quelque chose de nouveau. Consulter un professionnel pour avancer, cesser de contempler mon passé avec des yeux de Caliméro. Te connaissant, tu dois être plié de rire. Ou consterné.

Vadim Arcadi ne se confie pas, ne demande d'aide à personne. Non, Vadim Arcadi préfère garder ses émotions pour lui et gérer les aléas de la vie comme ils viennent. Je ne suis pas comme toi, tu l'as toujours su. J'ai besoin d'être encadrée, rassurée, de savoir que je m'oriente dans la bonne direction avant de me lancer. Avec toi, c'était différent. Je me sentais protégée, je savais qu'à tout moment je pouvais sauter… Tu étais là pour me rattraper.

Ces sessions d'introspection m'auront au moins permis d'accomplir quelque chose. Accroche-toi, ça va te plaire ! Il y a quelques semaines, j'ai enfin réussi à me détacher de l'emprise de mon père. Edward Lancaster a fait jouer ses relations pour me trouver un job « plus glorieux qu'assistante dans une micro-société de films indépendants », je lui ai dit… NON !

Tu lèves probablement les yeux au ciel en lisant ça, mais peu importe. Une victoire à la fois, non ?

Quoi que tu entreprennes, j'espère que tout te réussit. Que la passion ne t'a pas quitté. Que les personnes qui défilent dans ta vie t'apportent tout l'amour que tu m'as donné… et que j'ai laissé filer.

Je t'aimerai toujours, Vadim Arcadi.

Ne m'oublie pas. Pas encore. Six ans, ce n'est pas assez.

Alma

8 octobre 2008

Vadim,

les bonnes résolutions sont faites pour ne pas être tenues, non ? J'admets, je n'ai pas résisté. J'étais pourtant bien décidée à ne plus t'écrire, mais à quoi bon me priver, si c'est pour encore plus y penser ?

L'année qui s'est écoulée a été pleine de bonnes surprises. Une promotion : je suis passée d'assistante à productrice. Une belle rencontre : Niels, mon collègue et mon boy-friend… totalement gay, dont tu apprécierais sûrement l'humour noir et décalé. Et le jackpot pour Clémentine : il s'appelle Yann, a tout pour plaire et semble assez patient et amoureux pour la supporter.

Sept ans. Tu te rends compte ? Je nous revois à nos bureaux, dans cette salle de classe, prédisposés à nous détester. Ton regard noir, mon visage crispé. Puis les piaillements de Clem et de Lily. Les cris et coups de gueule d'Abrams, de Tim, de Basile. La moue désapprobatrice de mon père, les remarques agacées de Felix, les remises à l'ordre de Keith. Et nous deux, plus fous à lier et obstinés que tout ce petit monde réuni.

Tout ça, je vais l'emmener avec moi. Direction l'Australie pour un mois avec Niels et Clémentine ! C'est avec toi que je voulais parcourir le monde, mais j'essaie de ne pas y penser. Même si une infime part de moi espère te croiser là-bas. Tu aimais ça, les koalas…

Quelles sont nos chances de nous recroiser un jour, au hasard de nos routes ? Remarque, ce serait sûrement trop beau pour être vrai…

Alma

8 octobre 2009

Vadim,

je te rejoins sur un point. *Titanic* n'est pas une romance banale à pleurer. J'avais besoin de le revoir pour m'en assurer. C'est fait : Lily m'a forcé la main, mais je ne regrette rien. Et puis j'ai profité de l'océan, en pensant à toi. Et en mangeant des Skittles.

Pareil pour *Forrest Gump*, qui n'a définitivement pas volé ses six Oscars. Tu disais envier les simples d'esprits, moi c'est les cinéastes que j'envie. Ceux qui ne sont jamais à court d'idées, d'envies, de projets, qui versent sang et larmes pour la beauté du septième art. Tu fais peut-être partie de ces brillants faiseurs d'images… Je sais que tu en as le talent.

Toujours ces mêmes questions qui m'obsèdent. Toujours cette absence de réponses, d'indices, de signes. J'ignore tout de ta vie, de tes tribulations, de tes coups de cœur, de tes coups de blues. Je me console comme je peux, en me disant que tu es un battant, que tu iras jusqu'au bout pour obtenir le meilleur.

Le manque s'en va, revient… après huit ans.

Alma

8 octobre 2010

Vadim,

neuf ans après notre première rencontre, il fallait que je tourne la page. Rassure-moi, tu l'as fait, toi aussi ?

Enfin, tourner la page, c'est un bien grand mot. Disons que j'ai rencontré quelqu'un et que j'ai décidé de lui donner une chance. Parce que c'est un mec bien, mais aussi parce que je ne peux pas continuer à vivre une histoire d'amour avec un fantôme. C'est ce que tu es, Vadim. Une ombre tantôt grisâtre, tantôt flamboyante, qui me suit partout, qui me hante jour et nuit, qui me pousse à aller de l'avant… puis finit toujours par me retenir.

Si seulement tu étais là, je n'aurais pas à faire ce choix.

Raphaël prend soin de moi, il me fait rire, il m'aide à me projeter dans la vraie vie, pas seulement dans celle que j'aurais rêvé avoir. Il ne te ressemble pas, ni de loin, ni de près, il ne m'émeut pas, ne me transporte pas comme tu le faisais, mais il m'aime comme je suis. C'est un bon début, non ?

Je voudrais t'oublier, je voudrais fermer les yeux, les rouvrir et ne plus te voir. Peut-être qu'à force, tu disparaîtras ?

Bientôt dix…

Alma

8 octobre 2011

Vadim,

cette lettre sera plus courte que les précédentes. Pas parce que tu as disparu de mes pensées, mais parce que je n'ai pas la force de regarder en arrière. Pas cette année, même si nos dix ans méritaient sûrement mieux.

J'attendais un enfant, je l'ai perdu. Je ne suis pas la première femme à qui ça arrive, mais je me sens coupable. Parce que pendant ma grossesse, je me suis posé la même question des dizaines de fois : qu'est-ce qui serait arrivé si je ne t'avais pas quitté ? Ensemble, nous aurions peut-être eu un bébé. Ou plusieurs.

Du coup, je me demande si ce n'est pas moi, mes doutes, mes peurs, qui ont fait que ce bébé s'est en allé.

Toi aussi, tu as perdu des êtres chers. Tu crois qu'on s'en remet, un jour ?

Alma

8 octobre 2012

Vadim,

voilà onze ans que je t'écris à cette date précise, que je te confie mes secrets les plus intimes, mais aussi les détails les plus dérisoires. Que je dépose ma vie sur le papier pour t'en donner un aperçu. Que je fais des spéculations sur la tienne.

Que je remue le passé en espérant le retrouver.

À quoi bon ? Ces lettres, je ne les ai jamais envoyées. Même si j'avais une adresse, une manière de te les faire parvenir, je ne sais pas si j'oserais. J'ai conscience du mal que je t'ai fait en trahissant mes promesses, en quittant L.A. et en te laissant derrière moi. Mais tu n'as pas idée de la souffrance que cela m'a causée.

Tu étais mon premier amour, Vadim Arcadi. À ce jour personne n'est parvenu à te remplacer. Parce que ta folie clashait parfaitement avec ma retenue. Ta liberté avec ma cage dorée. Ton courage avec mon appréhension. Ton ouverture d'esprit avec mon ignorance. Les opposés s'attirent, c'est une évidence, mais tu étais bien plus que mon contraire. Tu étais celui que j'attendais, tu es celui que j'attends toujours.

Maintenant, je suis prête à affronter l'avenir, à sauter vers l'inconnu les yeux fermés.

Où que tu sois, viens sauter avec moi.

Alma

8 octobre 2013

Vadim Arcadi… Vadim King…

Tes yeux gris se sont à nouveau posés sur moi.

Tes lèvres tendres et avides ont remplacé les souvenirs de nos baisers.

Plus besoin d'écrire !

Avec toi je veux vivre, partager, aimer, te le dire, pleurer, sourire, crier, souffrir, oublier, courir.

Ne plus fuir.

Douze ans que j'attends, douze ans que je t'aime. Cap ou pas cap de me pardonner, de tout recommencer ?

Alma

3

Les confessions de Vadim

Le cabinet du Dr Elizabeth Bloom a quelque chose d'apaisant, d'aérien. Blanc immaculé du sol jusqu'au plafond, en passant par son redoutable sofa – qui tente à chaque fois de m'aspirer – et son bureau parfaitement laqué – d'où elle me scrute, retranchée derrière ses lunettes demi-lune. Une fois par semaine, je m'installe face à elle et je décolle. Impression de flotter sur un immense nuage.

Elizabeth est une très belle femme d'une cinquantaine d'années. Elle ne fait pas plus, ni moins. Une beauté distinguée, racée, assortie de tenues sobres mais pointilleuses. Elle a le sens du détail, maîtrise les codes de la mode sans jamais se tromper. Originaire de Pasadena en Californie, elle a décidé il y a dix ans de s'installer à Paris. C'est pour ça que je l'ai choisie. Parce qu'elle est déracinée, comme moi. Et pour la dizaine de diplômes qui trônent sur les quatre murs de son cabinet.

– Je comprends que vous vous soyez installée dans ce quartier, commenté-je en fixant la double-fenêtre donnant sur la rue quasi déserte. Historique, calme, ordonné, sans mauvaise surprise. Je songe à m'acheter un appartement dans le coin.

Avenue de La Bourdonnais, dans le VIIe arrondissement de la capitale. À deux pas du Champ de Mars et de la tour Eiffel.

– Je pensais que vous opteriez pour un cadre plus vivant,

plus stimulant. Le quartier du Gros-Caillou n'est pas exactement le plus riche en événements, s'étonne-t-elle en gribouillant sur sa feuille blanche.

– Je me vois bien, ici…

– Seul ?

– Vous n'en avez pas marre d'entendre parler d'elle ? m'amusé-je en souriant.

– Non. Je suis là pour ça, Vadim. Pour vous permettre d'extérioriser, de mettre des mots sur ce que vous ressentez.

C'est justement le problème…

– Alma n'aimerait pas vivre ici, je crois, reprends-je à voix basse.

– Pourquoi dites-vous ça ?

– Elle aime le bruit, le mouvement, les rencontres fortuites, les bars bondés. Elle dirait que c'est trop lisse, trop silencieux, trop mort. Elle s'ennuierait.

– Vous n'aspirez pas aux mêmes choses ?

– Je ne sais pas. J'ai parfois peur de ne pas lui suffire. Je ne suis plus l'aventurier un peu barré que j'étais avant. Je me suis assagi… enfin, j'ai essayé. Et vu mon emploi du temps, les occasions sont rares.

– Vous seriez prêt à faire des concessions pour elle ? À faire d'Alma votre priorité ?

– C'est déjà le cas. Même si ça n'est pas toujours flagrant.

– Elle le sait ?

– Non.

– Pourquoi le lui cacher ?

– Elle ne demande pas. Je crois que la situation lui convient comme ça.

– Vous pensez que ça lui est égal ?

– Quoi donc ?

– De vivre une relation avec un homme obsédé par sa vie professionnelle.

– Je suis chef d'entreprise, j'ai des responsabilités. Je veux réussir pour mon estime personnelle, certes, mais je le dois aussi à mes employés.

– C'est compréhensible. Vous ne pensez pas que ça vous éloigne ?

– Non. Alma est aussi investie et ambitieuse que moi.

– Vous êtes donc compatibles sur ce point. Qu'est-ce qui vous empêche d'avancer ? De vivre votre histoire librement, sans secret et sans cette hantise que l'existence de votre couple soit découverte ?

– Tout le reste.

– Le passé ? La presse ? Votre célébrité ?

– Nos… familles, dis-je en déglutissant.

– Oublions la sienne un instant. Vous faites allusion à votre enquête pour élucider le meurtre de vos parents ?

– Oui.

– C'est un obstacle entre vous ?

– Tant que la vérité n'aura pas éclaté, je ne serai que l'ombre de moi-même. Alma mérite mieux que ça.

Elizabeth Bloom sait tout. Dans les moindres détails. Je ne lui ai rien caché, je n'ai pas cherché à me faire passer pour quelqu'un d'autre. Trois cents euros par heure pour débiter des mensonges : ça ferait cher la séance. Même pour un millionnaire. De plus, elle est tenue au secret.

– Parlez-moi de Dimitri Monkov, dit-elle d'une voix légère, probablement pour m'épargner.

– Je ne suis pas venu pour parler de ça. Pas aujourd'hui.

– C'est encore trop frais ? J'ai conscience que vous l'avez revu récemment pour la première fois…

– Oui, grondé-je en lui coupant la parole. Et je n'ai rien de sensé, ni de raisonné à raconter à ce sujet.

À part que je veux le faire morfler…

– Vadim, vous êtes là pour me confier certaines informations, ensuite c'est à moi de vous aider à les analyser. C'est dans votre intérêt pour que vous quittiez mon cabinet l'esprit plus léger, plus serein. Cet homme était le meilleur ami de votre père, c'est bien ça ?

– Je comprends vos intentions Elizabeth, mais ne suis pas sûr de vouloir coopérer, soufflé-je, un sourire en coin. Question suivante… Qui ne concerne pas mes parents, si possible.

– La décision vous revient, cela va de soi. Mais il faudra que nous en reparlions tôt ou tard, ajoute-t-elle doucement, en griffonnant à nouveau.

Jusque-là – j'ai déjà une vingtaine de séances à mon actif – le Dr Bloom ne m'a jamais agacé au point de me faire claquer la porte. Avant elle, une flopée de psys – soi-disant réputés – a tenté de me faire entendre toutes sortes de vérités, mais aucun n'a su me retenir. Je suis un homme difficile, j'en ai conscience. Ce « détail » n'a pas échappé à Elizabeth, qui sait quand insister et quand ne pas.

– Et si vous me parliez de Maximilian Finn ? lâche-t-elle en attirant à nouveau mon attention.

– Mon assistant ? Juste un traître parmi tant d'autres… souris-je ironiquement, encore une fois.

– Vadim, on vous a déjà dit que l'ironie était une insulte déguisée en compliment ?

– Aucun compliment le concernant. D'ailleurs, selon moi, l'ironie est plutôt une sorte de clairvoyance.

– J'en déduis que vous êtes un homme très clairvoyant, Mr King… plaisante-t-elle sans vraiment le montrer. Vous avez beau le nier, son comportement a dû vous blesser.

– Me blesser ? Non, ce n'est pas exactement ça. Me décevoir, à la limite. Je le pensais droit et honnête. Mais il n'est pas irremplaçable, loin de là.

– Vous suspectez la majorité des gens d'en vouloir à votre argent ?

J'aurais dû m'y attendre, à celle-là…

– Non, pas vraiment. Je ne suis pas parano, mais pas naïf pour autant. Je sais l'effet que peuvent produire quelques billets de banque sur des personnes vénales ou fragiles. Je n'ai pas toujours été riche, je vous le rappelle. À l'époque, j'aurais peut-être été capable de faire la même connerie que Max. Une erreur de jeunesse, on va dire.

– Pas de rancœur ? D'envie de vengeance ?

– Non. J'ai des avocats et des détectives privés, pour ça ! ris-je.

– C'est-à-dire ?

– Mes cinq millions vont m'être rendus intégralement.

– Et une fois que ce sera fait, vous serez prêt à tout oublier ?

– Oui. J'ai d'autres chats à fouetter.

– Comme ?

– Vous le faites exprès… grogné-je en levant les yeux au ciel. Je compte me focaliser sur ce qui est important, sur ce qui compte.

– …

Elle veut que je lui fasse un dessin, ou quoi ?!

– Alma Lancaster, Dimitri Monkov, King Productions. La routine, quoi… finis-je par lâcher péniblement, pour répondre à son silence.

– Je vois. Et engager un nouvel assistant, j'imagine ? ajoute Elizabeth en remontant légèrement ses lunettes du bout du doigt.

– C'est en cours, en effet.

– Vous allez réussir à accorder votre confiance à un étranger ? Encore une fois ?

– Je ne pense pas avoir le choix…

– Cela ne doit pas être évident.

– Non, ça ne l'est pas. Mais je ne vais pas refaire l'erreur d'embaucher quelqu'un sans références.

– Quand bien même… Vous ne serez jamais sûr de lui à 100 %.

– Qu'est-ce que vous préconisez ? Je suis tout ouïe, Elizabeth, dis-je un peu agacé.

– Je n'ai pas de solution. Je vous fais juste remarquer que la confiance constitue l'un de vos points faibles.

– J'ai mes raisons…

– Oui. Cela remonte probablement au décès de vos parents,

puis à la première personne à qui vous avez montré votre vrai visage. Et qui vous a trahi. Ce sont vos mots, pas les miens.

– Alma, articulé-je en sentant poindre une certaine émotion.

– Alma, répète-t-elle en hochant la tête.

– On en revient toujours là…

– Oui. Parce qu'elle fait partie de votre présent, mais aussi de votre passé. C'est la seule personne, à ce jour, à connaître toutes vos facettes, à vivre consciemment aux côtés de King, mais aussi d'Arcadi.

– Et ?

– Et de ce fait, je pense qu'elle seule pourra vous aider.

– À quoi ?

– À accepter tout ce qui vous est arrivé. À passer outre, à construire autre chose, à avancer.

– Elle n'a rien à voir avec mes parents !

– Non, mais elle représente votre seule famille. Du moins, ce que vous avez de plus proche.

– Et si je ne veux pas qu'elle m'aide ? demandé-je difficilement, comme si cette simple idée me brûlait les lèvres.

Foutue fierté…

– Si mon passé, mes blessures me rendaient moins désirable à ses yeux ? reprends-je d'une voix peu assurée, le regard dans le vague.

– Vadim, regardez-moi. Vous croyez vraiment qu'elle ne vous voit pas clairement ? Vous avez beau lui cacher certaines vérités, elle vous connaît. Par cœur. Elle sait à qui elle a affaire !

– Je refuse de revivre le passé, de jouer à nouveau le rôle du mec torturé, qui se confie à sa petite amie pour se soulager, qui pleure sur son épaule pour oublier. C'est à moi de la rassurer, cette fois, à moi de la porter, de la tirer vers le haut.

– Et la réciprocité ?

– Je ne vous suis pas… demandé-je, un peu perplexe.

– C'est ce que vous n'avez pas compris. Que vous vous obstinez à ne pas comprendre. En amour, en amitié, c'est donnant-donnant. Peu importe votre expérience, votre passé, les bagages que vous traînez derrière vous. Vous devez vous ouvrir, vous devez accepter de dévoiler vos failles, vos faiblesses, sinon ça ne fonctionnera pas. Ni avec Alma ni avec aucune autre.

– Je pensais avoir changé. Avant de la retrouver, j'étais un nouvel homme… Elle a réveillé certaines choses enfouies en moi, dis-je d'une voix sombre.

– Oubliez une bonne fois pour toutes cette perfection que vous souhaitez atteindre. Elle n'est qu'un leurre, elle n'existe pas. Alma, c'est votre chance ! Saisissez-la ! Elle vous aime comme vous êtes, elle ne vous demande pas de changer, elle ne s'arrête pas au play-boy millionnaire que vous tentez de personnifier !

– Avec Grace et avec les autres, celles d'avant, c'était faux, mais c'était… moins terrifiant.

– C'était faux tout ça, fabriqué, inventé, vous venez de le préciser vous-même. Vos précédentes conquêtes ne connaissaient pas le vrai Vadim, elles ne vous mettaient pas au défi de vous accepter, elles ne faisaient que vous éloigner de qui vous êtes vraiment. Elles vous permettaient de fuir la réalité, de vivre les yeux fermés. C'est ce que vous voulez ?

– Non. Je ne veux qu'elle… Alma. Tellement, que ça en est presque douloureux…

Ce n'est pas la première fois que j'en arrive à cette conclusion. Elizabeth sait pertinemment à quel point j'aime cette femme, et à quel point la décevoir m'est insupportable. Je l'ai perdue une fois, il y a douze ans, et je n'ai eu de cesse de me consoler dans d'autres bras, pour l'oublier, pour effacer son empreinte, ces délicats effluves de fleur d'oranger qui ne m'ont jamais vraiment quitté. Tout ça n'était que des mensonges, que des relations sans fondements, sans buts, sans avenir, qui visaient à le confirmer :

Alma Lancaster est mon âme sœur.

Putain, je parle comme une adolescente fleur bleue…

Et pourtant… c'est la triste vérité…

– Je crois pouvoir affirmer qu'Alma se fonderait parfaitement dans votre monde, je ne me trompe pas ?

Alors que l'assistante du Dr Bloom vient tout juste de me servir un café bien corsé – comme je les aime – la psy repart de plus belle. La porte imprimée de somptueuses moulures s'est à peine refermée que l'interrogatoire reprend.

Bordel, pas une seconde de répit…

Elle est redoutable…

– C'est exact. Elle me l'a prouvé à maintes reprises, à Paris comme à L.A. Mais je ne vois pas où vous voulez en venir, Elizabeth…

– Envisageons les choses dans l'autre sens. Vous pensez pouvoir faire de même ? Vous adapter à son environnement et vous faire accepter par ses proches ?

– Question piège, ironisé-je.

– Vadim, c'est important.

– Évidemment que c'est important, j'en ai conscience ! Mais je ne peux pas faire grand-chose quand je suis face à un mur !

– C'est-à-dire ?

– Je n'ai pas de problème avec Lily, sa petite sœur, ni avec sa mère. Enfin, je crois. Idem pour Clémentine, sa meilleure amie. Par contre, Edward et Basile Lancaster ne lâcheront rien. Ils me détestent et ça ne risque pas de changer.

– Son père et son frère aîné, c'est bien ça ?

– Oui. Lord Lancaster et Lord junior, ajouté-je en grimaçant.

– Je vois que le mépris va dans les deux sens…

– On récolte ce que l'on sème, dis-je gravement. Ils m'ont toujours pris de haut. Et je ne suis pas du genre à m'écraser… Ni à ramper.

– Je ne sous-entends pas que vous devriez faire l'un ou

l'autre. Mais pour Alma, est-ce que vous seriez prêt à envisager une… trêve ?

– Si c'est vraiment nécessaire… soupiré-je légèrement.

– Dès maintenant ?

– S'il le faut vraiment… soupiré-je plus lourdement.

– Vadim, je vous assure que vous en sortirez tous gagnants. Vous le premier. Faites en sorte de les rencontrer à nouveau, dans de meilleures conditions. Et, quoi qu'il se produise, gardez votre calme. Il vous arrive d'être trop impulsif, de manquer de recul…

– Je mets quiconque au défi de les supporter sans broncher, ces deux-là, ronchonné-je.

– Très bien ! Défi lancé… avec vous-même !

– Vous arrivez toujours à vos fins, Elizabeth ?

– J'essaie… sourit-elle de toutes ses dents.

Le Dr Bloom et moi ne sommes pas amis. Non, cela mettrait en péril notre relation médecin-patient. Mais au fil des séances, une certaine complicité s'est nouée entre nous. Je ne sens pas une once de curiosité malsaine en elle, seulement une perspicacité vive, un franc-parler parfois désarmant, une empathie peu commune et un profond altruisme. À l'origine, nos rendez-vous devaient être mensuels, mais leur effet déstressant, presque « purifiant » est devenu addictif, ce qui explique ma venue chaque semaine. Seul problème : à ce jour, Alma ignore encore tout de ces séances de thérapie.

– L'heure arrive à sa fin, lancé-je en enfilant ma veste. Votre dernier mot, Elizabeth ?

– Un conseil, plutôt : parlez de nos rendez-vous à Alma. Il n'y a pas de honte à avoir, bien au contraire. Elle devrait savoir, vous ne croyez pas ?

– Sûrement, oui… murmuré-je en craignant par avance la réaction de ma dulcinée.

– J'ai encore mieux à vous proposer… Un nouveau défi, ajoute la psy en se levant et en s'avançant en direction de la sortie. Lorsque vous vous sentirez prêt, venez avec elle.

– Ici ?

– Oui. À moins que vous ne décidiez de vous passer de moi, dit-elle en m'adressant un léger clin d'œil. J'ai conscience que cette proposition risque de vous faire fuir…

Mr King n'est pas du genre à dire « Pas cap »…

Vadim Arcadi non plus, d'ailleurs !

King… Arcadi… Voilà pourquoi j'ai besoin d'aller chez le psy !

4

Vadim et Alma : le face-à-face

Vadim n'a pas eu besoin de beaucoup insister pour que j'accepte une entrevue téléphonique avec sa psy. À l'autre bout du fil, les arguments du Dr Bloom m'ont convaincue. Elle n'y est pas allée par quatre chemins : « La communication, c'est votre point faible à tous les deux. Or, certains blocages peuvent disparaître en présence d'une écoute impartiale, d'une aide extérieure. Vous confier à une tierce personne vous permettra d'avancer, de vous ouvrir sans avoir peur d'être jugés. Alma, accepteriez-vous de me rencontrer ? »

Oui...

Mais pas sans lui !

Je pénètre dans le cabinet du 7e arrondissement, précédée de mon amant. J'observe rapidement le décor qui m'entoure. Propre. Mélange d'ancien et de moderne. Un peu froid. Aseptisé. Comme cette femme à qui je serre la main et qui m'esquisse à peine un sourire. Vadim m'avait prévenue : Elizabeth Bloom inspire le respect. Pas forcément la sympathie.

Où se trouve la sortie, déjà ?

Alma... Laisse-lui une chance.

Mr King me lance un regard bienveillant, comme pour me rassurer, puis prend place sur l'immense canapé immaculé. Je l'imite, lâchant un soupir en découvrant le moelleux et la douceur sur lesquels mes fesses viennent de se poser. C'est presque indécent.

Ce canapé justifie à lui seul les trois cents euros la séance...

– Alma, je vous remercie d'être là. Si vous le voulez bien, je voudrais d'abord que l'on parle de ça… dit-elle d'une voix parfaitement sereine, en désignant la petite pile de magazines people qui trône sur son bureau.

Sur les quatre couvertures, mon visage et celui de Vadim apparaissent, avec plus ou moins de netteté. Les photos datent du soir de l'annonce, sur le tapis doré du *Colisée*. Lorsque mon millionnaire a annoncé au monde entier qu'il n'était plus un cœur à prendre. Que son cœur m'appartenait.

Foutus frissons...

Pas le moment de faire ta midinette !

– C'est à moi de répondre, ou… ? demandé-je en regardant la psy, puis mon amant.

– Vous êtes libre d'intervenir à tout moment. Il n'y a pas de temps de parole imparti, réagissez lorsque vous en avez envie, m'encourage-t-elle sur un ton presque maternel.

Une espèce de mélange de bonté et de condescendance...

Cette femme est déroutante.

– J'ai senti que c'était le moment pour l'annoncer. Je n'ai pas prévenu Alma parce que c'est sorti tout seul, ce n'était pas prémédité, explique Vadim en fixant les magazines.

– Vous regrettez cette décision ? demande-t-elle distraitement, en griffonnant sur sa feuille.

– À votre avis, Elizabeth ?

Vadim est sur le point de se mettre en colère. Et je sais pourquoi. La presse people et ses méfaits sont un sujet particulièrement sensible.

– Je vous pose la question sincèrement. J'attends simplement la réponse…

– Je suis… partagé. Je suis soulagé de ne plus porter ce secret, fier d'être officiellement en couple avec Alma, mais agacé par tout ça. Toutes ces conneries qu'ils se sentent obligé d'inventer pour exister. Pour vendre du papier. Et du rêve. Enfin, ce qu'ils en font. Je ne voulais pas t'imposer ça… lâche-t-il soudain, en se tournant vers moi.

– Je suis heureuse que tu l'aies fait… et prête à en assumer les conséquences, lui réponds-je en lui caressant la main.

Sa main, justement, se crispe légèrement à mon contact, avant de se détendre. Je réalise que cette séance risque d'être plus éprouvante que prévu. Que Vadim a des choses à me révéler. Ou au contraire, qu'il compte me faire parler…

– Les conséquences ? reprend le Dr Bloom en triturant ses lunettes.

– Les paparazzis en bas de chez moi. Les regards insistants lorsqu'on me reconnaît dans la rue. Mes collègues qui chuchotent sur mon passage. Et j'en passe… expliqué-je.

– C'est tout nouveau, ça ne doit pas être évident à gérer. Comment le vivez-vous ?

– J'essaie de ne pas y accorder trop d'attention. De les ignorer. Si Vadim a appris à vivre avec, je peux le faire, moi aussi. Enfin, je l'espère… soufflé-je.

– Le pire est à venir, grogne-t-il. Pour l'instant, ils font couler de l'encre sur notre « belle et tendre romance », mais bientôt, ils placarderont toutes sortes de mensonges pour nous nuire, nous séparer. Ils vont tenter de nous discréditer. M'inventer une maîtresse, ou plusieurs, une maladie mortelle, te faire passer pour une croqueuse de diamants…

– C'est en partie pour ça que je suis là, sur ce canapé ! Pour te prouver que tout ça, ça ne compte pas. Que je ne me laisserai pas manipuler, que leurs attaques ne me toucheront pas. Qu'on vaut mieux que ça, toi et moi !

J'ai beau répondre en toute honnêteté, Vadim semble de plus en plus distant. Nous sommes arrivés dans ce cabinet plus amoureux que jamais, mais le courant est en train de s'inverser. Je commence à penser que c'était peut-être une erreur. Qu'au lieu de venir ici, nous aurions mieux fait de rester au lit. Et de continuer ce que nous avions commencé…

Hmm…

Hors sujet !

– La confiance mutuelle, la communication, la considération : vous en avez besoin pour surmonter ce qui vous attend. Elles formeront les fondations, le ciment de votre couple, intervient la professionnelle.

– Justement… commente mon voisin de sofa. Je ne suis pas sûr qu'on en soit là. On y arrive, petit à petit… Mais il y a encore du boulot.

– Personne n'est parfait, marmonné-je, un poil agacée par ses sous-entendus.

– Mais encore ? grommelle-t-il, en fixant la fenêtre.

– Je ne sais pas, mais toi oui apparemment. Qu'est-ce que tu cherches à me faire dire, Vadim ?

– Il y a des sujets que tu refuses d'aborder avec moi. Un, en particulier…

L'enfant que j'ai perdu…

Coup bas !

Ses yeux couleur acier font volte-face et se plongent dans les miens. Une lueur de défi les illumine. Je sais ce qu'il attend. Que je me confie enfin. Mais je ne dis rien…

– Alma ? m'interpelle doucement le Dr Bloom.

– Je ne vois pas à quoi ça servirait d'en parler… Ça n'a rien à voir avec nous, me défends-je piteusement.

– Votre passé vous appartient, mais il fait partie intégrante de qui vous êtes. Vous ne pouvez pas le mettre de côté, faire comme si ça n'était jamais arrivé. Les souvenirs sont parfois douloureux, mais les enfouir n'est pas la solution. Ils creusent un fossé entre vous. Vadim a besoin de comprendre, de connaître certains détails pour se sentir totalement impliqué.

Elle sait tout ?!

Elizabeth a touché là où ça fait mal. Son visage songeur me contemple patiemment, sans chercher à me brusquer. Mais ses mots m'ont fait l'effet d'un coup de poignard. Dans le dos. J'ai l'impression d'être en territoire ennemi. J'ai l'impression que l'homme que j'aime et sa psy sont ligués contre moi.

– Je sais que c'est dur, Alma, ajoute Vadim dans un élan

de compassion. Je n'aime pas évoquer la perte de mes parents, mais je t'en parle parce que, qu'on le veuille ou non, il faut accepter ce qui nous est arrivé. Et parce que tu partages entièrement ma vie. Pas seulement à moitié…

– Qu'est-ce que tu veux savoir ? capitulé-je en retenant mes larmes.

– Je ne veux rien « savoir », je voudrais que tu te libères. Ne plus voir ton visage se fermer quand je te parle de faire un enfant, chuchote-t-il en caressant ma nuque.

– Votre chagrin est légitime, Alma, mais pourquoi pensez-vous qu'il reste aussi présent et qu'il ne vous quitte pas ? tente d'analyser la psy.

– Ça s'en va et ça revient. Sans vouloir faire de l'esprit. Je me sens coupable, c'est tout… avoué-je.

– La disparition d'un être cher laisse des traces, on ne s'en remet jamais totalement. Mais dans votre cas, je pense en effet que vous vous imposez cette punition. Quelles que soient les raisons qui vous poussent à porter cette culpabilité, elles ne sont pas fondées, Alma. Vous devez vous en défaire.

– Oui, j'en ai conscience. Ce n'est pas la première fois qu'on me le dit…

– D'après Vadim, vous évoquez très peu votre vie d'avant. Les douze dernières années, plus exactement. Il y a une explication, n'est-ce pas ? continue-t-elle, sur sa lancée.

Je croise une fois de plus le regard de celui qui, apparemment, a la langue bien pendue me concernant. J'y vois de la tendresse, mais aussi de la curiosité.

– Oui… me contenté-je de répondre, un peu éprouvée par la tournure de cette entrevue.

On est vraiment obligé de ne parler QUE de moi ?

Vadim adore me lécher les doigts de pieds !

Et il a un TOC : se passer les mains dans les cheveux !

Parlons plutôt de ça !

– Alma, explique-moi, j'ai besoin de savoir, dit-il d'une voix suave.

– C'est une période d'ombre, on va dire. Pendant toutes ces années, j'ai tenté de me focaliser sur ma carrière, j'ai essayé de me recréer une nouvelle vie. Différente de celle que j'avais eue avec toi. À l'opposé, même. Mais j'ai échoué sur toute la ligne, voilà pourquoi je ne m'en vante pas.

– Échoué ? Comment ça ? Vous en êtes tout de même arrivée là… me reprend le Dr Toujours-le-dernier-mot.

– Le boulot, c'est secondaire. C'est facile de s'y consacrer pour oublier tout le reste. Je crois que je n'ai pas vécu, j'ai survécu. À mon sens, ce sont des années perdues.

– Parce que ? insiste-t-elle.

– Parce que j'ai fait foirer la seule chose qui comptait à mes yeux ! J'ai quitté L.A. et le mec que j'aimais… et j'ai cru que j'allais en crever. Les années passaient, mais je restais la pauvre gamine influençable qui avait foutu sa vie en l'air par manque de courage. Douze ans ? Ça m'a paru un siècle ! Sans lui, la vie n'avait aucune saveur, j'errais sans but, je ressassais jour et nuit… grondé-je en sentant une larme couler sur ma joue.

La main de Vadim me caresse à nouveau la nuque. Avec plus d'intensité, cette fois.

– Et aujourd'hui encore, j'ai peur que tout s'arrête. Qu'il disparaisse à nouveau, qu'il réalise qu'il peut trouver mieux, moins torturée et moins emmerdeuse que moi. Je sais que j'ai un sale caractère, que je ne l'épargne pas toujours, mais c'est plus fort que moi. J'ai besoin qu'il m'accepte comme je suis, malgré l'erreur monumentale que j'ai faite il y a douze ans.

– Vous pensez qu'il ne vous a pas totalement pardonnée, en conclut la psy.

– Ça prend du temps… souffle Vadim, touché.

– Je sais. Ça serait trop facile, autrement… lui souris-je tristement.

– C'est bon d'entendre que je n'étais pas seul. Que pendant douze ans, tu n'as pas vraiment eu l'impression de vivre, d'exister. Que quelque chose, une part de toi, manquait. Parce que ce vide, cette sensation accablante d'aller nulle part tout en avançant, je l'ai vécue, moi aussi. Chaque jour qui passe, j'essaie de l'oublier. Et je vais y arriver… Parce que je t'aime. Parce que je ne sais pas faire autrement. Parce que, putain, je t'ai dans la peau !

Vadim soupire. Puis il se penche vers moi, dépose le plus délicat baiser sur mes lèvres, m'arrachant quelques larmes supplémentaires. Il les essuie doucement du revers de la main, puis se lève. Direction la sortie. La porte claque. Il est parti.

– Il vous attend juste à côté. C'était prévu : la fin de séance va se dérouler uniquement entre vous et moi, m'explique le Dr Bloom.

Comme c'est gentil de me demander mon avis…

– Vous pensez qu'on a avancé ? lâché-je en croisant les bras.

Langage corporel : sur la défensive.

Merde… Elle va me rentrer dedans…

Décroise !

Bras décroisés. Remplacés par les dents qui grincent.

Encore dix minutes… Je vais finir en charpie…

– Je pense que cette conversation a répondu à certaines questions que vous n'avez jamais osé aborder. Pas aussi frontalement, en tout cas.

– Pourquoi Vadim a besoin de vous ? Pourquoi est-ce qu'il vient vous voir aussi souvent ?

– Vous le savez probablement mieux que moi, non ?

– C'est votre avis qui m'intéresse…

– Il a des choses à régler. Plus que la plupart des gens qui me consultent. Il n'a aucune pathologie, n'a besoin d'aucun traitement, mais il a été blessé par certains événements. La mort de ses parents, évidemment, son enfance chaotique, mais aussi la trahison de ceux en qui il avait confiance.

– Et j'en fais partie…

– Oui. Mais rien n'est irréparable.

– Comment ?

– En mettant votre passé et vos fiertés de côté. En faisant de vos différences un atout. En acceptant que la perfection n'existe pas. Surtout en amour.

– Cet enfant, je n'étais pas sûre de le vouloir. Parce qu'il n'était pas de Vadim…

– Peu importe. Alma, vous êtes trop dure avec vous-même. Acceptez le fait que vous êtes heureuse avec Vadim aujourd'hui. Cessez de chercher des raisons pour gâcher votre bonheur. Vous avez le droit de revivre. De vous reconstruire.

– Il n'y a pas que ça. C'est comme si tout se mettait entre nous.

– Quoi d'autre ? Votre famille ? Vos parents ?

– Mon père, entre autres. Je crois qu'il ne sera jamais satisfait. Si ce n'était pas Vadim, ce serait autre chose.

– Vous le dites vous-même : vous ne pouvez pas le forcer à accepter vos choix. Tout ce que vous pouvez faire, c'est lui prouver que vous les assumez. Et qu'ils vous rendent heureuse.

– Je croyais que dans la vie, on n'avait rien à prouver à personne, si ce n'est à soi-même…

– C'est une théorie. Ce n'est pas la mienne… sourit-elle.

– Il y a… l'enquête aussi, soufflé-je en espérant ne pas trahir le secret de Vadim.

– Je suis étonnée que vous n'en ayez pas parlé plus tôt, dit-elle simplement.

– Je ne sais pas de quoi il est capable… pour venger ses parents.

– Il ne le sait pas lui-même, je crois.

– Et c'est censé me rassurer ? ironisé-je.

– Non, c'est censé vous faire comprendre que vous avez un rôle à jouer.

– C'est-à-dire ?

– Ne le laissez pas se renfermer, épaulez-le, soyez présente.

Respectez sa peine, mais tentez de vous assurer qu'il prend les bonnes décisions.

– C'est difficile. Je comprends sa haine…

– Justement, pour ne pas se laisser consumer, il a besoin de vous.

Besoin de moi. Pour une raison qui m'échappe, ce constat m'effraie. J'ai tellement la sensation que lui seul peut me protéger, me tirer vers le haut, que tout à coup, la pression me submerge.

– Et si je ne suis pas à la hauteur ?

– C'est drôle, c'est exactement ce qu'il m'a dit vous concernant.

– Pardon ?

– Vous avez tous les deux l'impression de ne pas vous mériter. Pourtant, Vadim vient de vous prouver que c'est bien vous qu'il veut à ses côtés. Personne d'autre. Malgré vos failles. Il est temps que vous preniez conscience de tout ce que vous lui apportez, Alma. C'est tout ce qu'il n'a jamais eu : la stabilité, un amour inconditionnel…

– À vous entendre, tout est parfait… dis-je en lui coupant la parole.

– Vous avez vu ces photos ? lâche-t-elle soudain en désignant les magazines. Votre complicité, votre osmose crève les yeux. Et si vous tentiez simplement d'en profiter ?

– Dans ce cas, nous n'aurions pas besoin de vous consulter, Elizabeth… raillé-je sur un ton moqueur.

– Croyez-moi, rien ne me ferait plus plaisir…

– Vous avez du mal à nous supporter, c'est ça ? blagué-je.

– Non. Je vous trouve touchants, au contraire. Votre histoire est peu commune, elle n'est pas facile à cerner, mais ça vaut le coup d'essayer ! rit-elle doucement.

– Vous nous prédisez un avenir radieux ? dis-je sur un ton racoleur.

– Je suis psychologue, pas voyante… sourit-elle légèrement.

La vérité, c'est que vous n'en savez rien…

Et nous non plus…

Quand je ressors enfin de cette pièce aux ondes étranges et que je croise le regard de Vadim, j'ai pourtant l'impression que tout est possible et qu'il le désire autant que moi, ce futur à deux. Que notre vie pourrait être plus belle qu'au cinéma…

5

Vadim et les Lancaster

Dans la vie, on ne peut pas tout avoir. Ce serait trop facile, il paraît.

Gamin, j'aurais donné n'importe quoi – mon bras gauche (le droit me servant à chaparder tout ce que je trouvais), ma collection de motos miniatures, les rares fringues que mes familles d'accueil daignaient me foutre sur le dos – pour appartenir à quelque chose, à quelqu'un. Pour avoir une famille. Ma famille, celle dans laquelle je suis né. Un père qui serait devenu mon modèle, une mère qui m'aurait appris la bonté, la tendresse, un petit frère en qui je me serais reconnu. Un joyeux foutoir, bruyant, vivant, parfois agaçant, mais qui aurait existé. Et qui m'aurait accompagné. Entouré. Aimé.

Aimer : ce mot-là, je ne l'ai découvert que très tard. Je n'étais déjà plus un gosse, la vie m'avait déjà bien cabossé. Mais on dit que ce n'est jamais trop tard. Qu'aimer, partager, donner, recevoir, ça s'apprend à n'importe quel âge. Qu'une famille de sang peut être remplacée par une autre, de cœur, cette fois. Une famille qu'on se choisit. Qu'on bâtit au hasard des rencontres et des affinités. Felix Alonso n'y était pas destiné, mais il est devenu mon frère. Ou ce qui s'en rapproche le plus. Et puis il y a eu Alma.

Alma…

Je la pensais insignifiante, elle a tout bouleversé. Elle était tout ce que je n'étais pas. Elle avait tout pour que je la déteste.

Mais parmi tous ses défauts, celui qui remportait la palme, c'était sa petite vie de famille qui puait l'harmonie, la joie, la stabilité. En apparence, en tout cas. Je me suis d'abord braqué. Parce que ceux qu'elle appelait les siens faisaient tout leur possible pour me rejeter. Mais surtout parce que j'étais trop con pour réaliser qu'en m'y prenant bien, je pourrais y goûter moi aussi, à cette vie-là. Si je m'étais appelé Tim Wallace ou Caleb Abrams, ils m'auraient ouvert grand les bras. Mais j'étais un Arcadi, un orphelin au nom étranger, au look rebelle et au caractère… bien trempé.

Il faut avouer que c'était pas gagné…

Edward Lancaster. Le *pater familias*, le chef de meute, l'aristo anglais dans toute sa splendeur, avec tout ce qu'il faut d'arrogance, de mépris, de suffisance. Le genre de types qui vous balancent des « jeune homme » à chaque début ou fin de phrase, juste pour vous rappeler qu'ils sont vos aînés. Et que pour cette simple raison, vous leur devez le respect.

Et surtout pas l'inverse…

Un homme au-dessus de tout, supérieur au commun des mortels, qui n'aime pas se salir les mains. Si Alma ne m'avait pas dit – et répété – qu'il était prêt à tout pour ses enfants, y compris à donner sa vie, je ne l'aurais pas cru. Pas il y a douze ans. Il était l'archétype du « mâle alpha » qui veut tout contrôler, même ce qu'il ne comprend pas. Et ne comprendra jamais, dans son cerveau trop bien rangé.

Et pourtant, j'ai beau le nier, je m'en serais contenté, d'un Edward Lancaster. Grandir sans père – aussi imparfait et autoritaire qu'il puisse être – ça n'a jamais été « ma tasse de thé ».

Humour british…

Une décennie plus tard, il semble avoir légèrement changé. Physiquement, il est toujours aussi flamboyant, élégant, lisse. Pas un pet de travers. Mais ses enfants ont grandi et le changement était inéluctable. Ils ne boivent plus ses paroles. Ses coups de gueule sont pris plus à la légère, ses remontrances font moins frémir l'assemblée : peu à peu, il a l'air de s'essouffler. S'il tente toujours de mener son petit monde à la baguette, celle-ci semble moins acérée. Mais Edward est un homme déterminé. Il persiste, continue d'essayer. Il ne sait pas faire autrement…

– Qu'est-ce que vous envisagez avec Alma ? me provoquait-il un mois auparavant. Ma fille mérite le meilleur. Un homme sérieux, investi, prêt à tout pour la rendre heureuse. Un homme qui ne se laissera pas distraire ou détourner par les sirènes du show-business.

– Je ne compte aller nulle part, avais-je rétorqué bêtement, à court de repartie cinglante.

Au fond, il n'avait pas tort. Pas sur toute la ligne, en tout cas. Lorsqu'il m'a demandé si je comptais officialiser ma relation avec Alma, il jouait son rôle de père. Et ça, je ne peux pas lui reprocher. On ne choisit pas sa famille, mais on choisit encore moins celle de sa moitié. Je ne le cache pas, « Sir Edward » n'est pas forcément le beau-père rêvé, mais après tout, je ne suis pas le gendre idéal. Et si je suis tombé amoureux d'Alma Lancaster, si nos deux mondes ont réussi à se rencontrer, pourquoi ne pourrais-je pas tisser une sorte de lien avec son père – aussi fragile ce lien soit-il ?

Ce n'est pas comme si j'avais le choix…

C'est pour elle, tout ça. Pour Alma.

Comment Marie Lancaster arrive à supporter son mari depuis plus de trente ans, ça c'est un mystère ! Je retrouve beaucoup d'Alma en elle. Physiquement, déjà. La silhouette élancée, les yeux verts et envoûtants, les sourires empreints de tendresse qu'elles s'échangent souvent. Contrairement à lui, elle ne m'a jamais jugé, je crois. Elle n'a jamais cherché à me rabaisser, n'a jamais haussé le ton en ma présence. Son instinct maternel l'a peut-être aidée à comprendre. À réaliser qu'Alma et moi étions prêts à tout pour nous aimer, même à transgresser les lois. Alors plutôt que s'y opposer, elle s'est contentée d'observer. Sans s'interposer, mais en veillant au grain…

Elle n'est pas si innocente qu'elle en a l'air...

Effacée. C'est le mot qui me vient à l'esprit quand je pense à elle. Je me souviens m'être demandé plusieurs fois si elle était vraiment heureuse, si elle n'aurait pas préféré mener une autre vie. L'amour qu'elle porte à ses enfants ne fait aucun doute, il crève les yeux, mais une lueur de tristesse, de mélancolie la traverse, parfois. Peut-être qu'à force de vivre aux côtés d'un homme égoïste – à tendance narcissique – elle s'est résignée. Mettant de côté ses propres rêves, ne se consacrant qu'à ceux des autres. C'est justement ça que je ne veux pas reproduire avec Alma.

J'en reviens encore au dîner du mois dernier. Entre deux plats, lors d'un aller-retour express dans la cuisine, Marie s'est confiée à moi – en chuchotant.

– Vous savez Vadim, Edward n'a rien contre vous. Il est juste très protecteur avec sa fille.

– Vous pensez vraiment que je serais capable de lui faire du mal ?

– Non. On ne peut jamais être sûr de rien, mais je pense que vous êtes sincère avec Alma. Et je me fie à son jugement, si elle vous aime, c'est que vous en valez la peine… a-t-elle fini en souriant légèrement.

– Votre mari ferait bien de vous écouter un peu plus souvent, blaguai-je en murmurant.

– Merci de m'avoir laissée en tête-à-tête avec papa ! On peut savoir ce qui vous fait rire, tous les deux ?

Alma a débarqué dans la cuisine, mettant fin à notre conversation. Marie en a profité pour me tendre la carafe d'eau en cristal qu'elle venait de remplir. Elle a précisé tout bas « Attention, c'est fragile » tout en posant son regard sur Alma, puis à nouveau sur moi. Et j'ai compris.

Une mise au point tout en subtilité...

La marque de fabrique de maman Lancaster !

Basile. Il n'y a pas si longtemps, ce prénom me faisait grincer des dents. Le frère d'Alma m'appelle ironiquement

« le roi du monde », je l'appelle « le roi des emmerdeurs ». Au moins, on est au même niveau. Aussi cons l'un que l'autre. Il me cherche, je le trouve. Et réciproquement. Je dois me bonifier avec l'âge – ou être moins intolérant – mais ce mec commence à me plaire. À petites doses.

Faut pas déconner...

Pourtant, ça avait mal débuté. Monsieur Fils à papa et sa clique de beaux gosses débiles me sortaient par les yeux, à UCLA. Avant même de rencontrer sa sœur, je ne pouvais pas le saquer. Il faut dire qu'il n'était pas tendre avec les types comme moi : ceux qui n'en avaient rien à foutre d'avoir du succès, d'attirer les regards, de faire partie d'une bande de frimeurs. Contrairement à lui, j'avais une vie en dehors de la fac. Je n'avais pas peur de ce qu'on pouvait penser de moi. Au contraire, déranger, ça me faisait marrer. Rentrer dans le moule, c'est tout ce qu'il cherchait et c'est tout ce que je fuyais. Et ça, ça le foutait en rogne.

On s'est fait des sales coups, lui et moi. Il s'amusait à m'humilier, je me vengeais en lui balançant ses quatre vérités à la gueule. La victime dans tout ça, c'était Alma. Non seulement je compliquais ses relations avec son père, mais maintenant il fallait ajouter son frère. C'était plus fort que moi. Et plus fort que lui, aussi. On était juste des sales gosses, prêts à tout pour avoir le dernier mot.

Ça n'a pas vraiment changé, aujourd'hui, mais en se rapprochant – contre notre gré – on a appris à se tolérer. Il a réalisé que je n'étais ni un *loser* ni un enfoiré avec sa sœur. J'ai plus ou moins découvert qu'il n'était pas foncièrement mauvais. Juste chiant à ses heures. Et donneur de leçons. Et atrocement mauvais au poker. Je ne sais pas si Niels y est pour quelque chose, mais le fils Lancaster est remonté dans mon estime dernièrement.

L'amour rendrait moins con ?

Ouais, je suis bien placé pour le savoir...

Lily a été échangée à la naissance, ce n'est pas possible

autrement. J'ai beau retourner le schéma dans tous les sens, ça ne s'explique pas. Comment une fille aussi bordélique et farfelue peut être le mélange d'un homme aussi rigide qu'Edward et d'une femme aussi classique que Marie ? Lily, c'est l'ovni de la famille. La bouffée d'air, le vent de fraîcheur, le petit ange diabolique du clan Lancaster.

À 12 ans déjà, elle se distinguait très nettement des gamines de son âge. Futée comme pas deux, éprise de liberté, l'humour décalé, le regard pertinent : moi qui ne supportais pas les princesses qui se croient tout permis, j'ai découvert en elle un parfait vilain petit canard. Elle était maligne, savait parfaitement manipuler son petit monde en se faisant passer pour ce qu'elle n'était pas. Le cliché de la petite dernière de la famille, naïve et inoffensive. En vérité, rien ne lui échappait.

Elle est restée fidèle à elle-même. À 24 ans – ou quelque chose comme ça – Lily croque toujours la vie à pleines dents. Elle vit dans un flou artistique permanent, en ignorant les pressions familiales. Elle est restée la confidente d'Alma et je ne m'en plains pas, puisqu'apparemment, elle n'a rien contre moi. C'est en tout cas ce qu'elle m'a fait comprendre, la première fois que je l'ai revue, il y a quelques mois. En la voyant débarquer en combinaison en éponge dans la cuisine, je n'ai pas pu m'empêcher d'éclater de rire.

– Ah… Un revenant ! fit-elle en me voyant.

– Le pilou te va toujours aussi bien, Lily… me moquai-je gentiment.

– Perso, je te préférais en Perfecto. Les costards, c'est tellement *has been*, sourit-elle en grimaçant.

– Tu comptes me relooker ?

– Ouais. Tu es le bienvenu ici, mais à une condition : mes conseils *fashion* sont des ordres !

– Et si je refuse d'obtempérer ?

– On aura un problème. Je suis déjà gentille de t'accueillir sous mon toit…

– C’est chez Alma ici, non ? ricanai-je.
– Vadim, n’aggrave pas ton cas !
– Bon alors, on fait comment ?
– Faisons un deal : tu prends soin de ma sœur, tu la traites comme une reine et en échange, je tolérerai tes costumes de néo-dandy.
– OK. Je signe où ?

En une conversation, le ton était donné. Une fois de plus, la jolie blonde préférait se fier à son intuition, plutôt qu’aux discours de papa. Contrairement au reste de son clan, elle était de mon côté et n’avait pas peur de le faire savoir.

Et moi, comme un con, je l’ai laissée tomber dans les griffes de Felix...

J’aurais dû la protéger, je lui devais bien ça.

Clémentine D’Aragon. Hors sujet ? Pas vraiment, sachant qu’elle et Alma ne se sont jamais quittées depuis l’enfance. Clem, c’est un peu la troisième fille Lancaster. La brune, la blonde et la rousse. Le trio d’enfer. Dans tous les sens du terme. Je ne savais pas trop quoi penser d’elle, au début. Clémentine avait la fâcheuse tendance à toujours vouloir se faire remarquer, de peur d’être transparente. Comme si elle avait des choses à prouver, comme si elle devait se battre en permanence pour trouver sa place. Du coup, elle en faisait trop. Elle parlait trop fort, ne supportait pas grand-chose, se plaignait souvent. Heureusement pour moi, elle était gourmande et ne parlait jamais la bouche pleine. Ou rarement.

L’air de rien, elle m’a rendu un énorme service. C’est un peu elle qui a poussé Alma dans mes bras, quand elle n’osait pas venir vers moi. Rien que pour ça, je lui suis redevable. Et puis l’adolescence est passée et Clem a enfin eu ce qu’elle voulait. Une famille. Yann, son mari. Madeleine et Séraphine, ses jumelles. Et un bébé en route. Clémentine a des parents, mais ils ne se sont jamais vraiment occupés d’elle. Ça nous fait un point commun. Plus ou moins.

Deux, avec Alma.

Le meilleur pour la fin. Alma Lancaster. Un visage de poupée, un corps à se damner, un regard qui a transpercé mon âme. Mon âme, je la donnerais au diable, pour elle. Si c'était vraiment nécessaire. Parce que j'ai d'autres projets pour nous. Avec elle, j'ai le sentiment que tout est possible. Que mes cicatrices peuvent s'effacer, au gré du temps. Que mon parcours chaotique s'arrête enfin là, que le pire est derrière moi.

Je n'ai jamais pu la chasser de mes pensées, même pendant ces douze ans d'absence. Parce qu'elle seule a réussi à révéler ce que j'ignorais moi-même. Qu'on peut être bousillé par la vie et se relever. Qu'on peut réparer les injustices qui ont été commises. Qu'on peut grandir sans famille, sans amour et rectifier le tir.

C'est elle, ma famille. Ma rédemption. Depuis le premier jour où j'ai posé mes yeux sur elle, je n'ai plus été le même. La première fois où, sans savoir pourquoi, j'ai ressenti qu'elle devait être à moi. Avec moi. À travers ses yeux, j'ai vu la vie autrement. Je me suis mis à espérer tout ce que je m'interdisais jusque-là. Je n'étais plus le gamin Arcadi, sans attaches ni avenir. Je ne suis plus le grand King, *play-boy* solitaire et désabusé.

Je ne fais plus du sur place, je ne me contente plus de superficialité. Avec elle, je veux avancer, je veux construire, créer. Je veux me réveiller à ses côtés chaque matin, la regarder vivre, rire, pleurer, s'épanouir. Découvrir tous les secrets de son corps, connaître tous les recoins de son âme. Et nous mélanger dans un enfant qui nous ressemble. Notre miracle, né d'une histoire qui n'aurait jamais dû arriver. Un enfant qui ne sera jamais mis de côté, comme je l'ai été.

C'est devant moi, devant nous. Tout près, à notre portée. À moins qu'une force invisible nous sépare. Ou que mes erreurs passées me rattrapent et me renvoient là où je ne veux plus jamais retourner.

Petit catalogue d'Emma Green à l'usage des nouveaux lecteurs !

Les romans « one shot »

Cent facettes de Mr Diamonds
Fallait pas me chercher !
Bliss. Le faux journal d'une vraie romantique
(Im)parfait
It's Raining Love !
Recherche coloc : emmerdeurs, râleurs, lovers... s'abstenir !
10 bonnes raisons de te détester !
Just 17
Love & Lies on Campus
If You wanna Be My Lover...

Les séries

• Les *Toi + Moi*
Seuls contre tous raconte les années campus d'Alma et Vadim, *L'un contre l'autre* et *Envers et contre tout* les années adultes. *Seuls contre tous* peut se lire indépendamment des deux autres volumes.
Seuls contre tous (1/3)
L'un contre l'autre (2/3)
Envers et contre tout (3/3)
• Les *Jeux*
La série des *Jeux* est divisée en deux saisons : la première centrée sur le couple de Liv et Tristan, et la seconde qui raconte l'histoire de June et Harry.
Vous pouvez ne lire qu'un tome, les quatre, seulement les deux premiers ou seulement les deux derniers !

Saison 1
Jeux interdits (1/2)
Jeux insolents (2/2)
Saison 2
Jeux imprudents (1/2)
Une toute dernière fois (2/2)

Les romans qui peuvent se lire seuls ou avec spin-off

Ces livres-ci peuvent se lire indépendamment, ce ne sont pas des suites mais des spin-off, des romans compagnons. On retrouve des personnages récurrents d'un volume à l'autre, mais les héros changent à chaque fois.

• Les *Call Me*
Call Me Baby (Sidonie & Emmett)
Call Me Bitch (Joe & Jude)
• Les *Love & Kiss*
Love Me if You Can (Adèle & Damon)
Kiss Me if You Can (Violette & Blake)
• *Corps, Cœurs & Âmes*
Corps impatients (Thelma & Finn)
Cœurs insoumis (Solveig & Dante)
Âmes indociles (Calliopé & Lennon)
• *Strange & Strong*
PS: Oublie-moi! (Léo & Wolf)
Bien plus forte que toi! (Willa & Rio)
• Les *Boys*
The Boy Next Room
(Céleste & River)
The Boy on Fire (Nell & Jagger)

Extrait

Seuls contre tous. Toi + Moi

Emma Green

1

Le premier pas

– Alma Lancaster et Vadim Arcadi.

La voix rocailleuse, pleine de tabac et de whisky, égrenait les noms des binômes formés pour le projet du premier semestre. Assise au premier rang, j'écoutais religieusement M. Abrams, qui était aussi impressionnant à voir qu'à entendre – même si son fort accent américain me demandait encore quelques efforts pour le comprendre. Sa veste en velours côtelé avait dû être luxueuse avant de finir sans forme, sans couleur et toute râpée aux coudes. Son visage marqué et fatigué gardait les souvenirs d'une beauté passée. Mais à l'annonce de cette sentence, j'ai dû détacher mes yeux du quadragénaire dont je m'étais déjà fait un mentor… pour regarder vers le fond de la classe. Là où s'asseyait toujours Vadim Arcadi. Ou plutôt là où il se balançait sur sa chaise en regardant dehors depuis le début de l'année scolaire. Lui aussi a détourné ses yeux du paysage qui semblait tant l'absorber, pour me chercher du regard. Pendant que les autres étudiants de la classe se levaient pour se donner des accolades, se frapper les poings comme le font tous les jeunes américains ou râler du binôme qui venait de leur être attribué, Vadim me détaillait de ses yeux gris délavé. Un regard impossible à soutenir. Qui contenait tout le sex-appeal de ce bourreau des cœurs de la fac, mais aussi tout le mépris qu'il avait pour les filles comme moi. Les Françaises. Les gosses de riches. Ceux qui n'ont pas besoin d'une bourse. Ceux qui font une fac de cinéma comme on va en colonie de vacances. Il devait déjà me détester. Et je me demandais déjà comment on pourrait jamais s'entendre. Ou juste se parler.

– Aucune réclamation, aucun changement de binôme, aucune plainte, je ne veux rien entendre. Vous n'êtes plus au lycée, vous allez apprendre à travailler ensemble. Vous ne ferez jamais rien tout seul dans ce monde de fous. Et vous n'êtes pas associés par hasard. Rien n'est jamais dû au hasard ! Vous vouliez faire du cinéma ? Faites-en. À n'importe quelle condition.

– Mais monsieur… a tenté Nicki Scott, l'archétype de la blonde californienne, en geignant.

– Silence ! Vous avez une heure pour décider d'un sujet de court-métrage et me le présenter. Mettez-y vos tripes, mettez-y votre vie. Écoutez, négociez, tranchez. Ne vous laissez pas écraser. Imposez vos idées. Si elles sont bonnes. Sinon, cherchez encore. Compris ? Fini les jérémiades, Scott, au travail !

– Oui, monsieur Abrams, cède Nicki dans un sourire minaudeur, prouvant qu'elle accepte son sort.

Leonard Abrams, artiste raté mais prof charismatique. Signe distinctif : a mis toute la classe à ses pieds en moins d'un mois.

– Arcadi, Lancaster, il faut que je vous prenne par la main ou vous allez attendre que l'autre fasse le premier pas ? Allez, Roméo et Juliette, bougez-vous. Une heure ! Time is money !

Vadim, piqué au vif, bascule sa chaise vers l'avant,

fait claquer bruyamment les pieds métalliques sur le carrelage et se lève enfin pour se diriger d'un pas traînant vers le premier rang, sans quitter le prof du regard. Aucun d'eux n'est décidé à baisser les yeux. Et je préférerais disparaître qu'être le trophée de ce combat de coqs perdu d'avance. Mais Abrams abandonne le premier, sûrement pressé de sortir pour aller fumer. Vadim s'affale en soupirant sur la chaise libre à côté de moi et s'enfonce à nouveau dans son Perfecto au cuir usé. Un silence pesant s'installe, empli d'électricité. Je cherche une phrase intelligente à prononcer, mais je suis absorbée par son profil à la fois enfantin et viril. La finesse de ses traits, le grain de sa peau claire hâlée par l'été californien, son nez droit et légèrement arrogant, ses lèvres pleines délicatement ourlées sauf à l'endroit où une petite cicatrice lui fendille la bouche, et cette masse de cheveux bruns ondulés en bataille, qui contraste avec son visage d'ange. Sous ses longs cils bruns, ses yeux toujours dans le vague sont d'un gris si clair qu'ils semblent parfois transparents. Mais ils sont sombres quand il les tourne vers moi, les sourcils froncés par la contrariété.

– Bon, la Française, j'ai fait le premier pas, c'est ton tour.

– Moi, c'est Alma.

– Je sais très bien comment tu t'appelles, Alma Lancaster.

– Alors, je préférerais que tu utilises mon prénom, Vadim Arcadi.

– Et moi je préférerais bosser seul. Mais on n'a pas toujours ce qu'on veut dans la vie. Ah oui, sauf toi peut-être, Lancaster, me lance-t-il en prenant un air pincé et en imitant l'accent de la reine d'Angleterre.

J'ai beau parler anglais couramment, l'accent british hérité de mon père fait toujours de moi une étrangère. Ici, aux États-Unis. J'hésite entre rire et me vexer, ne trouve rien à répondre et croise à ce moment-là le regard amusé de ma copine Clémentine, française pure souche qui se fout éperdument de son mauvais accent. Comme de beaucoup d'autres choses. Elle a dû percevoir avant moi la tension physique qui règne dans mon binôme, en plus de notre petite joute verbale qui n'augure rien de bon. Cinq phrases échangées et nos deux mondes s'entrechoquent déjà. Il me provoque et je marche. Mais plus que ça. Il m'intrigue et je ne sais pas pourquoi. Il m'amuse et me donne envie de creuser. Il me défie et me donne envie de lui plaire. Il m'attire mais me donne envie de fuir.

C'est la première fois que je vois Vadim Arcadi sortir de sa réserve de beau brun ténébreux pour faire un trait d'humour. C'est d'ailleurs la première fois qu'il m'adresse la parole et je ne crois pas l'avoir déjà vu parler à qui que ce soit. Sauf pour défier les profs qui ont essayé tant bien que mal d'asseoir leur autorité sur lui. Et sauf avec toutes les filles du campus qui ont succombé à ses charmes, mais à qui il n'a apparemment rien promis. Tout se sait ici…

Depuis un mois, la rumeur dit que ce grand solitaire ne partage jamais son lit plus d'une nuit avec la même personne. Mais qu'il n'a aucun mal à attirer les plus belles filles de l'université jusqu'à sa garçonnière du coin de la rue. Il ne s'encombre pas non plus d'amis, à peine quelques connaissances dont il accepte la compagnie. Contrairement à beaucoup d'entre nous, il n'a pas besoin d'être entouré pour exister. Les garçons de la fac le craignent ou font semblant de le mépriser pour ne pas avoir à s'y confronter. Quant à la gent féminine, elle se distingue en trois groupes quand il s'agit d'Arcadi. Les chagrines, dépitées, qui lui courent après pour obtenir à nouveau ses faveurs et qu'il éconduit poliment, avec le même numéro de charme qui les a fait craquer et les laissera encore plus accrochées. Les groupies audacieuses qui espèrent attirer son attention et qu'il fait semblant d'ignorer jusqu'à jeter son dévolu sur l'une d'elles, en toute discrétion. Et les timides, comme moi, qui n'ont jamais osé lui parler. Soit parce qu'elles auraient trop peur d'être rejetées en un clin d'œil. Soit parce qu'il ne fait pas partie de leur monde et que leur éducation les empêche de franchir cette ligne jaune. Je fais partie de ce dernier groupe. Ou peut-être des deux derniers.

Je ne veux même pas le savoir…

Évidemment que j'avais déjà remarqué Vadim Arcadi. À 18 ans et après une vie déjà bien remplie par les nombreux voyages et déménagements de mes parents, je ne crois pas avoir déjà vu un garçon à la beauté si singulière. Si beaucoup de jeunes mâles de cet âge aiment jouer les rebelles, Vadim n'a rien de commun avec eux. Il semble habité. Il joue les cancres, mais sa passion pour le cinéma dépasse sans aucune mesure toutes les nôtres réunies. Et dans cette université de Californie où la plupart des étudiants viennent d'un milieu aisé, il dénote, sans s'en plaindre ni essayer de le cacher. On ne sait pas grand-chose de lui mais tout le monde a deviné qu'il avait déjà été bien abîmé par la vie. Il vit seul, sèche régulièrement les cours pour des activités dont on ignore tout, conduit un pick-up délabré qui n'a même pas le charme des vieilles voitures américaines, et a pour seule famille un grand Noir musclé qui lui rend régulièrement visite sur le campus, sous les regards étonnés. Vadim Arcadi a tout pour attiser la curiosité. Et il a, sans le savoir, tout pour attiser la jalousie des adolescents d'ici, à la vie trop lisse et trop bien rangée.

J'ignore comment Vadim a appris que j'étais moitié anglaise moitié française. Il n'est pas du genre à se renseigner. Ou alors tout aussi discrètement qu'il mène sa mystérieuse vie. Et je ne suis pas du genre à étaler la mienne. À ce moment, la discrétion est peut-être notre seul point commun. Il y a encore deux mois, je vivais dans un quartier huppé de Paris avec ma famille. Grâce à ma mention « très bien » au bac, j'ai obtenu de mes parents un an de sursis. Faire du cinéma est pour moi un rêve. Pour eux, c'est une lubie. Ils ont pourtant accepté de me payer la meilleure université de cinéma, celle de Los Angeles. On fait les choses bien ou on ne les fait pas, c'est l'un des grands principes des Lancaster. Mon père en a profité pour saisir une opportunité professionnelle en Californie, parfaite pour sa carrière, et mon frère pouvait poursuivre son cursus universitaire en langue anglaise, parfait pour son avenir. Comme ça faisait quelques années que nous n'avions pas changé d'endroit, ma mère et ma sœur ont suivi avec joie.

Nous avons donc tous déménagé cet été. Mon père Edward, cet aristocrate anglais devenu magnat de l'immobilier. Il possède des agences un peu partout en Europe et aux États-Unis et s'est tissé un réseau d'amis aux quatre coins du monde, qui lui ouvrent à peu près toutes les portes. Le genre de chef de famille peu présent et pourtant très influent. Aimant mais exigeant. Le genre que vous ne voulez pas décevoir. Aussi loin que je m'en souvienne, j'ai toujours eu à cœur de lui plaire.

J'admire mon père autant que je le crains.

Ma mère, la bourgeoise française dans toute sa splendeur, aux goûts de luxe et à l'amour débordant, femme au foyer qui suit son mari où qu'il aille depuis une vingtaine d'années, soutenant avec enthousiasme ses projets les plus fous, subissant son absence en échange du confort de vie qu'il lui offre. C'est une épouse dévouée. Une maman poule. Un pilier de l'ombre qui tient la famille à bout de bras, résout les conflits, apaise les chagrins et se sacrifie au bonheur de chacun.

J'aime ma mère autant que je la plains.

Mon frère aîné Basile, qui suit les traces de mon père et n'a, à 20 ans, aucun souci à se faire pour son avenir. Ce qui lui laisse tout son temps libre pour pourrir la vie des autres entre deux cours de marketing dont il croit déjà tout savoir. Mais qui n'a pas encore pris le temps de trouver qui il était, à part le fils de bonne famille qu'on attend de lui.

Mon grand frère m'agace autant qu'il m'attendrit.

Et ma petite sœur Lily, 12 ans, l'enfant qu'ils ont eu sur le tard parce que ma mère s'ennuyait et que mon père avait cru bon de prouver à sa femme qu'il l'aimait, malgré tout, et tenait à cette famille plus qu'à ses affaires. Ce bébé a surpris les Lancaster plus qu'ils ne l'auraient jamais imaginé. Différente en tout point de son frère et de sa sœur. Indisciplinée, casse-cou, artiste dans l'âme et libre dans sa tête, indifférente aux pressions familiales, avec un goût du bonheur inné lui coulant dans les veines. Le vilain petit canard au charme fou qui obtient toujours tout.

Ma sœur me fatigue autant que je l'envie.

J'ai donc un an, pas un jour de plus, pour prouver à mes parents que je suis faite pour travailler dans le cinéma, que je pourrai me faire une place, un nom dans cette industrie. Que je suis capable de mieux que des films de mariages ou de fêtes de Noël que je monte depuis que j'ai reçu en cadeau ma première caméra. Une année scolaire avant que mon père me renvoie en France pour apprendre un « vrai » métier. Ou que ma mère me conseille d'épouser un jeune homme qui subviendra à mes besoins sans que j'aie besoin de me trouver une autre carrière que celle de femme et mère. Non merci.

Comment Vadim Arcadi pourrait me trouver intéressante si je peux moi-même dépeindre un tableau aussi cliché de ma vie ?

– Tu n'aimes pas qu'on te juge, mais c'est exactement ce que tu es en train de faire avec moi, pas vrai ? Tu ne me connais pas, lancé-je à Vadim sur le ton de la provocation, essayant pour la première fois de soutenir son regard hostile.

– Et qui te dit que j'ai envie de te connaître ?

– Tu vas en tout cas devoir travailler avec moi. Que ça te plaise ou pas.

– Peut-être que ça pourrait me plaire, Lancaster. Ça dépend de toi.

– Je m'appelle toujours Alma. Et qu'est-ce que je suis supposée faire ?

– Déjà, on se tire de là ! Je ne peux pas bosser dans ce brouhaha. Regarde-les, tout excités à l'idée de faire du cinéma comme les grands. Ils veulent juste plaire à Abrams. Et ta copine française qui nous scrute comme deux bêtes de foire. Je ne supporte pas ça.

– Tu ne fais jamais rien comme les autres et tu voudrais qu'on ne te regarde pas ? Ça va, vous arrivez à cohabiter, tes contradictions et toi ?

– Bon, on n'a plus que trois quarts d'heure, là. Alma, tu viens ou pas ?

Vadim est déjà sur le seuil de la porte, son sac à dos presque vide pendant au bout de ses longs doigts, ses yeux limpides me défiant de quitter la salle de cours sur-le-champ. Toujours assise sur ma chaise, j'hésite à me lever pendant ce qui me paraît être une éternité, jusqu'à ce que Clémentine vienne se coller derrière moi, m'entourer de ses bras et me chuchoter à l'oreille :

– Fonce ! Tu attends quoi ?

– Je ne sais pas. La permission ?

– Tu as la mienne. Allez, file avant qu'il en ait marre. Et appelle-moi ce soir !

– Ce soir ? Qu'est-ce que tu racontes ? Je serai là au retour du prof !

– C'est ça, on verra, conclut-elle dans un sourire plein de malice, en me poussant vers la sortie.

Clémentine est ma meilleure amie, mon âme sœur, ma jumelle. C'est moi en version rousse, avec un peu plus de formes et bien moins de limites. C'est ma doublure aventureuse. Mon filet de sécurité. Le petit diable sur mon épaule qui me dit toujours de foncer. Et le petit ange toujours prêt à me ramasser. Toutes les deux, on se connaît depuis la maternelle et on a fait toute notre scolarité dans la même classe, à la même table, assises côte à côte, même les années où nous sommes partis vivre à l'étranger. À un moment, j'ai bien cru que ma famille allait l'adopter tant elle passait de temps chez nous et tant ses parents, divorcés et très occupés, semblaient se faire à cette idée… Au lycée, il nous a fallu prendre les mêmes options pour ne pas être séparées. Elle l'a fait sans rechigner. Après le bac, c'est le cœur serré que j'ai dû lui annoncer que mes parents acceptaient de m'envoyer à L.A. Elle m'a répondu avec toute sa fraîcheur et sa spontanéité, mais le plus sérieusement du monde : « OK, on part quand ? »

Avec Clémentine D'Aragon : jamais de problème, que des solutions. C'est son dicton favori. Et c'est tout naturellement qu'elle m'a suivie aussi dans cette aventure californienne, après l'accord de ses parents, qui ont confié leur fille unique aux miens, les yeux fermés. Clem a préféré prendre une petite chambre d'étudiante sur le campus plutôt que vivre avec nous, officiellement « pour nous laisser notre intimité » – ce qui est à l'opposé de ce à quoi elle nous a habitués toutes ces années. Officieusement pour avoir son indépendance. Elle aime sans doute les Lancaster plus que sa propre famille, mais elle sait garder ses distances. On pourrait la croire intéressée, superficielle, mais elle est incroyablement maligne. Elle se sort toujours de situations impossibles et a pour seule ambition de vivre au jour le jour, de prendre ce qu'il y a à prendre sans s'attirer d'ennuis.

D'ailleurs, le cinéma ne l'intéresse pas plus que ça. Disons, pas beaucoup plus que le reste. Ma meilleure amie n'aime pas grand-chose. Ou plutôt elle aime tout, mais à petite dose. Elle n'a pas vraiment de passion, mais une sacrée faculté d'adaptation. Où qu'elle aille, elle se fond dans le décor, elle se fait des amis et se retrouve toujours comme un poisson dans l'eau tandis qu'au même moment de mon côté je suis encore en train de me demander si je vais faire le grand saut. De toute façon, Clémentine a toujours un coup d'avance. Elle ne sait pas où elle va, mais elle sait qu'elle y arrivera.

J'adore ça chez elle. Et aussi plein d'autres choses. Qu'on nous prenne pour des sœurs parce qu'on a toutes les deux des taches de rousseur. Qu'elle râle parce que sa peau de rousse ne bronze pas alors que la mienne est dorée dès le début de l'été. Qu'elle chante, toujours aussi faux, mais quand même deux fois plus fort que tout le monde. Qu'elle passe des heures à éplucher le contenu de son assiette sous le regard vexé de ma mère, parce qu'elle ne supporte pas la peau des tomates cuites. Qu'elle jure qu'elle n'aura jamais d'enfant, mais le fait en chuchotant parce qu'elle a peur d'être punie et d'avoir deux paires de jumeaux. Qu'elle se plaigne de ses quatre ou cinq kilos en trop tout en finissant mes frites. Et qu'elle me dise que je suis trop bête pour voir que je suis belle.

Je crois que je suis aussi jalouse d'elle qu'elle l'est de moi… La clé de l'amitié ?

Quand je regarde mes cheveux châtains, trop longs et sans vraie coupe, elle voit une crinière sauvage et naturelle. Quand je regarde mes joues pleines de petite fille, elle voit un visage de poupée aux pommettes marquées. Quand je regarde mes lèvres fines et claires, pas assez pulpeuses, elle y voit une bouche bien dessinée, à croquer. Quand je me trouve trop grande, trop sèche face à ses formes voluptueuses, elle me répond que même ma silhouette a la classe. Et elle m'assure que mes yeux sont vert olive tirant sur l'asperge. Coïncidence ou pas : ses deux légumes préférés.

Il n'y a pas de meilleure amie qu'elle et c'est moi qui l'ai trouvée !

– Tu es où, là, Alma ? me lance Vadim en faisant claquer ses doigts devant mon regard dans le vague.

– Hein, quoi ?

– Je ne sais pas où tu es mais tu n'es pas avec moi.

– Si, si, je pensais à… Tu disais quoi ?

– Retourne en cours si tu n'as pas envie d'être là.

– Ça va, je suis là ! Tu crois que je vais me mettre à pleurer parce qu'on est assis dans l'herbe au lieu d'être en cours, monsieur Rebelle ? Bosser ici ou là-bas, c'est pareil.

– Alors tu peux dire à ta main droite d'arrêter d'arracher toute l'herbe autour de toi…

Je lâche la poignée d'herbes coupées qui me filent entre les doigts et tapote le sol frais de ma paume, comme si ça pouvait aider à reconstituer la pelouse. Je déplie mes jambes pour essayer de me détendre, mais la vérité, c'est que je ne sais pas ce que je fais là. Que je ne sais pas comment lui parler. Ni même comment m'y prendre pour le regarder. Je ne sais pas non plus ce qu'on va pouvoir présenter à M. Abrams dans quarante minutes… Je m'allonge sur un coude, manque de tomber à la renverse grâce à ma légendaire maladresse, renonce et me redresse, repliant mes jambes en tailleur et me mettant à triturer mes lacets.

– Ta main droite recommence. Tu ne lâches jamais prise, hein ? Qu'est-ce qu'il y a ? se moque gentiment Vadim.

– Mais rien, je t'ai dit !

– Si, tu es tendue, préoccupée, je n'aime pas ça. Ça me met mal à l'aise.

– J'ai un petit ami, tu sais ? Timothy.

– Je sais. Tim Wallace, le capitaine des basketteurs. C'est fou d'être aussi grand et aussi insignifiant à la fois. Mais vous allez très bien ensemble, tous les deux.

– Il est grand, oui. Au moins une tête de plus que toi. Et il ne ferait pas partie de l'équipe universitaire s'il était si bête que ça. Mais vous allez très bien ensemble, toi et tes préjugés.

J'ai rencontré Timothy Wallace par l'intermédiaire de nos familles respectives, avant même la rentrée, peu après qu'on s'est installés à proximité de l'université. Nos pères ont déjà travaillé ensemble par le passé et ma mère n'est jamais contre un dîner pour sociabiliser. C'était aussi l'occasion de me présenter un autre étudiant qui m'aiderait à m'intégrer. Et beau garçon, de surcroît. Sain, sportif et musclé, et l'éducation qui va avec. Mon frère archi-protecteur pensait aussi sans doute qu'un boyfriend de 2 mètres de haut serait l'idéal pour me défendre… Ou me surveiller de près, au choix. Depuis qu'il est majeur, Basile croit être devenu un homme et pire, il croit parfois qu'il peut être mon second père. Après deux soirées, l'une chez les Lancaster, l'autre chez les Wallace, Tim a eu la gentillesse de me faire faire le tour du campus désert au mois d'août en compagnie de Clémentine. Puis il m'a enfin invitée officiellement à sortir en tête à tête. Une séance de cinéma et une balade en voiture plus tard, il m'a déposée devant chez moi et m'a embrassée pour la première fois. Quatre rendez-vous, le protocole était largement respecté.

En réalité, Timothy plaisait plus à Clémentine qu'à moi, mais elle ne me l'a avoué qu'après et a vite trouvé de quoi se consoler. Je crois que je l'aime bien : Tim est un gentil garçon, doux, prévenant, joyeux, très populaire à la fac et entouré de nombreux amis. Depuis un peu plus d'un mois, nous passons de bons moments, quand j'ai froid, il me prête son Teddy trop grand pour moi, et il embrasse divinement bien. Rien d'autre à signaler pour le moment. Je n'ai pas envie de tomber amoureuse – et je ne crois pas pouvoir dire que ça me soit jamais arrivé. Les idylles me conviennent bien, je n'ai pas la personnalité passionnée de Clémentine et je veux me consacrer à mes études. Rendre mes parents fiers de moi. Réussir. Me trouver un avenir.

Le bourrage de crâne à la sauce Lancaster a bien marché sur moi…

– Alors, quel sujet tu voudrais traiter ? relance mon partenaire impatient. Un sportif de haut niveau qui se blesse bêtement la veille de la finale ? Il doit se faire amputer, sa vie est ruinée, il prend de la drogue et devient un déchet de la société parce qu'il ne sait rien faire d'autre que jouer à la baballe ?

– Très drôle. Ou un pseudo-artiste maudit qui croit que porter un blouson de cuir et sécher les cours fait de lui un gros dur mais qui chouine comme un gamin quand il n'a pas le binôme qui lui convient ? réponds-je en le toisant du menton.

– Ah non, mieux ! Une jeune fille vivant dans une prison dorée, qu'on veut marier de force mais qui est éperdument amoureuse de son beau professeur de vingt ans de plus qu'elle, qui la larguera le jour où elle sera déshéritée ? renchérit Vadim, fier de lui.

– Non, attends ! Le type qui n'aime personne mais se retrouve à payer dix pensions alimentaires à même pas 20 ans, après avoir mis enceintes toutes les filles qui étaient d'accord pour s'allonger à côté de lui, juste parce qu'il se sentait seul la nuit.

– Tu parles de ce que tu ne connais pas, Lancaster.

– Et tu parles pour ne rien dire, Arcadi. On n'a toujours pas trouvé de sujet.

– Hey, Alma, qu'est-ce que tu fais là ?

La voix de Timothy interrompt notre conversation et je me lève précipitamment pour aller l'embrasser puis saluer ses copains qui gravitent autour de lui. Mon petit ami glisse son immense bras autour de mes épaules et continue son interrogatoire en fixant Vadim, resté assis dans l'herbe.

– Vous n'avez pas cours ?

– Si, si, on doit y retourner dans une demi-heure. On cherchait un thème pour notre projet du premier semestre.

– Et ils ne vous donnent pas de salle de classe dans le cursus cinéma ? blague Tim pour amuser la galerie.

– Tu sais que les étudiants sont des citoyens libres de circuler dans ce beau pays qu'est l'Amérique ? lui rétorque Vadim avec un sourire forcé.

– Arcadi, Arcadi… ça ne sonne pas très américain, ça, si ? C'est sûr que ça doit être plus sympa que la Pologne, ici.

– Je suis d'origine russe. Et je suis né aux États-Unis. Mais c'est gentil à toi de t'en préoccuper, Wallace.

Tout le monde s'appelle par son nom de famille, ici. Même entre amis. J'ai arrêté de m'en formaliser. Mais le ton que ces deux-là emploient n'a rien de cordial. Au mieux dédaigneux, au pire explosif. Je sens le danger s'approcher… Timothy resserre son étreinte autour de moi en ignorant sciemment la dernière remarque de Vadim.

– Bon, si tu n'as rien à faire de ta prochaine demi-heure, on allait manger un morceau avec les gars, tu viens ?

– J'aimerais bien, mais je ne sais pas si j'aurai le temps, Tim.

– Il faut qu'on bosse, Alma, intervient mon binôme.

– Tu permets ? Je parlais à ma copine, rugit mon basketteur de plus en plus nerveux.

Ma tête oscille de l'un à l'autre comme si j'assistais à un match de tennis en accéléré. Incapable de prendre une décision, je souris bêtement, caressant la main de Tim mais regardant Vadim dans les yeux pour y trouver une solution. Ce qu'il fait à ma place. Il se lève nonchalamment, ramasse son sac et passe sa main dans ses boucles folles, d'où tombe un brin d'herbe.

– Laisse tomber, Lancaster. Si tu n'as pas envie de t'investir, on peut travailler chacun dans notre coin. Tu pourras dire à Abrams que toutes les idées viennent de toi. Ou que tu veux changer de binôme. Pour ce que j'en ai à faire.

Extrait

Kiss Me I'm Famous

Charlie Lazlo

1

Neva

Doigts agrippés au volant, yeux rivés sur les lacets en apparence infinis de la route enneigée, je ne tourne même plus la tête pour fusiller d'un œil noir le cinquième bolide qui me dépasse en klaxonnant, un poing furieux brandi par la vitre ouverte.

Quand je dis « bolide », j'entends « qui roule plus vite que moi ». Et j'étripe le premier qui insinuerait que ce n'est pas bien difficile.

Je crois bien avoir entendu un « Eh, faut passer la seconde, la Parigote ! ». Ou peut-être deux… Ce qui est ridicule. Déjà, parce que je m'appelle Neva Moreau et que j'habite La Rochelle. Ensuite, parce que je suis en troisième, en réalité. Enfin, je crois. Car le véhicule de luxe que je m'emploie à conduire sans plonger dans le ravin sur ma gauche ou me ficher dans les congères sur ma droite n'a rien des voitures que je connais. Je le qualifierais plutôt de monstre à quatre roues dont chacune est quasiment aussi haute que moi.

Lorsque j'ai découvert le monstre en question, réservé par un collaborateur de mon père, stationné sur le parking de la gare, alors que je venais de parcourir la moitié de la France dans un train fatigué qui a desservi toutes les villes sur le trajet, je crois que je suis restée silencieuse un sacré bout de temps.

Jusqu'à ce que mes orteils plantés dans la neige commencent à s'engourdir et que je me décide à prendre le volant.

Je me suis donc enfin assise sur les sièges en cuir beige.

Et je confirme que de ma vie je ne me suis jamais assise sur des sièges en cuir aussi fin ni aussi souple. Et le drame a voulu qu'ils soient fixés à demeure dans une voiture de location…

Et depuis, je roule, en ayant abandonné l'idée de comprendre comment fonctionne le tableau de commande tactile, tout comme l'installation stéréo qui me donne l'impression d'assister en live à un concert au Madison Square Garden à chaque chanson qui débute.

Enfin… si j'étais déjà allée au Madison Square Garden.

Bref, je ne sais pas à quoi servent la moitié des boutons placés sur le volant ni comment me servir du tableau de bord.

Autant dire que, quand une sonnerie stridente se fait soudain entendre alors que j'avais enfin réussi à me détendre en entamant à tue-tête « All I Want for Christmas is You » en duo avec Mariah Carey, je sursaute avant d'appuyer par réflexe sur toutes les commandes du tableau central.

En même temps.

Les warnings se déclenchent, puis s'arrêtent à mon grand soulagement, et une voix robotisée emplit l'habitacle.

« Vous-avez-un-message-entrant-de-Sa-mi-a. »

Un quoi ? Je ne sais même pas comment cette voiture maléfique a réussi à hacker mon téléphone, sagement rangé dans mon sac.

«Vou-lez-vous-le-lire ? »

– Euh… oui.

Aucune réaction. Je suis, un instant, distraite par le

paysage qui se dévoile peu à peu sous mes yeux dans le soleil éclatant de cette fin d'après-midi. Au pied de l'éblouissante étendue des pans enneigés, résultat de ces incroyables premières chutes survenues tellement tôt dans la saison, je crois distinguer autre chose que le vert des sapins. Des taches marron nichées dans un vallon paisible. Des constructions ?

« Vou-lez-vous-le-lire ? »

– OUI !

Léger bourdonnement. Et re-voix robotisée.

« Main-te-nant-que-tu-es-riche-tu-es-prête-à-défi-ni-ti-ve-ment-arrê-ter-de-baiser ? »

Interloquée, je fixe le tableau de bord. Je rêve ou le monstre m'interroge sur ma vie sexuelle ?

« Sa-lope… »

J'ouvre des yeux encore plus grands. Être insultée par une voiture ? C'est une grande première dans ma vie, il est vrai, plutôt tranquille. D'accord, j'ai fait craquer les vitesses durant les premiers kilomètres, mais j'ai des excuses !

« …-rie-de-correc-teur-bosser-pas-baiser-bosser. »

Allez, ça suffit ! Je fouille dans mon sac posé sur le siège passager, et quitte un instant la route des yeux pour lancer un appel.

Oui, je me doute bien qu'il doit y avoir une fonction depuis le volant, mais je crains de restituer cette voiture au loueur avant d'avoir compris comment l'utiliser. Et peut-être que j'ai un peu peur qu'elle me balance une autre vacherie, aussi.

Mon amie décroche à la première sonnerie. Sa voix enthousiaste et son débit en mode mitraillette font aussitôt naître un grand sourire sur mes lèvres.

– Alors Neva, raconte ! Comment c'est d'être une riche héritière ? À quoi ressemble le chalet ?

– Je ne suis pas encore arrivée, Samia…

– Attends, m'interrompt Samia, Adèle veut participer, je passe en mode conférence !

Mon sourire s'agrandit encore quand la voix plus mesurée de ma seconde meilleure amie se fait entendre dans le 4 x 4.

– Raconte-nous, Paris Hilton !

– On se calme, les filles, je ne suis pas encore arrivée au village... Et arrête de m'appeler comme ça !

Je passe une main dans mes cheveux et tente de rectifier le désastre que j'aperçois dans le rétroviseur. C'est vrai que Paris Hilton et moi sommes toutes les deux blondes. C'est vrai aussi que nos pères étaient tous les deux des magnats de l'hôtellerie. Mais la comparaison s'arrête là : elle est célèbre, jet-setteuse à L.A., immensément riche, mariée (mariée ?), gâtée par son papa chéri. Ma vie sentimentale est un désert, j'étais réceptionniste d'un hôtel à La Rochelle jusqu'à ce que je donne ma démission le mois dernier pour cause de patron tyrannique et de salaire de misère. Conséquence ? Mon compte en banque ressemble aux étalages de H&M après le premier jour des soldes.

Enfin, mon père me détestait. Ah, j'allais oublier : et il est mort...

Cela dit, au moins je n'ai jamais fait de prison, moi ! Et je suis presque sûre d'être entourée de bien plus d'amour grâce à ma mère et mes amis, que tout l'argent de Paris Hilton ne pourra jamais acheter.

Dans ta face, riche héritière au prénom de capitale européenne qui permet de faire des jeux de mots scabreux pour la sortie d'une sextape.

– Je vous rappelle que je vais juste récupérer un vieux chalet, unique héritage d'un père qui n'a jamais voulu me connaître et qui ne m'a légué ce chalet que parce qu'il a eu le mauvais goût de mourir d'une crise cardiaque juste après avoir signé l'acte d'achat. Et donc sans avoir eu le temps de m'exclure de sa succession, expliqué-je d'un ton docte. Je vous ai déjà expliqué qu'il avait pris soin de céder tous ses autres avoirs à des sociétés étrangères…

Le tableau de la considération paternelle à mon égard est dressé. Et je ne préfère pas évoquer l'indifférence totale et générale qu'il a montrée envers moi pendant les dix mille vingt-huit derniers jours. Oui, cela fait approximativement vingt-sept années. Mon âge.

Un silence accueille mes propos. D'autant que, même si je me suis efforcée de garder mon masque d'indifférence, je suis presque sûre que ma voix a tremblé. Mais je reprends vite contenance. Déjà parce que j'ai digéré l'abandon de mon père depuis longtemps (si, si). Et ensuite parce que devant moi, le village se dessine enfin, et que je ne peux pas m'empêcher de ressentir une excitation de gosse.

Plus spécialement de petite fille dont le seul contact prolongé avec le ski daterait de son unique classe de neige en CM2.

Une rue principale déjà blanchie, quelques commerces, des hauts sapins et, en enfilade, des habitations aux façades en pierre rustique et bois grisé.

Sobre, sans prétention, mais ravissant. Juste ravissant. On peut avoir un coup de foudre pour un village ? Parce que mon cœur bat fort, là. Très fort.

– Bon, c'est vrai que raconté comme ça, ça fait moins rêver, reconnaît Samia après un instant. Mais justement, tu ne lui dois rien à ton père et tu es devenue une très belle personne… Donc profite de ces quelques jours et de ton héritage !

– Bien dit ! renchérit Adèle.

– Trop d'amour par ici ! Merci les filles pour votre soutien, je ne sais pas ce que je ferais sans vous…

Je roule maintenant au pas dans la rue principale du

village. Dehors, malgré les rayons du soleil, l'atmosphère paraît glaciale, mais dans la voiture, mon cœur ramollit comme un marshmallow grillé et un sourire attendri flotte sur mes lèvres.

– C'est bien joli, tout ça, reprend Adèle, mais en réalité, ce qu'on veut savoir c'est : est-ce qu'il y a des montagnards sexy ? Tu sais, le genre d'homme avec une chemise de bûcheron, transpirant de virilité, capable de mener des chiens de traîneau comme de chalouper du bassin sur des skis ?

– Ben justement, maintenant que tu en parles…

Mes yeux accrochent la silhouette d'un homme qui marche devant moi. Grand, vêtu d'une doudoune légère qui met en valeur une carrure idéale – épaules larges et hanches étroites –, une démarche décidée, des cheveux bruns pas vraiment domptés sous un bonnet gris. Et des fesses dans un jean brut juste parfait pour en souligner les muscles fermes…

Dommage pour le plaisir de mes yeux, elles disparaissent de ma vue quand j'arrive à sa hauteur. J'appuie sur le bouton de descente de la vitre électrique pour profiter du bon air de la montagne…

J'ai dit pour profiter de l'air pur. Rien à voir avec la buée qui recouvre la vitre, l'opacifie… Et rend tout matage impossible.

RIEN…

L'homme s'arrête, semble attendre quelqu'un, et se tourne légèrement vers moi. Je crois apercevoir des yeux clairs, une barbe qui ombre sa mâchoire carrée.

Waouh… Côté pile ou côté face, la parieuse est toujours gagnante…

– Ben justement quoi ?

La voix d'Adèle vibre d'excitation.

Je suis probablement en train de béer d'admiration en le contemplant lorsqu'un éclair de poils blonds jaillit soudain devant les roues du 4 x 4.

Mais qu'est-ce que c'est que ce truc ? Quatre pattes, un museau et un poitrail blancs, des bois immenses…

Incrédule, j'ai juste le temps de me demander ce qu'un renne peut bien venir faire dans les Alpes françaises et j'écrase par réflexe le frein de toutes mes forces. Histoire de ne surtout pas lui rentrer dedans.

Pile au moment où je me souviens avoir vaguement entendu dans un reportage qu'il ne fallait *jamais, jamais* freiner trop fort sur la neige, mais au contraire rétrograder. Trop tard, je sens le monstre de métal prendre son envol et glisser comme s'il n'attendait que cela. Heureusement, ma vitesse modérée réduit très vite ses velléités d'indépendance. Ça et le fait que le train avant vient de s'immobiliser avec un craquement sinistre dans de la neige fraîche amoncelée sur le bas-côté.

Les deux mains fixées sur le volant, choquée par ce qui vient de se passer, je cherche vainement ce foutu renne des yeux, mais il semblerait qu'il s'en soit sorti sans dommage, lui. C'est alors que j'avise le canon qui se dirige à grandes enjambées en direction de ma voiture.

Pas exactement comme ça que j'espérais faire connaissance.

– Olaf ! Reviens ici tout de suite !

Olaf ? Le canon a vraiment un… renne de compagnie ?

Au moment où ma perplexité atteint des sommets, un jeune golden retriever surgit aux côtés du canon et commence à aboyer tout en grattant comme un fou le tas de neige.

OK, ma fille. Si tu commences à confondre un renne et un chien avant même d'avoir bu, c'est que tu peux sérieusement arrêter les soirées filles post-héritage. Et même les soirées tout court.

– Olaaaaaf ! On doit aller récupérer Anna ! Tu n'as pas le temps de chasser la neige !

Le canon arrive enfin à ma hauteur, me jette un coup d'œil soucieux à travers la vitre toujours baissée, tout en surveillant son chien.

– Tout va bien ?

Tout va bien ? Il est sérieux ? Je viens de manquer de me tuer à cause de son foutu chien-renne et il me demande si tout va bien comme si de rien n'était ? Et des excuses ? C'est envisageable dans son monde ?

– Vous ne pouvez pas tenir votre putain de renne en laisse ?

L'homme fronce les sourcils, mais ne se départ pas de son calme. Il gratte la tête du chien qui en a la queue qui frétille de bonheur.

Tu m'étonnes…

– Mon *chien*, vous voulez dire ? Mais pourquoi j'attacherais Olaf ?

Le timbre de sa voix est aussi grave que posé. Mon cœur bat encore à cent à l'heure et mon cerveau peine à se remettre en route. J'entends les voix de mes amies comme assourdies, qui me demandent elles aussi si je vais bien. Je bredouille rapidement une réponse qui se veut rassurante et promets de les rappeler avant de raccrocher.

Depuis quand une voix d'homme fait-elle naître des frissons dans mon bas-ventre ? Surtout si l'homme en question ne sait pas tenir son renne. Euh… chien !

– Drôle d'idée, poursuit tranquillement l'homme. Olaf est jeune, il est encore un peu fougueux, c'est vrai. Mais vous n'avez rien, c'est l'essentiel.

– Rien ? Et la voiture alors ? Tout ça parce que vous n'êtes pas capable de contrôler votre…

Tu peux y arriver, Neva. Rassemble tes esprits, ça va le faire.

– … chien !

L'homme abandonne ses caresses pour examiner le capot avant.

– Votre voiture n'a rien non plus, rassurez-vous. Le pare-chocs est juste un peu enfoncé.

Juste un peu enfoncé ? Mon sang se glace à la seule pensée de la caution que va me réclamer le loueur – même si ce n'est pas moi qui ai demandé cette voiture… Et donc pas moi non plus qui ai vérifié les conditions d'assurance… Ni même si elle existait, cette assurance !

– Vous plaisantez, j'espère ! Vous connaissez le prix d'une telle voiture ?! J'exige que nous fassions un constat ! Et, au passage, que vous me présentiez vos excuses !

L'homme m'écoute débiter mon laïus en silence, puis, sans détour, plonge son regard droit dans le mien. Une sensation étourdissante me fait ciller.

Gris. Ses yeux sont gris.

Et apparemment, lorsque leur propriétaire est contrarié, ils perdent en clarté pour virer au mercure.

Re-waouh.

Il me considère un moment et j'ai littéralement l'impression qu'il examine et juge chaque élément de ce que je suis : mes cheveux blonds sans doute totalement ébouriffés, mes vêtements confortables choisis avec soin ce matin, mais maintenant froissés par des heures de voyage, ma mine tout aussi chiffonnée.

Je me fige sous son examen et me surprends à prier intérieurement pour que la marque verticale laissée sur ma joue gauche par la vitre du train contre laquelle j'ai dormi deux bonnes heures ait disparu.

– On ne doit jamais freiner brutalement sur la neige. Il faudrait au moins apprendre un minimum les règles de conduite avant de se pavaner dans ce type de voiture.

Se pavaner ?

Le charme s'évanouit en une seconde.

Mais quel sale type !

– Croyez qu'en temps normal, je ne laisserais jamais quelqu'un qui a eu un accident se débrouiller seul, et qui plus est une demoiselle en détresse…

Il s'interrompt et je jurerais qu'un semblant de sourire se dessine sous sa barbe sombre.

– … mais il semblerait que je fasse une exception lorsqu'elles sont vraiment trop désagréables…

Son sourire s'élargit, dentition parfaite en vue.

Et je confirme : il est moqueur, ce sourire. Clairement moqueur.

– … et qu'elles ne sont pas vraiment en détresse. Vous allez devoir jouer entre marche avant et marche arrière pendant quelques instants pour pouvoir ressortir, mais ça vous permettra de vous familiariser avec votre carrosse hors de prix, Duchesse.

Son fichu sourire est désormais tout à fait évident.

Ce qui le rend encore plus canon alors que ses propos horripilants devraient m'interdire de faire une telle constatation.

– Prenez ça comme ma participation à vos premières leçons de conduite sur neige. Et, au fait…

Cette fois, je suis certaine qu'il se fiche royalement de moi et que la suite ne va pas me plaire.

– … bienvenue à Montgève.

Déjà, il tourne les talons sans plus de procès, suivi par son chien qui gambade autour de lui. Je détache ma ceinture d'un geste malhabile, ouvre la portière et mets un pied au sol. Mes bottines cavalières qui me semblaient les plus adaptées devant ma penderie ce matin glissent aussitôt sur le sol verglacé. Je me rattrape comme je peux.

– Eh ! Mais attendez ! Et le constat ?

L'homme lève une main nonchalante sans même se retourner.

– Je n'ai pas le temps pour l'instant. Mais rassurez-vous, je ne vais pas partir en cavale dans la montagne. C'est un petit village ici, vous me retrouverez sans problème. Demandez Nathan.

Éberluée, je le regarde s'éloigner, puis mon regard se reporte vers la voiture, dans laquelle je remonte avant de claquer la portière un peu fort.

Je soupire avant de remettre le contact. Marche avant, marche arrière, c'est bien cela qu'il a dit ?

#OnSeReverraConnardCanon

2

Nathan

– Non, je ne compte pas plus me rendre à Sundance ce mois-ci que le mois dernier, Calvin.

Je pousse la porte de la boulangerie et m'efface pour laisser passer Anna et Olaf, retournant son sourire à la magnifique femme qui vient de quitter le comptoir pour venir vers nous. Elle embrasse ma fille surexcitée et essaye de canaliser l'énergie de ma terreur de chien, qui manifeste sa joie en agitant sa queue au rythme de ses jappements sonores.

L'air de la montagne…

– Cal-vin, articulé-je en silence à son intention, en haussant ostensiblement les yeux d'exaspération, mais sans lâcher mon téléphone.

J'accepte le pain au chocolat encore tiède que la boulangère – qui est aussi ma mère – me tend et mords dedans en retenant un gémissement de bonheur.

D'ici à ce qu'ils sachent faire ça aux États-Unis, on en reparle.

Tandis que ma mère récupère un second petit pain, et entraîne Anna et Olaf dans l'arrière-boutique avant qu'un nouveau client n'arrive, je laisse mon regard, toujours admiratif et émerveillé malgré les années, errer vers les montagnes si proches. Les Aiguilles de Feu d'abord, les Dents du Diable ensuite, les Roches Noires enfin. Ensevelies sous leur manteau blanc, elles n'ont jamais si mal porté leur nom. Et derrière, cherchant vainement à percer le seul nuage du ciel parfaitement bleu qui le couronne ce matin : le mont Blanc.

D'ici à ce qu'ils puissent contempler de telles merveilles dans l'Utah, on en reparle…

– Bon, Calvin, je t'ai bien entendu et je te confirme donc que je suis toujours en vie. Oui, j'ai reçu le mail de Quentin que tu m'as transféré, j'y ai poliment répondu, mais non, je ne compte pas y donner suite. Et avant que tu ne me le demandes, je te confirme que je ne compte pas plus qu'avant te dire où je suis et que, le bonheur de ma fille n'ayant pas de prix, je ne vais pas accepter de présider la compétition, même si Robert lui-même me le demande… Oui, Calvin, je sais que c'est en pleine saison de ski et que la station est très courue, mais rassure-toi, j'ai toute la neige que je veux où je suis.

Mon regard se fait plus distrait et glisse des montagnes enneigées vers le bas des rares pistes de notre petite station, toujours miraculeusement préservée de l'invasion touristique, s'arrête sur un skieur trop matinal pour attendre l'ouverture des remontées, déjà en train de gravir la Face du Grizzli, tandis qu'une dameuse toute proche finit sa descente entre les mélèzes. Tout près, en direction de la piste de ski de fond et du lac de Givre, une femme traîne une luge remplie de provisions en discutant avec une amie. Quelques rares voitures traversent le village, mais la plupart des villageois se déplacent à pied ou avec le bus municipal.

Comme celui qui vient de s'arrêter à l'arrêt Boulangerie-École, par exemple.

J'adresse un signe de la main au chauffeur que je connais depuis l'enfance et contemple les gamins qui descendent bruyamment du bus pour rejoindre l'école primaire. Si je ne raccroche pas, Anna va être en retard. Je ne peux pas demander à ma mère d'y aller à ma place alors que trois nouveaux clients viennent d'entrer dans la boutique en faisant retentir la cloche de la porte. D'ailleurs, elle vient de réapparaître, les joues rougies d'avoir probablement ri avec ma fille ou couru pour rattraper mon fauve.

Un dernier regard machinal, tandis que Calvin soliloque – « m'invective » serait sans doute plus juste –, vers le bus dont les portes se referment, lorsque je vois en sortir la touriste blonde de l'autre jour.

Dégringoler serait plus juste, cela dit, puisque, après avoir souri au chauffeur, elle dévale littéralement le marchepied, rebondit sur la dernière marche pour atterrir à genoux, la tête dans la neige fraîche accumulée sur le bas-côté.

Décidément, c'est une manie, cette passion pour les talus enneigés.

Intéressé de découvrir ce qu'elle va encore bien pouvoir inventer, j'émets de vagues grommellements pour ponctuer les propos de Calvin, sans cesser d'observer la jeune femme.

De toute façon, j'ai la réputation d'être un grand mutique plutôt misanthrope. Calvin n'espère sans doute pas mieux de ma part.

Ce qui me permet donc d'être aux premières loges pour la regarder se lever, adresser un petit salut crispé au chauffeur, après avoir rapidement vérifié qu'il n'y avait aucun témoin de sa chute.

Et croiser mon regard.

Dommage, Duchesse.

Même à travers la vitrine, et malgré les quelques mètres qui nous séparent, je lis la gêne sur son visage d'une manière si évidente que je suis obligé de me mordre la joue pour réprimer un fou rire. Et ne pas perturber Calvin, pendant qu'il persiste à me démontrer que le bonheur serait de l'autre côté de l'Atlantique.

Elle se redresse d'une manière somme toute digne pour un tel gadin et, après avoir levé le nez vers l'enseigne de la boutique familiale, semble se résigner à devoir avancer dans ma direction.

Pour une raison qui m'échappe, je n'ai aucune envie de la quitter des yeux et observe ses joues rosies sous son gros bonnet gris. De longues mèches aussi folles que claires s'en échappent pour voleter autour de son visage et je me retrouve en train de regretter qu'elle soit aussi manifestement snob et citadine.

Parce que, avec sa doudoune rouge vif, son jean foncé et ses après-skis flambant neufs qui ne l'empêchent pas de se casser une nouvelle fois la figure dans la neige fraîche de la nuit, elle me fait penser à un faon maladroit et adorable.

Mais un faon maladroit et adorable qui serait aussi extrêmement bandant.

– OK, Calvin, je vais réfléchir à tout ce que tu viens de me dire…

Je n'ai aucune intention de réfléchir à quoi que ce soit en rapport avec un éloignement des Alpes et un retour aux États-Unis. Mais se garder de le rappeler une fois de plus à Calvin est sans doute le seul moyen de clore cette conversation et de passer à une suite qui promet d'être bien plus intéressante.

– … mais là, il faut vraiment que je te laisse.

Ce qui est vrai, de toute façon, puisqu'il me reste cinq minutes avant que la cloche de l'école ne me confirme qu'Anna a un père incapable de l'amener à l'heure.

Heureusement que ma mère est là pour assurer le petit déjeuner.

addictives

Romans déjà parus

Rose Becker
Le Bébé, mon milliardaire et moi (aussi en poche)
Torride, sexy & dangereux
Forever You – saisons 1 et 2
Dangerous

Phoebe Campbell
Lui résister… ou pas – l'intégrale
You Again
Single Daddy. Try Me if You Can

Mia Carre
Bad for You
Teach Me Everything
Charmant connard !

Mélodie Chavin
Campus Rules
Fucking Wedding

Sonia Eska
Ne me tente pas

Emma Green
Toi + Moi : L'un contre l'autre (aussi en poche)
Toi + Moi : Envers et contre tout (aussi en poche)
Toi + Moi : Seuls contre tous (aussi en poche)
Call Me Baby – volumes 1 et 2
Call Me Bitch
Love Me if You Can
Kiss Me if You Can
Bliss. Le faux journal d'une vraie romantique – volumes 1 et 2
Jeux interdits
Jeux insolents
Jeux imprudents
Une toute dernière fois
Fallait pas me chercher ! – volumes 1 et 2
Corps impatients (aussi en poche)
Cœurs insoumis (aussi en poche)

Âmes indociles (aussi en poche)
Cent facettes de Mr Diamonds – l'intégrale
Bliss. Le faux journal d'une vraie romantique – l'intégrale
(Im)parfait
Love Me if You Can – l'intégrale
Kiss Me if You Can – l'intégrale
It's Raining Love!
The Boy Next Room
Call Me Baby – l'intégrale
Call Me Bitch – l'intégrale
PS: Oublie-moi!
Fallait pas me chercher! – l'intégrale
Recherche coloc: emmerdeurs, râleurs, lovers… s'abstenir!
10 bonnes raisons de te détester!
Just 17
Love & Lies on Campus
Bien plus forte que toi!
If You Wanna Be My Lover…
The Boy on Fire

Megan Harold
Breaking the Rules
Initiation with My Boss

Ludivine Hart
Arrogant & Tattooed

Amy Hopper
Gone Boy
Le Coloc

Julie Huleux
Alpha Player

Charlie Lazlo
Mon insupportable boss

Sienna Lloyd
Mords-moi!

Caroline Mongas
Mariage forcé. Un contrat indécent

June Moore
Étreinte – volumes 1 à 3

Zoé Murat
Stepbrother Love
Boss Me Around

Clara Oz
Arrogant

Gaëlle Sage
Kiss, Kill & Ride
Lost Rider

Ana Scott
Dark Ride
Last Ride
Vicious Ride
The Dominant
Evil Ride
Sensual Stepbrother
Un enfoiré mais un coup d'enfer!
Say Yes to the Boss

Camilla Simon
Le voisin parfait est un enfoiré
Initiation with My Enemy
Le mec parfait est un inconnu… ou presque !

Ève Souliac
Sexy Mistake

Liv Stone
Love Lessons

Lisa Swann
Adore-moi ! – l'intégrale

Louise Valmont
Toi & moi, c'est compliqué !
Campus Initiation
Mon insupportable voisin !

Chloe Wilkox
Extreme Lover – l'intégrale
Immoral
Dominant Boss. Apprends-moi
The Virgin's Price

Luv

Romans déjà parus

Ana K. Anderson
Indompté
Scottish Bastard

Sophie Auger
Be with Me

Sonia Birdy
L'Initiation
Touchdown. Campus Star

Laura Black
Dark Initiation
Games of Desire
H.A.R.D. Hot, Arrogant, Rebelle, Déterminé
Sulfurous Bad Boy

Margot D. Bortoli
Too Young

Juliette Brunel
Delicious

Anne Cantore
Promets-moi. Louise et Marco

Sarina Cassint
Avec toi… peut-être
Insolent Boss

Mary Ann Davis
Coach Me Love

Gwen Delmas
Noël, toi & moi
Sex Friends. Pas de contraintes, que du plaisir !

Sarah Dheilm
Hot Reward

Eugénie Dielens
Imprévisible Boss

Cléa Dorian & Ninon Vars
Dark Love

Laurie Eschard
Love Naked

Lil Evans
Savage Rider
Crash & Burn
Boss Affair

Lou Garance
Can You Keep a Secret ?
Foutu coloc !

Alexandra Gonzalez
Shades of You

Erin Graham
Teach Me Love
The Boss
Secret Stepbrother
Strong Addiction
Coloc avec mon boss
The Initiation

Joh Harper
Crazy Love
Broken but Alive

Marie Hayle
Under Control
Lover Next Door

Ellie Jade
About Last Night

Emma S. James
Under the Rain

Lucie F. June
Fight with Darkness

Sara June
Rider in the Dark
Sexy Wild Rider

Emily Jurius
Love to Hate You

Antinea Kane
In Love with My Enemy

Allie Krown
High School Challenge

Marion Laurent
Mr Alpha

Pauline Libersart
Tiger. Entre ses griffes

Nina Loren
Breaking the Ice
Teach Me Again. Impossible Desire

Ella Lores
Mariée par accident à un connard arrogant rencontré la veille…
My Best Enemy

Jessica Lumbroso
Emma X. Secrète et insoumise

Lili Malone
Coloc avec un inconnu

Mila Marelli
Dark Man in Love
Crazy Wedding

Mag Maury
My Hipster Christmas

Alix Parks
Never Kiss the Boss

Jeanne Pears
Insupportable coloc
Colocs & Sex Friends
H.O.T. Hypnotique, Obstiné, Ténébreux
The Most Insolent Man

Alexia Perkins
Arrogant Fake Lover

Sophie S. Pierucci
L'Inconnu de l'ascenseur & Moi (aussi en poche)
My Stepbrother. L'initiation

Silvia Reed
Darkest. La dernière heure
Too Close

Anita Rigins
No Rules
My Rules

Avril Rose
Coffee, Sex & Law

Jana Rouze
Effet de vague – saisons 1, 2 et 3

Wendy Roy
Une seule fois (ou presque)

Ana Scott
À corps brisés

Léana Soal
Fight & Hope

Cara Solak
Perfect Obsession

Izia Soley
Fauve

Liv Stone
Initie-moi. Mes jours contre tes nuits

Lena K. Summers
Perfect Bad Boy
Donovan, roi des connards

Kaly Swann
Austin. Breathe with Me

Lily Tortay
Dance for Me

Flore Valier
Ta peau contre la mienne

Anna Wendell
Arrogant Bad Boy
Apprends-moi le désir
Colosse. Le maître du jeu

Mina Zadig
Just Sex & Tattoos
Arrogant Highlander

New adult addictives

Romans déjà parus

Sonia Birdy
California High School

Mélodie Chavin
Stepbro' Next Door

Sianna Milano
High School Initiation

Isla A. Rowley
Toxic Games

addictives POCHE

Romans déjà parus

Rose Becker
Le Bébé, mon milliardaire et moi (aussi en grand format)

Marjorie Burbaud
The Campus Teacher

Phoebe Campbell
Tes ordres sont mes désirs

Olivia Dean
À lui, corps et âme – volumes 1 et 2

Lou Everly
Bad Boy Crush

Erin Graham
Nos amours contraires

Emma Green
Seul contre tous (aussi en grand format sous le titre *Toi + Moi : Seuls contre tous*)
L'un contre l'autre (aussi en grand format sous le titre *Toi + Moi : L'un contre l'autre*)
Envers et contre tout (aussi en grand format sous le titre *Toi + Moi : Envers et contre tout*)
Corps impatients (aussi en grand format)
Cœurs insoumis (aussi en grand format)
Âmes indociles (aussi en grand format)

Megan Harold
Sublime-moi !

Charlie Lazlo
Kiss Me I'm Famous

Jeanne Pears
Jamais avec mon coloc !

Sophie S. Pierucci
L'Inconnu de l'ascenseur & Moi (aussi en grand format)
Deep & Dark

Lise Robin
Forbidden Stepbrother

Alexane Tolley
The Boss Rules

Chloe Wilkox
Your Game, My Rules

Jamais avec mon coloc !
Jeanne Pears

Il ne devrait pas céder. Il le fera quand même.

Shane est décidé à reprendre sa vie en main. Nouveau boulot, nouvelle maison, il va faire profil bas et, surtout, pas de vagues. Alors ce n'est pas le moment de craquer sur l'une de ses colocs ! Le seul problème, c'est que Callie est aussi belle que piquante, aussi vulnérable que complexe… et elle le rend fou ! Ce n'est pas une bonne idée, sa raison lui hurle de s'éloigner, son cœur se méfie… mais Shane n'a jamais su résister à la tentation. Pour le meilleur ou pour le pire ?

Auteure: Emma Green

Edisource – Éditions Addictives
100, rue Petit, 75019 Paris
Imprimé par Dupliprint, 733, rue Saint Léonard - 53101 Mayenne cedex France
Dépôt légal: janvier 2022 – Achevé d'imprimer: décembre 2021
Réimprimé en avril 2022
ISBN: 978-2-37126-459-5
Réf. contrats: ZAVA_001, ZAVA_002, ZAVA_003, ZAVA_004, ZAVA_005, ZAVA_006, ZAVG_001, ZAVG_002, ZAVG_003, ZAVG_004, ZAVG_005